KNAUR

Über die Autorin:
Martina Sahler, 1963 in Leverkusen geboren, studierte Germanistik und Anglistik in Köln. Sie arbeitete lange Zeit als feste und freie Lektorin für Belletristik, bevor sie sich mit großer Begeisterung der Schriftstellerei widmete. Seit 15 Jahren schreibt sie Romane für Erwachsene und Jugendliche. Mit ihrer Familie und zwei Katzen lebt sie im Bergischen Land bei Köln.
Mehr über die Autorin erfahren Sie unter www.MartinaSahler.de

Martina Sahler

Weisse Nächte, weites Land

Roman

KNAUR

Besuchen Sie uns im Internet:
www.knaur.de

Papier aus verantwortungsvollen Quellen
FSC® C083411

Originalausgabe Juli 2013
Knaur Taschenbuch

Ein Unternehmen der Droemerschen Verlagsanstalt
Th. Knaur Nachf. GmbH & Co. KG, München

Redaktion: Dr. Herbert Neumaier
Umschlaggestaltung: ZERO Werbeagentur, München
Umschlagabbildung: Gettyimages / DEA PICTURE LIBRARY; Konstantin Kokoshkin / Global Look / Corbis; Gettyimages / Heinz Wohner
Satz: Adobe InDesign im Verlag
Landkarte: Computerkartographie Carrle / Heike Boschmann
Druck und Bindung: CPI – Clausen & Bosse, Leck
Printed in Germany
ISBN 978-3-426-51108-4

2 4 5 3 1

Das Dorf und die Kolonie Waidbach sowie sämtliche Bewohner sind frei erfunden. Ähnlichkeiten mit den Menschen, die tatsächlich im 18. Jahrhundert dem Ruf der russischen Zarin gefolgt und nach Russland ausgewandert sind, wären rein zufällig.

Königreich
Schweden
Königreich
Dänemark
und
Norwegen
Kaiserreich
Russland
Kronstadt
St. Petersburg
Oranienbaum
Nowgorod
Msta
Tverca
Wolga
Kasan
Moskau
Saratow
Wolga
Ostsee
Lübeck
Hamburg
Hannover
Deutsches
Reich
Göttingen
Kassel
Büdingen
Frankfurt
Kgr.
Frank-
reich
Königreich
Polen
Königreich
Ungarn
Osmanisches Reich
N
W
O
S
400 km

Die Auswanderer aus Waidbach im Jahr 1766:

Die Weber-Schwestern
Christina Weber (20), voller Lebenslust und stets auf der Suche nach ihrem eigenen Vorteil.

Eleonora Scheid, geborene Weber (21), Christinas zurückhaltende Schwester, die ihren Mann Andreas im Siebenjährigen Krieg verloren hat.

Sophia Scheid (3), Eleonoras Tochter.

Klara Weber (8), die jüngste der Schwestern, die auf keinen Fall nach Russland will.

Familie Röhrich
Johann Röhrich (47), Flickschuster und Onkel der Weber-Schwestern. Seine Frauengeschichten sind dorfbekannt.

Marliese Röhrich (41), Johanns Frau, Tante der Weber-Schwestern, dem Alkohol verfallen.

Bernhard Röhrich (20), ältester Sohn der Röhrichs mit großem Verantwortungsgefühl.

Alfons Röhrich (16), zweiter Sohn der Röhrichs, von Geburt an schwachsinnig.

Helmine Röhrich (13), einzige Tochter der Röhrichs, die ihre Mutter aus tiefstem Herzen verachtet.

Familie Lorenz
Franz Lorenz (23), großmäuliger Wirtshausschläger und Knecht auf dem elterlichen Hof.

Matthias Lorenz (21), wortkarger Bruder von Franz und ebenfalls Knecht auf dem elterlichen Hof.

Familie Mai
Veronica Mai (22), Schwester der Lorenz-Brüder, die ins Nachbardorf Schönbrunn geheiratet hat.

Adam Mai (24), Veronicas Mann, der ihre gemeinsame Tochter abgöttisch liebt.

Frieda Mai, das neugeborene Kind von Veronica und Adam.

Sebastian Mai (8), Adams jüngerer Bruder, wenig beachteter Nachkömmling mit verkrüppelter Hand, der sich nach Menschen sehnt, die zu ihm gehören.

Familie Eyring
Anja Eyring (22), einzige Tochter des verwitweten Apothekers Friedrich Eyring mit feuerrotem Brandmal im Gesicht.

Auswanderer, die in Lübeck auf die Waidbacher treffen:

Daniel Meister (25), charmanter Berliner Handwerksgeselle auf Wanderschaft, der eigentlich nach Amerika will.

Anton von Kersen (30), preußischer Offizier und verarmter Adeliger, der hofft, in die Dienste der Zarin treten zu können.

Freunde in Sankt Petersburg:

Nikolaj Petrowitsch (23), bildhübscher Offizier, Liebhaber der Zarin und Lebemann ohne Geldsorgen.

Maria Petrowna (25), Nikolajs Schwester, Studentin der Malerei an der Akademie der Künste in Sankt Petersburg.

… und natürlich: Katharina II. (1729–1796), genannt **Katharina die Große,** Zarin von Russland seit 1762.

Prolog

Zarskoje Selo bei Sankt Petersburg,
Katharinenpalast, Juli 1765

Sie kommen zu Tausenden, Kolja.« Katharina blickte aus dem geöffneten Fenster ihres Schlafgemachs in den Schlosspark, als könnte sie die anreisenden Menschen von ihrem Platz aus sehen.

Die milde Nachtluft trug den Duft von Rosen und Lavendel mit sich und vertrieb den süßlichen Schweißgeruch, der sich nach ihrem Liebesspiel in den Seidenlaken, den Volants und den Brokatvorhängen des Prunkbetts verfangen hatte.

Ein Schimmer wie von Perlmutt erhellte das Zimmer, beleuchtete auf eine unwirklich scheinende Art die mit Gold überzogenen Stuckarbeiten der Decke und die bernsteinfarbenen Intarsien des Toilettentischs.

Die Zarin liebte die Zeit der Weißen Nächte in Sankt Petersburg, doch mehr noch als rauschende Ballnächte in den Palästen genoss sie die intimen Rendezvous, die sie in ihren privaten Gemächern im Katharinenpalast zelebrierte.

Nikolaj Petrowitsch wusste, welches Privileg ihm zuteilwurde, indem er auserwählt worden war, Russlands Alleinherrscherin beizuwohnen.

Andererseits erschien die Wahrscheinlichkeit, zu einem Gespielen der Kaiserin erkoren zu werden, nicht gering, wenn man wie Nikolaj mit einem makellosen Gesicht und einem Körper wie eine griechische Statue gesegnet war.

Weit über Russlands Grenzen hinaus lästerte man in den

Wirtsstuben grölend, bei den Banketten hinter vorgehaltenem Fächer, dass Katharina, die im Mai ihren sechsunddreißigsten Geburtstag gefeiert hatte, ihre Sinnlichkeit und Wollust wahrlich keinen Zwängen unterwarf. Sie nahm sich, was ihr gefiel, und genoss die Kunstfertigkeiten der besten Liebhaber – neben den Gefälligkeiten ihres ständigen Begleiters Grigorij Orlow, dem kein noch so ehrgeiziger Günstling den Rang ablaufen konnte, wie man in den Kreisen der jungen Offiziere munkelte.

Nikolaj nippte an seinem Champagnerglas, während er quer auf dem riesigen Bett der Zarin inmitten zerwühlter Tücher lag, die Ecke eines Überwurfs mit flandrischer Spitze nachlässig über die Hüfte gezogen, den Kopf seitlich auf eine Hand gestützt. Sein Oberkörper glänzte im hereinfallenden Licht, die Muskelstränge entlang seiner Oberschenkel verliefen wie von einem Bildhauer gemeißelt.

»Sie folgen Eurem Ruf, Kaiserliche Hoheit. Ihr habt ihnen den Himmel auf Erden versprochen«, sagte Nikolaj.

Katharina lachte, ohne sich umzudrehen. Tief sog sie die Nachtluft ein.

Nikolaj betrachtete ihre festen Schultern, den Schwung ihrer Wirbelsäule, die Rundung ihrer Hüfte, die kräftigen Schenkel. Sie trug nur ein dünnes, bodenlanges Negligé mit schmalem Nerzbesatz an den weit fallenden Ärmeln und Aufschlägen. Links rutschte es ihr von der Schulter und entblößte ihre cremeweiße Haut wie zufällig, aber wer die Zarin kannte, der wusste, dass sie nichts dem Zufall überließ.

Wie sie da fast nackt stand und aus dem Fenster schaute, im Licht des nächtlichen Sommerhimmels wie von innen heraus leuchtend, brauchte sie weder Prunk noch Pomp: Die Haltung ihres Kopfes, die Nackenlinie, die schlanken Hände, die sich auf die Fensterbrüstung stützten – mit jeder Faser ihres Körpers war sie die mächtigste Frau der Welt. Nikolaj spürte eine allzu bekannte Regung unter der Spitzendecke, während er seine Kaiserin betrachtete. Obwohl er mit seinen dreiundzwanzig Jahren sonst den frisch erblühten Hoffräulein in den Pavillons und – wenn es sich ergab – auch mit besonderem Vergnügen den ganz jungen, verschämt kichernden Zofen in lauschigen Ecken den Vorzug gab, musste er sich im kaiserlichen Schlafgemach eingestehen, dass er nicht vor dem erotisierenden Flair der Macht gefeit war. Es hatte in der Tat seinen ganz eigenen Reiz, wenn die Alleinherrscherin Russlands unter den kraftvollen Stößen seiner Lenden wie von Sinnen um mehr und immer mehr bettelte und spitze Schreie der Lust ausstieß.

»Nicht den Himmel auf Erden, Kolja.« Sie wandte sich ihm zu wie einem Schüler, der einer Belehrung bedurfte. Ein Lächeln umspielte ihren Mund, aber ihre Augen blieben ernst, verhangen noch von den vor wenigen Minuten genossenen Freuden. Eine Strähne hatte sich aus ihrem mit Perlen und Kämmen hochgesteckten Haar gelöst. »Es ist ein Angebot auf Gegenseitigkeit. Meine Landsleute haben erkannt, welch Nutzen ihnen diese Möglichkeit bietet.«

»Auf Gegenseitigkeit? Welchen Nutzen habt Ihr, Eure Majestät, wenn Ihr diese Deutschen holt?« Fragen zu stellen galt als bewährtes Mittel, die Zarin bei Laune und in Plauderstimmung zu halten, wusste Nikolaj. Die Zarin mochte es, ihre Untergebenen über ihre Wohltaten zu unterrichten. Kritische Betrachtungen verkniff man sich lieber, solange man nicht zu dem handverlesenen Kreis ihrer persönlichen Berater gehörte. Davon war der junge Gardeoffizier weit entfernt.

Dass ihn die Zarin in seinem Urteilsvermögen unterschätzte, nahm Nikolaj ohne die geringste Gefühlsregung hin. Sein Ehrgeiz lag nicht darin, die Zarin durch scharfsinnigen, analytischen Verstand zu beeindrucken.

»Nun, das liegt doch auf der Hand, Koletschka.« Sie kam näher und ließ sich neben ihm auf dem Bett nieder, strich mit einem Finger über seine Brust bis zum Schlüsselbein und den Arm hinab. »Der Fleiß der Deutschen ist sprichwörtlich – sie werden nicht mal eine Generation benötigen, um an der Wolga einen wichtigen Stützpunkt für den Handel mit dem Orient, vor allem mit Persien, zu schaffen. Die Bauern unter ihnen werden das Land im Süden urbar machen, sie werden sich vermehren, ihre Dörfer vergrößern, zu Städten anwachsen lassen und so innerhalb kürzester Zeit ein Bollwerk gegen die Steppenvölker bilden, die seit Jahrzehnten mit ihren Angriffen genau da für Unruhe sorgen, wo ich über wenig Handhabe verfüge.«

»Russland ist groß, und die Zarin ist weit«, murmelte Nikolaj zum Zeichen, dass er sie verstanden hatte.

»Genau das meine ich.« Katharina nickte mit einem Lächeln. »Im Gegenzug erhalten die Kolonisten ihr eigenes Land und zinslose Kredite für alle Anschaffungen, die sie zur Errichtung ihrer bäuerlichen Betriebe benötigen. Sie brauchen nicht zum Militär, dürfen ihre Religion frei ausüben – alles Vergünstigungen, die ihnen in ihrem eigenen Land verwehrt bleiben. Insofern – ja, vielleicht ist es für manch einen tatsächlich der Himmel auf Erden, was ich ihnen biete.« Wieder lächelte sie. »Es beglückt mich, wenn meine Landsleute meiner Einladung folgen. Ich mag sie gern hier haben, die Deutschen. Sie werden unserem Land Gutes tun. Wir werden sie mit Samthandschuhen anfassen, damit sie sich hier wohl fühlen.«

Nikolaj nahm einen weiteren Schluck Champagner. Die Zarin hatte sich in eine leidenschaftliche Rede hineingesteigert – die Besiedlungspolitik gehörte zu ihren Lieblingsthemen, wie er wusste. Aber es war unverkennbar, dass sie nicht deshalb mit ihm sprach, weil ihr auch nur ein Deut an seinem Urteil lag. Längst hatte sie ihre Entscheidungen gefällt, ihr Manifest, das Einreisewillige aus den deutschen Fürstentümern nach Russland einlud, wurde in allen Städten und auf den Dörfern verteilt und fand ein gewaltiges Echo, das noch nicht verklungen war. Bei der Festung Kronstadt standen die Soldaten bereit, um die Schiffe aus Lübeck mit den Emigranten in Empfang zu nehmen und die Weiterreise an die Wolga zu organisieren.

Der Plan der Kaiserin ging auf: Die wirtschaftliche Not zwang die deutschen Bauern in die Knie, die sozialen Bedingungen nach dem Siebenjährigen Krieg verschlechterten sich ins Unerträgliche. Das Verlassen der Heimat bereitete ihnen keinen Schmerz, sondern erfüllte sie mit frischem Mut.

Wie verlockend erschien es, ein neues, sorgenfreies Leben im sagenumwobenen Russland zu beginnen, für dreißig Jahre befreit von allen Abgaben und Diensten, mit freiem Schiffstransport und Kostgeld … Nikolaj verstand, was die Menschen antrieb, die in diesen Tagen mit all ihren Habseligkeiten in Bündeln und mit großer Hoffnung im Herzen bei Kronstadt an Land gingen.

Doch konnte die Kaiserin ihre Versprechungen halten? Konnte sie die Lage weit im Süden des Landes an der unteren Wolga kontrollieren, wie sie es plante? Nikolaj bezweifelte es, aber er schwieg.

Die Hand der Kaiserin wanderte von seiner Schulter zu seinem Gesicht, wo sie mit dem Daumen zart über Nasenwurzel und Brauen strich, als wollte sie eine Falte glätten. »Du verstehst das nicht, Kolja, und das brauchst du auch nicht. Vertrau deiner Kaiserin«, flüsterte sie, als hätte er es tatsächlich gewagt, Einwände vorzubringen.

Nikolaj wusste, welche Rolle ihm in dieser Weißen Nacht in Zarskoje Selo zugedacht war, und er beabsichtigte nicht, sie abzustreifen. Ganz im Gegenteil hegte er die nicht unberechtigte Hoffnung, dass ihr nächtliches Rendezvous in nicht allzu ferner Zukunft eine Wiederholung finden könnte. Nikolaj strebte als einer der Liebhaber der russischen Zarin weder Exklusivität an noch eine Sonderstellung als innenpolitischer Ratgeber. Ihm genügte es vollends, im Dunstkreis Ihrer Majestät von ihrer Zuneigung zu profitieren. Wann immer es vonnöten sein sollte.

Ein Glitzern trat in ihre Augen, als sie sich nun über ihn beugte und die Lippen beim Lächeln öffnete, um sie mit der Zungenspitze zu befeuchten. Das Negligé schwang auf und entblößte ihre üppige Brust, als sie in einer langsamen Bewegung einen Schenkel über seine Hüfte hob.

Nikolaj erwiderte ihr Lächeln.

Er war bereit.

Buch 1: Aufbruch

Februar 1766 bei Büdingen

1. Kapitel

Waidbach, Februar 1766

Ihr könnt jetzt zu ihr gehen.« Ein kalter Lufthauch wehte aus der mit Vorhängen abgedunkelten Kammer, als Pastor Jäckel heraustrat. Er zog den Kopf mit dem grauen Haarkranz ein, um nicht gegen den Balken zu stoßen.

Er nickte Christina zu, die vor der Tür gewartet hatte, und nahm dann die hinter ihr stehende Eleonora in die Arme. Christina sah, wie er die knochigen Schultern beugte, ihre Schwester an sich drückte und ihr dabei väterlich über den Rücken streichelte.

Christina hob das Kinn und verschränkte die Arme vor der Brust. Dass sie nicht zu seinen liebsten Schäfchen in der Gemeinde zählte, war kein Geheimnis. Doch wen kratzte das? Wer brauchte die Zuwendung eines weltfremden Pfaffen? Er sollte seines Amtes walten, wann immer er gebraucht wurde wie jetzt am Sterbebett ihrer Mutter, und sich ansonsten aus den Dingen heraushalten, die ihn nichts angingen.

Ob er Mitleid für ihre Schwester empfand? Weil der verfluchte Krieg ihr früh den Mann genommen hatte und sie mit ihrer knapp dreijährigen Tochter zusehen musste, wie sie über die Runden kam?

Aber nein. Nicht die Umstände erwärmten des Pastors Herz für ihre Schwester und ließen eine Zornesfalte zwischen seinen Brauen wachsen, wann immer er in ihre, Christinas, Richtung blickte. Es lag an ihren so unterschiedlichen Wesen.

Dem Pastor passte es seit ihrer frühesten Jugend nicht, dass sie das Leben in vollen Zügen zu genießen verstand und sich mit flinken Fingern als Erste die Rosinen herauspickte, wo immer es Kuchen gab.

Das bescheidene Auftreten ihrer Schwester hingegen, ihre Sanftmut, ihr Gemeinschaftssinn und ihr geradliniges Denken fanden von Kindheit an seine Zustimmung und zauberten, wann immer er ihr begegnete, ein unerträglich gütiges Lächeln auf sein langes, faltiges Gesicht.

»Komm jetzt!« Sie packte Eleonora an der Schürze, die sie über ihrem Winterkleid trug, und riss sie aus der Umklammerung des Geistlichen.

»Ich will auch zu Mutter, ich will auch!« Die schrille Stimme der achtjährigen Klara erklang aus der Wohnstube, dann das Poltern, als sie die drei Stufen hinauf zum ersten Stockwerk des Fachwerkhauses hastete.

»Pst«, zischte Christina ihr zu.

Pastor Jäckel nahm Klaras von Sommersprossen übersätes Gesicht in beide Hände und drückte ihr einen Kuss auf die Stirn. »Geh mit deinen Schwestern, Klara, und nimm Abschied in Würde.«

»Abschied? Oh, nein, Herr Pastor, bitte nicht. Bitte machen Sie, dass sie noch nicht stirbt! Sie darf noch nicht sterben. Was soll aus uns werden, wenn sie nicht mehr da ist? Bitte, Herr Pastor, helfen Sie ihr ...«

»Kindchen, Kindchen ...« Der Geistliche presste das Mädchen an sich, streichelte über die zu Kringeln aufgedrehten honigfarbenen Zöpfe. »Gott ruft sie zu sich. Ihre Stunde ist gekommen. Hilf ihr, in Ruhe und Frieden zu gehen.«

Klaras Schluchzen an seinem Bauch verebbte. Zitternd zog sie die Nase hoch und wischte sie sich mit dem Blusenärmel ab.

Eleonora drängte sich in dem engen Flur, in dem sich der Geruch nach feuchtem Holz mit dem abgestandenen Rauch des Bollerofens aus der Küche mischte, an dem Pastor vorbei. »Wo ist Sophia? Hast du nicht gerade noch mit ihr gespielt, Klara?«

Christina unterdrückte ein Seufzen. Selbst in der Todesstunde der Mutter galt die größte Sorge ihrer Schwester wie stets dem Töchterchen.

Klara wies mit dem ausgestreckten Arm in die Wohnstube. »Sie spielt mit dem Kochgeschirr und den Löffeln auf den Dielen. Ich habe ihr eine Wolldecke untergelegt, wegen der Kälte vom Boden.«

Eleonora linste um die Ecke, um sich selbst zu vergewissern, dass es dem Kind an nichts fehlte. Der sorgenvolle Blick in ihren Augen blieb.

Nacheinander betraten die drei Schwestern das Sterbezimmer der Mutter. Das herb-bittere Aroma von Kräutern überlagerte den Modergeruch der Holzbalken. Der Doktor hatte strenge Anweisung gegeben, die Fenster nicht mehr zu öffnen, und so wölkte sich seit Tagen über dem schmalen Holzbett etwas wie der Hauch des Todes, den Theresa Weber mit jedem Ausatmen verströmte.

Christina setzte sich links von ihr auf den einzigen Hocker. Das Holz knarrte. Rechts von ihr ging Eleonora auf die Knie. Klara kauerte sich ans Fußende, umklammerte durch die Laken hindurch die Beine der Mutter und bettete den Kopf in ihren Schoß, während die Tränen über die Kinderwangen liefen.

»Mutter …« Christinas Stimme klang belegt, als sie das Gesicht der Sterbenden betrachtete. Wächsern wölbten sich die Wangenknochen unter der grauen Haut. Die Augen lagen tief in den Höhlen, von Schatten umgeben. Der Mund war eingefallen, die Lippen nach innen geglitten, die Unterlippe bebte bei jedem Ausatmen, das der Sterbenden Mühsal zu bereiten und den letzten Rest ihrer Lebenskraft zu kosten schien. Ihre Brust hob und senkte sich unter dem Tuch.

Theresa griff nach Christinas Ellbogen, mit der Rechten tastete sie nach Eleonora, die die knochigen Finger der Mutter mit beiden Händen umfing. Theresas Blick unter halbgeschlossenen, wimpernlosen Lidern heftete sich auf Christina. »Du musst es mir versprechen«, hauchte sie.

Christinas Herz begann zu pochen, während sie näher mit dem Ohr an den Mund der Sterbenden ging. »Was soll ich dir versprechen, Mutter? Was?«

»Du musst mir versprechen, dass du dich um deine Schwestern kümmerst. Dass du die Weberei fortführst mit allen Kräften, zu denen du fähig bist …« Ein heftiger Hustenanfall unterbrach Theresa. Kraftlos röchelte sie und atmete pfeifend ein. Endlich beruhigte sie sich so weit, dass sie fortfahren konnte. »Die Weberei ist alles, was ihr besitzt. Ihr müsst neue Kunden gewinnen, reichere Kunden, bessere Garne erwerben, nicht nur den Flachs von der Wiese verspinnen … Der Pastor wird euch helfen …«

»Mutter, die Weberei … ich … Ich verspreche dir, dass ich die Schwestern nicht im Stich lasse. Wir werden einen Weg finden. Du kannst in Frieden schlafen, wir werden es schaffen …«

»Die Weberei, Christina, das Lebenswerk eures Vaters. Er hat es sich so sehr gewünscht …«

»Ja, Mutter, wir versprechen es!« Klaras helle Mädchenstimme unterbrach das Flüstern der beiden. »Wir versprechen, dass wir die Weberei fortführen! Ich werde von morgens bis abends am Webstuhl sitzen, des Nachts das Spinnrad treten und mich bis nach Büdingen umhören, wo Leinwand vonnöten ist, damit wir neue Aufträge bekommen.«

Christina schoss ihr einen strafenden Blick zu, sah dann zu Eleonora, die die Stirn auf die Hand der Mutter gedrückt hielt. Ihre Schultern bebten.

Christina strich der Mutter die verfilzten Haare aus dem Gesicht. »Ich werde mich um alles kümmern. Du kannst dich auf mich verlassen. Uns wird es bessergehen als jemals zuvor, das schwöre ich dir beim Andenken unseres Vaters.«

Eigentlich hätte es Eleonora zugestanden, dieses letzte Gespräch mit der Mutter zu führen. Mit ihren einundzwanzig Jahren war sie die älteste der drei Weber-Töchter, Christina ein Jahr jünger. Klara war gerade erst acht geworden.

Es stellte aber schon seit vielen Jahren unter den Weber-Frauen niemand in Frage, dass Christina bei allen wichtigen Entscheidungen das Sagen hatte. Wie lebenstüchtig, schlau und zäh sie war, hatte sie bei vielerlei Gelegenheiten in ihrem Weiberhaushalt bewiesen. Sie war diejenige, die immer einen Laib Brot, einen Korb Eier oder ein Huhn von irgendwoher auftrieb, wenn der Hunger gar zu sehr drückte. Die irgendein Mannsbild – einen Knecht vom Nachbarhof, einen Gesellen auf der Wanderschaft – ins Haus schob, wenn der alte Webstuhl im Kellergewölbe mal wieder hakte und sich festgezurrt hatte. Die eine Handvoll fröhlicher Mägde überredete, beim Spinnen zu helfen, und ihnen dafür als Lohn im Weber-Haus lustige Gesellschaft mit den Burschen aus der Nachbarschaft bot.

Christina füllte diese Führungsrolle in der Familie mit Selbstverständlichkeit aus. Eleonora war nicht der Typ Frau, der sie ihr streitig machte. Klara war von einem ande-

ren Schlag, aber wiederum viel zu jung, als dass sie überhaupt jemand ernst nahm.
»Ruhe in Frieden, Mutter«, flüsterte Eleonora nun, da die Atemzüge der Mutter immer dünner wurden und sich ein Engelslächeln wie von einem Neugeborenen auf ihren Zügen ausbreitete.
»Ruhe in Frieden«, hauchte auch Christina in dem Moment, als Theresa ihren letzten Atemzug tat und die Luft kaum vernehmbar zwischen ihren Lippen ausströmte.
Klara schluchzte auf und schlug die Hand vor den Mund, um den Laut wie von einem gequälten Tier zu unterdrücken.

Eleonoras und Klaras Augen waren immer noch rot verquollen, als die drei Schwestern wenig später in der Stube saßen und in kleinen Schlucken heiße Milch tranken. Gleich würde der Tischler klopfen. Wie stets würde er der erste Dorfbewohner sein, der Eintritt ins Trauerhaus erhielt, um die Maße für den Sarg zu nehmen.
Sie wärmten ihre klammen Finger an den Bechern, aber die innere Kälte blieb.
»Wie geht es weiter mit der Weberei?«, fragte Klara schließlich. Sie streckte Sophia einladend die Arme entgegen, aber das Kind kuschelte sich nur noch enger auf dem Schoß der jungen Mutter zusammen. Eleonora schlang die Arme um ihr Töchterchen, als müsste sie es beschützen vor dem Tod, der durch das Haus geschlichen war und sich geholt hatte, wonach ihn verlangte.
»Gar nicht geht es weiter mit der Weberei«, gab Christina zurück. Der Tod der Mutter verursachte ein wehes Ziehen in ihrem Herzen. Andererseits kam er nicht unerwartet – sie hatten sich seit vielen Wochen, in denen die Mutter das

Bett nicht mehr verlassen hatte und nicht einmal die dünne Suppe bei sich behalten konnte, darauf vorbereitet.

Klara erstarrte.

Eleonora blickte ihre Schwester an. »Was hast du vor?«

Noch bevor sie antworten konnte, sprang Klara so abrupt auf, dass der Stuhl hinter ihr zu Boden polterte und gegen das hölzerne Spinnrad stieß. Mit dem Zeigefinger wies sie auf ihre Schwester, als wollte sie sie aufspießen. »Du hast es ihr versprochen! Du hast versprochen, dass du dich um die Weberei kümmerst. Kaum ist sie tot, da brichst du deinen Schwur schon wieder. Ich hasse dich, Christina, ich hasse dich so sehr!« Die Tränen zogen Spuren durch den Schmutz auf ihren Wangen.

Christina schüttelte den Kopf. »Denk nach, Klara. Ich habe Mutter nichts versprochen, was mit der Weberei zu tun hat. Das warst du.«

Klara fiel der Kiefer herab. Sie rückte das Spinnrad zurecht, hob den Stuhl wieder auf und ließ sich auf die geflochtene Sitzfläche plumpsen. »Wie … wie meinst du das? Eleonora, du hast gehört, was Christina gesagt hat, oder? Kümmern wollte sie sich!« Flehend wandte sie sich an ihre Lieblingsschwester.

Eleonora vergrub die Nase in den dichten Haaren ihrer Tochter, deren Farbe von Holunderbeeren sie ihr vererbt hatte. Die dunkelhaarige junge Mutter mit den saphirblauen Augen, den markanten schmalen Brauen, den weichen Gesichtszügen und den vollen Lippen und das Mädchen in ihrem Arm, das ihr jüngeres Ebenbild war, boten einen Anblick, der jedem Maler entzückt hätte. Nur der trauernde Ausdruck störte den Moment der Schönheit. »Man muss vorsichtig sein mit Schwüren, Klara. Niemals darf man leichtfertig etwas versprechen, von dem man nicht weiß, ob man es halten kann. Wie sollte es uns ohne Mutter gelingen, dem Flachsanbau, der Spinnerei, dem Weberbetrieb neuen Aufschwung zu geben, wenn es uns schon mit ihr nicht gelungen ist? Ich weiß, wie sehr sie es sich wünschte, aber bei klarem Verstand hätte sie das niemals von uns verlangt. Es ist unmöglich. Wir haben in den vergangenen Jahren nichts unversucht gelassen, und trotzdem … Am Ende wissen wir nicht einmal, wie wir den Tischler bezahlen sollen, der ihren Sarg zimmert.« Sie schluckte.

»Es ging ihr darum, dass wir versorgt sind«, widersprach Klara. »Was haben wir denn sonst außer dem Geschäft mit der Leinwand? Wovon sollen wir leben?« Eleonora gegenüber verlor ihre Stimme an Schärfe, auch wenn sie immer wieder bitterböse Blicke in Christinas Richtung warf.

Diese lauschte dem Gespräch ihrer Schwestern, während sie den Becher auf dem Tisch in den Händen drehte. Einzelne Locken ihrer Haarpracht, die sie unter einer Haube mit Klammern und Spangen zu bändigen versuchte, ringelten sich um ihr herzförmiges Gesicht. Die Wimpern warfen sichelförmige Schatten auf ihre Wangenknochen, als sie die Lider senkte.

War dies nun der rechte Zeitpunkt, um die Schwestern in ihre Pläne einzuweihen? Die Mutter war kaum eine Stunde tot …

Ein Winkelzug des Schicksals, dass ausgerechnet Pastor Jäckel den Weg gewiesen hatte. Das hatte er sich doch stets gewünscht, oder? Seit er vor fünf Wochen nach dem Gottesdienst das Manifest der russischen Zarin Wort für Wort, kommentarlos und mit stoischer Miene der Gemeinde der Protestanten vorgetragen hatte, war Christina wie besessen von der Idee, alle Brücken abzubrechen und in der Fremde ein neues Leben zu beginnen. Alles, alles klang verlockend – die freie Schiffspassage, das Handgeld, das kostenlose Land, die zinslosen Kredite … Welche Möglichkeiten sich da auftaten!

Christina fühlte Schwindel, wann immer sie von ihrem neuen Leben zu träumen begann, aber sie wusste auch, dass ihre Mutter niemals ihre Zustimmung gegeben hätte. Deswegen hatte sie ihren Plan bis zu diesem traurigen Tag gehütet wie einen kostbaren Schatz, obwohl sie schier platzte vor Abenteuerlust.

»Ich habe mich bereits nach neuen Möglichkeiten für uns umgehört«, unterbrach sie nun mit immer noch gesenktem Blick und unterdrückter Begeisterung den Wortwechsel zwischen Eleonora und Klara.

Schweigen senkte sich über die drei Schwestern. Mit vorgeneigtem Kopf starrten Klara und Eleonora sie an, während Sophia in den Armen ihrer Mutter am Daumen nuckelte.

Endlich hob Christina die Lider. Ihre Augen funkelten vor Übermut und Lebenshunger. *Nur wer den Mut hat zu träumen, hat auch die Kraft zu kämpfen,* dachte sie. »Wir ziehen nach Russland«, sagte sie.

Johann Röhrich schritt in der Wohnstube auf und ab wie ein Bär an der Kette. Das Stampfen seiner Schritte hallte von den Backsteinwänden wider, während er die Hände zu Fäusten geballt hielt.

Wann immer er das Fenster zur Dorfstraße erreichte, lugte er hinaus auf den Weg, der zu seinem Hof führte, wo er Rinder und Kleinvieh hielt. Ansonsten betrieb er hier seine Flickschusterwerkstatt, die ihm und seiner Familie in den besseren Wochen das tägliche Brot sicherte. Zu seinen

wertvollsten Besitztümern gehörten drei Milchkühe. Butter, Quark und drei Sorten Käse verkauften oder tauschten die Röhrichs in den umliegenden Dörfern.
Auf dem unebenen Weg, der das Langdorf Waidbach schnurgerade durchschnitt und von dem der Pfad zum Hof abzweigte, rumpelte ein Treck mit vielleicht einem Dutzend Fuhrwerken vorbei. Die Alten und die kleinen Kinder hockten zwischen dem mit Seilen und Tüchern befestigten und gegen das Wetter geschützten Mobiliar, alle anderen liefen nebenher, viele in ihrem Sonntagsstaat. Männer trieben schnalzend die Gäule an und zogen mit ausholenden Schritten in Richtung Büdingen. Ihr munterer Wandergesang drang zu Johann.
Der Flickschuster presste die Lippen aufeinander. *Bald, bald,* dachte er. In den Wirtshäusern in Büdingen grassierte schon lange das Russlandfieber. Er beabsichtigte allerdings nicht wie viele andere Bauern, Handwerker und Tagelöhner, seinen Besitz unter Wert an einen der Juden zu verkaufen, die die russische Zarin ausdrücklich von der Einladung in ihr riesiges Reich ausgeschlossen hatte. Er wollte einen Höchstpreis erzielen, obwohl das bedeutete, dass er sich noch gedulden musste, bevor er mit seiner Familie aufbrechen konnte. Eile war kein guter Begleiter, wenn es ums Geschäftemachen ging.
Am letzten Sonntag hatten sie seine Schwester zu Grabe getragen, die Theresa Weber, deren Mann genau wie ihr Schwiegersohn im Siebenjährigen Krieg gefallen war und die drei Töchter hinterließ. Zwei von ihnen waren allerdings keine Kinder mehr, nein, weiß Gott keine Kinder.
Johann stieß ein heiseres Lachen aus, während er wieder durch die Scheibe nach draußen stierte. Er kratzte sich im Schritt. Wo blieb sie nur?

Einmal die Woche kam seine Nichte Christina auf den Hof, um die Milch für die Familie Weber zu holen. Und um die Rechnung zu begleichen, wobei es Johann weder um klingende Münzen noch um grobes Leinen ging. Er leckte sich über die Lippen und griff sich ein weiteres Mal zwischen die Beine, um sein anschwellendes Glied in eine bequemere Lage zu bringen.
Es war wie verhext. Er brauchte nur an Christina zu denken, an ihre jungen Brüste, die wie saftige Äpfel in seine Pranken passten, an das weiße Fleisch ihrer Hinterbacken, die sich ihm lustvoll entgegenreckten, und ihm platzte schier die Hose vor Geilheit. Es verwunderte ihn vor allem deshalb, weil sie sich schon seit mittlerweile zwei Jahren zu ihren heimlichen Stelldicheins trafen, seine Lust auf sie aber immer noch zu wachsen schien.
Johann Röhrich hatte so viele Frauen in seinem Leben gevögelt, dass er nicht auskäme, wenn er an jedem Finger zehn abzählte. Die Namen hatte er alle vergessen. In den meisten Fällen hatte ein einziges Mal gereicht, um seine Gier zu stillen.
Nur mit Christina lief es anders. Das Luder verstand es, allein durch ihren wiegenden Gang, durch diese ganz eigene Art, ihm glutvolle Blicke hinter halbgesenkten Lidern zuzuwerfen, durch ihr tiefes Lachen oder eine scheinbar zufällige Berührung sein Feuer immer wieder aufs Neue zu entfachen. Vielleicht aber, und diesen Gedanken spann Johann Röhrich lieber nicht weiter, lag es auch daran, dass sie ihm zu einer Zeit in die Hände gefallen war, in der er sich dem Tod näher fühlte als dem Leben. Er war siebenundvierzig Jahre alt, und der Kriegsdienst sowie die Hungerwinter hatten ihre Spuren hinterlassen.
»Was … stapfst du hin und her?«

Johann fuhr herum und starrte zu dem langen Esstisch, an dem soeben noch seine Frau Marliese, den Kopf auf den Unterarm gebettet, geschnarcht hatte. Nun richtete sie sich auf, wischte sich mit dem Ärmel über das feuchte Kinn und versuchte, ihren Oberkörper im Gleichgewicht zu halten, während sie ihren Mann lallend ansprach.
»Geh ins Bett!«, erwiderte er mühsam beherrscht. »Schlaf deinen Rausch aus, alte Vettel.« Er presste die Fäuste zusammen, dass die Haut sich spannte. Ihn juckte es in den Händen, der Alten mit ein paar Schlägen das Maul zu stopfen. Wie sie ihn anekelte. Wie sie sich an dem Tisch breitmachte, auf dem er im Geiste bereits die gespreizten Schenkel unter den hochgeschobenen Röcken seiner Nichte gesehen hatte.
Von Jähzorn gepackt, sprang er auf seine Frau zu, zerrte sie an den Schultern hoch. »Pack dich, du Schlampe! Ich will dich hier nicht mehr sehen.«
»Ich ... will hier sein. Gib mir noch Branntwein!«
Johanns Kopf ruckte herum, bis sein Blick auf den halbvollen Becher fiel. Er nahm ihn und setzte ihn seiner Frau an die Lippen, schüttete und schüttete, obwohl sie zu husten begann und der scharfe Schnaps ihre Mundwinkel und ihren Hals hinablief. Sie japste und röchelte, doch er ließ sie erst los, als der letzte Tropfen vergossen war.
»So, hast du nun genug?« Er drehte sie herum, führte sie mit eisenhartem Griff in die angrenzende Kammer, gab ihr einen Stoß, so dass sie vor dem Bett zusammenbrach. Dann warf er die Tür zu.
Er atmete schwer, als er in die Wohnstube zurückkehrte.
Wo blieb Christina nur, verdammt. Marliese jedenfalls würde ihn in der nächsten Stunde nicht stören, seinen Sohn Bernhard wusste er in der Werkstatt, die er nicht vor den

Abendstunden schließen würde. Seine dreizehnjährige Tochter Helmine verdingte sich als Helferin bei den Waschfrauen am Dorfbrunnen.
An seinen Sohn Alfons verschwendete Johann keinen Gedanken – er war von Geburt an schwachsinnig und verbrachte den größten Teil seiner Zeit brabbelnd im Bett, wo er zusammengekrümmt wie ein Säugling lag und seine Finger betrachtete oder beleckte.
Was hätte Johann darum gegeben, wenn ihm seine verlotterte Frau und der Schwachkopf weggestorben wären, bevor er in sein neues Leben aufbrach. Wie Eitergeschwüre hingen ihm die beiden am Bein. Johann hegte die Hoffnung, dass die wochenlange Reise nach Russland über ihre Kräfte gehen würde, und malte sich in beglückenden Träumen aus, wie die erkalteten Körper seiner Frau und seines Sohnes über die Reling des Schiffes, das sie von Lübeck nach Kronstadt bringen würde, gehievt wurden und auf den Grund der Ostsee sanken.
Endlich ging die Tür auf. Beleuchtet vom trüben Licht der Februarsonne, stand sie vor ihm wie ein Engel, in der Hand die blecherne Milchkanne, im Gesicht dieses Lächeln, das mehr Einladung als Gruß war.
Er trat auf sie zu und riss sie in die Arme, um sie atemlos zu küssen. Seine Bartstoppeln kratzten über ihre Samthaut. Gleichzeitig nestelte er mit der Rechten an ihrem Mieder, gierig darauf, endlich das zarte Fleisch zu kneten. Scheppernd ging die Milchkanne zu Boden.
Christina stemmte sich mit den Fäusten gegen die Brust des Onkels. Dann löste sie eine Hand, ließ sie tiefer gleiten und umfasste durch den Stoff der Beinlinge sein angeschwollenes Glied, während sie ihn triumphierend anschaute.

Johann stöhnte auf und legte den Kopf in den Nacken, als er ihre Finger spürte, die so feingliedrig waren und doch so fest zugreifen konnten. Der eben noch erlebte Jähzorn heizte seine Triebe an wie Öl das Feuer. Er war wie von Sinnen vor Begierde, und dieses Luder spielte mit ihm.

»Ich sehe, du hast auf mich gewartet.« Christina lachte auf.

»Komm rein, ich besorg's dir hier gleich auf dem Tisch«, keuchte er. »Dir wird das Lachen schon vergehen, du Miststück.«

»Wo ist Tante Marliese?«

»In der Schlafkammer. Die wird uns nicht stören, die Alte. Sturzbesoffen ist sie mal wieder.«

»Wenn sie aufwacht?«

»Wird sie nicht. Komm schon …« Wieder wollte er sie küssen, mit den Lippen ihre frei liegenden Brüste umfangen, aber sie entwand sich ihm und knöpfte das Mieder zu.

»Das ist zu riskant. Ich möchte nicht von Tante Marliese überrascht werden.«

»Gehen wir in die Scheune.« Schon packte er sie am Ellbogen und zog sie hinter sich her.

Christina kicherte über seine Eile. Ihre Unbeschwertheit spornte ihn nur noch mehr an.

In der Scheune ließ er sich nicht länger aufhalten. Er drehte Christina in seinen Armen herum, drückte ihren Rücken nieder, so dass sie sich mit beiden Händen an einem der Holzbalken festhalten musste, um nicht das Gleichgewicht zu verlieren. Mit einer Hand hob er ihre Röcke, mit der anderen öffnete er seine Gürtelschnalle und ließ die Hose auf die Waden fallen. Tief drang er in sie ein, stieß im rasenden Rhythmus wieder und wieder gegen ihr weiches Fleisch, bis er zu explodieren glaubte.

Mit geübtem Griff glitt er aus ihr heraus und erleichterte sich stöhnend ins Heu. Fast übermenschliche Überwindung kostete ihn dieser Schritt jedes Mal, aber er nahm es in Kauf, weil ihm die Nichte als kecke Gespielin tausendmal lieber war denn als trächtige Stute.

Während Christina ihre Röcke wieder ordnete und ihr Mieder zuknöpfte, ließ sich Johann, tief ermattet, breitbeinig auf dem mit Stroh bedeckten Boden nieder. Sein schlaffes, feucht glänzendes Glied lag wie ein toter Wurm zwischen seinen behaarten Beinen. Er atmete mit geöffnetem Mund und hielt die Lider geschlossen. Als er die Augen aufschlug, stand Christina immer noch da, fertig angezogen, abwartend.

»Worauf …? Ach so.« Er grinste und beugte sich vor, um in den an seinem Gürtel befestigten Lederbeutel fassen zu können. Von unten schnipste er ihr eine Münze zu, die sich mehrmals in der Luft drehte.

Christina fing sie gekonnt auf und steckte sie in ihr Dekolleté. Sie knickste und neigte spöttisch lächelnd den Kopf. »Danke, Onkel.«

»Wo die Milch steht, weißt du«, fügte er noch hinzu.

Sie nickte, warf ihm eine Kusshand zu und wandte sich zum Gehen.

»Ach, Christina?«

Schon am Scheunentor, drehte sie sich noch einmal um. Fragend hob sie eine Braue.

»Habt ihr schon einen Termin vom Werber?«

Christina schüttelte den Kopf. »Es … es gibt da noch einiges zu erledigen …«, erwiderte sie vage.

»Wir sollten es so einrichten, dass wir als Großfamilie gemeinsam losziehen.«

Aus Christinas Gesicht wich die Farbe. »Wie … wie meinst

du das? Gemeinsam? Wollt ihr auch Haus und Hof verlassen und nach Russland übersiedeln?«
Johanns Brust bebte vor Lachen. »Was dachtest du denn? Die Steuern hier fressen den größten Teil meiner Einnahmen. Bei den Russen brauchen wir dreißig Jahre lang keine Abgaben zu zahlen. Stell dir das vor!«
»Aber … aber … was ist mit Tante Marliese, mit Alfons? Die beiden … wie wollen sie die Reise überstehen? Ich dachte, wegen ihnen würdest du bleiben?«
Johann spuckte neben sich aus, rappelte sich auf die Beine, zog die Hose hoch und begann, den Gürtel zu schnallen. »Geht mich das was an? Wenn sie mitwollen, werden sie die Zähne zusammenbeißen müssen. Wenn sie krepieren, brauche ich zwei hungrige Mäuler weniger zu stopfen. Ich weine ihnen keine Träne nach.«
Wieder lachte er, während Christina erschauderte und ohne ein weiteres Wort verschwand.

Christina legte das Schultertuch über ihren Scheitel, als sie den Weg zum Weber-Haus einschlug. Die Schneeschmelze hatte erst vor wenigen Tagen eingesetzt. Matschig und voller Schlaglöcher, in denen sich das Eiswasser sammelte, lag die Straße vor ihr.
Obwohl sie die Worte ihres Onkels nicht unvermittelt trafen – sie kannten sich lange genug – und obwohl sie selbst genau wie er dazu neigte, ihre eigenen Belange weitaus wichtiger zu nehmen als die Gefühle ihrer Mitmenschen, verursachte ihr seine Grausamkeit leichtes Unbehagen.
Bevor Tante Marliese jedes Maß beim Trinken verloren hatte, galt sie im Dorf als eine durchaus liebenswerte Frau, deren Melancholie jeden anrührte, nur nicht ihren eigenen Mann.

Und Alfons, der Idiot? Einmal hatte sie ihm aus einer Laune heraus an Weihnachten einen Strohstern gebracht. Er hatte gestottert, unverständliches Zeug gebrabbelt und vor Freude geweint wie ein Kind, das er mit seinen sechzehn Jahren nicht mehr war. Der Speichel war aus seinen Mundwinkeln auf ihre Schulter getropft, als er sie viel zu fest umarmte.

Aber dass Johann mit seiner Familie beabsichtigte, genau wie sie nach Russland auszuwandern – damit hatte sie nicht gerechnet.

Es passte ihr nicht in die Pläne.

Ebenso wie ihr ärmliches Leben im Weber-Haus wollte sie den Onkel mit seinen fordernden Pranken hinter sich lassen.

Hatte es sie anfangs mit Stolz erfüllt, ein gestandenes Mannsbild mit ihrem jungen Körper schier in die Raserei zu treiben, empfand sie ihn inzwischen nur noch als eine Last. Obwohl er es nie aussprach, wusste sie, dass er auf seinem Alleinrecht an ihren Gefälligkeiten bestand. Wären da nicht die Milch für die Schwestern und die Münzen, die er ihr für besondere Wünsche zuwarf, hätte sie die Angelegenheit schon lange beendet.

War es nicht eine Schande, dass sie ihre Jugend an diesen alten Mann verschwendete?

Wenn sie mit einem Lächeln auf den Lippen nackt vor dem fast blinden, gesprungenen Spiegel in ihrer Kammer posierte und dem Herrgott für die Vollkommenheit ihres Körpers dankte, fragte sie sich in den letzten Wochen immer häufiger, ob sie mit ihrer weit über die Dorfgrenzen hinaus gerühmten Schönheit nicht viel mehr erreichen konnte. Sehr viel mehr.

Sie sprang zur Seite, als sie hinter sich das Rumpeln eines

Karrens vernahm. Familie Melcher zog an ihr vorbei, der Vater führte mit dem jugendlichen Konrad den Gaul, die Mutter schritt, das Kopftuch unterm Kinn geknotet, neben dem Wagen einher, auf dem die beiden jüngsten Sprösslinge hockten. Sie nickten ihr zu. Konrad grinste und drehte sich zu ihr, um ihr zuzuzwinkern.

Christina hob den freien Arm. »Wohlan! Gute Reise!«

»Worauf wartest du noch, Christina?«, rief Konrad beherzt. »Komm, schließ dich uns an!« Das brachte ihm einen kräftigen Schlag mit der flachen Hand auf den Hinterkopf. Die Ohren des Jungen glühten dunkelrot ob der Demütigung.

Christina lachte ihn aus. Sie wusste, dass die Melchers nach Büdingen zogen, wo sich in diesen Tagen alle Auswanderer der Grafschaft Ysenburg sammelten.

Ein paar Tage eindringliche Überzeugungskraft hatte es sie gekostet, ihrer Schwester Eleonora die Auswanderung nach Russland als ihre einzige Chance darzustellen. Letzten Endes gab wohl ihre Beteuerung, dass nur dort auf Sophia eine sorglose Zukunft wartete, den Ausschlag, dass sich Eleonora nicht länger widersetzte.

Es war schon ein Kreuz mit Eleonora, befand Christina. Während sie selbst das Glück bei jeder sich bietenden Gelegenheit beim Schopfe packte, brauchte Eleonora für alle Entscheidungen eine schier unendliche Zeit des Nachdenkens und Abwägens. Niemals setzte sie auf Risiko, niemals entschied sie aus dem Bauch heraus.

Auch äußerlich waren sie so verschieden, dass keiner sie für Schwestern hielt. Während Christina die hellen Haare und die Haut der Mutter geerbt hatte, schimmerten Eleonoras Haare nachtschwarz wie die der Großmutter väterlicherseits, die längst das Zeitliche gesegnet hatte.

Wer von ihnen beiden nun die Schönere war, vermochte kein Mensch zu beurteilen. Fest stand nur, dass Christina mehr Eifer darein legte, ihr Aussehen gewinnbringend einzusetzen, während sich Eleonora schon in jungen Jahren an den gleichaltrigen Andreas gebunden, ihn mit siebzehn geheiratet und noch im selben Jahr wieder verloren hatte. Nun saß sie da mit ihrer Schönheit und ihrem Kind. Welcher Mann wollte schon eine Frau mit dem Blag eines anderen?
Christina lächelte, als sie daran dachte, wie einfach es war, eine Schwangerschaft zu verhindern. Beim ersten Mal hatte sie gestaunt, als Johann seinen Samen statt in sie auf den Boden verspritzte. Aber dann erkannte sie, dass dies die schlicht perfekte Methode war, um zu verhüten, dass ein Kind in ihr heranwuchs.
Warum nur machten das nicht alle so?, fragte sie sich. Wie viel Leid könnte verhindert werden, wenn der Samen der Männer nicht in den Frauen aufging, sondern auf dem Boden vertrocknete?
Ganz davon abgesehen war ein Kind, gar von Johann, das Letzte, was sie in ihrem Leben gebrauchen konnte. Mütterliche Regungen bei anderen gingen ihr auf die Nerven. Noch das beste Gefühl, das sie überkam, wenn ihre Schwester das Töchterchen abherzte, war Unverständnis.
Eleonora hatte sie von ihren Auswanderungsplänen überzeugen können, aber Klara führte sich bockiger als ein Maultier auf, seit sie wusste, dass es sich bei Christinas Ankündigung, die Heimat zu verlassen, keineswegs um einen üblen Scherz, sondern um einen bereits ausgeklügelten Plan handelte.
Geschrieen und gestampft hatte sie wie der Leibhaftige und Flüche ausgestoßen, die selbst Christina vor Scham das Blut in die Wangen trieben. Christina hatte die Hand gegen

die Schwester erhoben, aber noch im Rauslaufen hatte Klara ihre Beschimpfungen fortgesetzt.
In Erinnerung daran kochte erneut Zorn in Christina hoch. Was bildete sich dieses missratene Geschöpf ein? Glaubte sie tatsächlich, auf diese Art ihre Pläne durchkreuzen zu können? Keinesfalls würde sie sich von der jüngeren Schwester in die Suppe spucken lassen. Sie würde zu drastischen Erziehungsmaßnahmen greifen, falls die Göre sich noch länger gebärdete wie tollwütig. Was konnte schlimm daran sein, der Einladung der mächtigsten Frau der Welt in ihr Land zu folgen? Zarin Katharina war selbst Deutsche. Hatte es ihr etwa geschadet, die Heimat zu verlassen?
Christina sah auf, als ihr eine hagere Gestalt entgegenkam, den Kopf gesenkt gegen den leichten Wind, die Kapuze des Umhangs, der um sie flatterte wie um das hölzerne Gerippe einer Vogelscheuche, weit in die Stirn gezogen. Trotzdem erkannte Christina sie sofort – Anja Eyring, die Tochter des Apothekers.
Mit einem flüchtigen Nicken wollte Anja an ihr vorbeilaufen, aber Christina sprach sie an. »Gott zum Gruße, Anja! Dank dir nochmals für die Kräutersalbe, die du gebracht hast.«
Christina kannte die zwei Jahre ältere Frau wie alle Bewohner von Waidbach und den angrenzenden Dörfern. In der kurzen Zeit der Kindheit hatten sie miteinander auf den Feldern herumgetollt, bevor das Leben sie lehrte, ums Durchhalten zu kämpfen und die Schüsseln auf dem Tisch zu füllen, statt übermütig den Feldhasen hinterherzujagen und Wildblumen zu Kränzen zu binden.
Offenbar widerwillig blieb Anja stehen und linste unter der Kapuze hervor, ohne sie abzunehmen. Christina wuss-

te, dass sie jede Möglichkeit nutzte, das Feuermal, das sich von ihrer linken Wange über den Hals bis zur Brust zog, zu verbergen. »Hat ja nun nichts genutzt. Mein Beileid noch, Christina, zum Tod der Mutter.«

»Danke, Anja. Doch, hat was genutzt. Immerhin konnte sie deshalb die letzten Tage besser atmen.«

Anja hob die Schultern. »Ich muss weiter. Die Veronica kommt nieder. Die Hebamme hat nach mir rufen lassen wegen der Salbe zum Dehnen …«

Christina nickte und setzte ihren Weg fort. Solcherart Neuigkeiten kümmerten sie nicht.

Links bog sie zum Weber-Haus ab. Aus der Entfernung erschien ihr das morsche Fachwerk mit den rissigen Füllungen, als könnte der nächste kräftige Windstoß es umpusten wie ein Kartenhaus.

Der Vorgarten lag um diese Zeit brach, der Schnee hatte das Herbstunkraut niedergedrückt, das nun in braunen, fauligen Halmen wieder zum Vorschein kam.

Vor ein paar Jahren noch war gerade dieses Gartenstück Mutters Lieblingsplatz gewesen. Die drei Apfelbäume, der Walnussbaum, die zahlreichen Kräuter zwischen Findlingen und Mutterboden, die Möhren und Zwiebeln, die den Kohleintopf verfeinerten … Die Läden der Kellerfenster, hinter denen sich der Webstuhl und der Lagerraum für das Leinen befanden, hingen schief in den Angeln. Einige zersplitterte Holzbalken ragten hervor und faulten in der spätwinterlichen Luft.

Nein, das Weber-Haus machte keinen heimeligen Eindruck mehr. Christina würde das Zuhause ihrer Kindheit nicht vermissen. Noch bevor sie die zwei Stufen zum Eingang erreichte, wurde die hölzerne Tür knarrend aufgerissen.

Mit Sophia auf dem Arm stand Eleonora vor ihr, ihr Gesicht weiß wie Sauermilch, die Augen angstvoll aufgerissen. »Christina, endlich ...«, stieß sie hervor.
Christina verhielt den Schritt vor den Stufen, starrte zur Schwester hinauf. »Was ist passiert?«
»Klara ... Sie ist verschwunden.«

2. Kapitel

Marliese Röhrich wusste nicht, wie lange sie auf dem Boden der Schlafkammer gelegen hatte. Als sie erwachte, fühlte sie einen stechenden Schmerz hinter ihren Schläfen. Sie blinzelte und stöhnte. Schräg fielen die Strahlen der Nachmittagssonne auf die Bodenbretter.
Wie lange war sie bewusstlos gewesen? Ein paar Stunden, ein paar Minuten? Ein schepperndes Geräusch hatte sie geweckt, aber Marliese wusste es nicht einzuordnen.
Sie stützte die Handflächen auf den Boden, um sich aufzurichten. In ihrem Kopf begann es sich zu drehen, die Übelkeit in ihrem Magen trieb einen sauren Geschmack in ihren Mund.
Sie schluckte mehrfach, um gegen den Drang, sich zu übergeben, anzukämpfen, doch vergeblich. Mit einem lauten Würgen erbrach sie sich auf allen vieren am Fußende des Ehebettes. Tränen und Speichel flossen über ihr Gesicht. Sie wischte es sich mit der flachen Hand ab.
Endlich gelang es ihr, sich aufzurichten.
Sie setzte sich auf das Bett, starrte auf ihre im Schoß gefalteten Hände und versuchte, ruhig zu atmen.
Er hatte sie in die Kammer getrieben wie ein störrisches Stück Vieh, sie geschubst, so dass sie hart auf den Boden fiel … Sie biss sich auf die Lippen.
Auch ohne die neuerliche Demütigung wusste Marliese, wie sehr ihr Mann sie verachtete, wie sie ihn anwiderte und anekelte. Konnte sie es ihm verübeln? Der Frau, die sie heute war, gebührte kein Respekt. Unwillig wischte sie mit zwei Fingern eine Träne weg.
Wie Gift sickerte aus ihrem tiefsten Inneren dieser Schmerz

hervor, den sie mehr als alles andere in ihrem Leben fürchtete und den sie nur auf eine einzige Art zu betäuben verstand. Ihre Hände begannen zu zittern.

Branntwein, sie brauchte Branntwein.

Die letzten Schlucke hatte sie herausgewürgt. Ihr Körper fieberte vor Gier nach neuem Schnaps.

Sie erhob sich, verharrte einen Moment und bemerkte zu ihrer Erleichterung, dass das Schwindelgefühl nachließ. Mit staksigen Schritten verließ sie die Kammer, trat in die Wohnküche.

Der Raum war leer, das Feuer im Ofen fast niedergebrannt, die Tür zum Hofplatz stand sperrangelweit offen. Sie zog die Schultern hoch, als ein Frösteln ihren Körper schüttelte. Dann begann sie mit fahrigen Fingern, die Schränke und Regale nach Branntwein zu durchstöbern.

Sie atmete schwer, als ihre Suche erfolglos blieb, stützte sich auf den Küchentisch, bemühte sich, ihre flatternden Gedanken zu ordnen, während sich auf ihrer Stirn Schweißperlen bildeten.

Im Schuppen … Hatte Johann das Fässchen Branntwein, das er aus Büdingen mitgebracht hatte, bei seinen Werkzeugen versteckt? Wo sonst? Das sähe ihm ähnlich, den Schnaps vor ihr in Sicherheit zu bringen und sie verdursten zu lassen.

Sie wandte sich um und trat aus der Tür. Der Schuppen mit den zerborstenen Fenstern und dem löchrigen Dach lag dem Haus schräg gegenüber, rechts davon die langgezogene Scheune und der Kuhstall.

Der Gedanke, die freie Fläche des Hofs zu überqueren, ließ Panik in ihr aufsteigen. Sie atmete schneller, kämpfte gegen die unvermittelt einsetzende Todesangst an. Es musste sein, ihr blieb keine Wahl.

Wie eine Marionette setzte sie einen Fuß vor den nächsten. Sie wusste, warum sie das Haus selten verließ, obwohl sie sich diese Ängste nicht erklären konnte. Ihr Herz hämmerte, als wollte es aus der Brust springen. Die Luft wurde ihr knapp.

Doch weiter, weiter! Der Schnaps würde ihr helfen und die Panik eindämmen.

Geräusche ließen sie innehalten, als sie an der Scheune vorbeistakste, deren Tor weit offen stand. Rasch verbarg sich Marliese mit immer noch rasendem Pulsschlag in der Nische zwischen den beiden Gebäuden hinter dem Misthaufen. Sie starrte in das Dämmerlicht des Schobers, während das Blut in ihren Ohren rauschte.

Sie sah den weißen, schlaffen Hintern ihres Mannes, zwischen seinen gespreizten Beinen schlanke junge Schenkel. Wie ein brünstiges Tier grunzte Johann im Rhythmus seiner Bewegungen.

Wieder stieg das Würgen in Marliese hoch. Mit offenem Mund atmend, stützte sie sich auf die Mistgabel, die gegen die äußere Wand des Schuppens lehnte, bis sie grüne Flüssigkeit erbrach, deren Geschmack sich gallebitter in ihrem Mund ausbreitete.

Wie gehetzt ging ihr Blick wieder zu Johann. Und … Christina. Natürlich. Das hätte sie sich denken können, er konnte die Finger von dem jungen Ding nicht lassen.

Dass er sich schon kurz nach der Hochzeitsnacht andere Weibsbilder genommen hatte, wusste Marliese. Sie erinnerte sich schwach, wie es in den ersten Jahren geschmerzt hatte. Bis sie herausfand, welch wirkungsvolles Mittel es gab, alles Fühlen zu betäuben.

Als sie nun beobachtete, wie Christina ihre Röcke richtete und Johann auf den Boden sank, mischte sich in die Panik ein unbändiger Hass. Wie er da neben seinem Erguss hockte mit seinem verrunzelten Glied, der benebelte Ausdruck in seinen kleinen Augen, die feuchten, wulstigen Lippen beim Atmen geöffnet ...

Der Gestank des Misthaufens neben ihr drang in ihre Lunge, als sie tief Luft holte. Wie viel Leid hatte dieser Mann über sie gebracht. Wie hatte er sie gedemütigt, getreten, geschlagen, bespuckt ... Und wie selbstgefällig nahm er sich, was ihm gefiel und worauf er glaubte, ein Anrecht zu haben.

Zum ersten Mal seit vielen Jahren verspürte Marliese heftige Regungen, die sie mit dem Kiefer mahlen und die Mistgabel so fest umklammern ließen, dass sich die pergamentdünne Haut über ihren Fingerknöcheln zum Zerreißen spannte. Sie wusste, dass der nächste Schluck Schnaps diese Empfindungen auf der Stelle dämpfen und schließlich verklingen lassen würde.

Schon wollte sie ihren Weg fortsetzen, den Schuppen nach dem ersehnten Fässchen durchsuchen, da wandte sich Christina um.

Sofort verbarg sich Marliese, drückte sich an die Holzwand. Hörte wie durch trübes Wasser den kurzen Wortwechsel der beiden, bevor die junge Frau davonlief, um hinter dem Kuhstall die Milch abzufüllen und sich auf den Heimweg zu begeben.

Wenn sie krepieren, brauche ich zwei hungrige Mäuler weniger zu stopfen. Ich weine ihnen keine Träne nach.

Marliese wusste, was ihr Mann von ihr hielt. Aber diese Worte trugen dazu bei, dass sich der Hass in ihr verdichtete und gefährlich zu brodeln begann. Sie griff sich an den Hals, glaubte einen kurzen Moment lang zu ersticken, kniff die Augen zusammen.

Als sie sie wieder öffnete, stand er vor ihr.
Auf seinen Zügen machte der Ausdruck der Überraschung einer spöttischen Miene Platz, als er sie anstarrte. »Was gaffst du hier, Alte?« Sein Lachen ging in ein Husten über, aber die Fältchen um seine glitzernden Augen blieben. »Geilt es dich auf, mir beim Vögeln zuzuschauen, ja? Hat es deine vertrocknete Pflaume zum Leben erweckt?« Ein verächtliches Grinsen breitete sich in seinem Gesicht aus, als er mit ausgestreckter Hand, als wollte er sie im Schritt berühren, auf sie zutrat.
Sie wich zurück, die Mistgabel fest umklammert.
Er stierte auf die Zinken. Wieder ein hohnschnaubendes Lachen. »Was willst du mit der Harke? Willst du sie mir in den Bauch rammen? Mach dir nichts vor, Alte, selbst dafür fehlt dir die Kraft. Du bist zu gar nichts mehr zu gebrauchen.«
Als sie ein weiteres Stück zurückwich, um seiner Hand auszuweichen, stolperte sie und landete auf dem Misthaufen.
Johann stützte die Hände in die Hüften und legte beim Lachen den Kopf in den Nacken. »Ja, drück dich in die Hühnerscheiße, alte Vettel! Da gehörst du hin.«
Wie eine Rotte hungriger Ratten verbiss sich jedes einzelne Wort ihres Mannes in ihr. Marliese wollte schreien vor Schmerz, aber kein Laut drang aus ihrem weit geöffneten Mund. So oft hatte er sie in den letzten Jahren gedemütigt, aber nun, da sie fast ausgenüchtert war und vor Verlangen nach Schnaps am ganzen Körper zitterte, war es, als fehlte eine Schutzwand, und all seine Bosheit drang bis in ihr tiefstes Inneres.
Dann war es, als explodierte etwas in ihr, gefolgt von einem gleißenden Blitz hinter ihrer Stirn. Es war, als verließe sie

ihren Körper und beobachtete sich selbst, wie sie auf einmal die Zähne knirschend zusammenbiss, sich emporstemmte, mit beiden Händen die Mistgabel packte, sie anhob. Sie sah, wie das Grinsen aus seinem Gesicht fiel, wie er die Arme hochreckte und einen Schritt zurückwich. Dann sah sie sich wieder selbst, wie sie zustieß.

Ein tiefer Schrei hallte über Haus und Hof. Marliese bemerkte erst einen Wimpernschlag später, dass sie selbst ihn hervorgebracht hatte, während die Zinken der Mistgabel durch Johanns Leinenhemd und in seine Gedärme drangen wie durch ranzige Butter. Das vergilbte Weiß des Hemdes färbte sich zu dunklem Rot.

Ungläubigkeit breitete sich in den verzerrten Zügen ihres Mannes aus. Dickflüssiges Blut gluckerte aus seinem Mund, die Augen schienen aus ihren Höhlen zu quellen. Wie eine Ewigkeit erschien es Marliese, während sie auf ihren wankenden Mann starrte, bis er endlich zusammenbrach. Der durchbohrte Leib sank seitlich vor ihre Füße, der Kopf mit dem Gesicht voran auf den im Schatten dampfenden Misthaufen.

Nicht weit entfernt, in der Schusterwerkstatt, plazierte Bernhard Röhrich an der Werkbank einen Flicken auf dem Sonntagsschuh des Schlachters, den dieser verschämt abgegeben hatte: »Mach nur das Nötigste dran, Bernhard. Du weißt …«

Bernhard hatte genickt. »Schon in Ordnung, Wilhelm.«

Der Schlachter gehörte zu den wenigen, die ihre Schuhe noch zum Ausbessern brachten. Die meisten anderen trugen sie, bis sie ihnen in Fetzen von den Füßen fielen, oder hielten sie mit umwickelten Stoffbahnen zusammen, bis sie an den ersten warmen Tagen barfuß laufen konnten. In diesen Zeiten hatte keine Familie in Hessen einen Kreuzer zu viel.

Im Herbst nach der letzten Schlachtung hatte ihm Wilhelm vorsorglich einen Kübel Talg vorbeigebracht, wertvolles Material, um die für den Winter dringend benötigten Kerzen gießen zu können. Deswegen war er ihm nun einen kleinen Dienst schuldig. Eine komplette Erneuerung, die das Schuhwerk dringend gebraucht hätte, ging allerdings über das hinaus, was ein Kübel Talg wert war. Das wusste Bernhard so gut wie sein Kunde.

Trotzdem verrichtete Bernhard das vom Vater erlernte Handwerk sorgfältig und konzentriert, als wäre ein Edelmann aus der Stadt der Kunde und nicht etwa der zerlumpte Wilhelm vom Nachbarhof.

Alles, was Bernhard anpackte, erledigte er mit Bedacht und höchstem Anspruch an sich selbst.

Der harzig-würzige Geruch nach altem Leder und Leim umgab ihn, die milchige Sonne blinzelte durch die Fenster der Werkstatt und ließ aufgewirbelte Staubkörner blinken. Bernhard strich sich eine Strähne der schulterlangen Haare, die er im Nacken mit einem Lederband zusammenhielt, hinter die Ohren und griff nach der Drahtbürste, um den Schmutz rund um das Loch im Schuh zu entfernen. Bis zum Einsetzen der Dunkelheit sollte er diese Arbeit erledigt haben.

Die Flickschusterei war nicht das, was sich der Zwanzigjährige vom Leben erträumte. Es gab allerdings auch nichts anderes, wonach er sich gesehnt hatte, bis vor wenigen Wochen in der Kirche zum ersten Mal das Manifest verlesen worden war.

Ein, zwei Abende lang hatte er in der Stille vor dem Einschlafen, wenn der Mond in seine Kammer schien, mit dem

Gedanken gespielt, ganz allein nach Russland aufzubrechen, allem Elend den Rücken zu kehren, aber sein Gewissen ließ ihm keine Ruhe.
Er konnte sie nicht im Stich lassen.
Seine hilflose Mutter nicht, nicht den schwachsinnigen Bruder und die Schwester, die an ihm mit einer so unerschütterlichen Zuneigung hing, dass ihm der Gedanke, sie zu enttäuschen, das Herz schwer machte. Dem Familienvater sollten Liebe und Respekt gehören, aber Johann hatte schon vor vielen Jahren mit seinem herrischen, jähzornigen Gebaren alles Ansehen eingebüßt.
Schließlich hatte der Vater selbst die Angelegenheit zur Sprache gebracht. Warum nicht auswandern, wenn sie ohnehin nichts mehr zu verlieren hätten?
Bernhard hatte gezögert. Was sollte drüben, in dem großen Reich, anders sein, wenn sie ihr erbärmliches Familienleben dort fortsetzten? Er bezweifelte, dass der Himmel über Russland Einfluss auf den Charakter seines Vaters haben würde, und Fusel für die Mutter, der sie zu einem hilflosen Wrack verkommen ließ, gab es überall.
Trotzdem aber unterstützte Bernhard seinen Vater, holte sich alle notwendigen Auskünfte von einem der zahlreichen Werber der Zarin, hörte sich nach zahlungskräftigen Käufern für die Werkstatt, den Hof und das Vieh um.
Ein Schrei, der ihm durch Mark und Bein ging, ließ ihn in seiner Flickarbeit innehalten. Er lauschte.
Was war das? Ein verletztes Tier? Eine der Hofkatzen, die sich am Waldrand mit einem Fuchs anlegte? Aber nein, der Schrei kam von drüben, von der Scheune her.
Bernhard legte Schuh und Werkzeug beiseite, wischte sich die Hände an den Beinlingen ab und öffnete die Werkstatt-

tür. Sein ungewöhnlich hoher Wuchs hatte ihn schon in frühester Jugend gelehrt, mit gebeugtem Rücken zu gehen, um nicht gegen Türrahmen zu stoßen. Die krumme Haltung gehörte zu seinem Erscheinungsbild wie der mit einem Lederband umwickelte Zopf im Nacken.

Die Hof lag keine zwanzig Schritte entfernt, dazwischen nur der Gemüsegarten, in dem die Mutter Rüben und Kohl zog und früher, als sie noch Freude an solchen Dingen hatte, Levkojen und Lilien.

Bernhard hastete weit ausschreitend über den von Unkraut überwucherten, mit glitschigen Kieselsteinen bedeckten Weg zwischen den verwilderten Beeten und um die Scheune herum.

Nach Atem ringend, blieb er stehen, sah, dass die Haustür weit offen stand. Die mageren Hühner pickten im Schlamm auf dem Hof.

Neben dem Misthaufen entdeckte er seine Mutter. Sie stand da wie ein Gespenst mit ihren ungekämmten, vom Kopf abstehenden grauen Haarflusen, das Gesicht kalkweiß, den Mund zu einem Schrei verzogen, die Augen blutunterlaufen. Die Arme hatte sie von sich gestreckt, die Hände und Finger verkrampft. Das dünne graue Kleid schlotterte um ihren knochigen Körper.

»Mutter!« Bernhard rannte los. Er wusste nicht, wann er sie das letzte Mal unter freiem Himmel gesehen hatte. Was hatte sie bewogen, die Sicherheit des Hauses zu verlassen? Und was, in Gottes Namen, hatte sie bewogen, so markerschütternd zu schreien?

Wenige Schritte vor ihr erkannte Bernhard, was sie aus der Fassung gebracht hatte. Er fühlte sich, als liefe ein eiskaltes Rinnsal über seinen Rücken. Der Stiel der Mistgabel, die noch in seinem Vater steckte, zeigte wie ein anklagender

Finger auf die Mutter. Ein Gemisch aus Blut und Gedärm sickerte aus dem Körper des Toten in den Hofschlamm.
Bernhard riss den Blick von seinem toten Vater los und starrte in die wässrig rötlichen Augen der Mutter. Worum flehte sie stumm? Er möge die Tat ungeschehen machen? Er möge sie in den Arm nehmen und trösten, ihr beistehen im Angesicht des Toten?
»Bernhard, ich …«, begann sie schließlich mit heiserer Stimme zu stammeln.
Mit einem Satz war er bei ihr, umfasste, so sanft es ihm ob seiner brennenden Gefühle möglich war, ihre Schultern. »Was ist passiert, Mutter? Was?«
Sie schluckte. »Er war … Er hat wieder …«
»Hast du ihn umgebracht, Mutter? Hast du es getan?« Sein Herz brannte vor Mitgefühl, als er die Qual in ihren Augen erkannte. Tränen lösten sich und suchten sich ihren Weg zwischen den Furchen ihres Gesichts.
»Ich wollte es nicht, Bernhard. Du musst es mir glauben, ich … er …« Ihre Stimme schwoll an, klang nun fast hysterisch.
Wie gut konnte er sie verstehen … Ein Wunder, dass sie es nicht schon früher getan hatte.
Was konnte ein Mensch ertragen an Erniedrigung? Bernhard wusste um das Leid seiner Mutter, hatte in all den Jahren mit ihr gelitten, als Junge in die Kissen geweint, als Heranwachsender versucht, Herr über die Wut zu werden, die in ihm kochte wie Lava in einem Vulkan. Wut auf den Vater, Wut auf dieses Leben, zu dem er verdammt war … Nein, er würde keine Träne um den Toten weinen, der mit dem Gesicht im Misthaufen zu seinen Füßen lag.
Bernhard versuchte, einen klaren Gedanken zu fassen. Die

Situation war eindeutig. Jeder, der seinen Vater so liegen sah, würde wissen, dass er ermordet worden war.
Das durfte nicht geschehen ...
Seine Mutter war viel zu verwirrt und schwach, um sich zur Wehr zu setzen. Sie würde alles gestehen, wenn nur ein scharfer Blick sie traf.
Er musste es anders arrangieren ...
Er musste seine Mutter da heraushalten.
Sie hatte es nicht verdient, am Galgen zu hängen – wenn das einer verdient hatte, dann der Tote zu seinen Füßen, dem der letzte Rest Lebenssaft aus dem Körper floss.
Bernhard holte tief Luft, schaute hinab auf den Vater, in die Scheune, fasste einen Plan ...
»Es war ein Unfall, Mutter«, sagt er schließlich. »Komm, pack mit an!«
»Was ... was redest du da, Bernhard?« Hilflos hob Marliese die Arme und ließ sie wieder sinken. »Es war kein Unfall, ich habe ihn getötet ...«
Mit einem Ruck wandte er sich ihr wieder zu, umfasste kräftig ihre Oberarme. »Wir ziehen ihn unter den Heuboden und verwischen alle Spuren ... Am Ende wird es aussehen, als sei er unglücklich von oben herabgestürzt und geradewegs mit dem Bauch in die Mistgabel ...«
»Aber ... aber das ist nicht richtig, Bernhard. Der Herrgott wird uns strafen ...«
Bernhard hatte bereits die Leiche unter den Schultern gepackt. »Nimm jetzt seine Füße, Mutter, und hilf mir! Der Herrgott wird uns nicht strafen. Er will nämlich, dass du mit uns nach Russland gehst, und nicht, dass du hier am Galgenbaum hängst.«
Kraftlos baumelten Marlieses Arme neben ihrem Körper. »Ich kann nicht mit nach Russland, Bernhard. Wie soll das

gehen? Ich bin schwach, ich bin krank, ich bin euch Kindern nur ein Klotz am Bein …«
Bernhard biss für einen Moment die Zähne aufeinander. »Du wirst es schaffen, Mutter. Wenn du nicht mitgehst, bleibe ich auch hier.«
Marliese schloss die Augen und atmete tief ein, als brauchte sie unendlich viel Kraft und wüsste nicht, woher sie sie nehmen sollte. Schließlich hob sie die Lider, schluckte und bückte sich, um Johanns Füße zu packen, wie ihr älterer Sohn es angeordnet hatte.
Wie stark ihre Hände zitterten. Bernhard wusste, was sie brauchte. Doch der Branntwein musste warten, bis sie ihr Werk verrichtet hatten. Nichts war jetzt wichtiger, als den Anschein zu erwecken, dass der Schuster Johann Röhrich, Gott hab ihn selig, kurz vor seinem Aufbruch nach Russland bedauerlicherweise tödlich verunglückt war.

Mit mehlweißem Gesicht, die Augen rund wie Hühnereier, kauerte Alfons unterm Scheunendach im Heu und streichelte das haarige Knäuel in seinen Pranken, während sein Blick nicht von dem Geschehen unter ihm wich.
Er hatte alles gesehen. Wie der Vater mit der Christina gezappelt und gegrunzt hatte gleich einem Eber mit der Sau, wie der Vater wieder einmal die Mutter auszankte. Die Mistgabel hatte er auch gesehen. Und das Blut wie die Kesselsuppe beim Metzger nach dem Schlachten. Und jetzt Bernhard, der liebe, liebe Bernhard, der zusammen mit der Mutter den schlafenden Vater schleppte.
Wie komisch die Mistgabel aus dem rausguckte.
Alfons kicherte in seine Hand, und als es in der Rechten piepste, merkte er, dass er die kleine Katze viel zu fest gedrückt hatte. Rasch öffnete er die Faust, schmiegte für

einen Moment die stoppelige Wange an das weiche Fell, bevor er das Tierchen wieder zu seinen fünf Geschwistern legte, die in dem Nest aus Stroh umeinander herumtollten, von der Mutterkatze beobachtet, die sich seitlich legte, um dem Nachwuchs die Zitzen anzubieten.

Ein warmes Gefühl wie heiße süße Milch an einem Frosttag durchströmte Alfons, als er nun beobachtete, wie sich die Kleinen auf wackeligen Beinen ihren Platz erkämpften. *Hier seid ihr sicher,* dachte er, faltete die Hände, senkte die Lider und betete, dass der Vater noch sehr, sehr lange schlafen möge. Lange genug, bis die Kätzchen zu groß wären, um sie im Dorfweiher in einem Sack zu ersäufen.

3. Kapitel

»Schau dir das an! So einen Zulauf hat die Kirche noch nie erlebt. Aber ob's den Pfarrer freut?« Matthias Lorenz starrte aus dem Fenster des Wirtshauses »Zum goldenen Krug« auf den Vorplatz der Marienkirche in Büdingen und nahm einen langen Schluck aus dem Bierkrug. Mit dem Hemdsärmel wischte er sich den Schaum von den Lippen.
Menschentrauben bildeten sich draußen auf dem gepflasterten Platz, lösten sich wieder auf, gruppierten sich neu. Unter ihnen erkannte Matthias Lorenz mehr als drei Dutzend Brautpaare, die die Vermählungszeremonie entweder bereits hinter sich gebracht hatten oder noch darauf warteten, dass der Pastor sie ins Gotteshaus rief.

Die spätwinterliche Wolkendecke hing dick wie Milchsuppe über dem Kirchturm, als wollte sie sich jeden Moment über den Köpfen der Menschen entleeren. So träge wie die Wolken bewegten sich die Menschen. Kein ungeduldiges Trippeln, kein freudiges Juchzen, und herausgeputzt hatte sich auch kaum einer der Brautleute. Mit ernster Miene schüttelten sich Väter die Hände, klopften Ältere den Jüngeren auf die Schulter, steckten die Brautmütter die Köpfe zusammen. Schnell trotteten die Hochzeitsgäste wieder davon. Die Frischvermählten gingen ihren Besorgungen nach, als hätten sie nicht soeben den Bund fürs Leben geschlossen und einem anderen Menschen die Treue bis zum Tod geschworen.

Nur wenige der Brautleute hielten sich an den Händen, die meisten standen steif und stumm, die Pflastersteine zählend, beieinander und warteten darauf, dass sie die Zeremonie hinter sich brachten.

»Dem Pastor beschert's wohl Höllenträume«, erwiderte Matthias' Bruder Franz mit einem Grinsen, bei dem sich die haarfeine Narbe, die sich von seiner Schläfe bis zum Kinn zog, spannte. »Mit jedem Paar, das er traut, gehen ihm zwei Schäfchen seiner Gemeinde verloren. Wahrscheinlich beißt er sich jede Nacht vor Wut darüber in den Hintern, dass er das Manifest der russischen Zarin verkündet hat. Konnte keiner ahnen, dass die Menschen dermaßen darauf anspringen …«

Matthias stieß ein Schnauben aus und warf die kastanienbraunen Haarsträhnen mit einem Rucken aus der Stirn. »Das konnte sich jeder vernünftig denkende Mensch an den Fingern abzählen«, erwiderte er. »War doch klar, dass sie nach diesem Strohhalm greifen, und wenn das Werberpack Eheleute bevorzugt … Tja, da packt man sich halt den Nächstbesten und schleppt ihn zum Traualtar, wenn's hilft.« Er strich sich mit den fünf Fingern seiner schwieligen Pranke das widerspenstige Haar zurück. Die Sorgenfalten, die er dabei entblößte, passten nicht zu seinem jugendlichen Gesicht. Wangen und Kinn hatte er im Gegensatz zu den meisten Männern Anfang zwanzig glatt rasiert, wodurch seine dunklen Brauen über den brombeerschwarzen Augen betont wurden.

Der Bruder drehte den Bierkrug in den Händen und stierte in die schaumlose Brühe, als läse er ein Orakel.

»Spuck's aus!«, warf Matthias ihm grinsend hin.

Franz hob das Gesicht und kniff unter den krausen mausblonden Stirnhaaren ein Auge zu. »Ich dachte, du würdest mich irgendwann ansprechen, hab' täglich darauf gewartet …«

Warum denn so umständlich?, ging es Matthias durch den Sinn.

Er kannte Franz nur laut und lärmend wie einen Jahrmarktschreier.

»Ist dir nie der Gedanke gekommen«, fuhr Franz endlich fort, »dass es auch für uns der beste Weg wäre?«

Matthias setzte den Krug wieder ab, den er soeben zum Mund führen wollte. »Welchen Weg genau meinst du? Und wer ist ›uns‹?«

»Herrgott, stell dich nicht törichter an, als du bist!«, fuhr Franz ihn an, und Matthias hatte nicht länger das Gefühl, einem Fremden gegenüberzusitzen. So kannte er seinen Bruder: aufbrausend und beleidigend. Die Worte mit Bedacht zu wählen, wie er sich gerade noch bemüht hatte, gehörte nicht zu seinen Wesenszügen. »Wir sollten nach Russland gehen, genau wie alle anderen Schlauberger hier. Ich sage es dir: In ein paar Monaten werden wir hier hausen wie die Einsiedler. Menschenleer wird das Land sein, die Äcker werden brachliegen, die Felder verwildern. Wir schuften uns buckelig, während alle anderen fern der Heimat die Sahne abschöpfen.«

Matthias stieß ein freudloses Lachen aus, bevor er den Krug ansetzte und in einem Zug leerte. »Was denkst du dir, Bruder«, er rülpste leise. »Eher bekommst du einen Ochsen auf den Kirchturm als Mutter auf die Reise. Und Hannes …« Matthias presste die Lippen zu einem schmalen Strich zusammen und starrte wieder durch die mit Schmutzschlieren verschmierte Scheibe auf den Kirchplatz, wo das behäbige Treiben noch zugenommen hatte. Rund um den Markt lagerten neben ihren voll bepackten Wagen Zigeunern gleich die ausreisewilligen Menschen – Handwerker und Künstler, Gelehrte und Huren, Bauern und Beamte – und beobachteten genau wie Matthias, wie das hohe Kirchenportal ein frischgebackenes Ehepaar nach dem anderen entließ. »Als Alleinerbe steht Hannes nicht übel da. Er wird den Teufel tun und Haus, Hof und Vieh aufs Spiel setzen.«

Franz beugte sich vor. Sein Bieratem wehte Matthias ins Gesicht. »Wer spricht von Mutter und Hannes?«, zischte er und versprühte Spucketropfen. »Glaubst du, ich würde mich abmühen, die beiden zu ihrem Glück zu zwingen? Sollen sie doch hierbleiben und hungers verrecken – was kratzt es mich? Mit dir will ich weg. Nur mit dir, Matthias. Wir beide ... Was haben wir hier noch verloren, hm? Sag es mir! Als Knechte verdingen wir uns bei dem eigenen Bruder. Wir arbeiten, wir essen, wir schlafen und arbeiten wieder – ganz wie die Ackerpferde, hü, hott und brrr. Ein Tag nach dem anderen vergeht hier in ewig gleicher Tretmühlenarbeit. Wozu das alles? Für den Wohlstand unseres Bruders. Und das Gekeife der Alten verfolgt mich jede Nacht im Traum. Nicht mal ein Weib können wir uns nehmen, denn was haben wir zu bieten? Nur die Lumpen, die wir am Leib tragen. Hungerleider sind wir, Lumpenhunde, die darauf hoffen müssen, eine Frau zu finden, die eigenen Besitz mit in die Ehe bringt. Wer weiß, was das für eine sein wird! Aber haben wir eine Wahl? Nein, haben wir nicht. Eine pockennarbige Missgeburt müssten wir nehmen, wenn sie uns nur wollte. Ist es das, was du dir vom Leben erhoffst? Ist es das, Matthias?«

Matthias sah seinem Bruder in die regengrauen Augen und schwieg. Nein, diese Gedanken waren ihm nicht fremd.

Wer in Büdingen und Umgebung war nicht vom Russlandfieber angesteckt? Aber es erschien ihm irrwitzig, für eine ungewisse Zukunft alle Brücken in der Heimat abzubrechen.

Was wussten sie von diesem fremden Land, außer dass es

unendlich weit war und dass es von einer unermesslich schönen Deutschen beherrscht wurde? Wodka soffen sie da, und an den Ufern der Newa hatte Zar Peter eine Stadt aus dem Boden gestampft, die das Tor zum Westen sein sollte, eine Stadt mit goldenen Kuppeln, einem riesigen Hafen und prachtvollen Palästen, die seinen Namen trug: Sankt Petersburg.

Was bedeutete es, dass die Zarin eine dermaßen aufwendige Besiedelungspolitik betrieb?

Matthias fehlte die Gutgläubigkeit anzunehmen, dass sie aus Heimatverbundenheit und tiefverwurzelter Menschenliebe die vom Krieg gebeutelten Deutschen zu sich holte, um ihnen zu einem würdevolleren Leben zu verhelfen. Irgendeinen Nutzen versprach sie sich. Matthias hätte viel darum gegeben, ihre wahren Gründe zu erfahren. Er glaubte nicht daran, dass ein Paradies auf die Auswanderer wartete.

Die ihrer Abreise harrenden Aussiedler überschlugen sich in ihren Schilderungen, wie fruchtbar der Boden war, wie mild das Klima, wie großzügig die Zuwendungen sein würden ... Sie malten sich ihr neues Leben in schillernden Farben aus und überboten sich gegenseitig in blumigen Ausschmückungen ihrer Träume und Visionen.

Aber war es nicht letzten Endes feige, der Heimat den Rücken zu kehren, statt mit Tatkraft dafür zu sorgen, dass sich die Zeiten besserten?

Im Dorf galt Matthias als schweigsamer, in sich gekehrter Mann. Es gab nur sehr wenige Menschen, die wussten, dass sein stilles Wesen nicht auf mangelnde Wissbegierde zurückzuführen war. Im Gegenteil, Matthias war wahrscheinlich wachsamer bei allem, was um ihn herum vor sich ging, als die meisten Männer in seinem Alter. Ihm behagte es nur nicht, sich mit anderen witzelnden Knechten auszutauschen. Wenn er sich mit den Männern seines Standes unterhielt, beschlich ihn stets das Gefühl, sie würden aneinander vorbeireden oder gar in verschiedenen Welten zu Hause sein. Mit seinen Ansichten und Urteilen erreichte er sie jedenfalls nur selten.

Nicht anders erging es ihm mit Franz, der ihm immer noch ins Gesicht starrte und auf eine Antwort wartete. »Hat's dir jetzt die Sprache verschlagen, oder was?«, herrschte er ihn an. »Mann, Matthias, wo lebst du? Kriegst du überhaupt etwas mit?«

Matthias beulte mit der Zungenspitze die Wange aus. »Wie stellst du dir dein Leben in Russland vor?«

Franz stieß einen verächtlichen Laut aus, schaute an die Wirtshausdecke und lehnte sich auf dem Stuhl zurück, die Arme vor der Brust verschränkt. »Es juckt mich nicht, was in Russland auf mich wartet. Es kann nur besser sein als das, was wir hier haben. Oder siehst du das anders?«

Matthias senkte den Kopf. In diesem Punkt stimmte er dem Bruder zu. Dass sie beide als Knechte auf dem Hof des ältesten Bruders arbeiteten, war eine Last, die sein Dasein nicht weniger überschattete als das von Franz. Aber ließ es sich in Russland als eigener Herr über einen Acker leichter leben?

Schon früh hatte Matthias das Gefühl beschlichen, als Bauernsohn ins falsche Leben hineingeboren zu sein. Diese beunruhigende Empfindung war im Lauf der Jahre, da er zu denken gelernt hatte, nicht erträglicher geworden.

Er hätte gern etwas gelernt, vielleicht sogar studiert, aber diese Wünsche auszusprechen wäre verschwendeter Atem gewesen in einer Familie, die seit Generationen die Weizenäcker bestellte. Stumm litt er unter der Aussicht, Knecht zu sein und Knecht zu bleiben, ewig auf derselben Stufe, grob, finster, unzufrieden, ein unglückliches Mittelding zwischen Lasttier und Mensch.

Als er noch ein Kind war, waren dem Pastor seine Talente aufgefallen, und der Geistliche hatte bei den Eltern vorgesprochen. Einen begabten Knaben wie ihn könnte er sich als seinen Nachfolger in Waidbach vorstellen. Aber mit diesem Ansinnen prallte er bei den Lorenz' gegen eine Steinmauer.

Matthias wurde auf dem Feld gebraucht. Den Eltern war es recht, wenn der Schulunterricht nur im Winter betrieben wurde, da die Jugend im Sommer aufs Feld musste. Selbst im Winter fielen die Stunden häufig aus, weil kein Schulmeister da war oder nur ein unzuverlässiger Wanderlehrer, der dem Müßiggang mehr zugetan war als dem Unterrichten.

Matthias musste das Vieh versorgen und Holz spalten, graben, jäten, gießen, an heißen Sommertagen Getreide schneiden und dreschen. Tagaus, tagein war es ihm zuwider.

Einmal hatte ihn der Vater erwischt, wie er nach dem Schulunterricht allein in den Büchern, die er vom älteren Bruder übernommen hatte, schmökerte. Es hatte eine gehörige Tracht Prügel gesetzt, nach der er es kein zweites Mal gewagt hatte. Dafür hatte er einige Monate später eine andere Möglichkeit entdeckt, sich von der rauhen Wirklichkeit zurückzuziehen. Der Pastor hatte ihm einen Pinsel und Farben geschenkt, nachdem er im Pfarrhaus staunend und wie verzaubert vor einem in wunderbar warmen Farben gehaltenen Landschaftsbild gestanden hatte. Noch am selben Abend unternahm er daheim erste Versuche …

Auch das Malen wurde in seiner Familie misstrauisch beäugt, aber es erschien dem Vater weniger verderblich, als die Nase in Bücher zu stecken.

»Du hast recht, Franz«, sagte er schließlich leise, räusperte sich und wiederholte die Worte lauter, da sein Bruder eine Hand hinters Ohr legte und sich vorbeugte. »Allerdings ist mir die ganze Angelegenheit noch zu schwammig ... Ich werde ein Treffen mit einem offiziellen Werber der Zarin vereinbaren und ein paar Fragen stellen, damit ...«

Mit zwei frischen Krügen Bier trat der Wirt Henrich Grimm an den Fenstertisch der beiden Brüder. Sein kugelrunder Bauch spannte die Lederschürze. »Zum Wohlsein!« Der Gerstensaft schwappte über die Ränder, als er die Krüge auf den Holztisch stellte. Mit dem Daumen wies Henrich links hinter sich. »Mit einem schönen Gruß von dem Herrn da drüben.«

Matthias und Franz wandten die Köpfe zu einem Mann mit schief sitzender gepuderter Perücke und einem Vogelgesicht. Er zog einen Mundwinkel nach oben und neigte den Kopf zum Gruß, während er seinen Krug hob.

Franz grinste erfreut und hob seinen Krug ebenfalls. Matthias machte es ihm zögerlich nach.

»Wer ist das?«, erkundigte er sich bei dem Wirt.

Henrich zog die Schultern hoch. »Einer von den privaten Werbern. Er trifft sich hier häufiger mit Leuten. Die stecken die Köpfe zusammen und füllen Papiere aus ...«

Matthias runzelte die Stirn. »Kennst du ihn?«, fragte er seinen Bruder.

Franz ruckte auf seinem Stuhl hin und her. »Nun, wir sind einmal ins Gespräch gekommen, ganz unverfänglich ...«

Der Wirt wandte sich ab und warf einen zornigen Blick über die Schulter auf die beiden Brüder. »Lasst euch bloß nicht auf die Bauernfängerei ein!«, brummte er. »Ich sag' euch, das führt zu nichts Gutem. Die privaten Werber verdienen sich eine goldene Nase an Hohlköpfen, wie ihr es seid. Was meint ihr, was die für satte Prämien kassieren!«

»Ich habe gehört, das Anwerben ist sogar unter Strafe gestellt«, meinte Matthias.

Der Wirt schnaubte. »Einerseits ja. Aber die hohen Herren sind sich wohl nicht einig darüber, ob sie die Leute nun ziehen lassen sollen oder nicht. Bei plausiblen Gründen soll keinem Untertan der Abzug verwehrt werden, heißt es. Doch die Bürgermeister sollen ein Auge darauf haben, dass die Spitzbuben den örtlichen Beamten ihr Vorhaben melden, damit ein genauer Bericht über die Vermögens- und Schuldenverhältnisse vorgelegt wird.«

»Und du meinst, bei den privaten Werbern läuft das bisweilen an der Obrigkeit vorbei?«, wollte Matthias wissen.

Franz war ganz still geworden und sackte immer tiefer auf dem Stuhl zusammen.

»Darauf verwette ich mein Weib.« Der Wirt lachte dröhnend, bevor er davonstapfte.

»Pah.« Franz richtete sich auf und langte nach dem frischen Krug. »Wen wundert's, dass er solche Reden schwingt. Dem Wirt läuft die Kundschaft davon! Der will seine Leute hierbehalten, damit ihm das Fassbier im Keller nicht versauert. Der wird sich noch umschauen …«

»Oder wir«, erwiderte Matthias und schob den Krug an den Tischrand. »Franz, wenn wir über die Auswanderung nach Russland reden wollen, dann nur auf dem offiziellen Weg. Ich schleiche mich nicht wie ein räudiger Hund davon. Ich werde im Werberbüro vorsprechen und hören, welche Bedingungen gestellt werden und was wir der Gemeinde zu zahlen haben. Du weißt sicher, dass neben dem

Ausgleich der Schulden Steuern fällig sind, wenn wir auswandern, oder?«
Franz schüttelte die Faust. »Von was denn Steuern?«, fauchte er. »Wir haben nichts. Wer will von uns was holen?«
»Trotzdem. Ich will die Bescheinigung, dass wir rechtmäßig abreisen dürfen. Ich breche nicht zu Beginn eines neuen Lebens Gesetze.«
»Herrgott, du mit deinen moralischen Bedenken! Da überkommt mich das Würgen.«
»Hast du Angst vor einer Absage, wenn du deinen Lebenswandel offenlegen musst?«, fragte Matthias geradeheraus.
Franz erbleichte, so dass die feine Narbe deutlich wie eine Blutader hervortrat. Matthias erinnerte den Bruder nicht gern an dessen mannigfaltigen Fehltritte, aber es erschien ihm die einzige Möglichkeit, ihn von dieser bedingungslosen Begeisterung abzubringen.
Gab es auch auf dem heimischen Hof keine Möglichkeit, sich hervorzutun, so hatte sich Franz, seit er ins Mannesalter eingetreten war, einen Namen als Weiberheld und Wirtshausraufbold gemacht, der seinesgleichen suchte. Keiner Keilerei ging er aus dem Weg, mancher Stuhl und Krug waren schon in wilden Handgemengen über Köpfen und Rücken zerbrochen. Am Ende hatte sich Franz schon mehrere Male im Kerker wiedergefunden.
Wie oft er bei Nacht und Nebel über Leitern in die parfümierten Kammern verheirateter Frauen eingedrungen und in Prügeleien mit heimkehrenden Ehemännern geraten war, konnte Matthias nur vermuten. Die Narbe in seinem Gesicht trug Franz als Andenken an den Peitschenhieb eines gehörnten Gatten. Er fand allerdings nicht, dass sie ihn entstellte, sondern dass sie ihm im Ge-

genteil sogar ein verwegenes Aussehen verlieh, das den Weibern gefiel.

In jungen Jahren war es Matthias manches Mal gelungen, Fürsprache für seinen hitzköpfigen Bruder einzulegen, aber später hatte es erbarmungslos öffentliche Hiebe gegeben, die Narben auf Franz' breitem Rücken hinterlassen hatten. Obwohl sich sein Temperament im letzten Jahr gemäßigt hatte, war keine seiner Entgleisungen aus den früheren Jahren beim Gemeinderat in Vergessenheit geraten – sein Leumund in Büdingen und in den angrenzenden Dörfern war hochoffiziell und in den Spottreden der anderen Knechte der eines Ehebrechers und Raufbolds.

Ob sich die Zarin so einen ins Reich holen wollte?

Matthias bezweifelte es stark und verstand im Grunde seines Herzens, dass sich Franz nach fragwürdigen Wegen umschaute, um das alles hinter sich zu lassen.

Aber eines stand fest: Wenn er Matthias dabeihaben wollte, würden sie den rechtmäßigen Gang wählen – mit allen Konsequenzen.

»Noch eines müssen wir besprechen, bevor wir einen Entschluss fassen: Wie bringen wir es Mutter und Hannes bei?«, fuhr Matthias fort, als Franz in verbissenes Schweigen verfiel. Matthias ahnte, wie gern er seine unrühmliche Vergangenheit unter den Tisch kehren würde.

Jetzt stöhnte Franz auf und vergrub das Gesicht in den Händen. »Hätte ich dich bloß nie darauf angesprochen, Matthias! Warum musst du alles so verzwickt sehen? Wer bestimmt, dass wir Mutter und Hannes einweihen müssen? Wir packen unser Gelumpe, stehlen uns einen Karren – und Abmarsch.«

Matthias lachte. »Du glaubst doch nicht im Ernst, dass ich zu neuen Ufern aufbreche, ohne mit meinem Leben im

Reinen zu sein, oder? Wenn wir beschließen auszuwandern, dann stehen wir vor Gott und der Welt auch dazu.«
»Mutter wird uns die Hölle heißmachen«, murmelte Franz zwischen den gespreizten Fingern hindurch.
»Das wird sie«, stimmte Matthias ihm zu. »Und es wird das letzte Mal sein, dass ein Weib versucht, mich wie einen hirnlosen Nichtsnutz zu behandeln. Das schwöre ich dir.«
Wann immer die Rede auf seine Mutter Ludmilla kam, stieg der Zorn in ihm auf, den er seit frühester Jugend zu unterdrücken geübt hatte. Nicht nur ihn und Franz kommandierte sie wie Leibeigene, selbst Hannes, den Hoferben, ließ sie keine eigene Entscheidung fällen und gängelte ihn, wann immer es ihr gefiel, mit schrillem Keifen. Möglich, dass sie nach ihres Mannes Tod glaubte, es sei der einzige Weg, die Dinge unter Kontrolle zu halten, wenn sie nur das Zepter schwang. Aber Matthias war es müde, nach Gründen für ihr unausstehliches Wesen zu suchen.
Wenn sie mit ihren Schimpftiraden nicht weiterkam, verstieg sie sich zu den düstersten Prophezeiungen. Ihre Augen wurden glasig, ihr Blick trieb ins Leere, und sie sprach von der Pest, die über sie kommen würde, oder davon, dass sich die Erde auftun und sie alle verschlingen würde. Das war immer noch das wirkungsvollste Mittel, um Franz und Hannes zu beeindrucken. Die beiden waren sich nie wirklich sicher, ob die Mutter tatsächlich das Zweite Gesicht hatte und ihnen größtes Unheil drohte. Franz jedenfalls hatte schon einige Male zitternd in einer Ecke gekauert, nachdem die Mutter mit grausamen Worten und theatralischen Gesten ein Höllenspektakel abgezogen hatte.
Für Matthias dagegen gehörten ihre Wahnvorstellungen nur zu den ungezählten Greueln im Elternhaus. Er hatte dieses Leben so satt.

Vielleicht war seine Mutter der beste Grund, der Heimat den Rücken zu kehren.
Während er seinen unerquicklichen Gedanken nachhing, bemerkte er die schwülen Blicke, die sein Bruder mit der Schankmagd Agnes tauschte. Sie stand hinter der Theke an der Tür zur Küche und ließ mit mädchenhaftem Hüftschwung den Rock hin und her schwingen, während sie einen Kussmund zog und zu Franz herüberschielte.
Dessen Miene hellte sich auf, sein Gesicht nahm den Ausdruck lüsterner Verwegenheit an, während er der Magd zuzwinkerte und ihr Zeichen gab, sich zu ihnen zu gesellen.
Tatsächlich kam sie nun an den Tisch geschlendert, die Arme auf dem Rücken, die Lider gesenkt, die Wangen rosig.
»Darf ich Euch noch einen Krug bringen, Herr?«, zwitscherte sie wie ein Waldvogel.
Ehe sie sich versah, hatte Franz sie gepackt und neben sich auf die Bank gezogen. Er nestelte an ihrem Hals herum. »Mich dürstet nach ganz anderem«, flüsterte er ihr zu. Sie kicherte.
»Trink noch einen, Matthias, und lass es auf meinen Namen anschreiben«, warf Franz seinem Bruder großspurig hin und zog im Aufstehen die Magd mit hoch, die sich zum Schein zierte, wie es von ihr erwartet wurde. »Es wird nicht lange dauern«, zischte Franz grinsend über seine Schulter, als er mit Agnes ins Hinterzimmer des Wirtshauses strebte.
Matthias seufzte. Länger als eine Viertelstunde würde er seinem lüsternen Bruder nicht geben. Dann würde er ohne ihn ins Dorf zurückkehren, obwohl man in diesen Tagen, da aus der Not heraus mancher vormals brave Bauer die Wege belagerte, besser zu zweit durch die Wiesen und Wälder streifte.

Die Dämmerung brach bereits herein, als die beiden Brüder sich zu Fuß auf den Heimweg begaben. Das einzige Pferd, das die Lorenz' besaßen, brauchte Hannes auf dem Feld.

Wenn sie zügig voranschritten, würden sie es von den Toren Büdingens auf dem Pfad entlang der Felder und durch ein Kiefernwäldchen in einer halben Stunde bis nach Waidbach schaffen.

Franz mit seiner Wampe torkelte und hielt nur unter Anstrengung mit seinem hochgewachsenen Bruder mit, der weit ausholend voranschritt.

»Hör mal, du Klugschwätzer …« Bierselig legte Franz einen Arm um die Schultern des Bruders, auch um das Tempo zu drosseln. »… willst du deinem Herzen nicht einen Stoß geben und dich ein klitzekleines wenig darauf freuen, mit mir zusammen in ein besseres Leben aufzubrechen? Du brauchst nicht zu juchzen wie eine bestiegene Magd oder zu springen wie ein Fohlen auf der Frühlingswiese. Ein Lächeln statt deiner Sauertopfmiene würde schon reichen.«

Matthias hob einen Mundwinkel. »Noch ist nichts sicher. Freuen werde ich mich gewiss, wenn wir angelangt sind und mit eigenen Augen sehen, worauf wir die kommenden Jahre aufbauen sollen.«

Franz verharrte so jäh, dass sein Körper nachschwang wie ein Baum in einer Windböe. »Das heißt, du willst es auf jeden Fall versuchen?«

»Ich werde morgen ins Werberbüro gehen und mich erkundigen. Danach sehen wir weiter.«

»Und wann, meinst du, sollen wir es Mutter und Hannes sagen?«, erkundigte sich Franz mit ungewohntem Kleinmut.

»Wenn es kein Zurück mehr gibt«, erwiderte Matthias. Er wusste, dass er gegen die Besessenheit seiner Mutter nur ankam, wenn er ihr etwas Starkes entgegensetzte. Absichtserklärungen und Träume würden nicht ausreichen, um ihm selbst die Sicherheit zu geben, die er brauchte.

Er schob den Arm des Bruders von seiner Schulter. Franz geriet ins Straucheln, fing sich und brachte sich mit einem langen Schritt wieder an seine Seite.

Sie erreichten den Kiefernwald, als die Sonne bereits untergegangen war. Nur ein schmutzig gelber Abglanz des Tageslichts hing noch im Westen. Die dicht stehenden Bäume hielten auch diesen zurück. Stumm und nachtschwarz lag das Wäldchen vor ihnen. Die würzige Luft mit dem Geruch nach Erde und Harz schlug ihnen beißend kalt entgegen.

Unwillkürlich beschleunigten die Brüder ihre Schritte.

Sie schwiegen jetzt und hingen ihren Gedanken nach, wobei sich Matthias sicher war, dass Franz' Denken in eine andere Richtung ging als seines. Wahrscheinlich grübelte er darüber nach, ob er ins Gemeindebüro eindringen sollte, um die Liste seiner Strafen aufzuspüren und in Fetzen zu reißen. Oder er überlegte, ob er notfalls ohne ihn, Matthias, den Marsch nach Russland antreten sollte – in jedem Fall auf einem kaum gesetzmäßigen Weg.

Matthias gestand sich ein, dass es ihm leidtäte, seinen Bruder zu verlieren. Sie waren zwei Jahre auseinander, Franz mit seinen dreiundzwanzig Jahren war der Ältere und damit der mittlere der drei Lorenz-Brüder. Es gab noch Veronica, ihre einzige Schwester, die Zweitjüngste in der Familie. Sie hatte vor einem halben Jahr ins Nachbardorf Schönbrunn geheiratet und war gerade mit ihrem ersten Kind niedergekommen.

Obwohl von ihrem Temperament her grundverschieden, waren Matthias und Franz von Kindheit an Verbündete – vor allem gegen den ältesten Bruder Hannes, der früh die Rolle des Hoferben übernommen und sich damit gebrüstet hatte, und gegen die Mutter, die tausendmal häufiger die Rute auf ihre Rücken niedersausen ließ als auf den des vergötterten Ältesten. Der Hass auf diese Ungerechtigkeit hatte die beiden Jungen zusammengeschweißt, auch wenn sie unterschiedliche Wege fanden, damit umzugehen. Während Franz ein wahrer Meister darin wurde, zu flüchten und unterzutauchen, bis die Wut der Mutter verraucht war oder bis sie ein anderes Opfer gefunden hatte, starrte ihr Matthias als Kind in die Augen und verzog keine Miene, wenn sie zum Schlag ausholte. Immer hatte er sie angestarrt, die Lippen aufeinandergepresst. Manchmal waren Tränen geflossen, aber er war nicht weggelaufen, und er hatte niemals einen Ton von sich gegeben.

Die Schläge hatten aufgehört, als er irgendwann mit vielleicht vierzehn oder fünfzehn Jahren seine Mutter an Größe und Kraft übertraf, so dass er ihr, als sie mit wutverzerrtem Gesicht die Hand gegen ihn erhob, mit unnachgiebigem Griff die Rute entwunden und zerbrochen hatte. »Schlag mich nie wieder, Mutter«, hatte er tonlos und blass hervorgepresst.

Das Keifen und Gängeln war geblieben.

Zu dieser Zeit war die Mutter zum ersten Mal in Trance gefallen und hatte mit tönerner Stimme und verdrehten Augen Visionen von ihrem Sohn beschrieben, dem die Hände abfaulten und die Lippen zu einem Geschwür verwuchsen.

Jetzt packte Franz Matthias am Arm. Alle Trunkenheit schien verflogen, plötzlich stand er sehr sicher. »Hörst du das?«, zischte er seinem Bruder zu.

Matthias verhielt den Schritt und lauschte. »Was?«

»Pst … Da! Schon wieder! Es kommt dort aus dem Gebüsch, glaube ich.« Franz verließ den Pfad, drang ins Unterholz des Waldes. Es knackte und knirschte. Über ihren Köpfen stieß eine Elster einen krächzenden Warnschrei aus.

»Was mag das sein?« Matthias folgte ihm, bückte sich unter den tiefhängenden Zweigen hindurch. »Es klingt wie ein … Wimmern. Halt! Warte, Franz!«, flüsterte er. »Vielleicht ist es eine Falle …«

Doch der Bruder war bereits einige Meter voraus und schien nun zu versteinern. Er presste die Fäuste vor den Mund.

Mit zwei Sätzen holte ihn Matthias ein, blickte zwischen zwei Büsche.

Ein Mädchen. Ein Kind noch …

Es wich vor ihnen zurück, die Augen weit aufgerissen, das Gesicht grau, das Kleid mit Dreck verkrustet und blutverschmiert.

Die Kleine schüttelte den Kopf und hob abwehrend die Hände, als befürchtete sie das Schlimmste von diesen beiden kräftigen Männern.

»Herr im Himmel!«, flüsterte Matthias, während sein Herz überlief vor Mitgefühl mit diesem Kind, das fast irrsinnig vor Angst am ganzen Körper schlotterte. »Wer hat dir das bloß angetan?«

4. Kapitel

Sie wird wieder auftauchen, wenn sie der Hunger treibt.« Christina verschränkte die Arme vor der Brust und starrte auf das Holzbrett mit Brotstücken, das neben der Kanne warmer Milch auf dem Tisch stand. Sie hatte nichts angerührt.

Daraus schloss Eleonora, dass Christina Klaras Verschwinden nicht so leichtnahm, wie sie sich den Anschein gab. Normalerweise aß Christina wie ein Ackerknecht nach einem Tag auf dem Feld. Es musste Arges geschehen, damit es ihr auf den Magen schlug.

Auch Eleonora verspürte nicht den geringsten Appetit, eher noch das Bedürfnis, sich würgend zu erleichtern. Das Mittagsmahl lag in ihrem Magen wie ein Stein.

Nur die kleine Sophia schlang mit gesundem Hunger, löffelte die in die Milchschale gebrockten Brotkrumen sorgfältig heraus und kaute mit offenem Mund und weißen Tropfen am Kinn.

»Was, wenn nicht?«, wandte Eleonora ein. Wieder stieg Übelkeit in ihr hoch. Seit dem Mittag hatten sie rund ums Weber-Haus, in den benachbarten Höfen und schließlich im ganzen Dorf nach Klara gerufen und gesucht – niemand hatte sie gesehen, niemand konnte sich erklären, dass die Achtjährige, wie vom Erdboden verschluckt, verschwinden konnte.

Aber man war sich einig im Dorf: Weit konnte sie nicht sein. Irgendeiner würde sie schon antreffen und dafür sorgen, dass sie heimkehrte.

Dorfschulze Karl – der dickste Mann im Dorf und vor allem aufgrund seiner beeindruckenden Körperfülle vor vielen Jahren in den Stand des Vorstehers erhoben – hatte den beiden Weber-Schwestern kurzatmig versprochen, sich morgen mit einer Suchmannschaft auf den Weg zu begeben, falls Klara bis dahin nicht aufgetaucht sei. Er hatte den beiden hübschen jungen Frauen zugezwinkert. »Aber ich denke nicht, dass es nötig sein wird. Man kennt doch dieses Jungvolk. Nichts als Flausen zwischen den Ohren. Vergesst nicht, ihr eine ordentliche Tracht Prügel zu verpassen, damit sich so etwas nicht wiederholt!«

Das hatte Christina ihm in die Hand versprochen.

Es wurde bereits dunkel über Waidbach, die Kerzen hinter den Fenstern der Häuser brannten und warfen ein warmes Licht in die Nacht hinaus, die um diese Jahreszeit noch empfindlich kalt werden konnte.

Wo würde Klara sie verbringen, wenn sie nicht nach Hause zurückkehrte?, ging es Eleonora bang durch den Sinn, während sie mit einem unbewussten Lächeln auf dem Gesicht ihre mampfende Tochter betrachtete.

»Du hättest nicht so hart mit ihr sein sollen«, sagte sie zu Christina, die vor sich hin brütete. An ihrer gerunzelten Stirn erkannte Eleonora, dass der Groll auf die jüngste Schwester von Stunde zu Stunde wuchs. Sie würde Klara rasch aus der Gefahrenzone bringen müssen, sobald sie heimkam.

Christina funkelte sie an. »Hätte ich einen singenden Boten zu ihr schicken sollen, um ihr unsere Pläne mitzuteilen? Das Leben ist hart, die Anforderungen sind hart. Das muss selbst eine bockbeinige Zicke wie Klara in den Schädel kriegen. Sie widerspricht doch nur, weil sie alles in Frage stellt, was ich mir überlege! Was weiß sie schon von Russland?«

»Was weißt *du* von Russland?«, gab Eleonora scharf zurück. »Was wissen wir überhaupt? Ich verrate dir was, Christina: Ich habe nicht weniger Angst als Klara vor diesen Umwälzungen, aber ich bin ein paar Jahre älter als sie und weiß, dass man manchmal die Zähne zusammenbeißen muss. Das können wir von ihr nicht verlangen. Sie glaubt, sie begeht Verrat an Mutter, wenn wir deren letzten Wunsch nicht erfüllen. Du weißt, wie sehr sie an ihr gehangen hat ...«

»Ihr wurde ja auch alles in den Rachen geworfen. Kein Wunder, dass sie dieser Zeit nachtrauert. Wann musste Klara jemals kämpfen? Wie auf Wolken gebettet hat sie ihre ersten Lebensjahre verbracht. Immer haben wir alle Sorgen und Nöte von ihr ferngehalten. Vom letzten Stück Brot haben wir ihr den größten Teil gegeben, damit sie nur nicht merkt, wie es in Wahrheit um uns bestellt ist – wen erstaunt es, dass sie glaubt, wir bräuchten uns nur ein bisschen mehr anzustrengen, und alles wäre wieder in schönster Ordnung. Doch mit diesen Hirngespinsten muss jetzt Schluss sein. Nichts ist mehr so, wie es war.«

»Sie ist noch ein Kind, Christina ...«

Christina schnalzte abschätzig mit der Zunge. »Sie wird schnell erwachsen werden müssen. Das schafft sie nur, wenn wir aufhören, sie wie eine Prinzessin zu behandeln. Hier muss jeder sein Bündel tragen, selbst eine Klara. Und was ich von Russland weiß: Wir haben da Verwandte, denen es zumindest so gut geht, dass sie niemals zurückgekehrt sind. So schlimm kann es also nicht sein.«

Eleonora zuckte die Schultern. »Wie willst du das beurteilen? Ich habe niemals einen Brief von ihnen bekommen. Vielleicht wird ihnen die Ausreise verwehrt und sie würden ihren rechten Arm geben, um wieder in Hessen leben zu dürfen?«

Christina stieß ein Lachen aus. »Das glaubst du wohl selber nicht. Gewiss sind die da drüben steinreich geworden. Ein Imperium haben sie aufgebaut! Wahrscheinlich beliefern sie mit ihrem Tuchhandel inzwischen sogar den Zarenhof.«
»Vaters Großeltern?« Eleonora schnaubte. »Du malst dir die Dinge so, wie sie dir gefallen, Christina. Kannst du dir wirklich vorstellen, dass man als Deutsche in Sankt Petersburg oder Moskau zu hohem Ansehen gelangt?«
Christina beugte sich vor und stützte die Hände auf den Tisch. »Was glaubst du denn! Zu der Zeit, als unsere Urgroßeltern auswanderten, sind massenweise Deutsche in die russischen Städte geholt worden – vor allem Ärzte und Apotheker und solche Berufe. Aber eben auch Kaufleute, die die Wirtschaft ankurbeln sollten. Und jetzt ist es wieder so weit«, schloss sie mit einem satten Grinsen im hübschen Gesicht, so dass sie aussah wie eine Katze, die den Sahnetopf entdeckt hat.
Eleonora zog ihre Tochter auf den Schoß und wischte ihr den Mund mit der Schürze ab. »Aber die Leute, die sie jetzt rufen, sind weder Heilkundige noch Händler, sondern Bauern. Selbst wenn unsere Vorfahren einen guten Stand in Russland haben sollten, wie du es dir erhoffst – mit uns haben sie gewiss anderes vor.«
Christina zuckte die Achseln und betrachtete ihre kurzgeschnittenen Fingernägel. »Pläne dürfen sie gerne haben, aber letztlich hängt alles von uns ab. Wenn wir erst einmal unsere Leute in Petersburg gefunden haben, werde ich schon einen Weg wissen, wie wir uns in deren Kielwasser hängen können.«
»Ich fürchte, du machst es dir zu leicht, Christina«, erwiderte Eleonora und streichelte Sophias Köpfchen, während sich die Kleine in ihren Arm kuschelte und nach der hand-

großen Puppe auf dem Tisch griff, die Eleonora ihr aus einem Stück Leinen genäht hatte. Augen, Nase und lächelnder Mund aufgestickt, die Haare aus Wolle geknüpft.

»Und ich glaube, du machst es dir mal wieder zu schwer«, gab Christina kurz angebunden zurück, sprang auf und begann, den Tisch abzuräumen und das benutzte Geschirr mit einer Wurzelbürste von den Speiseresten zu befreien. Sie klapperte lauter als nötig mit dem Besteck.

Eleonora wusste, wie übel es ihrer Schwester aufstieß, dass sie sich gar nicht von der Begeisterung anstecken ließ.

Zwar hatte sie zugesichert, sie würde mitkommen, aber ob ihre Entscheidung richtig oder falsch war, das würde sich vielleicht erst in einigen Jahren zeigen. Eleonora betete, dass die Ausreise zumindest Sophia den Aufbruch ins Erwachsenenleben erleichtern würde. Allein ihretwegen ließ sie sich auf dieses Wagnis ein.

Für sich selbst erhoffte sie sich … gar nichts. Ob sie hier mehr schlecht als recht lebte oder drüben – wen scherte das? Sie war gerade einundzwanzig Jahre, aber seit der Nachricht, dass ihr geliebter Andreas aus dem Krieg nicht heimkehren würde, hatte sie das Gefühl, ihr Leben sei zu Ende gelebt.

Das Einzige, was ihr immer wieder ein Lächeln ins Gesicht zauberte, war Sophia mit ihrer munteren Art. Was sie davon abhielt, ihrem Andreas dahin zu folgen, wo er jetzt war, war ihr Verantwortungsgefühl: der Tochter gegenüber und der jüngeren Schwester. Sie wusste, dass diese beiden jungen Menschen sie brauchten. Christina war clever und lebenstüchtig, aber »treu sorgend« war das Letzte, was einem einfiel, wenn man von ihr sprach.

Ach, Andreas … Wann immer ihre Gedanken zu dem geliebten Mann glitten, sank ihr Herz. Sie schluckte, doch der

Kloß in ihrer Kehle blieb, und ihre Augen füllten sich mit Tränen.

Was hätte er zu den Auswanderungsplänen gesagt? Hätte ihn das Russlandfieber gepackt wie die Mehrheit der Menschen in Hessen? Oder wäre seine Heimatverbundenheit stärker? Hätte er sich durch diese harten Zeiten, in denen manch einer sein letztes Hemd verhökerte, um einen Laib Brot auf den Tisch packen zu können, durchgebissen, in der zähen Hoffnung, dass irgendwann alles besser werden würde, und in der Überzeugung, dass man das Vaterland nicht im Stich lassen durfte? Wie sollte es zu einem Aufschwung kommen, wenn die Steuerzahler aus dem Land flohen und nichts als karge Äcker und verwahrloste Hütten zurückließen?

Hätte Andreas sie überzeugt, dass sie hierbleiben und kämpfen mussten?

Eleonora schaute zum Fenster, aber inzwischen war es so dunkel, dass sich nur ihr Gesicht in der blank geputzten Scheibe spiegelte und das schlafende Mädchen in ihrem Schoß.

Andreas und sie hatten sich von Kindesbeinen an gekannt. Fremde hielten sie für Geschwister, wenn sie Seite an Seite den Flachs auf den Wiesen einholten oder den Wäschekorb – jeder einen Henkel haltend – vom Dorfbrunnen zum Weber-Haus trugen.

Sie erinnerte sich an den ersten Kuss, den sie in einem Gebüsch am Dorfweiher nach dem sonntäglichen Gottesdienst getauscht hatten, ehe sie sich ewige Treue versprachen.

Sie hatten ihre Rechnung ohne den Krieg gemacht. Andreas war mit seinen siebzehn Jahren einer der Jüngsten aus ihrem Dorf, die zum Wehrdienst einberufen wurden. Als

er sie zum Abschied umschlang, weinte sie an seiner Brust und ahnte, dass es ein Abschied für immer sein würde.
Wie überschäumend war die Freude gewesen, als sie einen Monat später merkte, dass Andreas' Kind in ihr wuchs. Obwohl sie wusste, wie viel härter das Überleben mit einem Säugling werden würde, dankte sie dem Schicksal. Wann immer sie in Sophias Himmelsaugen schaute, fühlte sie sich Andreas nah.
Wenn sie mit der Tochter an der Hand durchs Dorf spazierte, schwelgte sie in ihren Erinnerungen.
Auf jenem Findling hatten sie gesessen und sich an den Händen gehalten, während sie den Sonnenuntergang beobachteten. Hier am Dorfbrunnen hatte er sie gefragt, ob sie sich vorstellen könnte, ihn zu heiraten.
Auf jenem Wiesenstück am Bachufer hatte sie sich ausgemalt, wie viele Kinder sie bekommen und wie diese heranwachsen sollten …
Und dort lag der Hof, auf dem Andreas als einziger Sohn des Bauern Scheid und seiner Frau Maria aufgewachsen war. Der Vater war noch ein Bauer vom alten Schlag gewesen, den die aufgehende Sonne nicht auf dem Hof und die untergehende nicht auf dem Feld getroffen hatte. Trotz der allgemein grassierenden Armut hatten die Scheids ihr Auskommen gehabt und sich nicht lumpen lassen, als es um die Ausrichtung der Hochzeit ging.
Eleonora erinnerte sich, wie der Duft nach frisch geschnittenen Birkenzweigen an ihrem Ehrentag durchs Haus zog, wie Christina mit den anderen jungen Mädchen aus dem Dorf das Vieh mit bunten Schleifen und Quasten geschmückt hatte. Sie erinnerte sich an das aufgeregte Schnattern der Brautjungfern in ihrer Kammer, als sie sie herausputzten, ihre Haare kunstvoll zu einem Rad zu-

sammensteckten und einen Kranz auf ihren Kopf drapierten.

Für Andreas hatte Klara ein Sträußlein aus Jelängerjelieber, Sternblumen und Salbei gepflückt, das einen so durchdringenden Duft verströmte, dass alle Hochzeitsgäste lachend die Nase rümpften, aber Andreas hatte es an seinem Rock getragen und keine Miene verzogen.

Im Baumgarten neben dem Hof, beschattet von Walnusskronen und wilden Kastanien, hatten die Scheids mit ihren Freunden aus Böcken, Brettern und Blöcken eine lange Tafel zwischen den Blumenbeeten aufgebaut. Und wie die Gäste im Chor mit lautem »Aaaah« die Hochzeitssuppe begrüßten! Noch heute hatte Eleonora den Duft der würzigen Hühnerbrühe in der Nase. Was für ein fröhliches, unvergessliches Fest! Schon bald war das Gras im Baumgarten niedergetanzt, denn der Dorfmusikus spielte ohne Unterlass die muntersten Weisen auf seiner Geige. Ein Lärmen, ein Springen, ein Kreischen und Jubilieren, und zwischendurch fanden sie und Andreas immer wieder Gelegenheit, sich in die Arme zu nehmen und sich verliebte Worte ins Ohr zu tuscheln.

Es waren diese Bilder, die Eleonora mit Waidbach verbanden, die aus dem unbedeutenden Dorf mitten in Hessen den Ort zauberten, den sie Heimat nannte.

Waidbach zu verlassen bedeutete auch, diese Erinnerungen abzustreifen wie einen abgetragenen Mantel, zuzulassen, dass die Bilder verblichen.

Ihr Blick fiel auf den zierlichen Silberreif an ihrem rechten Ringfinger, den ihr Andreas in einer Vollmondnacht im Mai angesteckt hatte, noch bevor er sie zum Traualtar führte. Als Zeichen ihrer Verbundenheit. Sie drehte den Ring, strich mit der Fingerkuppe darüber. Wenn sie Waidbach verließ, wäre dieses Schmuckstück – neben Sophia – die letzte Verbindung zu dem geliebten Mann.

Der Heimat den Rücken zu kehren bedeutete für Eleonora, ihr Herz in Stücke zu zerreißen. Ein Teil von ihr würde hier bleiben. Immer.

Es hatte keinen anderen Mann nach Andreas gegeben.

Wie sollte sie jemals wieder einen lieben wie ihn?

Sie waren Seelenverwandte gewesen – einen Zweiten gab es nicht auf der Welt.

Sie bemerkte die Blicke der Burschen aus Waidbach und den Nachbardörfern, wann immer sie ihnen begegnete, aber man ließ sie in Ruhe. Keiner versuchte ernsthaft, sich ihr zu nähern. Mochte es an ihrer abweisenden, unnahbaren Haltung liegen – oder daran, dass sich keiner auf eine junge Frau mit dem Kind eines anderen einlassen wollte.

Nur ein einziges Mal hatte sie das Gefühl beschlichen, dass ihr Herz im Umgang mit einem Mann auch nach dem Tod ihrer Jugendliebe höherschlagen könnte, wenn sie es nur zuließe.

Sie war mit Sophia beim Dorfbäcker gewesen, um Brot zu holen, als der breitschultrige Knecht Matthias Lorenz sie ansprach, die Kappe in den Händen knetend. Es tue ihm leid, was ihr widerfahren sei. Wenn sie Hilfe brauche, könne sie sich jederzeit an ihn wenden.

Ein paar Sekunden lang schauten sie sich an, bis Eleonora ihm eines ihrer seltenen Lächeln schenkte. Irgendetwas Vertrautes glitzerte in seinen Augen. Es faszinierte sie, als blickte sie unerwartet auf den Grund eines tiefen, klaren Sees.

Da Eleonora die Dorffeste mied, bei denen sich die jungen Leute vergnügten, war es zu einer weiteren Begegnung nie gekommen …

»Hast du gehört? Die Elsa und der Xaver heiraten«, unterbrach Christina im heiteren Ton ihr Nachdenken.
Eleonora wandte den Kopf. Ihre Schwester hatte begonnen, die Küche zu fegen, nachdem das Geschirr gesäubert war und der Kessel über der Feuerstelle abgenommen.
»Wie? Die konnten sich doch schon als Kinder nicht ausstehen und haben sich gegenseitig die niederträchtigsten Streiche gespielt«, erwiderte Eleonora halbherzig. Was scherten sie die Liebeleien der anderen?
Christina hob die Schultern und führte den Besen um die Stühle herum. Ihre Rastlosigkeit verursachte Eleonora ein Kribbeln im Nacken wie von Ameisen. »Man könnte ja meinen, was sich liebt, das neckt sich, aber so ist es in diesem Fall nicht. Die beiden bilden eine reine Zweckgemeinschaft, denn ... äh ...« Sie hielt inne und warf einen flackernden Blick zu Eleonora, während sie ein paar Haarsträhnen unter ihre Haube zurücksteckte.
Eleonora hob eine Braue. »Ja?«
»Nun, es ist so ... dass ... Also, die Zarin bevorzugt junge Ehepaare und Familien bei der Auswahl derer, die in ihr Land einreisen dürfen.«
Eleonora erstarrte. »Das verrätst du mir erst jetzt? Wir sind beide alleinstehend.«
»Nun ja ...« Christina hüstelte in die Faust. »Noch.«
Einen Herzschlag lang war es still, bevor Eleonora in leises Lachen ausbrach. Sophia suchte sich eine bequemere Haltung in ihrem Schoß. »Jetzt erzähl mir nicht, dass du in aller Eile noch einen Kerl suchen willst, dem du in der Kirche das Jawort abtrotzen kannst.«
Christina schürzte die Lippen. »Warum nicht? Wenn's hilft? Ein paar Anträge habe ich schon bekommen ... Das heißt, richtige Anträge waren es natürlich nicht, mehr ein

sachtes Anklopfen …« Sie blinzelte ihrer Schwester zu und warf den Kopf zurück. »Aber selbstverständlich lasse ich mich nicht von irgendeinem dahergelaufenen Tagelöhner freien. Wenn, dann suche ich mir selbst einen aus.«

Eleonora presste die Lippen aufeinander. »Ich kann das nicht glauben, Christina. So weit willst du gehen, dass du dein Liebesglück dieser Idee opferst? Ist es das wirklich wert?«

»Wer redet denn hier von Opfer?«, fuhr Christina sie an. »Wer weiß, was die Ehe drüben noch zählt. Vielleicht sind dort alle Papiere ungültig, aber hier zumindest bekommen wir keine Schwierigkeiten, wenn wir uns als verehelicht präsentieren können. Selbstverständlich suche ich mir den besten Mann aus, den ich finden kann. Wer weiß, vielleicht wird es tatsächlich Liebe im Lauf der Zeit?« Sie kicherte wie über einen Scherz, aber Eleonora war nicht zum Lachen zumute.

Wie konnte Christina so leichtfertig mit der Liebe umgehen? Wie einfältig war es, sich von vornherein auszumalen, dass die Ehe in Russland möglicherweise gar nicht anerkannt wurde?

»Tu, was du für das Richtige hältst«, erwiderte Eleonora. »Aber bitte … halte mich da raus! Wenn ich mich nicht als Witwe mit Kind anschließen darf, bleibe ich hier.«

Christina zog die Brauen zusammen und trat zu ihrer Schwester. Sie lehnte den Besen gegen den Tisch, zog sich einen Stuhl heran und setzte sich dicht vor sie. Beim Sprechen legte sie die Hände auf ihre Knie, während sie ihr eindringlich in die Augen schaute. »Du hast es nicht begriffen, Eleonora, was? Der Aufbruch nach Russland ist unsere einzige Chance auf ein einigermaßen menschenwürdiges Leben. Hier verkümmern wir und sitzen vielleicht schon im nächsten Winter als Bettlerinnen auf dem Marktplatz in Büdingen. Willst du das? Willst du das für Sophia? Für Klara? Hör endlich auf, dich an die Vergangenheit zu klammern, Eleonora!«

Die Erwähnung der jüngsten Schwester verursachte Eleonora sofort wieder Magendrücken. »Herr im Himmel, wo bleibt Klara nur! Ich bin krank vor Sorge, Christina …« Zitternd sog sie die Luft ein. »Ich bringe Sophia ins Bett. Danach lass uns überlegen, was wir noch tun können, um Klara aufzufinden. Ich mag mir nicht ausmalen, dass sie die Nacht irgendwo da draußen verbringt …«

Während Eleonora das Kind zu Bett trug, blieb Christina am Tisch hocken und rieb sich die Schläfen.

Himmel, warum war die Schwester bloß so kompliziert? Was war dabei, sich von irgendeinem Mannsbild zum Traualtar führen zu lassen, wenn das bedeutete, dass einen die Zarin in ihrem sagenumwobenen Reich mit Kusshand empfing?

Sie beide waren doch schön genug, dass sie nicht den Ersten nehmen mussten, der sich ihnen anbot. Sie konnten sich die besten Männer aussuchen, und die würden vor Glück und Dankbarkeit in die Knie gehen.

Seit das Vermählungsfieber grassierte, trieb Christina ihre Späße mit den jungen Männern, die um sie warben. Mal weckte sie die Hoffnungen des einen, mal schäkerte sie mit dem Zweiten, bevor sie beider Träume platzen ließ, indem sie den Dritten anhimmelte.

Das war doch alles nicht mehr als ein Schabernack. Das alte Spiel zwischen Männern und Frauen. Keine beherrschte es so virtuos wie sie.

Wenn es nach ihr ging, würde sie für ihre spröde Schwester schon einen passenden Mann auftreiben.

Das stille Wesen Eleonoras täuschte über ihre innere Stärke hinweg. Nie erlebte man sie heißblütig oder hitzköpfig, aber sie verstand es, ihren Willen mit einem Flüstern zu verdeutlichen. Man erreichte Eleonora nur über die Vernunft – und über die Liebe zu ihrer Tochter.
Ein heftiges Pochen an der Tür ließ Christina zusammenzucken. Besuch nach der Nachtmahlzeit?
Eine helle Mädchenstimme drang von draußen herein, angstvoll, durchdringend. Klara? Christina sprang auf.
»Bitte, macht auf!« Ein Weinen und Wimmern folgte und wieder lautes Klopfen mit den Fäusten, das das Holz erzittern ließ.
Mit zwei Schritten eilte Christina zur Tür und entriegelte sie. Als hätte es sich dagegengeworfen, fiel ihr das Mädchen in die Arme, es war vielleicht einen halben Kopf kleiner als sie und in Tränen aufgelöst. Die Kleine trug nur ein Kleid, war durch die Winternacht ohne Umhang oder Tuch gelaufen.
»Um Himmels willen, Helmine ... Was ist passiert?« Christine zog die dreizehnjährige Base an sich, hielt sie in den Armen, während Helmine schluchzte und ihre Schultern bebten. Rotz und Tränen liefen ihr über das Gesicht.
»Psst«, machte Christina und schaukelte die Base ungeduldig, bevor sie sie an den Schultern packte und leicht schüttelte, damit sie zur Besinnung kam.
Helmine Röhrich brachte kaum einen zusammenhängenden Satz heraus. Zitternd wischte sie sich mit dem Handrücken über Nase und Mund. Ihre Lider waren geschwollen vom Weinen, ihre weißblonden, rattenschwanzdünnen Zöpfe halb aufgelöst. Sie erinnerte Christina an die mageren Hühner mit den spärlichen weißen Federn und den

rosa Perlenaugen, die auf dem Röhrich-Hof herumflatterten.

Kam sie wegen Klara? Christina schickte ein schnelles Gebet zum Himmel, dass die jüngere Schwester nicht der Grund für Helmines Zustand war.

»Der Vater, Christina …«, brachte Helmine schließlich hervor.

Christina erstarrte. »Onkel Johann? Was ist mit ihm?«, fragte sie drängend. »Was ist passiert?« Den Arm um Helmines schmale Schulter gelegt, führte sie sie an den Tisch.

In dem Moment kehrte Eleonora aus der Schlafkammer zurück, nachdem sie Sophia zu Bett gebracht hatte.

Bei ihrem Anblick brach Helmine erneut in haltloses Weinen aus und warf sich an ihre Brust. Eleonora streichelte ihre dünnen Haare und ihren Rücken und schaute über den Scheitel des Mädchens hinweg ratlos zu Christina, die nur die Schultern zuckte. »Setz dich, trink einen Schluck Wasser und erzähl, was passiert ist!«, murmelte Eleonora tröstend und zog einen Stuhl heran.

»Er … er ist tot«, presste Helmine schließlich hervor, als sie zusammengesackt auf dem Holzstuhl kauerte, die Finger ineinander verschränkt im Schoß, die Augen rot geädert. »Heute Morgen … es … es war ein Unfall.«

Die Farbe wich aus Eleonoras Wangen. Christina klappte der Mund auf. Johann Röhrich tot? Am Morgen schon? Das musste gleich passiert sein, nachdem sie ihn verlassen hatte, dachte Christina. »Was ist geschehen?«, hakte sie nach. »Was für ein Unfall, Helmine?«

»Er … er war wohl auf dem Heuboden unterm Dach der Scheune und muss die Leiter verfehlt haben, als er hinabsteigen wollte. Er … er ist …« Wieder flossen die Tränen in

Sturzbächen. »… eine Mistgabel hat seinen Leib durchbohrt.« Sie schlug die Hände vor ihr Gesicht.

»Oh, Herr im Himmel«, flüsterte Eleonora, bekreuzigte sich und nahm das Mädchen wieder in die Arme. »Wie grauenvoll. Was wird jetzt bloß aus Tante Marliese? Und was aus Alfons …«

Christina wischte sich Schweiß von den Schläfen. Was für ein grausamer Anblick das gewesen sein musste … »Wer hat ihn gefunden?«

»Bernhard. Er kam an der Scheune vorbei und sah die Blutlache. Ich … ich habe erst heute Abend davon erfahren, als ich vom Dorfbrunnen heimkehrte.« Sie kniff den Mund zusammen. »Sie hätten nach mir schicken müssen, anstatt mich so lange unwissend zu lassen!«

»Nichts hätte sich geändert, wenn sie dich vorher gerufen hätten«, sagte Eleonora leise. »Dein Vater war, wie es klingt, auf der Stelle tot. Da hätte niemand mehr helfen können.«

Ein weiterer Todesfall in der Familie, aber Christina ahnte, dass sich auch die Trauer der Schwester in Grenzen hielt. Johann Röhrich war nicht der beliebteste Mann in Waidbach gewesen. Alle wussten, dass er zum Jähzorn neigte und dass er Ehebruch für sein persönliches Vorrecht hielt. Dass sie, Christina, sich Röhrichs Triebhaftigkeit zunutze gemacht hatte, wusste niemand.

»Mein Beileid, liebste Helmine«, sagte Eleonora mitfühlend und streichelte mit dem Fingerknöchel Helmines Wange, während sich das Mädchen mit der Schürze die farblosen Wimpern tupfte. Allmählich schien sie sich zu beruhigen.

»Bernhard … hat ein Tuch über Vater gelegt«, begann sie zu erzählen. »Er wollte nicht, dass ich die Verletzungen sehe, aber ich habe trotzdem ein Bild von seinem durchbohrten Leib im Kopf und dem vielen Blut, das aus ihm herausgeflossen sein muss. Warum nur musste es so enden?«

Die Schwestern ließen sie berichten, ohne etwas zu erwidern. Es schien dem Mädchen gutzutun, den Schmerz in Worte zu fassen und bei den beiden Basen Trost zu finden.

»Wie geht es deiner Mutter?«, erkundigte sich Christina leise.

»Mutter!« Helmine spie das Wort förmlich aus, und ihr Gesicht verzerrte sich hässlich. Sie spannte die Schultern und wirkte nun mehr wie eine zum Kampf bereite Hyäne als ein flatterndes Huhn. »Was glaubt ihr, wie es ihr geht? Sie liegt besoffen im Bett und kriegt nicht mit, was um sie herum geschieht. Wahrscheinlich hat sie nicht einmal verstanden, dass Vater nicht mehr ist. Mein Gott, wie ich sie hasse … Ich wünschte, sie wäre an Vaters Stelle in die Mistgabel gestürzt!«

Eleonora schnappte nach Luft. »Du versündigst dich, Helmine. Sei froh und dankbar, dass dir deine Mutter geblieben ist …«

Helmines Kopf ruckte zu ihr herum. Die Traurigkeit war wie versengt von dem flammenden Hass in ihrer Miene. »Dankbar soll ich sein? Wofür denn? Dafür, dass sie von morgens bis abends nach Schnaps stinkt? Dafür, dass sie den größten Teil des Tages im Bett oder am Ofen schnarcht? Da hätte ich lieber den Jähzorn des Vaters weiter ertragen …«

Christina wusste von den erschütternden Familienverhältnissen der Röhrichs. Die einzige Tochter hasste die Mutter für ihre Schwäche und ließ keine Gelegenheit aus, sie das spüren zu lassen.

Aber was bedeutete nun der tödliche Sturz? Hieß das, dass die Familie die Russlandpläne fallenließ?
Christina gestand sich insgeheim ein, wie wenig ungelegen es ihr kam, dass Onkel Johann überraschend das Zeitliche gesegnet hatte. Natürlich hätte sie ihm einen sanfteren Tod gewünscht, aber ... sie war jetzt frei. So frei, als hätte sie sich einen schweren Sack von den Schultern gestreift. Nicht übel, diese Entwicklung.
»Was ist mit eurer Abreise nach Russland? Wollt ihr die verschieben? Was sagt Bernhard?«
Bei der Erwähnung ihres Bruders blitzten Helmines Augen wie Eiskristalle in einem Sonnenstrahl. »Bernhard meint, auch ohne Vater sollten wir aussiedeln. Nur was mit Mutter wird, das müssen wir noch klären«, fügte sie verdrießlich hinzu. »Wenn es nach mir ginge, ließen wir sie zurück. Ich kann mir nicht vorstellen, dass die Russen auf eine Frau wie sie gewartet haben.«
»Du darfst so nicht reden«, ermahnte Eleonora sie scharf. »Sie ist deine Mutter, Helmine. Sie hat es nicht verdient, dass du so unbarmherzig mit ihr ins Gericht gehst.«
»So? Und habe ich es verdient, dass sie mich bis auf die Knochen blamiert? Manchmal ist es mir, als stünde mir ins Gesicht geschrieben: Das ist die Tochter der Säuferin. Ich spüre die Herablassung der anderen, Tag für Tag. Das Tuscheln und Zischeln verfolgt mich in meine Träume. Dafür soll ich nachsichtig sein?«
»Also werdet ihr mit uns nach Russland gehen«, bemerkte Christina nachdenklich. »Du, dein Bruder Bernhard, dein Bruder Alfons und deine Mutter ... Wir werden zusammenhalten, Helmine, darauf kannst du dich verlassen. Wir sind doch eine Familie ...«
Wie Schmelzwasser sammelten sich Tränen in Helmines

Augen. Sie nickte. »Ich bin froh, dass ich euch habe. Und natürlich Bernhard.« Sie sah auf. »Sagt, wo ist Klara?«
Christina und Eleonora wechselten einen Blick. »Sie ist seit den Morgenstunden verschwunden.«
»Oh Gott! Das passt doch gar nicht zu ihr.«
»Nun«, Christina betrachtete ihre Hände, »wir haben ihr mitgeteilt, dass wir aussiedeln werden. Damit war sie leider gar nicht einverstanden. Ich fürchte, sie glaubt, mit ihrer Flucht unsere Pläne durchkreuzen zu können.« Sie schob das Kinn vor. »Aber sie täuscht sich.«
»Wie dumm von ihr, nicht nach Russland zu wollen«, erwiderte Helmine und schneuzte sich in ihre Schürze. »Ich finde das alles sehr ... aufregend. Ich meine, was haben wir hier noch verloren? Unsere Heimat ist verloren ... Wir brauchen eine neue.«
Christina schmunzelte. Als Verbündete war Helmine ihr recht wie jede andere. »Das sehen wir genauso. Wenn Klara heimkehrt, solltest du sie dir vorknöpfen. Vielleicht hört sie auf dich mehr als auf uns.«
»Wenn sie überhaupt heimkehrt«, fügte Helmine bang hinzu. »Erst stirbt Tante Theresa, dann mein Vater, und jetzt ist Klara weg ... Vielleicht will uns der Herrgott dafür strafen, dass wir das Land verlassen? Vielleicht bringt er deswegen dieses Unglück über uns?«
Eleonora biss sich verzagt auf die Unterlippe.
Selbst Christina spürte ein flaues Gefühl im Leib bei Helmines Worten. Verdammt. Jubilieren wollte sie und sich nicht um diesen starrköpfigen Fratz den Kopf zerbrechen.

Der Weg nach Waidbach zog sich wie ein unendliches Band. Matthias und Franz Lorenz kannten die Strecke zwar blind, aber sie fluchten trotzdem, dass ausgerechnet

in dieser Nacht schwere Wolken vor dem halbvollen Mond trieben und dieser nur hin und wieder sein bleiches Licht auf die Äcker und Wiesen warf.
Matthias hatte in dem Wäldchen seinen Umhang abgelegt und das verletzte Mädchen hineingebettet. Sie trugen sie abwechselnd auf den Armen – auf die Hucke gepackt, wäre die Last erträglicher gewesen, aber die Kleine wimmerte wie ein tödlich verletztes Tier, als sie es versuchten. Sie hielt die schwarzrot verkrusteten Schenkel krampfhaft aneinandergepresst.
Nach den ersten Schrecksekunden hatten sie das Mädchen erkannt. Es war die jüngste der Weber-Töchter, die Sommersprossen-Klara, und auch sie hatte in Matthias und Franz die ungleichen Brüder vom Lorenz-Hof ausgemacht. Aber zunächst schien sie das nicht zu besänftigen. Der erschreckte Ausdruck in ihrem Gesicht blieb, schützend hob sie eine Hand vor die Augen, die andere vor ihren Schoß, als sich die Männer ihr näherten.
»Pst, fürchte dich nicht, Kleine«, sagte Matthias behutsam, »wir bringen dich heim.«
»Was ist denn bloß passiert?«, fragte Franz, nicht weniger erschüttert als sein Bruder über den Zustand des Mädchens. Ihr schmutziges Kleid hing in Fetzen über der zerrissenen Leinenbluse, am Hals leuchteten feuerrot Würgemale, an ihren Beinen klebte getrocknetes Blut.
»Ein Mann … er sprang plötzlich aus dem Gebüsch, packte mich wie ein Teufel und …« Ihre Stimme brach. »Er … er hat gestunken wie verfault. Es war … grauenvoll. Die Hölle … Er hat mir so entsetzlich weh getan. Ich wusste nicht … Ich dachte, ich muss sterben …«
Nun wimmerte sie an Matthias' Brust. Er versetzte die Hände, um das Mädchen in eine erträglichere Haltung zu

bekommen. Seine Arme wurden allmählich taub, aber er biss die Zähne zusammen, weil schemenhaft die ersten Häuser von Waidbach in Sichtweite kamen.
Ein Käuzchen schrie hinter ihnen seinen beklemmenden Ruf, als wollte es die beiden Wanderer mit ihrer Last ankündigen.
»Das wärest du auch beinahe«, sagte Franz ungerührt. »Was läufst du mutterseelenallein im Wald herum? Haben dir deine Schwestern nicht erzählt, dass dieser Tage niemand mehr sicher ist? Selbst wir Mannsbilder brechen lieber zu zweit auf. Und da läuft ein Küken wie du alleine los. Ein willkommenes Fressen für jeden Wegelagerer. Hattest du Münzen dabei? Schmuck? Hat er dich ausgeraubt?«
Klara schüttelte den Kopf. »Ich besitze doch nichts. Er hat danach gesucht, doch als er nichts fand …« Ihre Finger knackten, als sie sie um Matthias' Schultern krampfte.
Matthias unterdrückte den Schmerz, wiegte das Mädchen beruhigend. »Es ist vorbei, Klara. Du brauchst einen Doktor, aber ich habe keine Ahnung, wie wir dich jetzt noch nach Büdingen schaffen sollen.«
Klaras Gesicht lief dunkelrot an. »Ich brauche keinen Arzt. Es wird schon wieder heilen.«
Sie schämt sich, ging es Matthias durch den Sinn. *Armer Wurm.*
Das Weber-Haus lag am anderen Ende von Waidbach. Sie mussten das ganze Dorf durchqueren.
Die Häuser rechts und links der Straße lagen geduckt unter knorrigen uralten Kastanien, die ihre Äste wie anklagende Finger in die Schwärze der Nacht reckten. Nur vereinzelt schlängelte sich eine dünne graue Rauchschliere über einem Dach oder fiel flackerndes gelbes Licht aus den Fenstern – Zeichen, dass die Bewohner noch wach waren. Die

meisten gingen dieser Tage früh zu Bett. Viele, um im Schlaf den knurrenden Magen nicht mehr fühlen zu müssen.

Hinter den Scheiben des Weber-Hauses blakte Kerzenschein. Von draußen konnten Matthias und Franz erkennen, dass die beiden Schwestern mit Besuch in der Wohnstube am Tisch saßen. »Gleich haben wir es geschafft«, murmelte Matthias an Klaras Ohr.

»Sie werden mich schimpfen«, erwiderte Klara mit dünner Stimme.

»Und das mit Recht!«, gab Franz zurück.

»Sicher nicht!«, erwiderte Matthias im gleichen Atemzug. »Sie werden froh sein, dich wiederzuhaben. Gewiss sind sie krank vor Sorge.«

Franz stieg die beiden Stufen zur Eingangstür des Fachwerkhauses hinauf und hämmerte mit der Faust dagegen. Matthias hielt sich mit dem Mädchen auf dem Arm hinter ihm.

Nur einen Wimpernschlag später wurde die Tür aufgerissen. Christina wich erschrocken vor den beiden Männern zurück, bevor sie Klara erkannte, die wie ein Häuflein verdreckter Lumpen aussah.

»Herr im Himmel«, flüsterte sie, trat zur Seite und ließ die Knechte eintreten. »Klara … Was ist passiert?«

»Unterhalten könnt ihr euch später«, brummte Matthias. »Wo kann ich sie ablegen?«

Da eilten Eleonora und ein weiteres Mädchen heran. Matthias erkannte die Besucherin als Helmine, die Tochter des Schusters.

Auch Eleonora starrte mit angstvoll geweiteten Augen auf ihre Schwester. »Ist sie schwer verletzt?« Sie breitete eine wollene Decke auf der Steinbank neben dem Ofen aus. »Komm, pack sie da hin!«, bat sie.

»Eleonora …« Klaras Stimme klang wie das Krächzen eines verletzten Vogels.
»Ist gut, Liebchen. Du bist in Sicherheit«, murmelte Eleonora, kniete sich neben das Mädchen, streichelte ihre Wangen mit beiden Händen und küsste ihre Stirn. »Alles wird gut.«
Christina hinter ihr stemmte die Hände in die Hüften. »Was hast du dir dabei bloß gedacht, dich einfach aus dem Staub zu machen? Jetzt siehst du, was du davon hast!«
Eleonora funkelte sie an. »Jetzt ist keine Zeit für Vorwürfe«, zischte sie ihr zu. »Kümmere dich um unsere Gäste!« Sie nickte in Richtung der Knechte, die mit gesenktem Kopf warteten.
»Kommt!« Christina ordnete das Schultertuch am Ausschnitt ihres Leinenkleides, band sich die Schürze ab und hakte sich bei Matthias ein. Sie führte ihn zum Tisch in der Wohnstube. Franz folgte ihnen, während Helmine sich neben Eleonora zu Klara kauerte.
»Wir wollten euch nur die Schwester bringen«, erklärte Matthias unbeholfen und wechselte einen Blick mit Franz, der nun von einem Ohr zum anderen grinste.
»Ach papperlapapp!« Christina zeigte beim Lachen ihre hübschen Zähne. »Ihr setzt euch, trinkt einen heißen Apfelwein mit uns und erzählt.«
»Lang zu erzählen gibt es da nichts.« Matthias ließ sich widerwillig auf dem Stuhl nieder. In knappen Sätzen fasste er zusammen, wie sie, aus Büdingen kommend, im Gebüsch das Wehklagen vernommen hatten.
»Ein Mann hat sie überwältigt. Ich fürchte …« Matthias räusperte sich in die Faust.
Christina schlug die Hand vor den Mund. »Was für ein Unglück«, murmelte sie. Gleich darauf verhärtete sich

ihre Miene schon wieder. »Was läuft sie allein draußen herum!«
»Das haben wir uns auch gefragt«, erwiderte Matthias.
»Wie leichtsinnig von euch, das zuzulassen.«
»Gar nichts haben wir zugelassen!«, erwiderte Christina empört, doch die plötzliche Härte in ihren Zügen wich sogleich wieder betörender Sanftheit. Sie lächelte Matthias an und legte ihre Finger wie zufällig auf seine Pranke. »Danke, dass du sie getragen hast. Ohne dich wäre sie verloren gewesen.«
»Nun, wir haben sie beide getragen«, erwiderte Matthias irritiert und zog seine Hand vom Tisch, um sie in den Schoß zu legen.
Christinas rasanter Stimmungswechsel verunsicherte ihn. Und warum lächelte sie ihn die ganze Zeit an? Seinen Bruder beachtete sie kaum, und wenn sie in seine Richtung schaute, nahm ihre Miene einen hochmütigen Ausdruck an.
»Ihr solltet besser auf sie aufpassen«, erklärte Franz. »Sie ist noch ein Kind.«
Christina funkelte ihn böse an. »Willst du uns Nachlässigkeit vorwerfen?«
Franz zuckte die Schultern und grinste. Matthias meinte, einen spöttischen Ausdruck in seinen Augen zu erkennen. Es schien fast so, als neckte er die hübsche Weberin und als hätte er Spaß daran, sie zur Weißglut zu treiben. »Hättet ihr sie nicht ziehen lassen, läge sie jetzt unversehrt in ihrem Bett. Nun ist sie marode, und der Teufel weiß, ob sie jemals wieder heil wird.«
»Kümmere dich um deine eigenen Angelegenheiten, Franz Lorenz! Damit hast du genug zu tun«, fuhr Christina ihn an, doch Franz' Grinsen verstärkte sich nur noch.

»Warum war sie denn allein auf der Straße?« Das Scharmützel der beiden war Matthias lästig, er wollte nach Hause. Er nahm einen langen Schluck von dem Apfelwein, der in dem tönernen Becher säuerlich duftete.
»Nun …« Christinas ganze Aufmerksamkeit richtete sich wieder auf ihn. Franz wandte sie die kalte Schulter zu, was den aber nur zu amüsieren schien. »Sie ist nicht einverstanden mit unseren Plänen, nach Russland umzusiedeln. Sie glaubt, dass sie damit Verrat an unserer Mutter, Gott hab sie selig, begeht.«
»Ihr wollt auch nach Russland?« Franz richtete sich auf. Ein Leuchten ging über sein Gesicht.
»Hast du was dagegen?«
»Ich wäre glücklich über eure Gesellschaft«, parierte Franz.
»Pah, schlag dir das aus dem Kopf! Ich wandere doch nicht aus, um mich mit einem Waidbacher Lumpen wie dir abzugeben.«
Franz lachte lauthals. »Das hast du aber auf dem letzten Dorffest ganz anders gesehen.«
»Bild dir bloß nichts ein, Franz! Ich hab' dich nur benutzt, um dem Georg eine lange Nase zu drehen, der mich darum gebeten hat, seine Frau zu werden.«
»Dass du es ernst gemeint haben könntest, wäre mir niemals in den Sinn gekommen, Schönste«, erwiderte Franz mit einem listigen Blinzeln. »Auch *dein* Ruf ist in Waidbach und drum herum bestens bekannt.«
Christinas Nasenflügel weiteten sich, als sie Luft holte, um zu einer patzigen Erwiderung anzusetzen.
Matthias reichte es mit dem Geplänkel. Abrupt stand er auf. »Es ist spät. Lass uns heimgehen, Franz!«
»Ach, du schon wieder …« Franz zog eine Grimasse, erhob sich aber ebenfalls, nachdem er den letzten Rest des

Weins getrunken und sich über die Lippen gewischt hatte.
»Wann geht's los?«, fragte er Christina.
»Das wirst du schon merken, wenn das Haus leer ist.«
Franz grinste. »Der Werber wird uns Waidbacher alle in einen Treck stecken, ob es dir passt oder nicht. Wir haben noch eine geraume Zeit das Vergnügen miteinander, Schönste.«
»Ich werde Mittel finden, dir aus dem Weg zu gehen. Darauf kannst du wetten.«
»Wahrscheinlich wirst du mich gar nicht zu Gesicht bekommen, weil ich ständig von einem Pulk der schönsten Mädchen umgeben sein werde. Und wenn wir erst in Sankt Petersburg sind und die heißblütigen Russinnen merken, welche Prachtkerle ihnen die Zarin ins Land geholt hat …«
»Jetzt lasst es gut sein!«, ging Matthias dazwischen, als Christina den Mund öffnete. »Danke für den Wein.« Er war schon an der Tür.
»Danke, dass du Klara gebracht hast, Matthias.« Christina schnurrte nun wieder wie ein Kätzchen. Sie nahm seine beiden Hände in ihre. »Ich hoffe, wir können uns irgendwann dafür erkenntlich zeigen. Du hast ihr wahrscheinlich das Leben gerettet.«
In diesem Moment kamen Helmine und Eleonora aus der Schlafkammer zurück, in die sie Klara getragen hatten. Matthias sah über Christinas Schulter direkt in Eleonoras Augen, die vor Kummer ganz verhangen waren.
»Auch von mir tausend Dank«, sagte Eleonora. »Klara wird sich erholen. Sie braucht jetzt viel Ruhe.«
»Gut, dass sie eine Schwester wie dich hat«, sagte Franz zum Abschied, bevor er mit seinem Bruder die Eingangsstufen hinabsprang. Christinas empörtes Schnaufen folgte ihm und ließ ihn erneut auflachen.

»Was für eine Kratzbürste«, sagte Franz gut gelaunt, als sie mit weit ausholenden Schritten zur Dorfstraße stiefelten.
»Hattet ihr eine Liebschaft?«, erkundigte sich Matthias.
»Nein, nur fast. Sie schäkert mit jedem Kerl. Für einen Abend war ich ihr gut genug. Aber sie ist tüchtig, findest du nicht? Ein Prachtweib.«
Matthias schwieg.
»Wäre sie nicht eine Frau für dich?«, platzte Franz da heraus.
Matthias blieb abrupt stehen. »Du meinst, ich soll um die Christina Weber werben? Wie komme ich denn dazu?«
Franz zuckte die Schultern. »Warum nicht? Sie ist zäh und fleißig und wird dir gewiss ein gutes Eheweib sein. Und wenn Eheleute bevorzugt werden ...«
»Was kratzt es dich, ob ich verheiratet bin oder nicht? *Du* hast das Problem, dass sie dich vielleicht nicht ins Land lassen, wenn du unverheiratet bist. Mich nehmen sie mit Sicherheit auch als alleinstehenden Bauern.«
»Nun, wenn du verheiratet bist, bekommst du mehr Land – deiner Frau steht ebenfalls ein Anteil zu. Und euer Handgeld verdoppelt sich. Es hätte nur Vorteile.«
Matthias musterte seinen Bruder von der Seite, der nun die Lippen spitzte und begann, ein Liedchen zu pfeifen. Gewiss versuchte sich Franz nicht aus Sorge um ihn als Kuppler. Irgendeinen Vorteil würde er selbst von der Sache haben. Und welchen, das würde Matthias schon noch herausfinden.

5. Kapitel

Anja Eyring putzte mit einer Besessenheit die Stube, als gelte es, sie für ein Hochzeitsfest herzurichten. Die Tische, Stühle und Fenster hatte sie bereits geschrubbt, nun kniete sie auf dem Boden und bearbeitete mit Bürste und Laugenwasser die Dielen.

Nein, keine Feier stand an. Aber sie würde ihrem Vater ein blitzblankes Haus hinterlassen, wenn sie ihn verließ. In wenigen Tagen. Hoffentlich.

Sie kannte die Geschichten der Ahnen, die in Moskau und Sankt Petersburg als Apotheker, Ärzte und Kaufleute zu hohem Ansehen gekommen waren. Und sie wusste, dass sich die Großzügigkeit der russischen Herrscherin nicht auf Männer beschränkte. Zarin Katharina eilte der Ruf voraus, besonders den Frauen und Mädchen ganz neue, ungeahnte Möglichkeiten zu bieten. Drüben in Russland würde niemand Anstoß daran nehmen, dass eine Frau wie Anja Eyring eine Apotheke führte. Eine prachtvoll ausgestattete Apotheke mit Regalen vom Boden bis zur Decke, voller Töpfe, Tiegel und Standgläser, fein beschrifteter Glasbehälter mit getrockneten Kräutern und Heilpflanzen. Dazu Kommoden mit unzähligen schmalen Schubfächern und zierlichen Metallbeschlägen, eine bronzene Waage auf dem polierten Thekentisch, in den Schaufenstern Stiche von den wundersamsten Heilpflanzen. Ein Bimmeln des Türglockenspiels würde jeden Kunden willkommen heißen … Ja, Anja hatte sehr genaue Vorstellungen von ihrer Moskauer Apotheke.

Erste Etappe für sie würde ihr Großonkel sein, ein Bruder ihres Großvaters. Hin und wieder war Post von ihm ge-

kommen – Anja wusste, dass er in Russland als Arzneihändler allerhöchstes Ansehen genoss. Die Russen unterschieden nicht zwischen Ärzten und Apothekern – beide sorgten für die Gesundheit der Menschen.
Gewiss würde er überrascht sein, wenn sie vor ihm stand – Anja beabsichtigte nicht, ihn über ihr Auftauchen vorab in Kenntnis zu setzen, aus reiner Angst, er könnte es ihr auszureden versuchen oder es ihr sogar verbieten. Außerdem legte sie keinen Wert darauf, dass er die Verbindung zu ihrem Vater aufleben ließ.
Sie ächzte, als sie sich nun aufrichtete und den schmerzenden Rücken massierte. Ihre Finger waren aufgequollen von der Lauge, die Haut an manchen Stellen aufgeschürft.
Sie lauschte. Die Fenster standen weit geöffnet. Von draußen drang Vogelgezwitscher zu ihr herein. Spatzen und Meisen begrüßten als ersten Vorboten des Frühlings den lauen Wind, der über die heimatlichen Fluren strich.
Anja glaubte fest daran, dass die Zarin ihre Pläne gutheißen würde. Obwohl sie ausdrücklich Bauern in ihr Land einlud, würde sie doch den Handwerkern und Gelehrten unter den Einreisenden nicht verwehren, ihrer Bestimmung nachzugehen.
Nun, eine Gelehrte war sie nicht.
Anja ließ sich auf einen Stuhl fallen. Die Bürste warf sie mit Schwung in den Holzeimer, dass die warme Brühe spritzte.
Eine Universität hatte sie niemals von innen gesehen.
Aber ihr Vater. Der hatte in Leyden studiert.
Sie hörte ihn in dem winzigen Laden gleich nebenan werkeln. Wie immer trug er seine Holzpantoffeln, die Haare standen ihm grauweiß vom Kopf ab. In seinen Augen lag ein kindliches Glitzern, sein Mund war immer verzogen,

als wollte er jeden Moment zu kichern beginnen. Im Dorf nannte man ihn nur den »verrückten Fritz«. Im Alter hatte er den wachen Verstand verloren, und jeden Tag wurde es ärger. Er lebte in seiner eigenen Welt, vergaß, was gestern und heute geschah, lebte von seinen Erinnerungen und seiner Phantasie und schien mit sich im Reinen.

Ein paar Kinder aus dem Dorf hatten ihm am Morgen einen Korb voller Waldkräuter gebracht, die er nun ordnete und zu Sträußen band, um sie zum Trocknen an die staubigen Schränke zu hängen. Dort würde er sie vergessen wie all die anderen Salben und Tinkturen, die keine Heilwirkung mehr erzielten, da sie vor vielen Jahren angerührt worden waren und nicht mehr den Hauch eines Aromas verströmten.

In dem Laden roch es nach ranzigem Talg und moderigem Holz, nach Krankheit und Tod. Kein Wunder, dass kaum noch jemand die Apotheke betrat, außer ein paar frechen Rotzlöffeln, die Späße mit dem Alten trieben.

Wenn er sie, seine Tochter, nur arbeiten ließe … Wenn er nur mehr Zutrauen in sein einziges Kind hätte!

Anja war davon überzeugt, dass es ihr gelungen wäre, den Laden wieder auf Vordermann zu bringen und neue Kundschaft anzulocken. Kontakte hätte sie geknüpft zu Ärzten bis nach Frankfurt, in die Lazarettlager und Hospitäler … Aber wann immer sie die Sprache darauf brachte, schnitt ihr der Vater mit einer Handbewegung das Wort ab. »Geh ins Dorf, amüsier dich, such dir einen guten Mann, Anja! Schenk mir Enkelkinder, die mir mit ihrem munteren Lärm meine letzten Tage versüßen!«

Sie lehnte sich in dem Stuhl zurück und berührte mit den Fingerspitzen die Narben, die sich breitflächig von ihrer Nasenwurzel über die Wange bis hinab zu ihrem Dekolleté zogen. Verhornt und rauh fühlten sie sich an, Wülste, rot wie Himbeeren, die ihr Antlitz beherrschten.

In seiner Verrücktheit benahm sich ihr Vater, als gäbe es dieses Brandmal nicht. Er sah sie an und sah es nicht. Ein bewunderndes Lächeln legte sich jedes Mal auf seine Züge, wann immer er ihr ins Gesicht blickte. Manchmal hatte sich Anja bei dem Wunsch ertappt, die Sicht ihres Vaters auf sie und die Welt teilen zu können. Wie einfach wäre es in einem Leben, in dem die Dinge nur so waren, wie sie einem gefielen.

Vor fast fünfzehn Jahren hatte sich ihr Dasein von einer Stunde auf die andere von Grund auf geändert. Sie erinnerte sich an den Tag, als wäre es gestern passiert.

Ihre Mutter lebte damals noch und fiel dem Vater um den Hals, als der von einem Ausritt zum Lazarett heimkehrte mit einem Säckel voller Geld und einer breiten, in Papier eingeschlagenen Speckscheibe. Wie einen Goldschatz hatte er das fette Fleisch mit spitzen Fingern ausgewickelt und es erst der Mutter, dann ihr unter die Nase gehalten. Ein köstlicher Geruch entstieg dem Papier, dass es Anja schwindelte. Seit Wochen hatten sie tagaus, tagein dünnen Rübeneintopf gegessen. Wie delikat würde der Speck im Kessel duften.

Mit ihren acht Jahren zappelte Anja damals neben ihrer Mutter, die das Fleisch zerschnitt, in den Topf gleiten ließ und mit dem Holzlöffel zu rühren begann – ihr Gesicht die gutmütige Miene einer Frau, die wusste, dass sie ihren Lieben an diesem Tag etwas ganz Besonderes vorsetzen konnte. Anja erinnerte sich noch genau daran, wie ihr das Wasser im Mund zusammengelaufen war, wie sie immer wieder schlucken musste, damit ihr der Speichel nicht übers Kinn lief.

Als die Mutter in den Gemüsegarten eilte, um ein Bündel Frühlingslauch zu schneiden, stellte Anja sich auf die Zehenspitzen und griff nach dem Holzlöffel, um in dem Eintopf zu stochern.

Hm, wie die Fettaugen auf dem Gemüse glänzten, wie köstlich der Speckgeruch durch die Wohnküche zog.

Auf Zehenspitzen balancierend, verlor Anja den Halt, strauchelte und riss im Fallen den Kessel um, in dem der Eintopf blubbernd köchelte. Die begehrte Mahlzeit ergoss sich zischend und dampfend in das offene Feuer. Ein Großteil schwappte Anja auf ihr Gesicht. Sie schrie und schrie, versuchte sich aufzurappeln, aber der Schmerz brachte sie fast um den Verstand. Ihr Gesicht fühlte sich an, als würde es gehäutet werden, ihr Denken setzte aus. Sie konnte nichts anderes, als in den höchsten Tönen in Todesangst zu schreien, bevor es schwarz um sie wurde.

Später erzählten ihre Eltern, dass sie sie kopfüber in den Wassertrog im Hof getaucht hätten, aber die Höllenqual hörte nicht mehr auf. Viele, viele Wochen lang nicht, und als Anja das erste Mal wieder vor dem Spiegel stand, wusste sie, was alle anderen schon ahnten: dass ihr Leben niemals mehr sein würde wie zuvor.

Sie war bis zur Unkenntlichkeit entstellt.

Ihre Mutter starb zwei Jahre später. Eines Morgens lag sie leblos in ihrem Bett – ohne dass sich ihr Tod durch das geringste Anzeichen einer Krankheit oder Erschöpfung angedeutet hätte. Wie schlafend ruhte sie in ihren Kissen, als Anja zu ihr trippelte, um sie zu wecken. Ihr Gesicht sah friedlich aus, das Morgenlicht ließ Sonnenpunkte auf ihren Wangen tanzen, doch als Anja ihre Hand berührte, fühlte sie die Todeskälte, die sich von ihren Fingern bis zu ihrem Herzen fraß.

Ihren Vater hatte sie als sehr gefasst in Erinnerung. Sie hatte ihn nie weinen sehen wegen der Mutter. Am Totenbett hatte er den Arm um die Schultern der Tochter gelegt. »Jetzt bist du die Frau im Haus«, hatte er gesagt.

Seitdem führte sie den Haushalt, so flink und umsichtig, dass ihr stets die Zeit blieb, den Vater bei seiner Arbeit in der Apotheke zu beobachten. Wie er die Salben anrührte, die Kräutertinkturen mischte. Wie er vor sich hin murmelte, welches Kraut gegen welches Leiden gewachsen war. Und wie er die Kunden, die damals noch zahlreich ins Geschäft drängten, bei Blessuren und Brüchen, Schwindel und Durchfall beriet.

Anja glaubte, dass sie von alldem nicht ein Wort vergessen hatte. Nur dass dies niemanden interessierte. Schon gar nicht ihren Vater.

Drüben in Russland würde man zu schätzen wissen, dass sie bereit war, sich mit aller Kraft dem Dienst am kranken Menschen zu verschreiben.

Bedauerlicherweise gab es eine letzte Hürde.

Alleinstehende Frauen nahmen die Werber nicht gern – und wenn doch einer ein Auge zudrückte, gäbe es gewiss unbequeme Nachfragen bei ihrem Vater. Das wollte Anja um jeden Preis verhindern.

Ihr Vater sollte der Letzte sein, der von ihrer Abreise erfuhr – und dann wäre sie hoffentlich meilenweit hinter Kassel auf dem Weg nach Lübeck.

Eine Träne löste sich aus ihrem Augenwinkel und rollte auf das Brandmal. Mit einer unwilligen Handbewegung wischte Anja sie weg.

Wer kam für sie als Ehemann in Frage? Keine leichte Aufgabe … Während sich die anderen jungen Frauen im Dorf die Kerle nach Gutdünken auswählen konnten, gab es nicht einen Einzigen, der ihr zugetan war. Sie hatte lange darüber nachgedacht, ob sie vielleicht einen vergaß, einen Verwachsenen, einen Bettelarmen mit krummem Rücken, einen einäugigen Knecht ... Doch am Ende war ihr keiner eingefallen, dem sie etwas bedeutet hätte.

Also ging sie im Geiste alle Männer aus Waidbach durch: Wer brauchte genau wie sie dringend einen Ehepartner, um nach Russland auswandern zu dürfen?

All die vergangenen Dorffeste lebten in ihrer Erinnerung auf. Die Freude der anderen, ihr eigener Schmerz. Wie die Mägde sich mit fliegenden Röcken auf der Tanzfläche drehten, angefeuert von den jungen Freunden, die sie um die Taille packten und beherzt herumwirbelten.

Wie sie am Rand stand und zuschaute und sich verzagt fragte, wie es sich wohl anfühlte, so gepackt und herumgewirbelt zu werden. Niemals war sie zum Tanz geholt worden. Die Häme der Knechte verletzte sie weniger als das Mitleid der Alten.

Bei diesen Gelegenheiten hatte sich ihr ins Gedächtnis gebrannt, dass es manch einen gab, der es nicht so genau mit den Weibern nahm. Der jeder hinterherstieg, die einen Rock trug. Einen solchen Mann brauchte sie nun: einen, der sein Herz nicht vergab. Und gleichzeitig einen, der vor den russischen Werbern einen schweren Stand hatte, wenn er sich nicht als ehrenwerter Ehemann präsentierte.

Anjas Herz klopfte zum Zerspringen, wenn sie an den schweren Gang dachte, zu dem sie sich an diesem Abend durchringen würde. Sie fasste unter ihre Schürze nach dem Lederbeutel, in dem sie die zehn Gulden aufhob, die ihr der Pfandleiher in Büdingen ausgehändigt hatte. Sie hatte dafür die kunstvoll geschmiedete silberne Brosche hingegeben, das einzige Schmuckstück, das ihr die Mutter vererbt hatte.

Möglicherweise hätte sie mehr Geld herausschlagen können, wenn sie sich weitere Angebote eingeholt hätte, aber dafür fehlte ihr der Mut. Sie wollte nicht riskieren, es könnte über undurchschaubare Wege ihrem Vater zu Ohren kommen, dass sie das Familienstück in Münzen verwandelte. Der Pfandleiher in Büdingen erweckte einen verschwiegenen, wenn auch nicht besonders redlichen Eindruck. Auch erschienen ihr zehn Gulden eine hinreichende Summe, um ihr Vorhaben zu sichern. Den Lederbeutel würde sie am Abend mitnehmen und als ihre Aussteuer präsentieren: eine Mitgift, die – so hatte sie sich die Worte zurechtgelegt – im Besitz des Ehemannes bleiben sollte, wenn die Scheidung beantragt wurde, sobald sie in Russland Fuß gefasst hatten und jeder für sein eigenes Leben verantwortlich war.

Das Geld gab ihr die gewisse Sicherheit, dass ihr Auserwählter nicht ablehnen würde, wenn sie ihm vorschlug, zu beiderseitigem Vorteil eine Ehe aus rein praktischen Gründen einzugehen – eine Ehe ohne Rechte und Pflichten, nur auf dem Papier bescheinigt, um den Traum von einem neuen Leben in Russland zu verwirklichen. Kein Herzensverband, sondern eine Zweckgemeinschaft.

Daran lag dem Knecht Franz Lorenz ganz gewiss genauso viel wie ihr.

6. Kapitel

Das kann ich doch machen.« Marliese erhob sich vom Tisch und trat an die Feuerstelle, wo ihre Tochter Helmine gehackte Rüben über ein Holzbrett in das brodelnde Wasser strich.

Helmine musterte ihre Mutter mit einem Seitenblick. »Warum? Ich koche hier seit Jahren. Warum sollte sich das plötzlich ändern, nur weil Vater nicht mehr unter uns ist?«

»Nicht deswegen …«, erwiderte Marliese schwach und strich sich die Haare aus der Stirn. »Ich dachte nur … Du erledigst ohnehin fast alles im Haushalt, fütterst die Hühner, versorgst die Schweine, putzt die Stube, wäschst … Vier Hände schaffen schneller als zwei.«

Helmines Blick nahm den verächtlichen Ausdruck an, der Marliese nur zu vertraut war. Er verursachte ihr ein Frösteln im Nacken. Sie zog den Kopf zwischen die Schultern.

»Und das fällt dir jetzt ein«, zischte Helmine. »Mach dir nichts vor, Mutter, dieser Haushalt läuft seit vielen Jahren ohne deine Mithilfe. Du bist nur eine zusätzliche Last.«

Der letzte Satz schmerzte wie ein Peitschenhieb mitten ins Gesicht, aber Marliese ließ sich nichts anmerken, schluckte bloß und nahm wieder Platz.

Wann hatte das begonnen mit Helmine und ihr? Wann war die Liebe der Tochter zur Mutter ins Gegenteil gekippt? Wehmütig erinnerte sie sich an ihre Freude, als nach den beiden Buben ein strammes Mädchen in die Familie kam. Wie hatte sie es geliebt, ihr Röcke und Schürzen aus Lumpenresten zu schneidern und sie mit Knöpfen und Häkelspitzen zu verzieren. Ihre Haare zu kämmen und zu Zöpfen zu flechten, während sich die Tochter auf ihren Schoß kuschelte.

Bis sie auf wackeligen Beinen begann, die Welt zu erkunden, und sich Tag für Tag und Schritt für Schritt von ihr entfernte.

Sie hatte sie nicht aufgehalten und sich wieder in ihrem Unglück an der Seite eines unbarmherzigen Ehemannes vergraben. Wenn sie auch nicht viel erreicht hatte – ihre beiden gesunden Kinder waren fähig, sich in der Welt zu behaupten, fanden ihren Weg und gingen ihn erhobenen Hauptes. Allerdings gestand Marliese sich ein, dass dies nicht auf ihre Erziehung zurückzuführen sein konnte. Es musste an der Veranlagung der beiden liegen, ein Gottesgeschenk an Stärke und Kraft und Lebenswillen.

Marliese verteilte die drei Holzteller, die Helmine abgestellt hatte, und legte die Löffel dazu.

»Isst Alfons nicht mit?«, fragte sie.

»Pah, ich weiß nicht, wann er das letzte Mal an diesem Tisch saß. Ich bringe ihm später seine Schüssel.«

Marliese stierte auf die Flasche Schnaps, die am anderen Ende des Tischs stand.

Merkwürdig, seit Johanns Tod schwand ihre Gier nach Branntwein.

Nicht, dass sie nicht bereits am frühen Morgen Alkohol brauchte, aber sie schüttete ihn nicht mehr in den Mengen in sich hinein wie noch vor wenigen Tagen, als Johanns Jähzorn die Stimmung am Röhrich-Hof geprägt hatte.

Mit weniger Alkohol im Blut war ihr Kopf klarer, ihr Gang gerader, waren ihre Gedanken geordneter. Was sie in dieser Klarheit sah, überraschte sie manchmal, und manchmal erschreckte es sie, weil sie erkannte, dass sie viele Jahre lang in einem dichten Nebel verbracht hatte, in dem ihr das

Wohl ihrer Kinder genauso egal war wie ihre eigene Gesundheit und ihre äußere Erscheinung.
Sie war wie eine lebende Tote in diesem Haus gewandelt. Diese Erkenntnis schmerzte wie eine Klinge in ihren Eingeweiden.
Wieder glitt ihr Blick zum Schnaps. Dann linste sie zu Helmine, die ihr den Rücken zugedreht hatte. Rasch griff sie nach der Flasche und nahm einen langen Zug. Nicht mehr darüber nachdenken, auf Bernhard warten, wegdösen …
Als sie irgendwann eine Hand auf ihrer Schulter fühlte, fuhr sie hoch. Es fühlte sich an, als strampele sie sich aus Sumpf und Morast ans Tageslicht. »Iss, Mutter!« Bernhard küsste sie auf die Wange und ließ sich ihr gegenüber nieder. Helmine löffelte bereits mit gesenktem Kopf.
Der Zwiebelgeruch des Eintopfs verursachte Marliese Übelkeit. Auf der wurmstichigen Tischplatte surrten und liefen ein paar Fliegen umher. Sie kämpfte gegen den Würgereiz und schob die Schale von sich.
Eine Stimme in ihrem Rücken, die das Schmatzen, Schlürfen und Klappern am Tisch übertönte, ließ sie herumfahren.
»Vatta aufwackt?« Da stand Alfons in einem fadenscheinigen Linnenhemd, die Beine standen wie falsch eingehängt, die Zunge hing ihm halb aus dem Mund, während er mit den Fingern wedelte.
Als Helmine aufstand, quietschte der Stuhl auf dem Steinboden. »Komm, leg dich wieder hin, Alfons! Ich bringe dir nachher Suppe.«
»Lass ihn doch«, erwiderte Marliese. »Wenn er mit uns essen will … Alfons, magst du dich zu uns setzen?«
Bernhard stand bereits auf und holte eine weitere Schale für den Bruder.

»Vatta aufwackt?«, wiederholte Alfons. Kindliche Angst schimmerte in seinen kugelrunden, feuchten Augen.
Helmine verzog den Mund. »Wie mir dieses Gebrabbel auf die Nerven fällt. Und schaut nur, wie er sich schon wieder besudelt hat. Da vergeht einem der Appetit.«
Marliese erhob sich, holte einen Lappen und wischte dem Jungen über Kinn und Brust, bevor sie ihn an den Platz neben sich führte.
Er zitterte.
Bernhard schob ihm die gefüllte Schale hin und sah ihn eindringlich an. »Vater wacht nicht wieder auf, Alfons«, sagte er. »Er kommt nicht wieder. Du brauchst dich nicht zu fürchten.«
Ein unsicheres Lächeln zuckte über das Gesicht des Jungen. Er griff zum Löffel und begann gierig zu essen. Marliese neben ihm streichelte ihm über die Wange, diesem bedauernswerten Geschöpf, das sie geboren hatte. Doch Alfons zuckte zurück und aß hastig weiter, als stünde zu befürchten, jemand könnte ihm die Mahlzeit streitig machen. Er mochte nicht angefasst werden.
»Der Jude Rosenbaum wird den Hof und die Werkstatt übernehmen. Was er uns zahlt, reicht, um ein Maultier und einen Karren zu erstehen, und es bleibt noch genug Geld übrig, das uns die ein oder andere Annehmlichkeit ermöglichen wird.«
Marliese griff nach der Tischplatte, weil plötzlicher Schwindel sie erfasste. »Du hast schon alles geregelt, Bernhard …«, stellte sie mit tonloser Stimme fest.
Bernhard nickte. »Selbstverständlich. So, wie ich es versprochen habe. Mitte nächster Woche treffen wir uns in Büdingen auf dem Marktplatz. Von da aus zieht der Treck aus Waidbach los. Bis Ende März sollten wir Lübeck erreicht haben.«

Mit bebenden Lippen sog Marliese die Luft ein. »Wir werden einen Monat bis nach Lübeck brauchen?«
»Bis nach Lübeck sind es knapp sechzig Meilen, hat der Werber gesagt. Mit den Greisen und Kindern und dem schweren Fuhrwerk schaffen wir nicht mehr als zwei Meilen täglich, zumal die Wege nach der Schmelze verschlammt sein werden …« Bernhard schluckte. Dann trat ein Leuchten in sein Gesicht, als hätte er sich selbst Mut zugesprochen. »Stellt euch vor, welche Städte wir passieren werden … Kassel, Göttingen, Hannover, Hamburg! Der Werber hat erzählt, dass wir nicht nur vor den Städten lagern werden, sondern uns innerhalb der Stadtmauern nach Quartier umschauen dürfen, sofern wir das Geld dafür ausgeben wollen. Wir werden mehr als genug haben, um es uns gutgehen zu lassen, wenn wir unseren Besitz erst verkauft haben.«
»Ich … ich würde lieber hierbleiben.« Marlieses Stimme klang heiser, sie räusperte sich und fuhr schnell fort, bevor ihr Bernhard dazwischenreden konnte: »Ich könnte versuchen, als Schankmagd in Büdingen unterzukommen. Bestimmt werden Dienstboten nach der großen Abwanderung gesucht. Ich bin tüchtig. Die Jahre, bis ich gebrechlich werde, kann ich noch gut was wegschuften … Und Alfons … Alfons könnte im Armenhaus unterschlüpfen. Ich würde ihn besuchen, sooft es mir möglich wäre, und …« Selbstverständlich würde es sie in Wahrheit zerreißen, ihren geliebten Sohn allein ziehen zu lassen. Und Helmine … Ja, auch ihr wünschte sie mit ganzer Kraft nur das Beste im Leben. Wenn das in Russland zu finden war, sollten sie aussiedeln, die Kinder. Aber sie selbst? Wie ein Wagen mit Achsenbruch würde sie ihnen anhängen. Hätten sie es nicht tausendmal besser, wenn sie sie nicht mitschleifen mussten?
»Schluss jetzt!« Bernhard hieb mit der Handkante durch

die Luft. »Ich will davon nichts mehr hören, Mutter. Wenn du nicht gehst, gehe ich auch nicht.«
Helmine schielte zur Decke. »Wenn sie doch unbedingt hierbleiben möchte …«
»Hör sofort auf damit, Helmine!« Bernhard schlug auf den Tisch, dass alle zusammenzuckten. »Wir sind eine Familie, wir bleiben zusammen. Jetzt, wo Vater nicht mehr da ist, ist das noch wichtiger als zuvor.«
Alfons hatte von dem Geplänkel offenbar nur knapp die Hälfte mitbekommen, aber dass sein Name fiel, war ihm nicht entgangen. Er sprang auf, lief um den Tisch herum und warf sich Bernhard an den Hals. »Alfons mit, Alfons mit«, brabbelte er.
Bernhard strich ihm über die zotteligen Haare. »Natürlich kommst du mit, Alfons. Wir lassen dich nicht zurück.«
Das alte Verlangen nach Schnaps stieg brennend in Marliese empor und drohte sie zu versengen. Ihre Hände begannen zu zittern, aber sie riss sich zusammen. Später, wenn die Kinder nicht zusahen … Sie hatte solch unermessliche Angst. Der Weg nach Lübeck war doch erst der Anfang! Auf einem Schiff würden sie wochenlang übers offene Meer segeln. Unvorstellbar.
Und schließlich auf russischem Boden … Wer wusste, wohin die Russen sie verschleppen würden …
Wo in drei Teufels Namen sollte sie bloß den Lebensmut hernehmen? Wie sollte sie verhindern, dass sie ihren Kindern die Kraft abschöpfte, weil sie es ohne deren Hilfe nicht schaffte?
Eine elende Zwickmühle, in die sie Bernhard da brachte. Bis zu ihrem Todestag würde sie in Bernhards Miene lesen, dass sie ihn um seinen Lebenstraum gebracht hat, wenn er wegen ihr in Waidbach blieb.

Nein, sie musste mitgehen, so weit sie es schaffte. Wenn sie zwischendurch die Kräfte verließen … Nun, dann würde man sie in einem Loch am Wegesrand irgendwo in der Fremde verbuddeln, weit weg von Johanns Grab, auf dem die Krokusse, die Helmine dort gepflanzt hatte, zu verwelken begannen.

Unbemerkt stahl sich ein Lächeln auf Marlieses Züge. »Ich vertraue dir, Bernhard«, sagte sie. Sie streckte beide Arme über den Tisch und umfing die Rechte ihres Sohnes.

Helmine sprang auf, stapelte klappernd das benutzte Geschirr und stapfte damit zur Spülschüssel.

»Sie hasst mich«, flüsterte Marliese.

Bernhard drückte ihre Hände. »Sie wird dich wieder lieben lernen.«

7. Kapitel

Sollte sie ihr Sonntagskleid anziehen? Das hochgeschlossene mit dem Spitzenbesatz an den Schultern? Nein, Anja entschied sich dagegen. Es wäre ohnehin vergebliche Liebesmühe. Kein Putz verbarg ihre Hässlichkeit.
Sie band die Schürze ab und warf sich den Umhang mit der weiten Kapuze über, bevor sie in ihre Schuhe schlüpfte und ein letztes Mal nach dem Geldsäckel an ihrer Taille tastete.
»Na, Täubchen, wo willst du jetzt noch hin? Wartet da ein Kavalier auf meine Schöne, hm?«
Anja schrak zusammen, als unvermittelt ihr Vater vor ihr stand. Sie hatte nicht gehört, wie er den Laden verlassen hatte und in den Flur getreten war. Auf seinen Holzpantinen stand er vor ihr, wackelte mit dem Zeigefinger und schmunzelte.
»Ach, Vater …« Sie hob sich auf die Zehenspitzen und drückte ihm einen Kuss auf die Wange. »Nein, kein Kavalier. Ganz bestimmt nicht. Ich laufe nur rasch zum Stellmacher. Der schuldet uns noch ein paar Groschen.«
»Na, ob ich dir das glauben soll?« Sein Schmunzeln zerrte an ihren Nerven.
»Ich gehe tatsächlich nur zum Schuldeneintreiben. Auf dem Rückweg besorge ich frisches Schmalz beim Schlachter, wenn du magst.«
»Hm, eine wunderbare Idee. Viel Erfolg beim Schmied.« Er hatte schon wieder vergessen, wohin sie angeblich unterwegs war. Und wahrscheinlich auch, aus welchem Grund.
Anja seufzte, als sie aus der Tür trat und den Weg Richtung Dorfstraße einschlug.

In Gedanken legte sie sich noch einmal die Worte zurecht, die sie an Franz zu richten gedachte.

Wichtig war, dass nicht die Spur eines Gefühls mitschwang. Er sollte um Himmels willen nicht annehmen, dass ihr irgendetwas an seiner Gesellschaft lag. Sie würde vor ihn treten als eine Frau, die ein Geschäft abzuschließen gedachte – einen Handel zu beiderseitigem Nutzen.

Sie passierte den Dorfbrunnen, der sich in der Mitte des Marktplatzes von Waidbach befand, ließ die kleine weißgetünchte Kirche mit dem schmalen Turm links liegen und nahm den Weg geradeaus, der nach Büdingen führte. Der Lorenz-Hof lag rechts hinter einer Reihe von Fachwerkhäusern, die dem Stellmacher, dem Schlachter und dem Dorfschneider gehörten. Viele Häuser und Höfe wirkten bereits verlassen, die Fenster und Türen waren mit Brettern verbarrikadiert.

Endlich kam der Lorenz-Hof in Sicht. Die schmutzig weißen Wände hoben sich kaum noch von dem zweistöckigen dunklen Fachwerk ab, das Strohdach hing löchrig und faulig über die Mauern. Vor vielen Jahren mochte das Anwesen einen stattlichen Eindruck gemacht haben.

Linden streckten ihre verzweigten Kronen wie ein Flechtwerk über den Hof, zwischen ihren Stämmen eine Bretterbank mit verwitterter Lehne. An das Wohnhaus grenzte der Baumgarten, in dem früher wohl Äpfel, Kirschen und Pflaumen geerntet wurden. Nun ragten die Äste krank und hohl und kahl in den Himmel. Braunes Unkraut schlängelte sich weit die Stämme hinauf.

Hinter dem Baumgarten erstreckten sich die Äcker, die nach der letzten Missernte brachlagen, und die Wiesen, auf denen schon lange weder Kühe noch Pferde grasten. Jauchengestank stieg Anja in die Nase.

Der Innenhof war übersät von Löchern und Pfützen. Zwei Schweine grunzten im Dreck.
Anjas Herz pochte bis zum Hals, als sie sich einen Weg zur Haustür suchte und den Pfützen auswich.
Die Tür stand angelehnt, einen Klopfer gab es nicht.
»Jemand zu Hause?«, rief Anja durch den Spalt. Von drinnen drang Murmeln und das Scheppern von Töpfen zu ihr. Offenbar saß die Familie zu Tisch. Niemand antwortete ihr.
Sie setzte einen Fuß in den Flur. Die Tür quietschte, die Dielen unter Anjas Schuhen knarrten. Behutsam ging sie Schritt um Schritt weiter. Das Blut rauschte in ihren Ohren.
Schließlich verharrte sie vor der Küche. Die drei Lorenz-Söhne hockten über ihren Schüsseln, die schwergewichtige Mutter hielt eine Holzschüssel im Arm und schaufelte daraus einen grünbraunen Brei auf die Teller. Anja nahm den durchdringenden Kohlgeruch wahr.
»Gott zum Gruße«, sagte sie.
Mutter Lorenz stieß einen heiseren Schrei aus und konnte gerade noch die Schüssel halten, bevor sie ihr mitsamt dem dampfenden Inhalt aus der Armbeuge glitt. »Beim Gehörnten, was schleichst du hier herum wie eine Höllenkreatur!« Sie stellte die Schüssel ab und bekreuzigte sich mehrmals, bevor sie das geschmiedete Kreuz nahm, das um ihren Hals baumelte, und es küsste.
»Entschuldigt, Mutter Lorenz, ich hatte geklopft, doch ihr habt mich nicht gehört. Da bin ich …«
»Schon recht, Anja.« Matthias lehnte sich in seinem Stuhl zurück und lächelte ihr aufmunternd zu. »Was führt dich zu uns?«
»Ich …« Anja räusperte sich. *Reiß dich zusammen,* er-

mahnte sie sich selbst. *Sprich klar und ohne zu zaudern! Du bist keine Bittstellerin.* Sie hob das Kinn. »Den Franz würde ich gern sprechen. Ich kann draußen warten, bis ihr die Mahlzeit beendet habt.«

Franz zwirbelte die krausen Haare über den Ohren. Er verzog einen Mundwinkel zu einem angedeuteten Grinsen. »Mich willst du sprechen? Was kann ich für dich tun?«

»Nun, also … Das würde ich dir gern unter vier Augen erklären.« Sie drehte sich um. »Bitte nochmals um Entschuldigung für mein Eindringen, Mutter Lorenz. Aber es ist wichtig. Ich warte draußen im Hof.«

Franz sprang auf und wischte sich den Mund am Ärmel ab. »Na, wenn es wichtig ist … Ich bin ohnehin fertig. Wenn ich in fünf Minuten nicht unversehrt zurück bin, ladet die Büchsen und kommt mich holen«, feixte er in Richtung seiner Brüder.

Hannes kicherte.

»Das wird nicht nötig sein«, erwiderte Anja kühl. »So lange braucht's nicht, es sei denn, du verstehst selbst nach dem dritten Anlauf nicht, was ich von dir will.«

Nun war es Matthias, der lachte.

»Hört, hört.« Franz zog seine Hose hoch und folgte Anja grinsend nach draußen.

Anja stieg die Stufen in den Hof hinab und suchte sich einen Weg zum Schweinestall. Die beiden Ferkel umrundeten sie grunzend. Zwei zerzauste Hühner flatterten auf und suchten sich einen Platz auf dem Misthaufen. »He, wohin willst du? Was treibst du hier für eine Posse?«, rief Franz ihr hinterher.

»Komm mit!«, bat sie. »Ich will nicht, dass die anderen etwas mitbekommen von dem, was ich dir zu sagen habe.«

Franz fluchte, als er in eine Pfütze trat, und schüttelte sein

Hosenbein aus, an dem der Schlamm bis zum Knie klebte. »Ich hoffe, du hast einen guten Grund, mich vom Abendessen wegzuholen, Mädchen«, maulte er.
»Das will ich meinen«, erwiderte Anja und blieb endlich stehen. Sie wartete, bis Franz nachkam. Er stand nun ganz dicht vor ihr und grinste auf sie herab. Sein Blick fiel auf ihr Brandmal und blieb daran haften. Anja sah, dass es ihn Mühe kostete, an seinem Lächeln festzuhalten. Sie kannte diese Reaktion in den Gesichtern der anderen. Sie war ihr vertraut wie ein chronischer Schmerz.
»Also, womit kann ich dich glücklich machen?«
Anja frohlockte. Der Weiberheld Franz erprobte seinen Charme an ihr. Ein gutes Zeichen dafür, dass sie ihn richtig eingeschätzt hatte. Ob sie oder eine andere – dem Franz Lorenz war es einerlei.
»Nun, um Glück geht es nicht«, begann Anja, »eher um einen Handel.«
Franz hob eine Braue. Das Lächeln verblasste. Er trat einen Schritt zurück und verschränkte die Arme über dem Bauch.
»Willst du mir eure heruntergekommene Apotheke andrehen? Da such dir mal einen anderen Dummen.«
»Ach …« Anja schnalzte mit der Zunge. »Papperlapapp. Nein, ich spreche von der Ausreise nach Russland.«
Auf einmal schien Franz hellwach zu sein wie ein Fuchs, der eine Gefahr wittert. »Was geht dich meine Umsiedelung an?«
»Nun, ist bei dir alles bereits in trockenen Tüchern?«, fragte Anja und versuchte, den lauernden Tonfall aus ihrer Stimme herauszuhalten. Franz war nicht zu unterschätzen.
»Selbstverständlich. Wer sollte sich da querstellen?«
»Nun …« Anja betrachtete ihre Fingernägel. »Ich kann mir denken, dass die Russen auf einen Krawallmacher wie dich

nicht gewartet haben. Dein Strafregister ist ellenlang, und nach allem, was man hört, bist du noch nicht zur Ruhe gekommen.«

»Was geht dich mein Lebenswandel an?«, fuhr er sie an.

Anja wich einen Schritt zurück, als er die Fäuste ballte. Aber sie spürte, dass es nur seine innere Anspannung war, kein Groll gegen sie. Gewiss hatte sie seinen wunden Punkt getroffen.

»Er geht mich nichts an, da gebe ich dir recht, Franz Lorenz«, sagte sie. »Aber ich glaube, dass ich dir helfen kann.«

Franz' Miene drückte tumbes Unverständnis aus. »Du mir helfen?« Er betonte jedes einzelne Wort.

»Nun ja, im Gegenzug könntest du auch mir helfen. Eine Hand wäscht die andere sozusagen.« Sie schluckte. Nun musste sie zum Kern ihres Anliegens kommen – der schwierigste Part dieser Unterredung, eindeutig. Sie hob das Kinn. »Also, dich wollen die Russen möglicherweise nicht, weil sie sich keinen Leichtfuß ins Land holen wollen. Und mich wollen sie nicht, weil sie sich von mir als alleinstehender Frau keinen Nutzen versprechen. Wenn wir uns nun zusammentäten, du und ich, uns vermählen würden, wären wir beide unsere Sorge mit einem Schlag los. Wir wären ein ehrbares Ehepaar, dem jeder glaubt, dass es schon bald eine Familie gründen und sesshaft werden will, wie es sich die russische Zarin wünscht. Unserem Neubeginn stünde nichts im Weg. Selbstverständlich würden wir die Fassade nur so lange aufrechterhalten, bis wir russischen Boden unter den Füßen haben. Sobald die Dinge geregelt sind, lassen wir uns scheiden, und jeder geht seine eigenen Wege. Für dich springt dabei nicht nur der Anteil an dem Besitz heraus, der mir als deiner Frau zusteht, sondern auch noch meine Mitgift, die in deinen Händen verbleibt.«

Sie griff zu dem Lederbeutel und klimperte mit den Münzen. »Das sind zehn Gulden, die wir zusätzlich zu dem Handgeld für uns haben. Du kannst frei darüber verfügen, wenn du auf meinen Vorschlag eingehst.« Immer schneller waren die Worte aus ihr herausgesprudelt, während sie gleichzeitig in Franz' Miene zu lesen versuchte. Sein Ausdruck wechselte von Überraschung zu Unverständnis. »Ich weiß, Franz, mein Vorschlag kommt für dich wie der Blitz vom Himmel herunter. Du brauchst mir nicht hier und jetzt eine Antwort zu geben. Denk in aller Ruhe über meinen Vorschlag nach und sag mir, wie du entschieden hast! Wenn es nach mir geht, könnten wir uns bereits am Wochenende in der Büdinger Kirche trauen lassen und uns dem Treck, der Mitte nächster Woche losziehen soll, anschließen. Es liegt alles an dir, Franz.«

Anja stieß die Luft aus, ihre Schultern sackten nach vorn. Sie blickte in Franz' Gesicht, doch der fuhr sich mit der flachen Hand über Augen und Mund. Ihr Puls hämmerte, während sie auf seine Reaktion wartete.

Die Sekunden dehnten sich zu Ewigkeiten. Irgendwo bellte ein Hund. Die Sonne versank als blasse Scheibe hinter dem Wald, der die Äcker des Hofes begrenzte und sich zwischen Waidbach und Büdingen erstreckte. Ein Frösteln durchlief Anja. Sie zog die Schultern hoch und schlang die Arme um sich.

»Ich bin mir nicht sicher, ob ich dich verstanden habe, Anja Eyring«, sagte Franz endlich. »Hast du mir gerade einen Heiratsantrag gemacht?«

Anja zuckte zusammen. »Nein, nein, Franz. Es ist kein Antrag, wir werden kein Paar. Es ist ein Handel, ein Zweckverband, der uns beiden nützlich ist. Mehr nicht!«

»Ähm, ich verstehe trotzdem nicht … Es kommt doch aufs

Gleiche heraus. Wir würden heiraten.« Ungläubig schüttelte er den Kopf. »Welcher Teufel hat dich geritten anzunehmen, ich würde dich als meine Ehefrau nehmen wollen? Ich meine, Anja ...« Er breitete die Arme aus. »Du hast doch einen Spiegel daheim, oder? Du weißt, wie du aussiehst, ja? Wie kannst du bloß so vermessen sein zu erwarten, dass einer wie ich, ein Mann, der voll im Saft steht, sich mit einer Frau wie dir einlässt? Ich ... Mir liegt es fern, dir weh zu tun«, erklärte er, »aber du sprichst klare Worte – also musst du für meine Offenheit gewappnet sein. Selbst wenn du mir ein Schloss und einen Adelstitel dazu schenken würdest, Anja Eyring, würde ich mir eher einen Dolch in den Hals stoßen, als dich zur Frau nehmen. Für nichts auf der Welt, verstehst du? Stell dir die Blamage vor – einer wie ich mit einer wie dir am Bandel ... Mädchen, was hast du dir dabei bloß gedacht?«

Anja fühlte sich einer Ohnmacht nah, taumelte, während seine Worte wie Säbelhiebe auf sie eindrangen. Ein Teil ihres Verstandes erkannte ihren entscheidenden Fehler: Sie hatte nicht mit Franz' Eitelkeit gerechnet.

Franz griff nach ihrem Ellbogen, als sie wegzusacken drohte. Sie befreite sich mit einer so herrischen Bewegung, dass er zurückwich.

»Du kannst nicht wirklich eine andere Antwort erwartet haben, oder?« Er lachte nun. »Ich kann das nicht glauben, dass du den Mut aufgebracht hast, mit diesem Anliegen hier vorzusprechen. Das nötigt mir tatsächlich Respekt ab, Anja Eyring.«

»Spar dir deine Worte«, brachte sie tonlos hervor.

»Selbst wenn ich dir einen Gefallen tun wollte«, fuhr er fort, »wären meine Hände gebunden. Du wirst es nicht glauben, aber ...« Er trat näher an sie heran. Sein Atem

roch faulig nach Kohl. »Ich habe bereits eine Braut. Und zwar die Schönste, die es in Hessen gibt – die Allerschönste von allen.«
Sie presste die Hände auf die Ohren, kniff die Augen zusammen. Genug, es war genug … Ihr Herz dröhnte, und das Dröhnen stieg ihr in den Schädel, bis es sich anfühlte, als wollte er zerplatzen. Sie setzte sich in Bewegung, vermeinte zu laufen, merkte aber, dass es nur ein Taumeln war, ein Stolpern. Sie floh von dem Hof und hörte nicht mehr, was der Knecht ihr noch hinterherrief.
Nur weg, weg von hier und die Schmach vergessen!
Was hätte sie darum gegeben, die Zeit zurückzudrehen oder in einem Bodenspalt zu versinken, wenn sich die Erde gnädig vor ihr auftäte.
Sie lief und lief. Der Wind kühlte ihr feuchtes Gesicht. Sie wischte die Tränen weg, verlangsamte den Schritt und drückte das Kreuz durch.
Sie war sich so sicher gewesen, dass sich Franz Lorenz auf den Handel einlassen würde, hatte all ihre Pläne auf dieses Abkommen gebaut.
Ein anderes Mannsbild wollte ihr nicht einfallen – und selbst wenn: Ein zweites Mal würde sie sich eine solche Schande nicht antun.
Was bedeutete dies nun?
Konnte sie ihren Traum, in Russland ein neues Leben zu beginnen, begraben? Bloß das nicht!
Wie sie ihn hasste.
Sein grinsendes Gesicht, als er so tat, als hätte er sie nicht richtig verstanden.
Seine grausamen, schonungslosen Worte, die er ohne jedes Mitgefühl, ohne jede Rücksicht herausgepoltert hatte.
Ihr Lebtag lang würde sie diesen Schmerz nicht vergessen.

Aufstiebende Rachegedanken überwältigten sie und ließen sie nach Luft japsen.
Er würde nicht so leicht davonkommen, der Franz.
So sprang man mit einer Anja Eyring nicht um.
Dafür würde er büßen.
Irgendwann.
Und er würde nicht weniger leiden als sie in dieser Stunde.

8. Kapitel

Der liebe Gott wollte mir gewiss ein Zeichen geben«, sagte Klara.

Eleonora schlug das Leinenlaken an zwei Ecken übereinander. Auch die Schwester hielt zwei Zipfel des Tuchs, so dass sie es bequem falten konnten.

Das Wetter war für Ende Februar ungewöhnlich mild. Die Sonne gleißte am blassblauen Himmel, eine milde Brise zog übers Land – die besten Voraussetzungen, um die Wäsche zu trocknen. Vor der Abreise wollte Eleonora den gesamten Hausstand, den sie mitzunehmen gedachten, waschen und plätten, schrubben und polieren.

Zwischen den Wäschestapeln lagerte Eleonora ihre Bücher. Natürlich nur die liebsten, um sich nicht unnötig Ballast aufzuhalsen, aber ganz auf den Lesestoff zu verzichten, das brachte Eleonora nicht übers Herz.

Christina hielt das alles für Kleinkrämerei, da sie von dem kaiserlichen Kredit den Hausstand komplett neu anschaffen konnten. Doch Eleonora setzte sich durch, obwohl sie den Karren, den sie beim Stellmacher – dieser Tage der bestbeschäftigte Handwerker im Dorf – in Auftrag gegeben hatten, bis weit über den Rand hinaus beladen mussten.

Eleonora machte auf der grünbraunen Wiese vor dem Weber-Haus zwei Schritte auf Klara zu, damit sie deren gefaltetes Ende übernehmen und das Laken mit geübten Griffen zu einem Paket zusammenlegen konnte. »Was meinst du damit, Klara? Womit wollte der Herrgott dir ein Zeichen geben?«

Die Sommersprossen traten ob der Blässe in Klaras Gesicht

hervor wie winzige Muttermale. »Na ja, mit dieser Begegnung im Wald, weißt du. Ich denke, der Herrgott wollte mir zeigen: ›Wenn du hierbleibst, wird es dir schlecht ergehen. Dies ist nicht mehr die Heimat deiner Mutter.‹«
Eleonora legte das gefaltete Laken auf den Stapel auf der Holzbank und zog die Schwester in die Arme. Über ihren Kopf hinweg sah sie, dass Sophia in der Holzkiste spielte, in die sie zwei Schaufeln Sand gefüllt hatte. »Das darfst du nicht denken, Klara. So grausam ist der Herrgott nicht.«
»Ich glaube doch«, beharrte Klara. »Ich könnte hier nicht mehr glücklich sein. Niemals mehr wieder würde ich mich in den Wald trauen. Nein, hier mag ich nicht länger sein. Ich glaube, Mutter hätte am Ende gewollt, dass wir diesen Weg gehen.«
Eleonora schwieg und küsste die Schwester auf den Scheitel, bevor sie das nächste Tuch von der Leine nahm und zwei Enden Klara in die Hände drückte. »Unglück kann dir jederzeit an jedem Ort widerfahren, Klara. Aber ich freue mich, dass du dich nicht länger sträubst und bereit bist, mit uns zu ziehen. Hast du noch Schmerzen, Liebchen?«
Klaras Wangen überzogen sich mit einer feinen Röte. »Nein, nein, es ist auszuhalten. Nur beim Sitzen …«
Eleonora nickte. »Ich verstehe schon.« Gleich am Morgen nach dem Überfall auf Klara hatte sie zwei Jungen aus dem Dorf nach Büdingen geschickt, damit sie den Doktor holten. Sie waren mit der Nachricht heimgekehrt, dass sich der Arzt dem letzten Treck nach Lübeck angeschlossen hatte.
Es hatte Eleonora über alle Maßen erschreckt, dass ein wichtiger Mann wie der Doktor die Heimat verließ. Wer würde am Ende noch bleiben? Der Waidbacher Pastor wohl, der Dorfschulze, der Wirt und der Bürgermeister in

Büdingen, die Juden, ein paar Zugezogene, die erst vor ein paar Jahren hier ein Zuhause gefunden hatten und keinesfalls erneut entwurzelt werden mochten …

Sie hatte die Jungen gebeten, Anja Eyring zu schicken. Kurz darauf stand die Apothekerstochter vor Klaras Bett und untersuchte sie mit undurchdringlicher Miene. Am Ende überließ sie den Schwestern ein Säcklein mit einer scharf duftenden Kräutermischung, aus der sie zweimal täglich einen Sud kochen sollten, um darin Leinenbinden zu tränken und dem Mädchen vorzulegen. »Die Kräuter beschleunigen die Wundheilung, sorgen dafür, dass keine Entzündung auftritt, und nehmen ihr einen Großteil der Schmerzen.«

Als Eleonora Anjas Hände nahm, um ihr zu danken, entzog sie sie ihr sofort ohne die Spur eines Lächelns und mit abgewandtem Gesicht. »Schon recht, Eleonora. Ich tu nur meine Pflicht.« Die Kreuzer, die Eleonora ihr zusteckte, nahm sie ohne jede Regung.

Klara war wie verwandelt seit dem Vorfall. Aber Eleonora fand die Entwicklung vom bockigen Zicklein zum scheuen Lämmchen bedenklich. Konnte sich die Wesensart eines Menschen von einem Tag auf den anderen derart ändern? Oder brodelte da etwas unter der Oberfläche? Die Zeit würde es zeigen, ging es Eleonora durch den Sinn, während sie nun Handtücher von der Leine nahm, die sie allein falten konnte, während sich Klara zu Sophia hockte, um ihr den feinen Sand vor die Füße rieseln zu lassen.

Mit den Gedanken schien Klara nicht in der Sandkiste zu sein. »Ich könnte einen Tisch an die Straße stellen und darauf allen Zierat, alle Töpfe und das Besteck, das wir nicht mitnehmen, feilbieten, oder? Ständig rattern die Fuhrwerke mit den Aussiedlern vorbei – vielleicht kauft uns einer etwas ab?«

Eleonora biss sich auf die Unterlippe beim Nachdenken. Noch war nicht endgültig geklärt, ob sie von den Berufern anerkannt wurden. Ob der Gemeinderat ihnen die notwendigen Dokumente ausstellte ... Um all diese Angelegenheiten kümmerte sich Christina, selbstverständlich – sie war von jeher tüchtig in solchen Dingen. Den Haushalt und die liebevolle Pflege der Jüngeren überließ sie nur zu gern Eleonora, eine Aufteilung der Pflichten, die auch Eleonora zupasskam.

Gerade heute war Christina zu früher Stunde aufgebrochen, um die letzten Formalitäten zu erledigen. Was, wenn sie zurückkam und verkünden musste, dass ihnen die Ausreise verweigert wurde?

»Warte damit noch, Klara!«, rief sie der Schwester zu. »Das können wir am letzten Tag versuchen. Zunächst brauchen wir einen Käufer, der die Weberei übernimmt. Den schweren Webstuhl kriegen wir niemals aus dem Keller nach oben. Der müsste erst auseinandergelegt werden ... Puh, was für ein Aufwand!«

»Schade, dass wir ihn nicht mitnehmen können«, meinte Klara. »In Russland werden doch auch Weber gebraucht.«

»Mit dem Stuhl im Gepäck kämen wir keine zehn Meilen weit«, erwiderte Eleonora. »Aber vielleicht passt das Spinnrad noch auf den Karren.« Sie legte ein weiteres, nach Frühling duftendes Handtuch auf den Stapel und fuhr herum, als von der Dorfstraße her ein fröhliches Rufen erklang.

Mit federleichten Schritten eilte Christina heran. Ihr Rock wehte, ihre Augen blitzten, einzelne Löckchen wirbelten um ihr Gesicht. Als sie den Vorgarten erreichte, fasste sie Klara an den Händen und zog sie hoch, um sie im Kreis herumzuwirbeln. Mit schmerzverzerrtem Gesicht befreite sich Klara. Also griff Christina nach Sophia und hob sie in die Luft, um ihre runden Bäckchen zu küssen. Sophia fing an zu kreischen wie am Spieß, so dass Christina sie rasch wieder absetzte. Es tat ihrer überschäumenden Laune keinen Abbruch. Endlich war sie bei Eleonora und umarmte die Schwester.

Dann rückte sie einen Schritt von ihr ab, nahm ihre Hände und sah ihr fest in die Augen. »Nächsten Mittwoch geht es los, Schwesterlein. Fang schon mal an, dich im Dorf zu verabschieden!« Jetzt lachte sie übers ganze Gesicht. »Russland, wir kommen! Juchhei!« Sie jubelte und drehte sich mit erhobenen Armen und schnipsenden Fingern im Kreis.

Ein Lächeln stahl sich auf Eleonoras Gesicht. Klara drückte sich an ihre Seite. Eleonora legte der Jüngeren den Arm um die Schultern. Beide schauten sie Christina an, deren Augen vor Wagemut Funken zu sprühen schienen.

»Wie konntest du das alles im Handumdrehen regeln?«, fragte Eleonora. Auch in ihr breitete sich, während sie die Schwester betrachtete, ein leichtes Fieber aus, eine prickelnde Vorfreude auf das Neue, auf ein besseres Leben für Sophia, für Klara …

Christina winkte in Richtung der Straße, auf der ein Dutzend Menschen schwer bepackt in Richtung Büdingen marschierte. Christina formte die Hände zu einem Trichter vor dem Mund. »Wir kommen bald nach!«, rief sie übermütig. Heiteres Rufen und Lachen schallten zurück.

»Ich erzähle euch alles …«, wandte sie sich wieder an die Schwestern und wollte mit einer Armbewegung den Stapel penibel gefalteter Wäsche von der Bank schieben. Eleonora hinderte sie daran, indem sie ihren Ellenbogen umfasste. »Klara, bring das rasch rein und leg es ordentlich in die Kiste, ja?«

Christina und Eleonora setzten sich dicht nebeneinander auf die Bank, die leise knarrte. Die Spätnachmittagssonne wärmte den Boden um sie herum, ließ die Pfützen verdampfen. Zaghaft richteten sich einzelne platt getrampelte Grashalme auf, als wollten sie den Frühling kosten. Von den mit Unkraut übersäten Beeten stieg der Duft nach warmer Erde und wildwachsenden Krokussen auf. An den Forsythien bildeten sich frühe Knospen mit dem ersten zarten Grün. Die sonnengelbe Blüte kurz vor Ostern würden sie nicht mehr miterleben, ging es Eleonora durch den Sinn.

Christina nahm Eleonoras Hände in die ihren. »So viel habe ich heute erlebt, liebe Schwester … Ich weiß gar nicht, wo ich anfangen soll.« Sie gluckste. »Heute Morgen traf ich mich mit anderen am Dorfbrunnen. Alle wollten sie in der Früh nach Büdingen. Manche wollten den Zehnten ins Gemeindebüro bringen, um die Steuerschuld auf ihren Besitz zu begleichen. Andere wollten beim Werber vorsprechen wie ich. Ein ganz charmanter Mann übrigens, und offiziell von der Zarin eingesetzt. Johann Facius steht dem kaiserlich russischen Kommissariat vor. Er ist sehr umtriebig, weißt du, und sorgt dafür, dass die Auswanderer während der Wartezeit in Büdingen unterkommen. Aber das betrifft ja uns nicht – wir können gleich von hier aus aufbrechen. Es gibt, wie ich inzwischen erfahren habe, eine ganze Reihe privater Werber, die sich gegenseitig die Kunden abspenstig machen. Sie kassieren eine Art Kopfgeld für jeden, den sie zur Ausreise überreden. Aber ich war, wie gesagt, bei Facius, und auf dem Weg zu ihm ergab es sich …« Christinas Augen funkelten. »Nun, meine Liebe, ich werde heiraten!«, brach es aus ihr heraus.

Eleonora klappte der Mund auf. »Du hast dich verlobt?«

»Nun ja, so offiziell läuft das dieser Tage nicht. Aber ... ja, wenn du es so nennen willst.« Sie lachte herzlich. »Es ist der ... Matthias Lorenz. Was sagst du nun?«, fügte sie triumphierend an. »Ist das nicht ein stattliches Mannsbild? Nie und nimmer hätte ich einen Besseren finden können. Stark und gesund, gescheit und rechtschaffen.«
Leichter Schwindel erfasste Eleonora. Warum war von allen möglichen Männern ausgerechnet Matthias in Christinas Fänge geraten? Wie hatte sie das bloß angestellt?
Hatte sie die Zeichen falsch gedeutet? Nach dem letzten Besuch der Knechte bei ihnen war sie sicher gewesen, dass Matthias ihre kokette Schwester eher geringschätzte. Wie war dieser Sinneswandel zu erklären?
Sie räusperte sich, als sie merkte, dass Christina immer noch auf eine Reaktion wartete. »Nun, Glückwunsch. Matthias ist ein guter Mann. Aber trotzdem ... Ich verstehe nicht ...«
Christina winkte ab. »Ach, da gibt es nichts zu verstehen, Eleonora. Die Zeiten haben sich gewandelt, wie du merkst. Wir brauchen unsere bevorstehende Vermählung nicht mehr dreimal von der Kanzel ausrufen zu lassen – das geht jetzt alles hopplahopp. Die Leute stehen Schlange vor der Marienkirche, weil jeder die Notwendigkeit erkennt – und den Vorteil. Als Ehepaar bekommen wir die doppelte Kreditsumme, das doppelte Handgeld.« Sie beugte sich vor und verfiel in vertrauliches Tuscheln: »Dass ich mir keine Fesseln anlegen lasse als Ehefrau, das geht die Herren Kommissare und die russische Zarin einen feuchten Kehricht an. Hauptsache, ich habe die Bescheinigung und genieße die Vorteile – alles andere gestalte ich nach meinem Gefallen.«
»Und nach dem von Matthias«, fügte Eleonora hinzu.
Christina zuckte die Schultern. »Das wird sich zeigen. Er

scheint mir keiner zu sein, der andere in ihrem Tun einschränkt.« Sie zwinkerte der Schwester zu. »Auch einer der Gründe, warum ich ihn für die beste Wahl halte.« Eleonora vermochte in ihr Kichern nicht einzustimmen. Wie feine Nadelstiche schmerzte es in ihrer Brust. Empfand sie Mitgefühl mit dem liebenswerten Matthias, den ihre Schwester in diese Ehe hineinmanövriert hatte? Unbewusst fasste sie an ihren rechten Ringfinger und drehte den Reif, als wollte sie beschwören und sich versichern, wofür ihr Herz schlug. Mit welchen Tricks mochte Christina diese Verlobung übers Knie gebrochen haben? Sie brauchte nicht lange zu rätseln.

Eine fleckige Röte flammte auf Christinas Hals und Dekolleté auf. Die folgenden Worte kamen weniger leichtherzig über ihre Lippen. »Nun, zugegebenermaßen sind meine Reize nicht die einzigen Beweggründe für Matthias, sich mit mir zu vermählen.«

Eleonora hob eine Braue. Klara war inzwischen zurückgekehrt, kauerte sich neben Eleonora und hielt sich an ihren Knien fest, während sie Christina lauschte.

Christina fuhr fort: »Auf dem Weg nach Büdingen hat sein Bruder Franz ziemlich große Reden geschwungen … Du kennst ihn, ein Maulheld einerseits, aber«, fügte sie eiligst hinzu, »auch kein schlechter Kerl, beileibe nicht! Er wird ein tüchtiger Bauer werden, da bin ich ganz sicher. Er stellt was dar mit seiner breiten Statur und seinen blitzenden Augen, findest du nicht?«

Eleonora antwortete nicht. Ihr schwante Übles.

»Nun, Franz hat vor aller Ohren verkündet, dass er beabsichtigt, dich zur Frau zu nehmen. Das Kind sei kein Hindernis, und dass du bereits verheiratet warst, ändere nichts daran, dass er dich für die schönste Frau in Hessen halte. Er

meinte, bei einem Weib wie dir müsse man rechtzeitig zupacken, bevor die Russen sich ins Zeug legen. Es sei ihm eine Ehre, dich zum Traualtar zu führen …«
Eleonora hob eine Hand. Ihr war, als löse sich eine Nebelwand auf, aber was sie sah, verursachte ihr Magendrücken. »Du hast also mit den Lorenz-Brüdern ausgehandelt, dass wir uns miteinander vermählen – zwei Brüder nehmen zwei Schwestern, weil's gerade hübsch passt?«
Christina nickte, ein argloses Lächeln im Gesicht. »Ja, so ungefähr. Die Veronica hat ihren Brüdern gut zugeredet – sie hält große Stücke auf uns, nun, besonders auf dich, möchte ich sagen.« Sie kicherte wieder.
Eleonora rückte ein Stück von der Schwester ab. Sophia kletterte aus der Kiste und lief auf sie zu. »Komm her, Püppchen!« Eleonora hob sie hoch, setzte sie auf ihren Schoß, strich ihr die Haare zärtlich aus dem Gesicht.
»Was wirst du tun?«, fragte Klara mit tonloser Stimme.
»Im Kommissariat hat Franz lauthals erklärt«, fuhr Christina im Plauderton fort, »dass er gleich morgen seine Braut präsentieren wird. Er will heute noch vorbeikommen, Eleonora, und um deine Hand anhalten.« Christina wurde ernst, als bemühe sie sich um eine gewisse Feierlichkeit, und legte die Finger auf die Schulter ihrer Schwester. »Wirst du seine Bitte erhören? Etwas Besseres kann dir … kann uns nicht passieren, als mit zwei starken Kerlen an der Seite in unser neues Leben aufzubrechen.«
Eleonora vernahm die eindringlichen Worte ihrer Schwester, aber alles, was ihr in den Sinn kam, war: *Wann hört sie endlich auf? Ihre Worte rattern und rattern wie die Fuhrwerke auf der Dorfstraße.*
Alles schien Christina perfekt eingefädelt zu haben, alles bis zum Letzten organisiert und durchdacht.

Ja, Eleonora hatte ihre Zustimmung zu der Ausreise gegeben. Und ja, sie überließ Christina nur zu gern das Pläneschmieden. Aber dieses Marionettenspiel, bei dem Christina die Fäden zu ziehen gedachte – das ging zu weit.
Denn eines hatte sie mit ihrer Willenskraft und Abenteuerlust, in ihrer Lebensgier und Selbstverliebtheit nicht bedacht: Eleonora hatte ihre eigenen Träume.

Buch 2: Der Weg

März bis Oktober 1766
Von Büdingen nach Saratow

9. Kapitel

Lübeck, April 1766

»Oh, das Meer habe ich mir viel größer vorgestellt! Man kann die Häuser auf der anderen Seite sehen!« Helmine Röhrich stand die Enttäuschung ins Gesicht geschrieben, als sie im Hafen von Lübeck an den Kai trat.

Ihr Bruder Bernhard neben ihr hielt das Lederband im Mund, während er die Haare zusammenraffte, um sie im Nacken neu zu binden. Schließlich streckte der Flickschuster wohlig die langen Glieder und rieb sich die verspannten Schultern. »Das ist noch nicht das Meer, Helmine. Das ist die Trave, der Fluss, der sich durch Lübeck bis zur Ostsee schlängelt.«

»Wann gehen wir an Bord?« Helmine musste den Kopf in den Nacken legen, um zu ihm aufzusehen. Die frische Brise trug den Geruch nach Fisch und Seetang mit sich und spielte mit Locken, die sich aus ihrem geflochtenen weißblonden Haarkranz gelöst hatten. Ihr farbloses Gesicht wirkte ausgezehrt und abgemagert. Hellgraue Schatten lagen unter ihren Augen, und dennoch glitzerten sie vor Freude darüber, endlich dieses wichtige Etappenziel erreicht zu haben.

Mehr als drei Wochen lang waren die Waidbacher unterwegs gewesen. Pfeifend und lachend, scherzend und plaudernd waren sie an jenem Mittwoch von Büdingen aus aufgebrochen.

Ihr Treck zählte mehr als dreihundert Seelen: Kinder und Greise, junge Familien, frisch getraute Eheleute, Handwerker, Künstler, Tagelöhner, Bauern und Gelehrte.

Johann Facius, der Leiter des offiziellen kaiserlich russischen Kommissariats in Büdingen, hatte alles penibel besorgt in der Stadt, die zu dieser Zeit einem Heerlager glich. Nicht nur rund um den Marktplatz und in allen Herbergen und Privatquartieren, sondern sogar im Rathaus lagerten die Ausreisewilligen und warteten auf den Marschbefehl. Die Büdinger Bäcker hatten um Aufhebung des Mühlbanns gebeten, um auch in Mühlen außerhalb des Stadtgebiets Getreide mahlen lassen zu können, da nur so die Menschenmengen mit Brot versorgt werden konnten.
Auch bei den Büdinger Metzgern war die rigide Schlachtordnung aufgehoben – jeder Meister durfte so viel Vieh schlachten, wie er beschaffen konnte, um die »Russländer« hinreichend zu verpflegen.
Der Treck wurde von mehreren Beauftragten des Kommissars begleitet – ortskundigen Männern mit grimmigen Mienen, die den Auswanderern voranritten.
Fast sechzig Meilen hatten die Waidbacher zu bewältigen – mit all den Handkarren und den gehschwachen Kindern und Greisen schafften sie tatsächlich kaum mehr als zwei Meilen am Tag, zumal die Straßen und Wege nach der Schmelze und dem Durchzug vorangegangener Aussiedler schlammig und unwegsam waren. Ein ums andere Mal versackte einer der Karren im knietiefen Morast und musste von mehreren Männern wieder herausgezogen werden. Hinter Göttingen hatte Dauerregen eingesetzt, der dem Treck schwer zusetzte.
Immer häufiger hörte man bellendes Husten, mancher legte sich mit Fieber nieder und wollte keinen Schritt mehr tun. Beulen und Blasen, Risse und Geschwüre bildeten sich an den Füßen der Menschen. Mit jeder Meile nahm das Stöhnen und Ächzen zu. Einige ließen kurzerhand ihren

Hausrat am Wegesrand stehen, weil die zusätzliche Belastung nicht zu schaffen war. Dann ging es nur noch darum, heil an Leib und Seele die Hafenstadt zu erreichen.
Die Treckbegleiter sorgten mit strengen Anordnungen und der Androhung von empfindlichen Strafen dafür, dass keiner auf die Idee kam, sich bei Nacht und Nebel mit dem bereits ausgezahlten Tagegeld davonzustehlen.
Im Gegenteil schwoll der Treck sogar an, je weiter sie Richtung Norden vordrangen. Bereits im südlichen Vogelsberg ließen Bauern ihr Arbeitsgerät auf dem Feld und ihre Güter stehen und liegen und schlossen sich ihnen an. Die Obrigkeit sei zu streng, die Arbeit zu viel …
Ein ums andere Mal wunderte sich Bernhard, wie bereitwillig die Offiziere die Flüchtlinge aufnahmen – keine langwierigen Anträge, keine Steuerabgaben, keine Formalitäten … So ging es also auch, dachte der junge Schuster, der seine Steuerschuld an den Grafen zu Ysenburg bis auf den letzten Kreuzer beglichen hatte und dessen Familie fein säuberlich mit allen erforderlichen, hochoffiziellen Angaben in den Transportlisten geführt wurde.
Kurz hinter Fulda hatte es einen Aufruhr gegeben, der das ganze Unternehmen fast zum Scheitern gebracht hätte. Ein Gerücht breitete sich von der Spitze des Trecks bis zu den Nachzüglern wie ein Lauffeuer aus: Es hieß, an der russischen Grenze werde den Emigranten das gesamte bereits ausgezahlte Geld wieder abgenommen und sie bekämen eine Brandmarkung auf die Stirn, die sie für alle Zeiten als Leibeigene kennzeichnete. Die russischen Offiziere – des Deutschen nur in geringem Maße mächtig – hatten alle Hände voll zu tun, die Hysterie einzudämmen.
Bernhard tat gemeinsam mit dem Knecht Matthias Lorenz und der Apothekerstochter Anja sein Bestes, die Leute zu

beruhigen. Ein solcher Frevel sei überhaupt nicht denkbar. Hätte man nicht gebrandmarkten Rückkehrern begegnen müssen, wenn an der Schreckensnachricht auch nur ein Körnchen Wahrheit wäre?

Sie waren tief erschöpft, als ihre Mahnungen zur Besonnenheit am Abend endlich Wirkung zeigten und das Geschrei allmählich abebbte, erinnerte sich Bernhard, als er nun müde, aber zufrieden über die Trave schaute.

»He, Bernhard, Helmine, habt ihr schon Quartier bezogen?«

Die beiden wandten den Kopf, als sich vom Lübecker Marktplatz her die Weber-Schwestern näherten.

Christina winkte und strahlte. Die strapaziöse Reise schien sie kaum belastet zu haben. Kein Wunder, dachte Bernhard, zum einen war sie eine kerngesunde junge Frau, zum anderen mochte ihr die Liebe zu ihrem frisch angetrauten Ehemann Matthias innere Kraft verleihen.

Nur ein paar hellbraune Flecke in ihrem ansonsten blassen Gesicht zeigten, dass die vergangenen Wochen an ihr nicht spurlos vorübergegangen waren. Einige Male hatte er beobachtet, wie sie sich am Wegesrand übergeben hatte – aber wen wunderte das? Niemand von ihnen hatte jemals zuvor einen Sechzig-Meilen-Marsch bewältigt. Wer im Dorf aufgewachsen war, der hatte gewöhnlich nicht einmal Kassel oder Frankfurt gesehen. Man pendelte zwischen Büdingen und Waidbach hin und her und fühlte sich fest verwurzelt in den heimischen Gefilden. Fast vier Wochen lang täglich auf den Beinen zu sein und bei Sturm und Regen, bei brennender Nachmittagssonne und dichtem Morgennebel einen schmatzenden Schritt vor den anderen durch teils knietiefen Schlamm zu setzen ... Glücklich derjenige, der wie Christina nur mit gelegentlicher Übelkeit und fleckiger Gesichtsfarbe davonkam.

»Nun, wir sind genau wie die meisten in der Barackensiedlung vor dem Holstein-Tor untergebracht, die uns der Kaufmann Schmidt zugewiesen hat«, erwiderte Bernhard, als Christina, Eleonora mit Sophia und Klara vor ihnen standen.

Klara stemmte die Hände in die Hüften. »Das Meer habe ich mir viel größer vorgestellt. Ich dachte, es geht bis zum Horizont.«

»Du Dummerle!«, rief Helmine und zwickte sie in die sommersprossige Wange. »Das ist doch die Trave! Von hier aus fährt unser Schiff tagelang, bis es auf dem offenen Meer ist!«

Klaras Gesicht lief rot an. Bernhard grinste. Helmine nahm ihre jüngere Base an die Hand und lief mit ihr am Kai entlang zu einem der Schiffe, die gerade entladen wurden. Seeleute warfen verschnürte Packen über die Reling, die auf dem Pier von breitschultrigen Hafenarbeitern mit lautem »He!« und »Hopp!« aufgefangen und gestapelt wurden.

»Seid vorsichtig!«, rief Bernhard den Mädchen nach. »Dass ihr nicht ins Wasser fallt!«

»Ganz schön gefährlich hier«, murmelte Eleonora, ließ Sophia von ihrem Arm zu Boden gleiten, behielt aber ihre Hand in der ihren. Das Ufer der Trave war nur mit Holzpfählen befestigt.

»Kein Ort für Kinder«, bestätigte Bernhard, während sich Christina mit leuchtenden Augen nach rechts und links wandte, als wollte sie alle Eindrücke aufsaugen wie ein trockener Schwamm. Übermütig winkte sie einem jungen Mann zu, der im Mastkorb eines Dreimasters die Aussicht genoss wie auf dem Logenplatz eines Theaters. Der Fremde erwiderte den Gruß nicht weniger schwungvoll.

Christina wiegte sich in den Hüften und ließ ihren Rock

schwingen, ohne den Blick von dem sonnenblonden Matrosen, oder was er sein mochte, zu wenden. »Ich geh mal ein Stück«, warf sie ihrer Schwester und Bernhard hin und spazierte los wie eine flanierende Edeldame, als hätte sie sich in den letzten Wochen nicht ausgiebig genug die Beine vertreten.

»Wie lange werden wir hier warten müssen, Bernhard?« Eleonoras Nase stach spitz aus ihrem ebenmäßigen Gesicht hervor. Die schwarzen Haare, die in Strähnen um ihr Gesicht hingen, wirkten stumpf. Unter ihrem zerrissenen, vor Schmutz starrenden Kleid lugten nackte, schmutzige Füße hervor, deren Zehen mit Leinenstreifen umwickelt waren.

»Vielleicht drei Tage, vielleicht eine Woche … Du siehst ja, wie schmal der Hafen hier ist. Wir müssen abwarten, bis das Reiseschiff einfahren darf. Kein leichtes Unterfangen. Das Schiff ist hochseetauglich, liegt schwer im Wasser, und die Trave ist nicht an allen Stellen tief genug. Mit Schlammmühlen versucht man hier, Mulden unter Wasser zu graben, damit sich die Schiffe nicht festfahren. Manche müssen ihre Fracht bereits in Travemünde löschen. Vielleicht werden wir erst mit einem Boot bis zur Mündung in die Ostsee gebracht, wo unser Schiff dann auf uns wartet …« Er versuchte ein zuversichtliches Lächeln. »Aber wenn wir auf offener See sind, gibt es kein Halten mehr für uns.«

Eleonora seufzte leise. »Hoffentlich steht der Wind günstig. Ich kann mir gar nicht vorstellen, so lange ohne festen Boden unter den Füßen zu sein …«

»Wer von uns kann das schon? Aber wir sind nicht die Ersten, und es geht in der Regel gut.« Er grinste auf sie herab. Sie lächelte.

Eine überaus schöne Frau, ging es ihm durch den Sinn. Es

hatte ihm schwer imponiert, mit welcher Ausdauer und Zähigkeit sie sich bis hierher durchgebissen hatte – und dies nicht nur mit der achtjährigen Schwester im Schlepptau, die immer wieder ins Jammern verfallen war, sondern auch noch mit einem Kleinkind. Für Sophia hatte ihre Mutter in dem Fuhrwagen eine Ecke mit Kissen und Laken ausgepolstert. Darüber hatte sie aus Holzstöcken und starkem Linnen eine Art Dach gebaut, so dass das Kind vor Sonne und Regen geschützt war. An einem Band baumelten ein paar Glöckchen, die im Wind klimperten. Alle paar Tage überraschte sie die Kleine mit einem neuen Spielzeug, einem Kästchen mit Steinen oder einer Holzperlenkette. Aber am liebsten waren dem Mädchen das Stoffmännlein und die Stoffpuppe, die Eleonora geschneidert hatte. Wenn Sophia nicht spielte, kaute sie auf einem trockenen Stück Brot herum oder schlief – kein Wunder, dass sie von allen Kindern des Trecks das zufriedenste war. Einige der Bauern ließen ihren Nachwuchs so lange schreien, bis kein Pieps mehr kam und die Kinder in fiebrige Erschöpfung fielen. Manchem von den ganz kleinen hatten sie am Wegesrand ein Grab schaufeln müssen.

»Wie ist es deiner Mutter ergangen?«, erkundigte sich Eleonora und wischte sich die Haarsträhnen, die der salzige Wind über ihre Stirn wehte, zur Seite. Ein paar Möwen kreischten über ihnen, als ein Zweimaster einlief, dem der durchdringende Geruch nach Hering vorauswehte. Er wurde bereits von einer Handvoll Arbeiter erwartet, die mit schweißglänzenden, vor der behaarten Brust verschränkten Armen dem Fischkutter entgegenstarrten.

Bernhard schürzte die Lippen und nickte ein paarmal. »Gut, denke ich. Ihre Füße sind aufgescheuert, natürlich, wie die der meisten, aber sie hat den Marsch überstanden.«

Dass der Vorrat an Branntwein, den sie mitgenommen hatten, schon nach wenigen Tagen aufgebraucht war und danach ein guter Teil ihrer Anstrengungen dafür draufging, von irgendwoher für Nachschub zu sorgen, behielt er für sich.

Möglich, dass ohnehin alle wussten, wie schlimm es um Marliese bestellt war, aber das änderte nichts daran, dass ihn das Thema unangenehm berührte. »Wie hast du als Witwe das Kommissariat überzeugt?«, fragte er, um von seiner Familie abzulenken.

Eleonora lachte. »Das war nicht so schwierig, wie uns vorher glauben gemacht wurde. Es reichte vollends, dass ich mich Christina und Matthias anschloss – wir gehen mit Klara und Sophia als Großfamilie durch.«

»Hättest dir ja trotzdem einen Mann suchen können«, murmelte Bernhard und betrachtete Sophia, die zu Eleonoras Füßen aus einem Haufen Kieselsteine eine Straße baute. »Bewerber gab es doch sicherlich zuhauf.«

Eleonora zuckte die Schultern. Über ihre schönen Augen legte sich ein Schleier. »Und du? Du verzichtest ebenfalls auf den Bonus für Verheiratete?«

Bernhard spähte über die Trave, beobachtete, wie die Matrosen des Zweimasters Fässer voller Heringe über die Planken rollten. »Auch wir sind als Großfamilie gelistet.«

Bernhard hätte in Waidbach und den umliegenden Dörfern keine gewusst, die er zur Frau nehmen wollte. Sicher, eine wie Eleonora … Mit einem solchen Schmuckstück konnte sich ein Mann schon brüsten. Aber darauf kam es Bernhard nicht an. Er nahm durchaus die Reize der Weberin wahr und hatte auch in den vergangenen Jahren die eine oder andere willige Magd nicht abgewiesen, die sich ihm anbot … Aber wenn es ans Heiraten ging … Er konnte nicht benennen, was genau er nun an einer Frau suchte, aber ihm war klar, dass es mehr sein musste als ein hübsches Lärvchen. Er brauchte eine, die ihm etwas entgegenzusetzen hatte, eine, in der ein anderes Feuer brannte als bloße Liebeslust. Eine, an der er sich reiben konnte, die ihn herausforderte. So eine hatte er bislang noch nicht gefunden.

Eleonora wandte suchend den Kopf. »Wo sind die beiden Mädchen?« Sofort trat ein Ausdruck von Panik in ihre Züge.

Bernhard legte die Hand auf ihren Arm. »Ach, lass sie! Sie können sich hier nicht verlaufen. Die Barackensiedlung ist weithin sichtbar und stadtbekannt. Helmine wird auf Klara aufpassen.«

Er wandte sich in Richtung Stadttor. »Komm, lass uns zurück zu den anderen gehen! Mal schauen, ob sie uns schon einen Vorsteher zugeteilt haben und ob es Neuigkeiten gibt.«

Klara und Helmine staunten mit offenem Mund. Eine wimmelnde Welt voller fremdartiger Geräusche und Gerüche tat sich hier vor den beiden Mädchen auf, die nie im Leben etwas anderes kennengelernt hatten als das beschauliche dörfliche Leben.

Die Leiber der riesigen Schiffe, die entladen wurden, quietschten und knarrten in der leichten Brise, die Möwen kreischten ohne Unterlass, Rufe in den exotischsten Sprachen flogen durch die Luft. Matrosen und Kaufleute wieselten geschäftig am Ufer entlang.

An einer Anlegestelle, über der ein intensiver Fischgeruch hing, wurden zum Teil noch zappelnde Heringe in Fässern entladen, an einer anderen wechselten Säcke mit Getreide von einem muskelbepackten Arm zum nächsten.

An der Uferpromenade reihten sich Lagerhäuser und Schreiberkontore, Herbergen und Spelunken aneinander. Pferde trotteten über das Straßenpflaster, mussten einander auf dem engen Uferweg ausweichen und zogen hoch beladene Fuhrwerke hinter sich her, von umtriebigen Kaufleuten schnalzend mit der Peitsche angetrieben.
Helmines Blick blieb an einer Schenke hängen, vor der eine Handvoll Matrosen mit seitlich geknoteten Halstüchern und schief sitzenden Mützen mit einer Gruppe buntgekleideter, stark geschminkter Frauen schäkerte. Da küssten sich zwei auf offener Straße und verschwanden Arm in Arm hinter der nächsten Mauer. Helmine stupste Klara in die Seite und wies feixend auf das unschickliche Treiben.
Klara fasste nach der Hand ihrer Base. »Sollen wir lieber umkehren?« In ihrer Stimme schwang ein leichtes Zittern mit. Zu frisch schmerzte noch die Erinnerung an ihr Erlebnis im Wald, als sie allein unterwegs gewesen war. Jetzt hatte sie zwar Helmine dabei, aber ob die nur fünf Jahre ältere Cousine etwas auszurichten vermochte, falls sie angegriffen und verschleppt werden sollten? Die exotisch und wild aussehenden Männer mit der wettergegerbten Haut, den wuchernden Bartstoppeln und den Armen wie Baumstämme flößten ihr Angst ein.
»Ach, nun sei kein Hasenfuß, Klara!«, erwiderte Helmine unbeschwert. »Wer uns Böses will, muss uns erst einmal kriegen. So schnell wie wir laufen die Fettwänste nie!« Sie lachte, zog die Jüngere mit sich, um auf der Kaimauer zu balancieren, aber Klara brauste das Blut in den Ohren. Lichtpunkte tanzten vor ihren Augen.
Plötzlich stockte Helmine. Ihr Blick fiel an der Uferpromenade auf eine weitere Spelunke, vor der lediglich zwei Matrosen beisammenstanden, jeder mit einem Krug in der

Hand, aus dem sie von Zeit zu Zeit tranken, während sie miteinander schwatzten. Hinter dem Backsteinhaus tauchte ihre Mutter auf. Alfons zerrte sie am Arm hinter sich her. Während Klara von den Möwen abgelenkt wurde, die sich auf einen Strom von glitschigen Heringen stürzten, der unter dem Fluchen eines Packers aus einem zerborstenen Fass quoll, beobachtete Helmine ihre Mutter.

Diese redete auf Alfons ein, zog den Kopf zwischen die Schultern und huschte in die Schenke.

Alfons trippelte von einem Bein aufs andere, während er mit Fingern und Händen zu wedeln begann.

Helmine hob einen Arm. »He ho, Alfons!«

Der Bruder trabte auf sie zu. Ein vertrautes Bild, denn Alfons war den größten Teil der Strecke zwischen Büdingen und Lübeck gelaufen. Die anderen hatten sich zunächst darüber lustig gemacht, später aber gestaunt, mit welcher Ausdauer der Junge im gleichmäßigen Trott ein Bein vors andere setzte. Manchmal, wenn er sich zu weit von der Gruppe entfernte, trottete er ein Stück zurück, um wieder Anschluss zu haben, so dass er am Ende weit mehr Meilen zurückgelegt hatte als alle anderen.

Dabei hatte Helmine angenommen, Alfons wäre einer der Ersten, die schon nach wenigen Meilen schlappmachen würden.

Alfons grinste, als er bei den beiden Mädchen anlangte. Klara schrak zusammen. »Wo kommst du auf einmal her, Alfons?«

»Äh, wahrscheinlich hat er sich allein vom Quartier entfernt, was, Alfons?«, antwortete statt seiner Helmine.

»Meinst du?«, erwiderte Klara ungläubig. »Ich kann mir nicht vorstellen, dass deine Mutter ihn alleingelassen hat. Er findet doch nie im Leben wieder zurück, und wenn er

anfängt zu laufen, landet er noch irgendwann in Afrika, ohne einmal zu rasten.«
Helmine kicherte. »Vielleicht ist er ausgebüxt, weil er nicht schnell genug zu den Russen kommen kann.« Sie fasste nach seinem Handgelenk. In ihre Miene trat ein listiger Ausdruck. »Komm, Alfons, wir spielen ein tolles Spiel.«
Alfons ließ sich willig von ihr mitführen.
»Was hast du vor?«, fragte Klara neben ihr.
»Lass dich überraschen.«
Sie hatten inzwischen die Handelsschiffe passiert und eilten weiter am befestigten Ufer entlang, wo sich die Menge der Arbeiter allmählich lichtete. Die Rufe der Packer und Matrosen drangen nur noch gedämpft zu ihnen, auf der Straße schlenderten nur noch vereinzelt Menschen.
»Da!« Helmine wies mit dem ausgestreckten Zeigefinger auf einen aus Holzplanken gezimmerten Steg, an dem ein Ruderboot vertäut lag. »Komm, Alfons!« Sie trieb den Bruder zur Eile an.
Klara atmete schwer und griff sich an die Seite. Der Steg schwankte und knackte, als die beiden Mädchen und Alfons ihn betraten. Helmine hockte sich hin und ruckelte an dem Boot. Sie sah sich um. Keiner beachtete die drei.
»Na los, Alfons, setz dich rein!« Lockend lächelte sie ihn an.
Alfons ließ sich nicht lange bitten und hüpfte mit einem Satz in das schaukelnde Boot. Er breitete die Arme aus, um das Gleichgewicht zu halten, und ließ sich auf die mittlere Bank plumpsen. Seine Augen funkelten.
»Jetzt geht's nach Russland!«, rief Helmine, löste das Tau und versetzte dem Boot einen kräftigen Schubs auf den Fluss hinaus Richtung Ostsee. Sie lachte lauthals, als sich Alfons' Züge veränderten, während er erkannte, dass er

ganz allein losgeschickt werden sollte. Seine Miene verzog sich, als wollte er weinen.
Helmine zog ein Tüchlein unter ihrer Schürze hervor und winkte damit freudestrahlend ihrem Bruder hinterher. Sie stieß Klara mit dem Ellbogen in die Rippen, weil die Jüngere nur dastand und am Nagel ihres Zeigefingers biss. »Na, komm schon, Klara, wink Alfons ein Lebwohl!«
»Warum hast du das getan?« Klaras Stimme war kaum mehr als ein Flüstern. »Was wird nun aus Alfons?«
»Na, was wohl? Er fährt schon mal vor und guckt sich an, was uns erwartet. Was denn sonst?«
»Aber … aber Russland ist doch ganz furchtbar weit. Ich dachte, wir fahren viele Tage, bevor wir ankommen, und er hat ja gar nichts zu trinken und zu essen dabei …«
»Ach, dummes Gewäsch«, sagte Helmine. »Hast doch gesehen, wie der rennen kann. Der ist zäh, das hält der durch. Und die Russen werden ihn schon durchfüttern.«
»Ich weiß nicht, Helmine … Das war nicht richtig, glaube ich.« Klara begann am ganzen Körper zu schlottern.
Leise Rufe kamen von dem auf der Trave treibenden Boot. »He!« Und wieder »He!« Alfons klammerte sich an den Rändern des Kahns fest und fing an, hin und her zu schaukeln.
Helmine starrte ihm hinterher, die Augen zu schmalen Schlitzen verengt, den Mund verkniffen. Als sie sich umdrehte und sich wieder Klara zuwandte, verzog sie die Lippen zu einem boshaften Lächeln. »Erinnerst du dich, wie du vergewaltigt worden bist, Klara?«
Klara griff sich an den Hals. »Nie im Leben werde ich diesen Tag vergessen.«
»Du weißt, dass dir der Herrgott damit ein Zeichen geschickt hat, nicht wahr?«

Klara nickte mit offenem Mund.
»Er wird dir noch ein Zeichen schicken, ein ganz entsetzliches. Dein Leib wird anschwellen, bis er platzt und eine hässlich verwachsene Missgeburt mit Klauen nach draußen drängt und deinen Leib zerreißt ...«
Klara wich einen Schritt vor ihrer Base zurück.
»... aber nur«, fuhr Helmine fort, »wenn du auch nur einem einzigen Menschen verrätst, dass wir Alfons bereits auf die Reise geschickt haben. Schwöre, dass du niemals irgendjemandem etwas sagen wirst!«
»Ich schwöre«, krächzte Klara.

10. Kapitel

Nein, dieser Mann war kein Matrose. Eher ein aufstrebender Kaufmann, der seine Geschäfte im Lübecker Hafen in die Wege leitete und hingerissen von dieser Welt war. Die Abenteuerlust stand ihm ins Gesicht geschrieben, während er hoch oben im Mastkorb des Schiffes den Blick nach rechts und links, nach vorne und nach hinten wandte, die Haare in der Brise wehend, ein Strahlen im Gesicht, vor Lebenskraft strotzend.

Mit einer Hand hielt er sich fest, mit der anderen beschattete er die Augen. Zum wiederholten Mal schaute er in Christinas Richtung – offenbar aufmerksam auf sie geworden, da sie ihn von unten unablässig beobachtete. Er hob wieder einen Arm und gab ihr mit Zeichen zu verstehen, dass er hinunterkommen würde und sie warten solle.

Nichts tat Christina lieber als das. Selbst aus der Entfernung übte dieser Fremde eine Faszination auf sie aus, der sie sich nicht entziehen konnte.

Er war hübsch, ja, aber es gab viele hübsche Männer in ihrer Nähe. Auch Matthias, ihr Mann, sah gut aus, aber was gäbe sie darum, wenn er nur einen Bruchteil der Lebensfreude dieses Blondschopfs versprühen würde. Kaum einmal hatte sie auf dem langen Marsch hierher ihren Mann lächeln gesehen, meist grübelte er vor sich hin und unterhielt sich ernst mit Bernhard oder Anja, ohne sie – seine junge Frau – zu beachten. Nachts hatte er nie nach ihr getastet oder sie gar berührt. Er hatte ihr den Rücken zugewandt und geschnarcht.

War es Feigheit oder Schlappheit? Dass sie ihm nicht gefallen könnte, schloss Christina aus. Ein solcher Mann war noch nicht geboren.

Nun, vielleicht raubte ihm die Anstrengung der Reise die Kraft. Auf dem Schiff würde sich schon Gelegenheit ergeben, die Freuden der Ehe zu genießen.

Es erschien Christina viel zu lange her, dass ein Mann sie zuletzt mit heißen Händen angefasst hatte – ihr Blut siedete, wenn sie nur daran dachte.

Der Fremde hangelte sich über die Strickleiter aufs Deck herab. Seine Schritte über den Bretterboden waren schwungvoll, ganz so, als wäre er es gewohnt, im Laufschritt unterwegs zu sein, um nichts zu verpassen von dem, was das Leben ihm zu bieten hatte.

Ein bulliger Matrose versperrte ihm den Weg und schüttelte auffordernd eine Büchse. Der Fremde, der offenbar unerlaubt das Schiff betreten hatte, warf eine Handvoll Münzen hinein und schlenderte mit einem Kopfnicken um den Schmarotzer herum, der sich, überrascht von der großzügigen Geste, mit einer Verbeugung von ihm verabschiedete. »Ihr könnt zehnmal wiederkommen, Herr!«, rief ihm der Seemann nach.

Also habe ich richtig vermutet, ging es Christina durch den Sinn – *kein Seefahrer.* Sie richtete sich auf und straffte die Schultern, als der Mann nun mit einer galanten Verbeugung vor sie trat. Er fasste ihre Finger wie die einer Königin und beugte die Lippen darüber. »Gestattet, dass ich mich vorstelle, schöne Frau«, sagte er. »Man nennt mich Daniel Meister, Zeugmachergeselle aus Berlin auf der Wanderschaft.«

Sie knickste. »Christina … Lorenz aus Büdingen.« Nur widerwillig kam ihr der neue Familienname über die Lippen. Besonders diesem gutaussehenden Mann gegenüber. »Verzeiht, wenn ich Euch bei Euren Beobachtungen gestört habe …«

Der Handwerksgeselle lachte – ein tiefes, angenehmes Lachen, das Christinas Herzschlag aus dem Takt brachte. »Ich hätte mir keine angenehmere Abwechslung vorstellen können, als Euch kennenzulernen«, erwiderte er charmant. »Ich hoffe, Euch haben kurzweilige Verpflichtungen in diese herrliche Hafenstadt getrieben?«

»Das will ich hoffen«, sagte sie. »Wir sind in einem Treck aus unserem Dorf losgezogen, um von hier aus nach Sankt Petersburg einzuschiffen.«

»Oh, wirklich?« Daniel Meister fasste sich mit grüblerischer Miene ans Kinn. »Man hört, dass die große Katharina allen Einwanderern paradiesische Verhältnisse verspricht.«

»Darauf hoffen wir«, erwiderte Christina. »Es kann nur besser werden als daheim.«

»Ihr müsst mir mehr davon erzählen. Lasst uns ein Stück am Ufer spazieren!« Er bot ihr den Arm, sie hängte sich ein. Dabei fiel sein Blick auf ihre nackten, schmutzigen Füße.

Christina fuhr sich verlegen mit dem Zeigefinger an die Lippen. »Verzeiht, wir sind erst vor wenigen Stunden angekommen. Ich hatte keine Gelegenheit zur Toilette. Neue Schuhe brauche ich auch …«

»Dafür seid Ihr aber noch gut zu Fuß«, erwiderte er mit einem Grinsen und tätschelte ihre Hand, die sie in seine Armbeuge gelegt hatte.

Ein paar Schritte spazierten sie schweigend. Majestätisch glitt ein Zweimaster in den Hafen, die eingeholten Segel flatterten zwischen den Tauen. Über den Köpfen der beiden schwebte ein Storchenpaar und landete präzise in dem Nest auf dem Kamin eines Wirtshauses an der Uferstraße.

Ohne Umschweife und Scheu, als wären sie seit Jahren Vertraute, begann Daniel zu erzählen, mit welcher Kraft es ihn von daheim fortgezogen hatte. »Ich werde keine Meere entdecken, solange ich nicht den Mut habe, die Küste aus den Augen zu verlieren, dachte ich mir.« Er zwinkerte ihr zu, und Christina fragte sich, ob er wusste, wie sehr sie seine Worte tief in ihrem Innersten berührten.

Im Haus seines Onkels hatte er seine Lehrjahre verbracht, um endlich seinem seit der Kindheit bestehenden Drang, sich in der Welt umzuschauen, nachzugeben. Von Lübeck aus beabsichtigte er, nach Hamburg zu fahren, sich von dort nach Amsterdam einzuschiffen und sich beim Westindischen Hause zu melden, um nach Amerika aufzubrechen. Auf diese Art würde ihn das kühne Unterfangen nichts kosten.

»Aber ... inzwischen bin ich ins Schwanken geraten«, schloss er seinen Bericht ab.

»Aber ... Amerika! Wie außerordentlich aufregend das klingt!«, erwiderte Christina. »Welches Land könnte spannender sein für einen Abenteurer?«

Daniel grinste schelmisch. »Russland?«

Christina zuckte die Schultern. »Vielleicht ... Was hat Euch in Eurem Entschluss ins Wanken gebracht?«

»Nun, ich hatte gestern einen kurzweiligen Abend in lustiger Gesellschaft.« Er deutete auf eine Herberge, an der sie gerade vorbeigingen. »Dort dürfen Handwerker auf der Wanderschaft drei Tage lang unentgeltlich speisen. Ich danke der gottseligen Jungfrau, die diese Stiftung ins Leben gerufen hat.« Er lächelte Christina an. »Gestern saß ich da über meinem Bier mit vier Gästen. Als ich erzählte, dass ich nach Amerika will, wussten sie die tollsten Geschichten zu erzählen ... Einer von ihnen war selbst drüben und versicherte mir, jeder, der nicht mit beträchtlichem Vermögen und mit den besten Empfehlungen nach Amerika komme, gehe einer unvermeidlichen Sklaverei entgegen, in welcher er es kaum besser habe als seine aus Afrika geraubten Brüder. Es klang keineswegs so, als wollte er sich aufspielen und mir meinen Traum ausreden – alles, was er sagte, hatte Hand und Fuß. Zudem erschien er mir sehr menschenfreundlich. Ihr könnt Euch vorstellen, wie sehr das meine Hoffnungen trübte …«

»Oh, wie bedauerlich. Was wollt Ihr nun tun?«

»Nun, mir ist es im Grunde einerlei, wo ich meine Zelte aufschlage. Mir liegt daran, neue Länder zu entdecken, fremde Menschen kennenzulernen, meinen Entdeckerdurst zu stillen … Das erklärte ich meiner gestrigen Gesellschaft, woraufhin man einträchtig dazu überging, mich von den Vorzügen Russlands zu überzeugen. Die Kolonien der Deutschen will die große Katharina unter den mildesten Himmelsstrichen ihres weitläufigen Reiches anlegen. Nicht nur, dass sie jedem das Kostgeld auszahlt, sie übergibt auch jedem Kolonisten einhundertfünfzig Rubel, damit er sich damit nach eigenem Gefallen etablieren kann. Ich denke, man geht dort einem gewissen Glücke entgegen, durchstreift auf dem Weg zum Ziel einen nicht kleinen Teil der Welt, lernt Kosaken und Kalmücken kennen und eine Menge anderer unbekannter Völker.«

Das Staunen stand Christina ins Gesicht geschrieben. »So habe ich unsere Reise gar nicht eingeschätzt …«, gestand sie.

Daniel betrachtete sie bewundernd. »Wenn nur die Hälfte Eurer Gefährtinnen aus Büdingen halb so schön ist wie Ihr, fällt mir meine Entscheidung, mich den Auswanderern nach Russland anzuschließen, nicht schwer.«

Christina blieb stehen. »Das wollt Ihr wirklich tun?«
Er hob die Schultern. »Mit dem größten Vergnügen.«
Ein Lächeln breitete sich auf Christinas Zügen aus, während sie und Daniel sich in die Augen schauten. Doch plötzlich – wie aus dem Nichts heraus – erfasste sie heftiger Schwindel. Ihre Knie gaben nach, hinter ihrer Stirn flimmerten Leuchtpunkte im dunklen Nebel. Einen Augenblick später fühlte sie sich aufgefangen von Daniels kräftigen Armen.
Kurzerhand hob er sie hoch und bettete sie auf eine Holzbank, die am Ufer stand. »Teuerste, um Himmels willen …«
Christina hörte, wie besorgt er war, fühlte sich aber nicht fähig zu antworten, stöhnte nur leise und wartete, dass die Übelkeit nachließ, die in ihrem Leib gärte. Sie öffnete leicht den Mund und atmete schneller, während sich ihr Brustkorb hob und senkte.
»Gewiss hat Euch die lange Wanderung mehr zugesetzt, als Ihr Euch eingestehen wollt«, murmelte Daniel, während er ihr mit einem Tuch Luft zufächelte.
Christina presste beide Hände auf den Bauch und schwieg, während sich der Nebel allmählich lichtete und sie ihre Fassung wiedergewann.
Nein, es lag nicht an den Strapazen der Reise.
Vermutet hatte sie es schon länger, aber nun wusste sie es mit Sicherheit.
Sinnlos, es weiterhin nicht wahrhaben zu wollen.
In ihr Herz stachen tausend vergiftete Nadeln.
Sie war schwanger.
Dass der Vater nicht ihr rechtmäßig angetrauter Ehemann sein konnte, wusste außer Matthias niemand besser als sie.

11. Kapitel

Nun also Lübeck. Das erste Etappenziel. Anja versuchte sich auf ihrem Strohlager in der Baracke hinter dem Holstein-Tor so kommod wie möglich einzurichten. Ihr Bündel verstaute sie am Kopfende. Pässe und Dokumente hatten sie alle dem Kaufmann Christoph Heinrich Schmidt aushändigen müssen, der im Dienste der russischen Regierung den Schiffstransport über die Ostsee organisierte. Dadurch sollte sichergestellt werden, dass niemand auf die Idee kam, mit dem Handgeld zu flüchten. Zusätzlich wurden sie während dieser Wartezeit genau wie während des Fußmarsches streng bewacht.

Das Lager neben ihr hatte ihr Ehemann Franz bezogen. Während er auf der Suche nach Zerstreuung in der Baracke umherstreifte, rückte sie seine Bettstatt so weit von ihrer eigenen weg, wie es angesichts der gedrängten Enge möglich war.

Es passte ihr nicht, dass er dicht bei ihr zu schlafen gedachte. Von ihr aus war eine Wahrung des Scheins nicht vonnöten – sie brauchten niemandem das liebende Paar vorzugaukeln, das in Zuneigung und Eintracht zu neuen Ufern aufbrach.

Die Demütigung, die er ihr bei ihrem Vorschlag mit seinen harten Worten zugefügt hatte, fraß an ihr wie ein tödliches Geschwür. Es gab nichts auf der Welt, womit er ihre Verletzung heilen konnte.

Anja erinnerte sich, wie er wenige Tage, nachdem er Hohn und Spott wie aus einem Güllefass über sie geschüttet hatte, auf der wackeligen, gegen die Häuserwand gelehnten Leiter stand, um zu ihrer Kammer vorzudringen und an die Läden zu pochen …

Sie trug bereits ihr Nachthemd, legte sich ein wollenes Tuch um die Schultern und öffnete das Fenster. Schweigend starrte sie ihn an. Wollte er seine Schimpftirade fortsetzen?

Noch bevor er den Mund öffnete, erkannte sie an seiner zerknirschten Miene, dass er sie kein weiteres Mal beleidigen würde. »Anja, verzeih, dass ich vorspreche …«

Sie nickte mit verkniffener Miene. Ihr Traum, nach Russland zu ziehen, war nach seiner Zurückweisung in weite Ferne gerückt.

Die Nächte lag sie wach und wälzte sich von einer Seite auf die andere, grübelte, ob sie nicht ein Mannsbild übersehen hatte, das es sich zu fragen lohnte. Wenn nur diese entsetzliche Angst vor einer erneuten Abfuhr nicht gewesen wäre …

»Was willst du?«, forderte sie Franz zum Sprechen auf.

»Nun, äh … ich will auf dein Angebot zurückkommen«, begann er zögernd. »Ich weiß, ich hab' dir unrecht getan, aber du musst verstehen, es kam überraschend, und …« Er stammelte eine ganze Weile vor sich hin, bis Anja schließlich begriff, dass er es sich tatsächlich anders überlegt hatte.

In ihr kämpften die unterschiedlichsten Gefühle ob dieser Offenbarung. Einerseits erschien es ihr das Natürlichste, Franz einen kräftigen Stoß zu geben, so dass er mitsamt der Leiter in den dahinter stehenden Kirschbaum krachte und sich das Genick brach. Kurzfristig hätte ihr dies höchste Befriedigung verschafft.

Andererseits tat sich hier gerade die Möglichkeit auf, ihren Traum doch noch zu verwirklichen. Sie musste nur ihre Verletzung vergessen und ihre Rachegedanken verbannen, um das Geschäft zu besiegeln.

»Mein Geld behalte ich«, stieß sie hervor. Andere Gründe als finanzielle Not mussten Franz zu ihr getrieben haben.

»Ja, selbstverständlich.«

Schließlich nickte sie. Was bedeuteten ihre verwundeten Gefühle gegen die Möglichkeit, ein neues Leben zu beginnen?

In aller Eile schnürte sie ihren Ranzen und schrieb mit zitternden Händen den Abschiedsbrief an ihren Vater. Ja, sie liebte ihren Vater, und ihn zu verlassen tat weh. Aber sie würde den Schmerz aushalten und sich mit der Hoffnung trösten, dass der gesunde Teil seines Verstandes ihren Entschluss begreifen würde.

An jenem Abend hinterfragte sie nicht, was Franz bewogen haben mochte, seine Meinung zu ändern. Aber vier Wochen unter Weggefährten brachten so manchen Klatsch und Tratsch ans Licht. So blieb ihr nicht verborgen, dass Franz sich von Eleonora Weber einen Korb eingefangen hatte. Kurz vor dem Abmarsch hatte er die Weberin um die Ehe gebeten. Als sie ablehnte, blieb ihm keine Zeit, nach einer Zweitbesten Ausschau zu halten. Viele junge Frauen und Männer hatten sich inzwischen in der Büdinger Marienkirche das Jawort gegeben, und Franz hatte vom russischen Kommissariat die Auflage bekommen, schnellstmöglich eine Braut zu präsentieren, wenn er beweisen wollte, dass er seinen liederlichen Lebensstil abgelegt hatte. Ohne Eheweib hätte er die Ausreisepapiere nicht erhalten. Also hatte er in letzter Minute den schweren Gang zu Anja angetreten …

Zu ihrer Überraschung wich Franz während des gesamten Fußmarsches durch die Wälder und Wiesen, entlang der Flussufer und durch die Dörfer kaum von ihrer Seite. Genau wie sie hatte er lediglich ein Bündel geschultert, und auch er gedachte, sich auf Kosten der Zarin am Ziel mit allem Lebensnotwendigen einzudecken.

Zu Beginn plapperte Franz lebhaft vor sich hin, lenkte hier ihre Aufmerksamkeit auf einen besonders schön gewachsenen, in Blüte stehenden Baum, zeigte dort auf ein Rudel Rehe, die sich ins Unterholz flüchteten, als der Treck sich näherte.
Später begann er Geschichten über die Mitreisenden zu erzählen, witzige Anekdoten, die Anja zum Lachen bringen sollten, bei denen sie aber keine Miene verzog. Er erzählte von seiner Kindheit, von seiner verrückten Mutter und mit welchen Flüchen sie ihn und Matthias belegt hatte, nachdem sie erfahren hatte, dass sie alle Brücken abbrechen würden. Anja reagierte kaum mal mit einem Brummen oder Nicken.
Manchmal beschleunigte sie den Schritt, um ihn abzuschütteln, oder fiel gar in einen gemütlichen Trott, aber Franz passte sich ihrer Geschwindigkeit an wie ein ergebener Hund.
Irgendwann war ihr der Kragen geplatzt. »Was soll das, Franz? Halt endlich dein Maul! Unsere Abmachung besagt, dass wir lediglich auf dem Papier ein Ehepaar sind. Ich bin noch nicht einmal eine Freundin für dich. Ich kann dich nicht ausstehen, und deine Geschichten kratzen mich nicht.«
Ungerührt hatte er die Schultern gezuckt. »Du bist meine Frau«, sagte er, als erklärte das alles.
»Hast du mir nicht an jenem Nachmittag auf eurem Hof erklärt, du würdest dich in Grund und Boden schämen mit einer wie mir an deiner Seite?«, fuhr sie ihn an.
»Ich hab' dir gesagt, dass es mir leidtut. Ich habe das nicht so gemeint. Ich war da eben noch … verliebt in die Weberin. Da redet man solchen Unfug.«
Schweigend stapfte Anja weiter. Sie glaubte ihm kein Wort

und wartete auf die nächste Gelegenheit, ihn loszuwerden. Spätestens in der Nähe von Moskau, wenn sie sich von den anderen absetzen würde.
Wenn sie rasteten, gelang es ihr manchmal, sich von Franz zu entfernen. Dann blickte sie sich suchend nach Bernhard Röhrich um, der meist an der Spitze des Trupps marschierte und den besten Kontakt zu den Offizieren hielt, die den Treck begleiteten.
Der Flickschuster entwickelte sich zum Verbindungsmann zwischen den Aussiedlern und den Vertretern der russischen Obrigkeit. Er war derjenige, der eine Rast einforderte, wenn nach stundenlangem Marsch durch Regen und Sturm, durch Matsch und Morast das Klagen und Seufzen kein Ende nehmen wollte. Er verhalf denjenigen, die dringend eine ruhige Nacht verbringen mussten, um neue Kräfte zu sammeln, zu Privatquartieren in den Städten, die sie passierten. Mit aller Kraft forderte er die Aufstockung des Proviants ein, wenn sie an einem Markt vorbeikamen und die Offiziere zur raschen Weiterreise drängelten. Und wie geschickt er abgewiegelt hatte, als die grausamen Gerüchte von der Stigmatisierung der Kolonisten kursierten und allen den Kopf verdrehten …

»Komm, Weib, wir sollen uns alle vor der Baracke versammeln. Anordnung von Schmidt.« Franz riss Anja aus ihren Gedanken und baute sich vor ihr auf. Sie lag seitlich zusammengerollt, beide Hände unter der Schläfe.
Sie richtete sich auf, strich ihren Rock glatt und warf sich das Schultertuch über. »Worum geht's?«
»Ich glaube, wir bekommen einen Vorsteher«, erwiderte Franz.
Anja hob überrascht die Brauen. »Wieso denn bloß? Die

Führung hat doch bislang der Bernhard übernommen. Er schlägt sich tadellos.«

Franz runzelte die Stirn und stapfte voran. »Hier kann sich nicht jeder selbst den Posten aussuchen, der ihm gerade behagt«, erwiderte er. »Wichtigtuer wie den Flickschuster muss man rechtzeitig in ihre Schranken verweisen.«

Anja schwieg. Sie sah Bernhards Rolle anders, konnte sich keinen besseren Anführer vorstellen, doch was nutzte es, dies mit Franz zu disputieren? Seine Meinung war ihr ohnehin gleichgültig.

Sie staksten zwischen den Lagerstätten der anderen Barackenbewohner hindurch.

Hier herrschte ein ständiger Lärm. In der einen Ecke wurde gesungen, in der anderen geflucht und gestritten. Kinder kreischten, Alte keiften, eine Gruppe von Knechten ließ grölend eine Schnapsflasche kreisen. Der Geruch nach altem Schweiß und Urin, nach menschlichen Ausdünstungen und auf kleinen Feuerstellen zubereiteten Rübensuppen verband sich zu einem unerträglichen Gemisch, das man nur mit Widerwillen einatmete.

Endlich erreichten sie den Ausgang. Durch das Tor strömte die frische, salzige Küstenluft der Hafenstadt.

Die Waidbacher hatten sich in einem Pulk versammelt, Franz und Anja stellten sich dazu.

Vor der Gruppe baute sich ein schmächtiger Mann auf, die Brust nach vorn gereckt, den Hals gestreckt, als wollte er größer erscheinen. Er trug ein ehemals weißes Hemd mit zerfleddertem Spitzenkragen, darüber die löchrige und an vielen Stellen geflickte Uniformjacke eines Offiziers. Seine Füße steckten in speckigen Stiefeln, am linken fehlte die Zierschnalle.

»Mein Name ist Anton von Kersen. Ich werde bis zur Ankunft in Sankt Petersburg euer Vorsteher sein. Von mir bekommt ihr das Geld und den Proviant. Dann allerdings werden sich unsere Wege trennen. Ich gedenke, der russischen Zarin als Offizier zu dienen.«

Ein Raunen ging durch die versammelten Waidbacher. Was für ein beachtlicher Erfolg für einen offenbar verarmten Adeligen, in die Dienste der großen Katharina zu treten!

Von Kersen pochte mit einem von einem silbernen Knauf gekrönten Stock auf den Boden. Er wies mit dem Kinn auf einen Tisch, den er aufgestellt hatte. »Bildet nun eine Reihe und holt euch das Geld für die nächsten beiden Wochen ab!«

Das ließen sich die Waidbacher nicht zweimal sagen. Sie drängelten und schubsten, bis endlich eine ordentliche Aufreihung entstand.

Alle wandten den Kopf, als vom Hafen her mit wehenden Röcken Marliese Röhrich angestolpert kam. Ihre Wangen waren fleckig rot, sie schnaufte vom anstrengenden Laufen und stützte eine Hand in die Seite, als sie endlich ihren Sohn Bernhard erreichte. Anja beobachtete sie vom Ende der Schlange aus. Marliese stand nicht mehr sicher, und als sie sprach, hörte man deutlich, dass sie wieder einmal dem Branntwein zu sehr zugesprochen hatte.

»Bernhard … ich … Alfons ist weg«, stieß Marliese hervor.

»Was heißt das? Wie kann er weg sein? Ihr seid doch gemeinsam zum Hafen gegangen?« Der Flickschuster trat aus der Reihe, legte den Arm um die Schultern der Mutter. Sofort schossen Marliese Tränen in die Augen, während sie um Worte rang. »Ich … ich war nur kurz …«

Bernhard unterbrach sie. »Wo hast du ihn zuletzt gesehen?«, fragte er in scharfem Tonfall.

»Ich … ich zeig's dir«, versprach Marliese und ließ sich von Bernhard zurück in Richtung Hafen führen.

Anja schaute ihnen nach. Was für eine merkwürdige Familie. Die stets betrunkene Mutter, der schwachsinnige Sohn, die undurchschaubare Helmine … zum Glück hatten sie Bernhard. Auf ihn war Verlass. Er würde seine Leute bis zum Ziel in Russland durchbringen.

»Bernhard, wenn du magst, nehme ich das Geld für euch entgegen«, rief sie ihm hinterher.

Der Flickschuster drehte sich um, lächelte ihr zu und nickte.

Anja erwiderte sein Lächeln zaghaft.

Franz zupfte an ihrem Ärmel, da sich die Schlange nach vorn bewegte. »Ob dir das überhaupt ausgezahlt wird? Kann ja jeder behaupten, er nehme es zu treuen Händen.« Seine Miene verfinsterte sich.

Anja bedachte ihn mit einem spöttischen Blick. »Es gibt genug Leute, die die Absprache bezeugen können.«

»Und wie du ihn angelächelt hast. Für mich hast du nie eine Freundlichkeit«, sagte er vorwurfsvoll.

Anja stutzte und lachte höhnisch auf. »Seit wann liegt dir an meinem Lächeln, Franz Lorenz? Darauf kannst du warten, bis du schwarz bist.«

»Schweig, Weib!«, zischte er, als die Leute vor und hinter ihnen gafften.

»Du hast mir gar nichts zu befehlen!«, fuhr sie in an. »Vergiss das nie, Franz: Keine Rechte, keine Pflichten. So lautet die Vereinbarung.« Sie drängte sich vor ihn und wandte ihm den Rücken zu.

12. Kapitel

Schon zwei Tage später brachte Vorsteher Anton von Kersen den Waidbachern die frohe Kunde, dass sie sich zum Absegeln bereithalten sollten.

Jubel brach unter den Aussiedlern aus. Alle packten ihre Habseligkeiten ein. Diejenigen, die mit Fuhrwerken und Maultieren gekommen waren, hatten diese inzwischen verkauft – allerdings zu erbärmlichen Konditionen, denn die Lübecker wussten, dass die Auswanderer die Tiere und Karren loswerden mussten, egal zu welchem Preis. Das Weggeld der russischen Regierung, in Lübeck in Schillingen ausbezahlt, entschädigte die Reisenden und besänftigte ihre Wut auf die schlitzohrigen Händler.

»Ihr habt großes Glück«, erklärte ihnen von Kersen mit seinem nasalen Akzent. »Manch eine Gruppe hat hier schon sechs Wochen und länger ausgeharrt, bevor das Schiff bereit war und der Wind günstig stand.«

Aus der Gruppe der Aussiedler löste sich Marliese Röhrich. Sie trat auf von Kersen zu und packte ihn mit beiden Händen am Arm. »Wir können noch nicht abreisen!«, stieß sie heiser hervor. In ihren Augen lag die blanke Angst.

Von Kersen schüttelte sie ab und strich sich über den Jackenärmel, als hätte sie ihn beschmutzt.

»Das bestimmst du nicht«, schnauzte er sie von oben herab an.

»Ich bitte Euch! Ich müsst das Schiff aufhalten! Mein Sohn … meine Söhne fehlen noch!«

»Na, die werden sich bei den Hafendirnen abstrampeln.« Von Kersen lachte gackernd. »Ihr Pech, wenn sie nicht genug kriegen.«

Marlieses Blick nahm einen flehenden Ausdruck an, während die Umstehenden empört zischelten. »So ist es nicht, Herr Vorsteher!«, sagte sie. Bei der ehrerbietigen Anrede straffte von Kersen mit einem zufriedenen Lächeln die Schultern. »Mein jüngerer Sohn ist ... nicht so helle, und er ist verschwunden seit vorgestern. Wie von der Erde verschluckt. Mein älterer Sohn sucht nach ihm.«

»Die haben wohl beide die Weisheit mit Löffeln gefressen. Alle wussten, dass es jederzeit losgehen kann. Wer sich nicht zur rechten Zeit am rechten Ort befindet, bleibt hier. Basta.« Von Kersen stierte in die Menge. »Zur Mittagsstunde haltet euch am Pier bereit!« Damit drehte er sich um und stiefelte mit durchgedrücktem Kreuz und tockendem Stock in Richtung Hafen.

Marliese verbarg das Gesicht in den Händen. »Was soll ich bloß tun, was soll ich bloß tun«, murmelte sie durch die gespreizten Finger.

Eleonora löste sich aus der Gruppe. »Bernhard wird schon noch rechtzeitig auftauchen«, versuchte sie die Tante zu trösten.

»Und wenn er Alfons nicht gefunden hat? Ohne zu wissen, was aus ihm geworden ist, steigt Bernhard nicht aufs Schiff, niemals!«

Eleonora biss sich auf die Lippen. »Wenn es sein soll, kommt er eben nach. Es gehen immer wieder Schiffe von hier nach Sankt Petersburg. Er braucht sich nur dem nächsten Trupp anzuschließen. Vielleicht kannst du ihm eine Nachricht dalassen ...«

Marliese brach in lautes Geheul aus, rang die Hände und reckte sie gen Himmel. »Wusste ich es doch, dass diese Reise ins Unglück führt!«

Matthias trat vor. »Wenn du willst, Marliese, rede ich noch

einmal mit von Kersen. Was für ein aufgeblasener Gockel …«

Marliese starrte den Knecht mit tränennassen Augen an. »Wenn du das tun würdest, Matthias … Aber – was soll er ausrichten? Er tut zwar so, als würde er über alles bestimmen, aber er kann den Abtransport doch nicht aufhalten.«

Matthias presste die Lippen aufeinander und nickte. »Wahrscheinlich hast du recht. Am besten gehe ich gleich zu Schmidt ins Kontor.«

Dieser sture Hund! Helmine war außer sich vor Zorn auf ihren älteren Bruder. Damit hatte sie nicht gerechnet, dass er Himmel und Hölle in Bewegung setzen würde, um Alfons aufzuspüren. Sosehr es ihr zupasskam, Alfons los zu sein, so sicher wusste sie, dass sie ohne Bernhard verloren waren. Was, wenn er sie in Russland nicht wiederfand? Was, wenn er sich nicht mit dem nächsten Trupp einschiffen durfte und hierbleiben musste?

Sie standen auf dem Kopfsteinpflaster am Pier und warteten darauf, dass nacheinander die Ruderboote anlegten, die bis zu dreißig Leute aufnehmen konnten und sie zu dem hochseetauglichen Schiff bringen würden. Das Gepäck wurde gesondert befördert und sollte sich bereits an Bord befinden.

Immer dünner wurde die Menschenmenge am Pier, während die Passagiere nacheinander in die Boote stiegen. Helmine und Marliese hielten sich ganz am Ende auf, sahen sich immer wieder um. Vielleicht schaffte Bernhard es noch rechtzeitig … Helmine schickte ein Gebet zum Himmel.

Wenigstens hatte Klara dichtgehalten. Die jüngere Base hatte ohnehin kaum ein Wort gesprochen, seit Helmine den Bruder ins Boot gesetzt und seinem Schicksal überlassen hatte. Sie war blass wie eine Leiche und warf Helmine verstohlene Blicke zu, die diese mit einem giftigen Funkeln quittierte.

Getrappel hinter ihnen ließ Helmine und Marliese herumwirbeln – und da kamen sie! Bernhard schnaufte und schwitzte vom Lauf, im Schlepp einen grinsenden Alfons, dem das Rennen nicht die Spur zusetzte.

Helmine stieß einen spitzen Schrei aus.

»Bernhard, mein Gott, da bist du ja!« Marliese stolperte auf ihren Sohn zu, warf sich an seine Brust.

Beifall kam auf und erfreutes Johlen, während nun auch Helmine ihren älteren Bruder umarmte.

Marliese packte Alfons an den Schultern und schüttelte ihn. »Wo hast du gesteckt, verdammt? Mach das nie wieder, hörst du?«

Alfons grinste nur, doch sein Lächeln schwand, als er zu seiner Schwester sah. Helmine griff sich an die Kehle, als sie in die Augen ihres schwachsinnigen Bruders schaute. Sie waren fast schwarz verdunkelt und schienen von innen heraus zu glühen. Nie im Leben hatte sie so reinen Hass gesehen.

»Wo ist das Gepäck?«, fragte Bernhard.

»Wird alles gesondert aufs Schiff gebracht. Komm jetzt!« Marliese fasste ihn am Arm. »Wir sind die Letzten.«

Als sie im Boot kauerten, in dem sechs Matrosen mit ausdrucksloser Miene und oberschenkeldicken Armen die Ruder bedienten, erzählte Bernhard, wie er in der ganzen Stadt herumgelaufen sei, wie er das Ufer der Trave abgesucht und in jeder Gosse nachgeschaut habe. Wie er die Menschen angesprochen und ihnen den Bruder beschrieben habe und wie endlich eine alte Dirne erklärte, ihr sei ein solcher Kerl allein in einem Boot aufgefallen. Wahrscheinlich sei er Richtung Ostsee getrieben – falls er nicht vorher ersoffen oder irgendwie ans Ufer gelangt sei, wo ihn vermutlich jemand ins Armenhaus gepackt habe. Genau dort fand Bernhard Alfons schließlich – inmitten von zerlumpten, stinkenden, brabbelnden Gestalten, dem Auswurf der Stadt, den alle mieden wie die Pest.

Warum hast du ihn nicht dagelassen?, schoss es Helmine durch den Sinn, während das offene Meer in ihr Sichtfeld geriet. Das gewaltige Schiff schaukelte an der Mündung, das Holz knarrte bedrohlich. Die Leute an Deck winkten ihnen, während die Segel gehisst wurden.

»Warum hast du dich allein in dieses Boot gehockt?«, fragte Marliese Alfons, ohne eine Antwort zu erwarten. »Du hättest doch warten sollen …«

Alfons wies mit ausgestrecktem Zeigefinger auf Helmine, die sofort erbleichte. »Mine Russland fahre!«, stieß er hervor, verschluckte sich, hustete, wedelte heftig mit den Armen und setzte noch einmal an, während sich seine Augen erneut gefährlich verdunkelten. »Mine … Russland …«

Marliese tätschelte ihm die Schulter. »Schon recht, Alfons. Wir fahren alle zusammen nach Russland. Auch Helmine. Mach dir keine Sorgen!«

Bei der Ankunft an Bord erhielt jeder sein Gepäck zurück, Tagegeld für weitere vier Wochen und Proviant, der zum größten Teil aus Zwieback, Würsten und geräuchertem Schinken bestand. Außerdem stand jedem Mann täglich ein Quart Wein zu und alle drei Tage ein Quart Schnaps.

Danach wurden alle unter Deck geschickt, in einen Raum, der viel zu eng war für die vielen Menschen. Eingeengt breiteten sie ihre Lager aus, aneinandergepresst wie die Heringe. Schon nach wenigen Minuten begann manch einer zu ahnen, dass ihnen hier unten die Luft zum Atmen knapp werden würde.

Bedrücktes Schweigen legte sich über die Reisenden, während sie sich in der Enge einrichteten. Eltern nahmen ihre Kinder zwischen sich, junge Eheleute schmiegten sich aneinander, Freunde drängten sich im Kreis.

Zu Christinas großer Freude hatte der Zeugmacher Daniel Meister tatsächlich Wort gehalten und sich nicht nur dem Büdinger Trupp angeschlossen, sondern es sogar bewerkstelligt, mit demselben Schiff abzusegeln. Er schlug seine Schlafstätte in einiger Entfernung zu Christina auf, da er inzwischen mitbekommen hatte, dass die hübsche Hessin in Begleitung ihres frisch angetrauten Ehemannes reiste. Das hielt sie zwar nicht davon ab, ihm immer wieder einladende Blicke unter ihrem schwarzen Wimpernfächer zuzuwerfen, aber seine Empfänglichkeit für ihre Reize ließ merklich nach. Sich auf eine Prügelei mit einem gehörnten Ehemann einzulassen – danach schien ihm nicht der Sinn zu stehen.

Zu Christinas Rechten lagerte ihr Mann Matthias, zu ihrer Linken hatte es sich Eleonora mit Klara und Sophia bequem gemacht.

»Das ist so eng hier«, maulte Klara und sah sich um wie ein Hase in der Falle. »So viele fremde Menschen …«

»Ach, komm schon, Klara, viele kennst du doch. Schau, da vorne hocken die Röhrichs, da ist die Anja mit dem Franz, daneben die Veronica mit ihrem Neugeborenen. Willst du fragen, ob du Frieda mal halten darfst? Schau doch, wie niedlich sie ist …« Eleonora gab sich alle Mühe, die Schwester auf angenehmere Gedanken zu bringen.

Klara stierte zu Veronica und ihrem Mann Adam, der den Säugling nicht aus den Augen ließ. Er erinnerte Klara an einen zum Sprung bereiten Wolf, der sein Jungtier beschützt. Links von ihnen hockte Sebastian, der ebenfalls zu den Mais gehörte und genauso alt war wie Klara. Er schnitzte mit mürrischem Gesicht an einem Stück Holz, das er mit seiner von Geburt an verkrüppelten linken Hand hielt. »Die gibt die Kleine doch nicht ab. Sie hat sie auf dem ganzen Marsch nach Lübeck nur im Wechsel mit ihrem Mann getragen. Die hütet ihr Kind wie einen Augapfel.«

»Stimmt. Die beiden vergöttern sie.« Eleonora lächelte. »Besser, als wenn sie sie vernachlässigen würden, oder?«

Klara zuckte die Schultern. »Sie hätten sie zu Sophia in den Karren legen können ... Schau nur, da stillt sie sie schon wieder.«

Veronica Mai hatte ihr Schultertuch über die linke Seite und das Kind gelegt und wiegte Frieda im Arm, während die Kleine an ihrer Brust trank.

»Sollte die nicht Brot und Suppe bekommen?«, fragte Klara.

»Sieht nicht verhungert aus, die Frieda. Offenbar ist Veronicas Milch fett genug«, erwiderte Eleonora.

»Manchmal weiß man gar nicht, ob eine Mutter tatsächlich die Mutter ist«, murmelte Klara.

»Also, dass Veronica die Frieda geboren hat, das kann halb Waidbach bezeugen.«

Klara winkte ab. »Ach, die meine ich doch nicht. Helmine hat gesagt, ihre Mutter ist gar nicht ihre Mutter.«

»Ich war zwar nicht viel älter, als du jetzt bist«, sagte Eleonora, »aber daran, dass Mutter Marliese Helmine geboren hat, kann ich mich gut erinnern. Sie war stolz, weil sie sich nach den beiden Buben ein Mädchen gewünscht hat. Sie hat Helmine überall im Dorf herumgezeigt.«

Klara zog die Stirn kraus. »Aber Helmine sagt, sie ist nicht ihre Mutter.«

»Von dem, was Helmine dir erzählt, Klara, solltest du mal gleich die Hälfte vergessen. Und die andere Hälfte solltest du mit gesundem Misstrauen bewerten.«

Klara schob die Unterlippe vor.

Irgendwann würde sie ein ernstes Wort mit Klara reden, nahm sich Eleonora vor. Helmine war nicht der rechte Umgang. Das Mädchen war hinterhältig und, wenn nicht zur Lügnerin geboren, zumindest mit einer ausgeprägten Einbildungskraft gesegnet.

Klara richtete sich auf. »Wann fahren wir endlich ab?« Sie blickte zu Matthias Lorenz.

Der wies zu den Luken im Verdeck. »Geh mal dorthin, Klara, von da aus kannst du sehen, was die Matrosen an Deck treiben.«

Aber da begann das Schiff schon zu schaukeln, der Anker war gehoben, die Segel gesetzt. Gemächlich setzte es sich in Bewegung. Klara ließ sich schnell wieder auf ihr Lager plumpsen, bevor sie den Halt auf den Beinen verlor. Sie lachte. »Es geht los!«

Mehrere Männer und Frauen um sie herum, die sich nicht rechtzeitig gesetzt hatten, fielen übereinander. Manche schrieen, andere fluchten, viele beteten, während es hinaus auf die hohe See ging. Die Katholiken begannen, den Rosenkranz abzubeten und die Heiligen anzurufen; die Protestanten begnügten sich mit Stoßseufzern.

Das alles verband sich zu einem vielstimmigen Chor aus Stöhnen, Geschrei und Litaneien, während das Schiff ächzend schwankte, obwohl noch nicht einmal hoher Wellengang eingesetzt hatte. Es war erst der Anfang, doch die Passagiere glaubten bereits, dies sei die härteste Probe, die ihnen der Herrgott jemals auferlegt hatte.

Auch Eleonora verließ der Mut, sie kauerte sich auf ihrem

Lager zusammen, Sophia eng an sich gepresst, dahinter Klara, die ihre Hand nicht losließ.
Wenig später übergab sich der Erste in der Enge, dem bald ein Zweiter, ein Dritter folgten. Die Seekrankheit griff in rasendem Tempo um sich.
Üble Dünste stiegen auf, die Leute stöhnten vor Widerwillen und Ekel. Mehrere Gruppen drängten an Deck, wurden aber von den Seeleuten zurückgehalten. »Wir können euch hier oben nicht gebrauchen!«, rief ein grobschlächtiger Kerl mit brustlangem Bart zu ihnen hinab.
Lautes Maulen antwortete ihm, während die Leute zurückstolperten, sich anrempelten und Verwünschungen ausstießen.
Auf keinen Fall bleibe ich zehn Tage hier unten, dachte Eleonora, während sie über Sophias Haare strich. Klara hatte sich inzwischen zu Helmine gelegt, die beiden tuschelten miteinander. Christina lag auf der Seite, ihre Gesichtsfarbe hatte einen Stich ins Grünliche. Sie stöhnte leise.
Kein Wunder, dass die Matrosen nicht ganze Gruppen nach oben ließen, die sie bei der Verrichtung ihrer Arbeit an Deck behindern mochten. Aber Einzelne, die sich nach Frischluft sehnten, würden sie gewiss nicht abweisen. Eleonora nahm sich vor zu warten, bis die Nacht hereingebrochen war und die meisten schlafen würden.

Der Raum lag in tiefer Dunkelheit, als sich Eleonora nach wenigen Stunden Schlaf aufrichtete. Ihre Glieder waren taub. Als das Blut in ihnen zirkulierte, fühlte es sich an wie Ungeziefer auf der Haut.
Sophia lag geborgen in Klaras Armen. Die Luft war inzwischen zum Schneiden dick. Das beständige Knarren des Schiffes und das Schwappen der Wellen gegen den Rumpf

mischten sich mit dem lauten Schnarchen der Männer, dem Seufzen, Flüstern und Kichern mancher Paare. Die Seekranken jammerten im Halbschlaf; ein Säugling schrie, eine Mutter summte ein Schlaflied. Manch einer wimmerte unter der Last von Träumen.

Eleonora strich ihre Röcke glatt, wickelte sich das Schultertuch um Kopf und Brust und balancierte auf Zehenspitzen zwischen den zerlumpten, schmutzigen Gestalten hindurch.

Leise stieg sie die Holztreppe zur Luke hinauf, schob diese auf und zwängte sich hindurch. Sie stemmte die Hände auf die Dielen und zog sich mit zusammengebissenen Zähnen an Deck. *Ah, frischer Nachtwind, salzig, kühl, meeresfeucht …*

Sie schaute sich um – war sie ganz allein an Deck? Im Steuerhaus unterhielten sich zwei Matrosen, die sie nicht beachteten. Sie trat an die Reling, schaute hinauf in den von Sternen übersäten Nachthimmel. Der Vollmond warf ein kaltes Licht auf das wogende Wasser und die geblähten Segel des Schiffes. Wohin sie den Blick wandte – nichts als das Meer. Eleonora schauderte. *Abgeschnitten vom Vaterland, auf dem Weg in eine ungewisse Zukunft …*

Würden sie in dem großen Reich wirklich das Glück finden? Wartete eine bessere Zukunft auf Sophia? Wie würden die Russen sie empfangen? Welchen Stand würden sie als Kolonisten haben?

Es gab viele Unwägbarkeiten … Aber es gab auch kein Zurück mehr. Das Schiff hatte Kurs auf Sankt Petersburg genommen.

Ein Lächeln umspielte ihre Lippen, als ihr in den Sinn kam, dass ihre Abweisung Franz veranlasst hatte, Anja Eyring zur Frau zu nehmen.

Was für ein seltsames Paar die beiden abgaben.
Es bereitete Eleonora ein diebisches Vergnügen, die beiden zu beobachten, wie unversöhnlich Anja sich Franz gegenüber verhielt, wie er um ihre Aufmerksamkeit buhlte. Sie wusste nicht, warum es diese Spannungen zwischen den beiden gab, aber es traf sicher nicht den Falschen, wenn eine Frau den Franz zurechtstutzte.
Wolkenfetzen zogen vor den Mond und verdunkelten die Meeresoberfläche. Die Wellen schlugen im ruhigen Takt gegen den Schiffsrumpf.
Ein Schatten flog über Eleonoras Gesicht, als sie an ihre Schwester und Matthias dachte.
Nun war er also ihr Schwager.
Sie mochte es, wie sich seine Pupillen weiteten, wann immer er ihr in die Augen schaute.
Wie lange würde es dauern, bis Christina mit ihrem unermüdlichen Kokettieren Erfolg hatte? Kaum dass er mal eine Miene verzog, wenn sie sich bei ihm einhakte, ihn beschwingt auf die Wange küsste …
Was mochte in ihm vorgehen? Hatte er es bereut, sich auf den Handel eingelassen zu haben? Oder war es ihm am Ende egal, welche Frau zu ihm gehörte?
»He, Eleonora …«
Als sie das Flüstern hinter sich hörte, wirbelte sie herum. Sie brauchte eine Weile, bis sie erkannte, dass jemand unter dem Verdeck bei der Ankerwinde hockte. Sie trat näher und … unterdrückte einen Schrei.
Da saß er mit angewinkelten Beinen und locker um die Knie geschlungenen Armen auf den Planken neben zusammengerollten armdicken Tauen: Matthias. Hatte er sie die ganze Zeit beobachtet?
Ein zaghaftes Lächeln, das kein Echo auf seinem ebenmä-

ßigen Gesicht fand. »Da hattest du wohl die gleiche Idee wie ich«, sagte sie leise.
»Unten ist es nicht auszuhalten. Ich habe gewartet, bis alle schliefen, bevor ich mich heraufschlich. Die Luft tut gut.« Er atmete tief ein und schloss für einen Moment die Augen.
Eleonora nickte. »Rück ein Stück, bitte!« Sie strich ihre Röcke glatt, bevor sie sich dicht neben ihm niederließ. Schulter an Schulter saßen sie da, Bein an Bein, und schauten in den Nachthimmel, als wollten sie die Sterne zählen. Matthias' Nähe fühlte sich merkwürdig vertraut an.
»Schläft Sophia?« Sein warmer Atem kitzelte auf ihrer Wange.
Sie nickte. »Klara hält sie umschlungen. Das beständige Schaukeln ermüdet sie zum Glück.« Sie lächelte leicht. Ihre Zähne schimmerten im Mondlicht.
»In ein paar Jahren wird sich deine Tochter nicht mehr an das Leben in Hessen erinnern«, sagte er. »Russland wird ihre Heimat sein.«
Sie betrachtete sein Profil. »Ich kann es mir schlecht vorstellen, aber … aber ja, ich wünsche es mir. Ich wünsche mir für sie, dass sie in Russland glücklich wird.«
Er drehte den Kopf, so dass sich ihre Nasen fast berührten. »Und was wünschst du dir für dich?«, fragte er leise.
Sie senkte die Lider, ließ sich Zeit mit der Antwort. »Ich weiß es nicht. Sophia ist mein Leben, für Klara trage ich die Verantwortung, und ich … ich brauche nicht viel. Ich habe meine Bücher dabei«, fügte sie mit einem Lächeln hinzu.
Er zog die Brauen hoch, richtete sich ein wenig auf, setzte sich in eine bequemere Position, ohne von ihr abzurücken. »Du liest?«
»Wann immer ich die Zeit dafür finde. Die meisten Bände hat mir der Pastor geschenkt.« Sie stieß ein Lachen aus.

»Christina amüsiert sich darüber, aber für mich ist es eine wunderbare Möglichkeit, mich zurückzuziehen, wenn mir alles zu viel wird …«

Er nickte grimmig. »Christina findet vieles erheiternd.«

Sie schwieg.

»Wahrscheinlich wird es sie ebenfalls erheitern, wenn sie von meiner Leidenschaft für die Malerei erfährt. Ich habe Farben und Pinsel mitgenommen. Mit dem Malen geht es mir wie dir mit dem Lesen: Es hilft mir, mich auf mich selbst zu besinnen und die Welt außen vor zu lassen.« Ein winziges Lächeln erhellte seine Züge, als er sie ansah. »Wie das Mondlicht jetzt gerade das in den Wellen schaukelnde Schiff bescheint oder du in dieser Ecke hier mit diesem nachdenklichen Ausdruck im Gesicht … Du ahnst gar nicht, wie es mich in den Fingern juckt, zu Farbe und Pinsel zu greifen.« Er wurde wieder ernst und hob die Schultern. »Ich bin es nicht anders gewohnt, als für solcherart Gedanken belächelt zu werden. Meine Familie denkt … irgendwie anders.«

Wie gut sie ihn verstehen konnte.

Sie wollte mehr von ihm hören, alles erfahren, was ihn bewegte, was er vermisste, was er sich erhoffte, wovon er träumte, wovor er sich fürchtete …

»Manchmal habe ich Angst vor dem, was wir uns da zumuten«, sagte sie leise.

Er sah sie an, schwieg ein paar Herzschläge lang. »Nur starke Menschen bekommen schwere Wege«, flüsterte er.

Sie gewöhnten sich an, wenn alle schliefen, an Deck zu krabbeln und sich bei der Ankerwinde zu treffen. Manchmal schwiegen sie, lauschten dem Schlagen der Wellen, manchmal unterhielten sie sich über die Dinge, die ihre Gemüter bewegten. Allerdings wagte Eleonora nicht nachzufragen, was Matthias veranlasst habe, ihre Schwester zu heiraten. Die beiden schienen so gar nicht zueinander zu passen – das wurde ihr in den Stunden, die sie miteinander verbrachten, besonders deutlich. Doch vor Gott hatten sie sich das Jawort gegeben, und Eleonora blieb nichts als Träumerei, vorbeiziehenden Wolken gleich, wann immer sie und Matthias sich eine Spur zu lang anschauten.

Während ihrer vierten Nacht an Deck steckte plötzlich Christina ihren Kopf durch die Luke. Sie zog sich hoch, klammerte sich an die Reling und taumelte. Mit dem Handrücken fuhr sie sich an die Stirn, während sie sich mit käseweißem Gesicht umschaute. Ihr Blick fiel auf Eleonora und Matthias unter dem Verdeck bei der Ankerwinde.

»Hier bist du!«, fauchte sie ihren Mann an. »Ich dachte schon, du wärst über Bord gegangen!«

»Du hast geschlafen. Deswegen habe ich dir nicht Bescheid gegeben.«

»Komm runter, ich muss mit dir reden«, zischte sie, ohne ihre Schwester zu beachten.

Matthias und Eleonora sahen sich an. »Geh nur, ich bleibe noch ein bisschen«, sagte Eleonora.

»Was ist? Brauchst du erst ihre Erlaubnis?« Christina waren ihre Fröhlichkeit und sprühende Laune während dieser Schiffsfahrt komplett abhandengekommen. Sie schien von allen am heftigsten von der Seekrankheit geplagt, behielt kaum einen Bissen bei sich und lag die meiste Zeit unterdrückt seufzend auf ihrer Lagestätte. »Oh … mein Gott …« Christina beugte sich über die Reling und übergab sich. »Ich überlebe das nicht …«, brachte sie hervor, als sie sich mit dem Ärmel über den Mund wischte und wieder umdrehte.

Matthias sprang auf und führte sie zur Luke. »Komm, ich hol dir ein Glas Wasser.«

Sie legte die Arme um seinen Hals und schmiegte sich an ihn, während ihre Schultern bebten. »Lass mich nicht allein, Matthias, bitte«, flüsterte sie.

Eleonora beobachtete, wie sich Matthias versteifte, während sich ihre Schwester wie eine Ertrinkende an ihn klammerte. Christina hob ihm die leicht geöffneten Lippen entgegen. Als er nicht reagierte, drückte sie ihm einen Kuss auf die Wange. Mit den Fingern fuhr sie in seine Nackenhaare, presste ihren Leib an seinen. »Leg dich eng zu mir, ja?«, hauchte sie.

Eleonoras Herz pochte hart gegen ihre Brust, während sie die Szene beobachtete. Wie verliebt ihre Schwester war, das ließ sich nun wirklich nicht leugnen. Wie verlangend sie ihn anschaute, wie sie ihn mit all ihrer Sinnlichkeit zu locken versuchte …

Matthias schenkte Eleonora noch ein Lächeln, bevor er unter Deck verschwand, aber es gelang ihr nicht, es zu erwidern. Sie schloss die Augen, als der Lukendeckel zuklappte und sie allein zurückblieb.

So hatte sich Christina den Beginn ihres neuen Lebens nicht vorgestellt. Diese Schiffsfahrt war ein Graus, und die Erkenntnis, dass sie das Kind von Johann Röhrich im Leib trug, verstärkte ihre Übelkeit ins Unerträgliche.

Wie angenehm hätte die Überfahrt in Gesellschaft von Daniel Meister werden können, wenn sie diese verteufelten Umstände nicht zum Handeln zwingen würden.

Christina hatte mehrere Stunden damit zugebracht, sich auszurechnen, wie weit ihre Schwangerschaft vorangeschritten war. Sooft sie auch die Tage und Wochen überschlug, sie kam

zu dem Schluss, dass sie sich sehr beeilen musste, wenn auch nur irgendjemand glauben sollte, dass das Kind, das sie im Herbst gebären würde, von Matthias war.
Warum war dieser verfluchte Bauer nur so stur! Wären sie ihren ehelichen Pflichten gleich während des Marsches nach Lübeck nachgekommen, hätte sie jetzt ein Problem weniger – niemals würde Matthias der Verdacht kommen, sie könnte ein fremdes Blag mit in die Ehe bringen. Er würde das Kind, ohne zu zweifeln, als sein eigen Fleisch und Blut akzeptieren. Aber sie hatte erst in Lübeck die Schwangerschaft bemerkt, und nun zählte jeder Tag.
Für Frischverliebte stellte es überhaupt kein Hindernis dar, in der Enge der Unterkunft nichts geheim halten zu können. Wer von Sehnsucht und Leidenschaft übermannt wurde, warf eine Decke über sich und sein Liebstes und gab geräuschvoll seinen Trieben nach.
Für Christina allerdings war die Wollust durch die beständige Übelkeit in weite Ferne gerückt. Dennoch musste sie Matthias eine Heißblütigkeit vorspielen, die ihm Atem und Willen nehmen sollte. Ihm konnte gar nichts anderes übrig bleiben, als wie von Sinnen über sie herzufallen.
Christina war geübt darin, Männern den Verstand zu rauben, aber in diesem Fall musste sie nicht nur gegen ihre eigene Verfassung ankämpfen, sondern auch gegen einen Kerl mit dem Gemüt eines Eisbergs.
Matthias lag lang ausgestreckt auf seinem Lager, als Christina sich an ihn presste, wobei sie das Band ihrer Bluse unter dem Mieder öffnete und mit feuchten Lippen seinen Hals liebkoste. Ein Bein schwang sie über ihn, wobei ihr Rock verrutschte und ihre bestrumpften Oberschenkel freigab. Sie zerrte eine Decke über sich und Matthias, streichelte mit der Rechten seine Brust und ließ die Hand tiefer

wandern, bis sie seinen Unterleib erreichte, wo sie verharrte, bevor sie sich zu seinem Geschlecht vortastete.

Matthias rührte sich nicht. Erst als ihre Hand zwischen seinen Beinen blieb und fingerfertig zu kneten begann, schob er sie weg.

»Was soll das, Christina?«

Obwohl die Wut in ihr gärte, zwang sie sich zu einer gurrenden Erwiderung. »Na, das wirst du doch wohl wissen, Matthias, hm? Was tun Mann und Frau, wenn sie verliebt sind … Ich sehne mich danach. Komm, gib mir deine Hand! Ich zeig' dir, wie sehr ich dich begehre …«

Er entzog sich ihrem Griff, küsste sie auf die Stirn und schob sie ein Stück von sich. »Lass es gut sein, Christina. Ich mag's nicht vor Dutzenden von Zuschauern, und war dir nicht gerade noch hundeelend? Wie kannst du da an Liebe denken?«

»Ach, nun stell dich nicht an …« Bislang hatte sie noch jeden dazu bekommen, um ihre Gunst zu winseln. Warum sollte es mit Matthias anders laufen? Er zierte sich doch nur, weil ihm die Enge hier unangenehm war. Wenn sie ihn nur ordentlich aufgeilte, würde er alles um sich herum vergessen.

Es musste nur ein Mal sein. Ein einziges Mal. Das reichte, um schwanger zu werden.

Aber Matthias blieb stur. Welche Tricks Christina auch anwandte, so heiß sie ihn küsste, so begehrlich sie ihn berührte – er wies sie ab und drohte ihr am Ende sogar an, wieder nach oben zu verschwinden, wenn sie nicht mit diesen Mätzchen aufhörte.

»Was bist du für ein Mann!«, fauchte sie schließlich. »Magst wohl keine Frauenkörper, wie? Willst du dich vielleicht zu den Matrosen in die Schlafkojen schleichen?«

Matthias lächelte undurchdringlich. »Nimm's nicht tragisch, Christina! Eine Niederlage sollte eine Frau wie du verkraften, ohne gleich zur Furie zu werden, oder? Schlaf einfach drüber, und sieh zu, dass du wieder auf die Beine kommst. Ich gehe so lange an Deck.«

Damit erhob er sich und ließ sie allein zurück.

Mit blitzenden Augen sah sie ihm nach und knirschte mit den Zähnen. Dann warf sie sich herum, grub das Gesicht in ihr Bündel, das ihr als Kissen diente, und hieb mit den Fäusten darauf ein. So ein Versager! Ausgerechnet ihn hatte sie sich als Ehemann ausgesucht. Was für eine Katastrophe – was für ein entsetzlicher Fehler …

13. Kapitel

Das Heulen und Fluchen unter Deck nahm kein Ende, als die See rauher wurde, haushohe Wogen gegen den Schiffsbug klatschten und immer wieder ein Schwall Salzwasser durch die Luke in den Schlafraum gespült wurde. Die meisten blieben auf ihren Decken, zusammengekauert, wimmernd und verängstigt. Lippen bewegten sich im stummen Gebet, der Herrgott möge dieser Höllenfahrt endlich ein Ende bereiten.

Immer mal wieder steckte einer der Matrosen den Kopf durch die Luke, verzog ob des unerträglichen Gestanks das Gesicht, tröstete die Auswanderer jedoch: Es bestehe nicht die geringste Gefahr, der Wind habe zwar aufgefrischt, aber wenn er beständig bleibe, würden sie bald glücklich in Sankt Petersburg einlaufen.

Glücklich? Nicht alle. Unter Deck war ein Fieber ausgebrochen, das innerhalb kürzester Zeit mehrere alte Leute, aber auch Kinder dahinraffte, deren Leichnam nach Seefahrerart über die Reling gehievt wurde, wo er in den Tiefen des Meeres sein schwarzes, nasses Grab fand.

Manch einer kratzte sich, von Ungeziefer geplagt, die Kopfhaut blutig. Andere husteten sich schier die Lunge aus dem Leib.

Marliese Röhrich zitterte am ganzen Körper. Kalter Schweiß perlte auf ihrer Stirn, die Zähne klapperten aufeinander. Mit fahrigen Händen griff sie wie eine Verdurstende nach dem Becher, den Bernhard ihr mit zusammengekniffenen Lippen reichte. Sie und ihr Sohn wussten, dass es nicht das tödliche Fieber war, das sie zum Wrack verkommen ließ. Sie trank den Fusel mit drei langen Schlu-

cken und ließ sich seufzend wieder auf die Decke fallen, ein kaum merkliches Lächeln auf den blutleeren Lippen.
Bernhard trocknete ihr mit einem Tuch die Stirn. »Besser?«
Marliese nickte. »Du bist ein guter Junge.«
Bernhard blickte zu seiner Schwester Helmine, die mit angewinkelten Beinen an der Holzwand lehnte, den Kopf zwischen den Knien. Den meisten verursachte allein der hohe Wellengang Erbrechen, aber seine Mutter litt noch viel stärker, wenn sie nicht ihre tägliche Ration Schnaps bekam. Bernhard wusste, dass sie wochenlang auf Zwieback und Würste, auf jegliche feste Nahrung verzichten würde, wenn sie nur den Branntwein bekam.
Bernhard überließ ihr seine eigene Ration, doch er fragte sich, wie es enden sollte, wenn die Vorräte an Bord zur Neige gingen. Alles lief darauf hinaus, dass Marliese jämmerlich verrecken würde, wenn sie auf den Schnaps verzichten musste.
Bernhard trat der Schweiß aus den Poren, als er sie betrachtete. Sie lag nun auf dem Rücken, die Augen geschlossen, das Gesicht teigig, aber entspannt.
Er sah auf, als Franz Lorenz auf das Lager zutorkelte. Das Schiff schwankte und bebte. Franz musste sich mal links, mal rechts an der Wand oder einem Holzbalken abstützen, um das Gleichgewicht nicht zu verlieren. Das Gesicht des Knechts war weiß wie ein Laken, aber Bernhard erkannte an der Panik in seinen Zügen, dass es nicht die Seekrankheit allein war, die ihn aus der Fassung brachte. Franz ließ sich neben seine Frau Anja fallen und holte zitterig Luft, bevor er sich bekreuzigte. Mit der Zungenspitze befeuchtete er die aufgesprungenen Lippen, als er zu sprechen begann: »Die Bornholmer sind schuld. Sie haben den Sturm

herbeigezaubert. Sie wollen, dass wir stranden, um unser Schiff ausrauben zu können … Seht nach draußen! Wie verhext liegt die Insel im Meer …«

»Was redest du für einen Schwachsinn!«, fuhr ihn Anja an, und Bernhard musste grinsen. Sie war völlig unbeeindruckt vom Schrecken ihres Mannes.

»Die Matrosen haben es erzählt«, beharrte Franz. »Auf der Insel leben Hexenmeister, die nur darauf warten, dass Schiffe in ihre Nähe kommen, die sie verunglücken lassen können.«

»Da haben sie dir einen schönen Bären aufgebunden«, erwiderte Anja. »Wie dumm bist du eigentlich?«

»Und selbst wenn es stimmt, dass auf Bornholm Hexenmeister leben«, mischte sich nun Bernhard ein, wobei er ein Auge zukniff, »warum sollten sie es ausgerechnet auf ein Kolonistenschiff mit einem Haufen erbärmlicher Gestalten ohne Hab und Gut abgesehen haben? Bei uns ist nichts zu holen …«

Anja schenkte ihm ein flüchtiges Lächeln, bevor sie die Kapuze überzog und sich wieder auf ihr Lager bettete, ihrem Gatten den Rücken zugewandt.

Franz fuhr sich mit allen zehn Fingern durch die drahtigen Haare und stützte die Stirn auf die angewinkelten Knie. In dieser Haltung blieb er auch, als die nächste Welle das Schiff hob und das Geschrei anschwoll. Es sah aus, als hätte er sich mit seinem Schicksal, an den Bornholmer Strand gespült zu werden, bereits abgefunden.

Bernhard schloss die Augen und lehnte sich mit dem Rücken gegen die Holzplanken. Als er wenig später erwachte, war der Spuk vorbei. Das Schiff glitt nun über ruhige See, die Menschen unter Deck hatten sich aufgesetzt und bereiteten ihre Mahlzeiten vor, einige versuchten, notdürftig

den überall herumliegenden Unrat zusammenzusuchen und über die Luke nach draußen zu befördern.
Da sprang ein Matrose herunter, ein breitschultriger, bärtiger Geselle, der grinsend sein schadhaftes Gebiss präsentierte. Er schüttelte eine Henkelbüchse und rief freudig: »Wir haben es geschafft! Bornholm liegt hinter uns – die Hexenmeister können uns nichts mehr anhaben. Alle unter euch, die keinen Wert auf die Schiffstaufe legen, werden nun angehalten, ein Trinkgeld für das Schiffsvolk zu geben.« Er reichte die Büchse dem Nächsten, der ihm zu Füßen hockte, und tippte zum Gruß mit dem Zeigefinger an die Schläfe, bevor er sich wieder an Deck schwang.
Der Erste war Anton von Kersen, der sogleich einen Schilling aus seiner Brusttasche fischte und in die Büchse steckte. Er reichte sie weiter und nickte auffordernd.
Ein Raunen ging durch die Reihen. Diejenigen, die wussten, was eine Schiffstaufe war, schockierten die Unwissenden mit ihrer Erklärung: Dabei werde der Täufling auf einem an einem Seil befestigten Knüppel ins Wasser gelassen. Es dauerte nicht lange, bis sich die Büchse füllte und man sie mit zwei Händen packen musste, um das Gewicht der Münzen zu halten.
Bernhard wusste genau wie Anja, dass die Matrosen Späße mit den unerfahrenen, ängstlichen Reisenden trieben, aber er schwieg, um nicht zusätzlich für Unruhe zu sorgen. Allerdings verzichteten er und Anja darauf, einen Obolus zu entrichten. Das Handgeld brauchten sie für wichtigere Dinge als für solchen Schabernack.
Wenn sie nur endlich in Sankt Petersburg ankämen … Irgendwann musste diese Qual doch ein Ende finden.
Doch die Leidensfähigkeit der Menschen an Bord wurde auf eine harte Probe gestellt. Gewöhnlich fuhr man von

Lübeck nach Kronstadt nicht länger als zehn bis zwölf Tage.

Nach zwei Wochen breitete sich Unruhe aus. Die Matrosen erklärten barsch, widrige Winde gestatteten keine schnellere Fahrt.

Vorsteher Anton von Kersen baute sich inmitten des Schlaflagers auf und hämmerte mit seinem Stock auf die Planken, als das Maulen immer lauter wurde und Einzelne sich zusammenhockten, um sich gegenseitig aufzuhetzen und die ärgsten Vermutungen über die Verzögerung auszutauschen. »Verhaltet euch ruhig und wartet ab!«, rief von Kersen mit erhobenem Kopf. »Gegen ungünstige Winde kommt kein Kapitän an – mit einem Aufstand verschlimmert ihr die Lage nur!«

Die Unzufriedenen tuschelten aufgebracht. Von einem Vorsteher erwarteten sie anderes als Parteinahme für den Falschen.

»Ich hab' gesehen, dass der Kapitän nachts die Segel einholen lässt«, sagte Matthias leise zu Bernhard und Anja.

»Warum sollte er das tun?«, flüsterte Anja zurück.

Matthias hob die Schultern. »Ich habe mir nichts weiter dabei gedacht. Ich kenne mich mit der Schifffahrt nicht aus.«

Bernhard nickte grimmig. »Das bedeutet, dass der Kapitän tatsächlich die Fahrt unnötig verlängert. Einen anderen Grund, die Segel einzuholen, kann ich mir nicht vorstellen. Wahrscheinlich sind wir kurz vor dem Ziel, und er hofft, dass er vorher noch seine gesamten Vorräte an uns verkauft.«

»Er nimmt das Doppelte und Dreifache der Preise, die wir an Land für Kuchen, Heringe und Bier bezahlen«, stimmte Anja ihm nachdenklich zu.

»Bier und Branntwein gehen allerdings zur Neige«, sagte

Matthias. »Wahrscheinlich will er alles andere noch losschlagen.«

Bernhard zuckte zusammen. »Woher weißt du, dass es keinen Schnaps mehr gibt?«

»Mich haben sie gerade unverrichteter Dinge zurückgeschickt, als ich mit meinem leeren Krug um Nachschub gebeten habe.«

Bernhard warf einen Blick auf seine Mutter, die sich in einem unruhigen Schlaf wälzte. Er erhob sich.

»Was hast du vor?«, erkundigte sich Matthias.

»Ich werde mit dem Kapitän reden.«

»Wäre das nicht Sache des Vorstehers?« Anja schaute zu von Kersen, der immer noch in der Mitte des Lagers stand, dessen Stimme aber nicht mehr gegen den Lärm ankam. Kaum einer beachtete den zwergenhaften Mann noch.

Bernhard stieß verächtlich die Luft aus. »Vertraust du ihm? Der verschwendet doch seine ganze Zeit darauf, uns ruhig zu halten, statt für unser Wohl zu sorgen.«

Matthias nickte. »Viel Glück, Bernhard! Wenn du Verstärkung brauchst, gib mir Bescheid!«

»Und mir!«, fügte Anja hinzu und errötete, als beide Männer sie erstaunt anblickten.

Bernhard nickte und balancierte zwischen den Lagernden hindurch zur Luke.

Als der Flickschuster wenig später zurückkehrte, lag ein Schmunzeln auf seinem Gesicht.

»Was hast du erreicht?«, wollte Matthias wissen.

»Ich habe ihm erklärt, dass er beobachtet wurde, wie er die Segel eingeholt hat. Und wie erzürnt die Zarin sein würde, wenn sie erfährt, mit welch Niedertracht er ihre Gäste behandelt.«

Matthias hieb ihm auf die Schulter und lachte. »Vor der Zarin werfen sie sich alle in den Staub. Das war ein guter Schachzug, Bernhard.«

»Wenn du mehr Druck ausüben musst«, bemerkte Anja, »sag ihm, dass wir geschlossen in den Hungerstreik treten! Dann faulen ihm die verbliebenen Heringe unterm Hintern weg.«

Die drei Waidbacher lachten und ernteten erboste Kommentare der Umliegenden. Zu Fröhlichkeit sah in der verdreckten, engen Schiffsunterkunft niemand Anlass.

Obwohl das Schiff nun deutlich Fahrt aufnahm, war drei Tage später immer noch kein Land in Sicht. Marliese zitterte auf ihrem Lager, ihr ganzer Körper war in Bewegung, ihre verdreckte Kleidung schweißdurchtränkt, ihr Gesicht grau, das Weiße in ihren Augen gelbstichig.

Mit knochigen Fingern und spitzen Nägeln krallte sie sich in den Oberarm ihres Sohnes. »Du musst mir etwas besorgen, Bernhard, du musst! Ich sterbe sonst …«

Bernhard tupfte ihr den Schweiß ab und fuhr sich selbst mit dem Tuch über Stirn und Schläfen. Seit zwei Tagen versuchte er, von irgendwoher Branntwein aufzutreiben, aber der Vorrat für die Reisenden war aufgebraucht. Die Matrosen behaupteten, selbst nichts mehr zu haben, obwohl er schon so manchen trotz ruhigen Seegangs hatte über Deck torkeln sehen.

Am liebsten hätte Bernhard seine Mutter geschüttelt und sie angeschrieen, sie solle sich zusammenreißen, aber er spürte, dass dies nicht mehr eine Sache des Willens war. Jede Faser ihres Körpers schien nach dem Schnaps zu gieren, als wäre er ihr Lebenselixier wie für jeden anderen das Wasser. Eine Verdurstende, der er hilflos beim qualvollen Sterben zusehen musste.

Die anderen rückten von Marliese ab. Keiner wusste genau, woran sie litt, aber man munkelte, dass sie entweder vom Teufel besessen sei oder dass eine hoch ansteckende, mysteriöse Krankheit sie ans Lager fessele und in Krämpfen schüttele.

Mütter hielten ihre Kinder fern, riefen sie zurück, wenn sie neugierig nach Marliese schauen wollten, die Säuglinge schützten sie mit ihrem Körper. Veronica und Adam Mai hatten einen gutherzigen Gefährten, der in der Nähe des einzigen Ausgangs mit beständiger Frischluftzufuhr lag, überreden können, mit ihnen den Platz zu tauschen.

Bernhard hielt es nicht mehr aus und kämpfte sich durch die Luke an Deck, nachdem er Helmine angewiesen hatte, nicht von Mutters Seite zu weichen. Alfons hatte sich eng an Marliese geschmiegt, streichelte mit harter Hand ihre Haare, bis sie ihn mit einem heftigen Stoß von sich schubste.

Die Umliegenden wandten den Röhrichs den Rücken zu, um das Elend nicht mit ansehen zu müssen. Manch einer mochte hoffen, dass es mit Marliese bald ein Ende hätte und man die Leiche über die Reling befördern könne, damit endlich Ruhe einkehrte.

Nachdem Bernhard gegangen war, stierte Helmine voller Verachtung auf das wimmernde Häuflein Mensch, das ihre Mutter war. Bernhard hatte ihr ein Stück Holz zwischen die Zähne geschoben, damit sie sich beim Bibbern nicht versehentlich die Zunge abbiss.

Ein beißender Gestank nach Urin stieg von ihr auf, der Helmine Brechreiz verursachte. Ihre Mutter nässte sich ein, ohne dass es sie scherte, und wer wusste, was sonst noch alles aus ihr quoll.

Helmines Mund füllte sich mit gallebitterem Geschmack

vor Abscheu. Trotzdem beugte sie sich nun vor, dicht an das Ohr ihrer Mutter, ranzigen Geruch in der Nase. Für Umstehende mochte es aussehen, als spräche die Tochter der Kranken Trost zu, aber die Worte, die über Helmines schmale Lippen kamen, waren erfüllt von Hass: »Du solltest dich sehen, wie erbärmlich, wie hässlich du bist! Du stinkst wie eine verfaulende Ratte. Alle wenden sich vor Ekel ab, sie besprechen bereits, wie sie dich über Bord hieven werden, wenn es nur endlich vorbei ist …«

Marliese wünschte sich zu sterben – besser tot sein, als diese Krämpfe noch eine Stunde länger ertragen. Mit aller verbleibenden Willenskraft riss sie sich zusammen, um nicht zu schreien und jämmerlich nach mehr Branntwein zu flehen.

Sie hatte gewusst, wie sehr sie den Schnaps brauchte, aber dass sie ohne ihn zum Tod verdammt schien, hatte sie nicht geahnt.

Wäre sie doch bloß zu Hause geblieben! Hatte sie nicht von Anfang an gewusst, dass es ein einziger Leidensweg für alle werden würde?

Kurz kam ihr der Gedanke, sich an Deck zu kämpfen und sich über die Reling zu stürzen, damit sie dort draußen in den dunklen Fluten ein schnelles Ende fand. Damit Bernhard, Helmine und Alfons erlöst wurden – und sie.

Ihr war nicht klar, wie viele Tage und Nächte sie nun schon litt, als sie den warmen Atem ihrer Tochter an ihrem Ohr spürte und die bösen Worte zu ihr drangen. Helmine wünschte ihr den Tod, beschimpfte sie, ließ ihrem Hass freien Lauf.

Und etwas Seltsames geschah.

Helmines Eiseskälte führte nicht dazu, dass sich Marlieses

Leid verdoppelte und Furcht, Trauer und Schmerzen ins Unendliche steigerten. Im Gegenteil: Mit jedem verächtlichen Wort, das über Helmines Lippen kam, wurde Marliese ruhiger. Ihr Atem ging langsamer, ihr Pulsschlag verlangsamte sich, das Zittern ließ nach, die Schmerzen wurden betäubt, die Furcht löste sich auf.
Marliese hörte auf eine bizarre Art andächtig zu, während ihre Tochter sprach.
In dieser stillen Stunde mit der leidenden Mutter ließ Helmine ihren hasserfüllten Gefühlen freien Lauf, ungehindert von ihrem Bruder, ohne dass ein barmherziger Zeuge Einhalt geboten hätte.
Marliese spürte in ihrem Leid, wie tief die Tochter sie verletzen wollte, wie tief deren Feindseligkeit wurzelte, so tief, dass sie sie lieber tot als lebendig sehen wollte.
Immer leiser wurden die Worte an ihrem Ohr, als würde sich Helmine von ihr entfernen, aber der warme, vertraute Atem blieb und die Erinnerung daran, wie sie dieses Mädchen als Säugling gehalten und beschützt hatte.
Schließlich fielen Marliese die Augen zu, die zuckenden Lider glichen verklebten Schmetterlingsflügeln.
Sie glitt in einen tiefen Schlaf, und ihre letzte Wahrnehmung war ihr eigenes Atmen, an dem feuchten Holzstück zwischen ihren Zähnen vorbei, dreimal, viermal, tief in die Lunge, so dass der Brustkorb sich kraftvoll dehnte.

14. Kapitel

Land!« Der Freudenruf an Deck hallte bis zum Schlaflager hinab.

Die Ersten setzten sich auf, rieben sich die zerknautschten Gesichter und weckten die anderen, die die frohe Kunde zu verschlafen drohten. Innerhalb weniger Minuten kam Leben in den völlig verdreckten Raum.

Einige drängelten sich bereits an der Luke, um nach draußen zu gelangen. Die grausilberne Morgendämmerung und die strahlenden Gesichter der Matrosen begrüßten sie.

Daniel Meister hechtete als einer der Ersten an die Reling und richtete den Blick in die Ferne, wo graue Mauern und Türme aufragten. Sebastian Mai, der Junge mit der verkrüppelten Hand, folgte ihm und erkämpfte sich mit den Ellbogen den Platz neben ihm. Einträchtig staunend schauten sie über die Bucht, durch die das mächtige Schiff in ruhigem Brackwasser glitt.

»Ist das Sankt Petersburg, Meister Daniel?« Sebastian wies mit dem ausgestreckten Finger auf die Festung.

Daniel überspielte ein Schmunzeln mit einem Räuspern. Der Junge hatte seit Beginn der Überfahrt seine Nähe gesucht. Daniel spürte, dass er sich einsam fühlte und sich nach einem Freund sehnte, und er ließ ihn gewähren, fand er doch in ihm einen begeisterten Zuhörer, wenn er von Berlin und seinen Plänen erzählte. Sebastian hatte ihm manche lange Stunde mit seinen ständigen Fragen und seinem unersättlichen Wissensdurst vertrieben. Da sich die schöne Christina offenbar darauf besonnen hatte, ihren frisch angetrauten Gatten bei Laune zu halten, und Daniel infolgedessen links liegenließ, es im Übrigen jedoch wenig weibliche Gesellschaft an Bord gab, die sein Herz hätte höherschlagen lassen, verbrachte Daniel gern die qualvoll lange Zeit mit dem Jungen.

Gleich zu Beginn ihrer ungleichen Kameradschaft hatte er Sebastian erklärt, dass er keineswegs ein Meister sei und deswegen nicht so angesprochen werden möchte. Aber der Junge befand, es passe vortrefflich zu ihm, er sehe aus wie ein Meister und es komme ihm leicht über die Lippen, also ließ Daniel ihn amüsiert gewähren.

Sebastian hatte ihm anvertraut, es sei gar nicht geplant gewesen, dass er mit nach Russland kam. Er hatte sich heimlich angeschlossen, als der sechzehn Jahre ältere Bruder Adam mit seiner Frau Veronica und dem Kind aufbrach. Als sie ihn bemerkten, war es zur Umkehr zu spät.

Daniel hatte sorgenvoll nach Sebastians Eltern gefragt, aber der Junge hatte abgewinkt, und über sein Gesicht war ein Schatten gefallen. »Die werden lange Zeit gar nicht merken, dass ich nicht mehr da bin. Mich vermisst keiner.«

Für Daniel war es unvertraut wie eine fremde Sprache, sich mit diesem mutigen kleinen Kerl anzufreunden. Aber genau deswegen hatte es ihn aus der Enge seiner Heimat weggezogen: um die Menschen und das Leben zu studieren.

Er legte nun die Hand auf Sebastians Schulter. »Nein, Sankt Petersburg liegt östlich von uns und an der Mündung der Newa – dies da ist die vorgelagerte Insel mit der Festung Kronstadt, an der wir anlegen werden.«

»Warum fahren wir nicht direkt nach Sankt Petersburg?«

»Ich vermute, der Kapitän muss uns hier anmelden. Danach werden wir weiter nach Oranienbaum ans südliche Ufer der Bucht von Kronstadt gebracht.«

»Werden wir da die Zarin treffen?«, fragte Sebastian. Sein rechtes Lid zuckte.

Daniel lachte und tätschelte ihm den Rücken. »Mach dir keine Hoffnung! Die große Katharina hat wichtigere Geschäfte zu erledigen, als jeden Kolonisten willkommen zu heißen.«

»Schade. Sie soll sehr schön sein«, murmelte Sebastian, und in seinen Augen flackerte ein träumerisches Schwärmen.

»Von allzu schönen Frauen lass die Finger, Sebastian«, flüsterte Daniel ihm mit einem Zwinkern zu. »Und wenn sie noch dazu Zarin sind ...«

Sebastian kicherte.

Die anderen Kolonisten um sie herum schoben und drängelten. Manch einer wischte sich die Freudentränen weg, alle strahlten und plapperten durcheinander, als wären die Strapazen vergessen.

An den Köpfen der anderen vorbei sah Daniel zu Christina. Ihre Blicke versanken für ein paar Sekunden ineinander, bis Daniel einen spöttisch neckenden Ausdruck in seine Miene brachte und mit dem Kopf auf Matthias wies, der sich neben seiner Frau auf Zehenspitzen reckte.

Christina schob das Kinn vor, bevor sie sich abwandte und zur Festung starrte, als wollte sie die Mauersteine zählen.

Daniel grinste. Was für ein hübsches Lärvchen diese Hessin war. Aber wie sie sich verhielt – das gab ihm ein kniffeliges Denkspiel auf. Er hätte Stein und Bein geschworen, dass sie ihn noch im Hafen von Lübeck erhörte, doch dann hatte sie sich überraschend in die Aura einer unberührbaren Schönen gehüllt.

Er versicherte sich aus dem Augenwinkel, dass Christina ihn beobachtete, als er nun die Frau ansprach, die er bei sich nur die »Apothekerin« nannte, obwohl sie ihm mit mürrischer Miene erklärt hatte, dass sie ihr Studium der Heilkräfte noch nicht abgeschlossen habe. »Schönste, habt

Ihr Euer Bündel bereits gepackt? In kurzer Zeit werden wir anlegen.«

Anja fuhr zu ihm herum, als hätte er sie nicht aufs freundlichste angesprochen, sondern ihr einen Kübel Eiswasser ins Gesicht geschüttet. Ihre Augen schossen Blitze, so dass Daniel unwillkürlich einen Schritt zurücktrat und mit der Schulter gegen einen hinter ihm stehenden Bauern stieß.

»Verschwendet Euren Charme nicht an mich, Herr Meister! Das ist verlorene Liebesmühe. Wenn Ihr mir etwas zu sagen habt, dann redet mit mir wie mit einem denkenden Menschen.«

Daniel klappte der Kiefer herunter. Bestürzt hob er die Hände. »Verzeiht, ich weiß nicht …«

»Ich bin niemandes ›Schönste‹ – also nennt mich nicht so! Ich krieg' die Krätze bei diesem Geschmeichel. Das wollt Ihr gewiss nicht verantworten, oder?«

»Verzeiht, wenn ich Euch zu nahe getreten bin.« Daniel deutete eine Verbeugung an. »Gestattet mir zu erwähnen, dass wahre Schönheit für mich nichts mit makelloser Haut zu tun hat.«

Ein winziges Lächeln flog über Anjas Gesicht, aber an dessen wachsamem Ausdruck erkannte Daniel, dass sie seit vielen Jahren gelernt hatte, auf der Hut zu sein. Er legte einen bittenden Ausdruck in seinen Blick und grinste, bis Anja ihn endlich anlachte, bevor sie wieder in Richtung Kronstadt schaute.

Daniel versicherte sich mit einem unauffälligen Kopfdrehen, dass Christina den neckischen Wortwechsel mitbekommen hatte – und tatsächlich: Sie schob die Unterlippe vor und reckte die Nase. Es missfiel ihr, wenn er mit anderen Damen schäkerte. Das konnte nur bedeuten, dass er ihr nicht so gleichgültig war, wie sie den Eindruck zu erwecken versuchte. Nun, die Zeit würde zeigen, wie treu die Weberin wirklich war.

Auf einem Arm hielt Eleonora Sophia, den anderen legte sie um Klaras Schultern, die sich weit über die Reling beugte. Gemächlich näherte sich das Schiff dem Hafen von Kronstadt, und bald fiel der Anker klatschend ins Wasser.

Der Kapitän bestieg mit einem Steuermann und zwei Matrosen ein Ruderboot, mit dem sie das in der Nähe wartende russische Wachschiff ansteuerten.

»Was haben die vor, Eleonora?«, fragte Klara. »Wann dürfen wir endlich an Land?«

»Es kann nicht mehr lange dauern«, erwiderte sie und schaukelte Sophia auf dem Arm. Als sie sie absetzen wollte, begann das Kind zu quengeln, so dass Eleonora es rasch wieder aufnahm, obwohl ihr der Arm schmerzte.

»Kommst du zu mir?« Matthias streckte Sophia die Arme entgegen. Wie ein Äffchen kletterte sie zu ihm. Er hob sie auf seine Schultern, worauf sie sich in seinen Haaren festkrallte und zu juchzen begann.

Eleonora lächelte Matthias an. »Danke. Sie hat nicht zu jedem Zutrauen. Ich wünschte nur, wir gingen endlich an Land. Ich bin die schwankenden Planken satt …«

»Oh, seht doch!« Matthias wies auf einen wendigen Kahn, der sich dem deutschen Schiff näherte. Darin kauerte eine Frau mit einem enganliegenden, an der Stirn mit einer Goldnaht verzierten Kopftuch inmitten von Weidenkörben voller weißer Wecken. Über dem Hemd, dessen Ärmel mit zierlichen Manschetten besetzt waren, trug sie eine blaue Leinenkutte mit unzähligen Knöpfen an der Vorderseite und einem schmalen Gürtel unter der Brust. Ihre Füße steckten in Schuhen aus geflochtenem Bast.

Als der Kahn leicht gegen die Schiffswand stieß, hob sie einen der Körbe hoch. Sofort griffen mehrere Hände danach – zu verlockend verströmte das warme, süße Brot seinen Duft. Es gab keinen an Bord, dem der über Wochen gekaute Zwieback nicht zu den Ohren herauskam. Doch die Frau zog den Korb sofort wieder zurück und machte mit Daumen und Zeigefinger die Geste, die jeder ohne Worte verstand.

Alle kramten in ihren Beuteln und Taschen, um die Russin mit lübeckschem Geld zu entlohnen, das sie gut zu kennen schien. Sie kauften ihr sämtliche Vorräte ab. Das rundliche Gesicht der Bäckerin leuchtete rosig vor Freude. Sie versprach mit ausholenden Gesten, zurück an Land zu fahren, um für Nachschub zu sorgen, denn immer noch reckten sich ihr Hände mit klimpernden Münzen entgegen.

Matthias bot sowohl seiner Schwägerin als auch den Kindern das köstliche Backwerk an. Seine Frau Christina jedoch lehnte den Wecken mit einem Kopfschütteln ab.

Eleonora musterte die Schwester besorgt. Seit Beginn der Schiffsreise hatte sie kaum einen Bissen bei sich behalten. Hoffentlich hatte sie sich keine ernsthafte Krankheit zugezogen. Ihre Wangenknochen stachen scharf hervor.

»Iss!«, flüsterte Eleonora ihr zu. »Wir haben noch einen weiten Weg vor uns, du musst bei Kräften bleiben, Christina.«

»Ach, lass mich in Ruhe mit deinem mütterlichen Gehabe! Hast du nicht mit zwei Kindern genügend zum Verhätscheln?«, fauchte Christina sie an und drehte ihr den Rücken zu.

Dass sie kränkelte, war die eine Sache. Dass seit Wochen mit ihr kein Auskommen mehr war, die andere. Eleonora betete, dass die Schwester zu ihrer lebhaften Wesensart zurückfand, wenn sie nur erst russischen Boden unter den Füßen hatten.

Während alle anderen an der Reling darauf warteten, endlich ausgeschifft und nach Oranienbaum gebracht zu werden, das Kronstadt gegenüber auf dem Festland lag, blieben Bernhard und Marliese unter Deck.
Drei Tage und Nächte hatte Marliese geschlafen wie eine Tote. Als sie blinzelnd die Augen aufschlug, hauchte sie mit rissigen Lippen: »Wasser, Bernhard. Gib mir Wasser …«
Sofort rannte Bernhard los, um einen Krug des moderigen, brackigen Wassers zu besorgen, das ihnen noch zur Verfügung stand. Es nützte nichts, sich darüber zu bekümmern, welche Krankheiten es verursachen könnte und ob es die Übelkeit nicht verschlimmerte – es wurde gebraucht, und es war nichts anderes zu haben.
Nachdem sie sich aufgesetzt hatte, umfing Marliese den Becher, den er ihr reichte, mit beiden Händen und führte ihn an die Lippen. Mit rundem Rücken lehnte sie an der Schiffswand, die dünnen Beine unter dem zerlumpten Kleid weit ausgestreckt.
Bernhard strich ihr die Haare aus der Stirn, während sie trank. »Wir sind im Hafen von Kronstadt, Mutter. Es wird nicht mehr lange dauern, bis es neuen Branntwein gibt. Alles wird gut, alles wird besser. Bald … Halt aus!«
Marliese trank in kleinen Schlucken und blickte ihren Sohn über den Rand des Bechers an.
»Bernhard?« Sie setzte das Gefäß ab.
»Hm?«
»Gib mir nie wieder Schnaps.«
»Wie?« Bernhard hob die Brauen.
»Nie wieder, hörst du? Egal, wie schlimm es wird … wo-

bei … Schlimmer, als es war, kann es nicht werden. Schlimmer würde den Tod bedeuten. Wenn ich leben will, muss ich den Schnaps meiden wie der Teufel das Weihwasser.« Ihre Stimme war nicht mehr als ein heiseres Flüstern, aber Bernhard spürte die Willenskraft dahinter.

»Ich habe nun seit vielen Tagen nichts mehr getrunken, und es war die Hölle, Bernhard. Als würden sich in meinem Leib böse Geister eine blutige Schlacht liefern. Ich dachte, ich muss sterben, aber ich habe überlebt.«

Ihr spitzes Kinn bohrte sich in seinen Hals, als er sie an sich zog und die Arme um sie schlang. »Du bist stark, Mutter, du wirst es schaffen.«

»Ich habe Bilder gesehen, die mir Todesqualen beschert haben. Deinen Vater, wie er mit aufgerissenem Leib aus seinem Grab gestiegen ist. Es war, als würde mir die Seele aus dem Körper gefoltert … Die Strafe Gottes für meine Sünde …«

»So straft Gott nicht«, erwiderte Bernhard dicht an ihrem Ohr. »Er hat dir verziehen, denn er hat dich überleben lassen und dir einen neuen Weg gewiesen. Einen Weg in Frieden.«

»Ich weiß nicht, ob ich die Kraft dazu habe, ihn zu gehen. Aber ich will alles versuchen, um dir und Helmine und Alfons die Mutter zu sein, auf die ihr lange habt verzichten müssen.«

Bernhard starrte über ihre Schulter hinweg ins Leere.

Wie gerne wollte er ihr glauben, dass sie nicht länger von der Gier nach Schnaps beherrscht wurde. Aber er kannte sie seit Jahren nur schwach und betrunken und hegte wenig Hoffnung, dass der Keim der Stärke, während qualvoller Stunden entstanden, in Russland, wo sie den schärfsten Kornbrand »Wässerchen« nannten, wachsen würde.

15. Kapitel

Mai 1766, Kasernenhof Oranienbaum
bei Sankt Petersburg

Sie taumelten vor Freude darüber, endlich, endlich wieder die Erde unter den Füßen zu spüren, als sie zwei Tage später, von Ruderbooten übergesetzt, in Oranienbaum eintrafen.
Lachend und scherzend lernten sie das Gehen wieder, stützten sich gegenseitig, tollten wie Kinder und fielen sich in die Arme.
Doch das Strahlen in den Gesichtern verblasste, als sie sich umschauten.
Das sollte das Paradies sein?
Für diesen Kasernenhof, in dem bereits Hunderte weitere Deutsche lagerten, sollten sie die wochenlangen Schikanen ertragen haben?
Hier war es nicht anders als in der Lübecker Baracke, nur dass sich alles in einem noch erbärmlicheren Zustand befand.
Nicht für alle gab es Platz in der Kaserne – viele sollten unter freiem Himmel schlafen oder sich aus Holz und Reisig Hütten bauen.
Ein Schütteln durchlief Christina, als sie sich in die Schlange vor dem Kasernentor einreihte. Das war nicht das Ziel, ganz gewiss nicht.
Anton von Kersen wies die Familien mit kleinen Kindern, die Alten und die Kranken an, sich einen Platz in den Kasernen zu sichern, und riet den anderen, schleunigst mit

dem Bau der Hütten zu beginnen. Er versprach den Kolonisten Billetts für die Anschaffung neuer Kleider, denn die meisten trugen inzwischen nur noch Lumpen an sich. Mit wichtigtuerischer Miene kündigte er an, dass sie in den nächsten Tagen nicht nur den Eid auf die russische Krone sprechen mussten, sondern dass die Zarin höchstpersönlich erwartet wurde. Sie wünsche die in diesen Tagen ankommenden Landsleute zu sehen.

Ein Flüstern ging durch die Reihen, aber mehr noch als eine Begegnung mit der Kaiserin wünschten sich die meisten ein Ende der Reise.

Wo war nun das Land, das ihnen versprochen worden war? Wo durften sie sich niederlassen?

Anton von Kersen hob beide Hände und verkündete, dass der russische Kommissar Iwan Kuhlberg sich vorstellen werde, sobald sie sich ein wenig erholt hatten. Diesem konnten sie all die Fragen stellen, auf die er genauso wenig Antwort wusste wie sie.

Die Worte, die Kommissar Kuhlberg am nächsten Tag an sie richtete, waren für die Waidbacher Fausthiebe ins Gesicht.

Er erklärte den Menschen, dass sie dazu bestimmt seien, an der Wolga Bauern zu werden, und dass die russische Krone andere Pläne nicht dulden würde.

Kontakte zu Landsleuten in Sankt Petersburg oder in anderen großen Städten am Wegesrand seien strengstens verboten, die Trecks, die sich in wenigen Tagen in Bewegung setzen würden, sollten unter den größten Sicherheitsvorkehrungen geführt werden. Keinem sei es gestattet, den vorgeschriebenen Weg zu verlassen. Das Geld, das sie bereits erhalten hätten, diene ausschließlich für die Wegzehrung, bis sie das Ackerland in der Nähe von Saratow erreicht hatten, um sich dort als Bauern niederzulassen. An ihrem Ziel würden sie weitere Vergünstigungen erhalten, die es ihnen erleichtern sollten, das Land zu beackern und heimisch zu werden.

»Wie lange werden wir bis Saratow unterwegs sein?«, erklang da Adam Mais Stimme.

Schweigen senkte sich über die Menschen, während sie den Kommissar anstarrten und auf eine Antwort warteten. Seiner Miene war anzusehen, wie unwohl er sich plötzlich fühlte, und das trug nicht zur Besänftigung der Leute bei.

Er räusperte sich und strich sich ein paarmal mit den Fingern übers Kinn. »Nun, das hängt auch von eurer Disziplin ab«, erklärte er da. »Aber so Gott will, werdet ihr Saratow über Land- und Wasserwege noch vor Wintereinbruch erreichen.«

Empörte Schreie wurden laut, manche brachen schluchzend zusammen. Einige ahnten, dass eine so lange Reise weit über ihre Kräfte ging.

Adam Mai nahm das Kind aus den Armen seiner Frau und drückte es an sich. Die Kleine hustete, ihre Stirn war fiebrig heiß. Er schloss die Augen und richtete das Gesicht gen Himmel. Seine Lippen bewegten sich im stummen Gebet.

Marliese Röhrich sackte nach vorn wie eine Marionette, der man die Fäden abgetrennt hatte. Ihr Sohn Bernhard war zur Stelle und fing sie auf. »Ich überlebe das nicht, Bernhard. Ich schaffe das nicht …«

Der Flickschuster biss die Zähne zusammen und fluchte leise vor sich hin, während er seine Mutter tröstend umarmte. Helmine sah auf die beiden mit überheblicher Miene herab, die Hände in die Hüften gestemmt. Alfons hockte sich mit weinerlich verzogenem Gesicht neben seine Mutter und heulte einfach mit, obwohl er gewiss nicht wusste, was sie aus der Fassung brachte.

Christina hörte mit unbewegter Miene zu, während der Kommissar mit weit über die Köpfe hinweg schallender Stimme sprach.

Bäuerin an der Wolga?, dachte sie. *Was weißt du schon …*

Die Drohungen des Beamten schüchterten sie nicht ein.

Anders erging es Anja Eyring, die nicht weit von ihr stand und die Hände vors Gesicht schlug. Die Schultern bebten. Ihr Mann Franz wollte den Arm um sie legen, aber sie schlug ihn weg. Christina ahnte, dass Anja genau wie sie ganz andere Pläne verfolgt hatte und dass sie ihren Traum nun zerplatzen sah.

Doch sie selbst würde so schnell nicht aufgeben. Sie befanden sich nur wenige Meilen von Sankt Petersburg entfernt. Es sollte doch mit dem Teufel zugehen, wenn es ihr nicht unter Aufbietung all ihres Charmes gelingen würde, die wachhabenden Soldaten zu überzeugen, ihr zu helfen.

Ganz gewiss würde sie sich nicht wie ein Maultier in den Treck eingliedern, um durch dieses riesige unbekannte Land zu einem erbärmlichen Ziel zu trotten.

Eine andere Art von Autorität als die des russischen Kommissars ging allerdings wenige Tage später von Kaiserin Katharina aus. Christina kannte Bilder von ihr und die Geschichten, die man sich in den Wirtsstuben über sie erzählte, aber ihr gegenüberzustehen löste jeden Zweifel daran auf, dass diese Frau die mächtigste Herrscherin der Welt war.

Christina empfand tiefe Ehrfurcht vor dieser seltenen Verbindung von großer Schönheit und hoher Majestät. Genau wie die anderen Waidbacher versank sie in einen Knicks, als Katharina II. in der blauen Uniform des Garderegimentes im Schlossgarten von Oranienbaum die Reihen der Kolonisten abschritt.

Zu gern hätte Christina sie in einer kostbaren Robe aus Seide und Brokat gesehen, aber selbst in der streng geschnittenen, bis über die Oberschenkel reichenden, mit Gold bestickten Uniformjacke, mit den hohen schwarzglänzenden Stiefeln und dem Dreispitz kamen Katharinas unvergleichlicher Zauber und ihre betörende Aura zur Geltung.

Bei Vorsteher von Kersen verweilte sie ein wenig, fragte nach seinem Vaterland, seinem Gewerbe und ähnlichen Dingen, aber von Kersen presste nur stockend Antworten hervor.

Christina grinste versteckt – lag nicht von Kersens ganze Hoffnung in dem Wohlwollen der Zarin? War er nicht nur deshalb nach Russland gekommen, um in den Dienst Ihrer Majestät zu treten?

So tölpelhaft, wie er sich verhielt, sah sie seine Aussichten schwinden. Da – jetzt reichte sie ihm gar die Hand zum Kuss, aber von Kersen schien nicht zu verstehen, was sie von ihm wollte.

Christina hörte, wie Daniel, der neben ihr stand, einen tiefen Seufzer ausstieß. »Hoffentlich schließt sie von diesem ungehobelten Klotz nicht auf die Manieren ihrer Landsleute«, zischte er erbost und vollführte mit einem gewinnenden Lächeln eine tadellose Verbeugung, als die Zarin nun an ihm vorbeiging. Leider verzichtete sie darauf, sich die Hand von dem Gesellen küssen zu lassen, obwohl Christina darauf gewettet hätte, dass er ihr in diesem Fall mindestens ein anerkennendes Lächeln entlockt hätte.

Wann immer sich in den nächsten Tagen die Gelegenheit

ergab, knüpfte Christina Kontakte zu den wachhabenden Soldaten, ließ hier ein paar Münzen klingen, erfreute da einen jungen Burschen mit einem besonders hinreißenden Lächeln.
So kategorisch der russische Kommissar die Bestimmungen formuliert hatte, in den Reihen der russischen Soldaten herrschte eine lässigere Geisteshaltung, die mit dem ein oder anderen Entgegenkommen oder einem heißen Versprechen aus glutvollen Augen in Christinas Sinne beeinflusst werden konnte.
Christina dankte dem Himmel, dass endlich diese Übelkeit nachgelassen hatte. Sie aß seit einigen Tagen wieder mit gesundem Appetit und fühlte sich fast so kräftig und zuversichtlich wie zu Beginn der Reise.
Abends unter der Armeedecke tastete sie ihren Leib ab. Die sanfte Rundung, die in die Wölbung ihrer Hand passte, ließ unter den weiten Röcken noch keinen Verdacht auf ihre Schwangerschaft aufkommen, und das war ihr nur recht. Am liebsten hätte sie überhaupt keinen Gedanken mehr an diesen Bastard verschwendet, der da in ihr begonnen hatte zu wachsen.

Es fiel Christina nicht im Traum ein, den Eid auf die russische Krone zu schwören. In der lutherischen Schlosskirche von Oranienbaum sprach der aus dem Thüringischen stammende Pastor in feierlichem Ton den Eidestext in der Muttersprache der Kolonisten vor, den sie zu wiederholen hatten.
Christina bewegte nur die Lippen, ohne etwas zu sagen. Als sie sich vorsichtig umschaute, erkannte sie, dass sie nicht die Einzige war, die sich den Rückweg nicht versperren wollte, falls das Heimweh übermächtig werden sollte.

Noch hatte ihr Russland nicht das geboten, was sie sich erträumt hatte.
Nach der feierlichen Zeremonie kündigte von Kersen an, dass die Weiterreise für den übernächsten Tag vorgesehen sei. Sie sollten sich bereithalten und den Anweisungen der russischen Soldaten Folge leisten. Jeder war angehalten, auf seinen Nachbarn zu achten und Sorge zu tragen, dass keiner die Abfahrt verpasste.
Christina lauschte ihm mit vor dem Mieder verschränkten Armen. *Du jämmerlicher Zwerg*, dachte sie. *Was wird nun aus deinen hochtrabenden Plänen, in den Dienst der Zarin zu treten, he?*
Von Kersen ließ sich seine Enttäuschung darüber, dass er genau wie alle anderen dazu bestimmt war, Bauer an der Wolga zu werden, statt in der kaiserlichen Armee zu dienen, nicht anmerken. Aber Christina bemerkte, wie fahl seine Wangen waren, wie müde seine Augen unter den buschigen Brauen blickten. In seine Stimme legte er mehr Autorität als jemals zuvor, aber Christina konnte er nicht täuschen. Er war innerlich gebrochen und würde die Maske des Vorstehers nur so lange tragen, bis sie ihm ein besser Geeigneter vom Gesicht riss.
In zwei Tagen sollte es also losgehen. Höchste Zeit, ihren raffiniert ausgetüftelten Plan in die Tat umzusetzen.
In dieser Nacht sollte es geschehen.
In dieser Nacht würde sie ihrem Traum, in Russland das Lebensglück zu finden, ein gutes Stück näher kommen.
Sie musste nur warten, bis alle in der Kaserne schliefen und bis Sergej, der Soldat, der sich am empfänglichsten für ihre Reize gezeigt hatte, seinen Dienst antrat.
Und dann musste sie ihre Schwester einweihen.
Eleonora ahnte nichts, aber Christina war überzeugt, dass

sie sich ihr nach dem unvermeidlichen Zögern vertrauensvoll anschließen würde. Schließlich ging es nicht nur um ihre eigene Zukunft, sondern auch um das Glück ihrer geliebten Tochter. Wer mochte sich vorstellen, dass sich Eleonora wünschte, Sophia könnte als Ackerbäuerin enden?

16. Kapitel

Sankt Petersburg

Da schau!« Christina wies mit dem Zeigefinger nach vorn. In der Ferne tauchten am silbernen Horizont die vergoldeten Zwiebeltürme der Petersburger Kirchen auf.
Sie steckte die Decke um die Beine und lächelte still vor sich hin, während der stiernackige Kutscher die beiden Pferde, die die Droschke zogen, schnalzend antrieb. Es konnte nicht mehr lange dauern.
Eleonora, dicht neben ihr, zog die grobe Decke höher. Das Lächeln ihrer Schwester fand keine Erwiderung in ihrer Miene.
Christina tätschelte ihr Bein. »Sorg dich nicht, Eleonora! Vertrau mir!«
»Das tue ich«, erwiderte Eleonora. »Hätte ich sonst mein Kind zurückgelassen und säße hier mit dir?«
»Sophia schläft selig in Klaras Armen. Die wird gar nicht merken, dass du einen Ausflug unternimmst.«
»Dein Wort in Gottes Ohr«, murmelte Eleonora.
Eine Stunde vor Mitternacht hatte Christina ihre Schwester im Kasernenlager geweckt. Eleonora hatte sich verschlafen aufgerichtet und sich bemüht, den hastig hervorsprudelnden Worten ihrer Schwester zu folgen. Sie habe eine Kutsche für sie beide bestellt, die sie nun nach Petersburg bringen würde, wo sie ihre Verwandten treffen würden.
»Was wollen wir ihnen sagen?«, hatte Eleonora erwidert.

»Na, dass sie sich um uns kümmern sollen! Immerhin sind wir Blutsverwandte. Sie werden doch nicht zulassen, dass wir uns monatelang durch dieses Land quälen, oder?«

»Sie kennen uns gar nicht. Was kratzt diese Leute unsere Not?«

»Das lass meine Sorge sein. Sie werden einsehen, dass es ihre Pflicht ist, uns hier zu unterstützen.«

»Wie heißen sie überhaupt? Und wovon leben sie in Sankt Petersburg?«

Christinas Wangen hatten sich mit einer heißen Röte überzogen, was Eleonoras Misstrauen erneut weckte.

»Weber heißen sie natürlich, wie wir. Was sie machen, werden sie uns selbst erzählen.«

Am Ende hatte Eleonora – wie so oft – nachgegeben.

Christina hatte ihr erklärt, dass sie etwa zwei Stunden auf dem Weg am Wasser entlang unterwegs sein würden und dass der Kutscher, ein Onkel des Soldaten, der Christinas Charme verfallen war, sie mitten ins Zentrum der Stadt bringen würde, wo sie sich umhören und Erkundigungen einziehen konnten. Dafür hätten sie drei oder vier Stunden Zeit, und wenn sie zurückfuhren, wären sie noch vor dem Wachwerden wieder bei ihren Lieben, um ihnen die freudige Nachricht zu überbringen, dass sie ein neues Zuhause gefunden hatten.

Eleonora war keineswegs davon überzeugt, dass Christinas Plan aufging. Und ob Christina tatsächlich so sicher war, wie sie sich gab?

Wo sollten sie anfangen zu fragen? Wen würden sie zu diesen nächtlichen Stunden in der großen Stadt antreffen? Wie würden die Verwandten reagieren, wenn plötzlich zwei verarmte Schwestern aus dem fernen Hessen vor ihnen standen und um Hilfe bettelten?

Dennoch hatte Eleonora sich durchgerungen, Christina zu begleiten – zum einen, weil es sie selbst reizte, die berühmte Stadt zu sehen, die Peter der Große am sumpfigen Ufer der Newa als Tor zum Westen hatte errichten lassen und in der die bewunderte Zarin residierte; zum anderen, weil sie befürchtete, dass Christina notfalls ohne sie diesen Weg gehen würde.

Zu zweit erschien ihr der nächtliche Streifzug eine Spur weniger riskant. Sie hatte sich den neu erworbenen schmucklosen Sarafan und den Umhang mit der weiten Kapuze übergeworfen und war der Schwester gebückt wie eine Diebin gefolgt.

Die zweispännige Droschke hatte vor dem Tor der Kaserne gewartet. Der Kutscher mit der Fellmütze über den Ohren sprach kein Wort, wies nur auf die Decken, die sie sich um die Beine wickelten, und trieb die beiden Pferde an.

Eleonora hatte davon gelesen, dass in Sankt Petersburg die Sonne im Juni nie unterging – die Weißen Nächte versprühten einen Zauber, der viele Dichter zu großen Werken inspirierte. Aber jetzt im Mai war es der Vollmond, der ihnen am wolkenlosen Himmel Licht spendete, während sie am Ufer entlang an verstreuten Siedlungen vorbei und durch Wäldchen hindurch stadteinwärts rumpelten.

Die Luft schmeckte nach Salz und Tang, die Brise, die von der Bucht her wehte, war so kalt, dass sie wie Eiskristalle in der Lunge stach. Vereinzelte Schreie von aufgeschreckten Möwen und Seeschwalben zerrissen die Stille der Nacht.

Als sie das Stadttor passierten und die ersten Häuser erreichten, legte Christina den Arm um ihre Schwester. »Sei nicht bang, Eleonora. Du wirst sehen, in wenigen Stunden werden wir die Zusicherung unserer Verwandten haben, dass sie ihre Kontakte nutzen, damit wir mit unseren Familien in dieser herrlichen Stadt bleiben dürfen. Vielleicht werden wir in der Nähe des Zarenhofes wohnen … Stell dir das vor!«

Eleonora presste die Lippen aufeinander. »Versprich mir, dass du kein Risiko eingehst und uns keiner Gefahr aussetzt! Wir werden gebraucht, Christina – was soll aus Sophia und Klara werden, wenn uns etwas zustößt?«

Christina lachte fröhlich auf. »Was bist du für ein Hasenfuß, Schwester. Was soll uns denn zustoßen? Das Schlimmste wäre, dass wir die Verwandten nicht gleich heute antreffen. Dann müssen wir einen weiteren Nachtausflug unternehmen. Aber ist das nicht aufregender als diese scheußliche Warterei in der Kaserne? Stell dir vor, wie sich Klara und Sophia freuen, wenn wir ihnen verkünden, dass wir ein prachtvolles Zuhause gefunden haben.«

Eleonora warf einen letzten Blick über die im Mondlicht schimmernde Meeresbucht, bevor diese hinter den grau aufragenden Hafengebäuden verschwand.

Die Pferdehufe klapperten auf dem Kopfsteinpflaster, als der Kutscher die Zügel anzog und die Fahrt verlangsamte. Die Schwestern reckten die Hälse, um an dem Kutschbock vorbei nach vorne zu schauen. So dunkel es in diesem Viertel war, in einiger Entfernung konnten sie Lichter erkennen, wahrscheinlich Laternen und Fackeln, die die Prachtstraßen säumten und vor den Kirchen und Palästen aufgestellt waren.

Selbst in diesem Stadtteil verliefen die schmalen Straßen schnurgerade – Zeichen dafür, dass Sankt Petersburg keine historisch gewachsene Stadt wie Rom oder Paris darstellte, sondern auf dem Zeichenbrett begabter Architekten entstanden war, wie Eleonora wusste: das Fenster Russlands zum Westen, die moderne Vorstellung einer Stadt als Ge-

genstück zum bodenständigen Moskau, einer der bedeutendsten Handelshäfen der Welt.

Immer wieder fuhren sie entlang von Kanälen oder überquerten sie – Petersburg war von natürlichen und künstlichen Wasserstraßen durchzogen. Eleonora hatte gelesen, dass sich Zar Peter bei der Stadtplanung Amsterdam als Vorbild genommen hatte, aber was nützte das jetzt ihr und ihrer Schwester? Sie waren ihr Leben lang nicht aus dem Heimatdorf herausgekommen, kannten weder die niederländische Stadt noch die Hauptstadt des russischen Reiches. Sich Pläne anzuschauen und die Werke der Dichter zu lesen, die Sankt Petersburgs Schönheit beschrieben, half nichts, wenn man sich unversehens mitten in der Stadt zurechtfinden musste. Eleonora vermochte sich nicht im Geringsten zu orientieren. Selbst wenn sie sich an den einen oder anderen mit hohen Säulen verzierten Palast erinnerte, den sie von Stichen und Beschreibungen her kannte, die Nebelfetzen ließen alle Straßen und Gebäude unwirklich und unscharf erscheinen.

Sie zog die Decke bis zur Brust hoch. Der wollene Stoff fühlte sich klamm an von der Feuchtigkeit, die sich zwischen den Gebäuden sammelte. Nebelschwaden waberten wie Rauchfahnen über die stuckverzierten Giebel und Dächer.

Die meisten der Wohnhäuser, die sie passierten, waren in zarten Tönen gestrichen. Eleonora konnte sich vorstellen, wie anmutig sich das Blassgrün, Zitronengelb und Hellgrau im Tageslicht ausnahmen. Die Fassaden erschienen ihr zerbrechlich, als wären sie aus dünnem Karton geschnitten. Wie betörend mochte die Stadt in den berühmten Weißen Nächten wirken … Ob Christinas Zuversicht berechtigt war?

»Wo wird er uns absetzen?«, fragte Eleonora leise.

Christina hob die Schultern. »Ich habe Sergej erklärt, dass wir nach deutschen Verwandten suchen, die in Petersburg ein Geschäft betreiben – wahrscheinlich ein Modegeschäft oder eine Weberei. Er hat genickt und mir zu verstehen gegeben, dass er seinen Onkel anweisen würde. Wahrscheinlich gibt es so etwas wie ein deutsches Viertel.«
In diesem Moment bog der Kutscher nach links zu einer Brücke ab, die über einen Arm der Newa führte. Er neigte sich halb zurück, so dass die Schwestern sein bärtiges Profil erkennen konnte. »Wassilij«, murmelte er.
Christina lächelte den Mann an und nickte, während Eleonora die Hand der Schwester nahm und drückte. Zu beiden Seiten sahen sie nun das träge dahinfließende schwarze Wasser des Flussarms. Dunstwolken flogen über die Wellen und hüllten die Bäume und Büsche am Ufer in ein milchig trübes Licht.
»Hoffentlich hast du recht und wir treffen Deutsche. Wie sollen wir uns sonst verständigen?«, überlegte Eleonora.
Christina winkte ab. »Ach, hier leben viele Deutsche – Ärzte, Apotheker, aber auch Geschäftsleute wie unsere Verwandten. Außerdem haben viele Russen deutsche Vorfahren«, behauptete sie. »Sergejs Großvater zum Beispiel war ein deutscher Handwerker, der beim Aufbau von Petersburg mitgeholfen hat. Deswegen kann er ein paar Brocken unserer Sprache.« Sie lächelte die Schwester schelmisch von der Seite an. »Und es gibt jederzeit Mittel und Wege, sich ohne Worte zu verständigen.«
Sie ruckelten auf ihren Sitzen, als der Kutscher kurz darauf die Pferde zum Stehen brachte.
Sie befanden sich in einer schmalen Straße, in der mit Mühe zwei Kutschen aneinander vorbeirollen konnten.
Emaillierte Schilder, deren Ketten in der sanften Brise

quietschten, schienen darauf hinzudeuten, dass sich hier Spelunken und Gaststätten aneinanderreihten.
Eleonora sah sich ängstlich um. »Hier sollen wir aussteigen?«
»Komm schon!« Christina warf die Decke ab und sprang aus der Droschke. Eleonora folgte ihr.
Der Kutscher, ein schwergewichtiger Mann mit ledriger Gesichtshaut und struppigen Brauen, wandte sich ihnen zu und nickte. Mit Gesten gab er ihnen zu verstehen, dass er in der neben ihnen liegenden Schenke auf sie warten würde. Eine ausholende Armbewegung wies ihnen in eine bestimmte Richtung den Weg.
Christina und Eleonora wechselten einen Blick.
Als sie sich nicht gleich in Bewegung setzten, ging ein breites Grinsen über das Gesicht des Russen. Er klatschte in die Hände und wies ein weiteres Mal in die angegebene Richtung.
Schließlich schenkte Christina ihm ein Lächeln, ergriff die Hand ihrer Schwester, und sie liefen los. Das rauhe Lachen des Kutschers, das in einen rasselnden Husten überging, folgte ihnen.
Nur wenige Passanten begegneten ihnen in dieser Gegend. Die Menschen hielten die Gesichter gesenkt und trugen schwere Mäntel und Mützen.
Vor manchen Gaststätten lungerten Männer herum, tuschelten, als die beiden Frauen eilig vorübergingen, und die unverständlichen Laute der fremden Sprache wehten den Schwestern hinterher.
Endlich verbreiterten sich die Wege, das Mondlicht erhellte die Winkel. Auf den größeren Straßen rollten vereinzelt Kutschen. Das Klappern der Pferdehufe und das Rattern der Räder hallten von den zart getönten Fassaden wider.

Christina und Eleonora blieben stehen und sahen an den Fronten hoch. Hinter den meisten Fenstern war es dunkel – die Stadt schlief, nur wenige Nachtschwärmer trieben sich herum. Die Geschäfte in den unteren Etagen lagen im Dunkeln.

»Selbst wenn wir einen Hinweis finden sollten«, murmelte Eleonora, »wir können die Leute doch nicht aus dem Schlaf klopfen …«

»Das ist die geringste Sorge«, gab Christina zurück. »Ich hätte bestimmt keine Skrupel, sie zu wecken. Es geht um unser Leben, Eleonora. Das hast du immer noch nicht begriffen …«

»Dein Plan stimmt vorne und hinten nicht«, gab Eleonora wütend zurück. »Um diese Uhrzeit finden wir keinen Menschen, der uns Auskunft geben kann. Schon gar nicht einen Deutschen.«

Da packte Christina ihren Arm und wies auf die gegenüberliegende Straßenseite. Ein älterer Herr in einem modisch geschnittenen Mantel aus schwarzer Wolle schloss mit einem Schlüssel an einem klimpernden Bund die Tür eines Ladens sorgfältig ab. Die Schriftzeichen darüber konnten sie nicht entziffern, aber die Auslage wies darauf hin, dass es sich um ein Uhrmachergeschäft handelte.

Der Mann trug eine Zeitung unter dem Arm. Als sie die Straße überquert hatten und sich ihm näherten, erkannten die beiden, dass es eine deutsche Zeitung war.

Mit fünf schnellen Schritten eilte Christina an die Seite des Fremden. Eleonora folgte ihr zögernd.

»Entschuldigt bitte, Herr …« Christina warf die Kapuze zurück und schenkte dem Mann ihr schönstes Lächeln. Sie wusste, dass es ihr seine Aufmerksamkeit sichern würde. »Sprechen Sie Deutsch?«

Unzählige Fältchen durchzogen sein Gesicht. Sein Alter war schwer zu schätzen, aber seine Augen blitzten jugendlich. »Das will ich meinen, meine Damen.«

»Oh, Ihr glaubt nicht, wie froh wir sind, Euch zu treffen«, stieß Christina hervor. Eleonora befürchtete schon, sie würde ihm um den Hals fallen.

Der Mann verneigte sich. »Die Freude ist ganz auf meiner Seite.«

»Wir ... wir sind auf der Suche nach deutschen Verwandten. Weber heißen sie, sie kommen aus dem Hessischen ...«

Er runzelte die Stirn. »Weber? Ich kenne keine Familie Weber ... Welchem Handwerk gehen sie nach?«

»Das wissen wir nicht genau«, erwiderte nun Eleonora. »Wir vermuten aber, dass sie im Tuchhandel tätig sind. Vielleicht haben sie ein Modegeschäft oder eine Weberei ... Und wir wissen auch nicht, ob sie tatsächlich Weber heißen ...«

Der Mann stieß ein Lachen aus und hielt sich vor Erheiterung den stattlichen Bauch, auf dem die goldenen Knöpfe seines bodenlangen Mantels tanzten. »Das nenne ich mal eine präzise Auskunft«, spottete er. »Ich bedauere, verehrte Damen, aber ich fürchte, ich kann Euch nicht weiterhelfen.«

Als er, die Hand auf der Brust, eine weitere Verbeugung andeutete und sich zum Gehen wandte, ergriff Christina seinen Arm. »Bitte, Ihr seid unsere einzige Hoffnung ... Wir haben keine Ahnung, wo wir zu suchen beginnen sollen ...«

Der Deutsche zog die Brauen hoch, als er irritiert auf Christinas Finger starrte. Sie zog sie rasch zurück, wobei ihre Wangen erröteten. »Verzeiht ...« Sie senkte den Kopf und knickste.

»Ihr seid hier schon nicht verkehrt, wenn Ihr nach Deutschen sucht. Auf der Wassilij-Insel leben die meisten unserer Landsleute. Aber wenn Ihr weder Namen noch Handwerk wisst, werdet Ihr es schwer haben …«

Christina stiegen die Tränen in die Augen. Mit zitternder Unterlippe sah sie den Uhrmacher an. Ein herzzerreißender Anblick.

Er hüstelte und rieb sich das Kinn. »Nun, äh … meine Gattin ist mit der hiesigen deutschen Gesellschaft vertrauter als ich. Ich könnte sie bitten herauszufinden, ob es im Tuchhandel Familien mit hessischen Wurzeln gibt. Aber … versprechen kann ich nichts.«

»Wenn Ihr das tun würdet, Herr!« Christinas Lächeln war wie das Blinzeln der Sonne hinter Regenwolken.

Der Mann zog eine Taschenuhr aus dem Inneren des Mantels, ließ sie aufspringen und beugte den Kopf weit zurück, um die Ziffern erkennen zu können. »Kommt morgen zur selben Stunde wieder hierher. Wenn ich etwas erfahren habe, sollt Ihr es wissen.« Damit drehte er sich um und ging seines Weges.

Christinas Miene drückte Zuversicht aus, aber Eleonoras Züge verrieten Misstrauen. »Also einen weiteren Ausflug in der Nacht«, murmelte sie.

»Wir sind unserem Ziel ganz nah. Ganz gewiss!«, behauptete Christina, angestrengt um Überzeugungskraft bemüht. »Komm, lass uns heimkehren!«

Wenig später ließen sie die Geschäftsstraße hinter sich und gelangten im Laufschritt wieder in das Viertel mit den dunklen Winkeln und engen Gässchen.

Eleonora zog es zur Kaserne zurück. Die große Stadt flößte ihr Angst ein. Ob sie tatsächlich ein weiteres Mal ihr Töchterchen alleine lassen sollte für die Hirngespinste der

Schwester? Wahrscheinlich hatte sie der Uhrmacher doch für verrückt gehalten und wollte sie nur so schnell wie möglich loswerden …

Sie hielt sich die Hand vor die Nase, weil immer wieder der Geruch nach fauligem Fisch und schalem Bier aus den Ecken zu ihnen drang. Inzwischen hatten die meisten Spelunken die Fackeln vor dem Eingang gelöscht und die Türen verriegelt. In manchem Winkel, in den das Mondlicht nicht drang, konnten die Schwestern die Hand vor Augen nicht sehen.

Eleonora klopfte das Herz bis zum Hals. »Bist du sicher, dass wir richtig sind?« Ihr Flüstern durchbrach das angespannte Schweigen. Auch Christina hatte inzwischen ihre Unbeschwertheit abgelegt. Dunkle Wolken schoben sich vor den Mond, die Nacht wurde rabenschwarz, in den Winkeln huschte schattenhaft Getier. Hier erklang ein leises Pfeifen, da scharrten Krallen über das Pflaster. Hin und wieder vernahmen sie Schritte, laufend und verharrend, ohne dass sie eine Menschenseele sahen.

Sie blieben jäh stehen, als plötzlich ein verfilzter Köter vor ihnen auftauchte und knurrend die Zähne fletschte. Eleonora krallte sich in Christinas Arm, als sie auf die hässliche Kreatur starrten und warteten, dass sie entweder verschwand oder ihnen an die Kehle ging.

Für Sekunden verharrten sie, bis Christina beherzt einen Schritt nach vorn machte und in die Hände klatschte. »Verdrück dich, du Mistvieh!«, rief sie dabei. Tatsächlich klemmte der Köter den Schwanz zwischen die Beine und schlich sich, tiefes Misstrauen im kohlschwarzen Blick, an ihnen vorbei.

Christina lachte auf, packte ihre Schwester und zog sie weiter.

Eleonora wollte wieder in den Laufschritt verfallen, doch in der nächsten Sekunde zerriss wie aus dem Nichts ein Höllenschmerz, vom Nacken ausgehend, ihren Kopf. Gleißende Lichter wirbelten vor ihren Augen, während die Pein in ihrem Schädel ihr Denken auszulöschen begann.

Sophia, dachte sie mit den letzten wachen Atemzügen. *Liebe, süße Sophia.* Wie ein Glühen schmerzte der Name ihres Kindes in ihrer Brust. *Was wird nun aus dir ...*

Die Fassaden in der Gasse verschwammen, Eleonoras Blick irrte durch die Nebelschwaden hindurch in den gespenstischen Nachthimmel. Sie spürte, wie die Hand der Schwester ihren Fingern entglitt.

Den Aufprall auf dem Pflaster fühlte sie nicht mehr.

Ihre Wahrnehmung löste sich in Schwärze auf.

17. Kapitel

Kasernenhof Oranienbaum

Wo ist Mama?« Sophia klammerte sich an den Saum der grauen Kutte, die bis zu den Knien reichte und die der Knecht Matthias nach Art der Russen mit einer Kordel um die Taille geschnürt hatte.
Er beugte sich hinab, um mit dem Mädchen zu sprechen. Die kastanienbraunen Haare hingen ihm in den Augen. Er strich sie aus der Stirn. »Die Mama kommt bald wieder, Sophia. Schau, du hast Klara und mich. Wir passen auf dich auf, bis sie wieder da ist.«
Sophia verzog weinerlich das Gesicht. Er drückte sie an sich und streichelte ihr den Rücken. Dann hob er sie hoch und spazierte mit ihr durch den Kasernenhof voller Menschen.
Seit den frühen Morgenstunden vermissten sie die beiden Weber-Schwestern. Die Decken an ihrem Schlafplatz lagen penibel gefaltet. Was war bloß geschehen?
Wie konnten zwei erwachsene Frauen verschwinden, als hätten sie sich in Luft aufgelöst?
Unmöglich, dass sie in der Nacht entführt worden waren. Viele schliefen in diesen erwartungsfreudigen Tagen unruhig oder taten kein Auge zu. Sollte es einen noch so leisen Kampf gegeben haben, hätte man das gehört und Alarm geschlagen. Und wie hätten die beiden Frauen unbemerkt an den Wachsoldaten vorbei weggeschafft werden sollen?
Nein, ein Verbrechen in der Kaserne schloss Matthias aus. Vielleicht aber waren Eleonora und Christina in der Nacht

auf dem Gelände herumgeschlichen, vielleicht hatten sie sich an die Meeresbucht gesetzt, vielleicht waren sie spazieren gegangen?
Aber auch dies müsste irgendjemand bezeugen können.
Matthias' Herz hämmerte hart gegen seinen Brustkorb, sein Atem ging schnell, als wäre er gerade gelaufen.
Er brachte Sophia zu Klara, die mit ihrer Freundin Helmine auf der Blumenwiese vor dem Kasernenhof lag und in die Wolken schaute. »Du musst dich um die Kleine kümmern, Klara. Tröste sie bitte, sie weint nach ihrer Mama.«
Nach einem Seitenblick auf Helmine schaute Klara himmelwärts, setzte sich aber auf und streckte Sophia die Arme entgegen. »Na, komm her, du Quälgeist.«
»Lass sie nicht aus den Augen!«, bat Matthias eindringlich.
»Wäre das nicht Angelegenheit der Mutter?«, meldete sich da Helmine zu Wort. »Wie kann man ein kleines Kind zurücklassen?«
»Urteile nicht, ohne zu wissen, was passiert ist! Gewiss hat Eleonora ihr Mädchen nicht freiwillig allein gelassen.«
»Pah! Wahrscheinlich ist sie auf Nimmerwiedersehen in Petersburg untergeschlüpft und lauert darauf, dass wir weiterziehen.«
Matthias spürte heiße Zornesröte in den Wangen. Aber was nützte es, mit einer unverschämten Halbwüchsigen zu streiten? »Pass auf, was du sagst, Helmine! Irgendwann fällt es auf dich zurück«, erwiderte er mühsam beherrscht und wandte sich ab, um nach Helmines Bruder Bernhard zu suchen.

»Ich hab' gesehen, wie sie sich abends zur Ruhe gebettet haben«, sagte der Flickschuster kurz darauf. Matthias hatte ihn an einem der langen, wackeligen Tische gefunden, die

zur Essensausgabe bereitstanden. Bernhards Rücken war gebeugt, seine Knie stießen gegen die Holzkante.
»Ich auch«, brachte Matthias hervor. »Das ist ja gerade das Unbegreifliche. Sie müssen in der Nacht aufgestanden sein. Aber warum in Herrgotts Namen? Warum sollten die beiden auf dem Kasernenhof herumwandeln? Hier gibt es nichts zu sehen, nichts zu erleben ... Ich bin in großer Sorge, Bernhard«, fügte er hinzu, bevor er den Kopf senkte und seine Schuhspitzen betrachtete.
Bernhard musterte ihn skeptisch, und Matthias ahnte, was in ihm vorging. Es war im Waidbacher Treck kein Geheimnis, dass es um die junge Ehe des Knechts nicht gut bestellt war. Zu oft hatte man Christina ihren Mann angiften gehört, zu oft hatte Matthias eine gleichgültige Miene aufgesetzt, wenn seine Frau mit diesem oder jenem kokettierte. Und nun zerriss es ihn vor Angst um sie?
»Hast du dich unter den Kolonisten umgehört?«, erkundigte sich Bernhard und kratzte mit einem Holzlöffel die Reste des roten Rübenbreis aus seiner Schüssel.
»Ich hab' jeden Einzelnen befragt und nur erstaunte oder gleichgültige Gesichter gesehen. Von Kersen« – Matthias spie den Namen des Vorstehers aus wie ein ekeliges Insekt – »meinte, dass bei einem solchen Unternehmen immer mit Verlusten zu rechnen sei und dass wir von Glück sagen können, wenn die Weber-Schwestern die Einzigen sind, die nicht überleben.« Er verengte die Augen zu schmalen Schlitzen. »Glaub mir, Bernhard, ich werde die beiden nicht für tot erklären, solange ich nicht weiß, was passiert ist. Ich werde den Kasernenhof nicht ohne sie verlassen. Tot oder lebendig.«
Bernhard erhob sich und verstaute Holzlöffel und Schüssel in dem Stoffbeutel, dessen Gurte er quer über der Brust

trug. Er löste das Lederband im Nacken, fasste die Haarsträhnen neu zusammen und umwickelte sie fest. »Lass uns bei den Soldaten nachfragen!«

»Ein paar habe ich schon angesprochen«, erwiderte Matthias niedergeschlagen. »Sie verstehen kein Wort.«

Auf diese Weise verlief auch die weitere Befragung der russischen Wachleute. Alle schüttelten nur den Kopf.

Matthias raufte sich die Haare. »Ich muss nach Petersburg fahren und dort nachforschen.«

»Wie soll das gehen?«, erwiderte Bernhard. »Sie lassen dich hier nicht raus. Und was sollte das nutzen? Auch die beiden Frauen werden hier nicht einfach rausspaziert sein. Nein, wir müssen auf dem Kasernenhof nach Spuren suchen.«

Oder an den steinigen, mit Seetang und Strandgut bedeckten Ufern der Bucht, ging es Matthias durch den Sinn. Er ahnte, dass Bernhard das Gleiche dachte, aber aus Taktgefühl schwieg.

Bis zum Abend fanden die beiden Männer nicht den geringsten Anhaltspunkt über den Verbleib der Weberinnen.

Nachdem Anton von Kersen auch diejenigen in die Kaserne befehligt hatte, die die Wartezeit in Hütten verbrachten, trat er vor die zu seinen Füßen hockenden Waidbacher und klopfte mit seinem Stab auf den festgetretenen Staub, um sich Gehör zu verschaffen. »Haltet euch für morgen bereit! Wir ziehen weiter an die Wolga und den Fluss hinab bis zu dem Gebiet, das uns Kaiserin Katharina zugeteilt hat. Ein steiniger Weg liegt vor uns, seht zu, dass ihr ihn ausgeruht und bei Kräften beginnt.«

Gemurmel war zu hören, Klara schrie auf, Sophia weinte in hohen Tönen wie eine Sirene, obwohl sie gewiss nicht verstanden hatte, was diese Ankündigung bedeutete. Manche begannen sofort, ihr Bündel zu schnüren, um in der Nacht den Kopf darauf zu betten.

Da trat Flickschuster Bernhard Röhrich mit erhobenen Händen vor. »Waidbacher, wie ihr wisst, vermissen wir Eleonora und Christina. Wir sollten nicht ohne sie aufbrechen. Oder wollt ihr auf unserem gemeinsamen Weg treue Gefährten vergessen und verraten? Matthias und ich sind der Meinung, dass wir mindestens noch drei Tage warten sollten, bevor wir die Weber-Schwestern einem ungewissen Schicksal überlassen. Wir sind es ihnen schuldig, dass wir uns um sie kümmern. Schaut, sie lassen zwei Kinder zurück …« Er deutete auf Klara und Sophia, deren Gesichter blass wie Kreide waren. Die Versammelten wandten sich den Mädchen zu und begannen zu flüstern.

Anja erhob sich, ihr Mann Franz tat es ihr nach. »Alle, die warten wollen, bis die Weber-Schwestern wieder zu uns stoßen oder bis wir wissen, was ihnen widerfahren ist, mögen nun aufstehen«, rief sie mit fester Stimme, die von den Holzwänden der Kaserne hallte.

Als Erste erhob sich Veronica mit ihrem Kind im Arm. Der Säugling hatte ein krebsrotes Gesicht, das Mündchen verzerrte sich beim angestrengten Husten. »Wir lassen die Schwestern nicht im Stich. Wir warten.« Ihr Mann Adam stellte sich neben sie, nahm die Hand seiner Tochter zwischen Daumen und Zeigefinger. Jedem war ersichtlich, dass es der jungen Familie nicht nur um das Schicksal der Weberinnen ging – mit dem kränkelnden Kind käme es ihnen zupass, wenn sich die Abfahrt um ein paar Tage verschob. Aber die Gründe zählten am Ende wenig. Hauptsache, die Waidbacher standen geschlossen hinter Bernhard und Matthias – und das taten sie. Nacheinander erhoben sich alle

aus dem hessischen Dorf, die Mienen trotzig und entschlossen.
Frostkaltes Schweigen legte sich über die Gruppe, von den aus anderen Gebieten stammenden Kolonisten mit Interesse beobachtet.
Auf von Kersens Stirn perlte Schweiß. Verächtlich spuckte er neben sich aus. »Das werdet ihr bereuen«, stieß er hervor. »Wir haben uns an den Plan der Zarin zu halten. Die fettesten Äcker werden vergeben sein, wenn wir als Nachzügler das Ziel erreichen. Und das alles wegen zwei leichtfertigen Frauenzimmern, die sich wahrscheinlich in den Soldatenunterkünften verlustieren.«
Bernhard hielt Matthias mit eisernem Griff am Oberarm zurück, als der auf den Vorsteher losgehen wollte. »Lass ihn!«, zischte Bernhard. »Es erzürnt ihn, dass seine Autorität untergraben wird. Wenn wir zusammenhalten, kann uns nichts passieren.«
»Drei Tage gebe ich euch«, polterte von Kersen da. »Am Morgen des vierten Tages brechen wir auf – wer dann noch mault, wird in Ketten gelegt und ins Zuchthaus geworfen. Dafür werde ich persönlich Sorge tragen.« Drohend schwang er seinen Stock in der Luft, bevor er sich mit einem Ruck abwandte und hinausstiefelte. Das empörte Murmeln und Raunen seiner Untergebenen und das leise Gelächter der Unbeteiligten folgten ihm.
Als er aus dem Tor trat und verschwand, wandte sich Matthias an die Waidbacher. »Ich danke euch«, sagte er leise. Trotzdem war ihm, als läge ein Strick um seinen Hals, der sich eng und immer enger zuschnürte und ihm die Luft zum Atmen nahm.

18. Kapitel

Sankt Petersburg

Als Christina erwachte, sickerte in ihr vom Schlaf und Schmerz benebeltes Hirn das langsame Erkennen, dass es sie ins Paradies verschlagen haben musste.

Sie wusste nicht, wie sie hierher geraten war, aber sie kannte diesen Ort aus ihren Träumen.

Vor ihr ein Paar bernsteinfarbene Augen, die von dichten, kurzen Wimpern umkränzt waren, darüber dunkle Brauen, zusammengezogen mit einer Furche über der Nasenwurzel. Glut schien trotz des sorgenvollen Ausdrucks hinter den Pupillen zu glimmen.

Rechts und links neben dem Gesicht nahm sie duftige Seidenvorhänge in Pastelltönen wahr, die zu einem aus edlem Holz geschnitzten und mit Ornamenten geschmückten Betthimmel gehörten. Von der mit Stuck verzierten Decke hing ein Leuchter, dessen Glassteine funkelten wie kostbarster Schmuck im Sonnenlicht.

Wieder sah sie in diese Augen, an deren Rändern sich nun feine Fältchen bildeten, ein Lächeln, das Christina instinktiv erwidern wollte. Als sie aber ihre Gesichtsmuskeln bewegte, durchzuckte sie ein Stechen von der Schläfe bis zum Hinterkopf.

»Da seid Ihr endlich«, sagte der Mann mit den Bernsteinaugen. Der Klang seiner Stimme legte sich wie Balsam auf Christinas schmerzende Glieder. Er sprach Deutsch mit einem hinreißenden russischen Akzent. Als Christina den Blick von seinem schmalen Mund mit den perlenweißen

Zähnen tiefer gleiten ließ, sah sie, dass er eine russische Uniform trug – aber keine verschlissene wie die Wachsoldaten auf dem Kasernenhof, sondern eine blütenweiße mit Stickerei am Kragen und blitzenden Goldknöpfen.

»Wie fühlt Ihr Euch?«, vernahm sie wieder seine Stimme.

Ein Schauer durchfuhr sie. Für einen Moment schloss sie die Augen, genoss die beglückenden Gefühle, die dieser Fremde in ihr wachrief. Schließlich hob sie die Lider und öffnete den Mund. Aber als sie zu sprechen beginnen wollte, kam nur ein Krächzen über ihre Lippen.

Sofort verschwand sein Gesicht, wie Christina mit Bedauern bemerkte. Doch wenig später kehrte der Mann mit Wasser in einem Kristallglas zurück und reichte es ihr.

Sie hob den Oberkörper an, stützte sich auf die Ellbogen und schaffte es nun, dem Fremden ein Lächeln zu schenken, bevor sie trank. Seufzend ließ sie sich zurück in die wolkenweichen Kissen gleiten, die einen zarten Duft nach Minzkraut und Seife verströmten. Wenige Herzschläge lang genoss sie das himmlische Gefühl luxuriöser Geborgenheit, während der Fremde sie betrachtete.

Dann richtete sie sich auf. »Wo bin ich? Wo ist meine Schwester?«

»Ihr befindet Euch in meiner Petersburger Stadtwohnung, und bei der Dame, die neben Euch liegt, scheint es sich um Eure Schwester zu handeln, obwohl die äußere Erscheinung diesen Rückschluss kaum zulässt.« Ein tiefes, wohlklingendes Lachen begleitete die Worte des Mannes, der sich nun einen mit Brokat bespannten Sessel heranzog, sich setzte und die Beine übereinanderschlug. Das Glitzern des Kronleuchters spiegelte sich in seinen polierten Stiefeln.

»Eleonora …« Christina beugte sich über die Schwester, die neben ihr lag wie eine Tote. Ihr bleiches Gesicht wirkte auf den cremefarbenen Kissen wächsern, die Haare umgaben sie wie die schwungvollen Pinselstriche eines Künstlers auf Leinwand. Die Lippen waren blutleer, die Brust unter der Decke hob und senkte sich kaum beim Atmen. Christina näherte ihr Ohr dem Mund der Schwester.

»Sorgt Euch nicht, sie hat den Überfall überlebt, genau wie Ihr. Es scheint nur eine Frage der Zeit zu sein, wann sie erwacht.«

Christina küsste Eleonoras Stirn und zog deren Decke ein wenig höher, selbst überrascht von der fürsorglichen Geste. Sie wandte sich dem Fremden zu – und wurde sich mit einem Schlag bewusst, dass sie weder ihr Leinenhemd noch ihr Russenkleid trug. Kühle Seide schmiegte sich um Schultern, Rücken, Brust, und als sie an sich hinabsah, bemerkte sie kunstvoll gestickte Rosen und eine filigrane Schnürung am Ausschnitt.

Wie war sie in dieses Nachtgewand gekommen?

»Wer seid Ihr? Wie kommen wir hierher?«, fragte sie, aber in ihrer Stimme lag weder Panik noch Entsetzen. Warum auch? Ganz egal, auf welchen Wegen sie hierher gelangt war, hier war es gut, hier war sie richtig.

Sie schaute sich im Zimmer um. Vor dem geöffneten bodentiefen Fenster wehten duftige Gardinen, die Aussicht ging hinaus auf eine so breite Straße, wie Christina sie noch nie zuvor gesehen hatte. Schemenhaft sah sie durch den dünnen Stoff im Morgenlicht kostbar ausstaffierte Kutschen vorbeirattern und elegant gekleidete Herrschaften flanieren. Das Klappern der Hufe auf dem Kopfsteinpflaster mischte sich mit dem Gemurmel der Passanten, dem fröhlichen Rufen von Laufburschen. Die Luft, die hereinwehte, war erfüllt von dem Geruch nach Seetang und salziger Frische. In der Ferne vermeinte Christina die Brandung

der Ostsee zu hören, deren Fluten in die künstlichen und natürlichen Wasserwege dieser Stadt strömten und sie gleichsam zu beleben schienen wie ein schlagendes Herz.
Sie hätte sich gern auf den schmalen Balkon gestellt und aus dieser Perspektive die Szenerie betrachtet, aber aufzustehen schien keine gute Idee zu sein. Zum einen spürte sie bei der geringsten Bewegung schmerzhaft jeden einzelnen Knochen, jeden Muskel, zum anderen hatte sie ja nichts an als dieses Nachtgewand.
Die Ausstattung des Schlafgemachs sprach vom exquisiten Geschmack des Besitzers. Über die weißen Stofftapeten zog sich ein paar Handbreit unter der Decke eine Schmuckborte. Den Kamin begrenzten harmonisch geformte Säulen mit modellierten Girlanden aus Weinranken. Der Sekretär vor dem Fenster schimmerte in dunkelbraunem Holz, die Papiere darauf, ein Tintenfass und Federkiele lagen akkurat angeordnet.
Alles strahlte eine majestätische Ruhe aus, verbunden mit erlesener Einfachheit. Nirgendwo ein verspieltes Detail, nirgendwo überladener Pomp. Gewiss der Raum eines Mannes – oder war diese klassische Eleganz die neueste Mode in den Weltstädten?
Was würde ihr Gönner denken, wenn er erfuhr, woher sie stammte? Verschweigen konnte sie es ihm nicht, das erkannte Christina trotz der Kopfschmerzen glasklar.
Der Mann erhob sich und verbeugte sich nun. »Entschuldigt, ich hätte mich gleich vorstellen müssen. Ich bin Nikolaj Petrowitsch, Offizier im Garderegiment Ihrer Kaiserlichen Hoheit. Bitte nennt mich Nikolaj.«
»Nikolaj …« Ein Lächeln legte sich über Christinas Züge, als sie seinen Namen aussprach. Sie betrachtete das bildhübsche Gesicht des Russen. Nie zuvor hatte sie einen at-

traktiveren Mann gesehen. »Was ist geschehen, Nikolaj? Wie … wie kommen wir hierher? Und …« Sie zupfte an dem Nachthemd und ließ ihre Wangen zart erglühen in sittsamer Scham.

Nikolaj verbarg sein Lächeln hinter einem Hüsteln. »Seid unbesorgt. Meine Schwester Mascha hat Euch in der Nacht aus Eurem Sarafan geholfen und Euch Nachtgewänder aus ihrer Garderobe übergestreift, bevor sie Euch in ihr Bett brachte. Geholfen hat ihr«, Nikolaj hüstelte, »mein Freund Michail. Er ist Arzt und … ebenfalls im Umgang mit Damen über jeden Zweifel erhaben.«

Christina strich über die Laken. »Dies ist das Gemach Eurer Schwester?«

Nikolaj nickte. »Ja, Mascha war so freundlich, es Euch zu überlassen, bis Ihr genesen seid. Ihr werdet sie später kennenlernen. Sie studiert Malerei an der Akademie der Künste. Aber nun wisst Ihr viel über mich … Und ich habe keine Ahnung, mit wem ich das außergewöhnliche Vergnügen habe.«

»Oh, verzeiht. Ich bin Christina … Weber, meine Schwester heißt Eleonora. Wir kommen aus dem Hessischen, sind vor wenigen Tagen in Kronstadt von Bord gegangen und nach Oranienbaum gebracht worden, und …«

Nikolaj richtete sich interessiert auf. »Ihr gehört also zu den Deutschen, die dem Ruf der Zarin gefolgt sind und an der Wolga ein neues Leben beginnen wollen?«

Christina nickte verzagt. »So ist es geplant.«

»Wie um alles in der Welt seid Ihr nach Petersburg gelangt? Man hört von strikten Reglements bei den Kolonisten …«

Sie schürzte die Lippen. »Die gibt es allerdings. Aber sind Reglements nicht am spannendsten, wenn man sich Mittel und Wege ersinnt, sie zu umgehen?«

Nikolaj blieb ernst. »Ihr habt Euch also unerlaubt von Eurem Treck entfernt. Aber warum? Was habt Ihr in der Stadt gesucht?«
Christina setzte sich auf. Sofort war Nikolaj an ihrer Seite, um ihr die Kissen im Rücken zu richten. Sittsam zog sie die Decke bis über die Brust.
Sie erzählte von ihrem Heimatdorf, der Not, dem Russlandfieber, das allerorten um sich griff und keinen unberührt ließ, dem langen Marsch nach Lübeck, dem Warten im Hafen, der beschwerlichen Überfahrt und der enttäuschenden Ankunft in Oranienbaum. Sie erzählte von ihrer Hoffnung, sich allen kaiserlichen Plänen zu widersetzen und Fürsprecher in ihren Verwandten zu finden, von denen sie nur wusste, dass sie aus dem Hessischen stammten und irgendwann einmal Weber geheißen hatten.
Aber sosehr sie noch am Abend zuvor darauf gehofft hatte, mehr über ihre Verwandten zu erfahren – in der Gesellschaft dieses schneidigen Offiziers erschien es ihr belanglos, ob sie sie jemals finden würde oder nicht.
Noch während sie sprach, setzte sich in ihrem Kopf der Gedanke fest, dass es den Himmel auf Erden bedeuten würde, wenn sie hier bleiben durfte.
»Euer Handeln war sehr leichtfertig«, urteilte Nikolaj. »Zwei Frauen allein in der nächtlichen Stadt und in diesem Viertel! Meine Freunde und ich haben Euch in der Nähe des Hafens gefunden. Wir wussten nicht, ob Ihr überhaupt noch lebt, verrenkt und blutverschmiert, wie Ihr auf dem Gassenpflaster lagt. Könnt Ihr Euch erinnern, wer Euch angegriffen hat?«
Als sie den Kopf schüttelte, verzog sie das Gesicht vor Schmerz. »Ich weiß noch, dass plötzlich ein Hund knurrend vor uns stand. Dann hörte ich Eleonoras Schrei neben

mir, bevor ich selbst niedergeschlagen wurde und zu Boden ging.« Sie tastete an ihren Hinterkopf und fühlte den aufgeklebten Verband. Sie zuckte zusammen, als sie die verwundete Stelle berührte.

»Bei Eurer Kleidung haben wir keinen Geldbeutel gefunden. Hattet Ihr Geld dabei?«

»Allerdings. Das gesamte Wegegeld. Wir wussten nicht, was uns bei unseren Verwandten erwartet, und den Kutscher mussten wir auch bezahlen …«

»Tja, das hat sich erledigt. Dabei könnt Ihr noch von Glück sagen, dass es die Räuber nur auf die Münzen abgesehen hatten. Es hätte ärger ausgehen können …« Er hüstelte gegen den Handrücken.

Christina wurde es abwechselnd heiß und kalt. Plötzlicher Schwindel erfasste sie. Erschöpft sank sie wieder in die Kissen. »Wahrscheinlich habt ihr recht. Wir waren naiv …«

»So kann man es nennen, ja.«

Christina wandte ihm mit einem winzigen Lächeln ihr Gesicht zu. »Aber zum Glück sind wir uns begegnet.«

»Ja, einmal im Monat ziehe ich mit meinen Kameraden durch die Wirtshäuser. Ein harmloses Vergnügen von meiner Seite. Ich kenne meine Grenzen und würde niemals riskieren, Ihrer Majestät gegenüber unangenehm in Erscheinung zu treten.« Wieder hüstelte er.

Christina richtete sich auf. »Ihr seid mit der Zarin bekannt?«

Nikolaj schob die Lippen vor, beim Schmunzeln bildeten sich wieder die Fältchen um seine Augen. »Allerdings. Nicht weiter verwunderlich, wenn man zu ihrem persönlichen Regiment gehört, oder?«

»Oh …« Christina konnte ihre Bewunderung kaum verbergen. »Und wann …«, begann sie und wurde unterbrochen, weil in diesem Moment eine junge Frau das Gemach betrat.

Nikolaj sprang auf und begrüßte sie mit zwei Wangenküssen, bevor sie sich an Christina wandte. »Wie schön, dass Ihr wieder bei Bewusstsein seid! Geht es Euch besser?« Sie umfasste Christina behutsam an den Schultern und küsste ihre Wangen. »Ich bin Mascha, Nikolajs Schwester.«

Mascha war die weibliche Ausgabe von Nikolaj. Sie hatte dieselben bernsteinfarbenen Augen, ihre nussbraunen Haare hatte sie zu einer Flechtfrisur aufgesteckt. Sie trug keinen Schmuck und nur ein einfach geschnittenes, aber dadurch umso edler wirkendes, weich fließendes dunkelgrünes Kleid, das unter der Brust gerafft und an der Schulter mit zierlichen, bauschigen Puffs versehen war, die in eng anliegende Ärmel übergingen. Ihre Miene war freundlich, aber Christina bemerkte, dass das Lächeln Maschas Augen nicht erreichte. Wachsam musterte sie Christina.

Nikolaj übernahm es, seine Schwester über alles in Kenntnis zu setzen, was er von ihrem Gast erfahren hatte. Am Ende nickte Mascha mit ernstem Gesicht. »Eure Leute werden in großer Sorge sein.« Sie wandte sich ihrem Bruder zu. »Übernimmst du es, sie gleich zu informieren? Vielleicht können wir einen Transport organisieren, damit unsere beiden Gäste baldigst wieder zu ihren Lieben kommen?« Sie ging um das Bett herum und beugte sich über Eleonora, deren Miene unbewegt wie die einer Statue war. Mit langen, feingliedrigen Händen strich Mascha über Eleonoras Stirn und Wangen. Als sie aufsah, standen Sorgenfalten auf ihrer Stirn. »Ruf noch einmal nach Michail«, bat sie ihren Bruder. »In der Nacht hat er sie bestimmt nicht so gründlich untersucht, wie es nötig wäre. Und wer weiß, wie es um die ärztliche Versorgung in der Kaserne bestellt ist.«

Christina hielt die Hände unter der Bettdecke ineinander verkrampft. Beim Schlucken fühlte sie in ihrer Kehle ein rauhes Kratzen. Hinter ihren Schläfen pochte es, ihre Gedanken summten wie ein Bienenschwarm.
Zurück zum Treck? Zurück in den schmuddeligen Kasernenhof, zu dem Bauernpack? In quälend langsam verstreichenden Stunden darauf warten, dass sie an ein unbekanntes Ziel gelangten, wo sie sich als Ackerbauern niederlassen sollten? Nein, niemals.
Genau hier in diesem luxuriösen Gemach, in dem es ihr an nichts mangelte, sollte ihr Leben neu beginnen.
Was konnte es Schöneres geben, als in dieser Märchenstadt heimisch zu werden? Hatte ihr das Schicksal diesen Mann nicht aus genau diesem Grund zugespielt?
Wie gut, dass sie ihre Verwandten nicht getroffen hatte! Ein besseres Ansehen als Nikolaj Petrowitsch und seine Schwester besaßen sie gewiss nicht.
Was hatte sie zu verlieren? Nur einen ungeliebten Ehemann, eine bockige kleine Schwester, die sich inmitten der vertrauten Leute aus dem Treck schon irgendwie durchboxen würde, und die Erinnerung an ein prickelndes Getändel mit einem charmanten Handwerksgesellen.
Nein, nein. Nichts zog sie zurück nach Oranienbaum.
Christina wappnete sich für einen Neuanfang in Sankt Petersburg.
Um Eleonora würde sie sich kümmern – später, wenn der Treck abgereist war und sie beide offiziell für tot erklärt waren.

19. Kapitel

Kasernenhof Oranienbaum

Die Fußspitzen des Vorstehers Anton von Kersen baumelten eine Handbreit über dem Boden, sein Kopf schien halslos auf den Schultern zu sitzen, seine Stimme war ob des harten Griffs an seinem Kragen nur ein unverständliches Schnarren, die Augen quollen aus den Höhlen hervor. »Die drei Tage sind vorbei ... So war es beschlossen und vereinbart«, quetschte er tonlos hervor.
Matthias schüttelte ihn ein letztes Mal und ließ ihn jäh los, so dass von Kersen taumelte und mit den Armen ruderte. Er griff sich an den Hals und sog gierig die Luft ein, hustete bellend. »Das werdet Ihr bereuen, Hundsfott. So springt Ihr nicht mit dem Vorsteher um!«
»Vorsteher, pah! Wir haben Euch nie gewählt!«
»Ich habe hier das Sagen, und ich habe die Befehle der Kaiserin auszuführen«, erwiderte von Kersen, immer noch heiser hustend.
Eine Traube von Menschen hatte sich um die beiden geschart. Alle starrten verächtlich auf den Mann, der sich als ihr Anführer aufspielte und der doch gar nichts von einem Menschen hatte, dem man vertrauensvoll folgte.
»Wir können nicht bis zum Nimmerleinstag darauf warten, dass die Newa die Leichen der beiden Frauen ausspuckt. Vier Tage sind sie nun verschwunden – glaubt ihr ernsthaft, dass sie auf einmal putzfidel vor uns stehen, als wäre nichts geschehen? Ich hätte das Verschwinden gern aufgeklärt, allein, damit ich Ruhe vor Euch habe. Aber wie soll das ge-

hen, wenn alle Zeugen, die wir befragen können, in dieser entsetzlichen Sprache sprechen, von der man nicht ein Wort versteht?«

»Dann sorgt dafür, dass wir nach Petersburg fahren können, um nach ihnen zu suchen«, spie Matthias aus. Aus der Gruppe kamen zustimmende Rufe.

»Keine Ausnahmen!«, widersprach von Kersen. »Wenn Euch gestattet wird, das Lager zu verlassen, folgen Euch Dutzende nach! Dieses Risiko geht die Kaiserin nicht ein. Wir werden in Saratow gebraucht, nicht in Petersburg! Und überhaupt – was kratzt Euch die Schlampe, die Ihr geheiratet habt? Weiß doch jeder, dass die mit jedem herumhurt!«

Bernhard Röhrich und Daniel Meister hasteten gleichzeitig an Matthias' Seite, als der die Fäuste ballte. Sie brauchten ihre ganze Kraft, um den wütenden Mann davon abzuhalten, dem Giftzwerg endlich das Schandmaul zu stopfen.

»Er ist es nicht wert«, zischte Bernhard. »Komm zur Besinnung, Matthias! Was nützt es dir, wenn du am Ende im Kerker hockst?«

Von Kersen gab inzwischen Fersengeld. Staub wirbelte auf, als er loswetzte und hinter dem Kasernenhof verschwand. Sophia, die mit Klara in der Gruppe stand und alles mitbekommen hatte, stimmte wieder ihr Sirenengeheul an. Klara ruckelte ungeduldig an ihrem Arm. »Schweig still, ist doch nichts passiert!« Aber Sophia heulte immer lauter, und schließlich riss sie sich von Klara los und flitzte in ihrer winzigen Russenkutte auf kurzen Beinen zu Matthias, der sich ins Gras geworfen hatte und sich erschöpft die Schläfen rieb. Er zog die Kleine auf den Schoß. Sie barg ihr Gesicht an seiner Schulter.

Matthias' Herz sank, als sie murmelte: »Wann kommt die Mama endlich?«

Er hob zu einer tröstenden Erwiderung an, wollte von einer Wolke erzählen, auf der die Mama saß und sie beobachtete, da hörte er – genau wie alle anderen, die diskutierend um ihn herumstanden –, dass das schmiedeeiserne Kasernentor quietschend aufschwang.

Eine von zwei schwarzen Rössern gezogene Droschke ratterte herein, auf dem Kutschbock hockte mit hochmütiger Miene ein Diener in Livree.

Alle starrten dem vornehmen Gespann entgegen, das völlig deplaziert in der Soldatenunterkunft wirkte. Da sprang der Bedienstete herab, öffnete die Kutschentür und zog den Tritt hervor.

Fassungslos schweigend beobachteten die Menschen, wie die beiden für tot gehaltenen Frauen ausstiegen.

Ein Lächeln breitete sich auf Matthias' Gesicht aus. »Jetzt ist die Mama wieder da«, flüsterte er Sophia ins Ohr, setzte sie ab und gab ihr einen Klaps auf den Po, damit sie sich in Bewegung setzte. »Lauf!«

Während sich einige der Männer geräuschvoll schneuzten und sich Frauen mit Tüchlein die Augen abtupften, fielen sich Mutter und Kind in die Arme. Eleonora lachte und weinte gleichzeitig. Die Tränen liefen ihr über das Gesicht, während sie ihre Tochter drückte und küsste und im Kreis herumschwenkte.

»Gehst du wieder weg, Mama?«, fragte Sophia.

»Niemals mehr wieder, mein Schatz. Niemals mehr wieder. Das schwöre ich dir.«

Christina stand mit unbewegter Miene daneben. Um ihren schönen Mund lag ein bitterer Zug. Sie nickte nur, als der Diener ihr einen Ranzen reichte, in dem sich ihre Kleidung befand. Mascha hatte ihr, sobald sie das Bett verlassen konnte, mit einem Kleid ausgeholfen, einem einfachen Hauskleid, wie die Russin betont hatte. Aber für Christina war es ein Traum in Königsblau, und weil Mascha ihre Begeisterung rührend fand, hatte sie es ihr kurzerhand überlassen. Ein schwacher Trost für das, was Christina stattdessen aufgeben musste.

Hinter Sophia kam nun Klara langsam auf ihre älteren Schwestern zu. Auch ihre Augen glänzten feucht von Tränen. Sie umarmte erst Eleonora, die sie links und rechts auf die Wangen küsste, dann Christina, die die Geste steif und wortlos erwiderte.

Umringt von ihren Landsleuten, standen die beiden Frauen da – die eine mit ihrem Kind auf dem Arm und strahlend vor Glück, die Hand auf der Schulter der kleinen Schwester, die andere mit hängenden Schultern und zusammengepressten Lippen.

»Na, da sind wir aber gespannt, was ihr uns zu erzählen habt.« Anja Eyring verschränkte die Arme vor der Brust und durchbrach das allmählich drückende Schweigen. Franz neben ihr lachte zustimmend – sonst niemand.

Anton von Kersen, dem der Auflauf am Kasernentor nicht entgangen war, zwängte sich mit energischen Bewegungen, derben Flüchen und mit Hilfe seines Stocks durch die Umstehenden, um sich breitbeinig vor den beiden Vermissten aufzubauen. »Eure Geschichten spart Euch für später! Jetzt wird keine Stunde mehr vergeudet. Wenn ich es recht sehe, steht nun einer Abreise nach Saratow nichts mehr im Wege. Oder …«, er wandte sich mit zusammengekniffenen Augen an die Waidbacher und stierte jedem Einzelnen ins Gesicht, zuletzt seinem Widersacher Matthias, »oder möchte das nun noch jemand verhindern?«

20. Kapitel

Hunderte weiterer Kolonisten trafen aus Lübeck in Oranienbaum ein, erschöpft und gezeichnet von der Überfahrt.

Alle zwei Tage fuhren vom Kasernenhof Dutzende von Wagen zum Abtransport der Aussiedler ins Landesinnere ab. Anton von Kersen sorgte noch an dem Abend, an dem die Weber-Schwestern wieder auftauchten, dafür, dass die Waidbacher den nächsten Fuhrtreck in Beschlag nahmen.

Hektik breitete sich wie Fieber aus, als es nun hieß, sie möchten in die Wagen steigen und auf weitere Anweisungen warten. Russische Befehle flogen durch die Luft, von denen niemand ein Wort verstand, aber das Drängeln und Fluchen war aus dem grimmigen Tonfall zu vernehmen.

Christina gab sich keine Mühe, Eile auch nur vorzutäuschen. Lustlos schlenderte sie zu dem Wagen, den Eleonora besetzt hielt, und schleuderte ihr Bündel zum Gepäck, das sich im rückwärtig angebrachten Kasten der offenen Kutsche stapelte. Ein einzelner, altersschwach wirkender Gaul war vor den Wagen gespannt. Schläfrig zupfte er am trockenen Gras und schüttelte die Zottelmähne.

»Willst du nicht lieber zu Matthias?«, rief Eleonora ihr zu. »Er sitzt im Wagen vor uns. Wir sind hier mit Klara und Sophia schon genug Last für das Pferd …«

Christina holte ohne eine Antwort ihren Ranzen. Eleonora sah, wie sie einen Blick zu Daniel warf, der gerade galant einem pferdegesichtigen Fräulein, das mit den Eltern reiste, in den von ihm und Sebastian besetzten Wagen half.

Betont gleichmütig schlenderte Christina zu Matthias, der

sein Gepäck verstaute. Er reichte ihr die Hand, um sie nach oben zu ziehen.
Rufe hallten die lange Reihe der Fuhrwerke entlang, Menschen liefen hin und her, geschnürte Leinensäcke flogen durch die Luft, die Pferde wieherten, die Soldaten, die auf ihren Rössern den Treck umkreisten, bellten Anweisungen, die niemand beachtete. Es zog sich über mehrere Stunden hin, bis alle zur Abfahrt bereit waren.
Es gab weder Kutscher noch Lenkleinen für die Pferde. Klara und Sophia saßen mit angespannt durchgedrücktem Rücken neben Eleonora, während sie darauf warteten, dass es losgehen würde.
Da erschallten ein Befehl – *»Vperjod! Potoraplivajsja!«* – und ein lauter Peitschenknall, und der Gaul vor Eleonoras Fuhrwerk setzte sich in Bewegung, als hätte er nur darauf gewartet. Die Pferde blieben tatsächlich sich selbst überlassen, folgten mit nickendem Kopf dem Wagen, der vor ihnen fuhr, geduldig und genügsam und die schwere Peitsche offenbar zu gut gewöhnt, um nur einen Schritt aus der Spur zu weichen.
Eleonora drückte Klaras Hand, während Sophia auf ihrem Sitz hin und her hüpfte und »Hüa!« rief.
»Bald haben wir es geschafft«, tröstete Eleonora die jüngere Schwester.
Klara nickte, und Eleonora bemerkte, dass sie mit den Tränen kämpfte.
»Alles gut, Klara?«
»Helmine hat gesagt, ihr wolltet uns im Stich lassen. Was wäre aus Sophia und mir geworden, wenn ihr nicht zurückgekommen wärt?«
Eleonora zuckte zusammen. »Du sollst doch nicht alles glauben, was Helmine dir erzählt«, sagte sie. »Weißt du

denn nicht selbst, dass ich dich und Sophia niemals alleinlassen würde? So gut müsstest du mich kennen. Du bist alt genug …«

Klara senkte den Kopf. »Doch, schon. Aber ich war so mutlos …«

Eleonora strich ihr über den Scheitel. »Wir sind nach Petersburg gefahren, um unsere Verwandten zu finden – vielleicht hätten wir uns, wenn wir Erfolg gehabt hätten, die Weiterreise erspart. Aber, wie du weißt, sind wir überfallen worden, und ich war lange bewusstlos …« Sie schluckte. »Wenn es nach dem Arzt gegangen wäre, hätte ich weitere zwei Wochen liegen und mich auskurieren müssen. Aber ich habe gedrängt, weil ich wusste, wie sehr ihr euch sorgt und dass der Treck weiterziehen muss.«

»Hast du noch Schmerzen?«

»Es ist auszuhalten. In meinem Kopf pocht es, die Wunde brennt, und hin und wieder wird mit schwindelig. Drück die Daumen, dass ich mich bei dem Geruckel nicht übergeben muss!« Sie zwinkerte ihr zu.

Ein flüchtiges Lächeln erhellte Klaras Gesicht.

»Jetzt wieder alles gut?«

Klara nickte, während die Kolonne mit der Geschwindigkeit eines Leichenzuges voranschlich.

An den Weggabelungen baumelten Schilder, auf denen die Namen fremdartig klingender Orte standen.

Bis sie nach etwa zwei Stunden Peterhof erreichten, plapperten und zappelten die beiden Kinder. Dann verstummte das Geschnatter allmählich, und sie nickten ein. Sophia an Klara gelehnt und Klara an Eleonora.

Während die beiden Mädchen dösten, verschwand das zur Schau gestellte, Zuversicht verströmende Lächeln aus Eleonoras Gesicht.

Nikolaj, Mascha und der Arzt Michail hatten, wenn auch mit vorsichtigen Umschreibungen, um sie nicht einzuschüchtern, berichtet, dass die Verluste der Kolonisten bei dieser monatelangen Fahrt durch die russischen Dörfer, Städte und Wälder unglaublich hoch seien – dass diese Verluste sogar bei den Berechnungen der Zarin berücksichtigt waren.
Eleonora befürchtete, dass Sophia und Klara zu den Schwächeren gehören könnten, deren Kräfte die Reise überstieg. Und ob sie selbst in ihrem Zustand durchhalten würde, war ebenfalls fraglich.
Wenn sie zuerst starb – wer würde für die Kinder sorgen?
Sie starrte auf Matthias' breiten Rücken in der vorderen Kutsche. Wie selbstverständlich er sich um Sophia und Klara gekümmert hatte. Aber das waren nur wenige Tage gewesen …
Die schmalen Schultern Christinas, die neben ihm saß, hingen herab, als wäre sie mit dem Kinn auf der Brust eingenickt.
Groll stieg in Eleonora hoch, während sie auf ihre Schwester blickte, deren Kopf im Takt der Kutschenräder wackelte.
Ob sie ihr jemals verzeihen konnte?
Würde sie jemals vergessen, dass Christina versucht hatte, sie von dem Liebsten, was sie auf der Welt besaß, zu trennen?

Alles war schiefgelaufen.
Hier saß sie auf dem rappelnden Kutschbock neben diesem hessischen Ochsen, dessen Miene sie wohl nie zu deuten lernen würde und der grabeskalt auf jede harmlose Nettigkeit ihrerseits reagierte.

Sauer stieg Christina Magenflüssigkeit in den Mund. Angewidert verzog sie das Gesicht.
Mit Grauen erfüllte sie die Erkenntnis, dass der Tag nicht mehr weit war, an dem sie Matthias gestehen musste, dass sie ein Kind erwartete. Mehr Worte wären nicht nötig, denn er würde selbstverständlich wissen, dass es sein Fleisch und Blut nicht sein konnte.
Sie rumpelte der Hölle entgegen – und war dem Himmel nah gewesen.
Das süße Kribbeln auf jedem Fleck ihrer Haut in dem Bett in Petersburg würde sie ihr Lebtag nicht vergessen. Und auch nicht den Duft nach Minze, der sich mit der würzigen Seeluft, die von draußen hereinwehte, mischte.
Allerdings würde ihr ebenso Maschas Miene auf ewig im Gedächtnis bleiben – etwas Lauerndes hatte darin gelegen, Misstrauen, Wachsamkeit.
Christina wusste, dass es, wann immer sie versuchte, Männer um den Finger zu wickeln, Frauen gab, die sich von ihr herausgefordert fühlten, ihr Spiel zu durchkreuzen. Mascha gehörte möglicherweise genau zu dieser Sorte.
Nachdem sie vorgeschlagen hatte, dass sie gleich einen Boten nach Oranienbaum schicken könnte, der Nachricht von ihrem Verbleib überbrachte, hatte Christina, einer spontanen Eingebung folgend, zu einer List gegriffen. Beim Aufstehen hatte sie starke Schmerzen simuliert und war sogar zu Boden gegangen, wo sie sich heulend ans Knie fasste …

Wie nicht anders erwartet, sprang Nikolaj sofort an ihre Seite, um sie hochzuheben wie ein kleines Mädchen und wieder ins Bett zu legen.
»Was ist mit Euch?«, fragte er.

»Ich kann nicht auftreten. Irgendetwas stimmt mit meinem Knie nicht. Und schwindelig ist mir, entsetzlich schwindelig.«

»Sie ist nicht reisefähig«, erklärte Nikolaj. »Warten wir noch, so lasse ich sie nicht mit dem Treck ziehen.«

Mascha zog eine Braue hoch, nickte und wandte sich zum Gehen. »Wie du meinst, Nikolaj. Sie steht unter deinem Schutz.«

Als Mascha das Zimmer verließ, verlor Christina keine Zeit. Sie schlang die Arme um Nikolajs Hals, als er sich zu ihr beugte, und zwang ihn mit zarten Händen, ihr in die Augen zu schauen. »Stimmt das? Ich stehe unter Eurem Schutz?«

»Selbstverständlich. Ich habe Euch gefunden und hergebracht – ich werde dafür sorgen, dass Euch kein Leid widerfährt.«

»Nikolaj, Ihr ahnt nicht, was ich darum gäbe, wenn wir hier bleiben dürften«, flüsterte Christina. »Die Weiterreise wird über unsere Kräfte gehen. Wir werden das nicht durchstehen, Nikolaj. Schaut Euch meine Schwester an! Glaubt Ihr, sie wird, wenn sie überhaupt wieder die Augen aufschlägt, so rasch genesen? Wenn wir an die Wolga ziehen, bedeutet das ihren sicheren Tod. Wollt Ihr das verantworten?«

Nikolaj blickte von ihr zu Eleonora mit dem schneeweißen Gesicht und den nun stumpfen schwarzen Haarsträhnen, die an einem Sommerabend an den Ufern der Newa schimmern mochten wie die einer Nixe.

»Hier bleiben wollt Ihr? Wie stellt Ihr Euch das vor?« Er betrachtete Christina und strich mit den Fingerspitzen ein paar Locken aus ihrer Stirn.

»Es wäre nicht für lang. Nur für den Anfang, bis wir hier

Fuß gefasst haben. Vielleicht, bis wir unsere Verwandten aufgespürt haben. Vielleicht, bis wir Anstellung gefunden haben. Ach, ich bitte Euch, Nikolaj, gebt Eurem Herzen einen Stoß und helft uns!« In Christinas Blick lag so viel Flehen, dass Nikolaj nicht anders konnte, als sich hinabzubeugen und ihre Lider zart zu küssen.

»Ihr seid wunderschön«, flüsterte er dabei und senkte seinen Mund auf Christinas Lippen, als sie das Gesicht hob und ihm entgegenkam.

Während sie Nikolajs Zärtlichkeiten erwiderte, erwachte jede Faser ihres Körpers zu neuer Lebendigkeit.

Sie küssten sich wild und hungrig, bis sie sich schwer atmend voneinander lösten. »Wir werden unvergessliche Tage miteinander verbringen«, flüsterte Christina mit einem verheißungsvollen Lächeln. »Ihr sollt es nie bereuen, dass Ihr uns gerettet habt.«

In diesem Moment wähnte sich Christina am Ziel all ihrer Wünsche. Nikolaj war wie Wachs in ihren Händen und ganz offensichtlich ein erfahrener Liebhaber. Sie würde stöhnen und seufzen, wenn er zu ihr kam – ihr Glück hinausschreien und niemals mehr einen Gedanken verschwenden an die engstirnigen hessischen Bauern, die quer durch die russische Wildnis wie Schafböcke zum Schlachthaus getrieben werden sollten.

Zwei Tage später wachte Eleonora endlich auf und zertrümmerte mit den ersten Worten, die über ihre Lippen drangen, Christinas Hoffnungen.

»Sophia«, hauchte sie. »Wo ist Sophia?«

Nicht nur Nikolaj, Mascha und Christina befanden sich im Schlafgemach, sondern auch der Arzt Michail Daschkow. Christina hatte er bereits untersucht und dabei die Stirn in Falten gelegt.

Als nun Eleonora sich regte, eilte er zu ihr und ließ sich mit durchgedrücktem Kreuz seitlich auf dem Bett nieder. Christina beobachtete ihn, bemerkte, wie bezaubert er von ihrer Schwester war, die wie eine Märchenfigur in den Laken lag.

»Da seid Ihr ja«, sagte er leise und lächelte auf sie hinab. »Könnt Ihr mich verstehen?«

Eleonoras Augen weiteten sich, während sie versuchte zu erkennen, mit wem sie es zu tun hatte.

»Liebste Schwester ... Eleonora ...« Christina drängte sich vor den Arzt und umfasste das Gesicht ihrer Schwester mit beiden Händen. Sie küsste sie auf die Stirn. »Du lebst!«

Eleonora versuchte, sich ein wenig aufzurichten, sackte aber kraftlos zurück in die Kissen. »Christina ... wo ... wo sind wir? Wo ist Sophia?«

»Wir sind in Sicherheit Eleonora. Nikolaj hier und seine reizende Schwester sind so freundlich, uns zu beherbergen ...«

»Ich will zu meinem Kind.« Jetzt schaffte es Eleonora, sich auf die Ellbogen zu stützen. Ihr Blick ging von Christina zu dem Arzt, zu Nikolaj und dessen Schwester, die am Fußende des Bettes schweigend warteten.

Christina nahm beide Hände ihrer Schwester in die ihren und starrte sie beschwörend an. »Du musst noch lange schlafen«, sagte sie. »Damit du wieder ganz gesund wirst. Du bist verwirrt, Eleonora. Wir sind überfallen worden, haben einen Schlag auf den Kopf bekommen, du liegst hier seit vielen Tagen ... Ruh dich aus, bis du dich besser fühlst. Dann werden wir überlegen, wie es weitergeht. Nikolaj und Mascha sind Freunde, Eleonora. Wir sind nicht allein.«

Nikolaj räusperte sich unbehaglich, und Christina hörte, wie auf Russisch geflüstert wurde. Ihr Herz schlug ein paar

Takte schneller, während sie auf ihre Schwester einredete und inständig hoffte, Eleonora würde wieder einschlafen und lange genug schweigen, bis niemand mehr auf die törichte Idee kam, sie könnten sich dem Wandertreck nach Saratow noch anschließen.

Alles war doch so einfach, so perfekt! Sie ließen die anderen ziehen und begannen hier in Sankt Petersburg ihr neues Leben.

Eleonora schüttelte den letzten Rest Benommenheit ab. Auf ihrer Stirn bildeten sich Falten, während sie die Anwesenden betrachtete. Mit zwei Fingern griff sie sich an die Schläfe und rieb sie.

Christina machte dem Arzt Platz, der nun Eleonora Fragen stellte. Eleonora versicherte ihm, dass es ihr gar nicht so schlecht gehe. Zwar spüre sie starke Kopfschmerzen und eine leichte Übelkeit, aber sie wünsche, aufzustehen und noch in dieser Stunde zu ihrer Tochter zu fahren.

Ein Lächeln trat auf die ebenmäßigen Züge des Arztes. »Ich kann es nicht gutheißen, wenn Ihr gleich aufbrechen wollt. Eurer Genesung wird es nicht zuträglich sein. Unter anderen Umständen würde ich euch dringend empfehlen, mindestens zwei Wochen Bettruhe zu halten. Aber ich sehe, wie sehr Ihr Euch nach Euren Lieben sehnt und dass Ihr jeden ärztlichen Rat in den Wind schlagen würdet.«

»Ich kann nicht hier bleiben«, erwiderte Eleonora, als sei es das Selbstverständlichste der Welt. »Meine Tochter wartet auf mich. Und meine jüngere Schwester.« Sie suchte Christinas Blick. »Wir können sie doch nicht alleinlassen.« Ihr letzter Satz war mehr fassungslose Frage als Feststellung.

Christina presste die Lippen aufeinander.

»Wir hätten sie später, wenn du ganz genesen bist, zu uns

holen können«, zischelte sie. »Ich verstehe dich nicht, Eleonora. Du setzt deine Gesundheit aufs Spiel. Eine tote Mutter nützt deiner vergötterten Sophia wenig.«

Mit erhobener Stimme unterbrach sie der Arzt. »Eure Pläne in allen Ehren, junge Dame«, begann er. »Aber wie denkt Ihr Euch das mit Eurem eigenen Kinde? Soll es in diesem Haus zur Welt kommen oder nicht doch in der Nähe des Vaters?«

Erschüttertes Schweigen breitete sich in dem Schlafgemach aus.

»Du erwartest ein Kind?«, hauchte schließlich Eleonora.

»Du hast es gehört«, stieß Christina hervor und erwog einen Moment lang ernsthaft, sich aus dem Fenster auf den belebten Newski-Prospekt zu stürzen.

Sie fühlte Nikolajs brennenden Blick in ihrem Nacken, erkannte in Eleonoras Augen Unglauben und Erstaunen. Und in ihr tobte ein Sturm, der sie auszuhöhlen drohte. Dieses verfluchte Kind.

Zum Abschied dann streifte Nikolajs warmer Atem ihren Hals, als er sie in die Arme zog. »Ihr seid hinreißend«, flüsterte er ihr ins Ohr. »Aber mit dem Kind, das in Euch wächst, gehört Ihr an die Seite Eures Mannes. Ich wünsche Euch den Himmel auf Erden.«

Während die Landschaft im warmen Schein der Abendsonne an ihr vorbeizog, streichelte Christina den seidigen Stoff des Kleides, das Mascha ihr geschenkt hatte. Wie wundervoll hatte es in die Stadtwohnung an der Prachtstraße gepasst, und wie fehl wirkte es auf diesem rumpelnden Kutschbock.

Matthias neben ihr in seiner russischen Kutte starrte dumpf vor sich hin, während der Gaul dahintrottete und die Ko-

lonne sich wie ein Wurm durch die Wälder und Dörfer bewegte.
Ein paar Wagen vor ihnen sah Christina Daniel, neben sich den schmollenden Sebastian und dieses Mädchen mit den großen Zähnen, das bei jedem zweiten Satz des Zeugmachers wieherte. Ganz offensichtlich verstanden sich die beiden prächtig, aber welche Frau ließe sich nicht von seinen amüsanten Geschichten und seiner springlebendigen Art gefangen nehmen?
Mit mürrisch verschlossener Miene standen manchmal Bauern mit ihren runden Mützen und im Nacken gebundenen Kopftüchern am Wegesrand und stierten ihnen nach.
Über dem Land schien eine Melancholie zu liegen, die jeden erfasste, der es durchstreifte. Die Wolken hingen tiefer und schwerer als anderswo auf der Welt, die Fichtenwälder waren dunkler, die Weizenfelder trockener, das Vieh behäbiger. Das gedämpfte Tockern der Pferdehufe begleitete sie, hin und wieder flog ein Schwarm Krähen auf, als wolle er sie krächzend zur Umkehr bewegen.
Die Luft war erfüllt vom Harzgeruch der Wälder. In den Dörfern mischte sich der Rauch darunter, der aus den Schornsteinen stieg, und manchmal der Duft nach über offenem Feuer geröstetem Fleisch.
Im immer gleichen Rhythmus zogen die Gäule die Menschen auf ihren Fuhrwerken Meile um Meile tiefer hinein in dieses unbekannte Land, das ihre neue Heimat werden sollte. Von einem Dorf zum nächsten fühlte Christina, wie die Erinnerung an das Paradies, von dem sie kosten durfte, verblasste.
Sie war wieder unter ihresgleichen, inmitten ihrer Landsleute, ihrer Familie, ihrer Freunde aus Kindestagen.

Allem Anschein nach war das ihr Schicksal.
Sie wischte sich eine Träne aus dem Augenwinkel.
Matthias sah sie an, eine Braue hochgezogen. »Eine Fliege?«
Christina schob die Unterlippe vor und wandte ihr Gesicht ab.

21. Kapitel

Die Tage auf den Kutschen vergingen im gleichmäßigen Trott, und so mancher rieb sich das Gesäß, das vom stundenlangen Sitzen auf den harten Brettern schmerzte.
Gegen Abend rasteten sie in den Dörfern am Weg, richteten sich in armseligen Herbergen und Holzhütten ein oder bereiteten sich mit Decken, Ästen und Heu Nachtlager unter den Wagen.
Immer häufiger hörte man jetzt die alten Leute husten, manche lagen mit Fieber danieder, viele bibberten im Schüttelfrost, aber es gab weder ärztliche Betreuung noch Medikamente.
Apothekerstochter Anja war machtlos, wenn die Leute klagten – wo sollte sie die dringend benötigten Salben und Tinkturen hernehmen? So wies sie die Kranken unwirsch von sich, nicht ohne das Versprechen, sich in der nächsten größeren Stadt nach Heilmittel umzuschauen.
Am meisten setzte es Anja zu, dass sie der kleinen Frieda nicht helfen konnte. Das Kind hustete sich schier die Seele aus dem Leib, sein Gesicht verfärbte sich immer wieder vor Atemnot bläulich, bevor Frieda japsend das Mündchen öffnete und rasselnd die Luft einsog.
Veronica und Adam taten in der Nacht kaum noch ein Auge zu aus Angst, das Kind könnte an einem Hustenanfall ersticken.
Adam war nur noch ein Schatten seiner selbst. Um seine schmalen Lippen hatte sich ein weißer Kranz gebildet.
Die großgewachsene, kräftige Veronica ging gebeugt, mit hängenden Schultern und baumelnden Armen, die Augen beständig angstvoll aufgerissen. Keine Sekunde ließ sie ihre

Tochter unbeaufsichtigt, und sie legte sie an ihre üppige Brust, wann immer sie rasteten. Doch das Kind schrie und warf den Kopf hin und her, ohne von der nährenden Mutterbrust zu trinken.

Anja versuchte, Friedas Köpfchen zu halten, tupfte Tropfen der Muttermilch lockend auf die Kinderlippen. Doch die Kleine magerte ab, und die anderen Waidbacher drehten die Köpfe weg, wenn der dünne Körper erneut von einem Erstickungsanfall geplagt wurde. Sie wussten, was die Eltern nicht wahrhaben wollten: Es war nur eine Frage der Zeit, bis sie das winzige Grab ausheben mussten.

In der Nähe der Stadt Nowgorod verteilten die Soldaten die Kolonisten auf eine lange Flotte von Schiffen, um die Reise auf dem Fluss Msta fortzusetzen. Nach etlichen Tagen wurden sie wieder ausgeschifft, und auf Wagen ging es weiter bis an den Fluss Twerza, der sich bei Twer in die Wolga ergoss.

Zwar staunten alle, wie viel Aufwand die Zarin betrieb und wie gut der Treck organisiert war, aber es ging weiterhin, nun wieder auf Schiffen, nur im Schneckentempo voran. Mal bummelten morgens die Soldaten, als befänden sie sich auf einer Vergnügungsfahrt, mal hielten sich die Kapitäne zu lange in den an den Flüssen liegenden Dörfern auf, um Proviant zu besorgen.

»Meinst du, wir erreichen unser Ziel noch vor dem Winter?«, erkundigte sich Anja bei Bernhard, der mit dem Rücken gegen die Bootswand an Deck der Barke saß und mit seinem Messer Scheiben von einem Kanten Speck absäbelte. Er reichte Anja ein Stück, und sie biss hungrig hinein, während sie sich neben ihm niederließ.

»Ich hoffe es. Ich mag mir nicht ausmalen, wie es uns ergeht, wenn Väterchen Frost über uns hereinbricht.« Er schob sich eine Speckscheibe in die Wangentasche und lutschte daran.

»Ich glaube nicht, dass wir bei Eiseskälte weiterreisen. Wie soll das gehen, wenn die Flüsse zufrieren? Und der Landweg wird nach dem ersten Schnee lebensgefährlich«, erwiderte Anja und hielt sich die Hand vor die Augen, um sie gegen die gleißende Junisonne zu schützen. Die Luft war erfüllt vom intensiven Duft der Kiefern und Fichten, die in dichten Wäldern das Flussufer säumten, nur hin und wieder unterbrochen von Ansammlungen einfacher Holzhütten oder von Feldern, auf denen Leibeigene in ihrer ärmlichen Kleidung die Sense schwangen. Ab und zu blitzte zwischen den Bäumen die zartgelbe oder silbergraue Fassade eines herrschaftlichen Anwesens auf.

Immer wieder sahen sie buntverzierte Zwiebeltürme golden im Sonnenlicht glänzen, von Menschenhand geschaffene Kunstwerke hoch über den Baumwipfeln.

An manchen Stellen war der Fluss so breit, dass Häuser, Menschen und Vieh aus der Entfernung wirkten wie Spielzeug – unwirklich und fremd.

Manchmal zappelten zerlumpt wirkende Kinder am Ufer, winkten, riefen und stolperten auf nackten schwarzen Füßen eine kurze Strecke neben den Barken her, während sie Steine und Stöcke in die Strömung warfen.

»Ich habe gehört, dass wir bei russischen Bauern einquartiert werden, falls wir bis Oktober nicht angekommen sind.«

Bernhard wandte Anja das Gesicht zu. »Um den Winter abzusitzen und erst im Frühjahr wieder aufzubrechen? Das möge Gott verhindern! Ich bin die Reise satt.«

Sie lächelte schief. »Wer nicht? Wir können von Glück sagen, dass unsere Freunde und Angehörigen bis hierher überlebt haben. Wir Waidbacher haben noch keinen Verlust zu beklagen. Bei den anderen sind Trauer und Leid groß. Manch einer, dem Frau und Kinder genommen wurden, hat schon jetzt jeden Mut verloren.«

Bernhard sah ihr in die Augen, als suche er darin nach der Wahrheit. »Wie geht es dir mit deinem Mann?«, fragte er leise.

Anja machte eine abfällige Handbewegung. »Ich weiß nicht, welche Pläne er hegt, aber er umwirbt mich wie ein Pfau bei der Balz.«

Bernhard lächelte sie an. »Vielleicht hat er sein Herz an dich verloren? Spät, aber nicht zu spät, oder?«

»Doch, zu spät«, gab Anja ruppig zurück. »Ich glaube ihm kein Wort, und ich könnte ihm niemals mehr wieder vertrauen. Was er mir angetan hat …« Sie stieß die Luft aus, als wollte sie die quälenden Erinnerungen ausspeien. »Es ist vorbei und vergessen«, behauptete sie, »und wenn alles so läuft, wie ich es mir vorgenommen habe, werde ich ihn in wenigen Tagen zum letzten Mal neben mir ertragen müssen.«

Bernhard wirkte nicht überrascht, als wüsste er, dass Anja eigene Pläne verfolgte. Dabei hatte sie mit ihm nicht darüber gesprochen, wovon sie wirklich träumte. »Sankt Petersburg liegt weit hinter uns …«

»Aber Moskau liegt noch vor uns«, gab sie zurück. »Wenn wir auf der Höhe von Moskau sind, werde ich mein Glück versuchen. Vielleicht ist mir der Herrgott gnädiger als den Weber-Schwestern. Eleonora hat mir erzählt, wie Christina die Wachen bestochen und überredet hat. Das will ich auch versuchen, und vielleicht, vielleicht …«

Bernhard nickte. »Ich wünsche dir alles Glück der Welt, Anja«, sagte er leise. »Aber … ich werde dich vermissen.«

Anja verbarg mit dem Ärmel ihr Gesicht, als sie den Kopf senkte. Das Feuermal sah er Tag für Tag, wie heftig sie nun errötete, musste er aber nicht mitbekommen.
Als die Schiffe einige Tage später hinter Dubna anlegten, damit der Kapitän des sie begleitenden Proviantschiffes die Fässer mit Frischwasser und die Zwiebackvorräte auffüllen konnte, nahm Anja all ihren Mut zusammen und sprach den jungen Soldaten mit den Pockennarben an, den sie ein paar Wörter Deutsch hatte reden hören. Seine Augen blitzten, als sie auf ihn zukam, um seine fleischigen Lippen, die an einen Karpfen erinnerten, zuckte ein Grinsen. Er hob das Kinn, als sie ihn ansprach und ihr Anliegen vortrug.
Ob er sich wohl ein paar Rubel verdienen wolle, und auf sie komme es doch nun wirklich nicht an. Zur Bäuerin an der Wolga eigne sie sich nicht, aber als Apothekerin könne sie seinen Landsleuten von höchstem Nutzen sein. Er würde sich um sein wunderbares Land verdient machen, wenn er ihr nur helfe. Alles, was sie brauche, seien ein Pferd und zehn Minuten Unachtsamkeit, wenn sie sich auf den Weg in die alte Hauptstadt begebe.
Der Soldat verzog angewidert das Gesicht, während er Anja betrachtete, wie sie mit Engelszungen auf ihn einredete, aber seine Miene leuchtete auf, als sie das Säckel unter ihre Schürze hervorzog und mit den Münzen klimperte.
Sie hatte das Gefühl, ihre Kehle werde bei jedem Wort, das sie sprach, enger. Sie sah mit ihrem Herzen die Gefühle dieses jungen Mannes. Ein Leben als Verunstaltete am Rande der Dorfgesellschaft hatte sie empfindsam gemacht für die verletzenden Gedanken der anderen. Wie Stiche schmerzte der Ekel des Kerls, und es wurde nicht besser, als seine Gier auf das Geld erwachte.
Vor Erbitterung verzog Anja die Mundwinkel, während sie

das Säcklein in ihrer Hand wog und voll Ungeduld darauf wartete, dass der Russe auf ihren Handel einging.

Lass es nicht an dich heran!, dachte sie. *Es zählt nur, dass er dir hilft. Alles andere verliert an Bedeutung, wenn du endlich auf dem Weg nach Moskau bist.* Sie konnte sich vorstellen, welch leichtes Spiel eine Schönheit wie Christina Weber mit dem Soldaten gehabt hätte. Wahrscheinlich hätte sie der Handel nicht eine Kopeke gekostet.

Anja hielt den Atem an, als sich die mit dünnen schwarzen Haaren bedeckten Finger des Soldaten endlich dem kleinen Schatz in ihrer Hand näherten. *»Daj sjuda!«*, zischte er. Was mochte er sich denken? Hatte er Weib und Kinder, an deren Versorgung ihm lag? Oder träumte er gerade in diesem Moment von drei willigen Weibern und Wodka bis zum Umfallen?

Eine Antwort darauf sollte Anja nie bekommen, denn beide schraken zusammen, als auf sie der Schatten eines Mannes fiel, der den jungen Soldaten um mindestens einen halben Kopf überragte. *»Eto tschto sdes' takoje?«* Der Neuankömmling hatte braune Augen unter fingerdicken Brauen und durchschaute die Situation sofort. Er schnauzte den offenbar Untergebenen so heftig an, dass Anja Spucketropfen ins Gesicht flogen. Der junge Soldat duckte sich und riss die Schweinsäuglein auf wie ein kleiner Junge, der mit den Fingern am Butterkuchen erwischt wurde. Er verbeugte sich mehrmals, murmelte eine Flut von Entschuldigungen und beeilte sich, aus der Gefahrenzone zu kommen.

Mit einem Kopfrucken wies der Vorgesetzte Anja an, zurück aufs Schiff zu gehen.

Nach diesem Vorfall blieb sie nicht einen Moment mehr unbewacht.

Wo sie ging und stand, befanden sich stets mindestens zwei

Soldaten in Zugriffsnähe, als wäre sie eine hochgefährliche Strafgefangene.

Panik breitete sich in Anja aus, als die Schiffe wieder ablegten und an den von wildem Ginster gesäumten Ufern entlang weiter gen Osten fuhren, wo die Wolga irgendwann eine Krümmung zum Süden hin machen würde, um die Kolonisten zu ihrem Bestimmungsort zu bringen. Weit und weiter weg von Moskau, auf das Anja all ihre Hoffnungen gesetzt hatte.

Als sie sich endlich eingestand, dass ihr Plan fehlgeschlagen war und sie genau wie die Weber-Schwestern und alle anderen Frauen zu einem Leben als Bäuerin verdammt sein würde, nahm es ihr fast den Atem.

Sie stand an Deck, mit dem Rücken gegen die Reling gelehnt, und griff sich an die Brust, die ihr eine Eisenfaust zusammenzudrücken schien. Sie öffnete den Mund, um japsend Luft zu holen, keuchte und hustete und glaubte, in der nächsten Sekunde die Besinnung zu verlieren. Da fühlte sie zwei weiche Hände an ihrer Taille. Als sie Franz erkannte, wandte sie sich abrupt von ihm ab, um sich über die Schiffswand in die tiefblauen Wellen der Wolga zu übergeben.

Krämpfe schüttelten sie, und es wurde nicht besser dadurch, dass sie die weiche Hand nun wie totes Fleisch auf ihrem Rücken fühlte. *Lass mich, geh endlich!*, dachte sie, aber Franz glaubte ganz offensichtlich, er könnte ihr irgendein Trost sein.

Wenn nur Bernhard bei ihr wäre … Aber der kümmerte sich um seine Familie: um seine Mutter, die als Einzige Tag für Tag gesünder zu werden schien, um seine spitzzüngige Schwester, der man nicht über den Weg trauen konnte, und um den schwachsinnigen Alfons, der mit überirdisch wir-

kender Freude und einer schier unerschöpflichen Kraft diesen Weg ging.
Die gestohlenen Plauderstunden mit Bernhard waren ihr einziger Trost. Und sonst? Sonst hatte sie Franz an den Hacken, der nicht müde wurde, ihr lästig zu fallen, und in dessen Schädel Dinge vorgingen, die sich ihr völlig entzogen. Was bezweckte er bloß mit dieser Schmierenkomödie? Denn nichts anderes war sein Verhalten, davon war Anja überzeugt. Wie stellte er sich das Leben an der Wolga vor mit ihr? Glaubte er allen Ernstes, sie würde ihm ein Weibchen werden, das ihm abends nach der Feldarbeit die Blini vorsetzte und ihm nachts im Bett die Füße und was auch immer wärmte?
Bei diesem Gedanken stieß Anja die Luft aus und schoss Franz, der sich immer noch dicht an ihrer Seite hielt und besorgt ihre Miene verfolgte, einen so zornigen Blick zu, dass der Knecht zusammenzuckte.
»Was willst du?«, fuhr sie ihn an.
Franz seufzte, wischte sich mit dem Handrücken über die Stirn und vertrieb mit Pusten und Wedeln die unzähligen Fliegen, die sie umschwirrten. »Trösten will ich dich. Es geht dir nicht gut.«
»Richtig, Franz Lorenz, es geht mir nicht gut, und dazu trägst du einen beträchtlichen Anteil bei. Ich verstehe nicht, warum du das nicht siehst. Warum lässt du mich nicht in Frieden?«
»Wir sind verheiratet«, erwiderte er mit einem Schulterzucken und einem Blick aus Welpenaugen.
»Es war ein Handel«, zischte sie. »Reicht dein Hirn nicht aus, um das zu kapieren?«
Die leichte Brise, die ständig über den Fluss wehte, trug den fauligen Geruch von Abfall und Unrat der Gerber und

Seifensieder mit sich, die in den armseligen Dörfern ihrem Handwerk nachgingen. »Es sollte ein Handel sein«, widersprach er. »Aber auf den habe ich mich nicht eingelassen. Als ich dich gefragt habe, ob du mich heiraten willst, da warst du … da warst du meine letzte Rettung. Und du hast mich nicht im Stich gelassen. Dafür werde ich dir ewig dankbar sein.«

»Ich spucke auf deine Dankbarkeit, Franz Lorenz!«, stieß Anja hervor. Ihre Hand fuhr zu ihrem Herzen, das ihr kalt und hart wie Marmor vorkam.

Franz nickte mehrmals, als nähme er die erbarmungslosen Worte seiner Frau wie eine gerechte Strafe an. Fehlte bloß, dass er sich bekreuzigte und »Amen« flüsterte. Es brachte Anja schier zur Weißglut. Aber besser dieser rasende Zorn auf ihren törichten Gatten als der verzehrende Schmerz darüber, dass alles verloren war. Dubna hätte das Tor zu ihrer Freiheit sein können, und nun lagen dort ihre Träume begraben.

»Vielleicht, wenn wir irgendwann Kinder … Zwei Buben, zwei Mädchen …«, begann Franz ungelenk.

Anja wirbelte herum und stürzte die Stiege zu ihrem Lager unter Deck hinunter. Sie warf sich auf die Decke, eingezwängt zwischen den anderen, und schluchzte in den moderig riechenden, kratzigen Wollstoff, bis sie keine Tränen mehr hatte.

Niemand beachtete sie. Zum Heulen war hier den meisten zumute.

Anja ahnte nicht, wie sehr die Schmach noch in ihr gärte, als sie eine Woche später erneut an Land gingen, wo sich die Kolonisten unter strengster Bewachung durch die Soldaten in einem Dorf die Beine vertreten durften. Offiziell hieß es, die Soldaten seien zu ihrem Schutz abbestellt, aber fast alle wussten es besser.

Je weiter es voranging, desto stärker wuchsen die Zweifel daran, ob es richtig war, sich dieser Strapaze auszusetzen. War es das Geld, waren es die Zuwendungen durch die Zarin wert, dass sie immer wieder Freunde und Verwandte begraben und ständig um die eigene Gesundheit bangen mussten?

Wären die Chancen für ihre Zukunft nicht besser, wenn sie das Unternehmen abbrachen und auf eigene Faust den Rückweg antraten?

Was erwartete sie in ihrer neuen Heimat?

Ob sie schmuck ausgestattete Bauernhäuser beziehen durften, die sie nur mit Leben zu füllen brauchten? Vielleicht, und nicht wenige träumten davon, hatte die Zarin für ihre deutschen Landsleute einen Hauch von Luxus arrangiert. Vielleicht standen ehemals blühende Gutshäuser inmitten weitläufiger Ländereien leer, die nur darauf warteten, dass sie wieder mit Fleiß und Weitsicht bewirtschaftet wurden? Solche Tagträume waren es, die Anja und viele andere davon abhielten, sich aufzugeben und auf den erlösenden Tod zu warten.

Ohne Freude erstand Anja – von Franz wie von einem Schatten verfolgt – auf dem Marktplatz des Hüttendorfes von einem Bauernweib einen Korb Süßkirschen, die nicht größer waren als Vogelkirschen, aber herrlich schmeckten, dazu ein paar Gurken und eine Zuckermelone.

Unter den wachsamen Blicken mehrerer Soldaten trug sie Früchte und Gemüse zum Schiff und hoffte, dass sie sich nach den Salzheringen und dem Trockenbrot, von dem sie hauptsächlich lebten, daran ein paar Tage lang erquicken konnte.

Dem artigen Sebastian, der Stunde um Stunde mit seinem Freund Daniel an der Reling stand und sich von ihm die fremdartige Welt erklären ließ, würde sie eine Handvoll Kirschen schenken. Sie mochte den Jungen, der so aufgeweckt und wissbegierig war und der niemanden hatte, zu dem er gehörte.
Auch Sophia würde sie ein Stück Melone ins süße Mündchen stecken. Dass ein Kind eine solche Reise mit solcher Unbekümmertheit durchstehen konnte … Aber kein Wunder, ihre Mama las ihr jeden Wunsch von den Augen ab …
Anja blieb stehen, und Franz hinter ihr wäre fast gegen ihren Rücken geprallt. Sie starrte auf die drei Soldaten, die am Landungssteg saßen und vor Lachen brüllten.
Als sie die Augen gegen die gleißende Hochsommersonne beschattete, entdeckte sie den Grund der Erheiterung. Die Soldaten foppten einen Mischlingshund, dem die Rippen durch das schmutzig braune Fell stachen.
Sie erkannte den Soldaten mit dem Fischmaul, der sich zwar vor ihrem Äußeren geekelt hatte, aber keine Scham empfunden hätte, ihr Geld zu nehmen. Die anderen riefen ihn Boris und feuerten ihn an, als er immer wieder einen Wurstzipfel lockend hochhielt, woraufhin der Hund sich mit eingezogenem Schwanz und ängstlichem Blick näherte. Wenn er dicht genug heran war, versetzte ihm Boris jedes Mal einen Tritt mit seiner Stiefelspitze, so dass das Tier sich jaulend trollte, nur um hinter dem nächsten Ginstergebüsch erneut nach dem Leckerbissen zu schielen und sich locken zu lassen.
Als der Hund jaulte, nachdem er den dritten Tritt erhalten hatte, und die Soldaten sich den Bauch vor Lachen hielten, merkte Anja, wie sie mit den Zähnen mahlte. Der Korb

glitt aus ihren Händen, und die Früchte rollten in das trockene Gras.

In Anjas Augen brannte Hass. Sie raffte die Röcke, hörte noch das »He …« hinter sich und stürzte sich im nächsten Moment auf Boris, um ihm die Fingernägel in die Wangen zu bohren und sein Gesicht zu zerkratzen. Sie trat und biss und schlug, was immer sie traf. Der Soldat – obwohl ihr kräftemäßig weit überlegen – war viel zu überrumpelt, um reagieren zu können. Er schrie vor Schmerzen auf, fluchte und schnauzte seine Kameraden an, sich zu bemühen, die vor wildem Zorn tobende Frau von ihm herunterzuzerren. Sein Gesicht war von blutigen Kratzern übersät, sein linkes Lid schwoll bläulich an, aus seiner Nase floss ein schwarzrotes Rinnsal, als er die Fäuste ballte und die Schultern hob. Er schob den Unterkiefer vor und gab einen Laut wie ein tödlich verletzter Wolf von sich, während er auf Anja, die nun von seinen Kameraden an den Armen gehalten wurde, zustapfte.

Doch Franz sprang mit einem Satz vor seine Frau, und wie aus dem Nichts tauchten neben ihm sein Bruder Matthias, Daniel Meister, Flickschuster Bernhard und weitere Männer der Kolonistentruppe auf.

Der Kampf hatte alle Aufmerksamkeit auf sich gelenkt. Wie verfeindete Truppen auf dem Schlachtfeld standen sich die russischen Soldaten und die Kolonisten gegenüber. Jede Partei wartete, dass der Gegner den ersten Schlag tat. Aber dazu kam es nicht, denn gleich drei Kommandanten eilten mit dem Gewehr im Anschlag herbei. Barsch klangen ihre Befehle in der Luft. Sie drängten die Kolonisten unsanft in Richtung Landungssteg, damit sie die Schiffe wieder bestiegen, und riefen die Soldaten ruppig zur Ordnung.

Keiner achtete mehr auf die Urheberin des Kampfes.

Anja eilte zu dem Hund, der winselnd hinter dem Ginster hockte und sich den Bauch leckte. Da, wo ihn die Stiefelspitze getroffen hatte, klaffte eine blutende Wunde im verklebten Fell, nicht tief, aber gewiss schmerzhaft.
Anja streckte dem Hund ihre Rechte hin, beobachtete sein Gesicht, sah die Angst in den hellbraunen Augen, spürte sein Zittern, als sie sacht über das struppige Bauchfell strich.
Was für ein treuer kleiner Kerl, dachte Anja. *Wird getreten, immer und immer wieder, und verliert doch den Glauben an die Menschen nicht.* Sie sprach gedämpft auf ihn ein, und als sie ihn hochhob, um ihn zum Schiff zu tragen, ließ er es geschehen.
»Kein Mensch wird dich jemals wieder enttäuschen«, flüsterte Anja an sein spitz aufgerichtetes Ohr, so ernsthaft, als spräche sie einen Schwur.
Niemand hielt sie auf, als sie mit dem zotteligen Tier auf den Armen das Deck des Flussschiffes betrat.
Zwischen einem Berg von zusammengerollten Tauen und der Schiffswand setzte sie ihn behutsam ab und strich ihm über Kopf und Hals, bis er begann, ihre Hand zu lecken.
Als Franz mit dem Früchtekorb hinter ihr auftauchte, räusperte sie sich. »Holst du mir eine Decke und ein paar Stoffstreifen? Und sieh zu, dass du irgendwo was zu fressen für ihn findest.«
Franz kniete sich neben sie. »Was willst du mit ihm tun?«
Anja sah ihm fragend ins Gesicht. War das nicht offensichtlich? »Ich werde ihn behalten«, antwortete sie.

22. Kapitel

Juni 1766, auf der Wolga

Lambert, wie Anja den Mischlingshund getauft hatte, entwickelte sich zum Liebling der Kinder an Bord. Die ersten Tage fraß und schlief er sich gesund, später tollte er mit den Kleinen auf den Schiffsplanken herum, als wäre er mit ihnen aufgewachsen. Niemals schnappte er oder fletschte die Zähne, dafür freute er sich schwanzwedelnd über jeden Happen, den sie ihm zuwarfen, und ließ sich mit heraushängender Zunge in der Mittagshitze kraulen.

Franz schnitzte aus einem dünnen Buchenholzscheit einen Kamm, mit dem Klara und Sophia dem Hund hingebungsvoll das Fell bürsteten, bis es von allen Flechten und Ungeziefer befreit war und honiggolden in der Sonne glänzte.

»Lambert ist der schönste Hund der Welt«, behauptete Sophia und legte den Kopf schief, während sie ihm ein paar Haare in die Stirn kämmte.

»So viele Hunde hast du noch gar nicht gesehen, um das beurteilen zu können«, widersprach Klara und nahm ihr den Kamm ab, um selbst das Fell zu bearbeiten.

»Bestimmt ist er verzaubert«, fuhr Sophia fort, legte die Arme um Lambert und drückte die Wange an seinen Hals. An das Tier gekuschelt, schloss sie die Augen.

Mit wedelnden Armen und einem wie aufgemalt wirkenden Lächeln im Gesicht stolperte Alfons herbei, ließ sich vor dem Hund auf die Knie fallen, so dass seine langen Beine merkwürdig verschränkt unter ihm lagen. In der hohlen Hand reichte er Lambert ein paar Brocken Speck, die sich

der Hund ohne Eile mit der Zunge herausklaubte. Das gute Fressen und die umfassende Pflege hatten ihn träge werden lassen. Alfons lachte schrill auf, und Klara zuckte zusammen, während Sophia entspannt weiterkuschelte.
Klara rückte ein Stück von Alfons ab. Einerseits fühlte sie Mitleid mit dem absonderlichen Jungen, andererseits fürchtete sie ihn mit seinen staksigen Bewegungen, den verzerrten Zügen und den Lauten, die aus seinem spuckefeuchten Mund drangen. Was wohl aus ihm geworden wäre, wenn Helmines Plan aufgegangen wäre und er im Kahn bis zur Ostsee getrieben wäre …
Ein Schatten fiel auf Lambert, als Helmine sich näherte und breitbeinig und mit in die Hüften gestemmten Fäusten über ihm stehen blieb.
»Wie süß«, sagt sie, aber es klang nicht ehrlich, fand Klara. Die Stimme ihre Freundin troff vor Hohn.
Sofort wurde Alfons' Blick wacher, er erstarrte in der Bewegung, schielte zu seiner Schwester hoch. »Geh!«, stieß er wie ein Husten hervor.
Helmine warf den Kopf in den Nacken und lachte hell auf. Als sie in die Hocke gehen wollte, versetzte ihr Alfons einen Stoß, so dass sie rücklings hart auf den Schiffsplanken landete. Für einen Moment lag Helmine da wie ein Maikäfer auf dem Rücken. Mit hochrotem Gesicht rappelte sie sich auf und wollte sich auf ihren Bruder stürzen, aber der hatte sich inzwischen aufgerichtet und wies mit dem Zeigefinger, dessen Nagel bis zur Haut abgeknabbert war, auf sie. »Geh, geh, geh!« In seinen Augen stand so viel Hass, dass Helmine tatsächlich zurückwich.
»Du hast mir gar nichts zu befehlen«, zischte sie noch, wandte sich aber um und ging mit hölzernen Schritten zur Luke, die hinabführte in den Schlafraum.

Alfons' Züge entspannten sich, bevor er sich erneut hinkniete und mit verklärtem Lächeln den Hund streichelte, als sei nichts geschehen. Dabei fuhr seine Hand über die Ohren, den Hals und den Rücken des Tieres. Wie zufällig glitt sie weiter über Sophias schwarzen Schopf. Einmal den Hund, einmal Sophia …

Kribbelndes Unbehagen erfasste Klara. Vorsichtig packte sie Sophia unter den Armen und hob sie hoch, während sie sich selbst aufrichtete. Alfons' Berührung war ganz zart gewesen. Nichts hatte darauf hingedeutet, dass er Böses im Schilde führte. Dennoch fand Klara es nicht richtig, dass er ihre kleine Nichte anfasste. Besser, sie brachte sie zu Eleonora.

Die Kolonisten hielten sich nun tagsüber lieber an Deck auf als in den beengten Schlafräumen. An den meisten Tagen war die Temperatur erträglich, Wolkenberge schoben sich vor die Sonne und tauchten die Landschaften entlang des Ufers in ein diesiges Licht.

Für die Schönheit Russlands hatten die wenigsten einen Blick. Begleitet vom Plätschern der grauen Flusswellen gegen die Bordwand, zählten die Auswanderer die Stunden und sehnten nichts mehr als die Ankunft herbei.

Daniel Meister und Sebastian Mai gehörten zu den paar Leuten, die ganze Nachmittage damit verbringen konnten, an der Reling zu stehen und die wechselnde Umgebung zu bestaunen.

Für Daniel wurde es ein erquicklicher Zeitvertreib, sein Wissen über die russische Sprache, die Gepflogenheiten und die Landschaften zu erweitern. Er hatte sich mit einem der Soldaten angefreundet, der ihm bereitwillig in russisch-deutschem Kauderwelsch Auskunft gab über alles, was er zu erfahren wünschte. Seine Kenntnisse teilte Daniel dann mit Sebastian, der sich auch nachts an seiner Seite hielt und trotz Daniels Schnarchen nicht von dessen Rücken wich, an dem er sich wärmte.

Als sie wieder einmal an der Reling standen, hielt er die verkrüppelte Hand hinter sich, wie es seine Gewohnheit war. Mit der gesunden wies er auf die Steppe entlang des Wolga-Ufers, die hier mit flachen wilden Mandelsträuchern und Kirschbäumen bewachsen war. »Was sind das für Gerüste?«, fragte er und zeigte auf die hohen, grob gezimmerten Holzkonstruktionen, an denen an langen Schnüren Stofffetzen flatterten und am Ende hölzerne Klöppel, die einen rasselnden Lärm veranstalteten, wenn einer der Bauern an den Schnüren zog. Das Klappern drang über die Wolga bis zu ihnen.

Daniel grinste. »Damit vertreiben sie die Vögel, die sich an den Kirschen gütlich tun wollen. Und schau – nach den Menschen, die sich den Kirschen nähern, werfen sie sogar Steine.« Er wies auf die Szene, an der sie vorbeiglitten wie in einem Theater. Ein grobschlächtiger Wächter hob Gesteinsbrocken, ein möglicher Dieb hielt schützend beide Arme über den Kopf, während er die Flucht antrat.

Wenig später stieg ihnen der beißende Geruch nach kaltem Verbranntem in die Nase, und Sebastian deutete auf die schwarzen Felder, die sich hinter einer dichten Waldung plötzlich vor ihnen erstreckten und auf denen schwarze Holzgerippe wie verrenkte Gliedmaßen auf einem Leichenfeld lagen. »Was ist da wohl passiert?«, murmelte der Junge.

»Viele Dorfschaften müssen sich auf Kosten des Waldes Ackerraum schaffen. Dazu zünden sie die Bäume an und … tja, lassen sie liegen.«

»Warum bleiben wir nicht hier, Meister? Wir könnten auch einen Wald abfackeln und das Feld beackern.«
Daniel wuschelte Sebastian durch die Haare. »Das ist nicht der Plan«, erwiderte er. »Diese Ufergebiete hier sind dicht genug besiedelt. Dort, wohin man uns führt, leben überhaupt keine Menschen, und der Boden soll fett und fruchtbar sein, das Klima so mild, dass es eine Schande ist, wenn ihn keiner urbar macht.«
Sebastian zog eine Grimasse.
Es war offensichtlich, dass ihm fetter Ackerboden von Herzen egal wäre, wenn sie nur endlich ihr neues Zuhause erreichten.

Zu den ganz wenigen, denen die Strapazen Kräfte und Zuversicht verliehen, statt sie bis auf den Grund der Seele auszulaugen, gehörte Matthias Lorenz.
Niemanden überraschte das mehr als ihn selbst.
Er war doch derjenige gewesen, der den Auswanderungsplänen voller Skepsis gegenübergestanden hatte. Er war derjenige gewesen, der sich zu einer Ehe ohne Zuneigung hatte drängeln lassen, nur damit er seine Papiere anstandslos bekam und bei der Landvergabe großzügig berücksichtigt werden würde.
Wenn es nach ihm gegangen wäre, hätten sie in Waidbach bleiben können. Er hatte sich von Anfang an wenig von dem fremden Land versprochen – was sollte da anders sein als in der Heimat? Statt der Schwierigkeiten, unter denen sie zu Hause litten, würden sie in der Fremde dreimal so viele neue Probleme bekommen.
Dennoch hatte er nach den ersten Meilen auf deutschem Boden in Richtung Norden mit jedem Schritt und jedem Atemzug gespürt, wie eine schier unerträgliche Last von

ihm abfiel, wie seine Gedanken Flügel bekamen. *Weg, nur weg! Meile um Meile.*
Selbst seine frisch angetraute Gattin, die ihm mit jedem Satz, den sie von sich gab, mehr auf die Nerven ging, vermochte seiner sprühenden Laune keinen Dämpfer zu versetzen.
All die Jahre war Matthias kaum mal einen Tag vom elterlichen Hof gekommen, war einer Arbeit nachgegangen, die ihm nicht lag, und hatte sich von seiner Mutter drangsalieren lassen. Was für eine Befreiung, was für ein Glück, ihre keifende Stimme nicht mehr hören zu müssen, von ihren aberwitzigen Flüchen verschont zu werden, ihrer nörgelnden Gesellschaft nicht länger ausgeliefert zu sein.
Doch die Reise hatte ihre Schattenseiten: die Angst vor den Krankheiten, die sich ständig auszubreiten drohten, das Ungeziefer, vor dem man sich kaum zu schützen vermochte, all die Toten, die sie in den schwarzen Fluten der Ostsee versenkt oder am Wegesrand begraben hatten …
Um Marliese Röhrich hatten sie eine Zeitlang gebangt, und keiner hätte mehr eine Kupfermünze auf ihre Genesung gesetzt, doch sie hatte ins Leben zurückgefunden und wirkte kräftiger als jemals zuvor.
Über Frieda Mai wurde auch viel getuschelt. Der Husten hatte zwar inzwischen merklich nachgelassen, aber das Kind wirkte blutleer und kraftlos. Die meiste Zeit hing es wie ein dürres Bündel in den Armen seiner Mama, statt glucksend auf allen vieren über die Schiffsplanken zu krabbeln. Wie viel lebendiger wirkte dagegen die dralle Sophia, für die dies alles nichts als ein phantastisches Vergnügen zu sein schien, Tag für Tag von Leuten umgeben, die sie neckten und unterhielten, fütterten und wiegten.
Ein Lächeln glitt über Matthias' Gesicht, während er den

Kindern zuschaute, die mit untergeschlagenen Beinen im Kreis um Anjas Hund herumsaßen.
Bis zu dem Tag seiner Abreise galt Matthias im Dorf als ein in sich gekehrter, schweigsamer junger Mann, der auf Freundschaften keinen Wert legte. Er hatte selbst nicht gewusst, dass er sich jedoch innerlich danach gesehnt hatte, von Menschen umgeben zu sein, die ihn besser verstanden als seine Blutsverwandten.
Einen solchen Menschen hatte er in Bernhard Röhrich gefunden. Unfassbar, sie kannten sich von Kindesbeinen an und hatten nie gemerkt, dass sie auf eine ähnliche Art dachten und die gleichen Ansichten über das Leben und die Welt vertraten. In Bernhard hatte Matthias den ersten Freund seines Lebens gefunden, und er war sich sicher, dass diese Freundschaft jeder Belastungsprobe standhalten würde.
Oder Daniel Meister. Nein, ein Freund war er nicht geworden, aber was für eine Bereicherung stellte der Zeugmachergeselle dar! Er wusste so viel und wurde nicht müde, seine Kenntnisse zu mehren und sie mit sprühendem Witz unters Volk zu bringen.
Keineswegs war Matthias entgangen, dass der Charme des Berliners auch Wirkung auf Christina hatte. Möglich, dass seine Ehefrau die Absicht verfolgte, seine Eifersucht zu erwecken, aber damit würde sie kläglich scheitern.
Dass sie sich wie eine läufige Hündin gebärdete, trug nicht dazu bei, dass sich seine Meinung über sie verbesserte.
Für ihn war klar, dass sie, sobald sie in der neuen Heimat Fuß gefasst hatten, eine Regelung finden würden, die beiden zum Vorteil gereichte. Möglich wäre, dass sie zwei Wohnhäuser bezogen, die Äcker aber gemeinsam bewirtschafteten.

Unangenehm berührten ihn ihre Versuche, ihn zur Ausübung seiner ehelichen Pflichten zu bewegen. Er schämte sich für ihr liederliches Verhalten und fragte sich, was in einer Frau vorgehen mochte, die sich nicht umwerben ließ, sondern den Mann mit allen verfügbaren Mitteln unter Druck zu setzen versuchte.

Warum bloß tat sie das? Was versprach sie sich davon?

Matthias war nicht blind für Christinas Reize. Selbstverständlich war sie eine begehrenswerte Frau, mancher würde sein letztes Hemd für eine wilde Nacht mit ihr geben. Auch er hätte vielleicht der Versuchung nachgegeben, wenn da nicht von Anfang an eine Ahnung von Berechnung, von Zwang, von geplantem Bemühen zwischen ihnen gestanden hätte.

Irgendetwas stimmte nicht. Sie versuchte nicht, ihn zu verführen, weil er ihr gefiel. Sie führte etwas im Schilde, was er nicht zu durchschauen vermochte. Aber er war sich sicher, dass er es irgendwann herausfinden würde, und dann wäre er immer noch frei genug zu erklären, dass ihre Ehe annulliert werden sollte, da sie niemals vollzogen worden war. Ob es etwas mit ihrem Ausbruch nach Sankt Petersburg zu tun hatte?

Zärtlich strich Matthias – den Rücken gegen die Schiffswand gelehnt, das Gesicht vom rotgoldenen Schein der Abendsonne überzogen – über den Ledereinband des Buches, das auf seinen angewinkelten Knien lag und das ihm Eleonora geliehen hatte. Als er es öffnete, flatterten die hauchdünnen Seiten in der leichten Brise. Der Geruch nach Staub und abgegriffenem Papier stieg ihm in die Nase. Es war eine Liebesgeschichte mit allerlei romantischen Verstrickungen, die sein Interesse nicht fesseln konnte, und trotzdem wollte er dieses Buch so lange behalten, bis Eleonora wieder danach fragte. Ihm gefiel die Vorstellung, dass sie es in ihren Händen gehalten und die Nase dicht darübergebeugt hatte, den hübschen Mund vielleicht halb geöffnet vor Anspannung, während der Blick Zeile um Zeile, Seite um Seite wanderte. Vielleicht hatte sie die Spitze des Zeigefingers mit der Zunge benetzt, wenn sie umblätterte. Wie sehr hatte er die nächtlichen Stunden an Bord des Ostseeschiffes mit Eleonora genossen!

Die geflüsterten Gespräche, ihr warmer Atem an seiner Wange, ihr leises Lachen, das ihm Schauer über den Rücken jagte. Wie nah sie sich gekommen waren, und wie weh die plötzliche Erkenntnis getan hatte, dass er sich niemals von seinem Bruder hätte überrumpeln lassen sollen. Jetzt, jetzt wäre der Zeitpunkt gewesen, eine Frau um die Ehe zu bitten. Aus vollem Herzen und mit aller Liebe, zu der er fähig war.

Doch die Umstände waren nicht zu ändern, noch nicht, und hinzu kam, dass sich Eleonora seit ihrem Ausflug nach Sankt Petersburg verändert hatte.

Sie mied ihn.

Vorbei die Vertrautheit, die in den romantischen Nächten auf offener See zart gewachsen war. Irgendetwas war in Petersburg geschehen, aber Matthias war es bisher nicht gelungen, es herauszufinden. Er bemerkte nur Eleonoras Blicke, die hin und wieder, wenn sie meinte, er sähe es nicht, auf ihm ruhten und die dann sofort zu Christina wanderten, in Gedanken gefangen, die sich ihm nicht erschlossen. Hatte er ihr nicht in den Nächten auf Deck deutlich zu verstehen gegeben, dass sie ihm tausendmal mehr bedeutete als ihre Schwester?

Für einen Moment hielt Matthias den Ledereinband an seine Wange.

Eleonora ...

Ein Schwarm Krähen flog von der mageren Sandheide auf, die nun die Flusslandschaft prägte und auf der nur verstreute Holzhütten zu erkennen waren. Das Krächzen lärmte über die träge dahinziehenden Schiffe hinweg, als wollten die Vögel sie verspotten.

Wie anders war alles gekommen, als sich Franz das ausgemalt hatte. Er schien so sicher, dass sein Plan aufging, und wirkte wie ein schmählich zu Boden gegangener Ringkämpfer, als er in die heimische Stube getaumelt kam und tonlos verkündet hatte, Eleonora habe ihn abgewiesen. In diesem Moment hatte Matthias kurz die Möglichkeiten geprüft, seine Ehe mit Christina wieder rückgängig zu machen, aber es erschien ihm nun zu spät. Dass Franz wenige Tage später allerdings Anja Eyring als seine Braut präsentierte, überraschte Matthias nicht weniger als alle in Waidbach. Zum Wundern war ihnen aber keine Zeit geblieben, denn der Zug war bereits am nächsten Tag aufgebrochen.

Matthias schmunzelte vor sich hin und lachte leise. Er schätzte die Apothekerstochter sehr, aber wie es ihr gelungen war, das Großmaul Franz dermaßen zu verändern, würde ihm immer ein Rätsel bleiben. Irgendeine magische Kraft übte diese bemitleidenswerte und dennoch starke Frau auf seinen Bruder aus, die er sich nicht erklären konnte.

Hatte Franz nicht stets damit geprahlt, nur die schönsten Weiber wären gut genug für ihn? War nicht die Zurschaustellung seiner Manneskraft stets das hervorstechende Merkmal seines Charakters?

Und nun? Franz schlich hinter Anja her wie ein mit der Rute erzogener Hund, der fürchtete, dass der nächste Hieb kommen würde. Anja hatte für ihn nicht mehr Achtung als das Schwarze unterm Fingernagel. Dennoch ließ er nicht locker und benahm sich, als wären sie ein von Gottes Gnaden und in Liebe zueinander verbundenes Paar.

Im Kasernenhof in Oranienbaum hatte Matthias bei einer günstigen Gelegenheit Franz unter vier Augen gefragt, wie er sich in seiner Ehe fühle. Er, Matthias, habe den Eindruck, dass der Bruder allen Widrigkeiten zum Trotz am Ende doch die Richtige zur Frau genommen habe.

Franz hatte genickt. »Sie hat mich gerettet, Matthias. Sie ist die Richtige. Ohne sie wäre ich verloren gewesen. Ohne sie wäre ich daheim auf dem Hof unter der Knute der Mutter zugrunde gegangen.«

»Du bist ihr dankbar«, stellte Matthias irritiert fest.

»Dankbar, ja. Und sie wurde mir von Gott geschickt. Dafür werde ich mein Lebtag nicht aufhören, ihm zu danken.«

Matthias' Erstaunen wuchs, während er seinem Bruder zuhörte, der sprach wie ein Sünder auf Pilgerfahrt, dem der Herrgott eine letzte Chance geschenkt hatte.

»Ich brauche sie, Matthias. Ohne Anja bin ich ein Nichts. Ich habe es gleich in den ersten Tagen unserer Reise gemerkt. Seit wir den elterlichen Hof verlassen haben, fühle ich mich, als wäre ich in einen Ozean gefallen und würde haltlos dahintreiben. In meinem Kopf dreht es sich wie ein Strudel, ich habe das Gefühl, den Boden unter den Füßen verloren zu haben. Der einzige Mensch, der mich am Untergehen hindert, ist Anja.« Er senkte die Stimme und näherte den Mund Matthias' Ohr. Sein Bieratem stieg Matthias in die Nase, aber er lauschte besorgt. »Ich glaube, Gott hat mir diese Prüfung auferlegt. Wenn ich ein treuer, ein liebender, ein fürsorglicher Ehemann bin, werde ich dies alles hier überleben.«

Matthias war erschrocken zurückgewichen. Für einen Moment hatte er gemeint, in die irren Augen seiner Mutter zu blicken. Unstet und lodernd, als wäre der Bruder seiner Sinne beraubt. Gab es das? Ging diese Umsiedelung möglicherweise nicht über die körperlichen, aber über die seelischen Kräfte von Franz?

Den Schrecken hatte er abgeschüttelt, so schnell es ihm möglich war. Es würde nichts ändern. Sein Bruder hatte dieses Schicksal aus eigenem Antrieb gewählt, und er würde damit zurechtkommen müssen. Wenn er nun zu einem anständigen Mann wurde, dem das Wohlergehen des Eheweibs über die eigenen irdischen Gelüste ging, wäre dies nicht die übelste Entwicklung.

Ein Schatten fiel auf Matthias und verdunkelte die letzten rotgoldenen Strahlen der untergehenden Junisonne. Am Himmel zog ein Bussard mit schrillem Schrei seine Bahnen.

Matthias hielt sich den Arm über die Augen, um die Silhouette im Gegenlicht erkennen zu können. Christina. Die blonden Löckchen, die ihr Gesicht umrahmten, schillerten wie Goldfäden. Sie sah aus wie ein Engel, aber alles Himmlische fiel von ihr ab, als sie den Mund aufmachte.

»Ich muss mit dir reden«, erklärte sie schroff. »Jetzt.«

23. Kapitel

August 1766, auf der Wolga

Die Schiffe nahmen Kurs auf Kasan. Die Wolga erinnerte in dieser Gegend an manchen Stellen mehr an einen See als an einen Fluss.

Wenn die Sonne unbarmherzig vom Himmel brannte, war es weder auf Deck, wo einen die Fliegen fast auffraßen, noch im Schlafraum auszuhalten. Hier verbanden sich die Ausdünstungen und Essensgerüche zu einem ekelerregenden Gemisch, und das beständige Gedrängel und die Düsternis trieben manchen in die Raserei.

In der zweiten Augusthälfte kam frischerer Wind auf, graue Wolken zogen über den Himmel. Die ersten Regenschauer, die auf den nahenden Herbst hinwiesen, wurden lachend und mit ausgebreiteten Armen begrüßt.

Es gab keinen an Bord, der die Flussfahrt nicht satthatte, aber alle wussten, dass der Landweg zwar abwechslungsreicher wäre, dass dort allerdings Gefahren lauerten, die sie sich nicht auszumalen wagten, von denen aber das Heulen der Wölfe zu erzählen schien, das aus den weiten Wäldern nachts bis zu ihrem Schlafdeck drang. Trotzdem verkündeten einige, sie würden bei nächster Gelegenheit den Landweg wählen.

Die Fahrt auf der Wolga ging unerträglich langsam vonstatten. Der schwerste Frachtwagen fahre schneller als dieser schwimmende Leichenzug, maulten manche. Hinzu kam, dass die Schiffsleute nach wie vor nicht die geringste Eile an den Tag legten. In der Nacht blieben die Schiffe liegen, tagsüber kamen sie nur wenige Werst voran.

Daniel Meister äußerte im Kreise seiner Vertrauten die Vermutung, dass auf ihren Flussschiffen genau wie auf der Ostsee die Kapitäne eigennützig handelten, weil sie darauf bedacht waren, den größtmöglichen Profit herauszuschlagen. Das Proviantschiff, das zu der Flotte gehörte und in dem die Kolonisten die Dinge des täglichen Lebens besorgen konnten, bot die Waren zu weit überteuerten Preisen feil. Aber den Menschen blieb nichts übrig, als sich dort Brot und Frischwasser, Speck, Mehl und Eier zu besorgen, denn viel zu selten gab der Kapitän die Erlaubnis, an Land gehen zu dürfen. Zweifellos strich er einen erheblichen Gewinn ein, weswegen er, wie Daniel Meister mutmaßte, die Reise so weit als möglich in die Länge zog.
Die Kolonisten beschlossen einstimmig, nicht einen Kanten Brot mehr von dem Proviantschiff zu kaufen.
Sie verkündeten, dass sie selbst an Land gehen und sich nach Gutbefinden mit Lebensmitteln eindecken wollten. Daraufhin ließ der Kapitän kurzerhand mitten im Strom Anker werfen und befahl den Vorstehern, dafür zu sorgen, dass sich die Leute beruhigten.
Anton von Kersen kam dieser Aufgabe mit sichtlicher Genugtuung nach, was die Wut der Waidbacher anstachelte. Er sollte einer von ihnen sein und fiel ihnen bei jeder Gelegenheit in den Rücken. Wäre es nicht gerade seine Aufgabe gewesen, zwischen Schiffsleuten, Soldaten und Deutschen zu vermitteln?
Er jedoch schien seine Aufgabe darin zu sehen, den Willen der Kommandierenden durchzusetzen, und der Widerstand ließ ihn zu immer drastischeren Maßnahmen greifen. Daniel Meister, der sich, unterstützt von Flickschuster Bernhard Röhrich, zum Wortführer der Aufständischen entwickelt hatte, drohte von Kersen Peitschenhiebe an,

wenn er nicht Ruhe gebe, worauf ein Handgemenge entstand.
»Wir zerhauen die Ankertaue!«, schrie einer der Kolonisten. Und ein anderer hob die Faust: »Wir werfen den Kapitän über Bord!«
Die Soldaten verzichteten darauf, ihre Gewehre einzusetzen – Daniel vermutete, dass sie sich vor der Zarin persönlich hätten verantworten müssen, wenn sie gegen die Deutschen gewaltsam vorgegangen wären. Auf diesen Umstand war es zurückzuführen, dass die Kolonisten die Überhand bekamen und der Kapitän schließlich klein beigab. Mühsam gefasst verkündete er, dass sie im nächsten Dorf den Markt besuchen durften, dass er aber den Aufstand bei den Behörden in Saratow anzeigen und ihnen dort die gerechte Strafe zuteilwerden würde.
Die Aufständischen jubelten. Keiner glaubte daran, dass der Kapitän tatsächlich Anzeige erstatten würde – er würde nicht das Risiko eingehen, dass seine rechtswidrige Viktualienhökerei ans Tageslicht kam.

Staunend schlenderte Marliese, Alfons an der Hand, an den bunten Ständen vorbei, die sich in der Mitte des Dorfes, das aus windschiefen Holzhütten bestand, eng aneinanderdrängten. Die verschiedensten Düfte von fremdartigen Gewürzen schwängerten die Luft und erschwerten das Atmen.
An einem Stand waren blutige Schafsköpfe, auf Holzpflöcke gespießt, aufgereiht, daneben türmten sich Lammfelle. In unzähligen Holzkisten lagen frische und gesalzene Fische und verbreiteten einen bestialischen Gestank. Lange, roh gezimmerte Holztische bogen sich unter der Masse an grob gewebter Leinwand, vornehmlich mit blauer, roter

und schwarzer Wolle abgenäht. Riesige Kürbisse türmten sich auf dem Boden. Der dunkelhäutige Händler reichte mit zahnlosem Grinsen gesalzenes Kürbismus in winzigen Holzschälchen zum Kosten. Marliese eilte schnell an ihm vorbei.

Doch weniger die ausgelegten Waren ließen sie staunen, sondern das Aussehen der Menschen hier. Sie konnten nicht mehr allzu weit von ihrem Bestimmungsort entfernt sein. Wie es den Anschein hatte, würden diese Halbwilden mit den dunkelhäutigen Gesichtern, den schlitzförmigen Augen und den phantasievoll bestickten Trachten ihre Nachbarn sein. Kalmücken, Kirgisen und andere Nomaden hielten sich hier auf und boten ihre Waren feil.

Marliese sank das Herz.

Wo in Gottes Namen waren sie hingeraten?

Die Frauen in diesem Wolga-Dorf hatten zum größten Teil ebenmäßige Gesichter, in denen die schmalen Kohleaugen und die flachen Nasen dominierten. Die Männer wirkten von Wind und Wetter gegerbt, ihre Haut war lederig, ihre Hände waren schwarz, behaart und schwielig.

Und diese eigenartigen Trachten ... Die knöchellangen Leinengewänder der Frauen waren mit auffallenden silbernen Spangen und Brustschilden verziert, um die Mitte trugen sie Gürtel mit zur Seite herabhängenden, bunt genähten und gefransten Lappen. Am eigentümlichsten wirkten die Mützen, ohne die die Weiber nicht aus dem Haus zu gehen schienen. Sie waren dicht mit alten silbernen Kopeken oder Zinnplättchen besetzt, mit einem breiten Riemen unter dem Kinn befestigt und hinten mit einer langen Schleppe versehen, welche unter dem Gürtel durchging. Es wirkte, als baumelte der überladene Hauptschmuck bis zu den Kniekehlen hinab. Die pechschwarzen Haare der

Frauen hingen in dichten Flechten, die Enden waren in das Oberhemd gesteckt.
Marliese zerrte Alfons hinter sich her und erledigte ihre Besorgungen zügig, klaubte mit fahrigen Fingern die Münzen aus dem Beutel unter ihrer Schürze und kaufte Zucker und Eier, Rüben, Gurken und Äpfel.
Schließlich eilte sie zu dem Boot zurück, das sie zum Schiff zurückbringen sollte. Auf diesem Wolga-Abschnitt war das Ufer zu felsig, als dass die großen Schiffe hätten anlegen können, und die Beiboote taten einen guten Dienst.
Weitere Kolonisten sprangen in das Beiboot, und Marliese reckte den Hals. Wo war Helmine? Die Tochter hatte ihr trocken hingeworfen, dass sie lieber allein unterwegs sein wolle. Die Besorgnis der Mutter verhöhnte sie. »Glaubst du, einer vergreift sich an mir, wenn uns bei jedem Schritt die russischen Soldaten im Nacken sitzen? Es sei denn, einen der Wächter überkommt es selbst. Nun, ein paar von ihnen sehen gar nicht abstoßend aus …«, fügte sie noch gespielt nachdenklich hinzu.
Marliese wusste, dass Helmine nur darauf abzielte, sie zu erzürnen. Trotzdem brauchte sie all ihre Beherrschung, um nicht in die Falle zu tappen. »Dann geh alleine. Aber Alfons kommt mit mir, und du bleibt in Bernhards Nähe. Und gib acht auf Klara!«
Helmine verzog spöttisch die Lippen, als fragte sie sich, was die Mutter sich einbilde, ihr Anweisungen zu erteilen. Marliese entging diese Miene nicht.
Mit jedem Tag, den sie keinen Alkohol mehr anrührte, sah sie ein Stück klarer. Es war, als würde sie aus einem Sumpf auftauchen, und je höher sie kam, desto mehr drang das Sonnenlicht zu ihr und erhellte die Umgebung.
Wie blind war sie die vielen Jahre, die sie im Suff verbracht

hatte, für alles gewesen, was sich zwischen den Menschen abspielte.
Wie sollte sie nach der langen Zeit, in der sie sich um nichts gekümmert hatte, nur wieder die Kontrolle über ihr Leben und das der Kinder übernehmen? Es schien ein unsinniges Unterfangen, als wollte man aus Abertausenden von Scherben eine kostbare Vase zusammensetzen, die zerbrochen war.
Es gab nichts zu beschönigen: Ihre Tochter war in den Jahren, die sie auf die Mutter verzichten musste, zu einem bösartigen Menschen herangereift. Marliese fragte sich, ob es ihr jetzt noch gelingen würde, ihr ins Gewissen zu reden und ihr zu helfen, eine ehrenwerte junge Frau zu werden. Sie betete jede Nacht dafür, dass es noch nicht zu spät war, Helmine auf den rechten Weg zu begleiten.
Aber es war nicht nur ihre Tochter, die sie beunruhigte. Sie fragte sich auch, was in Bernhard vorging, so ein stattlicher, beeindruckender junger Mann, tüchtig, zäh und klug.
Warum hatte er sich bisher noch an keine Frau gebunden? Marliese bemerkte die Blicke der jungen Weiber, den koketten Augenaufschlag, den ihm manche hoffnungsfroh zuwarf, aber ihr Sohn reagierte wie ein störrisches Maultier.
Mochte er am Ende keine Frauen?, fragte sich Marliese. Hatte er möglicherweise von einem Leben im Kloster geträumt? Hier im Treck sah sie ihn oft mit dem verstockt wirkenden Knecht Matthias, mit diesem leichtfertigen Zeugmacher aus Berlin, und die Brandnarben-Anja hielt sich meist nicht weit entfernt auf. Sie hörte die jungen Leute miteinander plaudern und lachen, aber das konnte es doch nicht sein, was sich ein kräftiger junger Mann wie ihr Bernhard erträumte?

Marliese beobachtete manchmal wehmütig die Paare in ihrer Umgebung. Besonders anrührend empfand sie das Ehepaar Mai, Adam und Veronica, die sich so um ihr Töchterchen sorgten. Es erinnerte sie daran, wie sie vor vielen, vielen Jahren – oder war es in einem anderen Leben? – selbst ihre Kinder umhätschelt hatte.
Wie hatte am Ende nur alles so falsch laufen können? Ihr Magen rebellierte, wenn sie in ihrer Gedankenreise an den Punkt kam, wo sie ihrem Mann Johann die Mistgabel in den Leib gerammt hatte.
Sie versuchte, das Bild aus ihrer Erinnerung zu bannen, den Geruch nach Blut, das letzte Ausatmen, aber es kehrte immer wieder zurück und ließ sie taumeln.
Unmöglich, dass der Herrgott ihr diese Sünde vergab. Irgendwann würde die gerechte Strafe für die Bluttat auf sie niederprasseln.
Sie hoffte, dass all die Paare, die sich kurz vor dem Abmarsch das Jawort gegeben hatten, einen freudvolleren Lebensweg beschreiten würden.
Matthias und Christina, die Nachwuchs erwarteten … Ein Lächeln trat in Marlieses Züge, während sie sich neben Alfons aufs Schiffsdeck setzte und begann, Stücke von dem krossen weißen Fladenbrot abzureißen, die sie ihrem Sohn reichte. Christina wirkte trotz ihres Melonenbauchs mit ihrer grimmigen Miene zwar keineswegs wie eine werdende Mutter, die sich auf das Kind freute, aber vielleicht verlief die Schwangerschaft beschwerlich, und die Greuel der Reise taten ihr Übriges.
Und Anja und Franz … Marliese hob den Kopf, als sie die Apothekerstochter sah, wie sie gerade die kleine Frieda auf den Arm nahm und das Ohr prüfend auf deren Brust legte. Franz und Anja erschienen Marliese eher angespannt und

missmutig, aber auch bei ihnen konnte die üble Laune auf die Schrecknisse der vergangenen Wochen zurückzuführen sein. Sie würden bald gemeinsam die ersten Schritte auf ihrem eigenen Land gehen und Arm in Arm, Schulter an Schulter Pläne schmieden, stellte Marliese sich vor.

Das Schiff schaukelte in den leichten Wellen, als nun das letzte Beiboot eintraf. Ein junger Soldat half den Nachzüglern, an Bord zu gelangen, indem er ihnen die Hand reichte.

Daniel Meister machte ohne fremde Hilfe einen Satz auf die Planken. Sebastian eiferte ihm nach und stürzte dabei fast in den Fluss. Gerade noch konnte sich der Junge an der Reling festklammern, die Beine baumelten über der Bordwand. Daniel packte sein rechtes Handgelenk, der Soldat sein linkes. Mit Schwung hievten sie den Jungen an Bord, wo er auf den Planken schwer atmend alle viere von sich streckte. Daniel blickte kopfschüttelnd auf ihn herab, aber in seinem Gesicht blitzte ein Grinsen auf.

Marliese seufzte vor Erleichterung, weil in diesem Moment Helmine an Bord kletterte. Der junge Soldat packte sie statt an den Händen um die Taille und hob sie hoch. Sie lachte laut auf und ließ sich von ihm wie eine Puppe abstellen. Die Riemen eines bunt umnähten Leinensacks verliefen quer über ihre Brust. Schwer hing der Beutel an ihrer rechten Seite. Was mochte sie eingekauft haben? Und woher hatte sie das Geld? Ob ihr Bernhard einen Teil des Handgelds, das ihr zustand, ausbezahlt hatte?

Helmine drehte sich einmal suchend um die eigene Achse. Als sie ihre Mutter und Alfons entdeckte, kam sie in deren Richtung. Marliese winkte, Alfons duckte sich halb hinter seine Mutter, spähte lauernd über ihre Schulter.

»Was für eine herrliche Abwechslung«, rief Helmine ungewohnt redselig. Ihre Augen glommen, als sie sich ein weiteres Mal zu dem freundlichen Soldaten umdrehte, der sie an Bord gehoben hatte.

Sie ging in die Hocke und griff in den Beutel. »Mutter, ich habe dir ein Geschenk mitgebracht.« Sie senkte die Stimme.

Ein Geschenk? Wollte sie etwas gutmachen? Glitzerten ihre Augen in freudiger Erwartung?

Alles Blut wich aus Marlieses Gesicht, als sie sah, was ihre Tochter da langsam und mit sichtlichem Genuss aus dem Beutel zog. Sie hielt die Flasche Wodka am Hals und präsentierte sie auf der Handfläche wie etwas Kostbares, stellte sie dann neben Marlieses ausgestreckten Beinen achtsam auf die Holzplanken. »Na, was sagst du? Soll ich dir gleich einen Becher einschenken, hm? Du musst doch fast verdursten, oder?«

Marlieses Finger bebten. Als sie schluckte, brannte es in ihrer Kehle, als hätte sie Sand hervorgewürgt. Sie starrte auf die grüne Flasche, die den glasklaren Schnaps enthielt. Mit einem Lächeln auf den Lippen zog Helmine den Korken ab, hob die Flasche und roch an ihr. »Hm, wie das duftet …«

Alfons entschied auf die ihm eigene Art, dass hier etwas Besonderes geschah. Er klatschte in die Hände und rief: »Geschenk, Geschenk!«

Marliese fühlte sich wie betäubt, unfähig, Wut oder Gier, Hass oder Verachtung zu empfinden. Sie sah nur das Böse in den Augen der Tochter und roch den Wodka, als Helmine ihr die Flasche unter die Nase hielt.

Nur einen Wimpernschlag später hatte sie die Flasche gepackt und sie mit einer solchen Wucht von sich geschleudert, dass sich der Inhalt über den Boden und Helmine ergoss, bevor das Glas klirrend zerbrach. Tausend Scherben flogen in einem Wirbel herum, funkelten im Licht der Augustsonne.

Marliese verengte die Augen zu Schlitzen, beugte sich vor und umfasste das Handgelenk ihrer Tochter fest wie ein Schraubstock, so dass diese vor Schmerz das Gesicht verzerrte. »Tu das nie wieder, Helmine! Hörst du? Tu das nie wieder!«, zischte sie.

24. Kapitel

Meile um Meile spürte Christina, wie Matthias ihr entglitt. Nicht, dass sie ihm jemals nah gewesen wäre, beileibe nicht. Ein bitterer Zug hatte sich um ihren schönen Mund gelegt. Wenn sie sich den Handspiegel vorhielt, meinte sie, in das Gesicht einer um zehn Jahre älteren Frau zu blicken. Hatte sich da nicht eine Falte zwischen ihren Nasenflügeln und den Mundwinkeln gebildet? Wo war der Glanz in ihren Augen? Sie sah aus wie jemand, der hundert Jahre Schlaf brauchte, und genauso fühlte sie sich auch. Dazu noch diese runden Backen, die sie aufgedunsen wie eine Wasserleiche erscheinen ließen und die auf dieses verfluchte Kind zurückzuführen waren, das sich Tag für Tag breiter in ihr machte, als wollte es sie zum Zerplatzen bringen.

Christina verfolgten Alpträume, wie sie die Balance verlor und auf die Planken des Schiffes fiel, wobei ihr Bauch aufplatzte wie einer der zahllosen Kürbisse, die hier überall wuchsen und verkauft wurden. Rotes Fleisch quoll aus ihrem aufgerissenen Leib hervor. Es glitschte ihr aus den Händen, wenn sie es zu fassen versuchte, und besudelte sie vom Scheitel bis zu den Zehenspitzen. Mehr als einmal war sie nachts schreiend und schweißgebadet aufgewacht. Die Erkenntnis, dass sie nur geträumt hatte, tröstete sie nicht.

Der kugelrunde Bauch spannte die Haut bis zum Äußersten und hinderte sie daran, eine bequeme Lage beim Schlafen zu finden, was ohnehin in der gedrängten Enge schwer möglich war. Manche Nachtstunde lag sie wach und starrte auf die moderigen Holzplanken über ihr, leer, erschöpft, verbittert.

Sie konnte nur hoffen, dass Matthias anständig genug war, sie zu schützen. Als eine von ihrem Mann unehrenhaft vertriebene Frau, die sich vor der Ehe mit einem anderen eingelassen hatte, hätte sie in Russland keinen leichteren Stand als in Deutschland. Christina bildete sich nicht ein, dass die Regeln menschlichen Miteinanders in diesen Längengraden anderen Gesetzen unterworfen waren. Sie hatte einen Fehler begangen – und ihr Schicksal lag nun in den Händen des Mannes, den sie geheiratet hatte, ohne ihn zu lieben.

Es war ein schwerer Gang für sie gewesen, im Juni, als sie im sechsten Monat schwanger war und begonnen hatte, die ersten Nähte aus ihrem Kleid auszulassen, damit ihr anschwellender Leib Platz fand. Sie war schmal gebaut, und das Kind entwickelte sich langsam, aber im sechsten Monat gab es keine Möglichkeit mehr, die Schwangerschaft zu verbergen. Bald würden es alle sehen. Bevor sich die Leute die Mäuler zerrissen und Matthias von anderen erfuhr, dass seine Frau schwanger ging, hatte sie all ihren Mut zusammengenommen und eine Aussprache herbeigeführt.

Wie verfluchte sie diese undurchdringliche Art, die sie anfangs bei Matthias als geheimnisvoll gedeutet hatte. Auch bei diesem Gespräch bekam sie nicht die leiseste Ahnung von dem, was hinter seiner Stirn vorging. Sosehr sie auch bohrte und nachfragte, Matthias' Miene blieb unbewegt. Er nickte nur, als sie ihm ihren Zustand beichtete, schien kurz blasser zu werden, aber seiner Stimme und seinen Worten war kein Unwillen anzumerken.

»Weißt du, von wem es ist?«, fragte er nur.

Christina gab sich angemessen entrüstet. »Selbstverständlich. Aber … es ist niemand, den du kennst.«

Als Daniel Meister in diesem Moment vorbeigeschlendert

war, hatte Matthias die Lippen geschürzt. »Wann kommt das Kind zur Welt?«

»Im Oktober«, hatte sie schnell erwidert, seine Finger ergriffen und sie mit beiden Händen gedrückt. »Matthias, kann ich mich auf dich verlassen?« Ihre Stimme hatte so dünn, so flehentlich geklungen, dass sie Ekel vor sich selbst empfand. Was blieb ihr übrig, als auf Matthias' guten Willen zu setzen?

Matthias hatte ihr ins Gesicht geschaut, lange, viel zu lange für Christinas Ungeduld. »Lass das Kind erst einmal auf der Welt sein«, hatte er dann erwidert. »Wir werden sehen, wie sich alles fügt. Von mir aus spielen wir der Zarin zu Ehren die junge wachsende Familie, bis wir alle den richtigen Platz in unserem neuen Leben gefunden haben. Das erscheint mir in unserer jetzigen Situation das Vernünftigste.«

In dem Moment wäre Christina ihm am liebsten um den Hals gefallen, aber sie spürte, dass selbst diese Art von Vertrautheit Matthias zu weit gegangen wäre. Deshalb nickte sie nur und senkte den Kopf. »Danke.«

Alles, wirklich alles hatte ihr dieses Kind verdorben. Ihr Herz wurde schwer wie Blei, wenn ihr Nikolaj in den Sinn kam, wie er sie geküsst hatte, wie behütet und geborgen sie sich in dem weichen Bett gefühlt hatte. Je länger diese Reise ging, desto mehr wähnte sie sich in einem falschen Leben.

Was tat sie hier? Was tat sie an der Seite dieses stocksteifen Knechts, das ungeliebte Kind im Leib, das unablässig strampelte und trat?

Wenn es nur endlich vorbei wäre. Wenn sie nur endlich das Ungeborene aus sich herauspressen durfte, um sich wieder frei zu fühlen.

Und dann?
Christina biss sich auf die Unterlippe, bis sie warmes Blut schmeckte. Was sollte mit dem Balg geschehen? Vielleicht hatte sie Glück und es starb bei der Geburt. Ganz gegen ihre Gewohnheit schickte sie ein Gebet zum Himmel als Abbitte für ihre tiefsündigen Gedanken.
Aber wäre es nicht tatsächlich das Beste für den Wurm in ihr, wenn er diese Welt, auf der es für ihn keine Liebe geben würde, niemals kennenlernte?

Es hatte Eleonora weh getan, als sie in Sankt Petersburg erfuhr, dass ihre Schwester ein Kind unter dem Herzen trug. Die Vorstellung, wie sich Matthias und Christina liebten, wie sich sein Samen in sie ergoss, wie er stöhnend vor Lust auf ihr zusammensackte und sie seinen Unterleib mit den Beinen umfangen hielt, lächelnd und beseelt von den genossenen Freuden …
Immer wieder hatten sich solche Bilder in ihr Denken gezwängt und sie gefoltert, bis sie wusste, dass sie sich von Matthias zurückziehen musste, wenn sie mit heiler Seele weiterleben wollte.
Dass sich ihre Schwester und Matthias trotz Christinas fortgeschrittener Schwangerschaft nicht wie ein liebendes Paar verhielten, täuschte Eleonora nicht darüber hinweg, dass es mehr zwischen den beiden geben musste, als es den Anschein hatte.
Matthias schien zu akzeptieren, dass sie sich distanzierte. Von sich aus unternahm er keine weiteren Versuche, die Gespräche unter den Sternen der Ostsee hier auf der Wolga fortzuführen. Es war, als hätten sie mit Überschreiten der Landesgrenze ihre zart gediehene Zuneigung zurückgelassen.

Der August neigte sich dem Ende zu, und es hieß, die ersten Frostnächte seien nicht mehr fern.
Eleonora zog die wollene Stola eng um sich, während das Schiff den Fluss hinabglitt und der kühle Wind ihr entgegenblies.
Sie spürte den Kopf, der sich auf ihre Schulter legte, und wie sich ein magerer Arm bei ihr einhakte. Mit leerem Blick schaute Klara in die Ferne, während sie sich an der Schwester wärmte.
»Ist es noch weit, Eleonora?«, murmelte sie. »Ich kann nicht mehr ...«
Eleonora wickelte die Stola um sie beide wie einen Kokon. »Es kann nicht mehr weit sein, Klara. Wir haben schon unglaublich viele Meilen hinter uns gebracht. Wir können stolz auf uns sein, oder?« Sie versuchte ein aufmunterndes Lächeln.
Aber Klara seufzte nur. »Ich will ein weiches Bett und einen Ofen, an dem ich meine Finger wärmen kann. Ich will an einem Tisch essen, und ich will über Felder laufen, so lange ich möchte.«
Eleonora lächelte wehmütig und streichelte der Schwester über die Wange. »Du wirst sehen, wir werden in schönen Häusern wohnen, und wir werden sie uns behaglich einrichten. Wir werden unser eigenes Land haben und Tiere, Klara. Pferde, Hühner, Kühe, Schweine ...«
Klaras Augen leuchteten auf. »Wirklich? Werden wir nicht mehr weben?«
»Nur für uns selbst, wenn wir mögen. Aber du wirst sehen, in wenigen Monaten werden wir so viel Geld verdienen, dass wir es gar nicht mehr nötig haben, unsere Stoffe selbst zu weben. Wir werden uns feine Seide und makelloses Leinen in den buntesten Farben kaufen.«

Das Mädchen seufzte unterdrückt. »Ich kann es kaum noch erwarten.«
In dem Moment drang aus dem Schlafdeck ein Schrei, wie ihn weder Eleonora noch Klara jemals gehört hatten. Er kam aus tiefster Seele, aller Schmerz der Welt schien in ihm widerzuhallen. Eleonora drang der Ton unter die Haut, ihre Nackenhaare stellten sich auf. Sie fuhr herum, genau wie Klara, und eilte zur Luke zum Schlafdeck. Auch die anderen an Bord waren aufgeschreckt.
In diesem Augenblick tauchte Veronica Mai in der Luke auf, den linken Arm fest um ihr Kind gelegt, während sie sich mit der Rechten nach oben zog. Sie stolperte, rappelte sich auf – ihr Gesicht eine ascheweiße Grimasse mit im Schrei verzerrtem Mund und weit aufgerissenen milchig blauen Augen. Wie von Sinnen ruckte ihr Kopf hin und her, während sie schrie und schrie und schließlich auf die Knie sank, das Gesicht gen Himmel gewandt. Ein Schluchzen schüttelte ihren Körper, Tränen nässten ihr Gesicht.
Alle umstanden sie wie gelähmt, schauten auf die Frau. Eleonora gewann als Erste ihre Fassung wieder. »Das Kind«, murmelte sie und kniete sich vor Veronica, um ihr Frieda aus den Armen zu nehmen. Ganz ruhig war das kleine Mädchen, ganz friedlich, obwohl die Mutter zum Steinerweichen schrie, und als Eleonora die Kleine mit leichter Gewalt aus der Umklammerung der Mutter zog, erkannte sie, dass Frieda tot war.
Eleonora gefror das Blut in den Adern, als sie das unbewegte Gesicht des Kindes sah, die Lider geschlossen, das Mündchen mit den blassrosa Lippen leicht geöffnet. Die ersten Zähne im Unterkiefer blitzten weiß hervor, weiß wie das ganze Gesicht. Die Hände waren kalt wie Schnee, und

als Eleonora die Kleine unter den Armen packte, sackte der Kopf in den Nacken.

Die Umstehenden flüsterten, bekreuzigten sich, manche schneuzten sich die Nasen. Marliese hockte sich neben Veronica, die nun den Kopf auf die Schiffsplanken gelegt hatte und immer wieder mit der Stirn gegen das Holz stieß. Blut rann ihr übers Gesicht, verfärbte die strohblonden Haare an den Seiten.

Marliese versuchte Veronica festzuhalten, aber diese war zu stark und offenbar mit jeder Faser ihres Körpers von dem Wunsch besessen, der Tochter zu folgen.

Matthias, der aus dem Schlafdeck heraufkam, war mit zwei Schritten bei Veronica. Es bedurfte seiner ganzen Kraft, sie an seine Brust zu drücken, wo sein vor Dreck starrendes Hemd mit Blut und Tränen verschmiert wurde, bis das Schluchzen der untröstlichen Mutter in ein heiseres Wimmern überging. »Warum?«, brachte sie mit erstickter Stimme hervor. »Warum Frieda? Sie war doch genesen. Wir hätten es sicher bald geschafft.«

Auch Anja war inzwischen dazugekommen und nahm, nachdem sie sich versichert hatte, dass sich Matthias um Veronica kümmerte, Eleonora das tote Kind aus den Armen.

Anja tastete das leblose Mädchen mit gerunzelter Stirn ab und schaute ihm in den Mund. »Der monatelange Husten hat an ihr gezehrt, hat sie all ihrer Kräfte beraubt«, murmelte sie schließlich. »Es hat zwar so ausgesehen, als sei sie genesen, aber nach einer lebensgefährlichen Erkrankung genügt eine harmlose Erkältung, und der Körper kommt nicht mehr dagegen an. Es tut mir leid«, fügte sie hinzu und drückte den puppenleichten Leichnam an sich.

Klara weinte inzwischen hemmungslos, und als sich Sophia

durch die Menschenmenge hindurchdrängelte, um auf dem Schoß der Mama zu kuscheln, drückte Eleonora sie so ungestüm an sich, dass die Dreijährige kurz aufschrie und ebenfalls zu weinen begann. Eleonora lockerte ihren Griff, küsste ihre Tochter aufs Haar. Jeder der Kolonisten konnte verstehen, wie sich Veronica fühlen musste, aber niemand wusste das besser als Eleonora. Ohne ihr Kind verlöre ihr Leben seinen Sinn, und ihr war klar, dass Veronica ähnlich empfand wie sie. Wie sollte die junge Frau diesen Schicksalsschlag nur jemals überwinden?

»Aus dem Weg!«

Eleonoras Kopf fuhr hoch, als sie die barsche Stimme des Mannes vernahm, der die mitfühlenden Kolonisten um Veronica zur Seite drängte. Doch es war keiner der Soldaten, die abseits mit verschlossenen Gesichtern miteinander flüsterten.

Es war Adam, Friedas Vater.

»Gib mir mein Kind!«, fuhr er Anja an, die immer noch die Kleine hielt. Ohne eine Antwort abzuwarten, griff er nach dem Leichnam.

Er bettete das Köpfchen in die Armbeuge und wiegte das Kind hin und her, als lebte es noch. Seine Züge entspannten sich, während er in das zarte Gesicht schaute und über die fahlen Wangen streichelte. »Psssst«, flüsterte er. »Pssst, mein Goldschatz, alles wird gut.« Ohne ein weiteres Wort drehte er sich um und trug das tote Kind unter Deck.

Schweigend starrten ihm die Waidbacher hinterher, keiner wagte zu sprechen, und die Stille hallte wider von den Schreien und dem Wimmern der trauernden Mutter, die ihr Bruder mit versteinerter Miene in den Armen hielt.

25. Kapitel

Oktober 1766, bei Saratow

Kein einziges Mal hatten die Schiffe im Hafen einer größeren Stadt angelegt. Vermutlich fürchteten die wachhabenden Soldaten, die Kontrolle über die Deutschen in dem Gewimmel zu verlieren. Auf der gesamten Wegstrecke hatten die Kolonisten nur die wenigen Dörfer, zu denen ihnen der Landgang erlaubt war, kennengelernt, und so fühlten sie sich, als sie Mitte Oktober Saratow erreichten, völlig erschlagen von der Betriebsamkeit der Wolga-Stadt.

Obwohl sich Christina genau wie alle anderen darüber freute, dass sie endgültig an Land gehen konnten, um die restliche Wegstrecke mit Pferden und Fuhrwerken zu bewältigen, seufzte sie, als sie neben Eleonora, Sophia und Klara über die Hafenanlage zu der Sammelstelle hinter den Getreidelagern marschierte.

Ein kühler Wind strich durch die Gassen und kräuselte das grauschwarze Wasser des Flusses. Die Luft war erfüllt von dem fauligen Geruch nach Unrat, der sich an den Ufern sammelte, und altem Fisch.

Nach und nach legten die Boote mit den anderen Kolonisten an und spuckten die Passagiere an Land, wo sie sich träge, mit gebeugten Rücken und schwerfälligen Bewegungen zu orientieren suchten.

Es gab kaum einen, den die Reise nicht an die Grenzen seiner Belastbarkeit gebracht hatte. Die Gesichter wirkten greisengrau, die in Oranienbaum erstandenen Kleider und

Kutten starrten vor Dreck, waren zerknittert, zerschlissen, löchrig.
Christina ächzte bei jedem Schritt leise und hielt sich den Rücken, den sie zu einem Hohlkreuz krümmte.
Schon einige Male hatte es den Anschein gehabt, als drängte das Kind nach draußen. Der Bauch hatte sich gespannt wie ein Trommelfell, während das Ziehen Christina die Luft abschnürte.
Die Schwestern hielten sich dicht aneinander, um sich im Gewühl der großen Stadt nicht zu verlieren.
Daniel erzählte ihnen, dass zu Saratow fast neunhundert Häuser gehörten und dass sich hier viele Deutsche niedergelassen hätten.
Für die Kolonisten wäre Saratow der Ort für die größeren Besorgungen und für alle amtlichen Gänge.
»Wie weit ist es noch bis zum Ziel?«, fragte Christina, träge vor Erschöpfung.
»Ich schätze, es sind noch zwei bis drei Tagesreisen, aber ich habe keine Ahnung, wie lange wir in Saratow bleiben.«
»Wir rasten?«, fragte Christina. »Wo sollen wir nächtigen?«
»Wir werden auf die Herbergen verteilt und bei – hoffentlich – gastfreundlichen Russen einquartiert.«
Nun stöhnte auch Eleonora auf. Klara begann wieder zu weinen.
»Grämt euch nicht!«, tröstete Daniel die Frauen. »Es ist bald geschafft. Die neue Heimat wird uns für alles entschädigen, was wir ertragen mussten.«
An der Sammelstelle trafen sie auf diejenigen, die kurz vor Kasan den Landweg genommen hatten. Sie hielten sich bereits seit mehreren Tagen in der Stadt auf und wirkten wesentlich erholter als die Schiffsreisenden.

Sie erfuhren, dass sie sich in zwei Tagen bei der deutschen Kanzlei zu melden hatten, die alle mit dem Koloniewesen befassten Geschäfte besorgte.
Präsident dieser Behörde war Grigorij Orlow, der eng mit der Zarin verbunden war. Viele Deutsche arbeiteten in den Amtstuben als Schreiber und Kopisten, aber ihnen zur Seite gestellt waren Russen, die alles in die Landessprache übertrugen.
Der wichtigste Mann in der Kanzlei war ein Schwede namens Nieberg, der sowohl Russisch als auch Deutsch perfekt sprach und schrieb. Bedauerlicherweise aber war er dem Wodka so zugetan, dass er jede Gelegenheit nutzte, um auszubüxen. Beamte zerrten ihn dann Stunden später, wenn seine Hilfe dringend gebraucht wurde, aus einer der zahlreichen Kabacken, um ihn anschließend mit einer Kette an den Tisch zu fesseln, damit er nicht wieder entwischte.
Überhaupt herrschten in der Behörde rauhe Sitten, die nicht nur die Frauen des Trecks erschreckten. Wer sich nicht fügte oder seinen Dienst nicht vorschriftsmäßig betrieb, bekam ohne Umschweife die Peitsche zu spüren, aber für Mitleid mit den geschundenen Bediensteten fehlte den Kolonisten die Kraft. Sie hatten genug mit sich und ihrer angeschlagenen Gesundheit zu tun.
Jedoch führte es bei manch einem zur spontanen Genesung und Verjüngung, als jeder Einzelne von ihnen ohne Unterschied einhundertfünfzig Rubel erhielt. Schwer wog das Geld, das in harten Kupfermünzen ausbezahlt wurde, in den Händen und Beuteln der Menschen, aber eine liebere Last konnte sich an diesem Tag keiner vorstellen. Die Zarin hielt Wort!
Einhundertfünfzig Rubel waren ein vortreffliches An-

fangskapital, mit dem man Pferde, Fuhrwerke, Ackergeräte und Möbel anschaffen konnte. Wenn sie nur endlich ihre Häuser in Besitz hätten nehmen können!

Es dauerte weitere drei Tage, bis zum Abmarsch aufgerufen wurde, und so mancher erlag der Versuchung, sich eines Großteils der Kupferlast zu erleichtern, wobei ihnen die Einheimischen, die längst spitzbekommen hatten, wann Zahltag war, nur zu gern halfen.

Franz Lorenz stürzte sich Hals über Kopf in das Kneipenleben Saratows, zechte in den Kabacken und hatte seinen Spaß daran, die russischen Saufkumpane freizuhalten. Was für ein Genuss nach all den entbehrungsreichen Monaten, endlich wieder aus dem Vollen zu schöpfen und der Welt zu zeigen, wie viele Gläser Wodka in einen hessischen Ackerknecht passten!

Anja wusste um seine Saufgelage, aber es schmerzte sie nur um das Geld, das er mit beiden Händen verschleuderte in dem naiven Glauben, Freunde unter den Einheimischen zu gewinnen, die ihm irgendwann nützlich sein konnten. Sollte er sich doch totsaufen! Sollte er sich ausbeuten lassen, der eitle Geck – was scherte es sie.

Auch Anton von Kersen machte Bekanntschaft mit dem Gesindel, das von allzu leichtgläubigen deutschen Kolonisten lebte. Er taumelte aus einer der Kneipen, grölend eine letzte Flasche schwenkend, als es plötzlich hinter ihm klackerte. In einer schleppenden Drehung wandte sich der Kolonistenvorsteher um. Er wollte den Grund für das merkwürdige Geräusch erfahren und konnte nur noch staunen, wie flink fremde Finger die auf das Pflaster prasselnden Münzen aufklaubten. Sein empörtes »He!« verhallte in der Abendluft, die nur Kälte versprach, aber keine Befreiung von dem Geruch nach Verdorbenem und Ver-

faultem. Ein spindeldürrer Russe hatte von Kersens zum Bersten mit Kopeken gefüllten Gürtelsack von hinten aufgeschlitzt und verschwand in der nächsten Gasse.
Obwohl mehrere Passanten Zeugen dieses dreisten Raubs waren, rief nicht einer nach den Gesetzeshütern. Anstatt Hilfe bekam von Kersen nur Hohn und Spott zu spüren, als er sich mit ausgebreiteten Armen verzweifelt um die eigene Achse drehte.
Man kannte die tölpelhaften Deutschen hier. In den Gaststätten überboten sich die Halunken beim Herausposaunen ihrer frechen Heldentaten.
Matthias hörte von verschiedenen Freunden solche Geschichten. Allmählich hatte er den Verdacht, dass die Russen es als erlaubtes Geschäft ansahen, die Deutschen um ihre Rubel zu erleichtern, die ohnehin von der Kaiserin viel zu großzügig ausgegeben wurden. Ihn zog es weder in die Kneipen, noch mochte er in dem Herbergszimmerchen bleiben, das er sich mit Christina teilte.
Das Bett war zu schmal für zwei, und keinem von ihnen beiden stand der Sinn danach, eng aneinandergeschmiegt die Nächte zu verbringen. Also schlief er auf dem nackten Holzfußboden, wachte morgens mit knackenden Knochen auf und betete, dass sie bald wieder aufbrechen würden.
Saratow als im Wachsen begriffene, umtriebige Stadt, wo man sich als Deutscher eine goldene Nase erwirtschaften konnte, reizte ihn schon – aber nicht in dieser Verfassung und ohne Plan. Erst einmal ankommen und sehen, was das Schicksal für ihn bereithielt.
Es gab hier von Landsleuten betriebene Fabriken, in denen ein fleißiger Kolonist sofort Arbeit fand. In einer wurden seidene Strümpfe, in der anderen Hüte angefertigt, in der dritten stellte man Tücher und Schärpen her. Und es gab

Kaufleute, von denen man lernen konnte, mit welcher Ware man die größten Gewinne erzielte.

Wie die meisten anderen Kolonisten kaufte sich Matthias zunächst eines der Kalmückenponys, die für zwölf Rubel angeboten wurden – ein hoher Preis, aber die Nachfrage nach den Lasttieren war immens. Viele schafften sich eine Kibitka – einen überdachten Reisewagen – an, der ihnen auf dem Weg durch die Steppe als komfortables Fortbewegungsmittel dienen sollte.

Ein guter Teil des Geldes ging für Proviant drauf. Brot und getrocknete Fische für die eigenen Bedürfnisse sowie Hafer für die Pferde wurden in gewaltigen Mengen gehortet und auf den Wagen verstaut. Die mit dem Ackerbau vertrauten Kolonisten schafften sich vorausschauend Sensen, Spaten und Pflüge an.

Eleonora und Anja versuchten mit vereinten Kräften, Christina zu überreden, bis zur Geburt des Kindes in Saratow zu bleiben.

»Du weißt nicht, wo wir landen und ob es dort in der Nähe Hilfe für dich geben wird. Hier kannst du eine Hebamme rufen«, beschwor Anja sie.

Doch Christina schüttelte den Kopf, dass die Locken flogen. »Ich gehe mit euch. Andere Frauen kriegen auch Kinder, und in unserer Gruppe sind genügend erfahrene Mütter, die mich unterstützen können. Außerdem habe ich dich, Anja.«

»Ich bin keine Hebamme. Ich bin noch nicht mal Apothekerin, geschweige denn Ärztin. Verlass dich nicht auf mich!«

Doch Christina erklärte, sie würde sich den Ablauf der Reise nicht von dem Kind diktieren lassen.

Wenigstens aber ließ sie sich überreden, sich von einer

deutschstämmigen Hebamme, die sie in einem windschiefen Häuschen in der geschäftigen Innenstadt Saratows fanden, untersuchen zu lassen. Anja und Eleonora begleiteten sie, innerlich auf das Schlimmste gefasst. Wie mochte es in Russland mit der Geburtshilfe aussehen?

Doch sie wurden angenehm überrascht. Die Hebamme entpuppte sich als gepflegte Frau in mittleren Jahren, deren Untersuchungszimmer aufs penibelste sauber gehalten war. Ohne Umschweife ließ sie Christina sich auf einer mit einer weißen Leinendecke bezogenen Liege ausstrecken, um ihren Leib abzutasten.

»Es wird nicht mehr lange dauern. Der Kopf liegt schon tief im Becken«, stellte sie hinterher fest, während sie sich Hände und Arme in einem Eimer mit frischem Wasser wusch. »Alles deutet auf eine Geburt ohne Komplikationen hin. Das Kind strampelt munter und liegt bestens im Geburtskanal.«

»Was habe ich euch gesagt?«, rief Christina, als sie von der Liege kletterte.

»Wann, glaubt Ihr, wird das Kind kommen?«, erkundigte sich Eleonora bei der Hebamme, als sie sie aus ihrem Kopekensäckel entlohnte.

Die Frau hob die Schultern. »In nicht mehr als zwei Wochen, schätze ich.«

Je näher der Aufbruch zur letzten Etappe rückte, desto mehr Leben kam in die erschöpften Kolonisten. Endlich waren sie dem Ziel nahe, endlich würden sie ankommen.

Die Schritte wurden beschwingter, die Rufe freudiger, das Lachen der Frauen klang heller. Eleonoras Wangen hatten sich in der kühlen Oktoberluft gerötet. Mit Schwung beförderte sie Sophia auf den Wagen und drückte ihr einen Kuss auf die Wange. »Bald haben wir es geschafft, Püppchen.«

Auch Marliese wirkte wie das blühende Leben, als sie Alfons half, auf der Kibitka Platz zu nehmen, und Helmine Kisten zum Verstauen hochreichte. Sie trällerte sogar ein lustiges Liedchen, woraufhin Helmine den Mund verzog und die Augen verdrehte.
Nur diejenigen, die den Großteil ihres Kapitals nicht für Anschaffungen und Proviant ausgegeben, sondern verprasst oder durch eigene Dummheit verloren hatten, schlurften mit verkniffenen Gesichtern herum.
Auch Veronica und Adam Mai fehlte der Antrieb. Veronica hatte in den letzten Wochen an Gewicht verloren, ihre zeltartige Kutte warf Falten. Sie hatte so viel geweint, dass es für ein ganzes Leben gereicht hätte. Aber um ihren Mund war ein energischer Zug gewachsen, der darauf hindeutete, dass sie ihr Schicksal trotz der schweren Heimsuchung zu meistern bereit war. Es würde weitergehen, und die Zeit würde die Wunde heilen, die der Tod ihres ersten Kindes in ihr Herz geschlagen hatte. Sie war jung, sie war gesund, sie würde wieder schwanger werden, sie würde sich nicht unterkriegen lassen. Ihre kleine Tochter hatte die Reise fast bis zum Schluss trotz des grässlichen Hustens überstanden – sie war es ihr schuldig, dass sie diesen Weg nun zu Ende ging. Sonst wäre alles umsonst gewesen.
Sie hatte den Leichnam nicht mehr gesehen, nachdem Adam ihn weggetragen hatte, aber sie erzählte den anderen Waidbachern, die ihr in diesen Stunden mehr Trost waren als ihr eigener Mann, dass er in einer Mondnacht ganz allein von der Tochter Abschied genommen und sie den Fluten der Wolga übergeben habe. Nur ihren Körper, sagte sie zu den anderen, nur ihren Körper. Ihr Geist war doch bei Gott, oder?
Doch während Veronica allen gegenüber aufgeschlossen

war und jeder sich darüber freute, dass sie den Lebensmut nicht verlor, wurde aus Adam Mai keiner schlau. Seit jener Szene auf dem Deck des Wolga-Schiffes war die Farbe nicht mehr in sein Gesicht zurückgekehrt. Seine Haut blieb aschegrau, sein Blick totenstarr. Er sprach kaum ein Wort, öffnete den Mund nur für die wenigen Bissen, die er zu sich nahm.
Voll Anteilnahme beobachteten die Waidbacher, wie Veronica ein ums andere Mal einen Versuch unternahm, sich gegenseitig zu trösten. Sie wollte Adam in die Arme nehmen, sich bei ihm unterhaken, seine Hände halten ... Doch vergeblich. Adam wandte sich nicht nur von der ganzen Welt ab, sondern selbst von der Frau, mit der er im Leid vereint hätte sein sollen. Seine Trauer schien fest in ihm verschlossen. An einem Abend äußerte Anja die Sorge, sie könnte ihn innerlich zerfressen. »Wir sollten ihn im Auge behalten. Sobald wir am Ziel sind, muss er eine Aufgabe bekommen, die ihn ganz in Anspruch nimmt.«

Das letzte Stück des Weges sollte gut neunzig Werst lang sein. Den meisten Kolonisten erschien das nach der Strecke, die sie bereits zurückgelegt hatten, wie ein sonntäglicher Bummel nach dem Kirchgang.
In der Morgendämmerung verließen die etwa acht Dutzend Kolonisten, zu denen die Waidbacher gehörten, Saratow in südlicher Richtung. Das muntere Gelächter und fröhliche Pfeifen ließ nach, je weiter sie vorankamen, immer ihren russischen Anführern hinterher.
Zu beiden Seiten des Pfades breitete sich, während sie sich vom Fluss entfernten, Steppenland aus. Kein einziges Dorf lag am Wegesrand, doch als sie durch die erste deutsche Kolonie rumpelten, die hier entstanden war, legte sich bedrücktes Schweigen über den Treck.

Christina presste sich die Hand vor den Mund, während sie sich umschaute, als müsste sie das Fluchen gewaltsam unterdrücken.

Eleonora schluckte. Wie armselig das hier aussah! Die Hütten verfallen, die Dächer löchrig, die Menschen trugen Lumpen und starrten mit wehmütigen Gesichtern auf ihre Landsleute, die voll frohen Mutes bis hierher gekommen waren. Was sich in ihren traurigen Mienen spiegelte, gab nicht den geringsten Anlass zu Hoffnung. Fast alle trugen Bastschuhe, die meisten russische Tracht, doch hier und da lugten noch eine veraltete Bluse oder eine geflickte Hose hervor.

Eleonora drückte Sophia an sich, die still neben ihr saß und sich umschaute.

»He, lasst uns anhalten und mit den Menschen reden!«, rief Daniel auf Russisch zu den Anführern. Er war derjenige, der die Sprache am schnellsten lernte und schon einige wichtige Sätze beherrschte.

Aber die Soldaten weigerten sich – *»Njet! Idi dal'sche!«* – und wiesen nach vorn.

Sie haben Angst, dass unsere Landsleute uns die Wahrheit über dieses Land erzählen, ging es Eleonora bitter durch den Sinn. Die plötzliche Erkenntnis, dass sie mit völlig falschen Erwartungen hierher gereist waren, legte sich wie eine schwarze Decke auf ihr Gemüt, ließ ihren Mund austrocknen und ihre Augen brennen.

Schließlich hörte die Straße auf, und die Fahrt ging mitten hinein in die Steppe. Keine Spur mehr von einem festen Weg, einem Trampelpfad oder Ähnlichem – nur urwüchsige, trockene Wildnis.

»Wir müssen falsch abgebogen sein!«, rief Daniel. »Hier ist kein Weg mehr!«

Die Anführer lachten nur und erwiderten, sie seien ganz genau richtig, worauf Eleonoras Mut noch mehr sank. Die Vorstellung, dass sie in der Wildnis am Ende der Welt landen würden, verdichtete sich zur Gewissheit.

Sie befanden sich inzwischen auf dem Land westlich der Wolga, das die Bergseite genannt wurde, wie Daniel ihnen die spärlichen Auskünfte der Soldaten übersetzte. Steil fielen die Hügel zum Strom hin ab, bis zum Horizont erstreckte sich die grasbewachsene Ebene des Hochplateaus. Nur vereinzelt passierten sie Waldstücke, dunkelbraune Flecken inmitten der grauen Graslandschaft. Das linke, also östliche Wolga-Ufer wurde als Wiesenseite bezeichnet. Alljährlich im Frühjahr trat der Fluss über die Ufer, überschwemmte die Terrassen und verwandelte sie in eine Sumpflandschaft. Auch dort siedelten Deutsche, wie Daniel erfuhr, und die Waidbacher fragten sich, ob sie tatsächlich von Glück sagen konnten, auf der Bergseite ihrem Ziel entgegenzuwandern.

Zweimal hielten sie zur Nacht und stellten die Wagen kreisförmig auf, um ein geschütztes Lager zu bilden.

Gegen Mittag des dritten Tages hob einer der Anführer, der etwas Deutsch konnte, den Arm und rief. »Halt!«

Alle Kolonisten erwachten aus der Benommenheit, die sie auf dem Weg durch diese öde Steppe ergriffen hatte, blickten sich um und entdeckten einen kleinen Fluss, dessen klares Wasser, munter über Felsbrocken springend, die Graswüste durchzog.

Sie schauten sich an. Was sollte das? Für ein Nachtlager war es noch viel zu früh. Warum hielten sie hier an diesem Flüsschen?

»Wir sind am Ziel!«, rief der Anführer und machte eine ausholende Bewegung mit beiden Armen, wobei er geschickt das Gleichgewicht im Sattel hielt. Er grinste von einem Ohr zum anderen, während die Kolonisten von ihren Pferden und Fuhrwerken stiegen und sich mit vor Schreck geweiteten Augen umschauten. Der schmale Fluss hier, in der Ferne ein Waldstück und sonst nichts als drei Fuß hohes verdorrtes Gras, über das raschelnd der Wind strich.

Christina quälte sich aus dem Fuhrwerk, in dem sie die Fahrt weitgehend liegend verbracht hatte. »Ich bleibe hier nicht«, stieß sie tonlos hervor.

Eleonora legte für einen Moment die Hand auf ihre Schulter, aber Christina stieß sie weg. Nichts und niemand konnte sie in diesem Moment darüber hinwegtrösten, dass das Paradies, von dem sie geträumt und geschwärmt hatte, in Wahrheit eine Wüste war, die nichts als graues, sich leicht in der Brise wiegendes Gras bot, so weit das Auge reichte. Was sollten sie hier? Wie sollten sie hier wohnen? Wo waren die Häuser, in denen sie ihr neues Leben beginnen sollten? Das konnte doch alles nur ein Alptraum sein …

Helmine brach weinend zusammen, sank einfach auf die Knie mitten ins Gras und schlug die Hände vors Gesicht. Klara kniete sich neben sie, legte den Arm um die Ältere. Auch ihr liefen die Tränen über die Wangen.

Matthias fluchte und folgte Daniel, der mit energischen Schritten, die Hände in die Seiten gestemmt, zu dem Anführer marschierte, um eine Erklärung zu verlangen. Aber all ihre Empörung, all ihr Zorn und ihre Enttäuschung verpufften ins Nichts und flogen mit dem Steppenwind davon.

Marliese stützte sich auf Bernhards Schulter und murmelte unentwegt: »Das kann nicht sein, das kann nicht sein …«

Einer freilich ließ sich von der allgemeinen Trauerstimmung nicht anstecken: Mit wedelndem Schwanz sprang

Lambert aus dem Wagen, in dem Anja ihn die ganze Zeit über mitgenommen hatte. Er machte sich auf die Jagd nach einer Murmeltierfamilie, die in einiger Entfernung auf einem Hügel die Neuankömmlinge mit höhnischem Pfeifen begrüßt hatte. So schnell, wie sie erschienen waren, tauchten sie in ihren Löchern ab, als Lambert kläffend auf sie zusprang.
Anja steckte zwei Finger in den Mund, um ihren Hund mit einem verunglückten müden Pfiff zurückzurufen. Er hörte nicht und sprang herum wie ein Fohlen auf der Frühlingswiese.
Alfons lief ihm hinterher, warf die Arme in die Luft und gab glucksende und quiekende Laute von sich, die an das irre Lachen eines entfesselten Steppengeistes erinnerten.
Anja ließ sich an der Stelle, wo sie stand, auf den Hintern fallen. Sie stützte die Ellenbogen auf die Knie und fuhr sich mit allen zehn Fingern durch die Haare, während sie auf den sandig-bröseligen Boden stierte und der nach dem ersten Nachtfrost riechende Wind ihr ins Gesicht schnitt. Aus dem Augenwinkel nahm sie wahr, dass sich Franz mit einem Ächzen dicht neben ihr niederließ. Sein Geruch nach Kwass, Knoblauch und Schweiß stieg ihr in die Nase, seine Pranke tätschelte plump ihre Schulter.
Willkommen daheim.

Die Enttäuschung steckte allen in den Knochen, doch während die einen erstarrten oder lamentierten, spuckten die anderen nach dem ersten Schock in die Hände und krempelten die Ärmel auf.
Alles Jammern nützte nichts, sie würden sich hier einrichten müssen. Die Zeit drängte, denn ein Hauch des russischen Winters lag bereits in der Luft.

Feuerstellen wurden errichtet, sämtliche Wagen zu einem Kreis zusammengeschoben. Männer wurden ausgeschickt, um das in der Nähe liegende Waldstück nach brauchbarem Holz zu durchforsten, das sie zum Bau von Häusern verwenden konnten. Aber die Männer kehrten mit verschlossenen Gesichtern zurück – das Waldstück war klein, die Fichten jung. Dort größere Flächen abzuholzen hätte Raubbau bedeutet. Außerdem fehlte ihnen das Werkzeug dafür. Aber herabgefallene Äste und Zweige und verdorrtes Gebüsch konnte man als Material für den Bau von Unterkünften heranschaffen.
Der Leutnant der russischen Soldaten rief alle Kolonisten zusammen. Russisch-deutsch radebrechend erklärte er, dass sich bald Zimmerleute einfinden würden, die bereits von der Regierung beauftragt seien. Er versuchte die Kolonisten zu trösten und ermahnte sie zur Geduld.
Schweigend und mit versteinerten Gesichtern begannen die meisten, sich aus der über die Wagen gespannten Leinwand Zelte zu errichten. Andere krochen für die erste Nacht unter die Kibitkas oder nutzten diese als Schlafstätte.
Die Kinder, angeführt von Helmine, Klara und Sebastian, wurden angehalten, nach den Wildkirschenbüschen zu suchen, die sie auf dem Weg hierher allenthalben entdeckt hatten, und diese abzuernten, um die Früchte zu dörren. Zwar hatte jeder den Wagen voller Proviant, aber wer wusste schon, wie lange es dauern würde, bis sie Nachschub besorgen konnten.
Die Abenddämmerung brach früh herein, und mit ihr kam die Kälte. Um die Feuerstellen, die die Kolonisten und ihr notdürftiges Lager in rotgoldenes Licht tauchten, setzten sich die Menschen in Gruppen zusammen, kauten auf dem

Brot und spülten es mit dem Wodka hinunter, den sich die meisten in handlichen Fässern aus Saratow mitgebracht hatten.

Matthias stocherte mit einem Stock in den Flammen herum, um das Feuer anzufachen. Zwischen seinen Brauen hatte sich eine steile Falte gebildet. Wie Bernhard, Anja, Daniel und Sebastian hatte er sich den Schaffellmantel, den sie alle in Saratow erworben hatten, um die Schultern gehängt. Bereits jetzt, im Oktober, drang die Kälte bis in die Knochen, und der Winter hatte noch nicht einmal begonnen.

»Ich hab' ein ungutes Gefühl, was die Zimmerleute betrifft«, sagte Matthias schließlich in das Schweigen hinein. »Ich kann mir kaum vorstellen, dass die hier ihre Arbeit vor den ersten Frösten noch aufnehmen.«

Daniel Meister, Bernhard und Anja nickten. Ganz offenbar sprach er nur aus, was sie selbst dachten.

Sebastian blickte nacheinander fragend in die Gesichter der Erwachsenen. »Aber sie müssen kommen!«, rief er. »Wir müssen hier doch irgendwie leben. Wir erfrieren im Winter.«

»Wir werden nicht erfrieren«, erwiderte Daniel. »Wir werden eine Lösung finden.« Er knuffte ihm gegen den Arm. »Mach dir keine Sorgen!«

»Ich schlage vor, dass wir morgen zu einem Erkundungsritt aufbrechen«, erklärte Bernhard. »Wir brauchen einen Ort, an dem wir Lebensmittel bekommen – allzu lange hält der Proviant nicht vor. Und wir brauchen Menschen, die sich hier auskennen und uns sagen können, was wir zu unserem Schutz tun können.«

»Gute Idee«, murmelte Anja und trank einen Schluck von dem Wasser, das sie über den offenen Flammen in einem

Becher erhitzt und in das sie einen Schluck Wodka gegeben hatte, um sich innerlich zu wärmen.
»Du bleibst hier«, bestimmte Bernhard und fuhr gleich fort, weil Anja zu einer heftigen Erwiderung ansetzte: »Hier im Lager wird jede Arbeitskraft gebraucht. Wir müssen das Gras mähen und bündeln, damit wir im Winter Futter für die Pferde haben, und ihr müsst Holz aus dem Waldstück holen, so viel ihr findet. Außerdem habe ich keine Ahnung, was uns draußen in der Steppe erwartet. Ihr habt die verstreuten Nomadenzelte gesehen – wer weiß, ob uns von Kalmücken Gefahr droht, aber Vorsicht ist auf jeden Fall ratsam.«
»Und wonach wollen wir suchen?«, fragte Matthias. »Die Kolonistendörfer, die wir auf dem Weg hierher gesehen haben, kämpfen selbst ums Überleben. Die Menschen dort werden uns keine Hilfe sein.«
»Hier muss es russische Dörfer geben. Menschen, die seit Generationen in dieser Landschaft leben und jeden Baum, jeden Strauch kennen. Sie werden wissen, was zu tun ist.«
Von den anderen Feuerstellen drangen gemurmelte Gespräche herüber, einige Kinder weinten.
»Hier stinkt es so!«, vernahmen alle Sophias helle Kleinmädchenstimme. Und tatsächlich war es schon einige Tage her, seit die Kolonisten sich hatten waschen oder die Kleidung wechseln können. Andererseits waren die Menschen nach den endlosen Wochen auf der Ostsee und der Wolga die Ausdünstungen gewohnt. Der Gestank hatte sie vom ersten Tag an begleitet.
Daniel hielt schnuppernd die Nase in die Luft. »Irgendwas merkwürdig Süßliches liegt in der Luft«, murmelte er. »Sophia hat recht.«

Bernhard zuckte die Achseln und strich sich zwei Strähnen, die sich aus dem Lederband gelöst hatten, hinter die Ohren. »Vielleicht ist irgendwo in der Nähe ein Tier verendet. Wir werden es morgen finden, wenn wir auf Erkundung gehen.«

Die bedrückte Stimmung der Kolonisten erstickte jede Freude und Zuversicht.

Plötzlich zerriss ein gellender Schrei die Nacht, und die Gespräche verstummten. Alle Köpfe wandten sich in die Richtung, aus der er gekommen war.

Christina stand breitbeinig, die verkrampften Hände wie Vogelkrallen vorgestreckt, und starrte mit vor Ekel verzerrtem Mund auf den Boden zu ihren Füßen, wo sich ein feuchter Fleck ausbreitete von der Flüssigkeit, die ihre Beine hinablief.

Sofort sprangen Anja und Eleonora auf und liefen zu ihr. Ihnen folgte Veronica, die behutsam den Arm um Christina legte.

»Es geht los«, presste Anja zwischen zusammengebissenen Zähnen hervor.

Eleonoras Knie gaben nach. Sie alle hatten gewusst, dass es irgendwann so weit sein würde, aber dass nun Christinas Kind in der ersten Nacht in der Steppe zur Welt kam, während noch keiner von ihnen den Schock verdaut hatte, schien ihre Kraft zu übersteigen.

Glücklicherweise übernahm Anja das Kommando. Mit schroffen Worten wies sie ein paar Helfer an, in einiger Entfernung zum Lager eine Kuhle auszuheben und diese mit Decken zu füllen. Sofort erhoben sich drei, vier Männer, unter ihnen Matthias und Franz, und marschierten mit Spaten und Hacken los. Andere sollten zwei Feuerstellen links und rechts der Kuhle einrichten sowie in Kübeln Wasser aus dem Flüsschen holen und frische Leinentücher bereitlegen.

Nein, eine Hebamme war Anja nicht, aber Eleonora war erleichtert, dass die Apothekerstochter ihre jahrelangen Erfahrungen mit Gebärenden zu nutzen wusste.

An Sophias Geburt erinnerte sich Eleonora nur schemenhaft. Die qualvollen Stunden waren in einem Schleier aus Schmerz und Todesangst untergegangen, abgelöst erst von der unermesslichen Freude, als sie ihre nackte, mit Schleim und Blut verschmierte Tochter zum ersten Mal im Arm gehalten hatte.

Bei Christina kamen bereits nach zwei Stunden die Wehen, ausgelöst durch den Fruchtblasensprung, in immer kürzeren Abständen. Sie jammerte und schrie, zwischendurch fluchte sie und schimpfte auf dieses Kind, das ihr solche Qualen verursachte.

Mit dem Kopf lag sie in Veronicas Schoß, die ihre Stirn mit einem feuchten Lappen kühlte. Eleonora hielt ihre Hände und flüsterte ihr ermutigende Worte zu.

Schließlich führte Anja sie zu der Kuhle, die die Männer für sie vorbereitet hatten und die weit genug weg lag, dass die Schreie der Gebärenden nur noch gedämpft zu den übrigen Kolonisten drangen. Dennoch hielten sich viele die Ohren zu und legten Decken und Kissen über die Köpfe der Kinder, damit sie aufhörten, Fragen zu stellen, und endlich einschliefen.

Es dauerte bis zur Mittagsstunde des nächsten Tages, bis Christinas Pein ihren Höhepunkt erreichte, und Sekunden später klang wütendes Säuglingsgebrüll über die Steppe.

In Schweiß gebadet, die Decken unter ihr nass von Blut, lag Christina schwer atmend in ihrem Steppenbett. Inzwischen hatten die Männer über ihrer Liegestatt ein provisorisches Zelt errichtet.

Ihre Haare waren feucht verklebt, ihr Atem ging immer noch stoßweise. Dass die Nachgeburt aus ihr herausglitt, merkte sie nach der anstrengenden Geburt gar nicht. Anja arbeitete mit konzentrierter Miene, befreite Christinas Lager von Blutbrocken, Schleim und Gewebe und warf alles in einiger Entfernung in ein tiefes Loch, das sie noch in der Nacht die Männer hatte graben lassen. Jetzt winkte sie sie heran, damit sie es zuscharrten. Sie wusch Christina mit feuchtwarmen Lappen, wechselte die Felle und Decken unter ihr gegen frische und schickte Marliese, das Leinen im Bach zu waschen.

Währenddessen beugten sich Veronica und Eleonora mit mütterlicher Anteilnahme über das Neugeborene, dessen Gesicht kirschrot und zu einer Grimasse verzogen war. Sie bestaunten die Hände, Mund und Nase und ließen keinen der Schaulustigen, die sich nun um sie gruppierten, zu nah an das stramm in weiche Tücher gewickelte Kind.

»Was für ein starkes kleines Mädchen«, murmelte Veronica.

»Sie will trinken«, flüsterte Eleonora und beugte sich mit dem Kind zu ihrer Schwester, deren Atem nun wieder ruhiger ging, die aber die Lider geschlossen hielt. Ihr Gesicht wirkte wegen der Falte zwischen ihren Brauen nicht im mindesten entspannt. Eleonora hätte viel darum gegeben, ihre Gedanken lesen zu können. Ihr erstes Kind, das Kind von Matthias … Würde es ihre Schwester verändern? Würde es Christinas Weichheit, die sie meisterhaft zu verbergen vermochte, zum Vorschein bringen? Würde die Schwester die Verantwortung für dieses winzige Wesen übernehmen? Würde sie ihren Leichtsinn zugunsten dieses unschuldigen Wurms ablegen?

»Christina«, flüsterte sie mit einem Lächeln auf den Lippen. »Dein Töchterchen hat Hunger.«
Christina mahlte mit den Zähnen, ohne die Augen zu öffnen. Sie schob das Kinn vor. Ein Ausdruck, den sie immer dann zeigte, wenn sie etwas sehr wollte – oder genauso entschieden nicht wollte.
»Nimm es weg«, presste sie hervor.
Eleonora zuckte zusammen. Veronica biss sich auf die Lippe.
»Du musst sie anlegen, Christina, deine Milch muss zum Fließen kommen«, beharrte Eleonora nicht weniger gutmütig als zuvor. Manche Mütter verhielten sich direkt nach der Geburt seltsam. Aber hier ging es nicht um Launen. Wenn das Kind in dieser Umgebung überleben sollte, musste es gestillt werden. Jetzt und für sehr lange Zeit.
»Ich habe keine Milch«, erwiderte Christina und öffnete endlich die Augen. Eleonora erschrak über den Ausdruck in ihnen. Er war kalt wie Frost.
»Jede Frau hat Milch. Du musst es versuchen, Christina. Wir helfen dir … Komm …«
Christina machte eine Bewegung mit der Hand, als wollte sie die Schwester verscheuchen. »Lass mich. Ich kann nicht.« Sie drehte sich auf die Seite, legte einen Arm quer über ihr Gesicht. Wenig später erkannten Eleonora und Veronica, dass sie eingeschlafen war. Gleichzeitig brüllte das Neugeborene so durchdringend, dass Eleonora es an Veronica weiterreichte, die es hin und her wiegte.
»Du hast noch nicht einmal einen Namen«, flüsterte Veronica und streichelte mit dem Knöchel des Zeigefingers die Wangen des Mädchens, dessen Kopf von rötlich blondem Flaum bedeckt war. »Und Hunger hast du, hm?«
Eleonora sah ihr hinterher, wie sie mit dem Kind auf dem

Arm zum Lager ging, langsam und wiegend, und sie hörte, wie Veronica zu summen begann. Das Geschrei der Kleinen steigerte sich weiter, bis sie fast vergaß, Luft zu holen, und schließlich ging das Wehklagen in ein Wimmern über.

Veronica setzte sich an das Rad einer Kibitka, zog die Beine an, öffnete die Schnüre ihrer Kutte und ihre Bluse. Ohne darauf zu achten, ob sie irgendwer beobachtete, ohne zu fragen, ob es richtig war, was sie tat, holte sie mit einer routinierten Bewegung ihre linke Brust hervor und führte das Kind an die Brustwarze. Sofort begann es gierig zu saugen. Die Stille, die sich über das Lager und die improvisierte Geburtsstätte legte, hatte etwas Feierliches und wirkte gleichzeitig zerbrechlich wie hauchdünnes Glas.

Christina schnarchte leise, während Eleonora ihre Röcke raffte und zu Veronica lief. »Was tust du da, um Himmels willen?«, zischte sie. »Das Kind muss bei seiner Mutter trinken, sonst versiegt deren Milch.«

Veronica behielt ihr verklärt wirkendes Lächeln bei. »Wenn sie doch nicht will …« Ihre Stimme schien von weit her zu kommen. »Trink, mein kleiner Liebling, trink!«, flüsterte sie gurrend dem schmatzenden Säugling zu. »Alexandra wäre ein hübscher Name. Was meinst du, Eleonora? Alexandra würde passen, oder nicht? Frag deine Schwester, ob wir sie Alexandra nennen können.«

Eleonora massierte ihre Schläfe, weil sie plötzlich einen stechenden Schmerz fühlte. Sie schüttelte den Kopf, unfähig, einen klaren Gedanken zu fassen. Was ging hier vor? Das lief alles schrecklich falsch. »Es … es steht uns nicht zu, einen Namen zu suchen. Das ist Sache der Eltern. Christina und Matthias …«

Veronica hob das Kinn, die Brauen hochgezogen. »Wo ist

er denn, der Vater? Er hat sein Kind noch nicht einmal begrüßt.«

Eleonora spähte verzagt nach rechts und links, aber von Matthias keine Spur. Wie konnte er nur Holz sammeln, Gras bündeln oder was immer er für unsinniges Zeug trieb in der Geburtsstunde seiner Tochter! Zumindest würde er dafür sorgen müssen, dass die Kleine getauft wurde. Hoffentlich gelang es ihm, noch vor dem Winter einen Pfarrer aus Saratow zu einem Besuch hierher zu bewegen.

Doch statt Matthias kam Adam herbeigestakst, die Miene ausdruckslos, die Bewegungen marionettenhaft. Einen Meter vor Veronica blieb er breitbeinig stehen und starrte auf seine Frau hinab. Sein Gesicht verzerrte sich vor Widerwillen. Er spuckte aus, dicht neben seine Frau. »Du elende Verräterin!«, brachte er heiser hervor. »Du hast unser Kind sterben lassen und nährst nun diesen Bastard an deiner Brust! Zur Hölle mit dir!«, schleuderte er heraus, wandte sich mit einem Ruck um und schritt davon. Sein Bündel trug er wie stets bei sich, eng an den Körper gepresst, als hätte er sich noch nicht entschieden, tatsächlich hier zu bleiben.

Eleonoras Herzschlag hatte sich bei den bitteren Worten des Mannes verdoppelt. Wie viel Hass, welch große Qual aus ihnen geklungen hatten …

Veronicas Augen waren feucht geworden, aber sie schluckte die Tränen hinunter. »Dazu hat er kein Recht«, stieß sie hervor und bettete das Kind um, damit es von der rechten Brust trinken konnte.

»Warum gibt er dir die Schuld an Friedas Tod?«, fragte Eleonora.

»Er wollte nicht nach Russland«, erwiderte sie in ruhigem Ton, unverwandt das Kind betrachtend, dessen Züge sanfter und dessen Lider schwer wurden. »Er meinte, die Anstrengungen wären zu viel für unsere Tochter. Du musst wissen, Eleonora«, sie hob den kummervollen Blick, »er hat Frieda mehr geliebt als sein Leben. Er hat sie so sehr geliebt, dass es mir Angst einflößte. Es war irgendwie ... zu viel, verstehst du? Ich kann das schlecht erklären, aber es war fast so, als bedeutete sie ihm alles, mehr als ich. Und ... und sie hätte es überlebt, wenn sie dieser Husten nicht entkräftet hätte. Sie hätte es überlebt. Sie war ein starkes Mädchen ...« Veronica senkte das Kinn, das Lächeln kehrte zurück. Das Kind schlief, die Brustwarze im Mundwinkel. Ein weißes Rinnsal fetter, süßer Milch lief über seine Wange, seine kleine Hand lag auf dem weißen Fleisch der Brust. »So wie Alexandra.«

26. Kapitel

Anton von Kersen war außer sich, als er am nächsten Tag genau wie die Soldaten mit dem Entschluss der Waidbacher Männer konfrontiert wurde, die Gegend nach weiteren Bewohnern abzusuchen. Doch während die Soldaten die drei Freunde schulterzuckend ziehen lassen wollten, stellte sich ihnen der Vorsteher in den Weg und verlangte, dass sie sich entweder mit ihm besprechen oder ihn mitreiten lassen sollten. Beides lehnten sie wortlos ab, bevor sie die Ponys antrieben. Die Flüche des kleinen Mannes flogen ihnen hinterher.

Als von Kersen bemerkte, dass die Soldaten tuschelnd in seine Richtung grinsten, straffte er die Schultern und legte Autorität in seine Haltung. Er bellte Befehle zu den herumlungernden Grüppchen und stieß den einen oder anderen mit der Stiefelspitze an, damit er sich erhob, um Holz heranzuschaffen oder irgendwas zu verrichten. Einen Plan gab es nicht, und Anton von Kersen spürte schmerzlich, dass er der Letzte war, der die Dinge ans Laufen zu bringen vermochte. Der Zorn über den mangelnden Respekt gärte in ihm und ließ ihn schier platzen. Wenn er wenigstens die Russen auf seiner Seite gewusst hätte, aber die wandten sich wieder ihrem liebsten Zeitvertreib zu und schüttelten den Würfelbecher.

Anton von Kersen stapfte von hierhin nach dorthin und stieß nur auf Trägheit und Aufmüpfigkeit, und nichts konnte er tun, um diesen Zustand zu ändern. Mit heiß erwachender Lust dachte er an die Peitschen, die in der deutschen Kanzlei in Saratow zum Einsatz gekommen waren. Während er den Gedanken weiterspann, wie er in den Besitz eines solch hilfreichen Instrumentes kommen könnte, führten seine Schritte ihn um die Wagenburg herum. Er stockte, als er Veronica Mai auf dem Boden hocken sah, den Rücken gegen die hölzernen Speichen eines Rads gelehnt, die Bluse weit geöffnet. Ihre lang herunterfallenden Haare, von der Farbe des Weizens und verzottelt, dicht und störrisch wie die Mähnen der Kalmückenponys, verdeckten ihr Gesicht und das Neugeborene, aber sie ließen ihr weißes Fleisch frei sehen.

Anton von Kersen meinte, noch nie eine größere Brust gesehen zu haben. Der Hals wurde ihm trocken, unersättliche Gier stieg in ihm auf, sein Glied versteifte sich. Scham ließ seine Wangen erglühen, während sein Blick nach links und rechts huschte, aber er stand hier allein, niemand befand sich in unmittelbarer Nähe, und die Frau im Gras hatte ihn nicht bemerkt. Er lüpfte die Kutte und fasste sich in die Hose, um sich mit schnellen, harten Schüben zu erleichtern. Es dauerte nur wenige Sekunden, bis er das lustvolle Stöhnen, das aus seiner staubtrockenen Kehle dringen wollte, mit zusammengebissenen Zähnen unterdrückte und der warme Saft sein Bein hinablief.

Gleich darauf setzte sein Verstand wieder ein, er sah das Kind, und sein Gesicht überzog sich mit einer flammenden Röte. Was war er doch für ein geiler Bock ... rieb sich bis zur Ekstase beim Anblick einer stillenden Frau. Ein Würgen stieg in seinem Hals auf, Widerwillen, gepaart mit Scham und Selbsthass.

Er musste es irgendwie wiedergutmachen, wenn er seine ohnehin ruinierte Selbstachtung – woran die aufsässigen Kolonisten nicht geringe Schuld trugen – nicht völlig verlieren wollte.

Er sah, wie die Frau das Kind an die andere Brust anlegte,

holte einmal tief Luft, strich über seine Kutte und schlenderte, die Hände hinter dem Rücken, energischen Schritts auf Veronica Mai zu.
»Oh, verzeiht«, sagte er und hüstelte in die Faust, als sie den Kopf hob und seiner ansichtig wurde. In ihrer Miene war nicht zu lesen, ob er sie erschreckt hatte. Sie schien ganz bei sich und dem Kind zu sein, nickte ihm nur kurz zu.
»Darf ich mich zu Euch setzen?« Auf Förmlichkeiten verzichtete Anton von Kersen generell gegenüber dem Hessenpack, aber in diesem speziellen Falle hielt er eine gewisse Ehrbezeugung für angebracht.
Sie hob die Schultern und wandte sich wieder dem Kind zu.
»Ihr stillt dieses fremde Kind?« Dümmer hätte er das Gespräch nicht eröffnen können, erkannte er in derselben Sekunde, da er das wirklich Offensichtliche aussprach.
Doch zu seiner Erleichterung antwortete Veronica Mai.
»Die Mutter hat keine Milch. Es würde verhungern, wenn ich es nicht anlegte. Wir sind übereingekommen, dass ich die Amme für das Mädchen bin.«
»Das ... das ist ja ein ... recht nützliches Abkommen«, plapperte von Kersen, immer noch innerlich um seine Form ringend.
Doch Veronica schien seine Plumpheit nicht aufzufallen. Als sie ihn anschaute, hielt sich das Lächeln, das sie bislang nur für das Kind gehabt hatte. Von Kersen erkannte, dass sie nicht nur den mächtigsten Busen unter den Kolonistenfrauen hatte, sondern zudem für seine Begriffe außergewöhnlich anziehende Züge. Alles an dieser Frau war breit: ihre Wangenknochen, das Gesicht mit der glatten Haut, der volllippige Mund, die hellbraunen Augen, ihr Becken

und Hinterteil. Obwohl sie saß, stellte er fest, dass sie ihn wahrscheinlich um einen halben Kopf überragte. Dass ihm diese Frau nicht zuvor aufgefallen war! Aber ... richtig, sie gehörte zu diesem Holzklotz, der mit starrer Miene wie ein aus der Gruft gestiegener Toter herumstapfte.

»Ja, das ist nützlich für alle. Vor allem für das Kind. Es sichert ihm das Überleben.«

»Verzeiht, wenn ich mich einmische ...« Von Kersen hüstelte wieder in die Faust. »Aber ... Ihr scheint mir wie geschaffen dafür, Euch um Kinder zu kümmern. Wie Ihr hier sitzt ... Ihr strahlt ein großes Maß an Stärke und Herzensgüte aus. Ich ... ich könnte mir vorstellen, dass Ihr der Kolonie mit diesen Eigenschaften von noch größerem Nutzen sein könnt.«

Veronica Mai hob eine Braue. »Wie meint Ihr das?«

»Nun, wenn einmal die Zimmerleute hier waren und wir ... uns eingerichtet haben ... Irgendwann werden wir unser Dorfleben aufnehmen, und gewiss wird jemand gebraucht, der sich der Mädchen und Buben annimmt, sei es ... vielleicht in einer Art Kinderstube oder im Schulunterricht.«

Veronicas Wangen überzogen sich mit fleckiger Röte, was Anton von Kersen ganz außerordentlich entzückend fand.

»Ich kann selbst kaum lesen und schreiben, wie soll ich da Kinder unterrichten ...«

Von Kersen stieß ein meckerndes Lachen aus, das sogar in seinen eigenen Ohren unangebracht klang. »Wir werden uns die Arbeit schon nach unseren Talenten aufzuteilen wissen. Gebt Ihr mir nur Euer Wort, dass ich auf Euch zählen kann, wenn ich Pläne schmiede«, bat er, nun wieder ernst.

Veronica schob die Lippen beim Nachdenken vor. »Ja, ich werde Euch gern unterstützen, soweit es mir möglich ist.«

Anton von Kersen erhob sich mit dem Gefühl, mit sich selbst wieder im Reinen und im Gleichgewicht zu sein. »Dann nehmt meinen Rat an und gebt diesem Kind in Euren Armen nicht mehr als die Nahrung, die es braucht. Es saugt sonst alle Kraft aus Euch, die wir hier dringend brauchen.«
Veronica zögerte einen Moment, bevor sie nickte. »Ihr könnt Euch auf mich verlassen. Eure Ideen klingen ungewöhnlich, aber … Ich freue mich, wenn ich zum Gedeihen der Kolonie beitragen kann.«
Von Kersen verneigte sich und wandte sich ab, um tief befriedigt in der Wagenburg nach dem Rechten zu sehen und die Faulpelze aufzuscheuchen. Auf einmal schien ihm die Rolle des planvollen Vorstehers wieder zu passen wie maßgeschneidert.

Wer das Sagen hatte, schien die drei Männer, die eine Woche später johlend wie siegreiche Kämpfer auf den Kalmückenponys im Lager einritten, nicht im mindesten zu interessieren. Ihre Gesichter leuchteten in der schrägstehenden Mittagssonne, die Haare flogen im Wind, die Hufe der Ponys trommelten auf das Steppengras.
Sofort versammelten sich alle Kolonisten, um sie zu begrüßen. Auch Christina war wieder auf den Beinen und beschirmte die Augen. Sie wollte den Grund für die Freude der drei Heimkehrer erfahren.
Sie kamen nicht allein.
Hinter ihnen tauchten zwei Russen auf, die nebeneinander auf dem Kutschbock eines Fuhrwagens saßen, der von drei Ponys gezogen wurde.
Die Kolonisten umringten die Gruppe neugierig. Während sich Daniel an die Russen wandte und gestenreich mit

ihnen sprach, stapfte Matthias tatkräftig durch die Wagenburg, um das aufgeschichtete Holz und die halbfertigen, nachlässig zusammengeflickten Hüttenwände zu begutachten.

Eleonora lief zu ihm, umfasste seinen Arm. »Hast du einen Pfarrer gefunden, der Alexandra taufen kann?« Drängend sah sie zu ihm auf.

Matthias nickte grimmig. »Nächste Woche kommt einer. War kein leichtes Unterfangen, ihn dazu zu bewegen, die Kolonie aufzusuchen.«

Eleonora seufzte. »Gott sei Dank!«

Bernhard baute sich vor den Leuten auf und hob die Arme, damit sie ihre Gespräche einstellten. »Eine Tagesreise von hier entfernt haben wir ein russisches Dorf entdeckt. Die Menschen dort sind uns gegenüber sehr freundlich eingestellt und bereit, uns mit Proviant zu versorgen.«

Jubel brach unter den Kolonisten aus, manche applaudierten.

Wieder hob Bernhard die Arme. »Ihr könnt hier gleich bei den beiden, die uns begleitet haben, Brot, Butter, Eier, Fisch, Fleisch und Wodka bekommen – macht euch allerdings darauf gefasst, dass die Preise überteuert sind. Diesen Dienst lassen sich die Russen über die Maßen bezahlen.«

Die Menschen murmelten empört, und einige begannen, klimpernd die Kopeken zu zählen, die sie stets bei sich trugen. Die meisten hatten sich vorgenommen, die einhundertfünfzig Rubel nicht für die tägliche Versorgung auszugeben, sondern für den Aufbau der Existenz zu verwenden, zumal die Soldaten versprochen hatten, das ihnen zustehende Tagesgeld in regelmäßigen Abständen aus Saratow zu holen.

Bernhard fuhr fort: »Aber was nicht weniger wichtig ist:

Die Russen hier werden uns zeigen, wie wir Hütten errichten können, in denen wir den Winter überstehen.«
Anton von Kersen löste sich aus der Menge und trat vor Bernhard. »Wir haben bereits angefangen mit dem Hüttenbau. Eure Hände und die der Russen werden dringend benötigt, damit wir rechtzeitig fertig werden.«
Bernhard schaute über die Köpfe der anderen hinweg zu Matthias, der an einem aus zusammengewickelten Gräsern bestehenden Seil riss und damit eine provisorische Holzwand zum Klappern brachte. Der Knecht schüttelte den Kopf in Bernhards Richtung.
»Wir werden sehen, was uns die Russen beibringen, und ihrem Vorbild nacheifern. An die Arbeit, Männer!«
Von Kersens empörte Widerrede überhörten alle, während sie den beiden Russen folgten, die sich mit verschlossenen Gesichtern in ihrer Muttersprache besprachen, bevor sie zu Spaten und Hacke griffen.
Dann begannen sie, die erste Erdhütte auszuheben.
Daniel übersetzte für die Kolonisten, was die Russen dabei erläuterten.
Dass die Zimmerleute noch vor dem Winter kommen würden, sei sehr unwahrscheinlich. Am wärmsten hätten sie es bis zum nächsten Frühjahr in solchen unterirdischen Behausungen, die sie *semljanki* nannten. Für fünfzehn bis zwanzig Rubel – je nachdem, wie tatkräftig man sie bei der Arbeit unterstützte – würden sie den Kolonisten Erdwohnungen bauen, welche geräumig genug seien, zwei bis drei Familien zu beherbergen.
Sie gruben etwa zehn Ellen in die Breite und in die Länge und fünf bis sechs Ellen tief in die Erde. Oben darüber spannten sie ein Flechtwerk aus biegsamem Holz, das eine Art Dach bildete. Es war mit Latten verstärkt, mit Tannen-

zweigen durchwirkt und belegt sowie mit einem Teil der ausgegrabenen Erde bedeckt. In der Mitte ließen sie einen Rauchabzug frei, der geöffnet und geschlossen werden konnte. Seitwärts waren in der Überdachung zwei Fenster ausgespart, mit einer Art Blase verschlossen – einem Material, das die Bauern auf ihrem Fuhrwerk mitgebracht hatten –, durch welche notdürftig Licht in die Behausungen fiel. Auch vergaßen sie nicht eine schmale Tür, durch die man in den Bau kriechen konnte. In der Mitte dieser Maulwurfswohnung befand sich die Feuerstelle, von geflochtenem Strauchwerk und Erde befestigt, die zum Kochen und als Heizung diente.

Schweigend sahen die Deutschen den Einheimischen zu, wie sie die erste Wohnung errichteten. Obwohl sich kaum einer der Faszination darüber entziehen konnte, wie vortrefflich sich die Russen mit dieser Art von Behausung den widrigen Umständen anzupassen vermochten, erfasste doch auch alle das Entsetzen darüber, was aus ihrem Traum vom Paradies geworden war: Am Ende ihrer monatelangen Reise mussten sie für den Winter unter die Erde kriechen wie wilde Tiere.

Als alle begriffen hatten, wie sie beim Bau vorzugehen hatten, übernahmen Bernhard und Matthias die Verteilung der Aufgaben. Einige wurden zum Holzholen in das Waldstück geschickt, andere flochten die Dächer zusammen, und die kräftigsten Männer waren dazu bestimmt, die Erdlöcher auszuheben.

Daniel stellte sich neben Christina, die mit vor der Brust verschränkten Armen die erste fertiggestellte *semljanka* begutachtete und sich auf die Unterlippe biss. »Na, da habt ihr ein kuscheliges Plätzchen für eure kleine Familie.«

Christina funkelte ihn an. »Spar dir deinen Spott!«, schalt

sie ihn. »Sieh lieber zu, dass du selbst irgendwo unterkommst!«
Daniel grinste. »Das wird nicht nötig sein. Mein Auftrag ist hier erfüllt.«
Christina zuckte zusammen und starrte ihn von der Seite an, wartend, dass er fortfuhr.
»Sobald ich euch hier in Sicherheit weiß, breche ich nach Saratow auf. Ich bleibe nicht in der Kolonie.«
Ihr Herz sank. »Du kannst doch nicht einfach gehen«, erwiderte sie schwach. »Die Soldaten …«
Er schüttelte den Kopf. »Sie haben dafür gesorgt, dass hier die Kolonie entsteht. Alles andere ist ihnen egal. Sie werden mich ziehen lassen, wenn ich ihnen erkläre, dass ich im Frühjahr zurückkehre. Ich bin nicht zum Ackerbau geeignet.«
»Kommst du wirklich wieder?«, fragte sie verzagt.
»Ist dir das wichtig? In eurem jungen Familienglück ist doch wohl kein Platz für einen leichtlebigen Junggesellen wie mich.«
»Ach, hör auf damit!«, erwiderte sie erzürnt. »Du weißt, dass du mir wichtig bist. Du wirst mir fehlen, Daniel.«
Er schloss theatralisch die Augen. »Sag das noch einmal, Schönste, das ist Labsal für meine geschundene Seele nach dem bösen Spiel, das du mit mir getrieben hast.«
»Niemals habe ich ein Spiel mit dir getrieben«, erwiderte sie und strich sich eine Locke aus der Stirn.
»Du hättest mir von Anfang an sagen müssen, dass du verheiratet bist und ein Kind erwartest. Ich hätte niemals Hoffnungen gehegt.«
Christina holte tief Luft und stieß sie zischend wieder aus. Ihr Herz brannte, klärende Worte drängten heraus, aber sie wusste nicht, wo beginnen und wo aufhören.

»Wo ist dein Kind überhaupt?«, fragte Daniel in ihre Gedanken hinein.

»Veronica hat sich als Amme angeboten, und ich habe gerne angenommen«, stieß sie hervor. »Sie wird mit uns zusammen in einem Loch wohnen. Das erscheint mir das Praktischste.«

Daniel wandte sich ihr zu. Auf einmal stand in seinen Zügen ein bittender Ausdruck. »Christina, du musst mir etwas versprechen. Bitte nehmt Sebastian bei euch auf und seid gut zu ihm! Er ist ein lieber, schlauer Junge. Er ist der Einzige, um den ich mich wirklich sorge, wenn ich nach Saratow reite.«

Christina zuckte die Achseln. »Auf einen Esser mehr oder weniger kommt es nicht an. Und er erhält ja sein eigenes Tagegeld. Mir soll es recht sein.«

Daniel packte sie an der Schulter. »Sei lieb zu ihm, Christina, bitte! Er weiß nicht, zu wem er gehört. Sein Bruder Adam lässt ihn völlig links liegen. Und seit Frieda gestorben ist, erst recht.«

»Ist das mein Problem?«, gab sie unwirsch zurück. »Wer hat ihn gebeten, sich dem Treck anzuschließen? Nun muss er zusehen, wie er zurechtkommt. Aber sorg dich nicht«, fügte sie hinzu, als sich Daniels Miene verfinsterte, »verhungern lassen werden wir ihn nicht.«

Keiner war glücklich mit den Erdhöhlen, aber einen packte die nackte Panik, als in einem weiten Umkreis ein Loch nach dem nächsten ausgehoben wurde. Franz Lorenz kauerte auf einem Stein und vermochte nicht, das Schlottern seiner Knie und seiner Hände zu kontrollieren. Sein Gesicht war käsig, verfilzte Haarsträhnen hingen ihm in die Stirn.

Als Matthias seinen Bruder in dieser Verfassung sah, ging er, den Spaten geschultert, zu ihm. Sein Gesicht war gerötet von der anstrengenden Arbeit, seine Hände waren erdverschmiert, seine Augen leuchteten. Ihm zumindest tat es gut, endlich arbeiten zu können.

»Der Boden ist besser als vermutet«, sagte er zur Begrüßung. »Schau nur, Franz, fetter schwarzer Mutterboden befindet sich unter der obersten trockenen Schicht und dem Gras.« Er zerrieb ein paar dunkle Krümel zwischen den Fingern und ließ die Erde zu Boden rieseln. »Wenn wir uns geschickt anstellen, werden wir hier schon bald ertragreiche Ernten einfahren. Ich denke, wir fangen im Frühjahr, wenn wir die Äcker umgepflügt haben und die Saat ausbringen können, mit Weizen an.«

Doch Franz schien ihn gar nicht zu hören, starrte nur mit weit aufgerissenen Augen vor sich hin. Seine Lippen bewegten sich, als würde er ein Gebet sprechen, aber kein Ton kam über sie.

Matthias beugte sich zu ihm, legte ihm die kräftige Hand auf die Schulter. »He, Franz … Komm, hilf uns! Jeder wird jetzt gebraucht, bevor die ersten Fröste einsetzen und Schnee fällt.«

»Die Erde tut sich auf, die Erde tut sich auf«, kam es heiser über Franz' Lippen.

»Was redest du da?«, fragte Matthias immer noch sanft. Er spürte, wie sehr das alles seinen Bruder belastete, wie dessen Seele litt, aber er würde doch am Ziel nicht noch den Verstand verlieren?

Franz stierte seinen Bruder an. Matthias schluckte, als er die Leere in seinem Blick sah. »Mutter hatte recht«, flüsterte Franz. »Die Erde wird uns alle verschlingen. Wir heben unsere eigenen Gräber aus. Wie Todgeweihte lassen wir uns hinabführen, bevor uns die ewige Dunkelheit umhüllt. Mutter hat es vorhergesehen, Matthias, wir hätten auf sie hören müssen. Wir haben alles falsch angepackt …«

Matthias rieb sich über Mund und Nase. Er warf den Spaten ins Gras, kniete sich vor Franz, packte ihn an den Schultern und zwang ihn, ihm ins Gesicht zu schauen. »Mutter hatte niemals recht, Franz. Sie ist ein altes, abergläubisches Weib, das uns das Leben zur Hölle gemacht hat und es immer noch tun würde, wenn wir nicht aufgebrochen wären. Ja, wir haben uns den Beginn des neuen Lebens hier alle anders ausgemalt, aber, Franz … wir werden es schaffen! Du mit Anja, ich mit … Christina, wir alle werden es schaffen! Wir werden hier nicht nur überleben, sondern so reich und glücklich werden, wie es sich Mutter niemals hätte vorstellen können. Sie sitzt zu Hause und flucht vor sich hin, aber wir, wir bauen unser eigenes Leben auf, wie du es geplant hast. Gib jetzt nicht auf, Franz! Wir alle brauchen dich.«

Zu seiner Erleichterung bemerkte er, dass seine Worte tatsächlich zu dem Bruder vordrangen. Das Leben kehrte in Franz' Augen zurück, und er blinzelte, als wäre er aus tiefem Schlaf erwacht. Er schüttelte sich wie ein nasser Hund, irritiert und orientierungslos, und rieb sich mit den Händen das Gesicht. »Es …« Er hüstelte. »Es ist gut, Matthias. Danke. Ich … ich weiß manchmal selbst nicht, was in mir vorgeht. Die Angst überfällt mich wie ein wildes Tier und lässt mich bibbern und zittern und faseln wie ein altes Weib.«

Matthias zog ihn auf die Beine und umarmte ihn. »Es ist für uns alle nicht leicht«, sagte er dicht an seinem Ohr. Schließlich klopfte er ihm auf die Schulter, bückte sich und drückte ihm den Spaten in die Hand. »Jetzt komm!«

Länger andauernde Dispute gab es unter den Kolonisten darüber, wer mit wem eine Erdhöhle bewohnen sollte. Anja hatte bereits mit Bernhard vereinbart, dass sie mit Lambert bei ihm, Marliese, Helmine und Alfons bleiben konnte. Für Franz war es keine Frage, dass er dazugehörte.

»Meinetwegen musst du das nicht tun«, fuhr Anja ihn an. »Hättest du nicht bessere Unterhaltung bei deinem Bruder oder bei Anton von Kersen? Wie ich hörte, hat Letzterer den größten Teil seines restlichen Geldes den russischen Bauern für Wodka überlassen. Da fällt bestimmt diese oder jene Flasche für dich ab, wo du doch alles verschleudert hast.«

»Ich bin kein Säufer«, erwiderte er. »Warum denkst du so von mir, Anja? Ja, es war dumm von mir, dass ich mein Geld mit beiden Händen aus dem Fenster geworfen habe. Willst du mir das ewig vorhalten?«

»Mir ist es völlig egal, wofür du dein Geld verprasst. Hör nur endlich auf zu jammern und pack mit an! Schau, wie die anderen Männer schuften! Und du? Liegst mir in den Ohren wie ein quengelndes Kleinkind mit nassen Windeln.«

Franz kam nicht mehr zu einer Erwiderung, die ihm auf der Zunge lag, denn von der Wagenburg her erklang ein markerschütternder Schrei: »Zur Hilfe! Oh, Herr im Himmel, so helft mir doch! Bitte, bitte, helft mir … helft mir …« Der Schrei ging in ein Wimmern und schließlich in ein lautes Schluchzen über.

Franz und Anja liefen wie alle anderen zu den Wagen, um zu sehen, was passiert war. Die Russen in den Löchern schaufelten stur und mit kräftigen Bewegungen weiter, als sei nichts geschehen.

Die Natur brachte es mit sich, dass Veronica die kleine Alexandra die meiste Zeit trug. Bei dem Namen war es geblieben, obwohl Eleonora ihre Schwester eindringlich beschworen hatte, selbst über einen nachzudenken. Vielleicht sollte sie der Mutter ein Andenken setzen und das Kind Theresa nennen? Oder der Großmutter? Irgendwem, den sie liebte? Aber Christina hatte nur den Mund verzogen und das Gesicht abgewandt. »Nennt sie, wie ihr wollt.«

»Manchmal benehmen sich Mütter eigenartig nach der Geburt«, bemerkte Anja schulterzuckend. »Das legt sich gewiss.«

Veronica hatte an Eleonoras Miene erkannt, dass diese nicht davon überzeugt war. Und nicht anders ging es ihr selbst. Eine so ablehnende Haltung hatte sie noch nie bei einer Mutter erlebt.

Alexandra hatte großen Hunger und tat dies mit einem so wütenden, durchdringenden Geschrei kund, dass es meilenweit zu hören war.

Alle zwei Stunden wollte sie angelegt werden. Danach wiegte Veronica das satte Neugeborene in den Armen, bis es eingeschlafen war.

Dann allerdings verlor Veronica, eingedenk der Worte von Anton von Kersen, keine Zeit mehr und übergab die Kleine ihrer Mutter.

Zwei Seelen kämpften in Veronicas Brust: Ihr Herz sagte ihr, dass sie die Kleine niemals mehr wieder hergeben und sie bei sich aufnehmen wollte, um ihr all die Zärtlichkeit zu schenken, die sie Frieda nicht mehr geben konnte.

Ein anderer Teil ihres Selbst aber mahnte, sie solle sich nicht zu sehr an dieses Kind gewöhnen. Christina, die Mutter, galt nicht ohne Grund als unberechenbar. Wer wusste schon vorherzusagen, ob sie nicht eines Tages doch ihre Mutterliebe entdecken und das fordern würde, was ihr gehörte? Wie sollte sie, Veronica, einen solchen zweiten Verlust verkraften? Alexandra dann herzugeben wäre nicht weniger schmerzhaft als Friedas Tod.

In diesem Streit der Gefühle war ihr Anton von Kersens Vorhaben wie eine Botschaft des Himmels erschienen. Sie wurde hier gebraucht, der Vorsteher schätzte ihre Fähigkeiten. Sie würde ihr Talent, mit Kindern umzugehen, und ihre Liebe zu diesen kleinen Würmern zum Nutzen der Gemeinschaft einbringen können. Wenn sie sich geschickt anstellte, bekam sie die Anerkennung, nach der sie sich sehnte. Ja, von Kersen hatte recht: Sie durfte sich nicht von einem einzigen Kind alle Kraft rauben lassen, und am Ende wäre sie doch die Verliererin gegen eine Frau wie Christina. Sie würde dieses Kind nähren und sein Überleben sichern – aber für alles andere wäre die Mutter zuständig.

Die ersten Male, als Veronica ihr wortlos das Kind in die Arme drückte, hatte Christina sie angeschaut, als handele es sich um eine Verwechslung. Sie hielt das Kind, wie eine andere vielleicht eine Katze getragen hätte. In ihrem Gesicht stand nichts als Verärgerung über diese Störung und Unwillen.

Es lag außerhalb von Veronicas Auffassungsvermögen, wie man sich als Mutter so verhalten konnte. Jedes Tier hatte doch den Instinkt in sich, sein Junges zu behüten, vor Gefahren zu bewahren und großzuziehen, bis es kräftig genug war, sich allein durchzubringen. Warum nicht ein äußerlich engelhaftes Geschöpf wie die Weberin?

Mit einem Stechen im Herzen sah Veronica zu, wie Christina das Kind ungelenk von einem Arm in den anderen nahm. Alexandra begann zu quäken, obwohl sie nach der Mahlzeit schläfrig und zufrieden sein sollte.

So hatte sie das Kind auch an diesem Nachmittag, als alle mit dem Bau der Erdhütten beschäftigt waren, an die leibliche Mutter übergeben und war zu ihrem Lager gegangen, um sich mit einem Kanten Brot und einem Becher Milch zu stärken, die sie frisch von den Russen erstanden hatte. Das Stillen zehrte an ihrem Körper, ihr Magen knurrte. Sie verspürte häufiger Hunger als die anderen. Aber das kannte sie aus der Zeit mit Frieda.

Bei den Wagen war es menschenleer.

Mit müden Schritten schlurfte Veronica zu ihrer Proviant-tasche, die sie unter dem Mantel aus Schaffell verborgen hatte. Sie seufzte, als sie feststellte, dass sie kein Brot mehr hatte. Nur ein paar trockene Brösel waren übrig, die sie mit dem angefeuchteten Zeigefinger der linken Hand aufklaubte und zum Mund führte.

Sie richtete sich auf, griff unter den Kutschbock der Kibitka und öffnete den Deckel der Milchkanne. Vorsichtig trank sie direkt aus der Kanne ein paar Schlucke. Sie seufzte behaglich, als sie sie wieder zurückstellte, den Deckel schloss und sich mit dem Ärmel über den Mund fuhr.

Ob Adam noch Brot hatte? Er aß nicht halb so viel wie sie – gut möglich, dass er seine Portionen bunkerte.

Adams Sachen lagen ein Stück weit entfernt halb unter der Kutsche verborgen. Sie musste auf alle viere gehen, um an sein Bündel zu gelangen, das unter seinen Kleidungsstücken steckte. Sie schob ein Teil nach dem anderen weg, bis sie das mit einem Hanfseil straff umbundene Stück Leinen fand, in dem er offenbar seine Lebensmittel aufbewahrte. Er hatte es so stramm umwickelt, dass es sie Mühe kostete, die Verschnürung zu lösen, und sie ihre Zähne zu Hilfe nehmen musste. *Dieser Kerl,* ging es ihr durch den Sinn. *Hat er etwa Sorge, jemand könne ihm sein hartes Brot und seinen Schinken stehlen?* Sie war schließlich seine Frau, was ihm gehörte, gehörte auch ihr.

Auf einmal stutzte sie. Ein Geruch entströmte dem Bündel, als hätte Adam hier verdorbenes Fleisch verpackt. *Pfui Deibel, wer sollte das noch essen?*

Wütend schnürte sie das Bündel weiter auf und schnappte dann japsend nach Luft, weil der Geruch immer durchdringender wurde, scharf und widerlich süß und krank. Sie hielt sich die Hand vor den Mund und schluckte ein ums andere Mal, um den Würgereiz zu unterdrücken. Immer wütender wurde sie auf ihren Mann, der die wertvollen Lebensmittel hier verrotten ließ.

Die Verschnürung war inzwischen gelöst, und Veronica erhob sich, um Abstand zu diesem stinkenden Paket zu bekommen. Mit spitzen Fingern und den Füßen wickelte sie die Schichten von Leinen ab, trat dagegen und fluchte dabei vor sich hin.

Endlich fiel der letzte Stoffrest. Veronica stupste den Inhalt mit der Fußspitze an – und im nächsten Augenblick gefror ihr das Blut. Sie griff sich an den Hals, ein unmenschliches Röcheln entfuhr ihrer Kehle. Sie starrte auf das blauschwarze Etwas, dessen Verwesungsgestank nun alles um sie herum zu vergiften schien.

Lieber Gott, lass es nicht wahr sein!

Gott, lass dies ein Alptraum sein!

Ein Stöhnen entrang sich ihr, gefolgt von Würgen. Der Schmerz fraß sich rasend in ihr Herz und in ihre Eingeweide.

Adam hat Frieda nicht der Wolga übergeben.

Er hat sich nicht von ihr trennen können.

Herr im Himmel, hilf mir!, flüsterte sie tonlos, bevor sie schrie, wie sie noch nie in ihrem Leben geschrien hatte.

Alle, die zur Wagenburg drängten, verharrten fassungslos, flüsterten Gebete, bekreuzigten sich.
Eleonora legte den Arm um Veronica, hielt sie fest, versuchte, ihr Kraft zu geben, und murmelte beruhigende Worte an ihrem Ohr. Die anderen, die tatenlos herumstanden, brüllte sie an: »Tut doch was, um Himmel willen!«
Zwei besonders grobschlächtige Kolonisten, die, wie Eleonora wusste, als Metzger gearbeitet hatten, bevor sie hierher gekommen waren, um sich Erdhütten für den russischen Winter zu bauen, traten vor, wickelten die Tücher um die Reste des winzigen Leichnams und trugen ihn davon.
Bernhard folgte ihnen mit einem Spaten, um das Grab für Frieda auszuheben.
Doch da stürzte plötzlich Adam aus den Reihen.
Eleonora fühlte ihre Finger auf Veronicas Schulter zittern, als er nun die Hände zu Fäusten ballte, die Schultern vorschob und sich auf die beiden Männer stürzen wollte.
Doch Matthias, Franz und Daniel packten ihn mit vereinten Kräften und versuchten, ihn zu bändigen, während er wütete und schrie wie ein verwundeter Stier.
»Lasst mir meine Tochter! Ihr habt kein Recht, sie mir wegzunehmen! Lasst mir mein Kind!«
Aber gegen die drei kräftigen Männer war er machtlos. Er trat um sich und versuchte gezielte Faustschläge zu setzen, um sich zu befreien. In der nächsten Sekunde traf ihn Franz' Hieb mit voller Wucht an der Schläfe, so dass er zu Boden ging und leblos liegen blieb.
»Schafft ihn hinter einen der Wagen!«, ordnete Bernhard an. »Und fesselt ihn an ein Rad.«
Während die Totengräber ihre Arbeit verrichteten, wurde Adams Körper aus der Wagenburg geschleift.

»Es ist vorbei, es ist vorbei«, murmelte Eleonora in Veronicas Haare und wiegte diese hin und her.
Veronica schluchzte inzwischen haltlos, ihr üppiger Körper bebte und zitterte.
»Lass mich nicht allein, Eleonora!«, flüsterte sie tränenerstickt.
»Ich lass dich nicht allein. Schlaf heute bei uns, und morgen … morgen stellen wir ein Kreuz für deine Tochter auf und legen Blumen auf ihr Grab. Jetzt hat sie ihre Ruhe gefunden.«
Veronica richtete sich auf und fuhr sich mit der Handfläche über die Nase. »Und sie ist bei mir. Hier, an unserem Ziel.«
Eleonora nickte und schluckte die Beklemmung hinunter.
»Ja, sie ist hier, ganz in deiner Nähe.«
Als die Kolonisten am nächsten Morgen bei Sonnenaufgang die Arbeit an den Erdhütten fortsetzen und vorab nach dem Gefesselten sehen wollten, fanden sie dort weder eine Spur von Adam noch von den Stricken, die ihn ans Wagenrad gebunden hatten.
Ein Suchtrupp wurde losgeschickt, der eine halbe Stunde später mit der Nachricht zurückkam, dass man Adam Mai gefunden habe.
Sein Körper baumelte erhängt im kalten Steppenwind an einem der kräftigeren Bäume des Waldstücks.
Sie hatten ihn gleich dort begraben.

Die Aufteilung der Erdwohnungen, die wenige Tage später fertiggestellt waren und zu denen noch weitere unterirdische Quartiere für die Ponys gekommen waren, gestaltete sich nach den ersten Absprachen weitgehend friedlich – die meisten wussten, wo sie hingehörten. Nur als Anton von Kersen sich ins Gespräch brachte, drohte ein Tumult, denn

keiner war darauf erpicht, mit dem Vorsteher den Winter auf engstem Raum verbringen zu müssen.
Schließlich aber fand er in der größten Erdhütte bei Christina mit ihrer Tochter, Matthias, Eleonora, Sophia, Klara, Sebastian und Veronica ein Plätzchen, was hauptsächlich auf Veronicas Fürsprache zurückzuführen war. Von Kersen dankte ihr, indem er ihre schmutzige Hand nahm und einen Kuss darauf hauchte. Dass Veronica mit Christina unter einem Dach hauste, war auf praktische Erwägungen zurückzuführen – schließlich stillte sie nach wie vor alle zwei Stunden den Säugling.
Bernhard, Marliese, Helmine und Alfons nahmen außer Anja und ihrem Hund selbstredend auch Franz bei sich auf, obwohl Anja lautstark protestierte. Aber dass ein Mann zu seiner Frau gehörte, stellte niemand in Frage. Zu ihnen sollte sich außerdem Daniel Meister gesellen, aber der schüttelte den Kopf, als die Kolonisten begannen, sich in den Löchern so heimelig wie unter diesen Umständen möglich einzurichten.

Jetzt war also der Zeitpunkt gekommen, wo er es allen erzählen musste. Daniel hatte viele durchwachte Nächte darüber nachgedacht. Er hätte es nicht für möglich gehalten, dass es inzwischen so viel gab, was ihn mit diesen Leuten aus Hessen verband. Christina ließ er nicht gern zurück, obwohl sie ihm ferner war als jemals zuvor. Der Knecht Matthias Lorenz und der Flickschuster Bernhard Röhrich waren ihm zu Freunden geworden – eine Freundschaft, die tiefer ging als alle Bindungen, die er bisher eingegangen war. Es kam ihm vor, als hätten sie gemeinsam die Hölle überlebt. Nun verließ er sie.
Und es brach ihm fast das Herz, Sebastian zurückzulassen.

Aber mitnehmen konnte er ihn nicht. Er wusste ja selbst noch nicht, was ihn in Saratow erwartete. Wie sollte er da die Verantwortung für ein Kind tragen?

»Ich hab' nicht Amerika zugunsten Russlands getauscht, um am Ende in einem Loch zu überwintern. Davon abgesehen, tauge ich nicht als Bauer. Ich werde den Winter in Saratow verbringen und zusehen, dass ich Arbeit finde und Kontakte herstelle. Im Frühjahr bin ich wieder bei euch.«

Die anderen starrten auf ihre Füße, als er sich erklärte, und räusperten sich nun verlegen. Ob das nicht tatsächlich die bessere Alternative war? Aber zum einen achteten die Soldaten nach wie vor im Wechsel darauf, dass sich keiner dauerhaft entfernte, zum anderen ... Dieses Stück Land hier gehörte ihnen. Es lag in ihrer Hand, daraus das Beste zu machen. Und waren sie nicht hierher gekommen, um sich eine eigene Existenz aufzubauen?

Wehmütig ließen sie Daniel ziehen, doch Sebastian lief zu ihm, als er sein Pony vor die Kibitka spannte und seine Sachen zusammenschnürte, um sie in der Kutsche zu verstauen.

Daniel ging in die Knie, als Sebastian auf ihn zugelaufen kam. Vor ihm blieb der Achtjährige abrupt stehen und verbiss sich die Tränen. Er wollte vor seinem Freund nicht weinen, aber der Abschiedsschmerz überwältigte ihn.

»Kommst du wirklich wieder?«, fragte er heiser.

»Ich verspreche es dir, Sebastian. Sobald der Schnee geschmolzen ist im März. Da auf den Hügeln kannst du nach mir Ausschau halten.« Er wies mit dem Kinn in Richtung der Anhöhe hinter dem Flüsschen.

Sebastian senkte den Kopf.

Der Ältere zog ihn an sich und drückte ihn, barg für einen Moment das Gesicht an der Schulter des Jungen, die nun

zuckte, weil er die Tränen nicht mehr zurückhalten konnte.
»Ich komme wieder«, flüsterte Daniel. »Du hast mein Wort als Freund.«
In dieser Nacht bezogen die Kolonisten ihre Erdhütten. Als sie am nächsten Morgen hervorkrochen, mussten sie Berge von Schnee wegschaufeln, bevor sie in das trübe Tageslicht blinzeln konnten.
Der russische Winter hatte begonnen.

Buch 3: Weites Land

1768 bis 1780

27. Kapitel

Kolonie Waidbach, Sommer 1768

Christina wischte sich mit dem Unterarm den Schweiß von der Stirn und ließ die Schultern hängen. Die Mittagssonne brannte von einem weißblauen Himmel und ließ die Luft über dem Weizenfeld flirren. Grillen zirpten, Bienen und Mücken umschwirrten sie. Sie scheuchte sie weg und blies sich eine Locke aus der Stirn, die aus ihrem im Nacken geknoteten Kopftuch gerutscht war.

Sie ließ sich auf dem abgemähten Ackerland nieder, den Rücken gegen eine der Garben gelehnt, die sie gemeinsam mit den anderen Frauen der Kolonie in stumpfsinniger Eintönigkeit gebunden hatte, während die Männer vorneweg die Weizenhalme mit Sicheln und Sensen schnitten.

Die Ernte war in diesem Jahr ertragreicher als im letzten, denn diesmal hatten sie bereits im September den Winterweizen aussäen können, der dank der Feuchtigkeit der kühlen Monate und der Wärme des Frühlings prächtig gedieh. Großzügig verteilte die russische Krone das Saatgut, mit dem die deutschen Kolonisten diese Wildnis in eine Kornkammer verwandeln sollten.

Für einen Moment schloss Christina die Augen, hielt das Gesicht in die sengende Sonne und hoffte inständig, dass deren Strahlen die traurigen Gedanken hinter ihrer Stirn vertrieben.

Sie hatte sich danach gesehnt, ein Paradies zu finden, aber sie war in einer Einöde gestrandet, die sie auch noch nach ihrem Heimatort *Waidbach* benannt hatten.

Tagaus, tagein musste sie sich in der Kolonie den Buckel krumm schuften und die schönsten Jahre ihres Lebens damit verbringen, sich Schwielen an den Händen zu holen. Abends zählte sie die Falten, die sich in ihr Gesicht gegraben hatten. Danach wälzte sie sich in ihrem Bett auf Stroh und grobem Leinen oben unter dem Dach der Holzhütte und träumte mit brennenden Augen davon, was anderswo auf der Welt – in Sankt Petersburg vielleicht – gerade passierte. Während sie den knisternden Stoff von Maschas blauem Kleid an ihre Wange drückte, stellte sie sich vor, wie Nikolaj die Damen der russischen Gesellschaft übers Tanzparkett wirbelte. Sie sah ihn vor sich, wie er ihnen mit rubinrotem Ungarwein aus goldverzierten Kelchen zuprostete und sich über ihre Spitzenhandschuhe beugte, um einen Kuss anzudeuten; wie er ihnen Neckereien in die mit Perlen geschmückten Ohren hauchte, um anschließend in lebensfrohes Lachen auszubrechen …

Während sie diese regenbogenbunten Bilder mit in den Schlaf nahm, hörte sie von unten aus der Kammer das Schnarchen ihres Mannes und das Wimmern aus dem Kinderbett. Manchmal drückte sie sich Kissen auf die Ohren, wenn die zermürbenden Geräusche in der Hütte das russische Streichquartett in ihren Träumen übertönten.

Seit Alexandra laufen konnte, hatte sie nachts ein paarmal versucht, die Stiege nach oben zu klettern, aber Christina hatte stets barsch reagiert und sie mit kalten Worten fortgeschickt, bis die Tochter es irgendwann seingelassen hatte und in ein penetrantes Wehklagen fiel, nicht laut, aber ausdauernd und nervtötend.

Wie bedauerlich, dachte Christina, dass sich die intensive Beziehung zwischen Alexandra und der Amme Veronica nicht über die Kleinkindzeit hinweg gehalten hatte.

Im ersten entsetzlichen Winter in der stinkenden, beengten Erdhütte hatte Veronica das Kind kaum von ihrem Schoß genommen, ihre Brust herausgeholt, wann immer es den Mund verzog, und mit ihrer fetten Milch dafür gesorgt, dass sich Alexandra zu einem kräftigen, kerngesunden Mädchen entwickelte, das nicht nur schreien konnte, bis die in der Nachbarschaft lungernden Wölfe Reißaus nahmen, sondern das auch Speckrollen an Armen und Beinen ansetzte und Pausbacken bekam.
Nacht für Nacht während dieses ersten Winters in der Steppe hatte Christina, eingezwängt zwischen der knochigen Schulter ihres Mannes auf der einen Seite und der aufgelösten schwarzen Haarmähne ihrer Schwester auf der anderen, zu dem Dach aus Zweigen und Blättern gestarrt und darum gebetet, sterben zu dürfen. Einfach die Augen zu schließen und nicht mehr aufzuwachen. Qualvoll hatten sich die Wintermonate hingezogen, eintönig, beengt, hoffnungslos. Gegen die Kälte half zwar der Herd, in dem Holz knisterte und knackte. Die Rauchentwicklung in der Behausung aber war an manchen Tagen kaum zu ertragen.
Sie hatten alle überlebt, wenn ihnen auch die getrockneten Fische – ihre Hauptnahrung – zum Hals heraushingen.
Doch wofür hatten sie gelitten und gekämpft?
Was sollte besser werden, als die Schneeschmelze eintrat und sie wie die Maulwürfe aus ihren Unterkünften in die Frühlingssonne lugten?
Die Trostlosigkeit des ersten russischen Winters hatte sich in Christina eingenistet wie ein wucherndes Geschwür. Sie verstand nicht, dass die anderen, wenn sie sich abends einen Schuss Wodka ins heiße Wasser kippten und warmes, knuspriges Brot herumreichten, scherzen, miteinander

lachen und sich Geschichten erzählen konnten, wie es einmal sein würde hier in ihrer neuen Heimat.
Christina zog sich in sich selbst zurück wie ein Tier im Winterschlaf. Aber als die Schneedecke endlich zu schmelzen begann und sich die Flecken graubraunen Grases täglich vergrößerten, als die ersten gelben und roten Tulipane ihre Knospen aus der Erde steckten, als sich die Luft anfüllte mit dem Duft von wildem Majoran und Schafgarbe und die Vögel zu singen begannen, war der Lebenswille, der ihr Wesen stets geprägt hatte, wie eine winzige Flamme im Frühlingshauch wieder aufgeflackert.
Ganz sicher hing diese Hinwendung zum Leben mit dem jungen, kräftigen Russen zusammen, der zu der Truppe von Zimmerleuten gehörte, die – tatkräftig unterstützt von allen Kolonisten – gleich im März die Holzhütten errichteten.
Ein Ingenieur, der Kommandant des Arbeitstrupps, erteilte Anweisungen, wie das Land links des Flüsschens in Parzellen aufgeteilt werden sollte. Das Gebiet auf der rechten Seite wurde zu Wiesenland erklärt, das genau wie das Waldstück Gemeingut bleiben sollte.
Während die Männer hämmerten und sägten, Fuhrwerke mit Holz beluden und eine aus groben Stämmen bestehende Wand nach der nächsten aufrichteten und verankerten, warf Christina dem jungen Russen, der mit nacktem Oberkörper arbeitete und dabei im Licht der Märzsonne seine schweißglänzenden Muskeln spielen ließ, ständig auffordernde Blicke unter halbgesenkten Lidern zu, lächelte honigsüß und schwenkte den Rock, wann immer er mit einem Grinsen zu ihr spähte.
Worte waren nicht nötig – die Gesten der Liebeslust verstand man an jedem Ort der Welt. Wenn der Russe, nach dessen Namen sie nie gefragt hatte, in der Mulde hinter

dem Steppenhügel mit harten Stößen in sie eindrang und seine Lippen auf ihren Hals drückte, hatte Christina das Gefühl, das Leben kehre in sie zurück.

Sein von schwarzen, struppigen Brauen beherrschtes Gesicht wusste sie, wenn er schließlich von ihr abließ, nicht zu deuten. War es Bewunderung, Verliebtheit oder doch eine Spur von Verachtung für die freizügige Deutsche, die ganz offensichtlich keine Hure war und dennoch bereitwillig die Röcke hob?

Auch seine kehlig hervorgestoßenen Worte verstand sie nicht, quittierte sie mit einem Lächeln und einem stummen Versprechen für den nächsten Abend.

Während das Dorf der Kolonisten in den Frühjahrsmonaten wuchs, holte sich Christina das, was sie in ihrer Ehe und in dieser Gemeinschaft mehr als alles andere vermisste, sie nahm es sich in den dämmerigen Abendstunden, wenn die Frauen der Kolonie auf dem offenen Feuer das Essen bereiteten und die Männer ihr Tagwerk begutachteten und Pläne besprachen.

Ein Lächeln umspielte Christinas Lippen, als sie sich nun auf dem Feld an den vor Manneskraft strotzenden Russen erinnerte. Sie fragte sich, ob sie nicht doch um seinen Namen hätte bitten sollen.

Nicht, dass sie ihn vermisste oder sich gar in ihn verliebt hätte, aber die körperliche Liebe fehlte ihr an der Seite ihres Holzklotzes von einem Mann so schmerzlich, wie sie es nie für möglich gehalten hätte. Diese ungestillte Sehnsucht in Verbindung mit Matthias' manchmal spöttischem Grinsen trieb sie innerlich zur Weißglut.

Wie sie ihn hasste, diesen Ackerknecht aus Waidbach, der sich in der Kolonie nun als Lehrmeister für alle aufspielte. Sie hörte seine tiefe Stimme weiter vorn auf dem Feld, wo er den Männern Anweisungen gab, wie sie die Sicheln zu halten hatten, und wo er den Frauen mit Eselsgeduld demonstrierte, wie sie die Halme zu Garben binden sollten, um sie zum Trocknen aufzustellen. Später würden sie die Garben aufs Fuhrwerk laden, das Korn dreschen und zu der kleinen Wassermühle bringen, wo ein Mahlstein seine Arbeit verrichtete.

Der Ertrag reichte nicht, um mit dem Weizen Handel zu treiben, aber er deckte den Mehlbedarf der Kolonie, obwohl im vergangenen Sommer weitere Aussiedler zu ihnen gestoßen waren, so dass nun mehr als zweihundert Seelen zu der Kolonie Waidbach gehörten.

»Christina, alles in Ordnung mit dir?«

Die Honigstimme ihrer Schwester. Auch Eleonora schloss Christina in ihre gärende Wut auf alles und jeden an diesem verfluchten Ort mit ein. Eleonoras munteres, stets Zuversicht verbreitendes Wesen widerte sie an. Unerträglich, wie sie das Töchterchen verhätschelte, wie übereifrig sie sich in die Gemeinschaft einfügte und wie sie die Ärmel ihrer Bluse aufkrempelte, um vom ersten Licht des Tages bis zum Sonnenuntergang zu rackern.

Christina richtete sich auf und machte eine wegwerfende Handbewegung in Richtung ihrer Schwester, die in einiger Entfernung bei den anderen Erntehelfern stand, die schwarzen Haare unter dem Tuch verborgen, die Hand gegen das Sonnenlicht über den Augen.

»Ich komme gleich!«, rief Christina. »Nur eine kurze Pause.« Sie lehnte sich wieder zurück gegen die stechenden Halme. *Schuftet doch, bis ihr tot umfallt!*, dachte sie, während sie sich die Nasenwurzel mit Daumen und Mittelfinger massierte. *Tanzt ihr nur alle nach der Pfeife des Ackerknechts …*

Matthias hatte wie alle anderen seinen Platz in der Gemeinschaft gefunden. Niemand stellte seine Anweisungen bei der Aussaat und der Ernte des Weizens in Frage.

Christina erinnerte sich mit Schaudern daran, wie alle geächzt und gestöhnt hatten, damals nach dem ersten Winter, als sie begonnen hatten, den steinharten Boden mit Pflügen zu bearbeiten. Die russische Krone hatte ihnen Pferde und Rinder gestellt, aber keines der Nutztiere war je vor einen Pflug gespannt worden, und so mussten die Kolonisten selbst ziehen und zerren und im Schweiße ihres Angesichts die Steppe in Ackerland verwandeln, bis sie am Abend jeden Knochen, jeden Muskel, jede Sehne in ihrem zermarterten Körper spürten und zu schwach waren, um noch den Löffel in die Krautsuppe zu tunken und den Becher für den Kwass zu halten. Aber sie hatten die Zähne zusammengebissen und hatten am nächsten Morgen wieder parat gestanden, um das Werk voranzutreiben.

Und wofür das alles? Um die untere Grenze des Lebensstandards zu erreichen, den sie in Hessen aufgegeben hatten.

Warum verzweifelte keiner außer ihr über dieser Erkenntnis?

Woher nahmen alle jeden Morgen die Kraft, dort weiterzumachen, wo sie am Vorabend aufgehört hatten?

Was ist mit euren Träumen?, wollte sie manchmal schreien.

Was wollt ihr eigentlich erreichen?

Aber sie schwieg und blieb allein mit diesen Fragen, auf die sie keine Antwort fand.

Der Einzige, dem sie sich noch nah fühlte, war Daniel Meister.

Er hatte Wort gehalten und war zurückgekehrt, als die Zimmerleute ihre Arbeit aufnahmen. Christina hallte jetzt noch Sebastians Jubelschrei in den Ohren. »Da kommt er, da kommt Meister Daniel!« Tagelang hatte der Junge von der Anhöhe in Richtung Saratow gespäht, in der verkrüppelten Hand ein Stück Fichtenholz, in der gesunden ein Schnitzmesser, mit düsterer Miene und angewinkelten Beinen. Endlich war er aufgesprungen, hatte Holz und Schnitzmesser fallen lassen und mit den verkümmerten Fingern der linken Hand in die Richtung gewiesen, wo man in weiter Ferne das sonnenblonde Haar Daniels leuchten sah, während das Kalmückenpony ihn zu den Kolonisten trug.

Christina hatte Sebastian um seine Unbekümmertheit beneidet, als er mit fliegenden Beinen und rudernden Armen die Anhöhe hinabgestürzt und gerannt war, als ginge es um sein Leben, das Gesicht ein einziges Strahlen, die Rufe hell und mit vor Glück sich überschlagender Stimme.

Als er nahe genug heran war, sprang Daniel vom Pony, breitete die Arme aus und umarmte den Jungen wie einen lange vermissten Sohn.

Wie gerne wäre auch sie auf ihn zugestürmt, hätte ihn umklammert, seinen Duft nach der Welt da draußen eingeatmet, seine Lippen mit den ihren berührt. Tausend Fragen brannten ihr auf der Seele nach seinem Leben, das er frei wie ein Vogel führte, während sie hier Wurzeln schlagen musste.

Aber sie wusste, dass die Kraft ihrer Gefühle Daniel irritiert hätte. So schade, dass er seither immer nur wenige Tage blieb. Meist vergingen zwei bis drei Monate, bis er mit Neuigkeiten aus Saratow und anderen Städten wieder auftauchte.

Was Matthias von ihr dachte, war ihr gleichgültig. So wie sie darauf pfiff, ob er sie bei ihrem heißen Liebesspiel mit

dem Zimmermann beobachtete, so interessierte es sie auch nicht, was er von ihrer Beziehung zu Daniel hielt. Nichts kratzte sie, was Matthias betraf, und jeder wusste das.
Ihre Ehe wurde mit offenem Misstrauen beobachtet: der tüchtige Bauer und sein schamloses Weib, dessen Mieder zu weit aufgeschnürt war und das sich einen feuchten Dreck um sein Kind scherte oder darum, etwas zur Gemeinschaft beizutragen.
Christina stieß ein freudloses Lachen aus, richtete sich auf und zupfte sich ein paar Halme aus den Zöpfen, die aus ihrem Tuch hervorlugten. Die Erntehelfer hockten sich am Ende des Ackers zusammen, um das Mittagsmahl einzunehmen, das ihnen Helmine und eine von den neuen Kolonistenfrauen in Töpfen und auf Holztellern brachten. Das Klappern des Geschirrs, das leise Murmeln und Lachen trug der Steppenwind über das Feld zu Christina.
Obwohl ihr Magen knurrte, verspürte sie nicht die geringste Lust, sich aufzurappeln und zu den anderen zu gesellen. Sie wollte in die entgegengesetzte Richtung. Und dann laufen und laufen, ohne anzuhalten, immer weiter, irgendwohin, wo es besser war.
Was für ein lächerlicher Gedanke!, schimpfte sie sich selbst, während ihr Blick zu den in der Nähe des Wäldchens lagernden Nomaden ging, deren Zelte aus der Entfernung wie weißbraune Pilze aussahen. Kirgisen oder Kalmücken, die ihr Vieh hier weiden ließen und gewiss dafür verantwortlich waren, dass es immer wieder Verluste von Pferden in der Kolonie zu beklagen gab.
Daniel hatte die Siedler eindringlich gewarnt: Sie sollten die Gefahr durch die Nomaden nicht unterschätzen. Die Kolonisten zu bestehlen hielten sie für ein einträgliches Geschäft, aber man höre auch von Übergriffen, bei denen

Weiber und Kinder geraubt wurden, die man nie mehr sah. Christina hatte sich bei seinen finsteren Ermahnungen mit der Hand an den Hals gefasst.

»Was können wir tun?«, hatte Bernhard Röhrich gefragt, der Flickschuster, den man unter dem wütenden Protest von Anton von Kersen gleich im ersten Frühjahr zum Vorsteher gewählt hatte.

Daniel hatte erklärt, dass andere Kolonisten Gräben rund um die Dörfer gezogen und nachts bewaffnete Wachen aufgestellt hätten. Außerdem sei es möglich, Unterstützung von der Regierung anzufordern, aber das würde bedeuten, dass sie erneut die Anwesenheit und Kontrolle russischer Soldaten ertragen mussten, die sie im ersten Winter nur zu gern nach Saratow hatten ziehen sehen.

Die Obersten des Dorfes, zu denen neben Bernhard und Matthias auch der ob dieses Ehrenamts leicht besänftigte Anton von Kersen als Schulmeister gehörte, hatten beschlossen, sich um die Sicherung der Kolonie zu kümmern, sobald die erste reiche Ernte eingefahren sei. Jetzt im Juli wurde jede Hand auf dem Acker gebraucht, aber im Herbst wollten sie mit dem Errichten von Gräben und Wällen beginnen. Noch deutete nichts darauf hin, dass die Nomaden einen Angriff planten – im Gegenteil, sie verkehrten sogar in der Kolonie und zeigten dabei beim Tausch von Schaffell und Kamelfleisch gegen Mehl und selbstgebrautes Bier ihr freundlichstes Gesicht. Kaum vorstellbar, dass diese umgänglichen Menschen sich in wilde Horden verwandeln sollten, die Weiber und Kinder fortschleppten und versklavten.

Aber die Schauergeschichten hielten sich und ließen manchen nur noch mit dem Messer unter dem Kopfkissen einschlafen und bei jedem ungewohnten Geräusch in Mondnächten kerzengerade im Bett sitzen.

An die ständig bestehende Gefahr durch Wildtiere – Wölfe und Bären – hatten sie sich rasch gewöhnt. Offenes Feuer in der Nacht hielt sie fern. Die Bedrohung durch Menschen aber war neu.

In die Steppe hinauszumarschieren und der Kolonie den Rücken zu kehren, wie Christina es sich in der Mittagshitze ausmalte, wäre vermutlich die schlechteste aller Ideen, ging es ihr durch den Sinn, während sie beobachtete, wie einer der Nomaden mit der Peitsche drei Kamele zurücktrieb, die sich zu weit von den Zelten entfernt hatten.

Christina klopfte sich die Halme und die trockene Erde von Rock und Schürze, als sie plötzlich hinter sich eine helle Stimme hörte. »Mama! Mama!«

Auf krummen Beinen stakste Alexandra auf sie zu, die Arme weit ausgestreckt.

Christina blähte die Wangen und stieß die Luft aus.

Schon wieder dieses Kind!

Keiner der anderen Sprösslinge riss so oft aus der Kinderstube aus, die Veronica eingerichtet hatte. Fast ein Dutzend Kinder unter vier Jahren betreute sie inzwischen in der Scheune, während die Eltern ihrer Arbeit nachgingen.

Auch Veronica gehörte zu denjenigen, die sich ihren Platz in der Dorfgemeinschaft errungen hatten. Es nötigte Christina Respekt ab, wie diese Frau es schaffte, dem harten Schicksal zu trotzen. Erst starb ihr einziges Kind, dann legte sich der Mann, mit dem sie hier eine Zukunft aufbauen wollte, selbst den Strick um den Hals … Inzwischen hatte sie, wie es schien, in Anton von Kersen einen ehrgeizigen Unterstützer und Förderer gefunden, und sie machte sich nicht nur als Betreuerin der Kinderschar unentbehrlich, sondern hatte sich inzwischen bei vielen Niederkünften und aus Büchern großes Wissen über Geburtshilfe zugelegt, so dass man sie in der Kolonie bereits als Hebamme behandelte, die ganz selbstverständlich gerufen und um Rat gefragt wurde, wann immer es um Schwangerschaften und Entbindungen ging.

»Was suchst du hier?«, fuhr Christina das Mädchen an. »Scher dich zurück! Pack dich!«

»Mama!« Alexandra stand vor ihr, hob die Arme. In ihrem Blick lag ein Flehen, das Christina gut kannte. Die rotblonden, dünnen Haare bedeckten flaumig ihren Kopf, in den blassgrauen Augen sammelten sich Tränen.

Christina packte sie an den Schultern, drehte sie um und gab ihr einen Klaps auf den Rücken. »Ab jetzt. Mach, dass du zurückkommst! Spute dich!«

Das Kind stolperte los. Christina folgte ihr in einigem Abstand, während sich die Kleine immer wieder umschaute. Christina wedelte mit der Hand, um sie zur Eile anzutreiben. Alexandra stolperte über eine Graswurzel, rappelte sich auf, ohne zu weinen, und lief weiter. Das Leben hatte sie gelehrt, dass niemand sie tröstete, wenn sie sich weh tat.

Niemals hatte Christina diesem Kind Anlass gegeben zu glauben, es könnte mit Mutterliebe umhegt werden. Trotzdem wurde Alexandra nicht müde, ihr wie ein hungriges Kätzchen um die Beine zu streichen.

Warum ließ sie nicht locker?

Da war doch Veronica, die Alexandra jederzeit gern an ihren Busen drückte, wenn sie zu ihr stapfte.

Da war Eleonora, deren Herz unerträglich groß und weich, deren Gemüt so sonnig war, dass sich ein Dutzend weiterer Kinder daran wärmen konnte.

Und da war Matthias, der Alexandra hin und wieder auf den Schoß hob und ihr eines der Bilder zeigte, die er in den

Abendstunden malte, oder mit ihr einen schön geformten Stein betrachtete.
Wie ein Vögelchen im Nest hockte sie im Dorf, bekam satt zu essen, ein Bett und ein Dach über dem Kopf, und Spielkameraden tollten um sie herum.
Dennoch zog es sie bei jeder Gelegenheit zur Mama, als wollte sie nicht dulden, dass ausgerechnet die Frau, die sie geboren hatte, sie zurückwies und links liegenließ.
Irgendwann würde das aufhören.
Irgendwann würde Alexandra merken, dass sie sich Zärtlichkeit und Zuneigung woanders holen musste.
Christina hatte niemals Mutter sein wollen.
Und sie hatte niemals ein solches Leben führen wollen.
Eines Tages würde sie frei sein. Frei von allem, frei von jedem. Diesen Tag sehnte Christina mit jeder Faser ihres Herzens herbei.
Für andere Gefühle war da kein Platz.

28. Kapitel

Lass uns das versuchen, Bernhard! Das hört sich wunderbar und aufregend an.«

Wunderbar und aufregend! Helmine drehte sich in ihrem Bett auf die andere Seite, die zerwühlten Laken klamm vom Nachtschweiß, das Stroh platt gelegen.

Wann hörten die endlich auf, zu quasseln und sich auszumalen, was sie alles tun könnten, wenn nur erst dieses oder jenes passierte?

Helmine war gezwungen, sich die Gespräche der Erwachsenen am Tisch anzuhören. Ihr Bett stand in einer Ecke hinter dem Ofen. Über ihr auf dem durch eine Stiege erreichbaren Boden unter dem Dach schlummerte Alfons, dessen feuchte Lippen beim Ausatmen schnatterten.

Helmine zog sich die Decke über den Kopf. Zwar bemühten sich die Erwachsenen, leise zu reden, um sie nicht zu stören, aber sobald es die geringste Meinungsverschiedenheit gab, schwoll die Lautstärke an wie das Zischen eines Wasserkessels.

Ihr Bruder Bernhard bewohnte als Vorsteher immerhin die größte Hütte, aber eine eigene Kammer für Helmine gab es nicht. Wahrscheinlich sollte sie dankbar sein für diese Bettstatt hinterm Herd nach dem gruseligen Winter in der Maulwurfswohnung.

Lange hatte sie die Hoffnung gehegt, am Ende nur mit ihrem Bruder Bernhard das Ziel zu erreichen – welch hohes Ansehen hätte sie als Schwester des Vorstehers genossen! Ihre Mutter war doch auf dem besten Weg gewesen, sich zu Tode zu saufen! Und was machte die Alte? Schlotterte und quasselte im Fieberwahn tagelang, um hinterher aufzuwachen, nach Wasser zu verlangen und nie mehr nach Schnaps zu fragen. Niemals hätte Helmine ihr diese Kraft zugetraut, aber darauf, dass die Tochter ihr dafür Anerkennung zollen würde, konnte die Mutter lange warten.

Nein, Helmine würde ihr nie verzeihen, was sie ihr angetan hatte, seit sie denken konnte. Viel besser als zu der Zeit, als sie noch gesoffen hatte wie ein Loch und durch den Hofmorast getorkelt war, sah ihre Mutter auch heute nicht aus. Die grauen Haare standen ihr fusselig vom Kopf, die meisten Zähne hatte sie verloren, der Mund war verhutzelt und faltig gleich einem Kraterloch. Die Jahre an der Flasche hatten ihre Spuren hinterlassen.

Wie Darmwinde stank die Verachtung, wenn die anderen hinter Marlieses Rücken tuschelten.

Was sollte das jetzt mit dieser Plantage, von der die Mutter faselte und deren Aufbau sie ach so wunderbar und aufregend fand?

Sie flüsterten und zischelten nun wieder, Bernhard, Matthias Lorenz, Anton von Kersen, ihre Mutter und Apothekerstochter Anja, die Helmines Bruder, warum auch immer, gern dazuholte, wenn die Obersten der Kolonie tagten.

»Ich gebe Marliese recht«, sagte da Matthias. »Wir müssen für die kommenden Jahre planen. Auf lange Sicht reichen unsere Erträge hinten und vorne nicht. Wir müssen Handel treiben. Die Produktion von Seide erscheint mir lohnend. In Saratow rennen wir bei den Fabrikanten offene Türen ein.«

»Ich habe nicht die geringste Ahnung, wie man Seide gewinnt«, gestand Anja Eyring. »Braucht man dafür nicht Raupen?«

Matthias erklärte es ihr: »Der erste Schritt ist die Anpflanzung von Maulbeerbäumen. Von den Blättern ernähren sich die Seidenraupen, die man darauf züchtet. Irgendwann verpuppen sie sich, und aus dem Kokon zieht man den Seidenfaden. Ganz einfach eigentlich.«

Was für Hirngespinste!, dachte Helmine. Als würde ihre Mutter es schaffen, ein solch langfristig angelegtes Projekt zu leiten. Wann hatte sie jemals bewiesen, dass irgendwelche anderen Fähigkeiten in ihr schlummerten, als sich um den Fuselvorrat zu kümmern?

Zum Glück hatte sie bereits in Hessen die Küche und das Kochen Helmine überlassen. Sie redete ihr nicht drein und ließ sie machen. In der neuen Heimat kamen Helmine die Kenntnisse am Herd zupass. So war sie von der Feldarbeit befreit, wenn sie sich um die Versorgung der Erntehelfer kümmerte. Das tat sie nur zu gern.

Besondere Anerkennung bekam sie für den Kwass, den sie aus Roggenbrot, Hefe und Zucker herstellte. Je nachdem, was Matthias, der die besten Kontakte nach Saratow pflegte, mitbrachte, probierte sie Johannisbeeren, Rosinen oder Minze aus, um den Geschmack zu verändern und zu verfeinern. Die Dörfler lobten sie für ihre Phantasie und ihre geschickten Hände. Das schäumende, auf der Zunge prickelnde, säuerliche Brotbier galt besonders in den Sommermonaten als köstlicher Durstlöscher.

Helmines Verhältnis zu Alfons hatte sich in den zwei Jahren, die sie nun in Russland lebten, merklich verändert. Nicht etwa, dass Helmine ihre geschwisterliche Zuneigung für ihn entdeckt hätte. Nein, ihre Feindseligkeit gegenüber dem Schwachkopf war eher noch gewachsen, aber dazu hatte sich ein anderes, nicht weniger stark ausgeprägtes Gefühl gesellt: Angst.

Seit sie ihn damals in Lübeck ins Boot gesetzt und wissentlich einem ungewissen Schicksal überlassen hatte und seit

Alfons erlebt hatte, mit welcher Häme sie die Mutter behandelte, verfolgten seine Blicke sie hasserfüllt.
Wann immer sie es nicht vermeiden konnte, sich in Alfons' Nähe aufzuhalten, stierte er sie an, als wollte er sie mit den Augen versengen. Und Alfons war nicht mehr der schlaksige Junge mit den mageren Armen und dürren Beinen, der im viel zu weiten Nachtgewand wie ein Klappergestell in der Küche ihres Hauses in Waidbach gestanden hatte. In den letzten beiden Jahren hatte er sich zu einem Mann entwickelt, der sie nicht nur um fast zwei Köpfe überragte, sondern der auch erschreckend an Masse zugelegt hatte. Mit den ungepflegten Haaren, dem wuchernden Bart, den muskelbepackten Armen und stämmigen Beinen sah er aus wie ein aus den russischen Wäldern entlaufener Bär. Mit seinen Pranken vermochte er junge Bäume aus dem Forst ganz allein zu entwurzeln, um sie im Laufschritt auf der Schulter ins Dorf zu schaffen. Er tat dies mit einem Eifer und einer Ausdauer, dass sich manch einer fragte, wie viel Menschliches denn noch an diesem Hünen mit dem ständig offen stehenden Mund und den schief stehenden Augen war, der nichts als brabbelnde Laute von sich geben konnte und dessen Gesicht sich zur schauerlichen Fratze verzog, wann immer er sich über ein Lob oder ein Schulterklopfen freute.
Nein, Alfons war nicht mehr der armselige Tropf, dem Helmine ungestraft einen ihrer gemeinen Streiche spielen konnte. Sie malte sich lieber nicht aus, wozu Alfons imstande wäre, wenn er glaubte, sich an ihr rächen zu müssen. Insgeheim hoffte sie, dass er sich bei einem seiner zahlreichen Streifzüge durch die Steppe eines Tages verlaufen würde und entweder von Nomaden verschleppt wurde oder einem hungrigen Rudel Wölfe begegnete.

Einmal hatte sie geglaubt, am Ziel ihres sündigen Wunsches zu sein. Alfons war seit den frühen Morgenstunden unterwegs und fehlte ganz gegen seine Gewohnheit an der Mittagstafel. Der geordnete Tagesablauf war ihm heilig, und gefräßig war er dazu. Wenn er nicht zum Essenfassen erschien, um sich seine Portion abzuholen, konnte das nur bedeuten, dass er davon abgehalten wurde. Freiwillig bliebe er niemals fern.

Während die anderen raunend beratschlagten, rieb sich Helmine die Hände und grinste versteckt. Sie schickte ein Gebet zum Himmel, Alfons möge endgültig von seinen irdischen Qualen erlöst werden, aber ihre scheinheilige Fürbitte wurde nicht erhört, denn noch vor Sonnenuntergang tauchte Alfons wieder auf.

Neben ihm schlurften drei russische Bauern, die ihn seitlich stützten, obwohl er keine Hilfe brauchte, und die ihn mit so tiefer Verehrung und Ehrfurcht behandelten, dass Helmine mutmaßte, sie könnten Alfons an Geistesstärke noch unterlegen sein.

Mit andächtiger Miene führten sie ihn in die Mitte der Kolonisten, bekreuzigten sich und verneigten sich vor ihm. Dann sprachen sie ein paar Worte mit Daniel, der gerade im Dorf weilte, bevor sie, zum Gruß nickend, die Siedlung wieder verließen.

Zunächst einmal lärmten und jubelten die anderen. Von allen Seiten tätschelten sie Alfons den Rücken, und Marliese umarmte den massigen Leib ihres Sohnes, da sie zu klein gewachsen war, um höher zu gelangen.

»Freunde funden«, brabbelte Alfons mit glücklich entstellter Miene. »Freunde funden.« Er fuchtelte in Richtung der davonziehenden Russen.

Daniel verschränkte die Arme vor der Brust, nickte Alfons

wohlwollend zu und wandte sich an die anderen, die ihn mit Fragen bestürmten. Was denn die Russen erzählt und warum sie Alfons wie den Sohn Gottes behandelt hätten. Zwar sprachen alle inzwischen ein paar Brocken Russisch, um sich im Alltag zu verständigen, aber nur der Zeugmacher redete inzwischen fast fließend.

Auf Helmine wirkte der weltgewandte Daniel stets einschüchternd, obwohl nichts Großspuriges an ihm war.

»Die drei Bauern haben Alfons mitten in der Steppe aufgelesen, wo er über einem verendeten jungen Wolf kniete und betete. Er weinte und wiegte sich vor und zurück, während er das Gesicht zum Himmel reckte und, wie die Russen beteuerten, mit Gott sprach.«

»Und das fanden sie bewundernswert?«, rief Matthias skeptisch. »Ein Wolf weniger ist doch kein Grund zum Jammern, sondern zur Freude … Verstehe ich nicht.«

Daniel hob eine Hand. »Es geht nicht um den Wolf. Bei den Russen gibt es eine lange Tradition der Gottesnarren. Vielleicht hat der eine oder andere von euch davon schon mal gehört.« Die Zuhörer ließen die Mundwinkel hängen und schüttelten den Kopf. »Selbst der zornigste Russe wird sanft, wenn er einen Schwachsinnigen wie unseren Alfons trifft. Sie glauben, diese Menschen seien von Gott ausgewählte Narren, die die Wahrheit sprechen. Obwohl sie nicht verstanden haben, was Alfons da gebrabbelt hat – ihnen erschien er wie ein vom Herrn Auserwählter, der den Tod eines Gottesgeschöpfes beweint. Um sich den Zorn des Allmächtigen nicht zuzuziehen – möglicherweise haben sie den Wolf selbst getötet –, eiferten sie darum, Gott milde zu stimmen, indem sie sich um Alfons kümmerten.«

Ungläubiges Lachen erklang im Umkreis. »Ganz schön verrückt, diese Russen«, sprach Sebastian laut die Gedan-

ken der meisten aus, und Helmine dachte: *Das hat mir noch gefehlt, dass dem Hohlkopf ein Denkmal errichtet wird.*
Wenn ihr nur der Bruder und die Mutter nicht täglich aufs Gemüt schlagen würden, hätte sich Helmine in dem wachsenden Dorf durchaus wohl fühlen können. Natürlich, es war nicht der Garten Eden, den sie alle sich erhofft hatten. Aber sie besaßen hier Land, viel Land, sie verfügten über hinreichend Geld, und die täglichen Pflichten erfüllten Helmine genau wie die meisten anderen mit Befriedigung.
Es gab hier Menschen, die sie mochte, die sie sogar als ihre Freunde bezeichnete. Klara natürlich, die jüngste der Weber-Schwestern, die sich seit einigen Monaten ganz der Aufzucht und Pflege des Nutzviehs widmete. Sie kümmerte sich nicht nur um die trächtige Kuh, die Ziegen und die Ponys, sondern hatte zudem begonnen, Geflügel zu züchten. Dummerweise lockten die zahlreichen Tiere besonders Alfons an. Wann immer es Helmine in den Sinn kam, die Freundin zu besuchen, traf sie den Bruder bei ihr, der mit Hingabe die Zicklein striegelte oder mit verklärtem Gesicht die frisch geschlüpften Küken in den Händen barg und die Nase an deren Flaum rieb.
Sie mochte auch die älteren Weber-Schwestern, besonders Christina, die viel lustiger erzählen konnte als ihre Schwester Eleonora.
Und sie mochte die Gruppe junger, irgendwie zornig wirkender Männer, die sich allabendlich mit Fackeln und Wodka oben auf der Anhöhe traf – angeblich, um Wache zu halten, aber Helmine wusste, dass die Dörfler trotzdem noch eigene Leute abstellten. Die fünf Jungen waren nur zwei, drei Jahre älter als Helmine, und sie sorgten an manchem Abend für Aufregung im Dorf, wenn sie laut krakeelten, wie einfältig sie die Russen fänden und was sie alles

zu tun gedächten, wenn sie einen dabei erwischten, wie er ein Pferd stahl.
Helmine wusste, dass die fünf ihr Leben hier verfluchten – und die russische Zarin gleich mit. Manchmal zweifelte sie, auf welcher Seite sie stand – einerseits imponierte ihr das Aufrührerische der jungen Männer, andererseits sehnte sie sich nach Beständigkeit.
Ganz gewiss aber wusste sie, dass der Bandenführer – Gregor – ein besonders Hübscher war.
Wann immer sie an ihn dachte, kribbelte es köstlich in ihrem Leib, viel stärker als damals auf dem Wolga-Schiff, als der junge Russe sie lachend um die Taille gefasst und aus dem Beiboot an Deck gehoben hatte.
Diese blütenzarten Gefühle trugen erheblich dazu bei, dass Helmine in Wahrheit nicht so missvergnügt war, wie ihre Miene es ausdrückte, wann immer sie im Kreise ihrer Anverwandten hockte. Irgendwann, das wusste sie genau, irgendwann würde sie diese Familie hinter sich lassen und eine eigene gründen.
Und alles würde gut sein.
Weil der Schlaf sich immer noch nicht einstellen wollte und die Versammelten sich immer noch die Köpfe heißredeten, warf Helmine die Decke von sich, stand auf und schlich im Nachthemd auf Zehenspitzen zu dem Schubladentisch an der Hintertür. Dort stand der Wodka, von dem sich Bernhard hin und wieder am Abend ein Glas voll genehmigte. Auch sie hatte ihn probiert und nach dem ersten Schütteln festgestellt, dass er sich vorzüglich als Schlafmittel eignete, wann immer sie unausgegorene Gedanken und Gram nicht zur Ruhe kommen ließen.
Sie goss sich den bereitstehenden Becher halb voll und leerte ihn in einem Zug. Heiß und brennend rann der Wodka

ihre Kehle hinab, sickerte in ihren Magen und sandte wohlige Schauer in Bauch und Brust. Sie seufzte behaglich, sog tief die Luft ein und schlich zurück ins Bett. Ein paar Atemzüge später würden sich eine angenehme Schwere in ihren Gliedern und Müdigkeit ausbreiten, bis die Lider zufielen.

In geringen Maßen genossen, wirkt Schnaps wie Medizin, dachte Helmine, als sie mit einem selbstzufriedenen Lächeln die Augen schloss. Nur Pech, wenn man saufgierig wie die Mutter war, die es so weit getrieben hatte, dass der nächste Schluck ihr Todesurteil bedeutet hätte.

»Nimm mich mit, Bernhard! Ein einziges Mal! Ach, bitte, ich möchte diese Kolonie so gern kennenlernen. Du hast mir viel erzählt – aber ich möchte sie selbst sehen!«

Bernhard warf ein Scheit Holz in das Feuer am Rande des Dorfes und machte eine verschlossene Miene, die von den züngelnden Flammen beleuchtet wurde.

Anja, gegen die Abendkühle in eine wollene Stola gehüllt, konnte sich nicht sattsehen an seinen ebenmäßigen Zügen, die im Feuerschein noch attraktiver wirkten.

Sie trafen sich jeden Tag im Dorf und verbrachten außerdem die Abendstunden miteinander. Anja hätte, ohne zu zögern, auch die Nacht mit ihm geteilt – ob unter dem Sternenhimmel oder unter kühlen Laken. Keine Stunde mehr ohne ihn …

Ach, wenn er nur ahnte, wie es in mir aussieht!, dachte sie, während sie darum bettelte, ihn zur Sarepta-Kolonie begleiten zu dürfen.

Oder wusste er um ihre Gefühle und gab nur vor, sie nicht zu bemerken, um sie nicht zu verletzen?

»Ich kann das nicht verantworten, Anja«, erwiderte Bernhard mit seiner dunklen Stimme, die ihr jedes Mal einen Schauer über den Rücken jagte. »Die Sarepta-Kolonie ist mehr als zwei Tagesmärsche von hier entfernt, wir müssen zweimal mitten in der Wildnis übernachten ... Es gibt mehr als einen guten Grund dafür, dass wir Männer hier nur zu dritt oder viert unterwegs sind. Die Gefahr da draußen ist greifbar – die Nomaden holen sich von uns, was sie glauben, dass ihnen zusteht. Sie halten sich für die eigentlichen Bewohner dieser Steppe und betrachten uns als unrechtmäßige Eindringlinge. Sie glauben, sie haben ein Recht darauf, uns anzugreifen, unsere Besitztümer zu rauben und uns zu vertreiben. Mit einer Gruppe bewaffneter Männer nehmen sie es nicht gern auf, aber wenn sie erkennen, dass sich Weiber in unserer Gesellschaft befinden ...«

»Doch keine Weiber! Nur ich!«, rief Anja leidenschaftlich.

Bernhard stutzte und grinste.

Anja senkte den Kopf und streichelte mit zitternden Fingern Lamberts krauses Fell. Ihr treuer Freund legte die Schnauze auf ihren Oberschenkel und gab leise rasselnde Schnarchgeräusche von sich.

Sie schaffte es nicht, Bernhards Lächeln zu erwidern. Die Angst saß zu tief, er könnte genau in diesem Moment merken, mit welch abgrundtief hässlicher Frau er da sprach. Nichts fürchtete sie mehr als das Aufflackern plötzlichen Erkennens in seinem liebevollen Blick.

Manches Mal hob er zart mit den Fingerkuppen ihr Kinn, aber sie wandte stets das Gesicht ab, als sei er dabei, eine Grenze zu überschreiten. Dabei wollte sie nichts sehnsüchtiger, als ihre Wange mit dem Brandmal in diese große Hand legen und die Augen schließen.

Anja wusste schon lange: Sie liebte Bernhard Röhrich wie niemals jemanden zuvor. Er verkörperte all das, was sie sich von einem Mann erträumte – Zuverlässigkeit, Offenheit, Geschick im Umgang mit Menschen, Treue und nicht zuletzt eine männlich-kraftvolle Ausstrahlung. Nach nichts sehnte sich Anja Eyring mehr, als einmal in diesen Armen zu liegen, gehalten zu werden wie eine geliebte Frau, geküsst und gestreichelt zu werden und mit ihm zu verschmelzen. Es war ein beglückender Traum – und ein unerfüllbarer.

Sie wusste, dass Bernhard sie schätzte. Er mochte sie, wie man einen treuen Kameraden mochte. Aber als Frau nahm Bernhard sie nicht wahr, das hätte Anja beschwören können. Wie denn auch? Sie verbarg das Gesicht wie eh und je, hüllte sich in bequeme Kaftane, die sie mit einer dicken Kordel schnürte, und das alte Spiel mit klimpernden Wimpern und zuckerigem Lächeln hatte sie nie gelernt.

Ihr Ehemann Franz spielte in Anjas Sehnsüchten und bei ihren Selbstzweifeln nicht die geringste Rolle. Gleich im Frühjahr des ersten Jahres, als die Zimmerleute ihre Arbeit ausführten, hatte sie dafür gesorgt, dass der Hundsfott, wie sie Franz bei sich nannte, weit aus ihrem Gesichtskreis verbannt wurde …

Anja hatte sich Eleonora und Klara angeschlossen, die sie, dankbar für Gesellschaft, in ihrer Hütte willkommen hießen.

Franz stampfte auf und brüllte, als Anja die durchaus naheliegende Idee, sie könnte mit ihrem Gatten eine Hütte teilen, so absurd fand, dass sie in lautes Gelächter ausbrach.

»Was ist daran komisch?«, schrie er sie an und ballte die Hände zu Fäusten. »Wir sind Mann und Frau. Was ist verkehrt an mir?«

Anja starrte ihn an wie einen Narren. »Wie kann einer so

verblendet sein, Franz Lorenz. Schau dich an! Deine Haut wie ausgespuckte Sauermilch, dein Haar verlaust, dein Blick fahrig und fiebrig wie ein Kaninchen vor dem Fuchs. Und ich sag' dir was: Selbst wenn du der tollste Hecht im Teich wärst – für mich bliebest du nie etwas anderes als ein Aufschneider und Großmaul.«

Zunächst schien er losspringen zu wollen wie eine in die Enge getriebene Ratte, dann aber fiel er in sich zusammen, die Schultern sackten nach vorn, die Mundwinkel fielen herab. »Diese Reise hat uns alle verändert.«

Ein Hauch von Mitleid flog Anja an, wie er da verloren und struppig vor ihr stand und bettelte. Worum bloß? Wohl nicht um Liebe …

»Ich habe dich schätzen und … lieben gelernt«, gestand er da. »Ich weiß, dass ich nach dem, was ich dir angetan habe, deine Verachtung verdiene, aber Anja … Es ist über ein Jahr her. Willst du mir nicht verzeihen und mich als deinen Ehemann annehmen?«

Anja klappte der Mund auf. Einen Wimpernschlag lang kam ihr in den Sinn, die Stunde habe nun geschlagen, ihm alles heimzuzahlen. Auszuspucken und hohnzulachen und mit dem Finger auf ihn zu zeigen. Aber zu ihrer eigenen Verwunderung wog ihr Mitgefühl auf einmal schwerer als die Verachtung. »Ich … ich verstehe nicht.« Sie hob die Hände und ließ sie kraftlos wieder sinken. »Ich bin keine andere als vor einem Jahr. Mein Brandmal leuchtet weithin sichtbar. Ich bin immer noch nicht die Frau, um die dich deine Kumpane beneiden.«

Franz schluckte und wischte sich mit der Hand über den Mund. »Ja, das ist wohl so«, sagte er schließlich. »Aber ich weiß jetzt viel mehr über dich. Keine lacht so ansteckend wie du. Keine kämpft wie du, wenn sie ein Unrecht bemerkt. Ich habe gesehen, wie zärtlich du sein kannst, zu deinem Hund, zu Bernhard …« Er straffte die Schultern. »Du bist einzigartig, Anja, und es würde mich mit Stolz erfüllen, wenn du die Meine wärst.«

Franz' Ansprache stürzte Anja in tiefe Verwirrung, aber an ihren Gefühlen änderte sich nichts. »Es ist zu spät, Franz. In meinen Plänen spielst du keine Rolle. Gewiss wirst du es überwinden.«

Mit Sack und Pack und munter trällernd zog Anja bei den Webers ein, und Franz stapfte, sein Bündel gebuckelt, zu der armseligen Hütte, die am weitesten entfernt in Richtung Forst lag. Eine winzige Behausung, die ursprünglich als Unterstand für den Viehhirten errichtet worden war. Franz mauerte sich einen Ofen, zimmerte sich ein Bett, und wenige Tage später zog die erste Rauchfahne aus seiner Hütte über die Steppe, während die Fensterläden und die Tür geschlossen blieben, als hätte er sich eigenhändig eingekerkert.

Anja war es recht so, aber sie wusste, dass sich Matthias Lorenz um den Bruder sorgte. Nun, sollte er sich darum kümmern, dass Franz wieder Freude am Leben fand. Sie fühlte sich weder für sein Pech noch für sein Glück in der Pflicht.

Ob Franz geahnt hatte, dass es nicht zutraf, als sie behauptete, sie habe sich nicht verändert? Vielleicht. Wie sehr sie Bernhard Röhrich schätzte, war kaum einem entgangen.

Zum ersten Mal erlebte Anja das Glück, gemeinsam mit einem geliebten Menschen Pläne zu schmieden. Blind würde sie Bernhard dahin folgen, wo immer es ihn hinzog. Und sie wäre dabei die glücklichste Frau unter der Sonne Russlands – ob mit oder ohne eigene Apotheke.

»Hast du … hast du wirklich Angst um mich, wenn ich dich begleite?«, wagte sie zu fragen, während Bernhard in die Flammen starrte.
Er wandte sich ihr zu, zog die Brauen hoch. »Ja, natürlich, nur aus diesem Grund will ich dich nicht mitnehmen.«
Anja senkte das Kinn, gestattete sich ein Lächeln, bevor sie wieder aufsah. »Erzähl mir mehr von dieser Kolonie. Alles, was du weißt.«
Bernhard schmunzelte. »Von den Herrnhuter Brüdern können wir viel lernen. Ihre Erfahrungen und ihr Wissen sind Gold wert für den Aufbau unserer eigenen Kolonie.«
Das Dorf der Brüder war vor drei Jahren gegründet worden. Genau wie die Waidbacher litten die gläubigen Kolonisten unter den anfänglich katastrophalen Bedingungen, aber auch sie kämpften sich durch, und dieser Tage galt ihr Dorf am Bach Sarpa, der von Westen in die Wolga mündete, als leuchtendes Vorbild für all die anderen deutschen Kolonien in der russischen Steppe. Während sich die Waidbacher vornehmlich von der Landvergabe und den Zuwendungen der Zarin hatten anlocken lassen, erhofften sich die Brüder ein religiös geprägtes Leben fern von Verfolgung und Anfeindung.
Von ihren mannigfaltigen Erfahrungen mit dem Ackerbau in diesem Landstrich konnten alle Kolonien profitieren. Die Brüder studierten die Klimaverhältnisse genauestens, wussten, dass das Wetter im April, Mai und Anfang Juni dem mitteleuropäischen ähnelte. Was man in diesen Monaten säte und pflanzte, gedieh. Allein die darauffolgende große Dürre im Juli und August, wenn sich kaum eine Wolke am Himmel zeigte, zerstörte vieles wieder.
Die meisten Gewächse reiften in kurzer Zeit, so dass Gärten und Felder im Juni schon ein Herbstkleid trugen, wie

man es aus der Heimat kannte. Die ertragreichsten Ernten erzielte man mit Melonen, Gurken und Zwiebeln.
Zwar hatten die Herrnhuter Versuche mit der Viehzucht unternommen, aber die billiger arbeitenden und verkaufenden Nomadenvölker kamen ihnen in die Quere. Also beschlossen sie, sich zur Bestreitung des Lebensunterhalts hauptsächlich auf den Ackerbau zu spezialisieren.
Die Felder wurden in der Nähe der für die Mühlen gestauten Sarpa angelegt, um sie regelmäßig bewässern zu können. Der bei den Kalmücken äußerst begehrte Tabak gedieh vortrefflich.
Die Brüder verarbeiteten und verkauften ihn in eigenen Manufakturen und Läden.
Neben Tabak wurde in den Gärten Gemüse und Obst gezogen und Wein angebaut, die Anpflanzung von Bäumen als Schattenspender diente auch zur Verschönerung des Ortes.
Sarepta stellte eine grüne Oase inmitten der farblosen Steppe dar, ein Abbild des Gartens Eden, den die Kolonisten anzutreffen gehofft hatten. Nur zu gerne wäre Anja einmal in den schattigen Gärten und Alleen gewandelt, um sich selbst ein Bild davon zu machen, was man mit eigenen Händen zu schaffen vermochte.
In Sarepta florierte auch das Gewerbe, wie Bernhard erzählte. Manches steckte noch in der Entwicklung, aber man erkannte jetzt schon, welch blühendes Zentrum der Ort eines Tages sein würde. Den Anfang machte eine Lichtgießerei, danach folgten eine Branntweinbrennerei und eine Bierbrauerei, deren Erzeugnisse allerdings nur im Ort selbst verbraucht werden durften. Außerdem solle es, wie Bernhard Anja mit einem verschmitzten Lächeln erzählt hatte, demnächst eine Apotheke in Sarepta

geben, was natürlich ihre Begeisterung für diesen Ort beflügelte.
Genauso neugierig wie Anja lauschten auch die anderen Waidbacher bei den wöchentlichen Versammlungen Bernhards Berichten. Ja, es war ein kraftspendender Traum, eines Tages in einem solchen Paradies zu leben. Aber wie viel Schweiß, wie viel Tränen würde es noch kosten? Und wie viele Bewohner würden vor Verzweiflung und Erschöpfung aufgeben? Nicht alle waren kräftig, kerngesund und jung wie Bernhard oder Matthias …
Während Anja nun Schulter an Schulter mit Bernhard vor dem Feuer saß, Lambert zwischen den Ohren kraulte und auf das in weiter Entfernung vernehmbare Heulen eines Wolfes horchte, kam ihr wieder die Herrnhuter Apotheke in den Sinn. »Gewiss gehören zu den Brüdern studierte Apotheker genau wie Ärzte, nicht wahr?«, fragte sie.
Bernhard nickte. »Wenn ich morgen zu ihnen reite, will ich sie bitten, einmal im Monat einen Arzt zu uns zu schicken. Und was die Apotheke betrifft …« Er wandte sich zu ihr und fasste unter ihr Kinn, und diesmal überwand sich Anja, hob den Kopf, schaffte es, nicht wegzuschauen. Ein Hauch von Trotz glomm in ihrem Blick und dahinter blanke Angst, aber Bernhards Lächeln ließ sie sich entspannen. Ihr Herz flog ihm zu, während sich ihre Gesichter einander näherten.
»Vielleicht«, flüsterte Bernhard dicht an ihrem Mund, »vielleicht kehre ich in ein paar Tagen mit guten Neuigkeiten heim. Vertrau mir, Anja.«

29. Kapitel

Die Sommerhitze hatte ihren Höhepunkt überschritten, die Felder waren leer, die Ernte eingebracht. Es war Ende August, als Anja Eyring aufbrach, um in die sagenumwobene Sarepta-Kolonie überzusiedeln.

Ein bewaffneter Trupp von fünf Kolonisten, unter ihnen Bernhard und Matthias, begleitete die junge Frau, die auf ein sandhelles Kalmückenpony aufsaß und sich die Kapuze des Leinenkaftans ins Gesicht zog.

Eleonora trat zu ihr, drückte lächelnd ihre Hände. »Ich wünsche dir Glück, Anja«, sagte sie leise zum Abschied. »Wir werden dich vermissen an den Winterabenden vor dem Ofen.«

Anja erwiderte ihr Lächeln. »Danke, Eleonora. Ich werde wiederkommen, das verspreche ich. Und ich werde helfen, aus unserer Kolonie Waidbach einen blühenden Ort zu machen.«

»Ja, das wirst du«, sagte Eleonora. »Ich freue mich darauf.«

»Ich möchte dich um einen Gefallen bitten, Eleonora.« Anja beugte sich herab, die Augen von der Kapuze beschattet. »Franz hat die Hüttentür verrammelt. Kannst du ihm ausrichten, dass ich in Sarepta einen Pfarrer bitten werde, unsere Ehe zu annullieren?«

Eleonora nickte. »Zeugen habt ihr genug, die bestätigen können, dass ihr niemals eine Ehe geführt habt.«

»Ja, unsere Ehe hat niemals existiert, und ich bin sicher, Ihrer Majestät ist es einerlei, ob zwei wie wir noch miteinander verbandelt sind oder nicht.« Sie lächelte. »Ich will auch als alleinstehende Frau dazu beitragen, der Zarin das zurückzuzahlen, was sie uns überlassen hat. Als Apothekerin bieten sich mir dazu bessere Möglichkeiten denn als Bäuerin. Das verstehst du doch, oder?«

Eleonora nickte. »Ja, ich verstehe das, Anja. Ich verspreche dir, mit Franz zu reden.«

Die meisten Kolonisten versammelten sich am Ortsrand, um der Gruppe Lebwohl zu sagen und zu winken, als nun Bernhard das Kommando zum Losreiten gab. Gemächlich fielen die Ponys in ihren Trott und ließen sich auch nicht beirren, wenn die Reiter ihnen die Sporen gaben. Noch war die Hitze zu drückend, als dass den Tieren der Sinn nach übermäßiger Anstrengung stand. Das Steppengras wogte um die Reiter, die gleißende Sonne ließ die Luft um sie flirren, so dass sie den Zurückgebliebenen nach einiger Zeit wie eine Fata Morgana am Horizont erschienen.

Eleonora schickte ein Gebet zum Himmel, die Männer mögen unversehrt und bald wieder heimkehren. Anja gönnte sie das Glück, ihren Lebenstraum zu verwirklichen, von ganzem Herzen. Was für ein Segen für die junge Frau, dass sie in Bernhard einen starken Verbündeten hatte. Es waren nur wenige Besuche und Gespräche nötig, bis er Anja zu den Herrnhuter Brüdern vermitteln konnte. Der dortige Apotheker Heinrich Wiederhold hatte sich zwar, wie Bernhard feixend erzählte, zunächst mit Händen und Füßen gegen eine weibliche Unterstützung in seinem neu gegründeten Apothekerladen gewehrt, aber Bernhard hatte ihm Anja in den höchsten Tönen angepriesen und ihm versichert, dass er weit und breit keinen zuverlässigeren und lernfreudigeren Helfer, der zudem vortreffliche Vorkenntnisse habe, finden würde.

Eleonora war dabei, als Bernhard Anja die frohe Kunde überbrachte. Seine Augen hatten erwartungsvoll geglitzert, doch wenn er annahm, Anja würde ihm um den Hals fallen, dann sah er sich getäuscht. Sie lächelte zwar, dankte ihm aber nur mit freundlichen Worten. Dabei kannte Eleonora die Blicke, die die Apothekerstochter Bernhard zuwarf, wann immer er sich unbeobachtet wähnte, sie hörte ihre Stimme, die wie das Schnurren einer Katze klang, wann immer Anja das Wort an Bernhard richtete, und sie glaubte, dass diese, ohne zu zögern, ihren Traum, Apothekerin zu sein, gegen eine Ehe mit Bernhard eingetauscht hätte.

Anja liebte den Vorsteher der Kolonie. Ob der das überhaupt ahnte? Manchmal erschien Eleonora Bernhard wie ein Mann, der gern Mönch geworden wäre.

»Mama! Mama! Aua!«

Eleonora schrak zusammen, als sie hinter sich die Stimme ihrer Tochter hörte. Mit vor Weinen verzerrtem Gesicht lief Sophia in ihren Bastschuhen auf sie zu. Sie hielt die Hand hoch. Vom Ringfinger tropfte Blut.

Eleonora ging in die Hocke, um sie in die Arme zu nehmen, während die anderen Kolonisten allmählich wieder zu ihren Hütten schlenderten.

Sophia schluchzte und spreizte den Finger ab, an dem ein Rinnsal Blut hinablief. Zwei tiefe Abdrücke erkannte Eleonora in der Haut. »Was ist passiert, Püppchen?«

»Alexandra hat mich wieder gebissen. Ich hab' ihr gar nichts getan! Wirklich nicht! Sie hat sich angeschlichen und mich in den Finger gebissen. Ganz fest. Siehst du?«

»Komm, wir gehen zurück in die Kinderstube und suchen ein Stück Leinen, um es drumzubinden.« *Und dann werde ich mal ein Wort mit Veronica sprechen,* nahm sich Eleonora vor. So viele Kinder betreute sie nun nicht, dass so etwas passieren durfte. Es war bekannt, dass die knapp zweijährige Alexandra eine besondere Boshaftigkeit an den Tag legen konnte und auch anderen Kindern schon Blessuren beigebracht hatte. Mal schlug sie aus dem Nichts heraus mit einem Stein auf den Kopf eines anderen Kindes, mal biss sie zu, mal zog sie an den Haaren eines Spielgefährten und riss ganze Büschel aus.

Dass sich Kinder nicht immer friedfertig verhielten, dass es Streitigkeiten und harmlose Kämpfe gab, wusste Eleonora genauso wie die anderen Mütter und Väter. Aber dass Alexandra gar keine Grenze zu kennen schien, wenn es darum ging, anderen Schmerz zuzufügen – das war etwas, was man auf jeden Fall unterbinden musste. Notfalls mit drastischen Strafen, da war sich Eleonora mit den anderen einig.

Veronica entschuldigte sich tausendmal, als Eleonora sie mit dem Vorwurf, sie habe nicht gut genug aufgepasst, konfrontierte. »Es geschieht immer aus heiterem Himmel«, klagte sie Eleonora. »Schau, da sitzt sie wie ein Würmchen, das niemandem etwas zuleide tun kann, und im Handumdrehen fällt ihr eine Gemeinheit ein. So schnell kann ich manchmal gar nicht eingreifen.«

Alexandra saß pausbäckig, die rotblonden Haare wie Kükenflaum, am Boden und versuchte, Holzklötze zwischen ihren gespreizten Beinen zu stapeln.

Eleonora seufzte. Sie wusste, dass es nichts brachte, mit Christina über ihre Tochter zu reden. Christina lachte dann nur und tat die Vorwürfe mit einem Achselzucken ab. Was ihre Tochter trieb, kratzte sie nicht, und das war der Punkt, der Eleonora am meisten belastete. Seit Alexandras Geburt, nach der man Christina noch die Ausnahmesituation zugutehalten konnte, hatte sich an ihrem Gebaren der Tochter gegenüber nichts geändert.

Eleonora irritierte dieses Verhalten. Ihre eigenen Muttergefühle wurzelten tief, sie waren der größte Ansporn bei allem, was sie anpackte und plante. Dass ihre Schwester völlig anders dachte und handelte, konnte sie kaum nachvollziehen.

Vor allem aber sorgte sie sich um Alexandra. Was sollte aus dem Kind werden, wenn es letzten Endes nicht wusste, wo es hingehörte?

»Ich nehme Sophia für heute mit, Veronica. Danke fürs Aufpassen. Morgen früh bringe ich sie dir wieder. Wir Frauen wollen dreschen und mit dem Mahlen beginnen, die Männer mit dem Ausheben eines Schutzgrabens rund um das Dorf ...« Sie seufzte lächelnd und hob eine Schulter. »Es gibt noch genug vor Einbruch des Winters zu tun.«

Auf dem Weg zurück zu ihrer Hütte sprang Sophia ihr voran. Der Schmerz war vergessen, die Fünfjährige hüpfte wie ein Frosch von einer Seite des Weges zur anderen. Eleonora musterte die Hütten, und ein Lächeln erhellte ihre Züge.

Zu jeder Behausung gehörten mittlerweile ein Stall und eine Scheune. Die meisten Kolonisten versuchten, rund um ihr Heim einen Garten anzulegen, wobei die einen auf Blumen und Büsche setzten, die anderen auf Obst und Gemüse. Vieles verdorrte in der Gluthitze des russischen Sommers, manche Früchte verschrumpelten, noch bevor sie zur Reife gelangt waren. Aber keiner gab auf, alle bemühten sich Monat um Monat aufs Neue, dem Boden das abzuringen, was nach Wohlstand schmeckte.

Sie selbst hatte bislang eine glückliche Hand beim Gartenbau, schnitt dicke Lauchstengel und zog saftige Karotten aus der Erde, und vielleicht würde in diesem Herbst der junge Baum hinterm Haus genug rotbackige Äpfel für

zwei, drei Blechkuchen und ein paar Weckgläser Kompott liefern.
Geduld brauchten sie, ganz viel Geduld. Und Bescheidenheit. Sich an ersten Erfolgen freuen und darauf vertrauen, dass es bald besser werden würde, wenn sie nur der Mut nicht verließ.
Es fehlte noch viel.
Bislang fand der Handel innerhalb der Kolonie ohne Regeln statt. Der eine tauschte mit dem anderen, was er gerade erübrigen konnte. Es wurde Zeit, dass sie einen Laden errichteten, in dem die Gärtner ihre Waren abgeben konnten und Kunden sie erstehen. Und eine Kirche brauchten sie, einen Pfarrer dazu.
Eine Schule vermissten sie zudem, denn Anton von Kersens beengter Wohnraum war denkbar ungeeignet für ein Klima von Disziplin und Lernfreude, dass es brauchte, um den Kindern das Lesen, Schreiben und Rechnen beizubringen. Auch dass die Kinderstube in der Scheune untergebracht war, sahen alle als Notbehelf.
Es gab so viel zu tun, dass Eleonora der Kopf schwirrte, wann immer sie im Geiste auflistete, welche Aufgaben noch vor ihnen lagen. Wie sollten sie das alles bloß bewältigen?
In manch trübsinniger Nachtstunde fragte sich Eleonora, ob sie es selbst wohl noch erleben würde, dass die Kolonie Waidbach erblühte, oder ob sie dann das Zeitliche gesegnet hatte und ihre Kinder und Enkel das fortführen mussten, was die erste Generation der Deutschen in Russland begonnen hatte.
Sie winkte jetzt Marliese Röhrich zu, die sich in ihrem Feld aufrichtete, als sie Eleonora entdeckte, und sich die Hand in den Rücken stemmte. Ein Lachen lag auf dem faltigen

Gesicht der Frau, ihr Winken wirkte kraftvoll und irgendwie beglückt. Maulbeerbäume pflanzte sie, wie Eleonora wusste, in der Absicht, darauf Seidenraupen zu züchten und die Seide später nach Saratow zu verkaufen. Vielleicht ein guter Ansatz, ging es Eleonora durch den Sinn, als sie ihr eigenes Grundstück erreichte, wo Sophia bereits in der Tür kauerte und mit einem Stöckchen einen schwarzlila schillernden Käfer untersuchte, der vor ihren Füßen über das dürre Gras krabbelte.

Die Kolonisten verfolgten zahlreiche Ideen und Pläne, um den Handel im Dorf in Schwung zu bringen. Tabak, Wein, Seide …

Irgendwie musste es weitergehen.

Sonst waren sie verloren, wenn die Zahlungen der Krone ausblieben und die ersten Forderungen nach Rückzahlung des Vorschusskapitals eintrafen.

Aus dem angrenzenden Stall vernahm Eleonora das Gackern der Hühner, und sie hörte Klaras silberhelles Lachen, während sie das Geflügel fütterte. Dann ein anderes Lachen, etwas tiefer. Sebastian, der ein Zimmer bei Veronica und Anton bewohnte, war wieder einmal zu Besuch.

Eleonora hatte nichts dagegen, dass der Junge sich häufig hier aufhielt – offenbar mochte er genau wie Klara Tiere gern und half beim Füttern der Ponys, Rinder und Hühner und beim Ausmisten der Ställe.

Es beruhigte Eleonora zutiefst, dass gerade Klara sich so gut eingelebt hatte. Ihre ganze Fürsorge galt den Tieren. Wenn ein Kälbchen geboren wurde, standen Klara Tränen in den Augen vor Glück.

Dass sie sich mit Sebastian angefreundet hatte, hielt Eleonora ebenfalls für ein gutes Zeichen. Auf jeden Fall war ihr diese Kameradschaft lieber als die zu der älteren Helmine, die meist mit verschlossener Miene herumlief, als heckte sie hinter der gerunzelten Stirn eine weitere Gemeinheit gegen die Mutter oder den Bruder aus.

»He, Eleonora!«

Gerade als sie mit Sophia in die Hütte trat, sprach sie jemand an, der ihr offenbar gefolgt war. Eleonora fuhr herum. Helmine, die ihre Gedanken gerade noch getrübt hatte. Der weißblonde Haarkranz umgab ihr Gesicht wie ein Heiligenschein. Eleonora bemühte sich um eine erfreute Miene. »He, Helmine. Kommst du Klara besuchen?«

»Ich wollte fragen, ob ihr ein Huhn erübrigen könnt. Wenn die Männer morgen den Graben ausheben ... Da werden sie eine kräftige Suppe als Stärkung zu schätzen wissen.«

»Äh ... oh, ja. Natürlich. Geh nur zu Klara und lass dir eine der fetten Legehennen geben. Die eignen sich am besten für die Suppe.«

Helmine zeigte ihre vorstehenden Zähne. »Vielen Dank! Dafür bekommt ihr ein sattes Paket Ziegenkäse im Herbst, ja?«

Eleonora nickte. »Schon recht, Helmine. Lauf nur!«

Auch wenn sie sich über die charakterlichen Schwächen der Base im Klaren war – die Männer zu bekochen und zuverlässig zu versorgen, darin ging Helmine auf.

Sophia setzte sich gleich an den Tisch und griff nach dem Papier und den Kohlestiften, die Matthias stets aus Saratow mitbrachte – für sich und für das Mädchen.

Er zeichnete die Rinder und Kamele, die auf der Steppe weideten, die Nomadenzelte, die Weizenfelder, die im Wind wogten. Er zeichnete den Hund Lambert und wie Anja ihn umarmte, er zeichnete Eleonora beim Kochen und Sophia, wenn sie auf seinem Schoß saß.

Das Mädchen wich nicht von seiner Seite, wenn er zu Besuch kam, und ließ sich von ihm die Hand mit dem Kohlestift führen. Die schönsten Bilder der beiden schmückten Eleonoras Hütte.

Sie genoss die Stunden mit ihm, wenn er zu Besuch kam, aber ihre Zuneigung zu ihm, die auf der Reise hierher gewachsen war, hatte sie sich aus dem Herzen gerissen. Die Wunde würde heilen. Irgendwann.

Gegen die Einsamkeit blieben ihr diese gestohlenen Stunden, wenn Matthias trotz der harten körperlichen Arbeit am frühen Abend anklopfte, um Sophia das Zeichnen zu lehren.

Manchmal braute Eleonora ihm Tee, stellte einen Tonteller voller Zuckerküchlein auf den Tisch und setzte sich zu ihm, um ihm zuzusehen und – wenn er sich zu ihr neigte – den Geruch nach Weizen und Sommersonne, der sich in seinen Haaren verfangen hatte, einzuatmen, um den Duft später mit in ihre Träume zu nehmen.

Beil und Hackbrett lagen in der Scheune bereit, als Helmine den Korb öffnete, in dem sie das Huhn transportiert hatte, und mit routiniertem Griff das flatternde Tier am Hals herauszerrte. Sie summte dabei vor sich hin und wischte sich mit dem Oberarm über die Schläfe, auf der sich Schweiß von der schwülen Luft in der Scheune gesammelt hatte.

Einen großen Topf musste sie noch ausleihen, um das gerupfte Huhn mit Suppenkraut, Möhren und Zwiebeln hineinzustopfen. Sie freute sich schon auf den würzigen Duft der köchelnden Brühe.

Das weißgefiederte Huhn schwirrte und kreischte mit weit offenem Schnabel, die Krallen streckte es im Krampf vom Leib, der Herzschlag wummerte so heftig, dass Helmine die

Auswuchtung am Brustkorb sehen und den Puls im Hals fühlen konnte. Das würde eine schöne Sudelei werden.
Mit der linken Hand drückte sie das Huhn auf den Klotz, mit der rechten hob sie das Hackbeil, um es einen Wimpernschlag später herabsauen zu lassen und den Kopf vom Leib zu trennen.
Sie traf zielgenau, aber der Körper des Huhns glitt ihr wegen des heraussprudelnden Bluts aus der Hand, platschte zu Boden und taumelte, während der rote Lebenssaft aus dem durchtrennten Hals pulsierte, Richtung Scheunentür, als gäbe es noch ein Entkommen.
Helmine warf das Beil neben sich, fuhr herum, wollte sich auf den zuckenden Hühnerkörper stürzen, da erstarrte sie, weil ein Schatten auf sie fiel. Eine riesige schwarze Silhouette im Gegenlicht der Spätsommersonne, die durch die halbgeöffnete Scheunentür ihre Strahlen schickte.
Helmine ließ von dem Huhn ab, das nun liegen blieb und nur noch zuckte, während es ausblutete. Frostkälte breitete sich in ihr aus, während sie Alfons anstarrte.
Ihr Bruder stand breitbeinig in schweren Stiefeln vor ihr, die Schultern vorgeneigt. Sein Brustkorb hob und senkte sich mit einem pfeifenden Geräusch beim schnellen Atmen. Sein Blick klebte an dem Huhn, während Tränen über seine Wangen rannen. Er schob die Unterlippe und den Unterkiefer vor, als er von dem toten Tier zu seiner Schwester schaute.
Helmine drehte sich der Magen um, als sie der lodernde Hass in seinen Augen traf. Ihre Gedanken überschlugen sich, während sich ihre Furcht zu Todesangst steigerte. Sie ganz allein mit Alfons …
Wie lange mochte er darauf gelauert haben, sie einmal in einer solchen Situation anzutreffen?

Wo war das Beil?
Sie wandte ruckartig den Kopf, entdeckte das Hackbeil viel zu weit hinter sich und setzte einen Schritt zurück, ohne Alfons aus den Augen zu lassen. Hinter ihm an der Wand stapelten sich die Zaunlatten, die Bernhard für den Obstgarten vorgesägt hatte ... Ob sie die und die rettende Tür erreichen konnte?
»Mine daff das nich«, gab Alfons in seinem Singsang von sich. Sein Gesicht verzog sich vor Weinen und Mitleid mit dem toten Tier. »Mine daff das nich.«
Das Schlucken schmerzte. »Doch, Alfons ...« Sie räusperte sich. »Doch, Alfons, das macht man so. Ich darf das, weil die Männer Hunger haben und eine Suppe brauchen. Eine gute Hühnersuppe.«
»Mine schlaffen«, erwiderte Alfons. Ein zitteriges Lächeln, als freue er sich über eine plötzliche Eingebung, wanderte über seine verzerrten Züge. »Mine schlaffen.« Ohne hinzuschauen, griff er nach der Mistgabel, die neben der Tür lehnte.
Helmines Kehle war wie mit Eisendraht verschnürt, die aufkommende Panik drohte ihren Schädel zum Bersten zu bringen.
Was hatte dieser Wahnsinnige vor? Was faselte er da von Schlafen?
Sie wich vor der Mistgabel zurück, bis sie gegen den Hackklotz stieß. Das Beil lag jetzt zu ihren Füßen. Sie brauchte sich nur zu bücken, aber Alfons stand nun direkt über ihr. Wenn sie sich abwandte, würde sie einen Atemzug später – ihrem letzten wahrscheinlich – die pfeilspitzen Zinken im Rücken spüren.
Ihre Hände zitterten, ihre Knie vermochten sie kaum noch zu tragen, abwehrend hob sie die Arme. »Alfons, ich bin

deine Schwester. Ich bereite Suppe vor. Dem Huhn hat das nicht weh getan. Das ging ganz schnell. Du magst doch die gute Hühnerbrühe …« *Reden, reden, reden.* Ihn ablenken und darauf hoffen, dass er in seinem verrückten Hirn entweder auf andere Gedanken kam oder dass ihr einfiel, wie sie aus der Scheune flüchten konnte.

Alfons hob nun beide Arme, die Mistgabel wie einen Speer in der Rechten. Mal hob er das eine, mal das andere Knie in einem schwerfälligen Rhythmus, den nur er zu hören schien, während er auf eine alte Kindermelodie sang: »Mutta Vatta schlaffen macht, Vatta nimma auffewackt, Mutta Vatta schlaffen macht, Vatta nimma auffewackt …«

Helmine hielt die Arme schützend vor das Gesicht, den Rücken gekrümmt, die Knie gebeugt, in Todesangst, während sie zu ihrem Bruder hinaufstarrte.

Da stach er zu. Träge, aber mit enormer Wucht.

Helmine gelang es, sich blitzschnell zur Seite zu drehen, und die Zinken der Mistgabel bohrten sich mit einem satten Ratschen in den Hackklotz. Helmine verlor das Gleichgewicht und fiel auf den Rücken, lag nun zu Füßen ihres Bruders, der die Mistgabel sofort wieder packte und löste, als stecke sie in einem Strohballen statt in massivem Holz. Er setzte seinen tollwütigen Tanz fort, während Helmine, aufgelöst in Panik und unfähig, einen Plan zu fassen, sich fragte, ob dieser völlig irrsinnige, brabbelnde Gesang ihres Bruders wohl das Letzte sei, was sie auf Erden hörte. Und ob es ihr Schicksal sei, auf dieselbe Weise zu enden wie ihr Vater.

Bei diesem letzten Gedanken durchfuhr sie die Erkenntnis.

Das unfassbare Geheimnis ihrer Familie …

Sie würde es wohl mit in den Tod nehmen.

Gregor Schmied hatte sich den ganzen Tag gelangweilt. Die Männer hoben die Schutzgräben aus – eine schweißtreibende Arbeit, nach der man kaum noch einen Fuß vor den anderen setzen konnte vor Erschöpfung.
Gregor hatte seine beiden jüngeren Brüder zum Arbeitstrupp geschickt und seiner Mutter Fieberschübe vorgegaukelt, die ihn ins Bett zwangen. Es brauchte nicht viel, das Mitgefühl seiner verwitweten Mutter zu wecken. Außerdem genoss er als Ältester der drei Brüder ohnehin Narrenfreiheit.
So hatte er den Vormittag über in seinem Bett geschnarcht, sich gegen Mittag eine ordentliche Portion Eierkuchen braten lassen, die er mit einem Viertel Wodka hinabspülte, und war danach mit dem Pony ziellos durch die Steppe geritten, um seinen Gedanken nachzuhängen, während die anderen unter der Augustsonne schufteten.
Auf einen mehr oder weniger kam es doch nicht an, und dass er die Arbeit nicht erfunden hatte, daraus machte er keinen Hehl. Ihm lag es mehr, Reden zu führen, die sich gegen die russische Krone und das kreuzdumme Russenvolk richteten, das sich als Leibeigene von den Landsleuten versklaven ließ. Die Zustände in diesem Land trieben ihn zu immer neuen Hasstiraden. Seine Kumpane, eine Handvoll junger Kolonisten, wie er einer war, hörten gern zu. In der Gesellschaft dieser Gleichgesinnten ließen sich zumindest die Abende in diesem Kaff aushalten, wenn sie oben auf der Anhöhe die Wodkaflaschen kreisen ließen, alte Lieder aus ihrer Heimat grölten und Spottverse auf die Zarin zum Besten gaben.
Dorfschulze Bernhard Röhrich, der sich nach Gregors Meinung verhielt, als trage er über seinem lächerlichen Haarzopf einen Heiligenschein, hatte schon einige Male

angedroht, dass ihnen der Schnaps rationiert würde, wenn sie nicht aufhörten, Unruhe zu stiften. Aber eine Obrigkeit gab es in der Kolonie nicht, wie Gregor sehr genau wusste. Saratow mit der deutschen Kanzlei war weit, und er ahnte, dass es Bernhard auf eine ernsthafte Konfrontation mit den jungen Kerlen nicht ankommen lassen würde. Hier wurde jede Hand gebraucht – es wäre unklug, die eigenen Reihen zu lichten. Dafür hatten sie einen heimlichen Verbündeten unter den alten Säcken, und wann immer Gregor daran dachte, entschlüpfte ihm ein grunzendes Lachen. Schulmeister von Kersen hatte sich an mehreren Abenden in der Dunkelheit mit Wodkaflaschen im Bündel zu ihnen geschlichen, um ihnen im Schein des Lagerfeuers auf dem Steppenhügel Nachschub zu bringen. Buckelnd und mit einer Stimme, als hätte er Kreide gefressen, bestärkte er sie darin, sich hier von niemandem etwas verbieten zu lassen. Nun, das wussten Gregors Leute auch ohne von Kersens Geschwafel, aber dass der Alte sich andienerte, gefiel ihnen. Einen Schulmeister zum Verbündeten zu haben konnte nicht verkehrt sein.

Was Gregor ebenfalls sehr gefiel, war, dass es in der Kolonie mehr als ein Dutzend junger Mädchen gab, die innerhalb kurzer Zeit vor seinen Augen von knospenhafter Verschlossenheit zu verführerischer Blüte reiften. Wo man im vergangenen Monat kaum zwischen Knabe und Mädchen unterscheiden konnte, wuchsen auf einmal zarte Hügel unter dem Mieder, aus mageren Hüften wurden appetitliche Rundungen, und unschuldige Kinderblicke verwandelten sich zu lockenden Augenaufschlägen.

Ja, über die Auswahl in der Kolonie Waidbach gab es nichts zu meckern. Wenn es nur häufiger Gelegenheit gegeben hätte, sich eine der schönen Blumen zu pflücken! Bislang

hatte kein einziges Fest im Dorf stattgefunden – nicht einmal ein öffentlicher Platz existierte, auf dem man zum Tanz aufspielen konnte.
Gregor fand diesen Notstand beklagenswerter als das Fehlen von Schutzgräben gegen was auch immer.
Unter all den herrlichen Gewächsen war ihm besonders Helmine Röhrich eine Sinnesfreude. Nicht weil sie die Schönste von allen war – ihre Haare hatten die Farbe von altem Schnee, ihre Zähne erinnerten an ein Nagetier, durch ihre durchscheinende Gesichtshaut schimmerten bläulich die Adern. Aber sie war von allen am wohlgefälligsten proportioniert, und ihre Miene sprach eindeutiger als die aller anderen.
Er merkte sehr wohl, wie sie ihn heimlich beobachtete, und er kannte dieses Mädchengehabe. Sie wartete nur darauf, dass er das Wort an sie richtete, um sich mit ihm necken zu können.
Nun, nach Necken stand Gregor nicht der Sinn, aber er beabsichtigte mitzuspielen, wenn es ihm am Ende mit heißen Küssen und geschmeidigen Händen gelohnt wurde.
Die Sonne stand schon tief am Horizont, tauchte die im trockenen Wind wogende Steppe in ein rotgoldenes Licht, als Gregor beschloss, Helmine einen ersten Besuch abzustatten. Irgendein Vorwand würde ihm schon einfallen, wenn er sie antraf. Vielleicht würde es ihm noch in dieser Nacht gelingen, sie zu einem lauschigen Spaziergang im Mondenschein zu überreden, um dann … Gregor leckte sich über die Lippen und strich sich das kohlschwarze, lange Haar aus der Stirn. Heiß durchströmte es ihn bei der Vorstellung, wie seine Hand unter Helmines Rock glitt und wie sie erst ganz erschrocken tat, um endlich beseelt zu seufzen, während sich seine Finger …

Er gab seinem Pony die Sporen und trieb es zur Eile. Ein genüsslich vertrödelter Tag sollte einen pikanten Höhepunkt finden.
Als die Hütte in Sicht geriet, in der der Schulze mit seiner Mutter, seinem Bruder und Helmine wohnte, sprang Gregor vom Pony, tätschelte den Hals des Tieres und ließ es zum Grasen stehen.
Er schlenderte auf das Holzhaus zu, pfiff ein Lied, als sei er nur zu einem Abendspaziergang unterwegs. Klopfen würde er gewiss nicht, aber mit etwas Glück und ein paar gegen die Fensterscheibe geworfenen Steinen würde Helmine ihn entdecken und wie zufällig nach draußen laufen, um ihm zu begegnen. Er grinste vor sich hin.
Aus der Hütte drang kein Geräusch, kein Licht. Gut möglich, dass der Vorsteher noch bei den Gräben schuftete. Und die Mutter pflanzte, schnitt und wässerte bis zum Sonnenuntergang auf ihrem Feld die Maulbeerbäume, wie Gregor wusste. Helmine sollte doch irgendwo hier herumpusseln …
Auf Höhe der Scheune bemerkte er, dass die Tür nur angelehnt war. Er schlich näher heran.
Undeutliches Gebrabbel, ein merkwürdiger Singsang … Was mochte das sein?
Er presste sich an die Tür, steckte den Kopf in das Dunkel, sah den schrankbreiten Rücken von Alfons und die Mistgabel, die er hoch über sich schwenkte. Und da! Als der Kretin einen Schritt zur Seite tänzelte, entdeckte er Helmine, die sich duckte und wimmerte.
Gregor dachte nicht lange nach. Er riss die Tür auf, griff sich eine grobgesägte Zaunlatte und schwang sie mit aller Kraft gegen die Schläfe des Riesen. Er traf ihn mit voller Wucht, es knackte wie eine zertretene Haselnuss.

Alfons schrie auf wie ein Tier, ließ die Mistgabel fallen und fasste sich mit beiden Händen an den Schädel, während ihm das Blut aus Nase und Mund quoll. Er taumelte einen winzigen Moment, bevor er wie ein gefällter Baum zu Boden stürzte, wo er bewusstlos liegen blieb.
Helmine richtete sich totenbleich auf. Noch während Gregor auf Alfons hinabstarrte, fiel sie ihrem Retter um den Hals. Tränen überfluteten ihr Gesicht, ihre Lippen bebten, ihre Knie schlotterten.
Gregor legte die Arme um sie, drückte sie an sich. Er füllte die Brust im rasenden Rhythmus mit Luft und meinte, nie mehr genug Atem zu bekommen. Alle Gedanken, die ihm gerade noch den Heimritt versüßt hatten, waren vergessen. Wie es aussah, hatte er soeben einen kaltblütigen Mord verhindert.
Und möglicherweise war er damit selbst zum Mörder geworden.
Fahrig drückte er Helmine einen Kuss auf den Scheitel. »Alles ist gut, es ist ja überstanden«, murmelte er.
»Ich hatte solche Angst«, brachte Helmine mit dürrer Stimme hervor und schluchzte wieder auf. »Ich dachte, ich muss sterben. Diese Mistgabel …« Sie barg ihr Gesicht an Gregors Brust. Er streichelte ihr mit zittrigen Fingern über den Rücken. Dabei beobachtete er, wie unablässig Blut aus Alfons' Mund und Nase quoll. Aber er sah auch, dass sich dessen Brustkorb kaum merklich bewegte und die Blutblasen an seinen Lippen flatterten.
Helmines Bruder atmete noch, aber flach.
Einen klaren Gedanken vermochte Gregor nicht zu fassen, aber eines war gewiss: Er musste zusehen, dass er von hier verschwand.

30. Kapitel

»Sie ist eine Mörderin, versteh das doch, verflucht noch mal! Wir haben eine Mörderin mitten unter uns!«

»Jetzt beruhige dich, Helmine! Was reimst du dir da bloß zusammen? Du versündigst dich gegen deine eigene Mutter.« Bernhard hatte die Stimme erhoben wie ein Prediger, als er die aufgewühlte Helmine hinter den Erdaushub führte.

Nur ungern hatte sich Helmine von Gregor getrennt, aber als er davonstürmte, wusste sie, was sie zu tun hatte. Ein letzter Blick auf den blutenden Bruder, dann war sie zum Schutzgraben gerannt, wo sie Bernhard mit dem Spaten antraf.

Die Wahrheit, die Alfons' scheinbar sinnloses Gebrabbel offenbart hatte, war zu tiefgreifend. Keine Sekunde länger als nötig wollte Helmine sie für sich behalten.

Was Alfons da gelallt hatte, klang zwar wirr, aber Helmine reimte sich zusammen, was in seinem Schädel vor sich ging. Hatte er nicht in Hessen gefragt, ob der Vater noch schlafe? Sie erinnerte sich an sein ängstliches Flehen, als wäre es gestern gewesen. Und jetzt hatte er ihre Aufmerksamkeit nicht nur auf die Mistgabel gelenkt, sondern auch auf die Mutter, die den Vater in Alfons' Wahnwelt »zum Schlafen gebracht« hatte.

Es war doch sonnenklar: Die Mutter hatte den Vater mit der Mistgabel erstochen. Und Alfons hatte es beobachtet. Das erklärte, warum sie damals am Todestag so lange gewartet hatten, bis sie ihr Bescheid gaben. Ob Mutter die Spuren des Mordens allein beseitigt hatte? Oder hatte Bernhard ihr geholfen?

Nach der eben noch durchlittenen Todesangst und der urplötzlichen Erleichterung, dass ausgerechnet der hübscheste der jungen Waidbacher sich zu ihrem Retter aufschwang, kreisten ihre Gedanken wie ein Karussell, und Leuchtpunkte flimmerten hinter ihrer Stirn.
Sie musste Bernhard mit der Wahrheit konfrontierten. Ihm blieb gar nichts übrig, als die Mutter aus der Kolonie zu verbannen.
Vielleicht verreckte inzwischen Alfons in der Scheune – hatte er es nach dem brutalen Angriff auf sie anders verdient?
Mit doppeltem Glück wurde noch am selben Abend die Mutter in die Steppe geschickt. Obwohl es keine offizielle Obrigkeit gab in dem Dorf – wer mochte es verantworten, eine Mörderin unter ihnen zu wissen? Dagegen konnte sich selbst ein tugendhafter Mensch wie Bernhard nicht sträuben. Hier musste er die gottverdammte Vernunft walten lassen – zum Wohle der Gemeinschaft.
Helmine packte ihren Bruder an beiden Armen, grub ihre Finger in seine sehnigen Unterarme, die braungebrannt und erdverkrustet aus den Ärmeln des Kaftans hervorschauten. »Leugne nicht länger die Wahrheit, Bernhard! Ich sehe dir an, dass du es weißt. Du warst noch nie ein guter Lügner. Du weißt, dass Mutter Vaters Mörderin ist, nicht wahr?« Sie sah zu ihm auf, schnaufte durch die Nase, presste die Lippen zu einem schmalen Strich aufeinander.
Bernhard löste die Finger seiner Schwester und fasste sich mit einer Hand an die Nase, als müsste er sich sammeln.
Helmine ließ nicht locker. »Er wollte mich umbringen, Bernhard! So wie Mutter Vater mit der Mistgabel erstochen hat. Ich habe ein Recht darauf zu erfahren, was passiert ist«, zischte sie. Ja, sie hatte die Wahrheit herausgefun-

den, und sie würde dafür sorgen, dass die Konsequenzen gezogen wurden.
Mit einem Ruck wandte sich Bernhard ihr zu. Aus seinen Augen war die Unsicherheit verflogen. Hart wie Stein erschien ihr sein Blick. Um seine Lippen lag ein energischer Zug, der ihn ihr wie ein Fremder erscheinen ließ. Er presste seine Pranke auf ihren Rücken und schob sie zu einer Erhebung im Steppengras. »Setz dich, Helmine, und hör mir zu …«
»Aber ich …«
»Hör mir zu!«, fuhr er sie an.
Helmine gehorchte und schwieg, ließ sich auf den Erdhügel plumpsen, dicht neben den Bruder.
Bernhard legte auf seinen Oberschenkeln die Fingerspitzen aneinander, während sein Kiefer mahlte. Helmine spürte seine Anspannung wie ein dräuendes Gewitter und hätte ihn am liebsten geschüttelt, damit er endlich mit der Sprache herausrückte.
»Als Mutter die Mistgabel gegen Vater erhob …«
Helmine stöhnte auf und sackte in sich zusammen. Da hatte sie tatsächlich die richtigen Schlüsse aus Alfons' Gebrabbel gezogen! Das Lächeln, das ihre Lippen umspielte, konnte sie nicht verbergen.
Bernhard hob eine Hand. »Lass es mich erklären!« Er winkte den Männern, die ihm Zeichen gaben, dass sie die Arbeit für diesen Tag beendeten. Die Sonne stand als glühender Ball am Horizont und färbte den Himmel und die Wolkenschlieren blutrot, bevor die Nacht hereinbrechen würde.
»Mutter war zu dem Zeitpunkt selbst tot. Innerlich gebrochen. Eine wandelnde Tote – mehr nicht. Die alleinige Schuld daran trug Vater. Über viele Jahre hat er sie gede-

mütigt, geschlagen und mit jedem Wort dazu beigetragen, dass sie zu einem Wrack verkam.
Sie hatte keine Chance gegen Vater. Er war ein Tyrann, Helmine, ein Mann, der keine Gnade gegenüber seiner Frau kannte. Dass sie ihn erstochen hat, war das erste und gleichzeitig letzte Mal, dass sie sich zur Wehr gesetzt hat. Irgendwas muss an dem Tag in der Scheune passiert sein, das Mutter zu diesem Handeln trieb. Möglicherweise hat er sie selbst mit dem Tode bedroht oder sie bis aufs Blut gereizt, so dass sie keine andere Möglichkeit mehr sah, wenn sie selbst überleben wollte. Als ich Mutter fand, war sie es, die rief, wir müssten Meldung beim Dorfschulzen machen.«
Helmine fuhr sich mit dem Zeigefinger über die Lippen, während sie zuhörte und sich das Geschehen in der Scheune vorzustellen versuchte.
»Ich habe viele Stunden gebraucht, sie davon zu überzeugen, dass wir es wie einen Unfall aussehen lassen.«
»Du warst das? Du hast die Tat vertuscht?« Helmines Stimme kippte zu einem Krächzen.
Bernhard nickte. »Ja, ich hielt dies für gerechter. Natürlich war es nicht richtig, einen Menschen zu töten, aber noch viel falscher wäre es mir erschienen, wenn ein Mensch wie Mutter am Galgen baumelt. Ein Mensch, der sein Leben lang nur gelitten hat und sich am Ende zu einer Verzweiflungstat hinreißen ließ. Es war, als hätte eine unschuldig im Kerker Eingesperrte ihren Wärter überrumpelt und totgeschlagen, um endlich wieder ein Stück von der Sonne sehen zu dürfen. Verstehst du, was ich meine?« Er musterte die Schwester mit gerunzelter Stirn.
Sie rieb sich mit einer Hand die Augen. Wie Bernhard das darstellte, war auf einmal nichts mehr wie zuvor. Vor allem

der Umstand, dass die Mutter sich selbst der Obrigkeit stellen wollte, brachte Helmine aus der Balance. So traf Bernhard quasi eine Mitschuld, aber ihren Bruder anzuklagen, das lag fern wie der erste Stern, der nun am dunkelblau verfärbten Himmel blinkte.

Bernhard wandte sich ihr zu, nahm ihre Hände. »Ich verstehe, wie aufgewühlt du bist nach dem, was geschehen ist. Im Grunde verstehe ich sogar, dass du glaubst, du müsstest dich von einer Mutter abwenden, die nie für dich da war, seit du denken kannst. Aber, Helmine, glaub mir, ich kenne Mutter auch anders. Ich bin einige Jahre älter als du, und ich habe erlebt, wie aufopfernd, wie liebevoll, wie warmherzig sie war, bevor Vaters ständige Angriffe und Demütigungen sie innerlich zerfressen und der Schnaps ihr Wesen verändert hat. In meiner Kindheit sehe ich sie als lachende Frau mit rosigen Wangen, die die Arme aufhält, um mich aufzufangen und abzuherzen.« Ein Schmunzeln ging über sein Gesicht. »Ich weiß noch, wie eifersüchtig ich war, als du geboren wurdest. Sie hat dich vergöttert, Helmine. Sie hat dich herausgeputzt wie eine Lieblingspuppe und dich mit stolzgeschwellter Brust herumgezeigt. Sie hat dich fast ununterbrochen auf den Armen getragen, dich gewiegt, dir Lieder vorgesummt und mit dir gescherzt. So stolz war sie, nach einem wilden Kerl wie mir und einem armseligen Geschöpf wie Alfons ein Mädchen zu haben …«

Helmines Augen füllten sich mit Tränen. Sie holte tief Luft, aber da liefen bereits die ersten Tropfen über ihre Wangen … und ihr Bruder wischte sie zart mit der Hand ab. Sie presste die Lippen zusammen, wollte ankämpfen gegen die verdammte Schwäche. »Trotzdem hat sie mich im Stich gelassen. Ich kenne sie nur besoffen, Bernhard. Wenn ich an *meine* Kindheit denke, sehe ich dein liebevolles Gesicht, spüre deine Arme und habe deinen Duft nach dem Leder aus der Flickwerkstatt in der Nase. Wo war Mutter da?«

»Ja, der Schnaps hat alles verändert. Sie hat das Teufelszeug benutzt, um einer Welt zu entfliehen, die sie nicht mehr ertragen konnte. Ich weiß nicht, was Vater alles getrieben, was er ihr an den Kopf geworfen hat, aber irgendwann gab Mutter sich selbst auf und redete sich ein, sie sei auch für uns, ihre Kinder, nicht gut genug …«

Helmine starrte vor sich hin, während sich die Bilder in ihrem Kopf abwechselten. Der Hass auf die Mutter saß tief und umgab wie ein Bollwerk aus Stein ihr Herz, aber in diesen Abendstunden begann die Festung zu bröckeln, und andere Gefühle als Abscheu und tiefste Verachtung regten sich in ihrem Innersten. Mitgefühl vielleicht und ein Hauch von Trauer um die verlorenen Jahre.

Bernhard stand auf und reichte Helmine eine Hand, um sie hochzuziehen. Kurz drückte er sie an sich. »Lass dein Herz nicht verhärten, Schwester. Lerne zu verzeihen! Wir haben hier die Möglichkeit, alles Grässliche, Abscheuliche aus der Vergangenheit hinter uns zu lassen und einen Neubeginn zu wagen. Nimm Mutter diese Chance nicht! Und dir selbst auch nicht … Gewiss findest du bald einen lieben Mann, mit dem du deine eigene Familie gründen kannst. Und Mutter … Sie ist zurückgekommen und hat ein neues Lebensziel gefunden. Jeden Tag ackert sie von morgens bis abends auf ihrer Plantage, hegt und pflegt die Maulbeerpflanzen … Wenn wir zusammenhalten, Helmine, wenn wir das wirklich schaffen … Dann wird vielleicht alles gut. Es ist noch nicht zu spät.«

Für einen Moment legte Helmine die Wange an seine Brust, fühlte das kratzige Leinen seines Gewandes, roch die Erde und den Schweiß an seinem Körper. Sie wusste nicht, was sie denken und fühlen sollte. Der Aufruhr in ihr hatte sich gelegt.

Bernhard nahm ihr Gesicht in beide Hände, zwang sie, ihn anzusehen. »Versprichst du mir, dass du über meine Worte nachdenken wirst?«

Sie nickte.

»Lass uns jetzt heimgehen!« Bernhard seufzte schwer. »Hast du gesehen, wo Alfons hingelaufen ist? Hoffentlich kommt er bald zurück. Du kannst dich darauf verlassen, dass ich ihn mir vorknöpfen werde ...« Bernhards Zähne knirschten.

Mit einer abrupten Bewegung löste sich Helmine von ihrem Bruder. Von ihrer Begegnung mit Alfons in der Scheune wusste er bislang nur die Hälfte. »Aber ... er ist nicht weggelaufen! Gregor kam dazu und hat ihn niedergeschlagen. Er liegt bewusstlos in der Scheune. Hoffentlich. Vielleicht ist er aufgewacht und hat sich davongestohlen ...«

»Verdammt«, zischte Bernhard, griff nach seinem Spaten, schulterte ihn und setzte sich im Laufschritt in Bewegung. Helmine folgte ihm mit wehenden Röcken.

Sie fanden Alfons in der Scheune, den Kopf in einer roten Lache. An Schläfe, Kinn und Hals klebte trockenes Blut. Sein Blick war starr zur Decke gerichtet, die breite Zunge zwischen den Lippen.

Helmine schlug sich eine Hand vor den Mund, während sie die Fackel, die Bernhard vor dem Haus entzündet hatte, in der anderen hochhielt.

Bernhard kniete sich nieder, aber für Alfons kam jede Hilfe zu spät. Für einen Moment legte Bernhard die Stirn auf die Brust des Bruders. Es sah aus, als wollte er weinen, aber dann richtete er sich wieder auf. Mit einer zärtlichen Geste

schloss er dem Toten die Lider und faltete seine Hände auf der Brust.
»Wirst du … Muss Gregor … Ich meine …« Helmines Stimme klang belegt, während sie stammelte und keinen klaren Gedanken fassen konnte. Zwar hatte sie sich kurz zuvor noch gewünscht, Alfons möge niemals mehr wieder aufstehen, doch ihn nun hier liegen zu sehen, leblos und steif wie ein erschlagener Bär, ging ihr näher, als sie vermutet hätte.
Bernhard richtete sich auf, das Gesicht unbeweglich, und schüttelte den Kopf. »Sorg dich nicht um Gregor«, sagte er mit tiefem Ernst. »Er hat getan, was jeder Mann in seiner Situation getan hätte.«
Der flackernde Schein der Fackel beleuchtete gespenstisch Alfons' starre Züge, die im Tod seltsam klarer und ebenmäßiger wirkten als jemals zu Lebzeiten.

31. Kapitel

Irgendetwas lag seit Tagesbeginn in der Luft.
Schon in den frühen Morgenstunden hing eine drückende Schwüle über der Kolonie Waidbach, als drohe ein Gewittersturm, aber schwarze Wolken waren nicht zu sehen, grollender Donner nicht zu hören.
Schwärme von Stechmücken umschwirrten die schwitzenden Menschen auf den Feldern und an den Gräben, das Summen der Fliegen über den Misthaufen vor den Ställen sirrte in den Ohren.
Christina arbeitete an dem steinernen Backofen in der Nähe der Mühle am Fluss. Er zählte zum Gemeingut der Kolonie.
Zusammen mit anderen Frauen knetete und walkte sie seit Stunden Mehl, Wasser, Sauerteig und Salz zu Brotlaiben und wuchtete einen nach dem anderen mit dem Holzschieber in die Gluthitze. Der heiße Ofen trieb den Frauen zusätzlich den Schweiß aus den Poren. Sie hatten die Ärmel bis zu den Schultern aufgekrempelt und fuhren sich alle naselang mit dem Unterarm über die klebrige Stirn.
Christina blies sich die Locken aus dem Gesicht. Die feinen Partikel des Mehls schwebten in der Luft und legten sich auf die Haut. Der Juckreiz brachte Christina schier um den Verstand, aber sie arbeitete weiter und stapelte die Laibe zum Abkühlen in Holzregale. Der kräftige Duft des Brotes mischte sich mit den Ausdünstungen der Bäckerinnen und dem Geruch des Dungs der Rinder, die Franz Lorenz nicht weit von ihnen entfernt, in stoischer Gelassenheit auf einen Stecken gestützt, beaufsichtigte.
Das Wasser des Flüsschens plätscherte an diesem Tag träge

und brachte keine Abkühlung in die zum Schneiden dicke Luft.
Gestern Nachmittag hatten sie Daniel verabschiedet, der sich wieder für einige Tage in der Kolonie aufgehalten hatte. Christina hatte ihm die Hand gereicht und so getan, als ginge sie unbeschwert in ihre Hütte zurück. Doch als er sich auf dem Pony entfernte, machte sie kehrt, um ihm trübsinnig nachzuschauen, bis seine Silhouette am Horizont verschwand. Ach, hätte doch nur ein Teil von ihr mit ihm ziehen können! Hinaus in die Welt, in das Leben.
Jetzt richtete sie sich auf, nachdem sie einen weiteren knuspriggebackenen Laib auf das Regal zum Abkühlen geschoben hatte, seufzte und stemmte beide Hände ins Kreuz.
Alles schmerzte. Der Rücken vom Bücken, die Beine vom unermüdlichen Hin-und-her-Laufen, die Arme von dem schweren Holzschieber, der Schädel von der Hitze.
Sie beschattete die Augen mit einer Hand und spähte zu dem Nomadenlager. Aus der Entfernung erkannte sie nur schemenhaft die Filzzelte und die umhergehenden Menschen. Hinter den Behausungen hielten die Kalmücken ihre Nutztiere. Hauptsächlich Pferde und Schafe, aber es waren auch ein paar Kamele und Rinder dabei. Die gewaltigen ein- und zweihöckrigen Wüstentiere waren von den Kindern der Kolonisten nicht weniger neugierig bestaunt worden als von den Erwachsenen.
Irgendetwas ging in dem Lager vor sich. Christina beobachtete, wie die schwarzhaarigen Kinder, die den ganzen Sommer über nackt herumliefen, Bündel und Töpfe, Decken und Hocker schleppten. Ein leises Bimmeln war zwischen den fremdsprachigen Rufen der Nomaden zu vernehmen, die ihre Kamele an die Zelte führten und sie zu

beiden Seiten beluden. Bereiteten sie den Aufbruch vor, und hatten sie die Lasttiere mit Glöckchen behängt? Ein paar der Frauen, manche mit zwei Zöpfen, andere mit einer Vielzahl von Flechten, hoben die Stimme. Die heiße Luft trug den für ihre Ohren unmelodisch klingenden Gesang zu den Kolonistenfrauen am Backplatz.

Christina ließ sich auf einen Holzklotz fallen, während sie die umtriebigen Nomaden nicht aus den Augen ließ. Bedeutete die Emsigkeit, dass sie wirklich weiterzogen? Christina überkam bei diesem Gedanken Erleichterung.

Seit mehreren Monaten ließen die Kalmücken hier ihr Vieh weiden. Manches Mal waren einige der Männer ins Dorf geritten. Mit ihren kahlgeschorenen Köpfen, die nur ein längs über den Schädel verlaufender Schopf schmückte, mit den geflochtenen Bärten, den schlitzförmigen Augen, den breiten Wangenknochen und den platten Nasen erregten sie Aufsehen. Sie boten im Tausch gegen Mehl Schaffelle und saure Pferdemilch, die sie als Rauschmittel anpriesen. Einige der deutschen Männer kosteten von dem übelriechenden Gesöff, verzichteten aber würgend auf weitere Proben.

Ganz freundlich und fröhlich, wenn auch sonderbar waren Christina die Nomaden erschienen, und der Gesang und das Gelächter, die oft aus ihrem Zeltdorf drangen, ließen den Schluss zu, dass es sich bei ihnen um ein friedfertiges Volk handelte.

Aber Daniel hatte die Kolonisten eindringlich gewarnt: Hinter allen gefälligen Gesten mochte eine Art Verschlagenheit stecken. Sie sollten sich um ein friedliches Nebeneinander bemühen und dennoch auf ihrer Hut sein.

Christina nahm seine Worte sehr ernst. Die Anwesenheit der Nomaden empfand sie als eine ständige Bedrohung.

Wenn sie nun abzogen, würden ihre Nächte gewiss wieder ruhiger und ihr Schlaf tiefer werden.
Wie geschickt die Frauen die Zelte abbauten und verpackten! Innerhalb kürzester Zeit verschwand eine Behausung nach der anderen und landete, in handliche Ballen verpackt, auf den geduldig wartenden und das Salzkraut kauenden Kamelen.
Die Männer stoben im wilden Ritt mit übermütigen Rufen um die Viehherden herum, um sie zusammenzutreiben. Schon setzte sich die Karawane in Bewegung. Aus der Entfernung wirkten die Kalmücken wie Waldameisen, die einer vorgetretenen Spur folgten.
»Schaut, sie ziehen wirklich weiter!«, rief Christina den anderen Frauen zu, die missmutig brummten.
»Was sitzt du da und hältst Maulaffen feil?«, giftete eine von ihnen. »Hier wird jede Hand gebraucht.«
Christina zog eine Grimasse und stemmte sich hoch. Kein Wunder, dass sie auf taube Ohren stieß. Keine hörte Daniel so begierig zu wie sie, wenn er von dem Land und seinen Bewohnern erzählte. Deswegen war auch keine wie sie erleichtert, dass eine mögliche Gefahr durch das Nomadenvolk gebannt war.
Christina sammelte ein letztes Mal alle Kräfte, um ihr langweiliges Tagwerk zu vollenden.
Wie sehr sie sich täuschte, als sie annahm, die Bedrohung sei vorüber, sollte sie noch in derselben Nacht erfahren.

Die Feuer an Straße und Graben flackerten, die Menschen saßen bei Kerzenschein vor und in ihren Hütten, als sich plötzlich vom Forst her Pferdegetrappel näherte.
Christina hörte es früher als die meisten, da sie gerade das Haus ihrer Schwester verließ, um sich in ihrem eigenen zur

Ruhe zu legen. Im Schein der Feuer und des bleichen Mondlichts vermochte sie nichts zu erkennen, aber das Trampeln der Hufe wurde lauter. Darunter mischte sich das Klirren von Eisen, was nichts Gutes verhieß.
Dann sah sie sie schemenhaft hinter Franz' Hütte direkt auf das Dorf zugaloppieren: eine Gruppe von fünf Reitern mit schmalen Helmen auf dem Kopf, die bis auf die Schultern herabreichten, und panzerähnlichen Hemden aus klappernden Eisenringen. In den Händen schwangen sie Säbel und Piken, über ihren Schultern schwirrten die Federn der Pfeile in den Köchern.
Einen Herzschlag lang stand Christina wie gelähmt. Endlich riss sie den Mund auf. Ihr Schrei gellte durch die Nacht: »Sie greifen an! Die Kalmücken greifen an! Rettet euch! Rettet die Kinder!«
Bernhard und Matthias stürmten als Erste aus den Hütten.
»So tut doch was, in Gottes Namen!«, schrie Christina, dann gab es für sie kein Halten mehr. Sie raffte ihren Rock und raste zurück in Eleonoras Hütte. »Los, verrammele die Tür! Lass uns den schweren Tisch davorschieben! Und die Betten! Und lösch um Himmels willen die Kerzen!«
Sophia tapste aus ihrem Bett und fing an zu weinen. Klara schlurfte auf nackten Füßen heran, während die beiden Weber-Schwestern die Tür der Hütte mit allem Mobiliar absicherten, das sie zu bewegen vermochten.
Christinas Herz klopfte bis zum Hals. Ein Blick zu ihrer Schwester zeigte ihr, dass diese sich bemühte, ihre Panik niederzukämpfen. Das Gesicht käsig, die Lippen ein blutleerer Strich, die Pupillen schwarz geweitet.
»Hast du Waffen hier?«, fuhr Christina sie an.

»Nein ... ja ...« Eleonora wandte suchend den Kopf. »Die Küchenmesser!«

Die Schubladen klirrten vom Zittern ihrer Hände. Über die Schulter gab Eleonora Anweisungen: »Klara, steck Sophia in den Schrank! Sperr ihn ab und sag ihr, sie soll den Mund halten! Und komm dann her und nimm dir eines der Messer ...«

Die Klingen in den Fäusten, hockten sich die drei Schwestern an das Fenster zur Dorfstraße, die Nasen am Sims. Sophias Wimmern hinter der Schranktür und das schnelle Atmen der Weber-Frauen klangen überlaut in der Hütte.

Christina riss die Augen auf, um genau zu verfolgen, was da in der Dorfmitte geschah. Herr im Himmel, was hatten diese fünf Krieger vor? Was wollten sie von ihnen? Sie besaßen doch nichts ...

»Heute Abend habe ich noch gedacht, die sind wir los ...«, flüsterte sie.

Eleonora nickte. »Ja, ich war nicht weniger erleichtert als du, obwohl sie eigentlich umgänglich gewirkt haben. Meinst du, sie gehören zu der Karawane, die heute weitergezogen ist?«

»Gewiss«, erwiderte Christina. »Das passt doch. Ganz am Ende noch einmal mitgehen lassen, was zu holen ist. Genau so haben die sich das gedacht.«

Sie beobachtete, wie zwei der fünf in einem unglaublichen Tempo die Zügel der Ponys durchschnitten, die an den Scheunen standen, und sie mit kräftigen Peitschenhieben zum Laufen trieben, wohl wissend, dass sie sie später in der Steppe mühelos einfangen konnten.

Herr im Himmel, lass sie nur auf die Pferde aus sein!, betete Christina und biss sich auf die Unterlippe, bis sie den metallischen Geschmack von Blut schmeckte.

Mehrere Kolonisten liefen jetzt auf den Platz, manche aus dem Schlaf geholt. Alle wirkten völlig hilflos den schwerbewaffneten berittenen Angreifern gegenüber, griffen nach Brettern und Äxten, Besenstielen und Steinen – nach allem, was ihnen unter die Finger kam, um sich gegen die Räuber zu wehren. Christina wusste, dass es nur ein einziges Gewehr in der Kolonie gab. Wie lange würde Bernhard brauchen, um es zu holen? Und waren die Kalmücken nicht über alle Berge, wenn der erste Schuss fiel?

Das Schnauben und Wiehern der Pferde, Peitschenknallen, Säbelrasseln und die wütenden Stimmen der Männer erfüllten die Luft. Vereinzelt hörte man Frauen und Kinder schreien. Christina fühlte, wie sich Eleonoras Hand in ihren Oberarm krallte.

»Sie sind nur zu fünft«, zischte Christina. »Sie können nicht mehr als die Tiere wollen …« Sie versuchte, Zuversicht in ihre Stimme zu legen, aber in ihrem Innersten war sie nicht überzeugt, dass die Räuber die Frauen und Kinder verschonen würden.

Und da! Christina schrie auf. *Verdammt, wo kam dieses tumbe Frauenzimmer hergelaufen?* Mit fliegenden Zöpfen hastete ein junges Mädchen genau vor den Räubern über die Dorfstraße, als wollte sie sich auf der anderen Seite in Sicherheit bringen. »Wie töricht kann man sein«, presste Christina hervor.

»Das … das ist Helmine«, kam da Klaras Stimme ganz dünn. »Helmine!« Es klang wie das Piepen einer Maus.

Im nächsten Moment mussten die drei Schwestern mitansehen, wie der vorderste der Kalmücken im Galopp auf seinem Sattel geschmeidig zur Seite rutschte, den Arm ausstreckte und Helmine um die Taille packte.

Die in den Kampf verwickelten Kolonisten hatten noch gar

nicht bemerkt, dass eine der Ihren verschleppt wurde, aber die Weber-Schwestern sahen mit angehaltenem Atem, wie nun eine zweite Frau den Schutz ihrer Holzhütte verließ. Sie rannte auf nackten Füßen, die fusseligen Haare flogen im Wind. Wie ein wütendes Muttertier hetzte sie dem Kalmücken hinterher, der die schreiende Helmine umklammerte.

»Marliese«, stieß Christina hervor. »Es ist Marliese!«

»Das schafft sie nicht, das schafft sie nie«, flüsterte Eleonora in die Hand, die sie sich vor den Mund hielt. Ihre Augen wirkten riesengroß in dem von aufgelösten schwarzen Strähnen umrahmten Gesicht.

Doch eines der frei laufenden Ponys trabte dem Entführer in den Weg, sein Pferd stieg auf und schlug mit den Vorderläufen in die Luft. Diesen Moment nutzte die Mutter, um sich auf Helmine zu stürzen und sich mit allen zehn Fingern an ihr festzukrallen.

»Gott stehe ihnen bei!«, flüsterte Eleonora.

Wie eine Eisenklaue lag der in einem Kettenhemd steckende Arm des Mannes über Helmines Brust. Sie atmete in kurzen, schnellen Stößen, schlug mit den Beinen um sich und tobte. Der spitze Schrei, der aus ihrer Kehle drang, klang in ihren eigenen Ohren fremd, die Panik in ihrem Kopf verdichtete sich zu einem schmerzhaften Gleißen. Das Getrappel der Hufe donnerte in ihren Ohren, während sie im Griff des Entführers zappelte.

In der nächsten Sekunde berührten ihre Füße in den Bastschuhen den Boden, als sich das Pferd des Räubers aufbäumte. Dann spürte sie den schweren, weichen Körper, der sich auf sie warf, und die scharfen Nägel, die sich in ihre Schulter krallten. Sie starrte in das vor wilder Wut verzerrte Gesicht ihrer Mutter, sah die aufgerissenen blassen Augen, rot unterlaufen von geplatzten Äderchen, spürte ihr Gewicht und hörte das Fluchen des Reiters, der die zusätzliche Last abschütteln wollte.

Aber Marliese ließ nicht locker, schrie wie ein tollwütiges Tier. Helmine merkte, wie die Kraft in dem Eisenarm nachließ. Endlich sackten sie und Marliese schwer in das Steppengras, und fast gleichzeitig erklangen ein dumpfes Klacken, als fiele ein großer Stein auf einen ausgehöhlten Baumstamm, und ein Knacken, das ihr durch Mark und Bein fuhr, während sich das Hufgetrappel entfernte.

Schwer atmend, ihre Lunge bis zum Platzen mit Luft füllend, lag Helmine im verdorrten Salzkraut, den Körper ihrer Mutter auf sich. Sie fühlte etwas Warmes auf ihr Gesicht tropfen und erkannte, dass es vom Hinterkopf der Mutter kam, die wie ein Mehlsack auf ihr lag, die Arme schlapp herabhängend, den Schädel schwer auf ihrer Schulter.

Helmine glaubte, der gleißende Nebel hinter ihrer Stirn würde niemals vergehen. Das alles war unfassbar schnell gegangen, und nun lag sie hier mit ihrer Mutter und fragte sich, ob die Gefahr vorbei war oder ob die Dämonen hinter dem nächsten Busch hockten und die Tortur von neuem begann.

Vorsichtig hob sie die Schultern der Mutter, das Kinn auf die Brust gedrückt. Marlieses Kopf baumelte. Helmine spannte ihre Kraft an, stemmte die Mutter hoch, zwängte sich unter ihr hervor und drehte sie behutsam auf den Rücken. Dann kniete sie sich vor sie, um ihr ins Gesicht zu schauen. Der Hals war in einem merkwürdig schiefen Winkel verrenkt. Helmines bebende Finger tasteten über die Wunde. Die Augen der Mutter waren geschlossen, der Mund wie im Schlaf entspannt.

Wie konnte sie so friedlich aussehen, nach dem, was sie erlitten hatte! Der hintere Huf des Ponys musste sie getroffen und ihr den Schädel gespalten haben.
Wieder spürte Helmine feuchte Wärme in ihrem Gesicht, aber diesmal war es kein Blut.
Sie selbst hatte nicht einmal einen Kratzer davongetragen. Sie ließ die Tränen laufen, ohne einen Ton von sich zu geben. Sie bettete die Wange auf die Brust der Mutter, fühlte den Wollstoff an der Haut und roch den vertrauten Schweiß.
Nichts als Schmerz erfüllte sie, kein Gedanke ließ sich fassen, nur der völlig banale, dass sie zum ersten Mal seit vielen Jahren ihr eigenes Herz wieder pochen hörte. Kräftig schlug es in ihrer Brust und durchpulste ihren Körper mit Wärme.
Dass die anderen Kolonisten herangelaufen waren und einen Kreis um sie bildeten, erkannte Helmine erst, als sie, die Arme um den Hals der Mutter geschlungen, die Augen öffnete. Sie veränderte ihre Haltung nicht, nahm das Gemurmel der anderen wahr, ohne ein Wort zu verstehen, bis sie sich wieder entfernten.
Nur Bernhard blieb, hockte sich neben sie, strich über ihre Haare.
»Es ist vorbei, Helmine«, flüsterte er sanft.
Sie meinte zu nicken. *Ja, es ist vorbei.*
Das Schicksal hatte ihr die Entscheidung abgenommen, ob sie einen Neuanfang mit der Mutter wagen wollte oder nicht. Ob sie sie als Mörderin brandmarken und verbannen wollte – oder ob sie, wenn auch nicht vergeben und verzeihen, so doch irgendwann vergessen konnte.
Die letzte Tat der Mutter war, sie, die ihr mit nichts als Hass und Verachtung begegnet war, vor dem sicheren Un-

tergang zu retten. Dafür hatte Marliese ihr eigenes Leben gegeben.

»Sie hat nie aufgehört, dich zu lieben«, sagte Bernhard in der Schwärze der Nacht, die sie nun umgab, seine Hand tröstend auf ihrer Schulter.

»Ich weiß«, flüsterte Helmine. »Ich weiß.«

32. Kapitel

Vier Jahre später,
Kolonie Waidbach, Frühjahr 1772

Mein liebes Kind, wie stellst du dir das vor? Wo kämen wir hin, wenn jeder, dem das Blut kocht, die Ehe mit den Füßen tritt, um sich auf neuen Wegen zu verlustieren?« Pastor Laurentius Ruppelin zog die Brauen zusammen, so dass sie einen Balken über seinen hellgrauen Augen bildeten, als er sich über seinen Schreibtisch lehnte und Christina fixierte.

Christina sank auf dem Besucherstuhl zusammen, während die Bassstimme des Geistlichen über sie hinwegtönte. Was hatte sie anderes von einem Pfaffen erwartet? Hatte sie tatsächlich geglaubt, auf Verständnis zu stoßen, dafür, dass sie nach Jahren der Missachtung neben einem ungeliebten Mann endlich einen Schlussstrich ziehen wollte, um neues Glück zu suchen?

Laurentius Ruppelin war vor drei Jahren durch Bernhards Vermittlung in die Kolonie Waidbach gezogen. Noch im selben Jahr hatten die Wolgadeutschen ein Gotteshaus errichtet, das ihr ganzer Stolz war und dessen Anblick sie mit tiefer Zufriedenheit erfüllte. Weißgetüncht erhob sich das Prachtstück inmitten der Kolonie, umgeben von einem gepflasterten Platz, auf dem sich ein Großteil des öffentlichen Lebens abspielte. Wohlklingend hallte der tief schwingende Ton der Glocke, die in einem Häuschen neben der Kirche hing, über die Steppenlandschaft, wenn der Pastor sonntags und an den Feiertagen zum Gottesdienst rief.

Auch zum Alarm wurde sie geschlagen, aber weitere Angriffe von Nomaden konnte sie nicht verhindern.
In den ersten Jahren drohte die Gefahr von den hageren Kalmücken, später waren es die fettleibigen Kirgisen, die durch ihr Dorf galoppierten, raubten, was nicht niet- und nagelfest war, und zerstörten, was sich die Leute mühevoll aufgebaut hatten.
Auch wenn die Angriffe ausblieben, warfen Missernten und Viehseuchen die Kolonisten zurück und ließen sie an ihrem Streben und Placken zweifeln. Immer und immer wieder erlebten sie Rückschläge, mussten mit ansehen, wie ihre Häuser abgefackelt, das Nutzvieh gestohlen und die Felder niedergetrampelt wurden. Fassungslos standen sie vor den dürren Ähren auf den Feldern, wenn alles Wässern nichts genutzt hatte, vor leer gefressenen Scheunen, wenn sich Nagetiere an ihren Vorräten gütlich getan hatten, oder vor den Rindern, als die Seuche sie Schaum spucken ließ und ihre Glieder im Todeskampf zuckten und strampelten. Kein Jahr war seit ihrer Ankunft vergangen, ohne dass es eine Katastrophe gegeben hätte, und dass sie nun in der Kirche Gott um Hilfe bitten konnten, hielt Christina für eine Posse.
Gott hatte zugelassen, dass sie ihre Heimat für dieses trostlose, entbehrungsreiche Leben am Ende der Welt aufgegeben hatten. Warum sollte er sich plötzlich darum scheren, wie es ihnen hier erging?
Sie richtete sich auf dem Stuhl auf und blickte den Pastor an, von plötzlich aufflackerndem Starrsinn beherrscht. Was faselte er da von kochendem Blut und sündigen Gedanken?
»Wir sind uns aber einig, mein Mann und ich. Unsere Ehe fußt auf einer Fehlentscheidung.«
Ruppelin hob eine Braue. »So? Immerhin hat es gereicht,

um ein Kind zu gebären. Alexandra besucht bereits die Schule, oder?«

Christina stieß die Luft aus. Immer und immer wieder dieses Kind! Wie sehr wünschte sie, sie könnte diesem hochnäsigen, selbstgerechten Pfaffen ins Gesicht schreien, wie Alexandra entstanden war und dass sie mit Matthias nichts zu tun hatte. Aber mit einem solchen Geständnis hätte sie niemandem mehr als sich selbst geschadet. Wenn sie noch einen Funken Hoffnung auf ein besseres Leben außerhalb der Kolonie behalten wollte, musste sie dieses Geheimnis hüten bis zum Äußersten. Sollte sie als unehrenhafte Frau aus der Kolonie verstoßen werden, würde sie nirgendwo in Russland mehr ein Bein auf den Boden bekommen.

Ruppelin räusperte sich, weil Christina in biestiges Schweigen verfiel. »Wenn es denn wirklich die Scheidung sein soll …«, begann er.

Christina horchte auf. Mit durchgedrücktem Rücken beugte sie sich vor.

»Ja?«

»… werdet ihr euch beide auf den Dorfplatz vor die Kirche stellen und zehn Hiebe mit der Peitsche erhalten, bevor ihr getrennte Wege geht.«

»Was?« Christina stützte die Hände auf das glatt polierte Holz des Schreibtischs und krallte die Nägel in die Kante. »Was sind das für barbarische Methoden?«

Ungerührt hob Ruppelin die Schultern. »Das ist die Bedingung.«

Sie ließ sich zurückfallen und schüttelte mit offenem Mund den Kopf, dass die Locken flogen. »Ich kann das nicht glauben«, flüsterte sie.

»Ihr werdet nicht glauben müssen, sondern fühlen«, erwiderte Ruppelin. »Sich scheiden zu lassen, nachdem man sich vor Gott die Ehe bis zum Tod geschworen hat, ist kein Sonntagsspaziergang. Du und dein Mann sollt merken, dass ihr unrecht tut – und jeder andere in der Kolonie soll es sehen, damit sich solch unmoralisches Treiben nicht fortpflanzt.«

Christina erhob sich so hastig, dass der Stuhl laut über den Holzboden schrammte. »Ich danke Euch, dass Ihr mich angehört habt, Pastor Ruppelin«, quetschte sie hervor. »Ich werde mich mit meinem Mann besprechen und Euch über unsere Entscheidung unterrichten.«

Ruppelin nickte und wedelte mit der Hand zum Zeichen, dass die Audienz beendet war.

Als die Tür des Pfarrhauses hinter Christina ins Schloss fiel und die kühle Aprilluft ihr ins Gesicht wehte, holte sie tief Luft und versuchte, ihren rasenden Puls zu beruhigen. Zehn Hiebe – wahrscheinlich überlebt man die irgendwie, aber bei dem Gedanken an die Schmerzen, die sie ertragen müsste, zog sich ihr Magen zusammen und in ihrem Mund breitete sich ein bitterer Geschmack aus.

Nein, das würde sie gar nicht erst mit Matthias klären – möglicherweise wäre er bereit, die Prügelstrafe in Kauf zu nehmen.

Verdammt und verflucht, dachte sie und trat gegen einen Stein, der gegen die Mauer prallte, die der Pastor um seinen Birnbaumgarten gezogen hatte.

Sie hatte nichts dagegen, dass ein Pastor zur Kolonie gehörte – die kirchlichen Rituale gaben dem Leben im Jahresverlauf eine gewisse Ordnung, die selbst sie angesichts der ungezählten tragischen Zwischenfälle zu schätzen wusste. Aber musste es ein so sittenstrenger sein? Als würden ihr die Scheinheiligkeit und zur Schau getragene Moral der Kolonisten nicht ohnehin das Leben hinreichend vermiesen.

Sie spürte die Missgunst der anderen, wenn sie bei den Dorffesten zu Ostern und zum Erntedank, bei Hochzeiten und Taufen mit freizügig aufgeknöpftem Mieder, das ihr herrliches Dekolleté zeigte, über die Tanzfläche wirbelte und lachte. Bei einer solchen Gelegenheit hatte sie es ein Mal, ein einziges Mal gewagt, das blaue Kleid aus Petersburg zu tragen, aber die Stimmung war gekippt, das Grölen und Lachen war in ein Tuscheln und Murmeln übergegangen, als sie in Maschas Kleid auf dem Dorfplatz erschien, und danach hatte sie darauf verzichtet, die Mitbewohner ein weiteres Mal durch ihre zur Schau gestellte Schönheit herauszufordern. Ohnehin kam sie sich inzwischen wie eine verkleidete Wolga-Bäuerin mit lederner Haut und Apfelbäckchen vor, wann immer sie die schmucke Robe vor dem Spiegel in ihrem Schlafzimmer an ihren Körper hielt. Es schien, als wäre sie dem Petersburger Leben in dieser Steppenwüste entwachsen. Die besten Jahre ihres Lebens verschleuderte sie in diesem dürftigen Kaff.
Bei den Männern der Kolonie war bekannt, dass Christina, wenn ihr einer einen Abend lang gefiel, durchaus nicht zögerte, mit ihm die Freuden der Liebeslust zu teilen. Allerdings blieb dies den Frauen nicht verborgen. Christina amüsierte sich darüber, wie sie mit finsterer Miene ihre Mannsbilder bewachten und sich besitzergreifend bei ihnen unterhakten, sobald sie auftauchte.
Dass sie nicht nur ihren eigenen Ruf ohne Scheu aufs Spiel setzte, sondern Matthias Hörner aufsetzte, war Christina gleichgültig. Und dass sich der anfängliche Hohn und Spott der Kolonisten gegenüber dem Ehemann in Mitgefühl für ihn wandelten, das in gleichem Maße wuchs wie die Abneigung ihr gegenüber, kratzte sie ebenso wenig. Nur wenn Eleonora sie beiseitenahm, um ihr ins Gewissen zu reden

und sie davon zu überzeugen, dass es sich angenehmer lebte, wenn man sich den Regeln der Gemeinschaft anpasste, stieg ein Unbehagen in Christina auf, über das sie sich jedes Mal ärgerte.

Sollten sie sie doch alle in Ruhe lassen!

Matthias ging es doch nicht schlecht – besser jedenfalls als ihr. Vom Lehrmeister auf dem Acker hatte er sich zum wichtigsten Handelsreisenden der Kolonie entwickelt. Er unterhielt ausgezeichnete Kontakte nach Saratow, brachte aus der Wolga-Stadt alles mit, was die Bewohner nicht selbst herstellen konnten, und sorgte dafür, dass sie nach den ersten Angriffen der Nomaden mit Waffen ausgerüstet wurden, um nicht beim nächsten Überfall wieder hilflos dazustehen.

Der Graben, den sie ausgehoben hatten, bot zwar einen gewissen Schutz vor spontanen Raubzügen, aber er war nicht wirklich schwer zu überwinden, wenn man es ernsthaft auf das Eigentum der Kolonisten abgesehen hatte.

Wenn Matthias abreiste, standen sämtliche Kolonisten Spalier, um ihm die besten Wünsche und manches persönliche Anliegen – »Denkst du an die Rosenseife, Matthias?« – mit auf den Weg zu geben. Kehrte er heim, applaudierten sie und umlagerten ihn wie Kinder den heiligen Nikolaus. An diesem Abend wurde er nach vier Tagen in Saratow zurückerwartet. Die Bäckerinnen warteten auf Zucker, eine Handvoll junger Mägde auf Seidenstoffe, die Männer auf Ackergeräte und Wodka, der Pastor auf Kerzen.

Wenn es nach Christina gegangen wäre, hätte er noch weitere zwei Wochen fortbleiben können. Den einzigen Vorteil seiner Anwesenheit sah sie darin, dass er sich um Alexandra kümmerte, so dass sie nicht ununterbrochen an ihrem Rockzipfel hing, sobald sie die Schule verließ, in der

Anton von Kersen mit Hingabe und Ehrgeiz die zahlreichen Kinder der Kolonisten unterrichtete.

Aber wenn Daniel zu Besuch in die Kolonie kam …

Nach wie vor fieberte sie seinen Aufenthalten in Waidbach entgegen. Das Licht über der Steppe erschien ihr klarer, die Luft wie gewaschen, die Gesichter der Menschen wirkten aufgeschlossener, die Gespräche lebendiger, wenn Daniel nur hier war.

Er nahm sich die Freiheit, das Land zu bereisen und in all seinen Facetten kennenzulernen, während sie selbst wie in Ketten lag.

In den vergangenen Jahren war er noch attraktiver geworden. Aus seinem Gesicht war das Jungenhafte verschwunden, das Kinn trat markanter hervor, winzige Fältchen umkränzten seine Augen, das blonde Haar war modisch geschnitten.

Christina hätte viel darum gegeben, nur ein Mal in seinen Armen zu liegen, in einer Mondscheinnacht in der Steppe mit ihm die Erfüllung zu finden, nach der sie sich sehnte. Inzwischen aber hielt ihn nicht mehr nur ihre Ehe davon ab, ein Techtelmechtel zu beginnen – inzwischen war ihm Matthias zum Freund geworden. Ließe er sich mit ihr ein, hätte er, wie Christina wusste, das Gefühl, einen lieben Vertrauten zu betrügen.

Dieser tugendhafte Zug in seinem Charakter war Christina zutiefst verhasst. Wie konnte ein Abenteurer wie er, der auf seinen Reisen gewiss nichts anbrennen ließ, sich von einer solchen Anständigkeit leiten lassen? Warum nicht einfach die Gunst der Stunde genießen und sich ein Leben lang an diesen Moment mit einem Prickeln auf der Haut erinnern? Christina hätte keine Sekunde gezögert.

Ihr Vorsprechen beim Pastor war ein weiterer Versuch gewesen, den freudlosen Zuständen in der Kolonie ein Ende zu bereiten. Wenn sie eine freie Frau war, hätte Daniel keinen Grund mehr, sich seine Sehnsucht nach ihr zu verbieten. Und vielleicht, vielleicht ergab sich eine Gelegenheit, dass er sie mitnahm, hinaus in die Welt, und sie befreite aus allen Zwängen, die ihr an manchen Tagen die Luft zum Atmen nahmen.

Auch wenn Christina nicht klar umreißen konnte, welche Rolle sie in Daniels Leben spielen sollte – alles erschien ihr freudvoller, als hier zu vertrocknen.

Daniel besaß ein unstetes Gemüt. Er hatte in Saratow ein paar Monate in einer Seidenmanufaktur gearbeitet, war einem deutschen Klavierbauer zur Hand gegangen und hatte sich später als Schauspieler verdingt. Aber auch das Theater, das unter italienischer Leitung stand und das besonders für die ohne Sprachkenntnisse zu verstehenden Prügelszenen mit dem Harlekin bekannt und beliebt war, vermochte Daniel nicht lange zu fesseln.

Seit einigen Wochen hielt er sich in Moskau auf, wie Christina erfahren hatte, weit, weit weg von hier, und keiner wusste, was er dort tat und wann es ihn wieder an die Wolga verschlagen würde. Christina betete jeden Abend, dass ihn seine Pläne nach Saratow und zur Kolonie führen mochten.

An der östlichen Dorfgrenze, kurz vor der Holzbrücke über den Graben, die Tag und Nacht bewacht wurde, versammelten sich die Menschen, die auf den Feldern gearbeitet hatten, in ihrer Arbeitstracht und spähten zum Horizont, wo sich ein Fuhrwerk, umwölkt von Staub, näherte.

Christina schlenderte zu den Wartenden und sah wenige Augenblicke später zwischen den Köpfen der anderen hindurch, dass Matthias auf dem Kutschbock des Fuhrwerks saß. Sein hoch beladener Wagen rumpelte über die Steppe, die drei Pferde liefen im Trab.

Bewegung kam in die wartende Schar. Einige hetzten davon, um ihre Angehörigen zu benachrichtigen, damit sie Matthias begrüßen und die bestellten Waren gleich in Empfang nehmen konnten.

Als er sich näherte, sah Christina, wie verbissen und blasswangig sein Gesicht wirkte. Ob die Geschäfte in Saratow schlecht gelaufen waren?

Ein Zupfen an ihrer Schürze ließ sie nach unten direkt in die Augen ihrer Tochter schauen. »Kommt Vater heim?«, fragte Alexandra.

Vater! Das Bild von Johann Röhrich – sein feuchter Mund, seine geäderte, knorpelige Nase – stieg in Christina auf, wann immer Alexandra das Wort »Vater« aussprach.

Christina zwang sich zu einem Nicken. »Ja, los, lauf zu ihm!«

Alexandra trottete davon, drückte sich an den Wartenden vorbei und drängte sich in die erste Reihe, um den Vater begrüßen zu können.

Endlich war er heran. Christina erkannte, dass sein Gesicht nicht nur leichenblass mit einem grünlichen Unterton war. Unter seinen Augen lagen schwarze Ringe, und auf seiner Stirn standen Schweißperlen. Abwehrend hob er die Hände, als die Leute ihn bestürmten und nach diesem und jenem fragten, womit sie ihn beauftragt hatten.

»Immer mit der Ruhe, Leute, ich habe an alles gedacht. Komm, Gregor!« Er winkte den jungen Kolonisten zu sich heran, der einen lässigen Schritt nach vorn tat und dabei auf einem Halm kaute, den er von einem Mundwinkel in den anderen schob. »Hilf beim Verteilen der Ware! Dass keiner

zu kurz und jeder zu seinem Recht komme.« Er hielt einen Moment inne, atmete schwer und presste sich die Hand auf den Unterleib, als litte er Schmerzen. Irgendwas stimmte nicht. Christina reckte den Hals.
»Es gibt schlechte Nachrichten«, stieß Matthias schließlich hervor. Der Schweiß auf seiner Stirn lief nun in Bächen seine Schläfen hinab, an denen das feuchte, von vereinzelten grauen Strähnen durchzogene Haar klebte.
Die Leute schwiegen, starrten Matthias an, warteten, dass er weitersprach.
»Die … die Pest ist ausgebrochen.«
Ein Aufschrei ging durch die Umstehenden. Sie stoben auseinander, als hätte sich in ihrer Mitte die Erde aufgetan. Alle riefen durcheinander, stellten Fragen, manche beteten, andere lamentierten.
Christina griff sich an den Hals. Nicht auch das noch …
»Beruhigt euch, Leute!«, rief Matthias über den Lärm hinweg. »Der Schwarze Tod wütet nicht in Saratow, sondern weit weg von uns.«
»Aber wo?«, rief eine der Kolonistinnen mit schriller Stimme. »Sind wir in Gefahr?«
Matthias schüttelte den Kopf. »Ich denke nicht, dass die Seuche bis zu uns vordringt. Doch Tausende Russen hat sie schon dahingerafft …« Er fuhr sich mit den Fingern durch die Haare.
»Wo, in Herrgotts Namen?«, kam es wieder aus den Reihen der Umstehenden.
Matthias sah auf wie aus tiefer Versunkenheit. Seine Lider wirkten schwer und geschwollen, seine Züge blutleer und faltig. »In Moskau.«
Ein rasend wirbelnder Wind schien Christina zu packen. Übelkeit und Schwindel erfassten sie zur gleichen Zeit, lie-

ßen sie schwanken und ihre Hände hilflos auf der Suche nach einem Halt um sich greifen. Die Gesichter um sie herum zerflossen. *Daniel,* dachte sie. *Daniel.* Schließlich wurde es nachtschwarz um sie. Stechender Schmerz raste durch ihren Arm, als sie hart zu Boden stürzte und das Bewusstsein verlor.

33. Kapitel

Anjas Atem ging immer noch schnell, als Bernhard mit dem vertrauten Stöhnen über ihr erschlaffte und sein Körper sich wie eine süße Last auf ihrem entspannte. Weit spreizte sie die Beine, schlang sie um seinen Rücken, um ihn so lange wie möglich bei sich zu behalten, diesen geliebten Mann, der ihr Nacht für Nacht seine Zuneigung bewies und nicht müde wurde, ihren Körper mit Händen und Lippen zu erkunden.

Jedes Mal, wenn sie mit Bernhard den Höhepunkt erreicht hatte, liefen hinterher Tränen über ihre Wangen. Am Anfang hatte sie sich geschämt und ihr Gesicht abgewandt, aber als er sie vor Freude weinen sah, hatte er ihr die Tränen von den Wangen geküsst, bevor seine Lippen sich auf ihren Mund legten und seine starken Arme sie aufs Neue an sich zogen.

»Ich liebe dich so sehr«, flüsterte er in ihr Ohr, während sie noch die Schauer der Lust durchzuckten.

Der Himmel auf Erden, ging es Anja durch den Sinn. Sie hatte hier an der Wolga in den Armen ihres Mannes wirklich den Himmel auf Erden gefunden.

Wie anders hatten ihre Pläne ausgesehen, damals, als sie von Hessen aufgebrochen war. In Moskau wollte sie leben, mit Tüchtigkeit und Fleiß beweisen, dass sie imstande war, eine Apotheke zu leiten. Und was war daraus geworden? Sie war in der Steppe hinter der Wolga gelandet und betrieb in dem Kolonistendorf einen apothekenähnlichen Laden, in dem es die wichtigsten Medikamente, Verbandzeug, Heilkräuter und Tinkturen gab. Einen Laden, den sie zwar nach ihrer Lehrzeit in der Sarepta-Kolonie mit Engagement betrieb, der aber nicht zu ihrem Lebensinhalt geworden war. Jederzeit würde sie, ohne zu zögern, die Apotheke gegen die Arbeit in der Backstube oder auf den Feldern eintauschen, wenn nur Bernhard bei ihr blieb.

Hätte ihr jemand vor fünf Jahren diese Wende in ihren Träumen prophezeit, sie hätte schallend gelacht.

Aber wie hätte sie denn auch ahnen können, dass es tatsächlich einen Mann gab, der sie nicht nur annahm, wie sie war, sondern der sie liebte, als wäre sie eine Göttin und vom Himmel zu ihm hinabgestiegen? Genau dieses Gefühl vermittelte Bernhard ihr bei allem, was er tat und sprach.

Sie war stolz auf alles, was sie von den Brüdern der Herrnhuter Gemeinde gelernt hatte. Das eine Jahr hatte sie in ihrem Wissen um die Heilkunde um Längen vorangebracht – mehr als all die Jahre davor unter den Fittichen ihres Vaters. Aber ihr Stolz auf das berufliche Weiterkommen verblasste angesichts der Tatsache, dass Bernhard sie nach einem Jahr nicht nur gebeten hatte, zurück in die Kolonie Waidbach zu kommen, sondern auch, seine Frau zu werden.

An die früheren Jahre der Demütigung und der Ablehnung erinnerte sie seitdem nur die abseits gelegene Hütte des Franz Lorenz, wo der Knecht wie ein Einsiedler hauste. Die Haare hingen ihm weiß und filzig weit über die Schultern. Auf einen knorrigen Stock gestützt, humpelte er mit hängender Wampe um die Rinder- und Schafherden herum. Manch einer pfiff die eigenen Kinder zurück, wenn sie dem Sonderling zu nah kamen. Anja hatte seit ihrer Rückkehr kein Wort mehr mit ihm gewechselt, und es war ihr recht so. Dieses Kapitel ihres Lebens war abgeschlossen. Vielleicht waren all das Leid, all die Kränkungen und die Schmach notwendig gewesen, um das Glück, das sie nun an

Bernhards Seite erlebte, mit allen Sinnen genießen zu können. Und dankbar zu sein.
In aller Bescheidenheit hatten sie ihre Vermählung gefeiert, obwohl die Dorfbewohner sie drängten, zu einer ordentlichen Sause zu laden. Es gab wenig zu feiern, man freute sich über jeden Anlass, das Leid und die Not für ein paar Stunden beim Tanzen und Trinken zu vergessen. Aber man ließ die beiden schließlich in Ruhe, als sich herumsprach, dass es bald eine weitere Hochzeit zu feiern gebe.
Bereits im vorangegangenen Herbst hatte man Gregor Schmied die Hochzeitsabsichten an der Nasenspitze ablesen können – oder besser daran, dass er eines seiner Pferde besonders kräftig fütterte, um damit seine Braut im Frühjahr stattlich heimzuführen. Obwohl darum, wer die Braut sei, traditionell ein Geheimnis gemacht wurde, flüsterte man sich hinter vorgehaltener Hand Helmine Röhrichs Namen zu. Und diese erweckte mit ihren rosigen Wangen und den verklärten Blicken nicht im Geringsten den Eindruck, als beabsichtigte sie, dem jungen Heißsporn einen Korb zu geben.
Nach der Schneeschmelze schickten die Verlobten einen Hochzeitsbitter von Haus zu Haus mit einer Stange, an der jeder Hausvater ein buntes Band befestigte, wenn er erscheinen wollte. Am Ende sah man vor lauter Bändern kaum noch den Stab, und alle wussten, dies würde eine besonders prachtvolle Hochzeit werden.
Anja erinnerte sich, wie schön Helmine an ihrem Jubeltag ausgesehen hatte – mit ihrem »Gschnatz«, einem Gebilde aus eigenem Haar, Bändern und Tüchern. Wer mit ihr tanzen wollte, der steckte ihr einen Papierrubel ans Kleid, bis das Brautkleid bedeckt war von Geldscheinen.
So glücklich und strahlend hatte Helmine an diesem Tag

ausgesehen, dass Anja kurz bereute, nicht selbst pompöser gefeiert zu haben. Was für eine wunderbare Erinnerung wäre ein solcher Tag für alle Ewigkeit. Aber dann hatte sie an der Festtafel nach Bernhards Hand gegriffen, in seine Augen geschaut und gewusst, dass sie niemals in ihrem Leben von Erinnerungen zehren müsste. Das Band zwischen Bernhard und ihr würde auch nach zwanzig Ehejahren nicht ausdünnen und verblassen.

»Denkst du noch an die Aufregung von heute Mittag?«, fragte Bernhard in die Stille der Schlafkammer hinein. Lamberts leises Schnarchen am Fußende des Bettes war das einzige Geräusch. Die Kerzen auf den Nachttischen flackerten im sanften Wind, der durch das halbgeöffnete Fenster drang. Die zugezogenen Gardinen aus schwerem dunklem Leinen, die im Sommer die Hitze abhielten, bewegten sich sacht.

Anja, den Kopf in seiner Armbeuge, nickte. Mit einer Hand kraulte sie in seinen Brusthaaren. »Du meinst Christina? Die kommt schnell wieder auf die Beine. Der Doktor sagte, das war nur eine vorübergehende Schwäche. Die Verletzung an ihrem Arm ist nur ein Bluterguss, kein Bruch.«

Gleich neben dem Apothekerladen gab es inzwischen ein Doktorhaus, in dem mit Unterstützung von Hebamme Veronica auch die Kinder zur Welt gebracht wurden. Ein weiterer Verdienst von Bernhard, dem nicht nur Kirche und Schule von Anfang an ein Anliegen gewesen waren, sondern auch die medizinische Versorgung der Kolonisten. Was für ein Glück, dass sie die Sarepta-Kolonie gefunden hatten, die ihnen bei all diesen Belangen tatkräftig zur Seite gestanden hatte und jederzeit aushalf, wenn es Engpässe gab. Der junge Arzt Cornelius Frangen, der ins Doktorhaus gezogen war, verfügte zwar noch nicht über viel Er-

fahrung, aber dennoch war es tröstlich, einen Mediziner in der Nähe zu wissen.
Anja wusste, dass es um die anderen Kolonien entlang der Wolga weitaus schlechter bestellt war. Aber die hatten keinen Vorsteher wie Bernhard Röhrich. Sie küsste ihren Mann auf die Wange. Die Bartstoppeln kitzelten sie.
Anders als erwartet, küsste Bernhard sie nicht zurück. Sein Gesicht war sorgenvoll, die Stirn von Falten gefurcht, um seinen Mund lag ein bitterer Zug.
»Was bekümmert dich, Liebster?«, fragte sie in die plötzliche Stille hinein. »Es ist unwahrscheinlich, dass sich die Pest bis zu uns verbreitet. Die Zarin wird dafür sorgen, dass keiner der Kranken Moskau verlässt, und die vermeintlich Gesunden werden in Quarantäne geschickt ...«
»Nicht die Pest macht mir Sorgen«, erwiderte er. »Ich stimme dir zu – sie wird nicht weit über Moskau hinaus grassieren. Mir geht Christina nicht aus dem Kopf.«
Anja richtete sich auf, stützte die Hände auf seine Brust. »Was ist mit der Weberin? Gehörst du nun zu den ungezählten Einfaltspinseln, die ihren Reizen erliegen?«
Bernhard schnalzte mit der Zunge. »Hör auf damit, Anja! Ein solches Misstrauen passt weder zu dir noch zu mir. Du weißt, dass eine Frau wie Christina mich kaltlässt.«
Anja biss sich auf die Lippe. »Entschuldige, Bernhard, du hast recht. Das war dumm von mir.«
Er zog sie an sich und knabberte an ihrem Ohrläppchen. Der Anflug von Missstimmung verflog. »Nein, mir stößt bitter auf«, fuhr Bernhard fort, »dass sie von Anfang an für Unruhe in der Gemeinschaft gesorgt hat. Schon auf dem Treck hierher hat sie mit sämtlichen Männern geschäkert und ihren Ehemann gedemütigt. Dann ihr grunddummer Ausflug nach Petersburg, der uns alle zwang, auf sie zu

warten. Und hier in der Kolonie wiegelt sie immer wieder die Leute auf und verbreitet Missmut, wenn sie nicht gerade den Männern anderer Frauen hinterherschielt. Ich überlege, ob es nicht meine Pflicht als Vorsteher ist, sie mir mal vorzuknöpfen.«
»Das führt doch nur zu neuer Missgunst und weiterem Zank«, erwiderte Anja. »Du kannst sie nicht ändern. Sie ist hier nicht glücklich.«
»Glücklich!«, Bernhard spie das Wort förmlich aus. »Was hat sie denn erwartet? Dass ihr hier die gebratenen Tauben in den Mund fliegen? Ist das ihre Vorstellung von Glück? Dann hätte sie nie diesen Weg auf sich nehmen dürfen. Hier bedeutet Glück: zu kämpfen für das, was einem lieb und teuer ist. Tag für Tag.«
Anja lächelte leicht, reckte sich wieder und drückte die Lippen auf seine Wange. »Mein lieber guter Bernhard. Ereifere dich nicht! Christinas Denken wirst du nicht ändern können.«
Bernhard presste die Lippen aufeinander. »Wahrscheinlich nicht, da hast du recht. Aber ich werde ihr beibringen können, sich der Gemeinschaft zu fügen. Bevor sie noch mehr Unheil anrichtet. Schau dir doch ihre Tochter an, Alexandra. Hast du jemals ein unglücklicheres Kind gesehen?«
Anja musste Bernhard beistimmen – was Christina mit ihrer Lieblosigkeit dem Mädchen antat, sah jeder, der keinen Stein statt eines Herzens in der Brust hatte.
Doch jedes Eingreifen ihrerseits bliebe fruchtlos.
Zur Liebe konnte man niemanden zwingen.

Ganz gegen seine Gewohnheit legte sich Matthias gleich, nachdem er seine Hütte betreten und mit großer Anstren-

gung ein paar Löffel Hirsebrei zu sich genommen hatte, zu Bett. Die Hand hielt er auf den Magen gedrückt.
»Schmeckt der Brei nicht, Vater?«, fragte Alexandra.
Matthias presste die Lippen aufeinander und schüttelte den Kopf. Alexandra schob ihre Schale von sich.
Christina blieb unschlüssig in der Küche stehen, während sich Alexandra neben das Bett setzte und Matthias anstarrte.
Ein bisschen benommen fühlte sich Christina noch von der kurzen Ohnmacht, und der Arm, auf den sie gefallen war, pochte und lief blau an. Aber schlimmer als alle körperlichen Schmerzen war die Vorstellung, dass Daniel sich in Moskau mit der Pest angesteckt haben könnte. Vielleicht siechte er in einem der Hospitäler dahin, oder der Schwarze Tod hatte ihn bereits ereilt. Die Vorstellung, ihn niemals mehr wiederzusehen, seine Leiche in einem Erdloch mit Hunderten anderen von der Pest verunstalteten Leibern vergraben zu wissen, verursachte ihr stechende Schmerzen hinter der Stirn.
»Bist du müde, Vater? Wir können doch spielen, oder?«
Matthias streckte die Hand aus und streichelte Alexandras dünne Haare. »Jetzt nicht, Kind. Ich brauche ein bisschen Ruhe. Morgen, ja?«
Alexandra verzog den Mund. Gewiss hatte sie sich die Ankunft des Vaters spaßiger vorgestellt.
»Die Sonne ist noch nicht mal untergegangen«, rief Christina von der Küche her, wo sie mit den Töpfen klapperte. Nicht, dass ihr die Gesellschaft ihres Mannes zur Freude gereicht hätte, aber ihn faul im Bett herumliegen zu haben, missfiel ihr nicht weniger.
»Gib Ruhe, Christina!«, erwiderte Matthias. »Auf dein Keifen lege ich heute überhaupt keinen Wert.«

»Und ich auf dein Maulen nicht«, gab sie zurück. »Hast du übrigens Lust, dir zehn Peitschenhiebe zu holen?«

Matthias' Glucksen mochte ein unterdrücktes Lachen sein, sie konnte es nicht klar benennen. »Ist das dein letzter Versuch, meine Lust zu entfachen? Nein, versuch dein Glück bei einem der zahnlosen Russen aus dem Nachbardorf! Da sollten noch welche dabei sein, die noch nicht näher bekannt mit dir sind.«

Christina knallte eine Suppenkelle in die leere Blechschüssel, dass es schepperte. »Was bildest du dir ein, du elendiger Ackerknecht!«, schimpfte sie. »Aber du hast recht – lieber einem zahnlosen alten Russen die Gunst erweisen als einem stinkenden Bauern wie dir!«

Wieder drang ein Glucksen aus der Schlafkammer, deren Tür weit geöffnet war, und weil gleichzeitig ein kindliches Kichern erklang, wusste Christina, dass Matthias sich tatsächlich amüsierte und Alexandra sich von seiner Stimmung anstecken ließ. Wenn es ihm so gutging, dass er lachen konnte, sollte er gefälligst aufstehen!

Mit drei Schritten war sie an der Tür zur Schlafkammer, stemmte die Hände in die Hüften und starrte auf ihren Mann hinab. Doch die Anspannung wich aus ihren Schultern. Nein, sein Gesicht wirkte noch grünlicher als draußen, seine Stirn glänzte feucht, seine Hände zitterten. Um die gute Miene bemühte er sich wohl nur, um Alexandra zu erheitern.

»Scher dich raus«, fuhr Christina das Mädchen an und machte eine herrische Kopfbewegung in Richtung Tür. »Ab zu den Hühnern, und miste den Stall aus!«

Alexandra wechselte einen schnellen Blick mit Matthias, doch der nickte kaum merklich zum Zeichen, dass sie der Mutter gehorchen solle. Als Alexandra sich an Christina vorbeidrängte, schoss sie ihr von unten einen glühenden

Blick zu, den Christina nicht weniger feurig erwiderte. So weit kam es noch, dass das kleine Scheusal sich über sie amüsierte!

»Schließ die Tür!«, presste Matthias hervor und drehte sich so, dass er Christina nicht ansehen musste. »Lass mir ein paar Stunden, bis ich wieder bei Kräften bin.«

Christina beachtete seine Worte nicht. »Ich war beim Pastor. Wenn wir uns scheiden lassen wollen, lässt er uns vorher vor dem versammelten Dorf auspeitschen.«

»Ich bin einverstanden«, sagte Matthias.

»Ich aber nicht!«, schrie Christina zurück.

»Dann hat es sich ja erledigt.«

Als sie die Tür zur Schlafkammer zudonnerte, bebte die ganze Hütte. Wahrscheinlich war der Knall noch in der Nachbarschaft zu hören.

Sie stapfte in die Küche und schrak zusammen, weil das Kerzenlicht in der Küche einen Schatten an die Wand malte. Was zum Henker … Da erkannte sie ihre Schwester Eleonora, die mitten im Raum stand, mit beschämtem Gesichtsausdruck. »Verzeih, Christina, ich wollte nicht so hereinplatzen, aber …«

Christina winkte ab. »Ach, wen schert's. Hast wohl alles mitbekommen, hm? Weiß doch eh jeder, wie es um Matthias und mich bestellt ist.«

Eleonora ließ sich auf einem der Küchenstühle am Tisch nieder. »Da hast du wohl recht«, murmelte sie. »Ich möchte Matthias fragen, ob er an das Papier und die Kohlestifte für Sophia gedacht hat. Sie wartet darauf – alles Papier ist bereits von beiden Seiten bemalt.« Sie lächelte sanft.

Christina fuhr mit dem Aufräumen der Küche fort und wies mit dem Kinn in Richtung Schlafkammer. »Frag ihn selbst, wenn er noch nicht schnarcht.«

»Die Reise hat ihn wohl ziemlich angestrengt.«

»Was weiß ich«, erwiderte Christina, krempelte sich die Ärmel hoch und begann, mit der Bürste die angebackenen Reste aus dem Hirsetopf zu kratzen. »Vielleicht hat ihn irgendein hergelaufenes Weibsbild all seine Manneskräfte gekostet. Er ist ja nichts Gutes gewohnt.« Sie stieß ein Lachen aus, bei dem Eleonora die Schamesröte in die Wangen stieg.

»Zügle dein loses Mundwerk, Christina!«, fuhr Eleonora die Schwester ungewohnt scharf an. »Denk, was du willst, aber beleidige meine Ohren nicht mit deinen Anzüglichkeiten.«

Christina fuhr zu ihr herum, die Wurzelbürste polterte auf den Holzboden. Eine nicht weniger schneidende Erwiderung lag ihr auf der Zunge, aber als sie der ungewohnt frostige saphirblaue Blick ihrer Schwester traf, die da mit ihren schimmernden schwarzen Haaren, dem blassen, schönen Gesicht und hängenden Armen vor ihr stand, kam ihr in den Sinn, mit wie viel Zuversicht sie Eleonora vor vielen Jahren überzeugt hatte, dass hier und nur hier ihre einzige Chance auf Glück liege, und dass ihre Schwester sich ihr Leben hier gewiss auch anders erträumt hatte. Sie seufzte und bemühte sich um einen versöhnlichen Ton: »Lass uns nicht zanken, Eleonora. Es tut mir leid. Du kannst nichts dafür, dass ich mir ausgerechnet Matthias zum Mann genommen habe. Geh nur zu ihm! Vielleicht wird er ja munter, wenn er dich sieht. Ich … ich bin ein bisschen außer mir«, fügte sie noch hinzu, fuhr sich mit der Hand an die Schläfe. »Ich sorge mich um Daniel. Er ist doch in Moskau.« Es auszusprechen vervielfachte den Schmerz noch.

Eleonora nickte und legte ihr, als sie an ihr vorbeiging, für einen Moment die Hand auf die Schulter. Dann hörte Christina, wie sie an die Tür der Kammer pochte.

Erst als der Morgen des übernächsten Tages graute, gestand sich Eleonora ein, dass sie am Ende ihrer Kräfte war und sich ins Bett legen musste, wenn sie nicht vor Schwäche zusammenbrechen wollte.

Der Schrecken, als sie Matthias vor zwei Tagen in seinem Bett bibbernd und schwitzend antraf, war ihr bis ins Mark gedrungen. Sie hatte sofort erkannt, dass es sich nicht um Erschöpfung handelte, sondern dass er schwer krank war.

In Windeseile hatte sie feuchte Tücher und viel frisches Wasser organisiert. Sie hatte nach dem Arzt und nach Anja geschickt, die aber nur die Mundwinkel herabzogen, die Schultern zuckten und im Übrigen zu reichlich Kamillentee und heißen und kalten Wickeln rieten. »Trinken soll er«, fügte Anja hinzu. »Wenn er sich irgendein Gift eingefangen hat, schwemmt das Wasser es am ehesten hinaus.«

Dr. Cornelius Frangen nickte, den Zeigefinger nachdenklich auf den fein geschwungenen Mund gelegt. An seinem Kinn und seinen Wangen wuchs noch Flaum. »Ich werde mich mit meinen Kollegen in der Sarepta-Kolonie beraten«, versprach er mit betont ernster Miene, und Eleonora dachte: *Wenn das mal nicht zu spät ist …*

Bang schaute sie zwischen den beiden Heilkundigen hin und her und zögerte, bevor sie die Frage stellte, die ihr den Mund auszudörren schien. »Könnte es … könnte es der Schwarze Tod sein? Matthias hat erzählt, dass die Pest ausgebrochen ist in Moskau.« Ihre Stimme war kaum mehr als ein heiseres Flüstern, ihre Augen brannten.

Cornelius trat einen Schritt vor, so dass Anja hinter seinen schmalen Schultern verschwand, und nahm nun den Zeigefinger vom Mund, um ihn dozierend in die Luft zu recken. Die Augen hielt er dabei geschlossen, als zitiere er aus einem Lehrbuch. »Die Pest kann ich ausschließen. Sie beginnt stets mit hohem Fieber und Kopfweh – beides ist bei dem Patienten nicht feststellbar. Danach erst folgen Krämpfe und Schüttelfrost, bevor die typischen Beulen auftreten, die man aufschneiden kann, um ein Überleben des Patienten zu ermöglichen. Fängt er allerdings an zu husten oder bilden sich schwarze Flecken unter der Haut, gibt es keine Rettung.«

Anja, Eleonora und auch Christina, die im Türrahmen lehnte, erschauerten bei den Worten des Arztes. Eleonora bekreuzigte sich. »Dem Herrgott sei Dank. Es ist nicht der Schwarze Tod.«

Das Gerücht, Matthias könnte ihnen die Pest ins Dorf geschleppt haben, versiegte so schnell, wie es aufgekommen war. Aber bald schon wurde es abgelöst von einer weiteren Vermutung, die hinter vorgehaltener Hand getuschelt wurde und die nicht so schnell zu widerlegen war: Konnte es nicht sein, dass dieses Miststück von Ehefrau ihren Ehemann vergiften wollte?

Einer raunte es dem anderen zu, und alle nickten und zogen die Stirn kraus. Wenn man in der Kolonie Waidbach jemandem ein solch schändliches Handeln zutraute, dann Christina.

Der Weber-Schwester kam dieses Gerücht auch zu Ohren, doch sie ließ sich keine Erschütterung über diesen grausamen Verdacht anmerken. Nur Eleonora ahnte, dass es sie tiefer traf, als sie sich den Anschein gab, aber um Christina beizustehen, fehlten ihr die Zeit und die Kraft.

Keine Stunde ließ sie Matthias allein, stand vom dreibeinigen Hocker neben seinem Bett nur auf, um in ihrer Hütte nach dem Rechten zu sehen, aber dort wusste sie Sophia bestens versorgt von Klara. Nein, ihr Platz war jetzt hier, an Matthias' Seite.

Immer und immer wieder flößte sie ihm frisches Wasser ein, wechselte seine Laken, stellte Töpfe mit dampfender Kamillelösung in der Kammer auf, wusch den schweißnassen Körper und half ihm, frische Nachtwäsche anzulegen. Keinen Brocken Brot, keine wässerige Karottensuppe behielt er bei sich, schüttelte sich in Krämpfen und übergab sich in die Blechschüssel, die Eleonora ihm hinhielt, während sie über seine klebrig feuchten Haare strich und tröstend auf ihn einredete.

Wenn er die Lider hob, sah sie, wie geweitet seine Pupillen waren, und wenn er nach ihrer Hand fassen wollte, griff er daneben. »Ich … ich sehe alles verschwommen oder doppelt«, flüsterte er. »Irgendwas stimmt mit meinen Augen nicht …«

»Gib nicht auf!«, flüsterte sie zurück. »Du musst es schaffen, Matthias. Wir brauchen dich.« Sie drückte seine Hände und hauchte einen Kuss auf seine Finger.

»Mein Mund ist so trocken …«

Wieder griff sie zu dem Becher und setzte ihn an seine Lippen, doch die Hälfte des Wassers lief sein Kinn hinab, weil ihm das Schlucken schwerfiel.

In dieser Situation, wo es um Leben und Tod ging, herrschte Einigkeit darüber, wer von den beiden Schwestern sich um Matthias Lorenz kümmerte. Christina stellte es nicht in Frage, dass Eleonora den Krankendienst übernahm, und Eleonora unterließ jeden Vorwurf gegenüber ihrer Schwester.

Hin und wieder lugte Christina zur Tür herein, aber, wie es Eleonora schien, eher, um zu schauen, ob Eleonora noch in der Lage war, den Kranken zu versorgen, als sich nach Matthias' Wohl zu erkundigen.

»Da wird dein Herzenswunsch ohne Prügel in Erfüllung gehen«, stieß Matthias einmal, als Christina hereinschaute, schwer atmend hervor und verzog die rissigen Lippen zum Versuch eines spöttischen Lächelns. »Als fidele Witwe werden dir die Männer aus allen Kolonien die Hütte einrennen.«

Christina presste die Lippen zu einem schmalen Strich zusammen, und Eleonora hätte viel darum gegeben, ihre Gedanken zu erraten. Wünschte sie Matthias den Tod? War ihre Schwester so herzlos? Wenigstens verzichtete sie auf eine Erwiderung und schloss nur leise die Tür.

Seit sechs Tagen rang Matthias mit dem Tod. Eleonora nahm seine Hand in ihre, streichelte sie.

»Es tut gut, dich hier zu haben«, sagte er leise. Die Krämpfe hatten nachgelassen, die Schweißausbrüche waren geblieben.

»Ich bin froh, wenn ich dir helfen kann. Fühlst du dich besser?«

Er nickte leicht. »Ein bisschen vielleicht, ja. Himmel, was mag das bloß sein? Etwas Vergleichbares habe ich noch nie erlebt.«

»Der Doktor wird es herausfinden. Er will sich mit seinen Kollegen in der Sarepta-Kolonie besprechen.«

Eine Weile schwiegen sie, sahen sich nur an und fühlten all das, was schon so lange zwischen ihnen schwang und was sie nie auszusprechen gewagt hatten. Nun stand in ihren Augen die Liebe geschrieben, die sie füreinander empfanden.

»Es darf nicht sein«, sagte Eleonora.

»Doch, es wird sein«, erwiderte Matthias. »Irgendwann. Ich liebe dich, Eleonora.«

Obwohl ihr Herz überquoll vor inniger Zuneigung, blieben ihre Lippen stumm. Er war der Mann ihrer Schwester, und was die beiden in ihrer Ehe durchlitten, ging sie nichts an.

»Christina hat beim Pastor vorgesprochen«, erzählte Matthias, ohne Eleonoras Hände loszulassen. »Sie wollte die Scheidung, aber er hat zur Bedingung gemacht, dass wir uns öffentlich auspeitschen lassen.« Er stieß ein leises Lachen aus. »Ich finde das so aberwitzig. Du nicht?«

Eleonora schüttelte ernst den Kopf. »Eine Ehe wirft man nicht einfach weg wie ein Kleid, das zu eng geworden ist.« Ihr Blick fiel auf ihre rechte Hand und den Silberreif, den sie noch niemals abgestreift hatte und der so fest am Finger saß, als wäre er ein Teil von ihr.

»Ach, Eleonora ... Wollen wir nicht aufhören, uns was vorzumachen? So viele Jahre sind ins Land gezogen ... Wir beide, du und ich, wissen schon lange, dass ich aus Nachlässigkeit und Gleichgültigkeit die falsche Schwester gewählt habe. Es war der größte Fehler meines Lebens, aber ich bin nicht bereit, bis an mein Lebensende dafür zu bezahlen. Ich will glücklich werden, Eleonora. Mit dir. Mit Sophia. Wenn ich nur überlebe ...«

»Was soll aus Christina werden?«

Wieder lachte Matthias, fasste sich aber gleich an den Leib und verzog das Gesicht. »Die ist in jeder Situation glücklicher als in der Ehe mit mir. Glaub mir, sie wünscht sich nichts sehnlicher als die Trennung. Wir werden einen Weg finden, Eleonora, ich verspreche es dir. Komm mal her ...« Er fasste an ihr Kinn und zog sie zu sich, um ihre Lippen mit seinen zu berühren.

Eleonora beugte sich vor und legte ihr Gesicht in seine Halsbeuge. Wie oft hatte sie von diesem Moment, da sie

Matthias so nah sein würde, geträumt. Und nun, da es so weit war, blieben ihr am Lager des todkranken Mannes vielleicht nur wenige Tage oder Stunden, in denen sie sich mit ihm verbunden fühlte, wie sie es sich ersehnt hatte. Die Tränen, die über ihre Wangen liefen, mischten sich mit seinem Schweiß, während sie sich in den Armen hielten.

Christina stieß sich von der Tür ab, als es drinnen still wurde. Die Bauweise der Hütten aus grobbehauenen Baumstämmen brachte es mit sich, dass nicht nur der Wind durch alle Ritzen pfiff, wenn es stürmte, sondern dass auch jedes geflüsterte Wort hinter geschlossener Tür zu fremden Ohren drang.

Sie hatte mitbekommen, wie sich die beiden da drinnen ihre Liebe gestanden, und das erste Gefühl, das sie überwältigte, als sie den Sinn erfasste, war Erschütterung über ihre Blindheit.

Wie hatte es passieren können, dass ihr das, was da zwischen ihrer Schwester und ihrem Ehemann schwang, völlig entgangen war? War sie tatsächlich so sehr auf sich selbst fixiert, dass sie taub und blind war für die Gefühle anderer Menschen?

Seit wann das wohl so ging?

Ob Eleonora schon von Matthias geschwärmt hatte, als sie in Hessen lebten? Was mochte in ihrer Schwester vorgegangen sein, als sie ihr freudestrahlend verkündete, sie werde den Matthias Lorenz heiraten und für sie, Eleonora, bleibe ja Franz, der ebenfalls ein stattlicher Kerl sei.

Himmel, wäre alles viel leichter gewesen, wenn sie ihre albernen Neckereien mit Franz damals vergessen und ihn zum Mann genommen hätte? Ihr wäre es doch egal gewesen – Hauptsache, sie war in den Stand einer Ehefrau erhoben und in Russland willkommen. Und ihre Schwester hätte Matthias heiraten können. Mit diesem Arrangement wäre wenigstens Eleonora glücklich geworden und Christina brauchte sich in all dem verfluchten Elend nicht noch die Schuld daran zu geben, ihre Schwester mit ins Unglück gerissen zu haben.

Ach, hätte sie doch bloß geredet, ihre verstockte, in sich gekehrte schöne Schwester. Aber das hatte ihr wohl der Stolz verboten.

Was konnte sie jetzt noch tun? Die Peitschenhiebe schloss sie mal rundweg aus. Und dem Pastor gegenüber einzugestehen, dass Alexandra gar nicht Matthias' Kind war und dass sie unter Eid versichern könne, dass sie die Ehe noch nie vollzogen hatten – auch das schloss sie aus, obwohl es bedeutet hätte, dass ihre Trennung so simpel verlaufen würde wie die von Anja und Franz.

Christina ließ sich auf den Stuhl am Küchentisch fallen, streckte die Beine von sich und legte den Kopf in den Nacken. Ein tiefes Stöhnen entrang sich ihrer Brust, als sie sich mit beiden Händen die Stirn massierte.

»Mama?«

Sie richtete sich auf. Alexandra tapste in ihrem bodenlangen, geflickten Nachthemd in den Raum. Als sie heran war, legte sie ihre Hand auf Christinas nackten Unterarm und streichelte ihn. Ihre Finger hinterließen eine Fettspur. Wahrscheinlich hatte sie noch vor dem Schlafengehen von den mit Bucheckernöl beträufelten Pfannkuchen genascht. Sie entblößte die dunkle Lücke in ihren Vorderzähnen, als sie den Mund öffnete.

»Ich glaube nicht, was die Leute erzählen«, sagte Alexandra mit ihrer hohen Stimme und einem Blitzen in den Augen. Sie trat noch näher heran und schlang die Arme um ihre Mutter. Sie drückte ihre Wange an Christinas Schürze. »Sie sagen, dass du dem Vater Gift gegeben hast, damit er stirbt. Das hast du nicht, oder? Du willst doch nicht, dass der Vater tot ist.«

Christina löste die Arme des Kindes und wandte sich halb von ihm ab. »Geh zu Bett, Alexandra.«

»Darf ich noch auf deinen Schoß? Ich träume schlecht.«

Christina rieb sich mit beiden Händen das Gesicht. Jetzt auch noch das Kind! Reichte es nicht für heute? »Geh!«, schrie sie die Kleine an. »Leg dich ins Bett, verdammt! Ich will dich hier nicht sehen. Hast du das verstanden?«

Alexandra trat einen Schritt zurück, und der flehentliche Ausdruck in ihren Augen veränderte sich. Christina kannte diesen Blick – er hatte etwas teuflisch Glühendes, und er erinnerte sie mehr als alles andere an Johann Röhrich, dessen verfluchter Samen in diesem einzigen Fall nicht im Stroh vertrocknet war.

Sie seufzte und barg das Gesicht in den Händen, während die Schritte des Kindes sich entfernten. Als wenig später leises Schluchzen aus dem Kinderbett drang und aus Matthias' Schlafkammer wieder krampfhaftes Würgen zu hören war, warf sich Christina eine Stola über und verließ die Hütte.

Luft, dachte sie. *Ich brauche Luft.* Doch auch nachdem sie die Tür hinter ihrer Familie zugeworfen hatte, drehten sich ihre Gedanken wie schwarze Wolken in einem Wirbelsturm, und über allem stand die verzweifelte Frage: *Wie mag es Daniel in Moskau ergehen?*

34. Kapitel

Bei Moskau, Sommer 1772

Weg von hier! Daniel schloss die Schenkel um den Leib des Pferdes und beugte sich weit über den Hals des braunen Hengstes, während er aus der Stadt hinauspreschte. Steine und trockene Erdbrocken flogen ihm bis ins Gesicht.

Nichts hatte er dabei außer dem, was er am Leib trug. Das kostbarste Gut, dass er bei seiner Flucht aus der Stadt rettete, war seine Gesundheit.

Alles andere konnte er ersetzen.

Seiner stumpfsinnigen Arbeit in der Seidenmanufaktur würde er genauso wenig nachtrauern wie dem Ausblick auf die Zwiebeltürme der Basilius-Kathedrale vom einzigen Fenster seines Dachzimmers, das ihm ein verhutzeltes Mütterchen zu einem Wucherpreis überlassen hatte.

Ein paar Freunde hatte er gefunden, die er vermissen würde und deren ungewisses Schicksal ihn gewiss wiederholte Male den Schlaf kosten würde. Von einigen wusste er, dass sie auf den Landsitz von Verwandten oder adeligen Bekannten flüchten konnten. Andere hatten wie er in den letzten Stunden, bevor die Tore verriegelt wurden, mit nichts als dem Willen zu überleben in der vom Tod überschatteten Stadt die Pferde gesattelt, um so viele Meilen wie möglich zwischen sich und den Schwarzen Tod zu bringen. Sie stoben in alle Himmelsrichtungen davon.

Daniel brauchte keine Sekunde lang darüber nachzudenken, wohin es ihn zog.

Seit den Anfangstagen der Kolonie Waidbach war das Dorf für ihn ein sicherer Hafen, in den er einlaufen konnte, wann immer ihm der Wind in den Weiten des Landes zu heftig ins Gesicht blies. Sosehr es ihn reizte, jeden Tag Neues kennenzulernen – nach einer gewissen Zeit trieb ihn eine unbestimmte Sehnsucht zurück in das Nest, wie er die Kolonie Waidbach bei sich nannte. Die Zähigkeit der Menschen dort rang ihm höchste Bewunderung ab – wie sie nach Dürrekatastrophen, Seuchen und Überfällen immer wieder von vorn begannen, wie sie nicht aufgaben und auf ihre Art zusammenhielten und sich an ihren gemeinsamen Traum klammerten, sich eine Heimat zu gestalten. Manches Mal fühlte Daniel einen neidischen Stich – wäre das Leben nicht einfacher, wenn er sich diesen Menschen anschließen, in der Geborgenheit der Gemeinschaft Sicherheit finden würde?

An Freundschaften und Affären mangelte es ihm nicht – immer war einer zur Hand, mit dem er die Krüge klingen lassen konnte, oder eine, die ihm das Bett wärmte.

Aber es gab diese langen einsamen Abende, an denen er sich fragte, wohin er eigentlich trieb und was er sich erhoffte. Im Gegensatz zu ihm stand den Menschen in Waidbach ein klares Ziel vor Augen. Wenn ihn die Melancholie überfiel, sehnte sich Daniel genau danach.

Und nach Christina.

Ja, auch dies gestand sich Daniel ein. Ihre Leidenschaft und Wildheit, ihre Lebendigkeit und ihr Witz, ihre Schönheit und ihr Frohsinn – sie vereinte all das in sich, was er sich von einer Frau erträumte.

Er wusste, dass sie sich jederzeit willig in eine Affäre mit ihm stürzen würde, und diese Schamlosigkeit erhöhte ihren Reiz. Dass er sich bisher nicht darauf eingelassen hatte,

war einzig seiner Moral geschuldet. Christinas Mann Matthias war sein Freund. Eine Liebelei mit dessen Frau zöge schwerwiegende Folgen nach sich.
Nicht zuletzt würde er zu einem unerwünschten Fremden in der Kolonie werden, die ihm so am Herzen lag.
Er wandte sich um, als er in einen dichten Fichtenwald eintritt, durch den der staubtrockene Pfad führte.
Ob die Stadtoberen Verfolger ausschickten, um die Flüchtlinge zurückzuholen?
Immer nach Süden, immer nach Süden, in die Dämmerung hinein. Er würde die Nacht durchreiten, um seinem Ziel näher zu kommen und damit er nicht mehr mit der Peststadt in Verbindung gebracht werden konnte.
Mit allem hatte er auf seinen Reisen durch Russland gerechnet, aber nicht mit dem Schwarzen Tod.
Wie hatte er sich so lange und bis es fast zu spät war blind stellen können? In früheren Jahren hatte er sich immer wieder gefragt, warum Menschen sich oft schwertaten, ihre Bleibe zu verlassen, obwohl das Unheil über ihnen so deutlich schwebte, dass man es fast mit den Händen greifen konnte. Nun hatte er am eigenen Leib erfahren, dass man sich blind und taub stellen konnte und die Hoffnung, alles würde sich zum Guten kehren, über jede Vernunft erhob.
In Moskau kannte jeder die Viertel, in denen die Ratten auf den Mauerbrüstungen und schäbigen Balkonen, auf den mit Unrat bedeckten Straßen und Durchgängen zum vertrauten Bild gehörten. Aber gab es solche Viertel nicht in jeder Stadt?
Hätte man den Ausbruch der Krankheit verhindern können? Der fatalste Fehler war gewiss gewesen, die in einem Soldatenhospital vor einigen Monaten ausgebrochene Seuche als Fleckfieber zu diagnostizieren. Kein Offizieller

wagte dies in Frage zu stellen. Hinter vorgehaltener Hand jedoch oder laut grölend in den Wirtsstuben äußerte manch ein Großmaul den Verdacht, es könne sich bei jener seltsamen Krankheit um die Pest handeln. Um die vorlauten Redner mundtot zu machen, setzte es Backpfeifen, die nicht selten zu wüsten Raufereien führten. Mit dem Schwarzen Tod wollte keiner in Berührung kommen, und wenn die Ärzte von Fleckfieber sprachen, gab es nichts zu unken.

Man verrammelte und verriegelte nur dieses eine Hospital; Maßnahmen zum Schutz gegen eine weitere Ausbreitung der Krankheit hielt man für unnötig. Der Senat in Sankt Petersburg erließ sogar einen Ukas mit dem Inhalt, dass es sich bei den Moskauer Todesfällen nicht um die Pest handele. Sogar die Zarin weigerte sich, der Krankheit den bedrohlichen Namen zu geben, und wog die Moskauer damit in trügerischer Sicherheit, die unzählige Menschen jetzt mit dem Tod bezahlten.

In rasendem Tempo breitete sich die Krankheit aus – so schnell konnten die Pesthospitäler und isolierten Pesthäuser außerhalb der Stadt gar nicht errichtet werden.

Öffentliche Bäder wurden geschlossen, der Schnaps- und der Lumpenverkauf wurden untersagt und öffentliche Versammlungen verboten.

Dies alles geschah vor Daniels Augen, doch es dauerte ein paar Wochen, bis er begriff, dass er alle Brücken hinter sich abbrechen musste, um der Hölle zu entkommen. Irgendwie schien bis dahin alles nur vorübergehend zu sein, die eigens ins Leben gerufene Pestbehörde agierte zielstrebig.

Dass er keine weitere Stunde zögern durfte, wurde ihm erst klar, als ihm das Gerücht zu Ohren kam, die Stadt solle

komplett unter Quarantäne gestellt werden, damit sich der Schwarze Tod nicht übers ganze Land ausbreite.
Zu dem Zeitpunkt bemerkte er auch, als hätten sie nicht vorher schon da gelegen, in vielen Ecken und Winkeln der Stadt neben den verquollenen Leibern toter Ratten die zerlumpten menschlichen Gestalten, die noch nicht zu den Pesthäusern abtransportiert waren, er hörte ihr Stöhnen und Flehen, sah die von Blut durchtränkten Kleider, die nässenden Schwären und Beulen, und der süßliche Gestank nach Verwesung stieg ihm in die Nase.
Nein, ein Ausharren in der Stadt, ein Warten auf das Abklingen der Epidemie und ein Vertrauen auf die eigene Konstitution erschienen ihm auf einmal wie ein sicheres Todesurteil. Noch in derselben Stunde schwang er sich auf sein Pferd und ritt davon, ohne noch einmal nach seinen Freunden, seinem Dienstherrn oder der Wirtin gesehen zu haben.
So sollte sein russisches Abenteuer nicht enden.
Noch nicht.
Er wollte leben.
Es gab noch viel zu tun für ihn.

35. Kapitel

Kolonie Waidbach, Sommer 1772

»Du weißt nicht, was du redest!« Veronica umfasste Alexandras Schultern und schüttelte sie. Die Augen des Kindes waren tränenfeucht, die Unterlippe trotzig vorgeschoben. »Weißt du überhaupt, was du mit dieser ungeheuerlichen Behauptung anrichtest?«

»Aber wo ich es doch gesehen habe! Und wenn ich den Hirsebrei gegessen hätte, würde ich jetzt sterben.« Alexandra hielt die Hände verkrampft. Ihr Körper war angespannt, nur ihr Kopf wackelte auf den Schultern, während Veronica sie schüttelte.

Vor dem Schulhaus, in dem die Kinderstube untergebracht war, hatte Veronica mitbekommen, wie sich Alexandra inmitten der anderen Schüler hervortat und mit zitternder Stimme ihre Angst zum Ausdruck brachte, die eigene Mutter könnte auch ihr nach dem Leben trachten. Die anderen Kinder hatten sie begierig umlagert. Eine solch spannende Geschichte hörte man in der Kolonie selten – eine Mutter, die versucht, erst den eigenen Mann, dann das Kind zu vergiften.

Veronica fuhr herum, als sie eine Hand auf ihrem Rücken fühlte, und blickte direkt in Anton von Kersens graue Augen, in denen cin schwaches Funkeln lag. »Nun lass sie doch, Veronica! Du redest ihr das ja geradezu aus! Dabei weiß man doch: Narren und Kinder sprechen die Wahrheit.«

Veronica klappte der Kiefer hinunter. »Du glaubst wohl

selbst nicht, dass Christina tatsächlich zu so etwas fähig wäre! Wir kennen sie lange genug – sie ist leichtlebig und unmoralisch, ja, aber sie ist doch keine Mörderin, Gott im Himmel.«
Von Kersen wiegte den Kopf, während die Kinderschar miteinander tuschelte. Dann stoben alle zu ihren Hütten davon.
Veronica wollte sie aufhalten und hob eine Hand, aber es war vergebens. Sie stieß die Luft aus, so dass eine Haarsträhne an ihrer Stirn flatterte, während sie auf Alexandra hinabstarrte. »Was hast du bloß angestellt, Kind! Die anderen werden ihren Eltern davon erzählen …«
Alexandra zuckte die Schultern. »Aber wenn es doch die Wahrheit ist.« Dann flitzte sie los. Ihre Füße trommelten laut auf den Boden.
Veronica biss sich auf die Lippe, als sie ihr mit bangen Vorahnungen hinterherschaute.
Von Kersen linste prüfend nach rechts und links, bevor er den Arm um sie legte und sie an sich zog. Offiziell war Veronica seine Haushälterin und Mitarbeiterin im Schulbetrieb der Kolonie.
Die Wärme in den Armen des kleinen Mannes, der nicht müde wurde, sich an ihrem üppigen Körper zu berauschen, tat Veronica gut und lenkte sie in vielen Nächten von ihren Erinnerungen ab. Erinnerungen an Frieda und Adam, damals, als sie noch eine hoffnungsvolle junge Familie waren, deren Zukunft in diesem Land glänzend vor ihnen zu liegen schien.
In dieser Stunde aber waren ihr seine Zärtlichkeiten zuwider. Misstrauisch musterte sie ihn. »Du magst Christina nicht, stimmt's? Du freust dich, wenn sie zu Schaden kommt.«

Anton von Kersen riss die Augen kreisrund auf und bemühte sich um eine Unschuldsmiene. Er trat einen Schritt zurück und hob beide Hände. »Der Herr ist mein Zeuge, solch niederträchtige Gedanken liegen mir fern. Aber könntest du mit der Gewissheit leben, dass wir eine unter uns haben, die ein falsches Spiel treibt? Gewiss bin ich nicht der Einzige mit solchen Befürchtungen …«

»Genau das ist das Problem«, murmelte Veronica. Ihr schwante Übles, wenn sie sich vorstellte, dass sich die Waidbacher zusammenrotten könnten, sobald die ohnehin schwelenden Gerüchte durch Alexandras haarsträubende Geschichte neue Nahrung bekamen.

Was sollte sie tun? Bernhard um eine Versammlung bitten? Oder gleich zu Christina laufen und sie warnen?

Ob ein Eingreifen ihrerseits etwas verändert hätte, sollte Veronica nicht mehr erfahren. Denn wenige Stunden später sammelte sich eine wogende Menge vor der Hütte des Dorfvorstehers und forderte drohend und lärmend, Christina Lorenz, geborene Weber, für alle Zeit aus der Kolonie zu verbannen.

Auch an diesem Abend zog es Christina nach draußen in die kühle Nachtluft, weil sie das Siechtum in ihrer Hütte kaum noch ertragen konnte.

Allerdings hatte sich Matthias am späten Nachmittag zum ersten Mal in seinem Bett aufgerichtet und tatsächlich ein paar Löffel der Gemüsesuppe, die ihm Eleonora geduldig mit einem Holzlöffel einflößte, bei sich behalten.

Er war abgemagert, die Rippenbögen drückten sich durch das dünne Hemd, die Wangen wirkten wie ausgehöhlt, die Nase spitz. Seine Augen in dem schmalen Gesicht schimmerten unnatürlich geweitet. Aber Eleonora hatte gelächelt, und Christina hatte das Glück in ihren Zügen gesehen. Es schien, als hätte Matthias das Schlimmste überstanden.

Und nun? Wie ging es weiter?

Sosehr sie darum rang, konnte Christina den Wirbel an Gedanken doch nicht eindämmen. Immer wieder fluchte sie oder stampfte mit dem Fuß auf, wenn sie erneut an einem Punkt anlangte, der in eine Sackgasse führte.

Wie schwarze, mit Edelsteinen bestickte Seide wölbte sich der Nachthimmel über ihr. Tief sog sie die klare Luft ein, als wollte sie sich innerlich reinigen.

Da nahm sie aus dem Augenwinkel wahr, wie sich auf der Dorfstraße eine Lichterprozession bildete. Sie hörte aus der Entfernung das Gemurmel und einzelne jähzornige Rufe. Das Licht setzte sich in Bewegung, als fräße es sich voran.

Was war da los? Wohin zogen die Leute?

Sie schlang die Wollstola fester um den Hals und folgte den Leuten in sicherem Abstand. Wenn es eine Versammlung gab, warum hatte ihr niemand Bescheid gegeben?

Kurz darauf kam die Menge zum Stillstand. Christina erkannte, dass sie vor dem Haus des Dorfvorstehers verharrte.

»Komm raus, Bernhard, wir müssen mit dir reden!«, rief der Kolonist an der Spitze der lärmenden Rotte mit dunkler Stimme und reckte die Fackel.

Da öffnete sich die Tür der Hütte. Bernhard knotete die Kordel um die Kutte, während er hinaustrat. Hinter ihm tauchte Anja in ihrem Kaftan auf, die Kapuze über das Gesicht gezogen, die Arme vor der Brust verschränkt. Sie blieb einen Schritt zurück.

»Was ist in euch gefahren?«, raunzte Bernhard die Leute

an. »Was gibt es Wichtiges, dass ihr herumschleicht wie ein Gespensterzug? Hat das keine Zeit bis morgen?«

»Die Sache duldet keinen Aufschub.«

Christina erkannte nun den Sprecher. Es war einer der älteren Kolonisten, ein pockennarbiger Kerl mit üblem Mundgeruch, den sie bei der letzten Feier ausgelacht hatte, als er sie zum Tanz bat, nachdem seine Frau mit Kopfschmerzen zu Bett gegangen war.

»Es geht um die Weberin Christina.«

Ein Ruck ging durch Christinas Körper. Ihre Zunge wurde trocken. Unwillkürlich duckte sie sich und schlich näher heran.

Anja stand steif neben ihrem Mann, mit wachsamem Blick unter der Kapuze.

Bernhard blieb gelassen, hoch aufgerichtet in der hellgrauen Kutte fragte er: »Was ist es, was ihr nicht mit ihr selbst besprechen könnt, so dass ihr mich um diese Zeit stört?«

»Wir wollen, dass sie das Dorf verlässt!«, schrie nun ein Jüngerer. Seine Stimme kippte, als hätte er den Stimmbruch noch nicht lange hinter sich.

»Genau! Wir dulden keine Giftmörderin unter uns!« Das Raunen in der Menge schwoll zu einem zustimmenden Gemurmel. Hier und da reckte einer die Faust in die Höhe. »Jagt das Weibsbild davon!« – »Warum knüpfen wir sie nicht gleich an den nächsten Baum?«

Christinas Hand fuhr an ihren Hals. Waren die jetzt alle verrückt geworden? Hatten sich die Gerüchte doch hartnäckiger gehalten, als sie vermutet hatte? War es ein Fehler gewesen, das Gerede der Leute auf die leichte Schulter zu nehmen? Wie konnten sie nur … Wie konnten sie ihr nur ein solch ungeheuerliches Vergehen zutrauen!

Ihre Hände begannen zu zittern. War der Mob noch zu

bremsen? Was, wenn sie in ihrem Wahn tatsächlich kurzen Prozess mit ihr machten?

Bernhard hob eine Hand und straffte die Schultern. »Haltet ein! Niemand wird hier aufgehängt! Niemand wird ohne ordentlichen Prozess bestraft.«

»Vor welchem Gericht denn?«, stieß eine ältere Frau hervor. »Wir sind hier für uns selbst verantwortlich und können allein entscheiden, wen wir unter uns haben wollen und wen nicht. Und eine Mörderin unter uns zu wissen, darauf kann jeder von uns verzichten!« Zustimmung brandete auf, und wieder hob Bernhard die Hand. Er sprach so laut, dass seine Worte weit über die Steppe hallten. »Ihr täuscht euch! Wir sind der deutschen Behörde in Saratow unterstellt. Wenn es einen Streitfall gibt, müssen wir uns an sie wenden.«

Anja trat einen Schritt vor, streifte die Kapuze ab und hob das Kinn. »Wie kommt ihr bloß darauf, dass Christina ihren Mann vergiften wollte? Von einer Vergiftung weiß weder der Arzt noch ich etwas. Auf unser Urteil könnt ihr euch ja wohl verlassen.«

»Hört, hört!«, klang es aus den hinteren Reihen. »Ihre Tochter hat es doch mit eigenen Augen gesehen! Sie hat beobachtet, wie sie Gift unter den Abendbrei rührte und nur ihn davon essen ließ. Das arme Kind war völlig verängstigt. Es wäre tot, wenn es von dem Brei gekostet hätte.«

Christinas Gliedmaßen fühlten sich taub an, ihre Knie schienen wie weiches Wachs nachzugeben.

Alexandra erzählte diesen Unsinn? Wie kam dieses Kind dazu, eine solche Ungeheuerlichkeit in die Welt zu setzen?

»Ihr gebt auf die Phantasiegeschichten eines vorlauten Mädchens mehr als auf das Urteil der Heilkundigen?«, rief

Anja mit ihrer hellen, durchdringenden Stimme über das Stimmengewirr hinweg.

»So etwas kann sich ein Kind nicht ausdenken!«, parierte eine jüngere Frau, die selbst ein Mädchen auf dem Arm trug. »Alexandra muss Zeugin gewesen sein – anders ist das nicht zu erklären!«

Herr im Himmel, hilf!, schoss es Christina durch den Sinn. *Was soll ich bloß tun, wenn der Mob Anja und Bernhard umstimmt?* Würde sie noch in dieser Nacht an einem kräftigen Ast im Forst baumeln? Und das nur, weil diese Kröte Lügengeschichten über sie in die Welt setzte? Wie sehr mussten die Kolonisten sie hassen, wenn die nachlässig oder ganz gezielt gesetzten Worte einer knapp Sechsjährigen sie dazu brachten, die Todesstrafe zu fordern!

Während Bernhard und Anja leise miteinander redeten – offenbar, um sich über das weitere Vorgehen zu beraten –, nahm in Christinas Hirn ein Gedanke Gestalt an wie der Ton auf einer Töpferscheibe.

Sie sog die Luft tief in die Brust, reckte kriegerisch das Kinn und setzte sich mit energischen Schritten in Bewegung. Ohne nach links oder rechts zu sehen, stolzierte sie an den aufgebrachten Dörflern vorbei direkt auf den Vorsteher und seine Frau zu.

Bernhard packte ihr Handgelenk und zog sie eng an seine Seite, als befürchtete er, die anderen könnten sie überwältigen und mit sich schleifen.

Christina befreite sich aus seinem Griff, nickte ihm zu und baute sich vor der Menschenmenge auf. Die in den ersten Reihen spuckten auf sie, schüttelten die Fäuste in ihre Richtung, der Lärm schwoll an.

Christina reckte sich zur vollen Größe und starrte mit hocherhobenem Kopf auf ihre Widersacher. »Was für ein selbstgerechtes Pack ihr seid!«, rief sie und spürte im gleichen Moment Bernhards Finger auf ihrer Schulter. Sein Griff schmerzte, und sie verzog für einen Moment das Gesicht.

Einige aus der Menge traten ein paar Schritte vor wie ausgehungerte Wölfe.

Christina gab sich unerschrocken, holte tief Atem. »Ich habe meinen Mann nicht vergiftet. Jeder, der das behauptet, ist ein Lügner. Ich habe keine Erklärung dafür, warum die Tochter eine an den Haaren herbeigezogene Geschichte verbreitet. Ich bin unschuldig! Aber das ändert nichts daran, dass ihr mich genauso anwidert wie ich euch. Ich verachte euch alle«, spie sie hervor. »Wie ihr euch hier abrackert und strampelt, wie ihr euch schicksalsergeben in dieses unwürdige Leben fügt. Was ist denn aus euren Träumen von einer besseren Zukunft geworden? Ich sag' euch eines: Meine Träume habe ich noch nicht begraben. Ich werde hier nicht versauern und darauf warten, dass ich entweder in der Bruthitze des Sommers auf dem Acker tot zusammenbreche oder mir einer der Wilden, die uns ständig überfallen, die Kehle aufschlitzt. Und ich sag' euch noch eines: Ich werde die Kolonie verlassen. Noch in dieser Woche. Dann könnt ihr euch die Mäuler zerreißen und euch an Lügengeschichten ergötzen, wenn es sonst nichts gibt, was euer Gemüt in Wallung versetzt.«

Während sie sprach, nahm das Gemurmel immer wieder zu, Zwischenrufe wurden laut, üble Beschimpfungen wurden ausgestoßen, doch als sie endete, senkte sich Schweigen über die Rotte. Alle starrten sie an, begannen, das Gehörte zu verdauen, bis schließlich eine Frau rief: »Verschwinde endlich, du Schlampe! Und lass dich hier nie wieder blicken!«

Stampfender Beifall donnerte durch die Nacht.

Bernhard legte den Arm um Christina und zog sie an sich.

»Geht jetzt, Leute!«, rief er über das Johlen und Poltern hinweg. »Geht in eure Hütten! Ich werde für morgen eine Versammlung einberufen.«

Widerwillig löste sich die Menge auf.

Christinas Schultern sackten nach vorn. Eine tiefe Ruhe erfüllte sie, gemischt mit Hochstimmung und Vorfreude, als perlte Champagner in ihren Adern.

Nun war es ausgesprochen, nun gab es kein Zurück mehr. Sie hatten ihr keine andere Wahl gelassen.

Christina fühlte sich befreit und erlöst wie seit Jahren nicht mehr.

Leben würde sie.

Endlich leben, bevor ihr Herz versteinerte.

Ja, es war die richtige Entscheidung. Sie würde ganz von vorn beginnen, all die Not und die Armut, den Steppenstaub und die Backofenhitze, die erbärmlichen Hütten und das scheinheilige Dorfleben hinter sich lassen, und sie würde alle Last abwerfen: Matthias mit seinem Hohn und seiner Scharfzüngigkeit, die grundgute Eleonora mit ihren Moralpredigten, die wankelmütige Klara, die sich inzwischen aufführte, als hätte sie niemals gegen dieses Leben rebelliert, und dieses sonderbare Kind, für das sie nie einen Funken von Zuneigung entwickelt hatte.

Nichts würde sie mitnehmen – nur das blaue Kleid aus Samt und Seide und Spitze, das dort, wo es sie hinzog, viel besser passte als in dieser verfluchten Wildnis an den Ufern der Wolga.

Keinem im Dorf war der Aufruhr entgangen. Die meisten hatten sich ohnehin dem Pöbel angeschlossen, und diejenigen, die überrascht waren, stürzten aus ihren Hütten, um nachzusehen, woher der Lärm rührte. So auch Eleonora.

Sie hatte Matthias zugedeckt, als ihr seine ruhigen Atemzüge verrieten, dass er eingeschlafen war. *Ja, ruh dich aus, sammle Kräfte!*, dachte sie. *Du wirst es schaffen.*
Schließlich war sie auf die Straße geeilt.
Was bedeutete dieser Krawall?
Panik erfasste sie, als sie begriff, dass es um ihre Schwester ging.
Was rief Christina da? Dass sie die Kolonie verlassen wolle? Hatte sie jetzt vollends den Verstand verloren?
Als sich die Menge auflöste und Bernhard Christina in seine Hütte führte, stürmte Eleonora los.
»Was hast du getan?«, fuhr sie außer Atem die Schwester an, als sie sich ihr gegenüber auf einen Stuhl am Tisch des Vorstehers fallen ließ. »Wie konntest du dich dermaßen gehenlassen? Wie willst du das wieder rückgängig machen?«
Auf Christinas Gesicht lag ein seliges Lächeln, als sie ihre Schwester musterte. »Wie kommst du darauf, dass ich meine Entscheidung bereue? Ich werde genau das tun, was ich angekündigt habe: Ich werde die Kolonie verlassen.«
»Aber … Aber …« Eleonora legte die Hände an die Wangen. »Du darfst das nicht … Du kannst das nicht …«
»Wer sollte mir das verbieten? Der Regierung ist es egal, ob hier ein Kolonist mehr oder weniger haust. Solange es keine Massenflucht gibt, lassen sie mich ziehen, damit ich dem russischen Reich an einem anderen Ort von Nutzen sein kann. Und glaub mir, das werde ich!«
»Was ist mit Matthias … Alexandra … mit mir, Klara, Sophia …«
Christina stieß ein Lachen aus. »Ihr braucht mich alle nicht. Ich weiß, dass ihr euch für mich schämt und froh wärt, wenn ich lieber heute als morgen verschwinden würde.«
Eleonora schüttelte den Kopf so heftig, dass sich die

schwarzen Haare aus ihrem Flechtkranz lösten. »Das ist nicht wahr, Christina. Du bist meine Schwester. Ich liebe dich …«

Christina reichte ihr beide Hände über den Tisch und knetete die Finger der Schwester. »Ohne mich wird es hier bessergehen«, sagte sie leise. »Vertrau mir, Eleonora, ich weiß das.«

Bernhard und Anja starrten auf die Tischplatte. Jetzt drückte Bernhard das Kreuz durch. »Mir erschien es zwar auch zunächst voreilig, aber je länger ich darüber nachdenke: Ja, Christina, ich glaube, dass mehr Ruhe ins Dorf einkehren wird, wenn du uns verlässt. Ich denke, dass es zu deinem Besten ist. Du passt nicht hierher.«

Bernhard und Christina maßen sich sekundenlang mit Blicken.

Schließlich nickte Christina. »Dies aus dem Mund des Vorstehers zu hören schmerzt, aber es bekräftigt meinen Entschluss.« Ihre Stimme klang belegt.

Eleonora war sich sicher, dass sie sich nicht so gelassen fühlte, wie sie sich gab.

»Hast du bereits darüber nachgedacht, wie und wohin du zu reisen gedenkst?«, fragte Bernhard.

Geheimnisvoll lächelnd hob Christina eine Schulter. »Ich werde sehen …«

Bernhard nickte. »Aber dir ist bewusst, dass du nicht ohne Begleitung aufbrechen kannst. Du würdest nicht einmal Saratow erreichen.«

Ein Schatten fiel über Christinas Gesicht, während sie dem Vorsteher zuhörte.

Eleonora rang um Fassung. Schmiedeten sie hier tatsächlich Pläne für Christina Abreise? Und sie saß dabei und vermochte es nicht zu verhindern! »Was soll aus Alexandra werden? Wirst du sie mitnehmen oder nachholen?«

Christina wandte ihr das Gesicht zu. Wie vereiste Seen wirkten ihre Augen. Sie drückte wieder die Finger der Schwester. »Du wirst sie nicht im Stich lassen, Eleonora. Du warst schon immer die Mutter, die ich nie sein konnte. Und in der Gemeinschaft der Kolonisten fühlt sie sich geborgen wie in der Familie, die sie nie wirklich hatte.«

Schwindel erfasste Eleonora.

»Ich weiß von einer Abordnung«, sagte Bernhard, »aus der Sarepta-Kolonie, die sich nächste Woche auf den Weg nach Sankt Petersburg machen will. Ich werde dafür sorgen, dass du dich ihnen anschließen kannst. Ich nehme an, das kommt deinen Plänen zupass.«

Ein Funkeln wie von tausend Sternen glitzerte in Christinas Augen. Sie lächelte und schien in Gedanken bereits viele Meilen weit weg zu sein.

Eleonora schlug die Hände vors Gesicht und weinte.

36. Kapitel

Kolonie Waidbach, ein Monat später

Auf keinen Fall wirst du aufs Feld gehen. Es sind genug Hände da, die die Ernte einbringen. Du bist noch viel zu schwach. Und du wirst auch nicht nach Saratow aufbrechen. Schick einen, der dich bei den Geschäften vertreten kann!« Eleonora funkelte auf Matthias herab, der zwischen Sophia und Alexandra und gegenüber von Klara am Tisch saß. Eleonora hielt einen schweren Laib Brot in der Armbeuge und säbelte dicke Scheiben davon ab, die sie auf die Teller verteilte, während sie um den Tisch herumging.

Matthias' Grinsen ließ sein nach wie vor schmales Gesicht in tausend Runzeln zerspringen. Seine Schultern wirkten knochig, die Haut an seinem Hals warf Falten. Aber in seinen Augen lag ein Glitzern, das von innerer Freude sprach.

»Was sagst *du*, Klara«, wandte er sich an die jüngere Schwester, »benimmt sich Eleonora nicht wie ein keifendes Eheweib?«

Klara schlug die Hand vor den Mund und kicherte. Auch Sophia lachte mit, nur Alexandra kaute mit unbewegter Miene an der Brotrinde. Ihre Züge wirkten wie eingefroren, jede Bewegungen schien sie Mühe zu kosten, alles Kindlich-Fröhliche war verflogen.

Es beunruhigte Eleonora über die Maßen, dass die Kleine wie erstarrt wirkte, seit ihre Mutter sie verlassen hatte. Nie hatte man sie seitdem lachen gesehen. Ihre Augen erschienen wie dunkle Abgründe mit einem winzigen Glimmen am Grund.

Die ersten Tage nach Christinas Abschied hatte Eleonora viel mit ihr geredet, sie auf den Schoß genommen und gestreichelt und tröstende Worte in ihr Ohr geflüstert, aber das Schreien in der Nacht, wenn sie aus Alpträumen erwachte, ließ nicht nach, und die Lebendigkeit kehrte in ihre Züge nicht zurück.

Die Zeit wird ihre Wunden heilen, hoffte Eleonora und nahm sich vor, eine Umgebung für das Kind zu schaffen, in der es sich geborgen und angenommen fühlte. Sophia war eine passende Spielgefährtin für Alexandra, Klara behandelte sie nicht weniger fürsorglich als die andere Nichte, und sie hatte ihren Vater und ihre Tante bei sich. In diesem Haus wurde viel gescherzt und gelacht. Irgendwann würde die Fröhlichkeit zu ihr zurückkehren.

Sie mussten nur Geduld haben. Viel Geduld. Und über all die Kleinigkeiten hinwegsehen, die nicht dazu beitrugen, Zuneigung für sie zu empfinden. Wenn sie Sophia ohne Grund in den Arm biss und Stein und Bein schwor, dies sei der Hund Lambert gewesen, obwohl die Abdrücke ihres lückenhaften Milchgebisses deutlich zu erkennen waren und Sophia lange zitterte, wenn sie sich ihr nur näherte; wenn sie mit einer Kuhglocke durch Klaras Hühnerstall raste und sämtliches Federvieh in Todesangst versetzte; wenn sie dem Lehrer von Kersen heimlich und in niederträchtiger Absicht einen spitzen Holzspan in den Apfel drückte, den er jeden Vormittag mit kräftigen Bissen zu verspeisen pflegte …

Nein, Alexandra machte es den Menschen, die es gut mit ihr meinten, nicht leicht, sie zu lieben. Aber Eleonora verzichtete auf jede Form von Strenge und auf Strafen – zu stark war ihr Mitgefühl mit der Kleinen, die das Schlimmste erlebte, was einem Kind passieren konnte: von der Mutter verlassen zu werden.

Vor Groll auf Christina, die dem Kind dies angetan hatte, wollte Eleonora manchmal schreien und die Fäuste in ihr Kissen schlagen. Aber dann war da Matthias, der sanft den Arm um sie legte und ihr zuflüsterte: »Du kannst deine Schwester nicht ändern, Eleonora. Sie denkt so anders als du.«

Niemand im Dorf nahm Anstoß daran, dass Matthias gleich nach Christinas Weggang mit Alexandra in Eleonoras Hütte übersiedelte.

War es nicht verständlich, dass er der jungen Frau, die sich ganz allein um die jüngere Schwester und die Tochter kümmerte und die von morgens bis abends bei allen Gemeinschaftsarbeiten in der Kolonie bis zur Erschöpfung mitschuftete, die Krankenpflege erleichterte, indem er ein Lager in ihrer Nähe bezog?

Und als es ihm besserging, hatte man sich in Waidbach daran gewöhnt, dass Matthias und Eleonora gemeinsam einen Haushalt betrieben. Es gab nur wenige, die ihnen schräge Blicke zuwarfen, und trotzdem litt Eleonora.

Nachdem Sophia und Alexandra an diesem Nachmittag auf das abgeerntete Weizenfeld gelaufen waren, um die übrig gebliebenen Ähren einzusammeln, und Klara sich mit rosig überhauchten Wangen verabschiedet hatte, um mit Sebastian die Ziegen zum Weiden auf die Steppe zu treiben, ließ sich Eleonora Matthias gegenüber auf einen Stuhl fallen und rieb sich mit beiden Händen das Gesicht. Sie wusste, dass sie müde aussah und dass die schwere Arbeit sie viel zu früh altern ließ und verhärmt machte.

An Tagen wie diesem fühlte sie sich wie eine greise Frau,

und das Pochen ihres Herzens, wann immer sie Matthias nah war wie in diesem Moment, erschien ihr wie ein schmerzlich vermisster Genuss.

Matthias griff über den Tisch und streichelte ihre Wangen mit einem Finger. »Du tust so viel für uns alle, Eleonora«, murmelte er. »Ich weiß gar nicht, wie ich das je wiedergutmachen kann.«

Sie versank in seinem Blick, drohte zu ertrinken in all der Liebe, die darin lag. Matthias beugte sich vor und hauchte einen Kuss auf ihre Lippen, bevor sie das Gesicht abwandte.

»Wir dürfen das nicht«, brachte sie mit erstickter Stimme hervor.

Matthias holte tief Luft, lehnte sich im Stuhl zurück und schaute an die Holzdecke, als suchte er da nach einer Erwiderung. Eleonora hörte sein Seufzen, und als er sich wieder vorbeugte, sprach aus seinem Gesicht eine solche Entschlossenheit, dass sich ihr Puls beschleunigte. Die Knöchel seiner Hände traten weiß hervor, während er die Tischkante umfasste, als brauchte er einen Halt bei dem, was er ihr zu sagen hatte.

»Eleonora ... Ich ... Christina und ich, wir waren niemals Mann und Frau.«

Eleonora zog die Brauen hoch, musterte den Mann, den sie so lange schon liebte. Was erzählte er da? Das konnte doch nicht sein! »Der lebende Beweis für das Gegenteil läuft gerade über das abgeerntete Weizenfeld«, erwiderte sie mit einem bitteren Unterton.

Matthias schüttelte den Kopf. »Alexandra ist nicht meine Tochter.«

Eleonoras Blut schien sich von einer Sekunde auf die andere in Eiswasser zu verwandeln. Was sagte er da? »Aber ... aber wie kann das sein? Wessen Tochter ist sie dann?«

Matthias grinste schief. »Wie das sein kann? Da frag deine Schwester – ich weiß es nicht. Und ich weiß auch nicht, wer der Vater ist. Ich weiß nur, dass sie das Kind bereits unter ihrem Herzen trug, als wir vor den Traualtar getreten sind.«

Seine Worte hallten in Eleonora mit tausendfachem Echo wider, während sie zu verstehen versuchte, was dieses Geständnis bedeutete. »Du hast es gewusst, weil du … weil ihr beide … niemals zusammengelegen habt. Und du hast ihr Geheimnis gewahrt, um ihre Ehre zu schützen«, brachte sie schließlich hervor und erkannte in seinem Blick, dass sie die Tragödie seines Lebens erfasst hatte. »Wie musst du in dieser Ehe gelitten haben«, presste sie schließlich hervor.

Matthias erhob sich, fasste ihren Arm und zog sie hoch, so dass sie dicht vor ihm zu stehen kam und zu ihm aufsehen musste. »Wir haben alle gelitten«, sagte er leise. »Ich nicht mehr als andere, als du … Aber nun, Eleonora, nun haben wir die Chance für einen Neuanfang. Genau wie sich Christina das Recht herausnimmt, alle Brücken hinter sich abzubrechen, haben wir nun das unfassbar große Glück, zu dem zu stehen, was wir wirklich fühlen. Ich liebe dich so sehr, Eleonora. Ich habe dich schon geliebt, als wir auf dem Schiff nach Petersburg die Sternennächte an Deck verbrachten, und ich habe nie aufgehört, dich zu begehren …«

Er legte die Arme um sie und drückte sie so eng an seinen Körper, dass sie ihn von den Fußspitzen bis zum Leib spürte. Ein Kribbeln durchlief sie und ließ sie erschaudern. Sie legte die Hände flach auf seine Brust, als sie ihn anschaute. »Was willst du tun? Willst du Christina bitten, dass sie zustimmt, eure Ehe annullieren zu lassen, wie es Franz und Anja getan haben?«

Matthias nickte und verzog spöttisch den Mund. »Wollen

wir wetten, dass sie selbst auf die Idee kommt? Wenn sie erst das gefunden hat, was sie für ihr Glück hält, wird sie sich wieder an uns wenden.«

»Wo sie wohl untergekommen ist …«, murmelte Eleonora aus ihren Gedanken heraus. »Ob sie es tatsächlich bis Petersburg geschafft hat? Und ob Nikolaj und Mascha ihr überhaupt Unterstützung gewähren?«

Er fasste unter ihr Kinn und hob ihr Gesicht. »Hör auf, dich um deine Schwester zu sorgen, Eleonora! Jetzt geht es nur um dich. Um uns. Ich liebe dich. Ich liebe dich mehr als mein Leben, Eleonora.«

Sie wurde weich in seinen Armen, ihr Blick fiel auf den Silberring, den ihr Andreas damals in Hessen angesteckt hatte. Sie streifte ihn ab und legte ihn auf den Tisch. Er hinterließ einen weißen Streifen um ihren Ringfinger. »Ich werde ihn für Sophia aufheben«, sagte sie mit einem Lächeln. »Die einzige Erinnerung an ihren Vater. Ich liebe dich auch, Matthias, und ich wünsche mir nichts sehnlicher, als mein Leben mit dir zu teilen.«

Lange schauten sie sich in die Augen. Endlich berührte Matthias mit seinem Mund ihre leicht geöffneten Lippen, bis sie sich in einem nicht enden wollenden Kuss trafen, in dem all die Sehnsucht und das tiefe Begehren verschmolzen.

Klara entging in den nächsten Tagen nicht, dass sich die Stimmung im Haus verändert hatte. Sie bemerkte, wie sich Matthias und Eleonora anschauten, beobachtete die versteckten Zärtlichkeiten, die sie austauschten, wenn sie sich unbeobachtet wähnten …

Als sie die ältere Schwester in der Küche antraf, ging sie zu ihr und schlang wortlos die Arme um sie.

Überrascht erwiderte Eleonora die Umarmung. So blieben sie eine ganze Weile stehen, während die Augustsonne durch das winzige Küchenfenster schien und die ordentlich aufgehängten, blanken Töpfe, Pfannen und Kellen über dem Ofen blitzten.

»Es ist besser, wenn man einen Mann hat«, sagte Klara mit der Wange an Eleonoras Brust.

Eleonora stutzte, fasste Klara an den Schultern und schob sie ein Stück weit von sich, um ihr in die Augen sehen zu können. »Hast du dich verliebt?«

Klaras Gesicht nahm die Farbe von reifen Kirschen an, als sie viel zu heftig den Kopf schüttelte. »Ich doch nicht. Aber du.«

Eleonora schmunzelte. »Ach so … Du hast es gemerkt?«

Klara nickte.

»Es ist nur wichtig, dass es der richtige Mann ist«, erwiderte Eleonora mit ernster Miene. »Besser allein bleiben, als mit dem falschen Mann ein Leben verbringen müssen.«

»Und Matthias ist der Richtige?«

»Das ist er schon immer gewesen, Klara«, gestand Eleonora und zog sie wieder an sich. Sie wusste, dass die Gedanken der jüngeren Schwester häufig um Liebesdinge kreisten. Und dass Sebastian dabei eine wichtige Rolle spielte. Die beiden verbrachten jede freie Minute miteinander und verstanden sich wie Geschwister. Wie ernst diese Freundschaft zu nehmen war, ob sie in einer Liebe mündete, das vermochte Eleonora nicht zu beurteilen. Es war Zeit, mit Klara bei Gelegenheit über all diese Frauensachen zu sprechen.

Am Abend kamen Bernhard und Anja zu Besuch, und auch diesen beiden brauchten Matthias und Eleonora kein Theater vorzuspielen. Anja strahlte übers ganze Gesicht, stand ihnen doch auf die Stirn geschrieben, dass sie ihr Glück gefunden hatten.

»Wann wollt ihr es verkünden? Wann soll die Hochzeit sein?«, sprudelte sie hervor, während Matthias von einem Ohr zum anderen grinste und Eleonora verlegen an ihren Fingernägeln spielte.

»Erst müssen wir mit Christina reden«, erwiderte Matthias. »Ich will unser neues Leben nicht auf schwankendem Grund aufbauen. Die Scheidung muss vollzogen und alles geklärt sein. Hast du inzwischen Nachricht aus Sarepta, Bernhard, wie es der Reisegruppe ergangen ist und wo sie Christina abgesetzt haben?«

»Nein, der Weg nach Petersburg zieht sich. Wem erzähl' ich das«, sagte er mit einem freudlosen Lachen. Es gab wohl keinen in der Kolonie, der den Weg von Norden nach Süden durch das russische Reich jemals vergessen würde. »Aber ich habe andere Nachrichten.«

Die drei beugten sich vor und lauschten gespannt.

»Dr. Frangen hat Erkundigungen über deine Krankheit eingezogen und Erstaunliches herausgefunden. Du warst doch an deinem letzten Abend in Saratow zu einem Geschäftsessen mit den Seidenhändlern und den Handelspartnern aus Sarepta, richtig?«

Matthias zog die Stirn beim Nachdenken kraus. »Ja, ich erinnere mich, aber …«

»Nun, auch die Männer aus Sarepta wurden krank. Zwei von ihnen sind gestorben.« Er schluckte und schwieg einen Moment. »In Sarepta haben sie eine Fleischvergiftung diagnostiziert. Offenbar wurde bei dem Essen verdorbener Lammschinken gereicht. Ich nehme an, du hast ihn ebenfalls gekostet?«

Matthias klappte der Kiefer hinunter. »Der Lammschinken, mein Gott. Ja, ich erinnere mich an den eigenartigen Nachgeschmack, den ich auf die fremdländische Würzung geschoben habe. Himmel, eine Fleischvergiftung …«

Eleonora nahm seine Hand.

»Du kannst dem Herrn danken, dass du überlebt hast. Verdorbenes Fleisch zu essen bedeutet in den meisten Fällen den sicheren Tod.«

Eleonora stand auf und schenkte allen aus einem bauchigen Krug Kwass in die Becher. Sie holte die Flasche Wodka, die sie nur für besondere Gelegenheiten aufbewahrte, während in den anderen Hütten der Kolonie der Schnaps Abend für Abend in Strömen floss. Es gab nur wenig, was die Kolonisten von den Russen übernommen hatten, aber trinken und mit schwankender Stimme schwermütige Lieder anstimmen konnten sie längst so gut wie diese.

In das Schweigen hinein sagte Eleonora: »Alle sollten das wissen. Alle sollten wissen, dass sie unrecht hatten, als sie Christina als Giftmörderin beschimpften. Das sind wir ihr schuldig.«

Bernhard sah auf. »Ich gebe dir recht, Eleonora. Aber glaubst du, auch nur einen wird das Gewissen drücken? Ob Giftmörderin oder nicht – die Menschen hier danken dem Himmel, dass Christina die Kolonie verlassen hat.«

»Sollen Sie dem Himmel danken und sich im gleichen Atemzug an die eigene Nase fassen«, fuhr Eleonora auf. »Wer ohne Sünde ist, der werfe den ersten Stein. Ich jedenfalls wünsche meiner Schwester nur das Beste auf ihrem Weg. Und dass sie endlich das Glück findet, nach dem sie sich in diesem Land so sehnt«, fügte sie leiser an.

»Darauf lasst uns die Becher heben!«, schlug Matthias vor und schenkte allen Wodka ein.

Doch noch bevor sie anstoßen konnten, ließ ein Klopfen an

der Haustür alle zusammenfahren. Wer mochte das zu später Stunde sein?
Matthias erhob sich und entriegelte die Tür. Vor ihm stand mit zerzausten Haaren, grauem Gesicht und in abgerissenen Kleidern Daniel Meister.
Er lächelte den Hausherrn an. »Verzeih, wenn ich euch so überrasche!«, murmelte er. »Darf ich trotzdem reinkommen? Die Ritt war anstrengend.«
Die anderen am Tisch sprangen auf und drängten sich an die Tür. Sie bestürmten Daniel mit Fragen, bis sie bemerkten, dass er sich vor Schwäche kaum noch auf den Beinen halten konnte.
Bernhard und Matthias führten ihn an den Tisch, und Eleonora beeilte sich, ihm Brot und Ziegenkäse zu reichen und die Mittagssuppe im Topf über dem Feuer aufzuwärmen. Der würzige Duft nach gekochtem Rindfleisch durchzog die Hütte.
Alle warteten begierig darauf, dass Daniel berichtete. Wie stand es wirklich um Moskau? Wie weit hatte sich der Schwarze Tod bereits ausgebreitet? Wie war es dem Erschöpften gelungen, heil aus der Stadt zu fliehen?
Daniel antwortete einsilbig mit müder Stimme und vertröstete die Freunde auf später, wenn er gegessen und getrunken habe. Ihm sei schwindelig vor Schwäche, und außerdem … Er sah sich immer wieder wie getrieben mit flackerndem Blick in dem Raum um. »Sagt, wo ist eigentlich Christina?«

37. Kapitel

Sosehr Klara ihre Schwester Eleonora auch liebte und verehrte, für alle Fragen, die die Liebe und die Männer betrafen, erschien sie ihr aus unerfindlichen Gründen nicht die Richtige zu sein.

Erst seit einigen Monaten fühlte sie dieses Kitzeln, wann immer sie sich vorstellte, wie es wohl sein würde, wenn sie den ersten Kuss bekam und von wem …

Na, von wem wohl?, schalt sie sich in Gedanken selbst. Irgendwie war es doch klar, dass es Sebastian sein würde, oder etwa nicht?

Nie hätte es Klara damals, als sie sich auf den Weg ins Ungewisse begeben hatten, für möglich gehalten, dass es ausgerechnet einmal der gleichaltrige Junge mit der verkrüppelten Hand sein würde, der ihr lieb und teuer wie kein anderer werden sollte. Mit keinem anderen konnte sie so ausgelassen lachen, kichern und toben. Wenn er sie zufällig berührte, an ihrem nackten Arm, an ihrem Hals, dann war es, als hätte sie sich leicht verbrannt, und sie zuckte zurück. Sie spürte, dass dies jener Zustand war, den ihre Schwester »verliebt« nannte, dass sie sich aber mehr darüber freuen sollte, als sie es tat. In ihre Vorfreude auf das, was noch kommen mochte, mischte sich Todesangst wie schwarze Schlieren. Sie hatte sich zwar verboten, an ihr Erlebnis im Wald zwischen Waidbach und Büdingen, als dieser übelriechende Kerl über sie hergefallen war und ihr so weh getan hatte, noch einmal zu denken, aber die Erinnerung schwelte in ihr wie Eiterbeulen.

Wenn ihr vorher jemand gesagt hätte, dass sie und Sebastian zusammengehören würden wie Pech und Schwefel,

wenn ihr jemand gesagt hätte, dass sie ihr Glück in der Aufzucht und Pflege der Tiere finden würde – niemals hätte sie sich gegen die Umsiedelung zur Wehr gesetzt. Gewiss blickte ihre Mutter voller Stolz vom Himmel auf sie herab, wie sich Monat um Monat ihr Federvieh vermehrte, wie die Kälbchen geboren wurden und die Ziegen gemolken.
Ob es die Mutter beglückte, dass Sebastian ihr so nahstand? Wäre sie mit einem jungen Mann wie ihm einverstanden? Er hatte nicht viel zu bieten, aber welcher junge Mann konnte das schon in der Kolonie? Er hatte die verkrüppelte Hand, die sie manchmal streichelte, aber er besaß auch diese Stärke und Zuversicht, diesen Fleiß und Mut sowie einen unermesslichen Ideenreichtum, was ihn aus Klaras Sicht vor den meisten anderen jugendlichen Dorfbewohnern auszeichnete.
»Helmine?«
Klara hatte an die Tür zur Hütte ihrer Base geklopft, und als keine Antwort kam, trat sie einfach ein. Ein moderiger Geruch, als wäre lange nicht gelüftet worden, empfing sie. Der Staub auf den Böden und Möbeln wirbelte in dem hereinfallenden Sonnenlicht. Noch einmal rief sie den Namen ihrer Base, doch als sie lauschte, vernahm sie nur röchelndes Atmen. Schlief Helmine etwa am helllichten Tag?
Wenn das nur nicht ihr Mann Gregor erfuhr!
Klara wusste, wie leicht Helmines Ehemann aus der Haut fahren konnte. Sie hatte die blauen Flecken auf Helmines Armen und Rücken gesehen und schwer geschluckt, als Helmine ihr erklärte, dass Gregor mit einem Holzscheit nach ihr geworfen habe.
»Macht er das denn öfter?«, hatte Klara leise gefragt.
»Nein, nein!« Helmine hatte fast empört geklungen, bevor sie ihr zuzwinkerte. »Er hat eben ein überschäumendes

Temperament, weißt du. Bei anderen Gelegenheiten ist das … hm … sehr erfreulich, verstehst du?«
Nein, das hatte Klara nicht verstanden, aber Helmine hatte nicht gezögert, ihr zu beschreiben, mit welcher Gier sie ihr Gregor beim Liebesspiel überraschte und mit welchen Raffinessen sie darauf reagierte. Und wie himmlisch sich das anfühlte.
Klara war es bei der Schilderung abwechselnd heiß und kalt geworden. An manchen Stellen wünschte sie, der Boden täte sich auf und verschlinge sie, so schämte sie sich für das, was Helmine freizügig ausplauderte. Dabei hatte sie den Wodka, den Helmine immer wieder eingoss, während sie ihr »Weibergespräch«, wie sie es nannte, führten, vehement abgelehnt und am Ende sogar die Hand über den Becher gehalten, damit Helmine ihr nichts ins Wasser kippte.
Zwar glühten Klaras Ohren, wann immer Helmine sie in die Geheimnisse der Erwachsenen einführte, aber sie fand die Erzählungen ihrer Base spannender als das milde Lächeln ihrer Schwester. Was würde Helmine wohl sagen, wenn sie ihr erzählte, wie sehr sie sich auf den ersten Kuss von Sebastian freute?
Genau das wollte Klara heute mit ihr besprechen, aber wie es schien, hatte sie Pech.
Sie schlich durch die Stube zur angrenzenden Schlafkammer und drückte vorsichtig die Tür auf. Das Holz knarrte und schleifte über die Dielen.
Helmine lag bäuchlings quer über dem zerwühlten Bett. Sie trug nur ihr Mieder und ihren Unterrock, die nackten Füße mit den schwarzen Sohlen hingen über das Bettende, seitlich baumelte ein nackter Arm herab, die Fingerspitzen berührten fast den Fußboden. Ihr Kopf lag seitlich auf

einer Wange, das Gesicht war verknautscht, der Mund offen und verzerrt.
Ein unglaublicher Gestank nach schmutzigem Schweiß und etwas so Scharfem, dass es Klara in den Augen brannte, schlug ihr entgegen.
War Helmine krank? Hatte ihr die Apothekerin Medikamente gegeben? Sie hielt sich die Hand vor Mund und Nase, bevor sie näher trat und das Fenster weit öffnete, um die Nachmittagsluft in die Kammer zu lassen.
Vor dem Bett der Base ging sie in die Knie, fasste Helmine an der Schulter und schüttelte sie sanft. »He, Faulpelz, aufstehen! Es ist helllichter Tag«, rief sie freundlich. Sie schüttelte Helmine ein bisschen fester, bis diese sich rührte und die Augen aufschlug.
Wie ertappt richtete sie sich sofort auf, schwang die Beine auf den Boden und fasste sich in der gleichen Bewegung mit der Hand an die Schläfen. »Wie kommst du herein, Klara?« Ihre Stimme klang tief und rauh wie die eines Mannes. »Was willst du?«
Klara ließ sich dicht neben ihr auf dem Bett nieder, in Gedanken immer noch damit beschäftigt, wie Hermine wohl reagieren würde, wenn sie ihr von Sebastian erzählte. Bestimmt wusste Helmine einen guten Rat für sie, wie sie den Jungen im Sturm erobern konnte.
»Geht es dir besser? Bist du krank?«
Helmine wedelte mit dem Arm, wobei sie mit dem Gleichgewicht kämpfte. Ihr Kopf baumelte auf den Schultern hin und her, als wäre er nur lose befestigt.
Klara schluckte vor Aufregung. »Ich wollte dir von Sebastian erzählen. Ich ...«
Helmine stieß einen tierischen Laut aus, der tief aus ihrer Brust zu kommen schien, während ihr Kinn auf ihren Bu-

sen sackte. Klara sprang auf. Irgendwas stimmte nicht. Konnte es sein, dass Helmine nicht krank oder müde, sondern schlicht sturzbetrunken war?

Mit glasigem Blick sah Helmine zu ihr auf. »Was willst du mir von der Krüppelhand erzählen?«, zischte sie. »Was kratzt mich deine Tändelei mit ihm? Du törichtes Ding, du! Weißt du, was mein Gregor gerade treibt? Er bespringt den erstbesten geilen Weiberarsch, der ihm vor die Nase kommt, wie ein brünstiger Eber. Und da soll ich mir anhören, wie dein kleines Herzchen pocht, wenn dich der Krüppel angrinst?« Helmines Stimme war immer lauter geworden. Die Worte waren kaum zu verstehen, so sehr lallte sie. Spucketropfen flogen in Klaras Richtung, und ein weißschäumendes Rinnsal lief über Helmines Kinn, während sich ihr Gesicht zu einer hässlichen Fratze verzog.

Klara war zurückgewichen, bis sie an der Tür stand. Sie presste die Hände auf die Ohren, kniff die Augen zusammen, aber es nützte nicht. Wie Gift sickerte jedes einzelne Wort in ihr Hirn und drohte es zu verätzen.

Helmine war mit ihrer Tirade noch nicht fertig, doch als sie aufstand, um Klara zu folgen, verlor sie das Gleichgewicht und schlug hart auf dem Boden auf, wo sie sich in der nächsten Sekunde heftig übergab.

Klara nahm die Hände langsam herunter, öffnete die Augen. Widerwillen und Ekel verengten ihre Kehle. Da lag ihre Freundin in ihrem Erbrochenen, starrte zu ihr hoch und öffnete den Mund, um mit ihrer Schimpftirade fortzufahren. Klara kam ihr zuvor. »Schweig still, Helmine«, schrie sie sie an. Ihre Stimme überschlug sich, während ihr das Blut durch die Adern rauschte. »Wie hast du über deine Mutter gejammert. Verleugnet hast du sie, verachtet und gequält. Und nun? Was ist aus dir geworden? Schau dich an in deinem Dreck! So besoffen bist du, dass du weder klar denken noch klar reden kannst! Du bist schlimmer, als Tante Marliese es jemals war. Sie war zwar schwach, aber sie hatte ein gutes Herz – deines ist kalt wie Eis. Verrecke in deinem Dreck, Helmine, und komm mir niemals wieder nah! Sprich nie mehr mit mir oder Sebastian, nie mehr im Leben, hörst du?« Damit drehte sie sich auf dem Absatz um und stürzte zur Hüttentür.

Tränen nässten ihre Wangen. Aus der Kammer hörte sie, wie Helmine ihren Namen rief, schrill und panisch. Dann ein heftiges Schluchzen, das in ein Würgen überging.

Klara schlug die Tür hinter sich zu und rannte nach Hause, als wäre der Teufel hinter ihr her.

38. Kapitel

Sankt Petersburg, November 1772

Christinas Hand mit den polierten, sorgsam gefeilten Nägeln schwebte über der Silberschale mit dem Marzipankonfekt, die eine der Bediensteten auf den Toilettentisch gestellt hatte. Endlich entschied sie sich für eine mit filigranen Rosenblättern verzierte Praline, pickte sie mit spitzen Fingern heraus und führte sie sich zum Mund. Genießerisch schloss sie die Augen, während sie kaute.

»Wenn du weiter so viel isst, werden wir dich im nächsten Herbst erneut einkleiden müssen, weil deine Garderobe aus allen Nähten platzt«, bemerkte Mascha, die mit langen Bürstenstrichen Christinas blonde Locken bearbeitete, bis sie schimmerten wie gesponnenes Gold.

»Au, nicht so grob, Mascha!«, beschwerte sich Christina mit vollen Backen.

»Wer schön sein will, muss leiden«, erwiderte Mascha mit kühlem Lächeln.

»Glaub mir, bei all dem Leid, das mir widerfahren ist, hatte ich mit meiner Schönheit wahrlich nichts im Sinn«, gab Christina zurück und zwinkerte Mascha im silbern umrahmten Spiegel zu.

Maschas Miene blieb ernst. »Ein Wunder, dass du bei alldem deinen Frohsinn nicht verloren hast«, sagte sie leise.

»Was kann einem Schlimmeres widerfahren, als das eigene Kind zu verlieren. Das muss eine entsetzliche Zeit für dich gewesen sein, du Ärmste.«

Christina sah im Spiegel, wie sich ihre Wangen rosa verfärbten, obwohl sie noch gar kein Rouge aufgetragen hatte. Eine Ader pochte an ihrer Schläfe, ihr Herzschlag kam aus dem Takt.

Dass Mascha immer und immer wieder genau dieses Thema anschnitt!

Immerhin die einzige echte Lüge, die sie dem Geschwisterpaar aufgetischt hatte, als sie im Sommer plötzlich vor der Tür zu dessen Wohnung am Newski-Prospekt gestanden hatte.

In einer vierspännigen Kutsche war sie mit den mundfaulen Brüdern der Sarepta-Kolonie zügig durch das Land gereist, und dennoch hatte das wochenlange Gerüttel sie bis ins Mark erschöpft. Moskau hatten sie in weitem Bogen umfahren. Christinas Herz glich auf diesem Umweg einer offenen Wunde, die nicht aufhören wollte zu bluten, aber je weiter sie Richtung Norden kamen, desto merklicher verging der Schmerz und machte der Vorfreude auf das, was sie in Sankt Petersburg erwarten mochte, Platz.

In ihrem letzten Quartier bei Nowgorod gab sie sich, obwohl die Brüder zur Eile mahnten, beträchtliche Mühe mit ihrem äußeren Erscheinungsbild, flocht die Haare zu einem kunstvollen Kranz, tupfte sich Rouge auf die Wangen und puderte die bleiche Nase. Das blaue Kleid zog sie andächtig aus ihrem Bündel und plättete es sorgfältig Falte um Falte, bevor sie es überstreifte. Ganz bestimmt wollte sie bei ihrem ersten Wiedersehen mit Nikolaj nicht aussehen wie eine plumpe Bäuerin nach getaner Feldarbeit.

Christina war sich sicher, dass Nikolaj sie in den sechs Jahren seit ihrer letzten Begegnung nicht vergessen hatte, aber die Reaktion seiner Schwester war schwer einzuschätzen.

Was würden die beiden erst sagen, wenn sie sie darum bat,

vorübergehend bei ihnen wohnen zu dürfen, bis sie etwas Eigenes gefunden hatte?

Und wenn sie ihr Ansinnen rundheraus ablehnten?

Die Russen galten zwar generell als gastfreundlich, aber erschien ein solches Ansinnen nicht jedem wie eine uferlose Dreistigkeit?

Christina war sich durchaus bewusst, auf welch kühnes Wagnis sie sich da einließ, aber sie war wild entschlossen, von nun an ihren eigenen Weg zu gehen und niemals mehr wieder in die Steppen an der Wolga zurückzukehren. Wenn die Geschwister ihr die Tür vor der Nase zuschlugen, würde sie eben ihr gespartes Geld für einige Nächte in einer Herberge ausgeben und diese Zeit nutzen, um ihre Verwandten zu finden. Die hatten doch die moralische Verpflichtung, ihr zu helfen, fand Christina.

Aber so weit kam es gar nicht, weil sowohl Mascha als auch Nikolaj Christina freudig in die Arme schlossen, als sie unvermittelt vor ihnen stand.

Nach den Umarmungen kamen die unvermeidlichen Fragen, die kein Ende zu nehmen schienen, aber während der Fahrt mit den schweigsamen Geistlichen hatte Christina mehr als genug Zeit gehabt, sich alles zurechtzulegen.

Im Grunde brauchte sie von der Wahrheit nicht weit abzurücken: dass sie es in der Kolonie nicht ausgehalten hatte, dass das Leben dort nicht ihrem Stil entsprach, dass sie von den anderen nicht gut gelitten wurde, dass keine Nacht verging, in der sie nicht von Petersburg träumte.

Bei Nikolaj und Mascha traf Christina mit all ihren Schilderungen auf das allergrößte Verständnis – die Geschwister brauchte sie nicht zu überzeugen, dass es sich nirgendwo angenehmer leben ließ als in Sankt Petersburg.

Nur die Sache mit dem Kind, das angeblich kurz nach der

Geburt verstorben war … Christina hatte sich nicht wohl in ihrer Haut gefühlt, als Mascha bei ihrer Schilderung aufgesprungen war, um sie in die Arme zu nehmen. Die junge Russin kämpfte mit den Tränen, und ein Schamgefühl stieg in Christina auf, das ihr so gar nicht in den Kram passte.

»Es ist schon lange her, Mascha, und das Mädchen war noch klein. Ich bin jung, ich kann weitere Kinder bekommen …« Sie tätschelte Mascha den Rücken, als bräuchte diese Trost und nicht sie selbst.

Wie hatte sich Mascha doch darüber gefreut, Christina die Stadt zu zeigen und sie in den besten Modesalons der Metropole mit den edelsten Kleidern auszustaffieren. Mit so großer Freigebigkeit hatte Christina nie im Leben gerechnet. Sie fühlte sich wie eine verloren gegangene Schwester, die aus tiefster Armut heimkehrte und nun mit den feinsten Stoffen, erlesenen Köstlichkeiten und einer grenzenlosen Herzlichkeit verwöhnt wurde.

In ihren schönsten Träumen hatte sich Christina nicht ausmalen können, wie großzügig ihr die Geschwister entgegenkamen, wie sie sich selbst daran ergötzten, ihr den Himmel auf Erden zu bereiten.

Christina wagte nicht zu fragen, woher der Reichtum stammte, den die beiden weitherzig teilten, aber sie ahnte, dass sie sich um Geld nicht die geringste Sorge zu machen brauchten. Sie lebten im Überfluss und hatten ihre Freude daran, Bedürftigere wie sie daran teilhaben zu lassen.

Ihre Großzügigkeit ging so weit, dass sich sogar bei Christina das Gewissen regte.

Wie sollte sie je vergelten, was die beiden ihr boten?

Mehr noch als all die irdischen Güter, mit denen sie sie überhäuften, zählten für Christina die Lehrstunden in Etikette, die ihr Mascha mit leicht spöttischem Vergnügen erteilte.

Christina erwies sich als Musterschülerin, deren natürlicher Charme und deren Anmut nur in die richtigen Bahnen gelenkt werden mussten, um aus ihr eine in russischen Adelskreisen begehrte junge Frau zu zaubern. Sie lernte Menuett und Polka zu tanzen, sie lernte, den Fächer zart wie das Vibrieren von Schmetterlingsflügeln zu bewegen, sie lernte all die klangvollen russischen Worte, die es ihr ermöglichten, auf Banketten und Bällen mit den jungen Offizieren zu plauschen, und wo sie nicht weiterkam, genügten ihr bezauberndes Lächeln und ihr natürlich eleganter Tanzstil, um die Menschen für sich einzunehmen.

Bereits nach einem Monat entschied Mascha, dass Christina sich nicht länger zu verstecken brauchte, und führte sie als deutsche Freundin bei einem Fest auf ihrem Landsitz in die Gesellschaft ein.

Dass sie aus einer der Kolonien geflohen war, sollte sie geheim halten, hatten die Geschwister entschieden. Zwar hätte jeder Russe Verständnis für diese Entscheidung, aber es musste nicht sein, dass es der Zarin zu Ohren kam, die großen finanziellen Aufwand betrieb, um die eingeladenen Deutschen dort zu behalten, wo sie nach ihrer Meinung dem Land den größten Nutzen brachten.

In der Stadtwohnung der Geschwister teilte Christina mit Mascha das Schlafgemach, aber es erschien ihr die natürlichste Sache der Welt, in mancher schwülen Nacht, wenn das durch die seidenen Vorhänge fallende Sternenlicht das Dunkel versilberte, auf nackten Füßen zu Nikolaj zu schleichen, der sie mit einem blitzenden Lächeln und offenen Armen empfing.

Weder schenkte er ihr Leidenschaft, die ihr Blut zum Kochen brachte, noch pochte ihr Herz vor Verliebtheit, wenn er sie zu sich aufs Bett zog, aber Nikolaj verhielt sich als Liebhaber so kundig und perfekt, wie Christina es nie zuvor mit einem Mann erlebt hatte. Frauenkörper waren für ihn ein Buch, das er auswendig kannte und von dem er dennoch nie genug bekommen konnte. Sein ganzes Bestreben lag darin, sie mit wenigen Liebkosungen und Küssen dermaßen in Entzücken und bebende Erwartung zu versetzen, dass sie um Erlösung bettelte. Fast unmenschlich erschien ihr seine Liebeskunst, in deren Genuss, wie er ihr schmunzelnd ins Ohr flüsterte, die Zarin höchstpersönlich seit vielen Jahren kam. In diesem Umstand lag der besondere Reiz für Christina begründet – die Vorstellung, dass er mit der großen Katharina das Gleiche tat wie mit ihr, dass er der Zarin mit dem gleichen Eifer die Nächte versüßte wie ihr, versetzte sie in eine seelische Hochstimmung, die dem körperlichen Hochgefühl durch seine Zärtlichkeiten kaum nachstand.

Wer hätte ihr das zugetraut, damals, als sie in dem Erdloch an der Wolga überwinterte, dass sie sich einst mit der mächtigsten Frau der Welt den Liebhaber teilen würde.

Christina empfand es als Beruhigung, dass ihr Nikolaj in Herzenskühle nicht nachstand. Die Liebe zu genießen bedeutete für ihn genauso wenig wie für sie, gleichzeitig den Verstand zu verlieren. Sie behandelten sich mit gegenseitiger Achtung und Wertschätzung, aber dass aus ihnen beiden je ein richtiges Liebespaar werden würde, schlossen sie aus, ohne sich je abgesprochen zu haben.

Christina genoss die Stunden mit ihm, solange sie ihr Freude bereiteten, und wusste, dass sie die Beziehung irgendwann leichten Herzens beenden würde. Als spendierfreudiger Gastgeber war ihr Nikolaj allemal wichtiger denn als erfahrener Liebhaber.

Einmal hatte er ihr die Augen mit einem seidenen Schal verbunden und sie nackt vor den mannshohen Spiegel in seinem Schlafgemach geführt. Er hatte das Tuch abgestreift, sich hinter sie gestellt und ihr vorgeführt, wie seine feingliedrigen Hände ihre Taille umfassten, hinaufwanderten zu ihren Brüsten und hinab zu ihren Schenkeln, um sie mit zartem Griff zu teilen und ihr vor den eigenen Augen höchste Lust zu bereiten. Aber Christina hatte vor allem gesehen, wie sich ihr Körper verändert hatte seit damals, als sie im Weber-Haus vor dem Spiegel posiert und sich an ihrer Schönheit erfreut hatte.

Die Brüste waren zwar noch stramm mit ihren rosa aufgerichteten Spitzen, aber sie hingen tiefer als damals. Die Hüften waren breiter geworden, die Haut am Bauch lockerer – die Schwangerschaft hatte ihre Spuren hinterlassen.

Obwohl ihr Anblick den Mann hinter ihr in höchste Erregung versetzte, wie sie deutlich an ihren Pobacken fühlte, verdarb das Spiegelbild ihr die Stimmung.

Es war einer der wenigen Momente gewesen, in denen Christina gespürt hatte, dass das Uhrwerk lief und lief und dass die Zeit nicht zu ihren Gunsten arbeitete.

Ihr größtes Kapital war von jeher ihre Schönheit, aber die war ein vergängliches Gut, und sie musste alles daransetzen, den größtmöglichen Nutzen aus ihr zu ziehen, bevor es zu spät war.

Auf Nikolaj konnte sie nicht setzen – der ließ sich nicht anbinden und würde in den nächsten Jahren seinem Ruf als hervorragender Liebhaber weiter Ehre machen.

Nein, sie brauchte jemanden mit einer solideren Einstellung. Ein Langweiler im Bett durfte er sein, wenn er nur über den nötigen materiellen Hintergrund verfügte. Vielleicht der einzige Sprössling und Erbe eines Fabrikanten, vielleicht ein einsamer Beamter am Zarenhof …

Christina wusste, dass sie es sofort erkennen würde, wenn ihr der Mann begegnete, der ihr das Fundament für eine Karriere in Sankt Petersburg bieten konnte. Sie würde das Glück nicht fahren lassen, sondern zupacken und niemals mehr wieder loslassen.

Mascha hatte inzwischen Christinas Haare zu einer kunstvollen Frisur hochgesteckt und sie mit silbernen Spangen und Perlen reich verziert. Christinas feingeschwungener Nacken, die Linie von ihrem Hals zu ihren Schultern, kam auf diese Weise perfekt zur Geltung. Als Mascha ihr ein rubinrot funkelndes Collier anlegte, das einen glanzvollen Kontrast zu der silbern bestickten cremeweißen Robe aus Atlasseide bildete, schnappte Christina nach Luft. »Mascha, du übertreibst … Das kann ich doch nicht tragen! Es gehört dir.«

»An diesem Abend gehört es dir, Täubchen«, erwiderte Nikolajs Schwester und drückte ihr einen zarten Kuss in den Nacken.

»Ich werde die Zarin in den Schatten stellen.« Christina schlug die Hand vor den Mund und gluckste.

Mascha stimmte in ihr Kichern ein. »Keine Sorge, Christina, das ist bisher noch keiner gelungen.«

»Ich bin so aufgeregt«, gestand Christina. »Meinst du wirklich, ich bin schon bereit für ein festliches Bankett am Zarenhof?«

»Unbedingt«, erwiderte Mascha, nun wieder ernst. »Die Zarin wird begeistert sein, dich kennenzulernen. Aber denk daran, Christina: Bring das Thema nicht auf die Kolonien, sollte sie dich in ein Gespräch verwickeln! Bleib einfach bei der Geschichte, die wir bisher allen erzählt haben: dass du auf unbestimmte Zeit aus Hessen zu Besuch bist.«

Obwohl Christina mittlerweile mehrere Festlichkeiten erlebt hatte, war es ihr bislang noch nicht vergönnt gewesen, die Zarin zu treffen. An diesem Abend war sie gemeinsam mit Mascha und Nikolaj zum kaiserlichen Ball geladen, und die beiden Frauen taten seit zwei Tagen nichts anderes, als sich um Garderobe und Frisuren, Schmuck und Schminke zu sorgen. Christina fiel allerdings auf, dass Mascha mehr Zeit damit verbrachte, sie herauszuputzen als sich selbst. Es schien ihr größere Freude zu bereiten, sich um das Wohl anderer zu sorgen als um ihr eigenes.

»Gibt es eigentlich keinen Mann, der dir nahesteht?«, wagte Christina zu fragen, nachdem sie vorsichtig auf der Chaiselongue im Ankleidezimmer Platz genommen hatte und Mascha beobachtete, die in ihr silbergraues, schlicht geschnittenes Ballkleid stieg. Christina erhob sich wieder, um ihr beim Schnüren zu helfen.

»Ich … ich brauche keinen Mann«, sagte Mascha und lachte wie über einen Scherz, aber Christina ahnte, dass es die Wahrheit war.

Dass die junge Russin hier mit ihrem Bruder wohnte, erschien ihr wie eine Fassade, hinter der sich Mascha in ihrer Selbständigkeit und Freiheitsliebe verstecken konnte. Sie ging auf in ihrem Studium der Künste an der Petersburger Akademie, wo ihr fundierte Kenntnisse im Zeichnen, Malen und Modellieren, in der Anatomie und der Perspektive vermittelt wurden. Anders als ihre Kommilitonen beabsichtigte Mascha nicht, später ihr Studium im Ausland, vornehmlich Italien, fortzusetzen, sondern wollte ihrerseits die jungen Studenten unterrichten. Es passte zu ihrer Wesensart, fand Christina. Genauso wie Mascha sie unter

ihre Fittiche nahm, wollte sie den jungen Künstlern bei den ersten Schritten in die akademische Welt helfen.
Christina verstand nicht, wie man sein Leben auf diesen Säulen aufbauen konnte, sie begriff die Leidenschaft nicht, mit der Mascha von ihren Werken und den Ausstellungen in den Hallen der Akademie erzählte, aber sie begriff, dass Mascha ihre eigenen Ziele mit nicht weniger Willenskraft verfolgte als sie die ihren.

Bei jedem Spaziergang durch die Stadt hatte Christina dafür gesorgt, zum Abschluss einen Blick auf den riesenhaften Zarenpalast an der Newa werfen zu können. Vom Ufer aus betrachtet verschmolz das Bauwerk mit der Stadt. Aber Christina wusste, dass sich hinter den hohen Mauern und spiegelnden Fenstern eine eigene Stadt befand. Und wenn es Nacht wurde, gingen in der Welt der Zarin tausend Sonnen auf.
Ende September hatte die Hofgesellschaft die Sommersitze in Oranienbaum und Zarskoje Selo verlassen, um in Sankt Petersburg den Winter zu verbringen. Nun, im November, war der erste Schnee bereits gefallen, die Newa lag unter einer dünnen Eisdecke. In den kaiserlichen Wagenremisen wurden die Gefährte bereits für die Schlittenfahrten hergerichtet.
Wie oft hatte sie sich erträumt, einmal Gast im Palast zu sein, einmal Teil dieser funkelnden Welt des Hochadels mit all den Kerzenleuchtern und Spiegeln, Lüstern und Brillanten zu sein.
Nikolaj hatte wegen ihrer verträumten Miene stets geschmunzelt, den Arm um sie gelegt und ihr ins Ohr geflüstert: »Du willst hoch hinaus, nicht wahr?«
Christina hatte sich lachend aus seinen Armen gewunden. »Ja, ich will zu den Sternen reisen.«

Heute nun war es so weit: Ihr erster Ball am Zarenhof. Nikolaj in seiner weißen Offiziersuniform mit den blinkenden Knöpfen war ein Bild von einem Mann, aber die Blicke der Gäste galten den Frauen rechts und links von ihm, seiner dunkelhaarigen Schwester im silberdurchwirkten Kleid und der geheimnisvollen blonden Deutschen, deren Lächeln mit den Kronleuchtern um die Wette funkelte.
»Sie werden sich die Mäuler über dich zerreißen«, hatte Mascha ihr angekündigt. »Leg dir lieber gleich ein dickeres Fell als den Fuchspelz an deinem Cape zu.«
Christina hatte gelächelt und das Kinn in einem plötzlichen Anflug von Hochmut gehoben. »Ich kenne es nicht anders. Es gibt Schlimmeres, als den Klatsch und Tratsch der russischen Hofgesellschaft zu bereichern.«
Mascha hatte mitfühlend ihren Arm gedrückt, denn Christina hatte bei ihren ausgeschmückten Erzählungen kaum ein gutes Haar an den Kolonisten gelassen.
Nun war sie dankbar, dass ihr erstes Auftreten am Hof nicht im Rahmen eines der zahlreichen Maskenbälle stattfand, die um diese Jahreszeit gefeiert wurden. Nein, sie wollte sich nicht verkleiden oder ihr Gesicht verhüllen – sie wollte in all ihrer Schönheit und Anmut gesehen werden, doch sollte ihren Augen dabei nichts entgehen, und ihre Ohren waren gespitzt.
Sie wollte herausfinden, mit wem es sich lohnte, nähere Bekanntschaft zu machen, und sie wollte die großspurigen Aufschneider genauso penibel aussortieren wie die Trunkenbolde und Weiberhelden.
Sie hatte tatsächlich das Gefühl, die Zeit laufe ihr davon. Sie verlor nicht nur mit jedem Tag ein Stück ihrer jugendlichen Anziehungskraft, sie wusste auch, dass ihre Rolle als Protegée des steinreichen Offiziers und seiner Schwester ihr kein

Auskommen auf Lebenszeit sicherte. Für sie waren Nikolaj und Mascha die Menschen, die ihr die Tür zur russischen Gesellschaft aufstießen – wie und wann sie hindurchschritt und was sie daraus machte, das lag allein an ihr.

Auf dem Tanzparkett drehten sich die Paare bereits in den eleganten Figuren des Menuetts, Seidenröcke raschelten, Absätze klapperten auf dem glänzenden Boden im Tripeltakt. Das Lachen der Damen perlte, das Gemurmel der Herren nahm an Lautstärke in dem Maße zu, wie dem blutroten, glitzernden Ungarwein und dem Champagner in funkelnden hohen Gläsern zugesprochen wurde.

Nikolaj führte Christina und Mascha von einer plaudernden Gruppe zur nächsten und stellte seinen deutschen Gast all seinen Freunden und adeligen Verwandten vor.

Christina war bemüht, sich das Staunen ob des allgegenwärtigen Pomps und Prunks, des Goldschmucks und der Brillanten nicht anmerken zu lassen. Bloß nicht als das unbedarfte Bauernmädchen enttarnt werden, das sie vor wenigen Monaten noch war!

Doch war sie ein solches wirklich jemals gewesen? War dies hier nicht die Welt, die zu ihr passte und in die sie gehörte, als wäre sie in sie hineingeboren?

Hatte sie nicht damals in Hessen schon das Gefühl beschlichen, dass in ihren Adern ein anderes Blut floss als in denen der übrigen Dorffrauen und ihrer Schwestern?

Während sie an ihrem Weinkelch nippte, durch einen schwarzen Fächer von Wimpern blickte und der Jagdgeschichte eines Mannes lauschte, den Nikolaj ihr als seinen Onkel vorgestellt hatte, nahm sie aus den Augenwinkeln wahr, was um sie herum geschah: wie eine der Debütantinnen von einem schneidigen Kavalier zum Tanz geholt wurde, wie die älteren Damen mit den weißgepuderten Wangen und den wogenden Busen die Köpfe zusammensteckten, bis sich fast ihre Ohrgehänge miteinander verhakten, wie eine Gruppe von Offizieren zu ihnen herüberschielte, bis einer von ihnen einen Toast aussprach, wie die Bediensteten unermüdlich mit den alkoholischen Getränken, kunstvoll arrangiertem Konfekt und Mokka in zierlichen Tassen durch die Reihen balancierten.

Die Luft war erfüllt von dem schweren Moschusduft, den die älteren Damen aufgetragen hatten, den süßlichen Blumenaromen der jüngeren Frauen, von Lavendel und Rosenwasser, vom Rauch der Kaminöfen, vom Schweißgeruch der unermüdlich Tanzenden. Immer lauter lachten die Gäste, immer häufiger wurden die Gläser gehoben, und aus den benachbarten Zimmern drang das Lärmen und Rufen der Offiziere, die sich um die Spieltische versammelt hatten.

»Wann kommt die Zarin?«, flüsterte Christina Nikolaj zu, als der Onkel seine Aufmerksamkeit einer Dame in einer blauen Atlasrobe zuwandte.

»Sie kommt leider gar nicht«, erwiderte Nikolaj mit bedauernder Miene. »Ich habe gerade erfahren, dass sie sich unpässlich in ihre Privatgemächer zurückgezogen hat. Wahrscheinlich bereitet ihr der Krieg gegen die Türken wieder einmal Kopfzerbrechen.«

»Ach, wie ärgerlich.« Christinas Herz sank. So sehr hatte sie sich darauf gefreut, in einen unter Maschas belustigten Blicken perfekt einstudierten, tiefen Hofknicks vor der großen Katharina zu fallen und ihr mit den russischen Sätzen, die sie sich ehrgeizig beigebracht hatte, zu Gefallen zu sein, bevor sie wie zufällig ins Deutsche fiel, um ihr errötend zu gestehen, eine Landsmännin zu sein. Ganz gewiss hätte sich daraus eine Plauderei ergeben, die der Zarin vielleicht in Erinnerung geblieben wäre.

Nikolaj schmunzelte, als er Christinas enttäuschte Miene sah. »Täubchen, du wirst noch reichlich Gelegenheit haben, mit der Zarin zu speisen und zu parlieren. Ich verspreche es dir.«

Standen ihr die Gedanken so deutlich ins Gesicht geschrieben? Christina bemühte sich, wieder Gelassenheit in ihre verräterischen Züge zu bringen.

Nikolaj warf einen Blick zu Mascha, die sich angeregt mit drei Frauen unterhielt, bevor er sich zu Christina beugte. »Komm mit, ich stelle dir ganz besonders liebe Freunde vor. Ihnen gegenüber brauchst du dich nicht trotz deines bezaubernden deutschen Akzents mit Russisch abzumühen, obwohl ich zugeben muss, dass du es erstaunlich schnell gelernt hast.« Er zwinkerte ihr zu. »Die beiden sind Landsleute von dir.«

Christina schürzte die Lippen. Nach anderen Landsleuten als der Zarin stand ihr gar nicht der Sinn, aber sie hakte sich willig bei Nikolaj ein und ließ sich an den Reihen der Gäste vorbei bis zu einer Terrassentür führen, die trotz der winterlichen Kühle weit geöffnet war.

Nikolaj legte ihr die Hand sanft auf den Rücken, als sie vor einem äußerst geschmackvoll mit einem taubenblauen, seidenen und reich bestickten Justaucorps bekleideten Herrn und einer Dame im dunkelroten, tief dekolletierten Seidenkleid stehen blieben. Den Kopf des Mannes bedeckte eine perfekt frisierte gepuderte Perücke, die einen seltsamen Kontrast zu seinem faltenlosen jugendlichen Gesicht bildete, an den Beinen schimmerten unter der Kniehose weiße Seidenstrümpfe, die Füße steckten in blitzend polierten Schnallenschuhen. Die Frau hatte ihre Haare zu einem Kunstwerk mit unzähligen Perlen und Ketten aufgesteckt und arrangiert. An ihrem Hals trug sie nur ein winziges

Herz an einer Goldkette. Ein stilvoll herausgeputztes Paar, das Aufsehen erregte.

»Christina, ich möchte dir gerne André Haber und seine Schwester Felicitas vorstellen. Die beiden sind ganz besonders teure Freunde von Mascha und mir, nicht nur, weil man in keinem Geschäft von Petersburg bessere Seide bekommt als in ihrem direkt am Newski-Prospekt. André, Felicitas, dies ist Christina Lorenz, eine liebe Freundin aus Hessen, die zu Besuch weilt.«

»Oh, welch ein Vergnügen – eine Landsmännin aus Hessen!« André zeigte beim Lächeln blitzend weiße Zähne, wobei der Hochmut aus seinem Gesicht schwand. Seine Schwester neigte nur mit einem angedeuteten Lächeln den Kopf, während er sich über Christinas Hand beugte.

Christina musterte die beiden, die sie für ein Paar gehalten hatte. Ihre Gedanken glichen aufgescheuchten Vögeln, während sich eine Anspannung in ihr ausbreitete, die sie sich nicht erklären konnte. Der Mann war attraktiv, zweifellos, aber keiner, der das Herz höherschlagen ließ. Jedoch war er, wenn er mit seiner Schwester zum Ball erschien, möglicherweise alleinstehend, und er war ein bedeutender Händler in Petersburg.

Christina verstärkte ihr etwas unsicheres Lächeln zu einem Strahlen und bemerkte zufrieden, wie ein Glitzern in die Augen des Deutschen trat.

»Ihr betreibt ein Seidengeschäft, Monsieur Haber? Wie beneidenswert! Ich stelle es mir wundervoll vor, mit diesen herrlichen Stoffen zu arbeiten.«

»Wundervoll wird es vor allem, wenn Aufträge eingehen«, erwiderte an Andrés Stelle Felicitas und kräuselte die Lippen.

Nikolaj neben Christina lachte auf. »Nun, über mangelnde

Kundschaft könnt ihr beiden euch doch nicht beklagen! Ich empfehle eure prachtvollen Tücher und edlen Strümpfe all meinen Bekannten und Freunden.«

Felicitas lächelte ihm zu, während André seinen Blick nicht von Christina reißen konnte. »Das wissen wir sehr zu schätzen, lieber Nikolaj. Wir bemühen uns seit Jahren, den herausragenden Ruf und die hochwertige Qualität unserer Produkte zu bewahren. Wir fühlen uns dem Erbe unseres Vaters verpflichtet.«

»Also ein Familienunternehmen, Mademoiselle Haber?«, fragte Christina.

»Ein Traditionshandelshaus«, präzisierte Felicitas Haber. »Unser Vater hat das Geschäft von seinem Vater übernommen. Über die Generationen hinweg konnten wir glücklicherweise unsere Handelsbeziehungen bis weit über Petersburgs Grenzen hinaus ausbauen.«

»Aber unsere vornehmste Kundschaft kommt freilich vom Zarenhof«, flüsterte André Christina mit einem verschwörerischen Blinzeln zu, während er sich leicht zu ihr beugte. Seine Perücke verströmte einen zarten Duft nach Rosenwasser, sein Atem roch frisch nach Minze.

»Woher bezieht Ihr denn die Seide? Sicher aus dem eigenen Land, oder?«, erkundigte sich Christina und nahm dankend das Glas Champagner mit zwei Fingern am Stiel, nachdem Nikolaj einem vorbeieilenden Lakaien ein Zeichen gegeben hatte.

»Zum Teil.« Wieder war es Felicitas, die an Andrés Stelle antwortete. Christina erkannte, dass sie offenbar diejenige war, die die Fäden im Geschäft in den Händen hielt. »Den größten Teil beziehen wir aus Italien, aus China, der Türkei und Persien. Aber auch aus Moskau und Saratow kommt hervorragende Ware, die sich durch ihre Festigkeit und

Farbbeständigkeit auszeichnet.« Sie war mit Leib und Seele Händlerin, erkannte Christina, während ihr Bruder zumindest nach außen hin weniger geschäftstüchtig wirkte. Das mochte an dem Champagner liegen. Er hob sein Glas und leerte es in einem Zug, bevor er seine ganze Aufmerksamkeit wieder Christina zuwandte.

Nikolaj schmunzelte vor sich hin, als sei er äußerst zufrieden mit der Entwicklung, die dieses Gespräch nahm.

Hatte er sie ganz bewusst mit diesem Geschwisterpaar zusammengebracht?

Aber war es nicht am Ende egal, wenn er sie durchschaute? Offenbar lag es ihm fern, Christinas Pläne zu durchkreuzen. Im Gegenteil, er schien sie bei allem, wonach ihr der Sinn stand, nach Kräften zu unterstützen.

»Darf ich Euch um diesen Tanz bitten, Mademoiselle Lorenz?« André Haber verneigte sich galant.

Christina wechselte einen schnellen Blick mit Nikolaj. Nein, er würde darauf verzichten richtigzustellen, dass die passende Anrede für sie keineswegs mehr »Mademoiselle« war. Das hatte Zeit, viel Zeit.

»Mit dem größten Vergnügen.« Sie knickste formvollendet und legte die Fingerspitzen auf Andrés angewinkelten Arm, als er sie aufs Tanzparkett geleitete. Die Jackettseide unter ihren Fingern fühlte sich kühl und sinnlich an.

André entpuppte sich als talentierter Tänzer, und Christina war dank Maschas täglicher Unterrichtung so geübt, dass ein Gespräch im Plauderton während der kunstvollen Drehungen und Promenaden auf der Tanzfläche mühelos möglich war. Das Paar fügte sich graziös in die im Takt des Orchesters wogende Menge auf dem Parkett ein. Zum ersten Mal, seit sie in Petersburg weilte, hatte Christina das Gefühl, dazuzugehören, ein Teil dieser faszinierenden Welt zu sein.

André interessierte sich für alles, was Christina betraf. Und sie gab bereitwillig, aber wohlüberlegt Auskunft, ließ hier ein Detail aus und schmückte dort eine Begebenheit aus, um sich ins rechte Licht zu setzen.

Zufrieden bemerkte sie, dass André den Blick nicht von ihr lassen konnte. Er musterte sie von ihrem Gesicht über ihre Brust bis zur Taille, als helfe er ihr in Gedanken aus ihrem Kleid heraus, um sie in all ihrer natürlichen Schönheit betrachten zu können.

Christina ihrerseits wollte alles von ihm über seine Seidengeschäfte erfahren und brauchte sich nicht zu verstellen, um Begeisterung zu zeigen. Ihre Nackenhärchen richteten sich auf, als André erzählte, dass er der alleinige Besitzer der Seidenhandlung sei, seine Schwester jedoch mit einzigartiger Leidenschaft die Geschäfte führte.

Was für vorzügliche Verhältnisse, ging es Christina durch den Sinn, während sie ihr Lächeln noch eine Spur verstärkte.

»Wollt Ihr mir die Ehre erweisen, meinem Handelshaus einen Besuch abzustatten?«, fragte André mit belegter Stimme, als er Christina bei einer Drehung an seinen Körper presste.

Mit elegantem Schwung wand sich Christina aus seinem Arm und neigte den Kopf, während sie die Lider halb senkte. Die perfekte Fassade einer sinnlich berührten, aber beherrschten Frau, in deren Innerem ein Aufruhr tobte.

Der Himmel hatte ihr diesen gutaussehenden, einflussreichen Mann geschickt, der auf dem besten Wege schien, ihrer Schönheit und ihrem Charme zu verfallen. Mit einem Prickeln im Nacken und den Rücken hinab spürte Christina, dass an diesem Abend etwas Bedeutsames seinen Anfang nahm.

Nach all den qualvollen Jahren und Verirrungen war sie endlich auf dem richtigen Weg, den Traum ihres Lebens zu verwirklichen.
»Ich könnte mir nichts Schöneres vorstellen, Monsieur Haber«, hauchte sie mit mädchenhafter Bescheidenheit und verheißungsvollem Lächeln.

39. Kapitel

Weihnachten 1772, Kolonie Waidbach

Zum siebten Mal feierten die Waidbacher Weihnachten in der Kolonie, doch Eleonora hatte erst in diesem Jahr das Gefühl, das Fest der Liebe zu begehen. Nie vorher hatte sie eine solche Vorfreude erfüllt, nie vorher hatte sie die Hütte geschmückt. Der Duft nach würzigem Gebäck durchzog das Haus, und Sophia und Alexandra waren kaum noch ruhig zu halten. Sophia zeichnete Sterne und Kerzen auf Karton, die sie ausschnitt und mit Fäden an den Zweigen befestigte, mit denen die Mutter die Fenster und Türen dekoriert hatte.

»Wann kommt Vater?«, fragte Alexandra am Tag vor dem Heiligen Abend, während Sophia die Jüngere mürrisch beobachtete.

»Er wird gleich heimkehren. Aber ihr wisst ja – Geschenke gibt es erst morgen. Also, bestürmt ihn nicht zu sehr!«

Sie sagt »Vater« zu ihm, dachte Eleonora wieder einmal mit einem bitteren Geschmack im Mund. Warum auch nicht? Das Kind wusste es ja nicht besser ... Doch irgendwann würde der Zeitpunkt kommen, da mussten sie ihr erklären, dass ihr Vater ein anderer war und dass nur ihre Mutter wusste, um wen es sich handelte. Eleonora glaubte, dass sie eine Verpflichtung dem Mädchen gegenüber hatten, ihr die Wahrheit zu sagen, aber noch war es dafür zu früh.

Wie würde Alexandra es aufnehmen?

Den Mann im Haus »Vater« zu nennen empfand Alexandra ganz offensichtlich als besondere Auszeichnung, mit der sie gegenüber Sophia prahlte. Eleonoras Tochter sagte »Onkel« zu Matthias. Es würde ein herber Schlag für Alexandra werden, wenn sie erfuhr, dass sie all die Jahre einer Täuschung erlegen war.

Eine dicke Schneeschicht lag seit Wochen über der Steppe, zog sich glitzernd bis an den Rand des Horizonts. Im Dorf hatten sie die Wege frei geschaufelt – ein mühseliges Unterfangen. Jeden zweiten Tag fielen erneut Flocken aus den zum Platzen dicken Wolken. Eleonora betete, dass sich der Winter nicht bis in den April ziehen würde. Sie konnte es nicht erwarten, endlich wieder den Frühling zu riechen. Die Vorratskammer war zwar gut gefüllt, aber der über Wochen andauernde Frost vor zwei Jahren, als Spucke gefroren war, bevor sie auf den Boden traf, hatte sie fast in eine Hungersnot getrieben. Das wollte Eleonora kein zweites Mal erleben.

Matthias war vor drei Tagen auf der zum Schlitten umgebauten Kibitka nach Saratow gereist, dick in Schaffelle eingehüllt, die Fuchspelzmütze tief über die Ohren gezogen. Eleonora wusste, dass er sich von seinen Handelsreisen in die Stadt sehr viel versprach. Er hielt Kontakt zu einer Manufaktur, in der Seide hergestellt wurde. Mit dem Fabrikanten war ein Geschäftsessen vereinbart, und Matthias hatte ihr beim Abschied anvertraut, dass er hoffe, mit guten Nachrichten heimzukehren.

Was er damit meinte, wusste Eleonora nicht, und sie fragte nicht nach, weil sie annahm, er werde schon mit der Sprache herausrücken, wenn es ernst wurde. Sie freute sich nun vor allem darauf, dass er mit den Geschenken für die Kinder zurückkam – und mit Post aus Petersburg.

Sie reckte sich, um eine Girlande mit Strohsternen am oberen Fensterrand zu befestigen, und ließ seufzend die Arme hängen. Ihre Hand glitt zu ihrem Leib, liebevoll streichelte sie über die zarte Rundung, die sich unter ihrer Schürze ertasten ließ. Seit zwei Monaten wusste sie, dass sie Matthias' Kind unter dem Herzen trug. Es musste in einer der ersten stürmischen Nächte entstanden sein, als sie sich aneinandergeklammert hatten, als wollten sie sich nie mehr wieder loslassen, von ihren Zärtlichkeiten und Küssen gar nicht genug bekommen konnten und alles nachholten, was sie in den Jahren davor versäumt hatten.

»Brauchst du Hilfe?«

Eleonora zuckte zusammen und fuhr aus ihren Gedanken hoch. Klara war unbemerkt aus ihrer Kammer getreten, schlüpfte in die kniehohen Fellstiefel und griff nach der doppeltgenähten Wollstola, die sie sich um den Kopf schlang und die bis über das Gesäß reichte. »Nein, nein, ich komme schon zurecht, danke Klara.« Den Kindern hatten sie noch nicht erzählt, dass sie Nachwuchs erwarteten – niemand wusste es, und so war es auch besser, fand Eleonora. Wenn nur erst Nachricht von Christina kam! »Du willst noch raus?«

Klaras sommersprossiges Gesicht unter der Stola verfärbte sich rötlich, und Eleonora wusste Bescheid. Sie versteckte ihr Grinsen. Die jüngste Schwester war in den letzten Monaten zu einer bezaubernden Frau herangereift, birkenschlank und mit Haaren, die, wenn sie die Flechten löste, wie eine Kaskade von Herbstlaub über ihre Schultern fielen. Ob Klara wusste, dass sie kein Kind mehr war? Eleonora war sich nicht sicher.

»Nur ein bisschen frische Luft schnappen«, murmelte Klara. An der Tür hob sie winkend die Hand, bevor sie rasch hinausging, damit die Wärme nicht entwich.

Keine zehn Minuten später wurde die Tür erneut aufgerissen und ein Schwall Winterluft durchwehte die Hütte. Im Türrahmen stand Matthias, dick eingepackt mit rotgefrorener Nase und einem Glitzern in den Augen. Seine weißen Zähne blitzten, als er Eleonora anstrahlte, auf sie zustürmte und sie in die Arme zog. Er bedeckte ihr Gesicht mit Küssen, als hätten sie sich seit Jahren nicht gesehen. Eleonora befreite sich lachend. »Hast du Nachrichten aus Petersburg?«

»Und welche!«, sagte Matthias leise. »Christina hat zugestimmt! Sie hat ihrem Brief eine eidesstattliche Versicherung für den Pastor beigelegt, dass Alexandra nicht mein leibliches Kind ist und dass unsere Ehe niemals vollzogen wurde. Ist das nicht wunderbar, Eleonora? Wollen wir morgen heiraten?«

Eleonora lachte auf und schlang die Arme um seinen Hals. Ihre Lippen trafen sich in einem langen Kuss, in dem all ihr Glück mitschwang. »Ich freue mich, Matthias. Für uns und für unser Kind.«

Matthias legte eine Hand auf ihren Leib und streichelte darüber.

»Was schreibt sie sonst noch? Wie kommt es zu dem Sinneswandel? Wie geht es ihr?«

»Nun, die Details wird sie dir in dem Brief erzählen, der an dich adressiert ist und den ich selbstverständlich nicht geöffnet habe. In dem Schreiben an mich hat sie nur mitgeteilt, dass sie beabsichtigt, sich zu vermählen.« Er stieß ein spöttisches Lachen aus. »Hab' ich es dir nicht gesagt? Wenn sie für sich einen Vorteil sieht, wird sie zu ihrem Fehltritt stehen. Nur für uns hätte sie das niemals getan ...«

Eleonora wandte sich ab und setzte sich an den Tisch, auf den sie zwei duftende, dampfende Becher mit Kräutertee gestellt hatte. Matthias begann, sich aus seinen Winterkleidern zu schälen, und breitete sie zum Trocknen auf die gemauerte Bank neben dem Ofen, der vor sich hin bullerte.

»Du siehst Christina in einem zu üblen Licht«, murmelte sie, während sie sich die Hände an dem Becher wärmte. »Sie hat eine andere Vorstellung von Glück als wir. Das ist alles …«

»Nein, das ist nicht alles. Sie hat nicht nur eine andere Vorstellung, sie geht über Leichen, um ihre Wünsche durchzusetzen. Und sie hat ihr Kind zurückgelassen.«

Eleonora biss sich auf die Unterlippe. Dies war tatsächlich der Punkt, den auch sie Christina nicht verzeihen konnte. Aber alles andere … Sollte sie doch in Petersburg glücklich werden, wenn ihr das Leben in der Kolonie so verhasst war! Eleonora jedenfalls wünschte ihr, dass sich ihre Träume erfüllten. Obwohl sie die Mittel und Wege, die dahin führten, in Frage stellte.

Der Briefverkehr zwischen Petersburg und Saratow lief in einer Schnelligkeit ab, die Eleonora nicht für möglich gehalten hatte. Sie wusste doch, wie weit die Wege im russischen Reich waren! Aber Matthias hatte ihr erklärt, dass die Beziehungen ihrer Schwester zum Zarenhof ihr einige Annehmlichkeiten einbrachten. Der Bote der Zarin durfte sich Trödeleien nicht erlauben. Eleonora erstarrte schier in Ehrfurcht davor, dass ein Bediensteter der Zarin ihre Briefe beförderte. Und sie genoss den Umstand, dass sie über alle Entwicklungen in Petersburg bestens informiert wurde. Nicht nur durch ihre Schwester, sondern auch durch Mascha, die den ersten Brief, den Eleonora nach Christinas Flucht Richtung Sankt Petersburg zögerlich an sie verfasst hatte, mit einer seitenlangen Nachricht voller Herzenswärme beantwortet hatte.

Christina hatte ihr geschrieben, wie liebevoll Nikolaj und

Mascha sie unter ihre Fittiche genommen hatten. Sie schrieb aber auch, was sie sich ersehnte: einen Mann, der ihr ein Leben in den besten Kreisen von Petersburg ermöglichte, und dass sie dafür so manche Unannehmlichkeit in Kauf nehmen würde. *Selbst wenn er gebrechlich wäre, solange er über genügend Einfluss und Geld verfügt, werde ich ihn mir sichern – niemals mehr wieder, Eleonora, niemals mehr wieder werde ich Hunger leiden oder Weizen dreschen. Das schwöre ich dir bei unserer Mutter.*
Hatte Eleonora bei diesen Worten bereits gestutzt, so runzelte sie nun die Stirn, und ein Schatten fiel über ihr Gesicht, als sie sich in die neueste Nachricht aus Petersburg vertiefte. Christina schrieb von einem Deutschen, der einen herausragenden Ruf im Petersburger Seidenhandel genoss, und sie fügte hinzu, dass es keine vier Wochen gedauert habe, bis er Wachs in ihren Händen war. Ein Frösteln durchlief Eleonora, als sie die Worte ihrer Schwester las. So berechnend und rücksichtslos Christina auch vorging, sie glaubte fest daran, dass ihr Eleonora Beifall spenden würde. Darauf, dass sich die Schwester von ihrem Verhalten angewidert fühlen könnte, schien sie nicht zu kommen.

… Er ist nicht besonders helle, musst du wissen, aber das ist genau das, was ich brauche, du verstehst? Sein Reichtum erscheint mir unermesslich, und er hat eine recht geschickte Hand im Umgang mit Kunden. Alles, was das Geschäftemachen betrifft, obliegt aber seiner Schwester, einer eingebildeten Schnepfe, wie du sie dir schlimmer gar nicht vorstellen kannst. Aber André frisst mir aus der Hand und winselt um Aufmerksamkeit wie ein Schoßhündchen. Wenn ich ihn bitte, seine Schwester aus den Geschäften auszuschließen, wird er das bereits am nächsten Tag in die Wege

leiten, sofern ich ihm nur meine Gunst erweise. Genau das habe ich vor – ich warte nur noch auf den rechten Zeitpunkt. Wenn ich diese Felicitas erst los bin, liebste Eleonora, dann vermag mich nichts mehr zu halten. Wünschst du mir das, geliebte Schwester? Ja, ich bin sicher, du wünschst mir das, und ich freue mich auf den Tag, an dem ich die Kolonie besuche, um dich mit Gold zu überschütten und allen anderen ins Gesicht zu spucken …

Kein Wort von Klara, keine Nachfrage nach ihrer Tochter … Christina erzählte nur von sich und ihren ach so glanzvollen Taten. Eleonora ließ den Brief sinken und rieb sich über die Stirn. Sie würde ihn genau wie alle anderen Briefe, die sie von Christina bekam, in die Holzschatulle legen, die sie auf dem Dachboden unter einem Stoß alter Kleider aufbewahrte.

»Was betrübt dich, Liebste?« Matthias rückte mit dem Stuhl näher heran, um ihre Hand zu nehmen. »Schlechte Nachrichten von deiner Schwester?«

Eleonora wischte sich über die Augen, wie um einen bösen Traum zu verscheuchen. »Nein, nein, im Gegenteil. Es könnte ihr nicht bessergehen.«

»Dann lies doch, was Mascha schreibt!« Matthias lächelte ihr aufmunternd zu. Eleonora hatte ihm viel von der jungen Russin vorgeschwärmt. Er wusste, dass ihre Briefe sie immer mit besonderer Freude erfüllten.

Mascha schrieb mit ansteckender Begeisterung von ihrem Studium und dass es nicht mehr lange dauern werde, bis sie auf eigenen Füßen stehen konnte. Eleonora las, wie viel ihr die Kunst bedeutete, dass diese ihrem Leben den schönsten Sinn gab, und sie beneidete Mascha fast um diese Besessenheit, die sie alles um sich herum in einem anderen Licht sehen ließ. Ein ums andere Mal lachte Eleonora laut auf über die gutmütigen Scherze, die sich Mascha auf Kosten der eitlen Christina machte. Mascha erzählte, dass sich Christina ihren Platz in der russischen Hofgesellschaft genauso verbissen erkämpfte wie sie sich ein Lehramt an der Petersburger Akademie und ob es denn nicht etwas Wunderbares sei, wenn man ein Ziel habe, und ob Eleonora ihr nicht einmal schreiben wolle, welche Ziele sie im Leben verfolge.

Eleonora schaute nachdenklich zum Fenster. Ziele? Ihre eigenen Wünsche hatte sie niemals so formuliert … Glücklich war sie, seit sie mit dem Mann, den sie liebte, zusammen sein durfte, sie war es, wenn sie die Menschen, die sie liebte, umhegen und umsorgen durfte, wenn sie in ihren Büchern las, wenn sie keinen Hunger leiden mussten und gesund waren. Es beschämte sie auf einmal, dass sie im Vergleich zu Mascha und Christina im Kleinen dachte. Doch als Matthias aufstand und sie mit sich hochzog, um sie zu umarmen, verging das Gefühl und machte einer tiefen Zufriedenheit Platz, die sie bis in jede Pore ausfüllte. Sie legte die Wange an seine Brust.

»Wirst du mich immer lieben, Matthias?«

»Dich und Sophia und Klara und Alexandra. Und unseren ersten Sohn, unseren zweiten Sohn und den dritten noch mehr …«

Sie lachte, als sie zu ihm aufschaute. »Mit dir bin ich am Ziel«, sagte sie.

Er hob die Brauen, aber sie lachte nur noch mehr. »Küss mich einfach, und lass mich nie wieder los!«

Das ließ er sich nicht zweimal sagen.

»Könntest du dir vorstellen, die Kolonie zu verlassen?«, fragte er, als sie sich endlich voneinander lösten. Eleonora sah ihm an, wie viel Überwindung ihn diese Frage kostete, und sie schrak zusammen.

»Aber ... Wir haben uns hier alles aufgebaut, Matthias! Wir haben unser eigenes Land. Es wird nicht mehr lange dauern, bis wir mit dem Weizen Handel treiben können ... Warum sollten wir das um Himmels willen aufgeben?« Sie musterte ihn mit ineinander verkrampften Händen. Sie hatte schon einmal eine Heimat verlassen – ein zweites Mal würde über ihre Kräfte gehen.

»Wir würden nicht weit wegziehen. Nur nach Saratow«, erwiderte er. »Bis hier ein Handel in Schwung kommt, dauert es mindestens noch ein Jahrzehnt, wenn uns nicht wieder marodierende Wilde dazwischenkommen und alles zerstören. Ich habe das Angebot von einem Seidenfabrikanten in Saratow, als sein Kompagnon ins Geschäft einzusteigen. Er hält große Stücke auf meine Umgangsformen und meint, keiner knüpfe so gekonnt die Kontakte wie ich. Ich hätte ein seltenes Geschick im Umgang mit Kunden«, fuhr Matthias belustigt fort, »und würde mit meiner Herzlichkeit und Zuverlässigkeit gewiss Preisforderungen durchsetzen, mit denen andere Händler gegen Mauern rennen würden.« Er sah ihr in die Augen. »Ich habe selbst noch nichts entschieden und keine Absprachen getroffen. Wir haben Zeit, uns das Angebot zu überlegen, aber, Eleonora, uns würde es in Saratow an nichts fehlen ...«

Eleonora fühlte leichten Schwindel, während sie ihm zuhörte. »Ich ... ich muss mir das überlegen. Das kommt unerwartet. Ich dachte wirklich, wir würden in der Kolonie alt werden ...«

Matthias lächelte. »Die Kolonie wird immer unser Zuhause sein. Wir werden zu allen hier die Freundschaft halten, aber nach Saratow zu gehen ... das wäre ein Schritt, der auch den Waidbachern Nutzen bringen würde. Ich könnte dort versuchen, Handelskontakte für unsere Freunde herzustellen …«

Eleonora fasste sich mit Daumen und Zeigefinger an die Nasenwurzel. »Das … das ist alles etwas viel für heute. Christinas Zusage, die Briefe, deine Eröffnung … Lass uns nach Weihnachten eine Entscheidung treffen, ja?«

Er nickte und lächelte aufmunternd. »So machen wir es.« Er stand auf, krempelte die Ärmel hoch und rieb sich die Hände. »Jetzt lass uns ein anständiges Weihnachtsessen vorbereiten! Daniel hat doch sein Kommen zugesagt, und der frisst, als gäbe es kein Morgen, wann immer er uns beehrt.«

Eleonora sprang auf. »Er wollte heute schon eintreffen. Und ich habe noch nicht mal angefangen!«

»Na dann, los!« Matthias drückte ihr einen Kuss auf die Wange.

Der Vollmond beleuchtete das nächtliche Dorf und die Rauchfahnen, die über den Dächern aufstiegen. An mehreren Ecken brannten Feuer, die zuverlässig die Wölfe abhielten, aber deren Heulen war dennoch die gewohnte Nachtmusik in Waidbach. Sebastian konnte sich kaum noch daran erinnern, dass es in seiner Kindheit Nächte ohne Wolfsgeheul gegeben hatte. Zu gern würde er mal einen sehen, aus der Entfernung nur, aber die Wölfe waren scheu. An diesem Abend allerdings dachte er nicht an die Tiere des Waldes, sondern daran, ob es ihm wohl endlich gelingen würde, seine geliebte Klara in die Arme zu schließen.

Genauso wenig wie an Nächte ohne Wolfsgeheul konnte er sich daran erinnern, dass es eine Zeit gegeben hatte, in der er nicht in Klara verliebt gewesen war. Jede freie Minute verbrachte er mit der jüngsten der Weber-Schwestern, und in der Nacht verfolgte sie ihn in honigsüße Träume.

Er spürte, dass sie ähnlich empfand wie er, obwohl er es manchmal nicht glauben konnte. Er brauchte ja nur auf seine linke Hand zu schauen – so sah kein Mann aus, den eine Frau lieben konnte. Und dennoch ... Wie Klara strahlte, wenn er ihr begegnete. Wie sie ihn anschaute, wenn sie meinte, er merke es nicht. Wie sie ihn manchmal neckte, weglief und sich kichernd von ihm fangen ließ ... Doch, Sebastian war sich sicher, dass Klara seine Liebe erwiderte. Nun lag es nur an ihm, dass sie sich endlich einmal küssten und sich sagten, was sie füreinander empfanden.

An diesem Abend waren sie bei den Ställen verabredet, die sie tagsüber ausgemistet hatten und wo die Leiber der sechs Ponys die Luft mit Wärme erfüllten. Sie konnten im Stroh hocken und sich necken und lustige Geschichten erzählen, aber diesmal würde es anders sein als sonst. Sebastian fühlte ein Kribbeln im Nacken, und die Kehle wurde ihm eng. Was, wenn er sich doch getäuscht hatte und sie ihn auslachte? Ein Lid zuckte, wie immer, wenn er aufgeregt war.

Aus dem Stall drang das Licht einer Laterne nach draußen. Klara wartete offenbar bereits auf ihn. Er trat näher, wollte die Tür öffnen, doch als er Stimmen von drinnen hörte, verharrte er.

»... hab' ich der Mutter damals versprochen, die Weberei fortzuführen, und du glaubst nicht, wie weh es getan hat, als es hieß, nein, wir marschieren nach Russland und lassen alles zurück, was die Eltern aufgebaut haben. Ich hatte das Gefühl, mir wird das Herz aus dem Leib gerissen, und ein Teil von mir ist in Hessen geblieben, und ...«

»Ja, seine Wurzeln zu verlieren kann sehr schmerzhaft sein. Ich verstehe das, Klara ...«

Ein Ruck ging durch Sebastian, als er die zweite Stimme erkannte. Daniel! Kein Halten gab es mehr für ihn, er riss die Tür auf und musste sich zusammennehmen, dem väterlichen Freund nicht wie ein kleiner Junge um den Hals zu fallen.

Er lief ein paar Schritte, blieb stehen, räusperte sich und streckte ihm steif die Hand entgegen. »Meister Daniel ...«

Daniel grinste von einem Ohr zum anderen, packte die Hand des Jungen, der inzwischen so groß war wie er, und zog ihn mit einem kräftigen Ruck zu sich, um ihn zu umarmen.

»Sebastian, wie schön ...« Er hielt ihn fest, bis sich der Junge befreite und verlegen auf die Schuhspitzen schaute. Was mochte Klara von ihm denken, wenn er sich wie ein Kind abherzen ließ? »Was treibt dich her?«, fragte Daniel aufgeräumt, doch als Klara und Sebastian beschämte Blicke tauschten und überall hinschauten, nur nicht in sein Gesicht, grinste Daniel. »Ah, ich verstehe. Ich sollte sowieso längst bei Eleonora und Matthias sein.« Er schnupperte. »Wenn mich nicht alles täuscht, köchelt die Abendsuppe bereits im Kessel.«

Er klopfte Sebastian auf die Schulter, drückte Klara einen Kuss auf die Wange und eilte hinaus.

Die beiden jungen Leute standen sich gegenüber. Das Licht der Laterne, die Klara auf den Boden gestellt hatte, warf zuckende Schatten an die Stallwände. Die Ponys schnaubten leise in ihren Boxen, die Ziegen trappelten in ihrem Gehege, die Rinder raschelten im Stroh.

Sebastian räusperte sich. »Was ... was hast du mit Daniel beredet?«

»Nichts Besonderes. Er sah nur Licht im Stall und kam herein. Ich habe auf dich gewartet«, fügte sie leise hinzu.

Betrübt bemerkte Sebastian, dass sie mit ihm offenbar nicht über die Sehnsucht nach ihrer deutschen Heimat reden wollte. Aber er würde nicht vergessen, was er da soeben erfahren hatte. Niemals. Und er würde Mittel und Wege finden, Klara ihren größten Wunsch zu erfüllen. Wenn das der Weg zu ihrem Herzen war, würde er ihn gehen.

Da spürte er ihre zarten Finger an seiner gesunden Hand, und als er sie anschaute, bemerkte er den tiefen Ernst in ihrem Blick. Wie schön sie war … Die Nase zierlich und gepunktet, der rosige Mund, der leicht geöffnet war, die Augen groß und irgendwie traurig. War die Sehnsucht nach ihrer Heimat der Grund für ihre Melancholie? Oder trauerte sie immer noch um ihre Freundin Helmine, die sie, wie Sebastian wusste, auf grausame Art verletzt haben musste. Sie sprach nicht darüber, aber aus dem wenigen, was sie erzählt hatte, hörte er heraus, wie nah ihr diese Auseinandersetzung gegangen war. In der Fremde zählten Freunde hundertmal mehr, und einen zu verlieren war ein bisschen wie sterben. Niemand konnte sich das besser vorstellen als Sebastian.

Klara trat näher an ihn heran, und er fühlte ihren warmen Atem, roch den Duft von Herbstlaub und Rosen in ihren Haaren. Ihm schwindelte, doch einen Wimpernschlag später hatte er sie an sich gezogen. Ihr Gesicht war seinem ganz nah. Er spürte, wie ihre Finger in seiner Hand zitterten. »Wirst du mich jetzt küssen?«, wisperte sie.

»Wenn ich darf?« Seine Stimme klang krächzend.

Zur Antwort schloss sie die Augen und hob ihm das Gesicht entgegen.

40. Kapitel

Die Jahre danach

Wie ein Steppenfeuer breitete sich im Herbst 1773 in den Wolga-Kolonien und im ganzen südlichen Russland das Gerücht aus, der 1762 angeblich von den Gebrüdern Orlow im Auftrag seiner Frau Katharina ermordete Zar Peter III. sei wieder aufgetaucht und höchst lebendig.

In Wahrheit aber war es der Donkosak Jemeljan Pugatschow, der zur Revolte gegen die Obrigkeiten aufrief. Den armen Kosaken und den geflüchteten Leibeigenen versprach er die Freiheit und Reichtum. Allen Gutsbesitzern drohte er mit dem Tod.

Im November belagerten die Aufständischen die Stadt Orenburg, erlitten aber gegen die Regierungstruppen eine Niederlage. Pugatschow gelang es, unterzutauchen und allen Hinterhalten zu entgehen. In den darauffolgenden Monaten wurde er zum meistgesuchten und meistgefürchteten Mann Russlands.

Auf seinem Zug durch die Städte und Dörfer schlossen sich dem Rebellen immer mehr Männer an, die mit den Verhältnissen im Reich der Zarin unzufrieden waren. Im Juli 1774 stand er mit einer Armee von zwanzigtausend Aufständischen und zwölf Geschützen vor Kasan. Nach der Einnahme der Stadt plante Pugatschow den Angriff auf Moskau, doch dieser schlug fehl.

Mit dem Marsch der Rebellentruppen wolgaabwärts begann die nächste Etappe des Aufstandes. Tausende von

Bauern verstärkten die Aufrührerischen, und im August 1774 standen sie vor Saratow.

Viele der Verteidiger der Stadt schlugen sich auf die Seite der Rebellen und öffneten ihnen die Tore. Begeistert begrüßte die ärmere Bevölkerung Pugatschow – mehr als einhundert Adelige und Beamte wurden öffentlich hingerichtet.

Danach nahmen die Rebellen Kurs auf die Wolga-Kolonien.

Als sich die Nachricht vom Nahen Pugatschows und seiner Gefolgsleute verbreitete, kam Panik bei den Deutschen auf.

Bernhard Röhrich berief alle Dörfler zu einer Versammlung ein und ordnete an, dass zunächst das Vieh und die Pferde in den nahe gelegenen Forst in Sicherheit gebracht wurden, bevor die Bewohner sich für den Kampf gegen die Rotte rüsteten.

Die Menschen zitterten und tuschelten, rückten eng aneinander. So viele Überfälle hatten sie bereits erlebt, Freunde und Verwandte hatten ihr Leben gelassen oder waren verschleppt und versklavt worden. Drohte ihnen nun allen der Tod? Es hieß, Pugatschow und seine Mordbande machten keine Gefangenen. Sie raubten und plünderten, was ihnen gefiel, zerstörten und brannten nieder, was ihnen nicht gefiel, und töteten alle, die sich ihnen widersetzten.

Während Bernhard versuchte, auf dem Dorfplatz das Gemurmel der Leute zu übertönen, trat auf einmal mit trotziger Miene Gregor Schmied vor, das Kinn kämpferisch vorgeschoben. »Warum sollen wir uns diesem Mann widersetzen? Das ist doch genau das, was die ach so große Katharina will: uns im Kampf gegen die Krieger verheizen und alle Gegner des russischen Reiches schwächen. Pugatschow will Gerechtigkeit für alle – ich bin bereit, mich ihm anzuschließen. Woher wollen wir wissen, dass er nicht tatsächlich Zar Peter ist, der dem Mordanschlag entkommen konnte?« Er wandte sich der Menge zu. »Leute, wer folgt mir? Wer reitet mit mir Pugatschow entgegen, um ihm unsere Unterstützung anzubieten? Ihr habt den Ukas gelesen: Jedem Kolonisten, der sich ihm anschließt, werden monatlich zwölf Rubel ausbezahlt. Wir werden frei sein und reisen können, wohin es uns beliebt.«

Mit seinen Kumpanen hatte er in den vergangenen Jahren den Hass auf die Krone geschürt, sie hatten sich hineingesteigert in ihre Verachtung für alles Russische und sahen nun einen Weg, ihrem Zorn auf dieses Leben Luft zu machen. Die jungen Männer traten ein paar Schritte vor, reckten die Fäuste und jubelten.

Auch in Anton von Kersens Augen trat bei den aufwieglerischen Worten ein Glitzern. Doch als er die Faust heben wollte, packte ihn Veronica am Arm. »Was tust du?«, zischte sie. »Willst du alles hinwerfen, was wir beide uns hier aufgebaut haben, um dem Traum früherer Jahre hinterherzuhecheln? Willst du mich und alle, die zu unserer Gemeinschaft gehören, verraten für eine zwielichtige Gestalt, die vor keiner Greueltat zurückschreckt? Geh nur, Anton von Kersen, wenn du es für dein Seelenheil brauchst, aber kehr nie mehr, hörst du, niemals mehr wieder zu mir zurück!«

Der innere Kampf spiegelte sich in von Kersens Miene. Da war sein verlorener Lebenstraum, in Russland zu militärischen Ehren zu kommen, da war die Demütigung, gegen seinen Willen in die Landwirtschaft an der Wolga beordert worden zu sein, da war aber auch die Befriedigung, als Schulmeister die Anerkennung der Dörfler zu genießen und den Knaben und Mädchen das Rechnen und Lesen beizubringen – und da war die wohlige Geborgenheit an Veronicas Busen. Der Zorn und die Verbitterung der Anfangsjahre flackerten ein letztes Mal in ihm auf. Schließlich sackten seine Schultern nach vorn und seine Gesichtszüge wurden weich, als er zu Veronica schaute. »Verzeih«, murmelte er. »Alles kann ich verlieren, ohne daran zugrunde zu gehen – nur nicht dich. Verzeih, dass ich das einen Moment lang vergessen habe!«

Sie fassten sich an den Händen, die große, schwergewichtige Frau und der kleine Mann, in stiller Einigkeit darüber, dass es sich für das, was sie sich gemeinsam und allen Widrigkeiten zum Trotz aufgebaut hatten, zu kämpfen lohnte.

Pugatschow fiel mit unfassbarer Grausamkeit über die Kolonien her. Vorsteher wurden erhängt, wenn sie nicht angeben wollten, wohin sie die Pferde getrieben hatten. Auch Sarepta erlitt gewaltigen Schaden. Die Einwohner waren zum Glück zuvor nach Astrachan geflohen, aber die blühende Oase war nach dem Einfall der Rebellen dem Erdboden gleichgemacht.

Auch wenn Bernhard Röhrich das Dutzend junger Männer verachtete, die sich dem Aufstand anschlossen und Pugatschow die Treue gelobten – letzten Endes war es ihnen zu verdanken, dass Waidbach von der Zerstörung verschont blieb. Gregor und seine Kumpane ritten den Aufständischen entgegen und erklärten sich als kriegsbereite Abordnung der Kolonie, die ihnen die Treue schwor.

Die Waidbacher schickten in ihrer Kirche Dankesgebete zum Himmel und holten Pferde und Vieh wieder zurück. Fortan nahmen sie an dem Aufstand nur über die spärlich eintreffenden Nachrichten Anteil. Es hieß, dass es Ende

August 1774 bei Tschorny Jar an der Wolga zur Entscheidungsschlacht zwischen den Mannen Pugatschows und den Regierungstruppen kam. Dabei wurde der Anführer der Aufständischen geschlagen und geriet wenig später durch Verrat in die Hände seiner Feinde. Im Triumphzug brachten sie den Rebellen nach Moskau.

Gregor und seine Freunde kehrten nie mehr nach Waidbach zurück. Ob sie bei einer der Schlachten gefallen waren oder ob sie sich in den Weiten des russischen Reiches verstreut hatten, wusste niemand zu sagen.

Zurück blieb die Erinnerung an eine weitere Heimsuchung, die die Kolonisten mit Wunden an Leib und Seele überstanden hatten – und eine wie versteinert wirkende Helmine, die sich nach dem Fortgang ihres Mannes ganz von der Gemeinschaft zurückzog und kaum ein Wort mit jemandem sprach.

Seit ihrem hässlichen Streit mit Klara hatte sie einige Male auf ungeschickte Art versucht, die Freundschaft wiederaufleben zu lassen, aber Klara war zu tief verletzt, um nach der Hand, die sie ihr entgegenstreckte, zu greifen.

Als Klara an einem Sommerabend mit einer Kanne Ziegenmilch und einem Weidenkorb voller Eier zum Krämer eilte, der nicht nur Waren des täglichen Bedarfs aus Saratow verkaufte, sondern auch die Produkte der Kolonisten in Kommission nahm, führte ihr Weg an der Maulbeerplantage vorbei, die einst Marliese angelegt hatte. Die Bäume waren inzwischen fast mannshoch und dicht begrünt. Im Steppenklima schienen sie hervorragend zu gedeihen, aber zum ersten Mal fiel Klara auf, dass sie jemand gewässert und beschnitten haben musste. Anders war die Pracht, die sich weit vor ihr erstreckte, nicht zu erklären.

Sie verlangsamte den Schritt, als sie am Rand der Plantage

jemanden hocken sah. Sie erkannte sie an den silberweißen Flechten, die unter dem Kopftuch hervorschauten: Helmine.

Die Base kauerte vor einer Holzkiste mit zwei eisernen Griffen und schien ganz in ihre Tätigkeit vertieft zu sein.

Während Klara auf die Freundin von früher starrte, wurde ihr das Herz schwer. Mit einem Schaudern erinnerte sie sich an die grausamen Worte aus Helmines Mund, aber sie erinnerte sich auch daran, wie freudig Helmine in die Ehe mit Gregor gegangen war, wie viele Hoffnungen sie dareingesetzt hatte, und auf einmal verstand Klara, wie schwer enttäuscht Helmine von ihrem Leben hier an der Wolga sein musste. Der eine Bruder war erschlagen worden, der andere hatte mit Anja eine eigene Familie gegründet, die Mutter war bei einem Angriff der Kirgisen gestorben, der Ehemann hatte sie geschlagen und gedemütigt und sie am Ende verlassen.

Wie einsam musste Helmine sich fühlen, und nun, da Klara dank ihres Liebsten wusste, wie sehr es das Herz wärmte, wenn man sich gewiss war, zu wem man gehörte, überfiel sie auf einmal Mitleid mit der Base, die da wie ein Häuflein Elend kauerte und in der Kiste herumkramte.

Klara stellte den Korb und die Kanne an den Straßenrand und trat zu Helmine. »Gott zum Gruße, Helmine.«

Als diese aufschaute, versuchte Klara, sich ihr Erschrecken nicht anmerken zu lassen. Die Base war wenig älter als zwanzig Jahre, aber ihr Gesicht war von Falten durchzogen und von teigiger Farbe, die Augen wässerig wie geschmolzener Schnee. Als Helmine sie erkannte, verzog sie die Mundwinkel zu einem Lächeln. »Gott zum Gruße, Klara.«

Unwillkürlich schnupperte Klara, um zu erkennen, ob

Helmine das Trinken zur kranken Gewohnheit geworden war und sie erneut mit einem Tobsuchtsanfall rechnen musste. Aber sie roch bloß das frische Grün der Maulbeerblätter und den erdigen Duft des Ackers. Von Helmine ging ein leicht säuerlicher Geruch aus, als hätte sie ein Bad im Zuber nötig, aber die Ausdünstung von Branntwein fehlte.

Sie stieß die Luft durch die Nase aus, während sie Klara musterte. »Nein, ich habe nichts getrunken«, beantwortete sie die nicht gestellte Frage, und Klara errötete.

»Ich … ich dachte nicht …«

Helmine unterbrach sie. »Brauchst dich nicht zu rechtfertigen. Wäre ja nur zu verständlich, wenn du glaubst, ich bin wie die Mutter zur Trinkerin geworden. Aber nein, Klara. Seit damals … seit du bei mir warst … Da sind mir die Augen aufgegangen.« Beim letzten Satz brach ihre Stimme, und Klara schluckte schwer. Vorsichtig legte sie eine Hand auf Helmines Unterarm, immer damit rechnend, dass sie sie im nächsten Moment fortstieß. Aber die Base holte nur tief Luft, um ihre Fassung wiederzugewinnen. »Es … es tut mir so leid, dass ich dich als Freundin verloren habe, Klara. Du warst mir von allen die Teuerste.«

Klara presste die Lippen aufeinander und nickte. »Ja, ich weiß … Was … was tust du hier?« Sie wies auf die Kiste und reckte den Kopf, um einen Blick hineinzuwerfen. Darin befanden sich, zwischen Blättern und Zweigen sorgfältig verpackt, Trauben von gelben und grauen Eiern, die wie Schaumbläschen aussahen, und winzige, wimmelnde Raupen.

Helmine griff vorsichtig hinein und legte eine Eiertraube und einige Raupen auf die Handfläche. Andächtig betrachtete sie sie. »Das sind Seidenraupen und ihre Eier. Matthias hat mir die Kiste aus Saratow mitgebracht.« Sie stieß ein Lachen aus. »Ich hatte ihn gar nicht darum gebeten, aber als er vor mir stand und sie vor mich stellte, konnte ich sie ihm nicht wieder mitgeben.« Sie schwieg einen Moment und beobachtete das Gewimmel. »Vielleicht halte ich hier mein Glück in den Händen«, fuhr sie schließlich fort. »Weißt du, Klara, sie fressen dreißig Tage lang die Blätter des Maulbeerbaums, dann schließen sie sich in einen Kokon ein. Wenn sie zwei Wochen später wieder herauskommen, hinterlassen sie einen Schatz – das Rohgarn für Seide.«

Klara schaute nicht weniger andächtig als Helmine auf die zerbrechlichen Eier und die schwärzlichen Raupen. Sie beobachtete, wie Helmine die Hand ausstreckte und die Tiere behutsam auf die Blätter der umliegenden Bäume setzte, wo sie sich hungrig wanden und krümmten.

»Sie fressen und fressen und werfen zwischendurch immer wieder die zu eng gewordene Haut ab, bis sie am Ende fast durchscheinend weiß sind. Schließlich haben sie das Vielfache ihres Gewichts erreicht, verpuppen sich, und wir brauchen nur zu warten, bis sie wieder schlüpfen …«

»Das … das ist wie ein Wunder«, flüsterte Klara und strich mit der Kuppe ihres Zeigefingers über den gekrümmten Rücken einer Raupe.

»Ja, das *ist* ein Wunder.« Helmine setzte die nächste Raupe auf ein Blatt, die gleich zu fressen begann. »Es war der Traum meiner Mutter.«

Klara spürte ein Kitzeln im Nacken, während sich Helmine nun ganz ihren wimmelnden Tieren widmete und sie vergessen zu haben schien.

Sie richtete sich auf, klopfte sich den Staub vom Rock und sah auf Helmine hinab. »Ich wünsche dir von Herzen, dass

es dir gelingt, den Traum deiner Mutter zu verwirklichen, Helmine«, sagte sie.
Helmine lächelte. Diesmal bildeten sich Fältchen um ihre Augen, und ein Glanz lag darin wie ein Sonnenstrahl. »Dank dir, Klara. Das will ich versuchen. Ich bin es Mutter schuldig. Und mir auch.«

41. Kapitel

Kolonie Waidbach, Herbst 1774

In den vergangenen Monaten hatten Sebastian und sein Freund Johannes, der zu den nachgerückten Familien in der Kolonie gehörte und aus der Pfalz stammte, das Revier nach und nach kreisförmig erweitert, das sie bei ihren Ausritten in die Steppe erkundeten. Es gehörte zu den besonderen Freizeitvergnügungen der beiden, auf den Kalmückenponys über das Salzkraut zu galoppieren, den Wind in den Haaren, den Duft von Freiheit in der Nase.

Sie waren weit an der Wolga entlanggeritten, fast bis nach Saratow, und auf der anderen Seite bis zu den russischen Dörfern und den übrigen Kolonien, wo sie sich wie zwei Abenteurer umschauten.

Sebastian genoss diesen flüchtigen Rausch der Unabhängigkeit und konnte in diesen Stunden noch besser als früher verstehen, was seinen Freund Daniel bei all seinen Reisen antrieb.

Vorsteher Röhrich hatte ein paarmal versucht, den Jungen ihre Ausritte zu verbieten oder sie zumindest dazu zu verpflichten, sich in Begleitung auf den Weg zu begeben. Aber Sebastian und Johannes hielten sich nicht daran. Dieses Vergnügen wollten sie sich nicht nehmen lassen, und die beiden Freunde legten keinen Wert darauf, sich einem größeren Pulk anzupassen, bei dem der eine nach links, der andere nach rechts strebte.

An diesem Abend waren sie wieder in Richtung Saratow unterwegs. Sie durchquerten zunächst ein Wäldchen, ehe sie zwischen ausgedehnten Flächen mit Tabakpflanzen galoppierten. Doch plötzlich zog Sebastian die Zügel.

»Warte mal, Johannes!«, rief er seinem Gefährten zu, der schon ein Stück vorangeritten war. Der Freund wendete das Pferd. Sebastian wies auf einen verborgenen Pfad, der an den hohen Pflanzen vorbei zurück in den Forst führte. Die Sonne stand tief am Himmel und schickte vereinzelte Strahlen durch die dichten Baumkronen. Sebastian beschattete mit einer Hand die Augen. »Siehst du das? Was mag das sein?«

»Kann eine verunglückte Kutsche sein. Da schaut ein gebrochenes Rad aus dem Graben. Los, lass uns nachsehen! Wer zuerst da ist – die Wette gilt!«

Schon preschten die beiden los, lachend, weit vorgebeugt, mit fliegenden Haaren im Wind.

Als sie an der Unglücksstelle ankamen, erkannten sie, dass es sich tatsächlich um das Wrack einer Kutsche handelte, und zwar einer ziemlich edel ausgestatteten mit Brokatvorhängen an den Fenstern und kunstvollen vergoldeten Holzverzierungen am Dach. Das Geschirr für die Pferde hing wie ein abgenagtes Skelett an der Deichsel.

»Schade um das gute Stück«, murmelte Johannes. »Die Kutsche hat gewiss ein paar Hundert Rubel gekostet.«

»Warum hat sie keiner zum Reparieren abgeholt?«, überlegte Sebastian.

»Vielleicht ein Kirgisen-Überfall? Die haben es doch immer nur auf die Pferde abgesehen.«

»Und wo sind die Reisenden?«

Die beiden Jungen sahen sich an. Sebastians Herzschlag beschleunigte sich. Er spürte, während er dem Freund in die Augen schaute, dass dieser das Gleiche dachte wie er.

Johannes sprang als Erster von seinem Pony. »Lass uns nachschauen!«

Sebastians Lid zuckte, aber er tat es dem Freund nach. Was mochte sie in der Kutsche erwarten? Innerlich wappnete er sich und bereitete sich auf einen üblen Anblick vor, falls die Kutsche hier bereits mehrere Tage festhing.

Die Tür klemmte und ließ sich nur mit vereinten Kräften aufziehen. Als sie aufflog, drang ein unfassbarer Gestank nach draußen, der die beiden Freunde taumeln und instinktiv die Hand vor den Mund halten ließ.

Schwer atmend rang Sebastian um Luft, hielt sich die Seiten und beugte den Oberkörper vor. »Hast du das ganze Blut gesehen?«, stieß er hervor.

Johannes nickte mit grimmiger Miene. »Sie sind abgeschlachtet worden wie Vieh.« Er trat wieder näher heran, die Hand an der Nase, und spähte in die Kutsche, um das Innere genauer zu inspizieren. »Adelige offenbar. Jedenfalls ganz feine Leute, der Kleidung nach zu urteilen.«

Sebastian atmete immer noch schwer, während sich hinter seiner Stirn ein Gedanke formte. Schließlich trat er noch einmal vor, setzte einen Fuß auf das Trittbrett der Kutsche, so dass diese gefährlich ins Wanken geriet, aber er behielt das Gleichgewicht und beugte sich hinein. Er griff der männlichen Leiche in die samtene Jacke und öffnete mit flinken Fingern das perlenbestickte Täschchen der Frau. Er hielt dabei den Atem an, und als er wieder wegsprang, knisterten Papiere in seinen Händen.

Johannes starrte ihn an. »Was ist das?«

Sebastian grinste. »Tja, die Kirgisen bereichern sich an Pferden, Schmuck und Gold, aber dies hier, mein Freund«, er wedelte mit den Dokumenten vor Johannes' Nase, »dies hier ist meine persönliche Eintrittskarte ins Glück. Wollen wir wetten?«

Wenige Tage später ergab sich die Gelegenheit für Sebastian, sein Glück zu erproben.
Seit vielen Monaten wussten Klara und er, dass sie zusammengehörten, aber mehr als hin und wieder einen Kuss gestand sie ihm nicht zu.
Sebastian wagte nicht, mehr zu fordern und ihr näherzukommen, aus Angst, sie würde ihn dann zurückweisen und nichts mehr mit ihm zu tun haben wollen. Das würde er nicht ertragen.
Oft hatte er überlegt, woher ihre Zurückhaltung rührte, doch nachdem er sie mit Daniel in der Scheune reden gehört hatte, glaubte er, den Grund für die Traurigkeit in ihren Augen zu kennen.
Klara litt an Heimweh.
Es zog sie mit aller Macht zurück nach Deutschland, und sie wusste, es gab von hier kein Entkommen.
Doch nun hatte er die Pässe dieser Adeligen. Wenn sie es geschickt genug anstellten, würde es kein Problem sein, mit ihnen außer Landes zu kommen und in die Heimat ihrer Mutter zurückzukehren.
In seinen Träumen malte er sich aus, wie sie ihm um den Hals fallen würde vor Glück und wie ihre Augen funkeln würden, wenn sie wieder deutschen Boden betraten. Hand in Hand würden sie in Lübeck von Bord gehen …
Sie lagen zusammen im Stall bei den Pferden, flüsterten und tuschelten, als Sebastian in sein Hemd griff, wo er die Papiere sicher am Körper trug.
»Was würdest du sagen, wenn … wenn ich deinen geheimsten Wunsch kennen würde?«
Klara richtete sich auf, zupfte sich das Stroh aus den Haaren und sah mit gerunzelter Stirn auf Sebastian hinab. Sein Grinsen blieb.

Er hob die Dokumente hoch und hielt sie ihr unter die Nase. »Weißt du, was das ist?«
Klara nahm die Papiere, blätterte sie durch, dabei klappte ihr Mund auf. »Das ... das sind Pässe eines deutschrussischen Paares.«
Sebastian nickte. »Genau. Er heißt Igor, sie Anna. Klara, möchtest du meine Anna sein, wenn ich dein Igor wäre?« Er feixte.
Klara lachte nicht. »Ich verstehe nicht. Was meinst du? Was ist das für ein Gewäsch?«
Sebastian richtete sich auf und legte den Arm um ihre Schultern, die Papiere vor sich auf den Beinen. »Schau, ganz einfach, Liebste. Mit diesen Pässen können wir das Land verlassen, wie du es dir schon immer gewünscht hast. Wir kratzen all unsere Rubel zusammen und investieren sie in teure Kleidung, die uns den Anschein geben wird, ein vornehmes Paar auf Reisen zu sein – Igor und Anna eben. Im Hafen von Petersburg wird uns kein Mensch aufhalten, wenn wir an Bord des nächsten Schiffes gehen, das uns nach Lübeck bringt. Versteht sich doch von selbst, dass Leute von edlem Geblüt, wie wir es dann sind, die Welt sehen möchten, oder?«, fügte er mit gespieltem Hochmut hinzu.
Klara hörte mit offenem Mund zu. Sebastian stutzte. Freude sah anders aus.
»Das hältst du für meinen geheimen Wunsch? Zurück nach Hessen zu ziehen?«
»Ist es das nicht?«, fragte er leise zurück. »Oder willst du es mir nur nicht sagen? Ich habe doch gehört, wie du es Daniel erzählt hast ...«
»Sebastian Mai, ich weiß nicht, was du gehört hast, aber weg von hier will ich gewiss nicht.«

Sie schauten sich an, und Sebastian mühte sich ab, in ihren Augen zu lesen.
Führte sie ihn an der Nase herum? Verschloss sie sich vor ihm?
Klara fuhr fort: »Es stimmt, dass ich am Anfang dagegen war überzusiedeln. Ich war sogar ziemlich verzweifelt und habe vieles versucht, um meine Schwestern zu einem Umdenken zu bewegen. Aber … das hat sich inzwischen geändert«, sagte sie leise. »Ich möchte hier nicht mehr weg. Niemals mehr wieder! Die Arbeit mit den Tieren macht mich glücklich, und du …« Sie räusperte sich. »Wir haben es doch wunderschön hier, Sebastian!« Sie sah ihn wieder an. »Ich möchte hier alt werden. Ich möchte, dass meine Kinder hier aufwachsen.«
»Mit … mit mir?«, wagte er zu fragen.
Sie nickte. »Ja, Sebastian, mit dir und unseren Kindern.«
»Aber … aber woher rührt die Traurigkeit in deinen Augen? Ich dachte wirklich, der Grund dafür sei dein Heimweh.«
»Ja, manchmal bin ich traurig«, gestand sie und fasste nach seiner Hand, »und manchmal bin ich spröde und stoße dich vor den Kopf, obwohl ich dich … liebe.« Noch einmal hüstelte sie, löste sich von ihm und begann, ihr Mieder aufzuknöpfen.
»Was tust du?« Seine Kehle wurde eng.
»Streichle mich, Sebastian, berühre mich. Sei immer sanft und lieb zu mir. Tu mir niemals weh, und tu niemals etwas, was ich nicht selbst will. Versprichst du mir das?«

»Ich verspreche es«, sagte er feierlich, als spräche er einen Schwur.
Sie legte die Arme um seinen Hals und zog ihn ins Stroh.

»Dann wird auch irgendwann die Traurigkeit verschwinden«, wisperte sie, bevor sich ihre Lippen in einem zarten Kuss trafen.

»Hopp, hopp, Klara, pack deine Kleider ein, schnür dein Bettzeug zusammen – beeil dich! Das Fuhrwerk ist schon bereit!« Eleonora klatschte in die Hände, um der jüngeren Schwester Beine zu machen, bevor sie fortfuhr, Vasen, Kannen und Gläser in Leinentücher einzuschlagen, um sie gegen Bruch auf der rumpelnden Fahrt im Karren zu schützen. Alle in der Hütte wuselten aufgeregt hin und her.
Alexandra und Sophia sammelten ihre wenigen Spielsachen und Schulhefte zusammen, Matthias räumte die Pfannen, Töpfe und das Geschirr aus der Küche in Holzkisten, der einjährige Stephan durchquerte auf wackeligen Beinen die Hütte und quäkte dabei. Nur der erst wenige Wochen alte Justus schlummerte seelenruhig, am Daumen nuckelnd, in dem Körbchen, das seine Eltern mit Gurten an einem Deckenbalken befestigt hatten und hin und wieder anschubsten, um ihn durch das Schaukeln ruhig zu halten.
In Saratow stand das aus Stein erbaute Haus leer geräumt bereit für sie, mitten im Zentrum der Stadt und so nahe an der Wolga, dass sie das Plätschern der Uferwellen von den Schlafkammern aus hören würden. Ein Bad gab es in ihrem neuen Zuhause, einen riesigen Ofen mit Schornstein, und zum Bäcker, zum Fleischer, zum Stellmacher, zum Hafen, zur Schule und zu der Manufaktur, die Matthias als Kompagnon mit leiten würde, waren es nur kurze Fußmärsche.
Eleonora hatte lange mit sich gerungen, ob sie tatsächlich das aufgeben sollten, was sie sich bislang in der Kolonie Waidbach aufgebaut hatten, aber letzten Endes hatte sie keine Wahl. Matthias, der bereits zeitweise in Saratow

wohnte, hatte sich innerhalb weniger Monate einen so herausragenden Namen als Seidenhändler gemacht, dass Kunden weit über die Stadtgrenzen hinaus bis nach Moskau bei ihm anfragten und ihn mit Aufträgen bedachten. Er war auf dem besten Weg, seine Familie zu Wohlstand und Reichtum zu bringen, unter Bedingungen, von denen sie in der Kolonie bis an ihr Lebensende nur träumen konnten. Er hatte Eleonora allerdings versprechen müssen, dass dies der letzte Umzug war, den sie bewerkstelligten. In Saratow würden sie leben und sterben.

Klara richtete sich zu ihrer vollen Größe auf und reckte das Kinn. Kein Trotz lag in ihrem Blick, aber eine Entschlossenheit, die Eleonora in dieser Klarheit noch nie bei ihr gesehen hatte. »Ich werde nicht mitgehen, Eleonora«, sagte sie.

Eleonora stellte die Porzellankanne ab, die sie gerade verpacken wollte, und sah der Schwester in die Augen. Die Verärgerung über die abermalige Sturheit der Schwester schwand, als ihr bewusst wurde, dass Klara das Recht hatte, eigene Entscheidungen zu treffen.

»Ich werde hier mit Sebastian leben«, erklärte sie. »Hier ist meine Heimat, hier bin ich zu Hause.«

Eleonora trat einen Schritt auf sie zu, umfasste ihre Schultern, und plötzlich erhellte ein Lächeln ihre Züge. »Zu eurer Hochzeit kommen wir alle. Darauf kannst du dich verlassen. Ich freue mich sehr für dich, Klara. Einen Besseren als Sebastian hättest du nicht finden können.«

Klara schlang die Arme um den Hals der Schwester, und Eleonora fühlte es warm und feucht an ihrem Hals. So entschieden sich Klara auch gab – das Abschiednehmen fiel ihr nicht weniger schwer als ihrer Schwester. »Ich werde euch vermissen, Eleonora.« Sie schniefte.

»Wir dich auch, Klara.«
Am späten Nachmittag gab es ein Abschiedsfest in der Kolonie. Viele der alten und neueren Bewohner kamen zur Hütte, in der Eleonora und Matthias mit ihren Kindern wohnten, brachten gefüllte Blini und umarmten die beiden ein letztes Mal. Eleonora versicherte allen, dass sie nicht aus der Welt seien und mindestens einmal im Monat zu Besuch in die Kolonie kämen, aber alle wussten: Es würde nicht mehr dasselbe sein. Das Leben in der Kolonie würde zwar weitergehen, aber zwei von ihnen würden fehlen – zwei hochangesehene und beliebte Dörfler.
Während alle in Grüppchen vor dem Haus herumstanden, wehmütige Abschiedslieder sangen, tranken und aßen, schlich sich Matthias davon und nahm den Weg Richtung Forst, wo von der Hütte des Viehhirten Rauch aus dem Schornstein stieg. Wie immer war die Tür verriegelt. Matthias klopfte kräftig mit der Faust dagegen. »Franz, ich komme, um mich zu verabschieden«, rief er durch die Türritze.
»Scher dich zum Teufel!«, kam es dumpf von drinnen.
Matthias stieß ein Seufzen aus. »Franz … lass uns so nicht auseinandergehen. Hast du dir noch einmal überlegt, ob du uns nicht doch begleiten willst? Das Haus in Saratow ist geräumig genug, ich könnte einen gewitzten Helfer in der Manufaktur brauchen. Was die Fabrik abwirft, reicht für uns beide, Franz.«
»Spar deinen Atem!«, kam es grollend zurück. »Ich bin auf niemandes Almosen angewiesen.«
Matthias schwieg ein paar Herzschläge lang. Im Grunde wusste er, dass es vergeblich war, auch nur einen weiteren Satz mit Franz zu wechseln. Er hatte sich hier in seiner Einsiedelei vergraben, lebte seit Jahren völlig abgeschieden

von der Dorfgemeinschaft. Manch einer munkelte, er habe den Verstand verloren. Matthias musste an ihre Kindheit denken, an ihren gemeinsamen Traum, in Russland zu Wohlstand zu kommen. Es schmerzte ihn, den Bruder gestrauchelt zu sehen. Aber helfen lassen wollte Franz sich nicht.

»Leb wohl, Franz!«, sagte er und drehte sich um. Aus den Augenwinkeln bemerkte er, dass sich der Stoff hinter dem Fenster bewegte, als er mit schweren Schritten Richtung Dorf zurückkehrte.

Aber er konnte sich auch getäuscht haben.

42. Kapitel

Sechs Jahre später, Mai 1780, Saratow

Ein Versprechen vermochte Matthias Lorenz seiner Frau gegenüber nicht zu halten: Sie zogen bereits nach zwei Jahren ein weiteres Mal um. Das Steinhaus vertauschten sie gegen eine elegante Stadtwohnung, von der aus sie über die Dächer von Saratow bis hin zur Wolga schauen konnten. Die Wände bedeckten Seidentapeten, auf den Böden dämpften kunstvoll gewebte Teppiche die Schritte, der weißverputzte Kamin spendete abends behagliche Wärme, ohne zu rußen, es gab einen Speiseraum, eine gute Stube mit Eleonoras wachsender Bibliothek und für die Kinder zwei Zimmer – eines, das sich die inzwischen siebzehnjährige Sophia mit der dreizehnjährigen Alexandra teilte, und eines, in dem ihre sieben- und sechsjährigen Söhne hausten. Und natürlich gab es ein Schlafzimmer für Matthias und Eleonora, das von einem riesigen Prachtbett mit Seidenvolants und Daunendecken beherrscht wurde. Wie nichts anderes war dieses Bett für Eleonora das Symbol dafür, dass sie am Ziel ihrer Träume waren. Jeden Abend, wenn sie sich an Matthias schmiegte und die Weichheit und den zarten Duft der Bettstätte genoss, dankte sie dem Herrgott, ein solches Leben führen zu dürfen.

Die Manufaktur, die Matthias nach dem Tod seines Kompagnons als alleiniger Geschäftsinhaber leitete, lieferte die Seide inzwischen bis nach Sankt Petersburg, eine Geschäftsverbindung, die durch die Vermittlung Christinas

zustande gekommen war und die für Matthias den Durchbruch brachte.
Es hatte ihm zunächst widerstrebt, mit Christina Geschäfte zu machen. Wochenlang hatte der Haussegen in Saratow schiefgehangen, weil er sturköpfig behauptete, er pfeife auf die Protektion dieser Frau. Aber Eleonora war nicht müde geworden, zwischen den beiden zu vermitteln. Neben der Wiederbelebung der verwandtschaftlichen Beziehung sah sie den Nutzen, den ein geschäftlicher Kontakt zu Christina mit sich brachte, und sie riet Matthias, seine Bedenken über Bord zu werfen. Er brauchte Christina nicht zu mögen – wenn sie ihm das Tor zum Zarenhof aufstieß, sollte er das gefälligst annehmen nach allem, was er für sie getan hatte. In Eleonoras Augen war Christina Matthias einen solchen Dienst schuldig. Immerhin war er es gewesen, der ihre Ehre bewahrt und über viele Jahre in einer Ehe ausgeharrt hatte, die ihm zuwider war, ohne seine Frau mit ihrem unehelichen Kind an den Pranger zu stellen.
Zähneknirschend hatte Matthias schließlich nachgegeben und die erste Fuhre Seide nach Petersburg geschickt.
Zur Kolonie Waidbach hielten sie, wie sie es sich vorgenommen hatten, regen Kontakt – was nicht zuletzt daran lag, dass Matthias den Waidbachern die komplette Produktion an Seidengarn abnahm. In den ersten beiden Jahren hatte Helmine den Löwenanteil der Arbeit auf der Maulbeerplantage selbst gestemmt, aber als die etwas zähflüssig denkenden Kolonisten merkten, wie außerordentlich erfreulich sich das Geschäft mit der Seide entwickelte, waren sie mit eingestiegen und hielten die Produktion seitdem in Schwung. Von den Einkünften profitierte die gesamte Kolonie und entwickelte sich zu voller Blüte, nahezu vergleichbar mit Sarepta, das die Herrnhuter Brüdergemeinde

nach der Verwüstung durch die Rebellen Pugatschows wieder neu aufgebaut hatte.
Eleonora brühte Mokka auf und sog den aromatischen Duft genießerisch ein, bevor sie den Porzellandeckel auf die Kanne setzte und diese mit zwei Tassen auf ein Silbertablett stellte. Kaffee war Luxus in Saratow – die Russen bevorzugten Tee. Aber es lebten hinreichend Landsleute in Saratow, die sich für ihre speziellen Bedürfnisse einsetzten und dafür sorgten, dass solche Dinge vorrätig waren.
»So schön, dass du wieder einmal vorbeischaust, Daniel«, sagte Eleonora, als sie den Salon betrat, wo der alte Freund auf der Chaiselongue saß. Sie stellte das Tablett auf einen Teewagen und schenkte die Tassen voll, bevor sie sich auf den zierlichen Stuhl ihm gegenüber setzte. Sie lächelte ihn an, während sie vom Mokka tranken. »Ich höre gern deine Geschichten aus dem weiten Reich.«
Daniel lächelte. »Und ich höre gern, wie es all den alten Bekannten geht. Deine Gesellschaft genieße ich sowieso«, fügte er charmant hinzu. »Erzähl mir von Christina!«, bat er und beugte sich vor, um die Tasse abzustellen. »Ist sie immer noch mit diesem eitlen Geck verheiratet?«
»Na, na, ob er ein eitler Geck ist, weiß ich nicht«, erwiderte Eleonora und hob mahnend den Zeigefinger. »Oder hast du mich je ein schlechtes Wort über André Haber sagen hören?«
Daniel schüttelte den Kopf. »Aber das liegt gewiss daran, dass du über keinen Menschen schlecht sprichst. Manchmal kommst du mir vor wie ein Engel.«
Eleonora lachte schallend auf. »Das erzähl doch bitte Matthias, wenn ich das nächste Mal das Porzellan nach ihm werfe!«

Daniel stimmte in ihr Lachen ein. Er wusste, dass die Ehe der beiden keinen Grund zur Sorge bot.

»Ich denke, Christina ist nach wie vor mit Haber verheiratet«, sagte Eleonora. »Jedenfalls habe ich nichts Gegenteiliges gehört. Sie schreibt allerdings wenig über ihn. Meist berichtet sie von ihren Geschäften und legt mir manchmal Skizzen der neuesten Kreationen bei. Sie ist unglaublich tüchtig«, fügte sie anerkennend hinzu. »Und es bereitet ihr Freude.«

»Was macht ihr Freude? Das Geldverdienen?« In Daniels Stimme schwang eine Spur von Bitterkeit mit.

Eleonora hob die Schultern. »Ja, das wohl auch. Sie genießt das Leben in vollen Zügen und gönnt sich all den Luxus, auf den wir unser Leben lang verzichten mussten.«

»Und dieser André ist nur Mittel zum Zweck.«

»Ich kann das aus der Entfernung nicht beurteilen, Daniel. Ich weiß nicht, ob sie ihn nicht doch auf ihre Art liebt. Aber … warum fragst du mich und spekulierst? Ganz gewiss würde sich Christina über alle Maßen freuen, dich wiederzusehen. Warum reist du nicht nach Petersburg und besuchst sie?«

Daniel errötete leicht.

»Du hast sie nie vergessen, oder?«, fragte Eleonora, als er nicht antwortete.

»Bin ich so leicht zu durchschauen?« Seine Stimme klang auf einmal belegt. »Weißt du, Eleonora, als ich Christina damals im Lübecker Hafen traf, waren wir uns von der ersten Sekunde an vertraut. Ich hatte seitdem einige Frauen, die mir nahestanden, aber keine, wirklich keine hat mich je berührt wie deine Schwester. Ich frage mich oft, was aus uns geworden wäre, wenn sie nicht bereits einem anderen gehört hätte und wenn sie nicht schwanger gewesen wäre.«

Eleonora lächelte. Christinas Geheimnis hatten sie außer dem Pastor keinem Menschen erzählt. Auch Daniel würde es aus ihrem Mund nicht erfahren. Ob es seine Gefühle für Christina abkühlen würde, wenn er erführe, dass Alexandra gar nicht Matthias' Kind war? Auf einmal fühlte sich Eleonora unwohl in ihrer Haut. Was zwischen Christina und Daniel passierte, ging sie nichts an – sie hatte nicht das Recht, in die Beziehungen ihrer Schwester einzugreifen, weder im guten noch im schlechten Sinn.
»Fahr zu ihr!«, sagte sie. »Du hast doch erzählt, dass du wieder auf Reisen gehen willst. Hast du je in Petersburg gewohnt? Man sagt, dass es sich nirgendwo in Russland angenehmer leben und lieben ließe als dort. Du könntest Christina treffen und ihr all die Fragen stellen, die dir auf der Seele brennen.«
Daniel schob die Lippen vor und nickte ein paarmal nachdenklich. »Vielleicht hast du recht, Eleonora. Vielleicht muss ich etwas zu Ende bringen ... etwas, das leider niemals wirklich einen Anfang genommen hat.«

Wo bewahrte Matthias bloß das Papier auf? Sophia hortete stets einen Vorrat in ihrem Zimmer, um in jeder freien Minute zeichnen zu können, aber an diesem späten Nachmittag, als die Mutter mit Daniel und ihren Brüdern zu einem Spaziergang aufgebrochen war, ging der Stapel zur Neige. Sie war gerade mitten im Rausch, wollte unbedingt ein weiteres Mal versuchen, die Abendstimmung über den Dächern von Saratow einzufangen.
Sie erhob sich von ihrem zierlichen Schreibtisch, der direkt vor dem Fenster stand, eilte in den Salon, schaute sich suchend um und überlegte, von wo Matthias den Nachschub zu holen pflegte.

Die Schubladen unter der Vitrine?
Sie zog die erste auf und kramte vorsichtig darin herum. Seidene Handschuhe und Schals. In der zweiten lagen, sauber gebündelt und beschriftet, die Bilder, die sie von frühester Kindheit an unter Matthias' Anleitung für die Mutter gemalt hatte und die vor vielen Jahren die Wände in der Waidbacher Hütte geschmückt hatten.
Die dritte Schublade ließ sich nur ruckelnd aufziehen, weil sich das Holz verzogen hatte. Holz auf Holz klapperte darin. Eine Schatulle, die sie noch nie zuvor gesehen hatte. Was mochte ihre Mutter darin aufbewahren? Schmuckstücke? Erinnerungen aus der alten Heimat?
Sophia rang mit sich, während sie auf die mit Ornamenten verzierte Kiste aus dunklem Holz schaute. Durfte sie sie öffnen?
Behutsam hob sie sie mit beiden Händen heraus. Vorne befand sich ein silberfarbener Haken zum Verschließen. Kein Schloss. Also keine Geheimnisse, oder?
Der Deckel quietschte, als sie ihn öffnete. Der Geruch nach Staub und alter Tinte stieg ihr in die Nase. Drinnen befanden sich mehrere Stapel von Briefen, in gestochen scharfer Schrift adressiert an ihre Mutter. Sie nahm sie, auf dem Teppich sitzend, heraus und blätterte sie durch. Viele waren noch nach der Kolonie Waidbach gegangen, die meisten aber nach Saratow. Ein Teil der Nachrichten stammte von Tante Christina, wie Sophia erkannte. Aus Sankt Petersburg. Sophias Herzschlag beschleunigte sich. Ein anderer Teil stammte von einer Maria Petrowna, ebenfalls aus Sankt Petersburg, unterschrieben mit »Mascha«. Und manche der Seiten trugen als Briefkopf – Sophia schnappte nach Luft – die Adresse der Akademie der Künste in Sankt Petersburg.
Himmel, ihre Mutter hielt Kontakte zu dieser Universität

und hatte ihr nie davon erzählt? Seit Jahren träumte sie davon, Künstlerin zu werden. Wo auf der Welt konnte man das besser als an der Petersburger Akademie?
Sophia vergaß alle Skrupel und öffnete den ersten Brief dieser Mascha mit bebenden Fingern. Das Deutsch der Russin klang an manchen Stellen holperig, aber Sophia bereitete es keine Schwierigkeiten, herauszulesen, dass die Absenderin an der Kunstakademie als Lehrerin unterrichtete und diese Arbeit sie beglückend ausfüllte. In den weiteren Briefen erzählte sie lustige Anekdoten von ihren Schülern, zum Teil Kinder von Leibeigenen, deren besondere Begabung an der Universität mit Stipendien gefördert wurde. Mit Leidenschaft berichtete sie von den Ausstellungen, die alljährlich in der Akademie stattfanden, und sie lud Eleonora in jedem zweiten Brief ein, sie doch endlich einmal zu besuchen und dieses besondere kulturelle Ereignis mitzuerleben. Und da … in einem der Briefe las Sophia ihren Namen. Sie hielt die Seite dichter unter die Nase, um die Zeilen zu entziffern. Offenbar hatte ihre Mutter von dem Interesse der Tochter an der Malerei berichtet, und Mascha antwortete tatsächlich, dass sie sich darauf freue, sie, Sophia, bald kennenzulernen.
Und das hatte ihr die Mutter verschwiegen?
Sophia liebte ihre Mutter mit der ganzen Kraft ihres Herzens, aber nun stieg Enttäuschung in ihr auf. Die Mutter wusste doch, dass sie von einem Kunststudium träumte! Hielt sie es noch für zu früh, um mit ihr über diese Chance zu sprechen, in Sankt Petersburg zu studieren?
Sophia schloss die Augen und fühlte sich, als überrollte sie eine Lawine von Ideen und Bildern. Tief sog sie die Luft ein, während sich die feinen Härchen auf ihren Armen aufrichteten.

»Das wird deiner Mutter nicht gefallen, dass du in ihrer Abwesenheit hier stöberst wie eine gemeine Diebin.«

Sophia zuckte zusammen, die Briefstöße glitten knisternd von ihrem Schoß, als sie sich zur Tür wandte und Alexandra entdeckte. Die rötlich blonden Haare hatte sie wie stets zu einem Kranz geflochten, durch den die Kopfhaut rosa schien. Sophia wusste, dass sie unter dem spärlichen Haupthaar litt und ihr die schwarze Mähne neidete. Vor einigen Jahren hatte Alexandra ihr in der Nacht die Haare mit einem Brenneisen versengt. Sophia hatte immer noch den Brandgeruch in der Nase und fühlte noch den Schmerz, als sie in den Spiegel geblickt und erkannte hatte, dass sie gut die Hälfte der Strähnen abschneiden musste. Zum Glück waren sie in wenigen Monaten wieder zu voller Pracht nachgewachsen, und seitdem war Sophia noch mehr auf der Hut vor Alexandra.

Sophia warf die Haare in den Nacken und setzte eine hochmütige Miene auf. »Ich stöbere nicht wie eine Diebin. Ich habe Mutter um Erlaubnis gebeten«, behauptete sie.

»So?« Alexandra kam im wiegenden Gang näher. Obwohl kein Fest anstand, trug sie ein grünseidenes, mit Pailletten besetztes Kleid, das tief dekolletiert war und dessen Ärmel in gebauschten Spitzen endeten. Alexandra legte mit ihren knapp vierzehn Jahren allergrößten Wert auf ein modisches Erscheinungsbild und spottete über Sophia, wenn die sich im taubengrauen Hauskleid an den Zeichentisch setzte oder zum Essen erschien.

Mit einer blitzschnellen Bewegung ging sie nun in die Hocke und griff nach einem der Briefpacken.

»He!« Sophia wollte ihr die Papiere wieder entreißen, aber Alexandra war schneller. Mit dem Stapel in den Händen ließ sie sich auf die Chaiselongue plumpsen, schlug die Beine übereinander und begann, die Briefe durchzublättern.

»Sieh mal einer an!«, murmelte sie. »Meine verehrte Frau Mutter ist ja eine richtige Schriftstellerin. Wie fleißig sie Bericht erstattet.« Sie zog den ersten Bogen aus dem Umschlag, entfaltete ihn und legte beim Lesen einen Zeigefinger an die Wange, als überflöge sie eine Zeitung.

Sophia schob die Lippen vor und betrachtete zornbebend ihre Base, mit der sie aufgewachsen war, für die sie aber nicht den Hauch von schwesterlichen Gefühlen empfand. In den ersten Jahren hatte Sophia sich bemüht, Alexandras Vertrauen zu gewinnen und ein freundschaftliches Verhältnis zu ihr aufzubauen. Aber ihr Wesen war von einer verstörenden Bösartigkeit geprägt, die Sophia manches Mal nach Atem ringen ließ. Das Erlebnis mit dem Brenneisen war nur eine von vielen Episoden, die Sophia gezeigt hatten, dass Alexandra kein Mädchen war, das Wert auf Freundschaften und Zuneigung legte. Worauf sie Wert legte, wusste Sophia allerdings auch nicht. Sie hatte aufgehört, den Charakter der Base zu ergründen, und ging ihr, wann immer es möglich war, aus dem Weg.

Sophia musterte die Papiere in ihrer Hand und erkannte, dass Alexandra offenbar nur die Briefe von Tante Christina erwischt hatte. Nun, sollte sie sie lesen. Was kratzte es sie. Wichtig waren ihr selbst nur die Nachrichten von Mascha. Ein Name, der ihr wie Honig auf der Zunge schmolz. Sie konnte es kaum erwarten, diese Frau kennenzulernen. Niemand würde sie davon abhalten!

Sie steckte die Schreiben wieder zu einem ordentlichen Stapel zusammen und deponierte diesen in der Schatulle. Dann wandte sie sich Alexandra zu, die ganz gegen ihre Gewohnheit in Schweigen verfallen war.

Als Sophia ihr Gesicht sah, erschrak sie bis ins Mark. Alexandra war weiß wie eine Leiche, ihre Augen schienen zu glühen. An ihrem Hals und ihrer Brust breiteten sich hellrote Flecken aus.

»Geht es dir nicht gut? Soll ich dir ein Glas Wasser bringen?«, flüsterte Sophia.

Alexandra reagierte nicht, überflog nur die Zeilen und wechselte das Blatt. Das Lächeln in ihrem bleichen Gesicht schien von weit her zu kommen und verursachte Sophia eine Gänsehaut.

Sie erhob sich, trat einen Schritt auf die Base zu. »Komm, gib mir die Briefe! Ich lege sie wieder zurück. Besser fragst du Mutter, ob du sie lesen darfst.«

Als sie sich Alexandra einen weiteren Schritt näherte und den Arm ausstreckte, hob diese so schlagartig die Hand, dass Sophia taumelte. Alexandras Blick war stechend, als sie sie anschaute. »Komm mir nicht zu nahe, Sophia! Diese Briefe gehören mir, hörst du? Sie gehören mir, und niemand hat das Recht, sie mir vorzuenthalten!« Ihre Stimme war immer lauter geworden. Entsetzt wich Sophia zurück.

»Aber du darfst sie nicht behalten«, wagte sie einen letzten Einwand. »Sie sind an meine Mutter adressiert!«

Alexandra sprang auf und stopfte sich sämtliche Umschläge in den Ausschnitt, der ohnehin noch kaum von weiblichen Formen ausgefüllt war. »Das bestimmst du nicht, Sophia! Niemand bestimmt das. Von nun an …« Ein triumphierendes Lächeln breitete sich auf Alexandras Miene aus. »Von nun an bestimme ich selbst über mich!« Damit rauschte sie in ihrer grünen Seidenwolke hinaus und ließ die fassungslose Sophia zurück.

»Warum hast du mir nie von Mascha erzählt?«

Das silberne Messer, mit dem Eleonora den krossen Lammbraten zerteilte, fiel scheppernd auf ihren Porzellanteller.

Sophia war den ganzen Nachmittag über viel zu sehr mit ihren eigenen Wünschen und Träumen beschäftigt gewesen, um über Alexandras absonderliches Verhalten zu grübeln. Hin und her hatte sie überlegt, wie sie das Gespräch auf die Kunstlehrerin bringen könnte. Am Ende hatte sie sich entschieden, während des Abendessens, nachdem die beiden jüngeren Brüder zu Bett waren, das Thema aufzugreifen, und zwar geradeheraus und ohne Umschweife. Dass es ihre Mutter aufregen würde, hatte sie bereits vermutet – und in Kauf genommen. Es ging um ihr weiteres Leben, da durfte es schon einen kleinen Aufruhr in der Familie geben, befand Sophia.

Dass Onkel Daniel mit am Tisch saß und sich nun die Serviette vor den Mund hielt, als wollte er ein Glucksen verbergen, war Sophia nur recht. Sie spürte, dass sie einen Mann wie ihn auf ihrer Seite hätte, wenn sie sich aus dem Gespinst der Familie befreien und sich wie ein Schmetterling in die Lüfte schwingen wollte. Genau dies beabsichtigte Sophia an diesem Abend einzuleiten.

»Woher weißt du von …« Eleonora rang sichtbar um Fassung, hüstelte. Sie hob das Kinn. »Hast du in meinen Sachen gestöbert?«

»Nicht absichtlich.« Diese Frage gehörte zweifellos zum unangenehmsten Teil der Unterhaltung. »Ich habe nach Zeichenpapier gesucht und bin dabei auf die Schatulle gestoßen. Ich hätte die Briefe nicht gelesen, wenn ich nicht den Briefkopf der Kunstakademie erkannt hätte. Wenn ich sie nicht gelesen hätte, hättest du mir dann nie erzählt, dass mich eine Lehrerin der Akademie gerne kennenlernen will?« Beim letzten Satz begannen Sophias Augen wieder zu funkeln, und ihr schlechtes Gewissen schwand.

»Doch, natürlich, Püppchen, irgendwann …«

Sophia sog scharf die Luft ein. »Nenn mich nicht so!«

»Verzeih, Sophia, es fällt mir schwer, dich nicht mehr als mein kleines Mädchen zu sehen …« Eleonora kämpfte mit den Tränen.

Sophia sprang auf und war sofort an ihrer Seite, kniete sich vor sie, nahm ihre Hände und küsste sie. »Verzeih mir, Mutter! Ich wollte nicht grob sein. Ich liebe dich so sehr …« Nun flossen auch ihr die Tränen über die Wangen.

Eleonora drückte sie an sich. »Und ich dich erst, Sophia. Ich liebe dich mehr als mein Leben. Deshalb … deshalb wollte ich noch ein wenig warten, bis ich dir von Maschas Einladung erzähle. Ich denke, es ist noch zu früh für dich, weißt du. Du bist doch erst siebzehn.«

»An der Akademie werden Sechsjährige aufgenommen, wenn sie nur begabt genug sind«, meldete sich nun Matthias zu Wort. Auf seinem Gesicht lag ein wohlwollendes Lächeln.

»Wenn deine Freundin angeboten hat, sie unter ihre Fittiche zu nehmen … Etwas Besseres kann einer Künstlerin wie Sophia doch gar nicht passieren.« Daniel faltete die Serviette zusammen und zwinkerte Sophia zu. Das Strahlen des jungen Mädchens funkelte mit den Lichtern in den Kerzenhaltern und dem Kronleuchter um die Wette. Hatte sie es nicht gewusst, dass sie meinungsstarke Befürworter haben würde? Ihr Lächeln verflog für einen Moment, als sie zu Alexandra blickte, die stoisch weiteraß, ohne eine Miene zu verziehen. Was mochte hinter ihrer Stirn vor sich gehen? Würde sie genau wie Sophia die Flucht nach vorn

antreten und gestehen, dass sie die Briefe ihrer Mutter gelesen hatte?
Eleonora strich ihrer Tochter über die Haare. Die Tränen rollten unablässig über ihre Wangen. »Wie soll ich dich denn bloß ziehen lassen«, flüsterte sie, und Sophia spürte, wie schwer es ihr ums Herz war. Auch ihr selbst würde der Abschied von der Mutter, der Familie, von ihrer Kindheit und Jugend schwerfallen. Aber das Kitzeln auf der Haut, das freudige Pochen ihres Herzens, die Neugier auf die sagenumwobene Stadt würden sie den Schmerz vergessen lassen.
»Lass uns noch eine Weile darüber nachdenken«, fuhr Eleonora fort. »Es hat doch noch Zeit …«
Daniel fiel ihr im Plauderton ins Wort. »Ich werde übrigens in drei Wochen nach Petersburg reisen, wie wir es besprochen haben, Eleonora.« Er blickte sie unter der gesenkten Stirn an. »Es wäre mir eine Ehre, wenn mich Sophia begleiten würde.«
»Oh, Herr im Himmel«, stöhnte Eleonora auf.
Sophia brach in Jubel aus, sprang auf und umarmte erst ihren Onkel Daniel, dann Matthias. »Du wirst einmal sehr stolz auf mich sein«, flüsterte sie ihm dabei ins Ohr. »Ich werde zeigen, was ich von dir gelernt habe.«
Matthias drückte ihren Arm. »Ich könnte jetzt schon nicht stolzer auf dich sein, Sophia«, flüsterte er zurück.
Eleonora rieb sich die Stirn und schüttelte den Kopf. Aber Sophia wusste, dass der Kampf gewonnen war. Ihre Mutter würde sie ziehen lassen.
Alle redeten nun durcheinander, sprachen auf Eleonora ein, aber das Strahlen schwand nicht mehr aus Sophias Gesicht. Es ging nun nur noch darum, ob Eleonora es schaffen würde, Mascha vorab in Kenntnis zu setzen über Sophias

Besuch, und wie sie denn zu reisen gedachten und wo sie wohnen sollte. Sophia hielt es vor Aufregung kaum noch auf ihrem Stuhl.

»Wenn wir rechtzeitig aufbrechen, werden wir die Weißen Nächte in Petersburg miterleben«, sinnierte Daniel. »Es heißt, in diesen zauberhaften Nächten, wenn die Sonne nicht untergeht, gehen alle Wünsche in Erfüllung. Also – überleg dir gut, was du dir wünschst, Sophia!«

Sophia stützte das Kinn in die Hände und träumte mit offenen Augen. »Ich kann es kaum erwarten«, murmelte sie, bevor sie ihrer Mutter wieder in den Armen lag und ihre heiße Wange an ihre drückte. »Ich schreibe dir jeden Tag, ich schwöre es!«

Das allgemeine Geplauder verstummte, als sich plötzlich Alexandra erhob. Ihr Gesicht war immer noch blass. Um ihre Mundwinkel zuckte es, bevor sie mit erhobener Stimme zu sprechen begann: »Wenn Onkel Daniel und Sophia in drei Wochen nach Petersburg fahren, werde ich mich ihnen anschließen. Ich habe meine Mutter seit acht Jahren nicht gesehen. Kein Brief von ihr hat mich je erreicht. Die Sehnsucht nach ihr hat mir, was keiner von euch weiß, in mancher Nacht den Schlaf geraubt. Ich denke, ich habe ein Recht darauf, ihr nach all den Jahren gegenüberzutreten und sie so in die Arme zu nehmen, wie ihr, Sophia und Tante Eleonora, euch herzt. Und sei alles auch nur für einen kurzen Besuch.« Sie tupfte sich mit dem Zeigefinger die Augenwinkel, als hielte sie Tränen zurück, reckte das Kinn. »Hat irgendjemand etwas dagegen einzuwenden?«

43. Kapitel

Juni 1780, Sankt Petersburg

Kurz vor Mitternacht schloss Christina das geschmiedete Tor vor dem Eingangsbereich des Modehauses Haber und drehte klirrend den Schlüssel. Aus Gewohnheit rüttelte sie kurz an den Eisenstäben, um zu prüfen, ob es wirklich zugesperrt war.

Dabei kam es hier am Newski-Prospekt kaum jemals zu Einbrüchen, obwohl in der Nachbarschaft Juweliere und Hutmacher, Seidenstrumpfboutiquen und französische Schuhmacher ihre Waren in den Schaufenstern auslegten, die das Begehren aller Passanten weckten.

Die Prachtmeile der Stadt war zu jeder Tages- und Nachtzeit ein lebhafter Ort. Nun, während der Weißen Nächte, zogen Menschen schunkelnd durch die Straße, Kutschen ratterten vorbei, aus offenen Fenstern drangen Musik und fröhliches Gelächter. Allerorten wurde gefeiert und getrunken, gesungen und getanzt.

Christina überlegte, ob sie sich an diesem Abend noch herausputzen sollte, um den Ball des Fürsten Damischkow zu besuchen, der zu den herausragenden gesellschaftlichen Ereignissen während der Weißen Nächte gehörte.

Sie hätte auch die Kutsche nehmen und sich zu ihrem Landsitz bringen lassen können, wo ihr Mann André ein paar Freunde zum Bankett geladen hatte. Aber danach stand ihr gar nicht der Sinn.

Nicht nur, dass sie Andrés Freunde zum Sterben langweilig fand – mit ihrem Mann ging es ihr nicht anders. Immer die gleichen Geschichten, immer die gleichen Scherze; seit Jahren musste Christina ein Gähnen unterdrücken, wann immer sie längere Zeit in Gesellschaft ihres Mannes verbrachte. Sie versuchte es so einzurichten, dass sie sich möglichst aus dem Weg gingen, was ihr im Allgemeinen keine Schwierigkeiten bereitete. André schätzte ihr Engagement für das Modehaus in höchstem Maße und versicherte ihr bei jeder Gelegenheit, dass das Geschäft nur durch sie zu dieser Blüte gekommen war.

Es erfüllte Christina mit tiefer Befriedigung, dass sie es tatsächlich geschafft hatte, als Seidenmodehändlerin in der russischen Hauptstadt den besten Ruf zu genießen. Sie überwachte nicht nur die Einfuhr von Seidenstoffen für die Zuliefererbetriebe, sie legte auch letzte Hand an die Entwürfe der Modeschöpferinnen an. Alles in ihrem Geschäft – vom Ausgangsmaterial bis zur letzten Stickerei an den Roben – trug ihre Handschrift. Ihr eigener Qualitätsanspruch war zum Markenzeichen der Firma geworden. Ein Abstecher in das Modegeschäft Haber gehörte zum Pflichtprogramm aller französischen, italienischen und deutschen Damen, die ihre Männer auf Handelsreisen nach Petersburg begleiteten.

Ein Lächeln legte sich auf Christinas Züge, als sie nun das große, hinten spitz zulaufende Seidentuch um ihre nackten Schultern drapierte und sich auf den Weg in ihre Stadtwohnung begab, die nur wenige Gehminuten vom Laden entfernt lag.

Sie war sich ihres guten Rufes in den besten Kreisen Petersburgs bewusst – nur Felicitas Haber wünschte sie gewiss in die Hölle oder zumindest in die Kolonie zurück.

Es hatte Christina keine Schwierigkeiten bereitet, André davon zu überzeugen, dass sie als Geschäftsfrau an seiner

Seite besser sein würde als seine hochnäsige, kaltherzige Schwester. Gleich nach ihrer Hochzeit hatte André seiner Schwester erklärt, dass er auf ihre Mitarbeit verzichten wolle. Obwohl Felicitas Zeter und Mordio schrie und durch allerlei juristische Winkelzüge die Entscheidung anzufechten versuchte, musste sie sich letzten Endes fügen.
Dass sie nicht untätig die Hände in den Schoß legen würde, hatte Christina gleich vermutet, aber die Konkurrenz, die Felicitas den Habers mit einer eigenen Seidenboutique zu machen versuchte, war bedeutungslos. Gegen das Traditionshaus hatte die ungeliebte Schwester mit ihren verbissenen Versuchen, wieder Fuß zu fassen in der Petersburger Handelswelt, keine Chance.
Andrés Liebe zu Christina hatte sich im Lauf der Jahre abgekühlt. War er zunächst ergeben wie ein Schoßhund, so holte er sich inzwischen die Leidenschaft, die Christina vermissen ließ, von anderen, was ihr nicht entging. Sollte er doch! Solange ihn das ruhig hielt, war sie zufrieden mit diesem Arrangement. Dass sie sich immer wieder heimliche Liebhaber gönnte, verstand sich von selbst. Allerdings glaubte sie nicht, dass André mit derselben Gefühlskälte wie sie darüber hinwegblicken würde, falls es ihm hinter vorgehaltenem Fächer zugetragen würde. Also tat sie ihr Möglichstes, um kein Aufsehen zu erregen.
André war ein schwächlicher Mann, doch gefährlich an ihm war sein Stolz. Wenn er jemals erfahren sollte, dass sie ihn damals nicht aus Liebe, sondern aus reiner Berechnung geheiratet hatte, wenn ihm jemals zu Ohren kommen sollte, dass sie von Anfang an andere Männer gehabt hatte – Christina war sich sicher, dass er daraus die folgenschwersten Konsequenzen ziehen würde. Ohne ihn an ihrer Seite, den Erben des Modehauses Haber, würde sie so tief fallen

wie noch nie zuvor in ihrem Leben. Ob sie sich dann wieder aufrappeln könnte, bezweifelte Christina. Am besten tat sie daran, es nicht darauf ankommen zu lassen, und bisher hatte sie sich geschickt genug angestellt, um André nicht an ihrer Loyalität und Treue zweifeln zu lassen.
Sie grüßte nun mit huldvoll geneigtem Kopf nach links und rechts, während sie an den nächtlichen Spaziergängern vorbeischritt, und sog tief die klare Nachtluft ein. Ihr Blick glitt zum graublauen Himmel, über den sich, wie von Zauberhand hingetupft, perlmuttfarbene Schlieren zogen.
Eine Nacht wie geschaffen für die Liebe, ging es ihr durch den Sinn. Ein Anflug von Wehmut ließ sie seufzen.
Zwar hatte sie die Freuden der Lust nie aus ihrem Leben gebannt, aber im Lauf der Jahre hatten sie ihre Verlockung verloren.
Sie erinnerte sich an die fiebrige Vorfreude, an das Kichern und ungeduldige Nesteln an Schnallen und Knöpfen in ihren jungen Jahren wie an etwas, das eine andere erlebt hatte. Zu viele Männer hatten ihr Bett geteilt, es war, als wäre ihr Appetit nach einem üppigen Mahl gestillt und sie bliebe mit einem schalen Geschmack auf der Zunge zurück.
Am aufregendsten waren noch ihre schwülheißen Stunden mit Nikolaj gewesen, einem wahren Meister der Liebeskunst. Mit seinen Fertigkeiten beglückte er nun seine siebzehnjährige Gattin Irina, die er im vergangenen Monat geheiratet hatte. Christina hatte mit wehem Herzen an dem pompösen Hochzeitsball teilgenommen – nicht, weil sie ihm das Glück nicht gönnte, sondern weil Prinzessin Irina ihr gnadenlos vor Augen führte, dass die Zeit der Jugend für sie vorüber war.
Vielleicht hatte das Verhältnis mit Nikolaj ihre Ansprüche zu hoch geschraubt? Irgendetwas fehlte, und wenn sie sich

in diesen Tagen einen Liebhaber nahm, dann nur, um ihre Sinnlichkeit lebendig zu halten. Sie wollte mit ihren dreiunddreißig Jahren keine verknöcherte Geschäftsfrau sein, deren ganzes Streben dem Profit galt. Nein, der andere Teil ihrer Persönlichkeit war ihr zu wichtig, als dass sie ihn verkümmern ließ.

Sie erreichte das pastellgelbverputzte, von Säulen flankierte Haus, in dem sie ihre Wohnung unterhielten, und zog aus ihrem mit Rosen bestickten Ridikül den Schlüssel.

Sie würde sich ein paar Minuten auf die Chaiselongue legen, die Schuhe abstreifen, einen Tee trinken und entscheiden, ob sie noch die Energie hatte, den Fürstenball zu besuchen. Wahrscheinlicher aber würde sie sich in ihr Bett legen und schlafen wie ein Stein.

»Christina …«

Sie fuhr herum, als sie hinter sich ihren Namen hörte. Geflüstert nur, ein wenig Ehrfurcht schwang mit und auch Überraschung. Einen Wimpernschlag später sah sie in die blitzenden Augen jenes Mannes, dessen Gesicht ihr Unterbewusstsein nur in ihren Träumen nach oben gespült hatte und den sie mit aller Kraft versucht hatte, aus ihrem Gedächtnis zu bannen. Jenes Mannes, den sie lange Zeit vom Schwarzen Tod dahingerafft gewähnt hatte und der dann doch wieder aufgetaucht war, lebendig und stark, wie sie ihn kannte. Sie erinnerte sich, wie ihr die Tränen über die Wangen geflossen waren, als sie Eleonoras Brief mit der Nachricht, dass er überlebt hatte, in den Händen hielt.

»Daniel …« Auch ihre Stimme war kaum mehr als ein Wispern. Im Blick des anderen versuchten beide zu lesen, ob er noch derselbe war wie damals.

Endlich ging ein Strahlen über Christinas Gesicht und sie flog Daniel an den Hals. Er drückte sie an sich, barg sein

Gesicht in der Beuge zwischen Hals und Schulter. Sie spürte seinen Körper von der Brust bis zu den Fußspitzen. Als seine Lippen über die empfindliche Haut am Hals strichen, durchlief sie ein heißer Schauder.

Ihre Gesichter waren sich ganz nah, sie roch seinen männlich-würzigen Duft, spürte den Hauch aus seinem Mund auf ihren Wangen. Ein Beben ging durch ihren Körper, ihr Denken setzte aus. Egal, warum er hier war, egal, wie lange er blieb – sie wollte ihn jetzt. Sie spürte, dass ihn an diesem Abend keine moralischen Bedenken davon abhalten würden, ihr so nah zu sein, wie sie es sich seit damals, als sie sich in Lübeck zum ersten Mal begegnet waren, gewünscht hatten.

Sie eilten die Treppen hinauf und knöpften sich die Kleider auf, noch bevor Christina die Tür zur Wohnung geschlossen hatte, dabei umarmten und streichelten sie sich, und ihre Lippen trafen sich zu heißen Küssen.

Endlich lagen sie auf dem mit himmelblauer Seide bezogenen Bett, fühlten nicht die Kühle des edlen Stoffes, fühlten nur ihre heißen nackten Körper. Als Daniel in sie eindrang, war es die natürlichste und vertrauteste Bewegung, die Christina im Liebesspiel je erlebt hatte. Als gehörten sie so verschmolzen zusammen.

»Beweg dich nicht«, flüsterte sie. Die ersten Worte, seit sie sich unten auf der Straße begrüßt hatten. Sie hielt seinen Kopf mit beiden Händen und konnte nicht aufhören, ihn anzuschauen, in seinem Gesicht zu lesen, die silbergrauen Strähnen in seinem hellen Haar zu berühren. »Ich wünschte, ich könnte den Augenblick festhalten …«

»Kann man nicht, Christina«, flüsterte er zurück, küsste sie erneut mit glühender Leidenschaft und warf sie herum, so dass er halb auf ihr zu liegen kam. Sie sah seiner Miene an,

welch Anstrengung ihn das Hinauszögern kostete, und wenige Herzschläge später stieß er tief in sie hinein. Ihr lustvoller Aufschrei mischte sich mit seinem Stöhnen.
Während sich die wohligen Freuden von ihrem Zentrum aus pulsierend in ihrem Körper ausbreiteten, hielt sie Daniel umschlungen, als wollte sie ihn niemals mehr freilassen.
»Auch wenn man die Zeit nicht anhalten kann, nimmt das dem Augenblick nicht die Kostbarkeit«, murmelte sie.
Lange blieben sie vereint auf dem Bett liegen, bis er aus ihr herausglitt und sie die Wange auf seine Brust bettete. Sie fühlte sich aufgewühlt wie nie zuvor in ihrem Leben. Es war, als hätten ihr Körper und ihre Seele in gleichem Maße auf seine Liebkosungen reagiert.
»Ich hab' oft davon geträumt«, flüsterte sie in die Stille hinein, in der nur ihr Atmen zu hören war und entfernt das Stimmengewirr der Feiernden unten auf der Straße.
»Mir ging es nicht anders«, sagte er, und sie spürte das Echo der Worte in seiner Brust. »Haben wir alles verkehrt gemacht, Christina?«
Sie wandte den Kopf, so dass sie ihn ansehen konnte. »Ich glaube nicht«, erwiderte sie mit einem Lächeln. »Es hat sich nicht falsch angefühlt.«
Er erwiderte ihr Lächeln.
»Ich bin übrigens nicht allein hierhergereist«, sagte er.
Ihre Züge erstarrten. »So?«
»Nein, ich befand mich in Damenbegleitung.«
»Ach.«
Daniel grinste. »In ganz reizender sogar. Deine Nichte Sophia ist eine entzückende Gesellschafterin.«
Ein erleichtertes Strahlen ging über Christinas Gesicht. »Sophia! Wo ist sie? Wo wohnt sie?«
»Nun, ich habe sie gleich zu Maria Petrowna gebracht. Sie

hatte sie eingeladen und sich als ihre Mentorin angeboten. Sophia wird hier Kunst studieren.«
Christina schaute überrascht und schüttelte den Kopf. »Und wie lange wirst du in Petersburg bleiben?«, fragte sie.
»Ich weiß es noch nicht. Das hängt davon ab, ob ich kurzfristig eine Anstellung finde und wie es mir gefällt. Vielleicht eine Woche, vielleicht einen Monat …«
»Und dann?«
Er zuckte die Schultern. »Dann reite ich los und schaue, wohin es mich verschlägt.«
»Wirst du Russland verlassen?«
»Es ist noch zu früh. Vielleicht in ein, zwei Jahren.«
»Wird es je einer gelingen, dich zu halten?«
Er lachte auf. »Gewiss nicht. Die Frau ist noch nicht geboren, die mir Fesseln anlegen könnte.« Er stupste mit dem Zeigefinger an ihre Nasenspitze. »Oder wolltest du mir gerade einen Antrag machen?«
Sie grinste. »Was hätte ich denn davon?«
»Ein Leben in Liebe?«
Das Lächeln schwand aus ihren Zügen. »Und aufgeben, was ich mir aufgebaut habe? Niemals, Daniel. Dieses Leben, das ich hier führe, ist das, von dem ich schon als Mädchen geträumt habe. Für nichts auf der Welt würde ich dieses Glück aufs Spiel setzen.«
Er zog sie hoch, bis ihr Gesicht direkt über seinem war, ihr nackter Körper auf seinem. »Also lass uns diese Nacht genießen, als gäbe es kein Morgen für uns«, flüsterte er mit vor Erregung heiserer Stimme.
Sie senkte ihre Lippen auf seine und küsste ihn.

Eine Überraschung? Um Himmels willen, was für eine Überraschung? Ehe Daniel in den frühen Morgenstunden aufgebrochen war, hatte er ihr ins Ohr geflüstert, dass noch eine ganz besondere Überraschung auf sie warte. Sie hatte gebettelt und gezürnt, er möge ihr verraten, was sie erwarte, aber er hatte nur gelacht und erklärt, sie würde es früh genug erfahren. Und dass es ihm leidtue, dass er ihr Gesicht nicht sehen könne, wenn es so weit war.

Während sie noch die Hitze in ihrem Leib und seinen Geschmack auf ihren Lippen wahrnahm, waren ihre Gedanken nur um diese verfluchte Überraschung gekreist.

Die gemeinsame Nacht war ihnen das Leben noch schuldig geblieben. Nun hatten sie sie mit allen Sinnen genießen dürfen. Christina fürchtete sich davor, dass Daniel auf eine außerordentlich dumme Idee gekommen sein könnte. Vielleicht wollte er sie mit einem aufsehenerregenden Heiratsantrag mitten auf dem Newski-Prospekt in Sichtweite des Zarenpalastes überraschen? *Himmel, bloß das nicht!* Sie hoffte, dass sie ihn in ihrer Liebesnacht richtig verstanden hatte: Er war genauso wenig wie sie an einem gemeinsamen Alltag interessiert. Ja, sicher liebten sie sich, vielleicht war es die einzige wahre Liebe, die man im Leben erfahren durfte, aber deswegen durfte sich doch keiner von beiden zum Narren machen und in einer pathetischen Geste alles zerbrechen, was sie sich erkämpft hatten.

Christinas Bewegungen waren fahrig, ihre Gedanken zerstreut, als sie an diesem Morgen die am Vorabend eingetroffene Ware in die Regale und auf die Garderobenständer drapierte. Im Hinterzimmer werkelten fünf Näherinnen schweigend, im Verkaufsraum bediente Madame Fedorowna ein gut betuchtes Schwesternpaar.

Da öffnete sich mit einem hellen Bimmeln die große Ladentür und ein junges Mädchen setzte behutsam einen Schritt ins Geschäft. Sie trug ein offensichtlich teures, aber

aus der Mode gekommenes Kleid aus grüner Seide und einen unter dem Kinn mit einer Schleife geknoteten Strohhut, unter dem dünnes rotblondes Haar hervorlugte. Ihr Blick huschte wie bei einer Maus hin und her, bis er endlich an Christina hängenblieb. Der kleine Mund verzog sich zu einem angedeuteten Lächeln, während sie näher kam.
Christina starrte das Mädchen an.
Wie groß sie geworden war! Fast so groß wie sie. Wie alt war sie jetzt? Knapp vierzehn. Im September hatte sie Geburtstag. Das Kleid spannte in der Taille. Achtete niemand darauf, dass sie sich ihre Figur nicht ruinierte? Und diese Haare! Warum nahm sich keiner die Zeit, ihr den Umgang mit dem Brenneisen zu zeigen? Ein paar Kringellocken an den Schläfen würden Wunder wirken bei ihrem maskenhaften Gesicht.
»Da bin ich, Mama.«
»Alexandra ...« Christina fasste sie an den Schultern und küsste die Luft links und rechts neben ihren Wangen. Das also war die Überraschung, von der Daniel gesprochen hatte. Nun, die war ihnen gelungen. Mit allem hätte sie gerechnet, aber nicht damit, ihre Tochter wiederzusehen.
Sie war ihr fremd wie vor acht Jahren, als sie sie verließ. Eine junge, unscheinbare Person ohne Esprit, ohne Charme, aber mit einem stummen Flehen in den Augen, das sie heute so unangenehm berührte wie in den Jahren zuvor.
Nun, immerhin hatte Christina Verständnis dafür, dass die Tochter sehen wollte, wie es der Mutter ergangen war. Sie nahm sich vor, während ihres Besuchs zuvorkommend und höflich zu sein und ihr alles zu zeigen, was zu ihrem Leben gehörte. Die Stadtwohnung, den Landsitz vor den Toren von Sankt Petersburg, das Handelshaus ... Wenn sie überhaupt so lange blieb. Gewiss würde sie sich nach Daniel

richten müssen, wenn er beschloss, dass es Zeit zum Aufbruch war.
»Fein, dass du mich besuchst«, sagte Christina, nahm Alexandras Hände und hielt sie auseinander, um die Tochter von oben bis unten betrachten zu können. Alexandra senkte verlegen die Lider. »Und eine wunderbare Gelegenheit, dich ganz neu einzukleiden. Was hältst du davon?«
Beim Lächeln zeigte Alexandra ein Stück blitzender Schneidezähne.
»Aber komm erst einmal in den Salon! Ich lasse uns Tee bringen, und dann erzählst du mir, wie es dir ergangen ist. Wie es meiner Schwester geht, Sophia, Klara … Auch wenn wir uns ab und an Briefe schicken, im Gespräch kommt doch mehr ans Licht, nicht?« Sie hakte sich bei Alexandra unter, drückte ihren Arm und führte sie in einen der hinteren Räume, der für Kunden bestimmt war, die sich die Kollektion in einer privaten Schau vorführen lassen wollten.
Dort stand ein runder Teetisch mit zwei samtbezogenen, zierlichen Stühlen. Christina ordnete ihr weich fließendes, unter der Brust gerafftes pastellblaues Kleid, bevor sie der Tochter gegenüber Platz nahm.
»Nun, wie lange wirst du bleiben können, Alexandra?«, begann sie im Plauderton. Das Lächeln auf ihrem Gesicht gefror, als sie Alexandras Miene sah. Alles Scheue, alles Schüchterne war auf einmal aus dem jungen Gesicht verschwunden. Um den schmallippigen Mund legte sich eine Härte, die selbst bei einer sehr viel älteren Frau erschreckend gewirkt hätte. Das Glühen der Augen verursachte Christina ein Frösteln. Ihre Finger verkrampften sich um den Rand der silbern eingefassten Glasplatte.
»Das hängt ganz von dir ab, *Mama.*« Hatte Alexandra den zärtlichen Titel eben noch wie ein nach Liebe dürstendes

Kind ausgesprochen, so troff ihre Stimme nun vor Hohn. Sie zog die Schnüre des Ridiküls auf, das sie auf ihrem Schoß hielt, und zerrte einen Packen Briefe hervor, die sie mit einem Klatschen auf den Tisch warf, so dass sie auffächerten und fast die gesamte Fläche einnahmen.
Christina starrte auf die Umschläge. Ein pochender Schmerz setzte hinter ihrer Stirn ein, während sie erkannte, dass Alexandra ihr hier all die Briefe vorlegte, die sie Eleonora geschrieben hatte. »Was ... wie in Teufels Namen kommst du an die? Die Briefe gingen an Eleonora ...«
Ein schepperndes Lachen kam über Alexandras Lippen. »Sie war so dumm, sie nicht gut genug wegzuschließen. Du kannst dir gar nicht vorstellen, wie ich mich gefreut habe, als sie mir in die Hände fielen.«
Doch, das konnte Christina sich allmählich mit einem Teil ihres Verstandes vorstellen. Erinnerungsfetzen schwirrten durch ihren Kopf, einzelne Sätze aus vergangenen Jahren. Wie sie sich über André und seine Anhänglichkeit lustig gemacht hatte. Wie ausführlich sie Eleonora ihre Pläne geschildert hatte, von denen André nie etwas ahnte ... Sie hob die Hand und wollte die Briefe zusammenschieben, aber Alexandra krallte ihre Fingernägel so fest in ihren Unterarm, dass Christina vor Schmerz aufschrie.
»Wie wichtig sind dir diese Briefe? Und wie wichtig bin ich dir, Mutter?« Mit wenigen schnellen Handbewegungen verstaute Alexandra die Briefe wieder in dem Seidenbeutel und verschloss ihn.
Christina griff sich mit Zeige- und Mittelfinger an die Schläfe und massierte sie. »Lass uns in aller Ruhe darüber reden, Alexandra! Ich kann mir denken, dass dich manches, was ich geschrieben habe, irritiert hat und du nun Antworten suchst ...«

Wieder stieß Alexandra ihr klirrendes Lachen aus. »Gewiss suche ich Antworten. Vor allem auf die Frage: Wie viel ist es dir wert, dass dein geliebter Gatte diese Briefe niemals zu Gesicht bekommt?«

Christina klappte der Mund auf, während sie ihre Tochter anstarrte. »Du willst mich erpressen? Du willst Geld von mir? Was für ein erbärmliches Vorhaben ...«

»Was soll ich mit deinem Geld? In dieser Beziehung ging es mir doch in Saratow nicht schlecht. Nein, Mutter, ich will das, was alle anderen Mütter ihren Kindern freiwillig und von Herzen geben: Ich will bei dir sein.«

Christina fühlte, wie das Blut aus ihrem Kopf wich. Sie fühlte sich einer Ohnmacht nah und kämpfte gegen den Schwindel. Sich bloß jetzt keine Schwäche leisten ...

»Wie ... wie stellst du dir das vor? Was heißt das, du willst bei mir sein? Wo willst du wohnen, was willst du hier tun?«

Alexandra lehnte sich auf dem Stuhl zurück, streckte die Füße von sich und verschränkte die Arme vor dem geschnürten Mieder. Ein sattes Lächeln breitete sich auf ihren Zügen aus. »Warum so weit planen? Erst einmal wohne ich bei dir, und du lehrst mich alles, was ich über den Seidenhandel und die Mode in Petersburg wissen muss. Irgendwann, wenn wir merken, was für ein wundervolles Gespann wir sind, wirst du mich zu deiner Teilhaberin erklären.«

Christina schüttelte fassungslos den Kopf. »Was ... was soll ich André sagen? Wie soll ich dich ihm vorstellen?«

Alexandra lachte so laut auf, dass Christina den Impuls unterdrückte, sich die Ohren zuzuhalten. »Das, liebste Mutter, ist nun wirklich nicht mein Problem, oder?«

Schweigen senkte sich über die beiden wie unter einer Glasglocke. Die Luft schien stillzustehen, kein Geräusch

nahmen sie wahr, nicht das Scherenratschen, Sticheln und Seidenrascheln der Näherinnen, nicht das Plappern der Kundinnen im Vorraum.
Christina hatte Mühe zu atmen und sog die Luft tief in die Brust, als drohte sie zu ersticken. »Was … was denkst du dir bloß?«, presste sie mühsam hervor.
Alexandra beugte sich wieder vor, stützte die Hände auf den Tisch und sah sie an.
Einen Moment lang meinte Christina, in Alexandras Blick das Flehen ihrer Kindheit zu erkennen, aber einen Wimpernschlag später wirkte das Weiß ihrer Augen wie verharschter Schnee.
»Was ich mir denke? Das fragst gerade du mich, Mutter? Weißt du es nicht von allen am besten? Wenn ich eines von dir gelernt habe, dann dieses: Nur wer den Mut hat zu träumen, hat auch die Kraft zu kämpfen.«

Epilog

1797 in der wolgadeutschen Kolonie Waidbach

Eigenartig, dass sie nie etwas gemerkt hatte. Sonst entging Eleonora nichts, was ihre Söhne Stephan und Justus betraf. Sie wusste, dass Stephan sich von frühester Jugend an für die Landwirtschaft interessierte, und verstand nur zu gut, dass es ihn immer wieder nach Waidbach zu den Deutschen zog, wo er mit Eifer den Umgang mit dem Pflug und das Dreschen des Weizens lernte.

Matthias blickte nicht ohne Stolz auf seinen älteren Sohn, aber nicht weniger zufrieden war er mit dem jüngeren Justus, der sich zum unentbehrlichen Assistenten in seiner Manufaktur gemausert hatte und ihn eines nicht allzu fernen Tages in der kaufmännischen Leitung ablösen würde.

Aber dass Stephan sich in die Waidbacherin Charlotte verliebt hatte, war Eleonora tatsächlich entgangen. Im Spätsommer hatten zwar zwei der Damen aus dem Saratower Leseklub, den Eleonora im regelmäßigen Turnus in ihre liebevoll gepflegte Bibliothek einlud, geheimnisvoll von Hochzeitsglocken gemunkelt, die sicher bald im Hause Lorenz läuten würden, doch als Stephan im Herbst verkündete, er werde im Frühjahr die junge Frau zum Traualtar führen, war Eleonora aus allen Wolken gefallen. Schließlich hatte sie ihn umarmt, ihren ältesten Sohn mit den kastanienbraunen Haaren und den Brombeeraugen, und sich gefreut, dass wenigstens eines ihrer Kinder die nachfolgende Generation in der deutschen Kolonie verstärken würde.

Sie gehörten doch dorthin, obwohl sich die Familie ihre Existenz in Saratow aufgebaut hatte.
Auf dem Fest spielten die Musiker unablässig, der Wodka floss in Strömen, und auf der aus Holzplanken errichteten Tanzfläche mitten auf dem Dorfplatz wirbelten und hüpften die jungen Leute im Polkatakt, wenn sie nicht klatschend Kreise um das Brautpaar bildeten.
Die Alten saßen an einer langen, mit Tulpen und Ginsterzweigen geschmückten Tafel unter den Linden, der Duft nach gebratenen Spanferkeln zog über sie hinweg.
Eleonora bemühte sich, das leichte Unbehagen inmitten der dörflichen Gemeinschaft abzuschütteln. Ihr von silbernen Strähnen durchzogenes dunkles Haar war eine Spur sorgfältiger frisiert und ihr Kleid eleganter als die buntbestickte leinene Tracht der Bäuerinnen.
Aber das waren doch nur Äußerlichkeiten …
In ihrem Herzen fühlte sie sich Bernhard und Anja, die ihr gegenübersaßen und sich genau wie Matthias und sie an den Händen hielten, näher als den meisten ihrer Freunde in Saratow.
Schade nur, dass Franz die guten Jahre nicht mehr miterlebte. Ihn hatten sie vor zehn Jahren hinter seiner Viehhütte begraben – einen einsamen Mann mit schlohweißen Haaren und wirren Gedanken, der sich, wie es schien, am Leben verhoben hatte.
Auch Helmine Röhrich fehlte an der Festtafel. Sie mied jede Feier, als befürchtete sie, Ausgelassenheit und Tanz passten nicht zu dem Bild der hartgesottenen Kauffrau, das sie seit vielen Jahren den Dörflern präsentierte. Die Produktion von Seide auf ihrer Maulbeerplantage war zu ihrem Lebensinhalt geworden.
Bernhard und Anja gehörten zu den wenigen Kolonisten,

deren Ehe kinderlos geblieben war. Ob gewollt oder nicht gewollt, wusste Eleonora nicht, aber sie erinnerte sich an die Trauer in Anjas Miene, als sie ihren treuen vierbeinigen Gefährten Lambert beerdigt hatten. Gewiss hätte sie gerne jemanden gehabt, um den sie sich kümmern konnte. Aber dafür hatte sie gemeinsam mit ihrem Mann ihre ganze Kraft in den Aufbau und das Gedeihen des Dorfes gesteckt – ein gewiss nicht weniger bedeutsamer Lebenssinn als die Erziehung der nächsten Generation.

Klara und Sebastian dagegen hatten seit ihrer Eheschließung fast in jedem Jahr ein Kind bekommen und damit einen beachtlichen Beitrag zum Wachstum der Kolonie geleistet. Und alle durchliefen sie die Kinderstube und die Schule, die Veronica und Anton von Kersen trotz drei eigener Knaben mit Hingabe betrieben und Jahr für Jahr ausbauten.

Nach jedem Kind hatte Klara ein paar Pfund mehr auf den Rippen behalten, aber die Fülle stand ihr gut zu Gesicht. Sebastian führte sie gerade zum wiederholten Mal auf die Tanzfläche, um ihre weiten Röcke bei der Polka schwingen zu lassen und sie zum Lachen zu bringen.

Selbstverständlich durfte auch Daniel bei der Hochzeit seines Patensohnes nicht fehlen. Wie bei all seinen Besuchen war er an diesem Abend von jungen Menschen umringt, die an seinen Lippen hingen, während er von seinen Abenteuern in den Weiten des russischen Reiches erzählte.

Aber das Schönste an diesem Fest war für Eleonora, dass es ihre geliebte Sophia einrichten konnte, ihrem Bruder zu gratulieren. Sie war aus Sankt Petersburg zusammen mit ihrem Mann Jiri angereist, einem Künstler wie sie und Dozenten an der Petersburger Akademie. Er nannte sie Sonja oder Sonjuschka, und sie sagte zärtlich *moj ljubimyj* zu

ihm. Sophia war mehr Russin geworden als alle in der Kolonie, die überwiegend an den Gebräuchen und der Sprache der alten Heimat festzuhalten versuchten.
Es war die richtige Entscheidung gewesen, Sophia damals ziehen zu lassen, wusste Eleonora inzwischen, auch wenn sie ihre Nähe bis zum heutigen Tag vermisste.
Zweimal war Eleonora in all den Jahren nach Sankt Petersburg gereist: um Sophias Hochzeit zu feiern und um deren erste Ausstellung der eigenen, hochgerühmten Werke zu bewundern – und um Mascha zu treffen.
Und Christina.
Sie hatte erleben müssen, dass ihr die Mentorin ihrer Tochter nach all den Jahren vertrauter war als die eigene Schwester. Aber vielleicht waren Christina und sie niemals wirklich Vertraute gewesen – obwohl sie sie liebte und ihr alles Glück der Welt wünschte.
Sie hatte sich selbst ein Bild davon machen können, wie sich Christina und Alexandra arrangiert hatten und wie viel Bewunderung ihnen für ihre Kollektionen zuteilwurde. Aber niemand wusste besser als Eleonora, dass dort in der russischen Hauptstadt nicht alles Gold war, was glänzte. Wie auch immer es Alexandra geschafft haben mochte, bei ihrer Mutter unterzuschlüpfen – Eleonora sah an den tiefen Mundfalten ihrer Schwester, an ihrem unterkühlten Blick, dass, auch wenn sie sich alle Träume aus eigener Kraft erfüllt hatte, die Tochter ein Stachel in ihrem Herzen blieb.
Aber mussten sie nicht alle einen Preis zahlen für das, was sie Glück nannten?
Im vergangenen Jahr war die große Katharina gestorben. Niemals hatte sie es geschafft, die Kolonisten zu besuchen – sosehr die Deutschen es auch gehofft hatten. Stets hatten die Zarin wichtige staatspolitische Angelegenheiten

abgehalten – die Kriege gegen die Türken, der Pugatschow-Aufstand …
Trotzdem gab es keinen Kolonisten, der sich ihr nicht zu Dank verpflichtet fühlte.
Die Zarin war über jede Kritik erhaben. Von ihrem guten Willen, ihrer Absicht, den Einwanderern zu Wohlstand zu verhelfen, waren alle zutiefst überzeugt, obwohl sie sie im Lauf der Jahre im Stich gelassen und einer wechselvollen Bürokratie überlassen hatte – Beamten, die sie in manchen Jahren nicht besser behandelten als russische Leibeigene.
Sie hatten vieles überlebt: den Hunger der ersten Jahre, die harten Winter und die Dürren im Sommer, die nicht leicht durchschaubare Organisation des Kolonienwesens, die Missernten und Viehseuchen, die Übergriffe der Kirgisen und Kalmücken, den Aufstand der Pugatschow-Rebellen …
Die Trauer um die auf dem steinigen Weg Verstorbenen nistete in ihren Herzen, aber auch der Stolz darauf, trotz aller Rückschläge niemals aufgegeben zu haben. Darauf, ihre Kolonie Waidbach zum Blühen gebracht zu haben, was nicht allen Deutschen in den Siedlungen an der Wolga so beispielhaft gelungen war.
Eleonora drückte Matthias' Hand. Als er sie liebevoll fragend anschaute, lächelte sie versonnen, küsste ihn und dachte an eine zauberhafte Nacht auf der Ostsee vor vielen, vielen Jahren.
Nur starke Menschen bekommen schwere Wege, hatte Matthias ihr damals ins Ohr geflüstert. Vielleicht hatten es ihm die Sterne verraten.

Nachwort

In den Jahren zwischen 1763 und 1772 wanderten über 30000 Menschen in Russland ein, der überwiegende Teil erreichte 1766/1767 seine Zielorte. Die größte Gruppe davon, über 26000 Kolonisten, wurde in die Gegend um Saratow geschickt. Auf der beschwerlichen Reise dorthin starben mehr als 3000 Menschen, so dass sich schließlich rund 23000 Bewohner in den 104 Kolonien niederließen, die zwischen 1764 und 1771 an der mittleren Wolga gegründet wurden.

Soziale Unzufriedenheit und drückende wirtschaftliche Not waren die häufigsten Beweggründe für die Deutschen, die Heimat zu verlassen. Sie folgten der Einladung der Zarin Katharina II., die in ihrem Manifest vom 22. Juli 1763 allen Einreisewilligen Befreiung von Abgaben und Diensten versprochen hatte, außerdem Religionsfreiheit, persönliche Unabhängigkeit, großzügige Kredite und Land.

Für die Kaiserin verbanden sich in diesem Angebot agrarpolitische Überlegungen mit militärpolitischem Kalkül: Die meist nur dünn mit Kosakendörfern besiedelten Grenzgebiete sollten bevölkert werden, um Übergriffe nomadisierender Steppenvölker abzuwehren.

Erst bei der Ankunft wurde vielen klar, dass sie nicht mehr zu der Sorte von Einwanderern gehören sollten, die sich die Zaren in den Jahrhunderten zuvor ins Land geholt hatten. Weder durften die Handwerker unter ihnen ihren erlernten Berufen in den Städten nachgehen, noch durften die Bauern sich selbst den Flecken Erde wählen, an dem sie sich niederließen.

Bei der Gestaltung meiner Figuren habe ich mir die dichterische Freiheit genommen, einzelne Personen wie Matthias und Christina außerhalb der Kolonie Karriere machen zu lassen. Dass es Kolonisten gab, die die vorgeschriebenen Wege mutig verließen und am russischen Hof ihr Glück versuchten oder als Kaufleute die Erfolgsleiter erklommen, wie in meinem Roman beschrieben, ist explizit in den Quellen nicht geschildert – für mich aber durchaus vorstellbar.

Trotz aller Schwierigkeiten machten die Siedler im Wolga-Gebiet Fortschritte. Bereits gegen Ende des 18. Jahrhunderts erreichten sie einen bescheidenen Wohlstand. Die Ernten wurden besser, und die Bevölkerungszahl stieg um ein Vielfaches an.
Die wechselvolle Geschichte der Kolonien nach 1800 habe ich bewusst ausgeklammert. Sie bietet hinreichend dramatischen Stoff für weitere Romane um die Russlanddeutschen.

Neben den historischen Persönlichkeiten wie Katharina II., ihrem Liebhaber und Offizier der Armee Grigorij Grigorjewitsch Orlow und dem Rebellenführer Jemeljan Iwanowitsch Pugatschow tauchen in meinem Roman weitere Figuren der Geschichte auf, die geringeren Bekanntheitsgrad haben: Johann Facius vom kaiserlich russischen Kommissariats in Büdingen, der Kaufmann Christian Heinrich Schmidt, der 1766 den Schiffstransport über die Ostsee organisierte, oder auch der trinkfreudige Schwede Nieberg, der mit Ketten an seinen Schreibtisch in der Saratower Kanzlei gebunden wurde, um ihn im Dienst zu halten.

Die von der Herrnhuter Brüdergemeinde 1765 gegründete Kolonie Sarepta entwickelte sich, wie im Roman beschrieben, als Musterbeispiel eines blühenden Ortes an der Wolga. Sie lag tatsächlich jedoch 400 Kilometer von den anderen Kolonien entfernt. Für den Roman habe ich mir erlaubt, sie auf zwei Tagesreisen an die fiktive Kolonie Waidbach heranzurücken.

Bei meinen Recherchen bin ich in Bibliotheken und im Internet auf viele detailreiche Quellen gestoßen, die mir Hilfe und Inspiration waren. Hervorzuheben sind hier die Website www.russlanddeutschegeschichte.de und die Bände »Büdingen als Sammelplatz der Auswanderung an die Wolga 1766« von Klaus Peter Decker (bearbeitet und herausgegeben von der Geschichtswerkstatt Büdingen 2009) sowie »Der russische Kolonist« von Christian Gottlob Züge (Edition Temmen 1992). Der Autor des letztgenannten Buches, ein Zeitzeuge, hat mich mit seinem Humor, seiner Neugier und der detailreichen Schilderung seiner Einreise nach Russland so beeindruckt, dass ich mir erlaubt habe, der fiktiven Figur Daniel Meister in meinem Roman einige Charaktereigenschaften und Erlebnisse Züges zuzuschreiben. Wer sich für die Geschichte der Deutschen in Russland im 18. Jahrhundert interessiert, sollte bei seinen Recherchen mit diesem trotz aller Dramatik auch vergnüglichen Reisebericht von Christian Gottlob Züge beginnen.

Martina Sahler im November 2011

Die Autorin dankt

den freundlichen Bibliothekarinnen der Bücherei in Kürten, die keine Mühen gescheut haben, mir Sekundärliteratur aus entlegenen Winkeln zu besorgen, und mich zum Thema Literatur über Russland engagiert beraten haben,

meinem Agenten Michael Meller, der meinen Blick Richtung Russland gelenkt und meine Begeisterung für das Thema von Anfang an geteilt hat,

meinen hochgeschätzten Autorenkollegen Charlotte Lyne, Eva Völler, Olga Krouk und Heiko Wolz für die kollegiale Unterstützung, für das Mutmachen, für Anregungen und für viele unterhaltsame Mails,

dem Team von Droemer / Knaur, vor allem Christine Steffen-Reimann, die von Anfang an an den Roman geglaubt hat,

Michelle Schmitz, deren Anregungen als Testleserin eine Bereicherung und deren Begeisterung eine Wohltat während meiner Stimmungsschwankungen im Schreibprozess waren,

meinem Mann Frank Dräger, wie immer, von Herzen. Ich kann mir keinen besseren Partner beim Plotten, beim Schaffen von Figuren und beim Formulieren wünschen.

… und meinen Kindern Gunnar und Fiona, weil sie mich jederzeit in die Realität zurückzuholen vermögen.

Beatrice Fabregas

Karibikfeuer

Roman

Kuba im 19. Jahrhundert: Auf der Flucht vor der heiratswütigen Wilma ist der junge Hermann in Havanna gelandet. Hier verliebt er sich in die schöne Tochter eines kreolischen Brauereibesitzers. Dieser hat jedoch einen anderen Schwiegersohn im Sinn und stellt dem jungen Deutschen ein Ultimatum: Hermann hat ein Jahr Zeit, um ein Vermögen anzuhäufen. Mit Feuereifer stürzt er sich in diese Aufgabe, doch da steht eines Tages Wilma vor ihm – in ihren Armen ein kleines Kind …

KNAUR